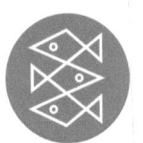 

Kontaktadresse nach EU-Produktsicherheitsverordnung:
produktsicherheit@fischerverlage.de

Nachdem die Nazis an die Macht gekommen sind, teilt die Familie Wolkenrath sich in zwei Lager: Während die Männer aus den unterschiedlichsten Gründen durchaus mit den Machthabern sympathisieren, kämpfen die Frauen gegen das neue Regime. Lysbeth versucht mit allen Mitteln, ihren jüdischen Mann Aaron zu schützen, ihre Schwester Stella bespitzelt für ihren englischen Liebhaber die Nazigrößen, mit denen ihr Gatte, der Kapitän Jonny Maukesch, verkehrt. Und Stellas Tochter Angela arbeitet im Untergrund, unterstützt von der über 100-jährigen Tante. Die Wolkenraths waren schon immer Meister im Bewahren von Familiengeheimnissen – wird ihnen das auch in diesen schwierigen Zeiten gelingen?

Elke Vesper hat selbst viele Jahre in dem Haus in der Kippingstraße gelebt, in dem sie ihre Familie Wolkenrath angesiedelt hat. Sie hat zahlreiche Romane veröffentlicht, in denen starke Frauenfiguren eine zentrale Rolle spielen. Elke Vesper arbeitet neben dem Schreiben als Psychotherapeutin, hat drei erwachsene Kinder und lebt in Hamburg.

Weitere Informationen finden Sie auf www.fischerverlage.de

Elke Vesper

Die Wege
der Wolkenraths

Roman

FISCHER Taschenbuch

3. Auflage

© 2024 S. Fischer Verlag GmbH,
Heddericher. 114, 60596 Frankfurt am Main

Die Nutzung unserer Werke für Text- und
Data-Mining im Sinne von § 44b UrhG
behalten wir uns explizit vor.
Printed in Germany
ISBN 978-3-596-70321-0

Alles hat seine Stunde.
Für jedes Geschehen unter dem Himmel
gibt es eine bestimmte Zeit:
eine Zeit zum Gebären und
eine Zeit zum Sterben;
eine Zeit zum Pflanzen und
eine Zeit zum Abernten der Pflanzen;
eine Zeit zum Töten
und eine Zeit zum Heilen;
eine Zeit zum Niederreißen und
eine Zeit zum Bauen;
eine Zeit zum Weinen, eine Zeit für die Klage
und eine Zeit für den Tanz;
eine Zeit zum Steinewerfen und
eine Zeit zum Steinesammeln;
eine Zeit zum Umarmen und
eine Zeit, die Umarmung zu lösen.

Kohelet 3, 1–5

Dieses Buch widme ich meinem Sohn Robin, der stürmische Jahre seiner Kindheit in dem Haus in der Kippingstraße verbrachte, über das ich hier schreibe. Einen solchen Sohn zu haben, ist ein wunderbares Geschenk. Ich danke ihm für sein großes Herz voller Gefühle und Visionen und auch für seine Herausforderungen, die einiges an Wachstum und Reifung von mir verlangten.

1

Magie des Feuers, dachte sie. Gleichgültig, wer es entzündet hat oder was er verbrennt, Feuer besitzt eine geheimnisvolle Macht.

Hand in Hand mit ihrer Tochter sah Stella die Flammen rot und gelb und golden mit grünen und schwarzen Sprenkeln in den Nachthimmel lodern. Es war ein dramatisches Spiel aus kraftvollen Farben und wilder Bewegung, das sie unwillkürlich in seinen Bann zog.

Beim Aufwachen hatte sie noch gedacht, dass sie der dringlich ausgesprochenen Bitte ihrer Tochter, sie zu begleiten, doch nicht Folge leisten wollte, vielleicht einfach so tun, als wäre sie unpässlich geworden, ein Grund wäre ihr schon eingefallen, aber nun, da sie hier stand, wusste sie, dass es richtig war, nicht gekniffen zu haben.

Sie musste einfach hier sein und sich von der Gewalt dieses Scheiterhaufens erschüttern lassen. Feuer wandelt, dachte sie, als erinnerte sie sich an eine Gedichtzeile, Feuer transformiert, Feuer ist eine Metamorphose, was vorher etwas war, ist nachher etwas anderes. Feuer ist ein Lehrer.

Es war der 15. Mai 1933. Angela und Stella standen im Schutz des Dunkels. Und das war gut so. Die Männer, ungefähr tausend an der Zahl, sollten sie nicht sehen. Wahrscheinlich wäre den beiden Frauen nicht einmal etwas Schlimmes geschehen, wenn sie entdeckt worden wären, dort am Hamburger Kaiser-Friedrich-Ufer auf dem Weg neben dem Isebekkanal, wo sie sich an einen dicken Baumstamm lehnten, als wollten sie mit ihm verschmelzen. Die Männer, vorwiegend Studenten, krakeelten aus voller Kehle in die Nacht, dass sie alles Undeutsche dem Feuer in den Rachen würfen, und sangen inbrünstig Lieder von echtem deutschen Geist. Sie dachten nicht an Frauen, sondern waren vollauf mit dem Ritual der Metamorphose von Papier zu Asche beschäftigt. Zugleich schickten sie kampfwütiges Wollen in die Flammen, denn das Feuer sollte nicht nur Papier verbrennen, sondern eine ganze Welt, eine Welt des Geistes, eine Welt, die von Neuem träumt, sei es auf dem Theater wie Bertolt Brecht, im Roman wie Heinrich Mann, in der Zeitung wie Kurt Tucholsky oder an den Universitäten wie Ernst Cassirer. Nichts sollte in Deutschland einen Verstand durcheinanderrütteln, alten Glauben durch neue Erkenntnisse erschüttern können. Kein Einstein und Konsorten. Und dass der Mensch sich selbst auf eine Weise anschauen müsste, dass er beunruhigend Neues über sich erfahren könnte, wie Freud es gelehrt hatte, sollte weg aus der Welt, zumindest aus der deutschen. Dass Eigentum und Macht nicht mehr betrachtet würden als gottgegeben oder schicksalsbedingt, sondern veränderbar wie die Roten es lehrten, dass Homosexualität nicht mehr eine Erbsünde wäre wie bei manchen Theaterautoren oder dass die höhere Gesellschaft in ihren niederen Beweggründen analysiert würde wie bei Heinrich Mann, all das und mehr sollte den Flammen zum Opfer fallen.

Ein deutscher Geist denkt nicht gern, dachte Stella spöttisch. Lieber handelt eine deutsche Faust.

Angelas Hand krampfte sich um Stellas, die den Schmerz willkommen hieß und irgendwie beruhigend empfand. Was dort verbrannt wurde, während die uniformierten Männer immer wilder sangen, doch unbeirrbar wie mit einer Stimme, diszipliniert und mit Regel und Einsatz, das war sie selbst. Das waren ihre Lieder, ihre Revuen, ihre Gedichte, ihre Hoffnungen. Das war ihre Zukunft. Das war ihre Liebe.

Dort auf dem Scheiterhaufen verbrannte ihre Schwester Lysbeth, die seit zwei Monaten einen jüdischen Nachnamen hatte und nun keinen Pfennig mehr von der Familie ihres wegen Untreue schuldig geschiedenen Gatten Maximilian von Schnell erhielt. Dort verbrannte Lysbeths Mann, Dr. Aaron Bleibtreu. Dort verbrannte Anthony, der Mann, den Stella liebte und dessen Bücher nur deshalb nicht auf den Scheiterhaufen geworfen wurden, weil sie nicht ins Deutsche übersetzt waren. Dort verbrannte die Freiheit, im Haus der Familie Wolkenrath in der Kippingstraße sagen zu können, was man dachte.

Und wer aus den Flammen groß aufstieg wie der Geist aus der Flasche war Jonny Maukesch, ihr Mann. Nur er konnte fortan das nackte Leben retten. Das Leben von Stellas Familie. Nicht ihre Würde, nicht ihre Hoffnungen, nicht ihre Seelen, aber ihr Überleben. Stumm, gedemütigt, versteckt, aber nicht tot.

»Angela, du musst damit aufhören«, flüsterte sie.

Sie musste den Schrei mit aller Kraft unterdrücken, der aus ihrer

Brust herausbrechen wollte. Selbst den Schluchzer stopfte sie in die Kehle zurück. Ihre Augen blieben trocken. Auch in ihr loderte Feuer und verbrannte zu Asche, was dort gehegt und gepflegt, gewachsen und geformt worden war, ebenso wie die Tausende von Büchern, an deren Umschlägen die Flammen leckten wie zärtliche Liebhaber, sie umschlangen und anknabberten, bis sie mit ihnen verschmolzen und sie auflösten und wandelten.

Angela lachte böse auf. Sie warf trotzig ihren Kopf herum und zischte: »Ich? Aufhören? Kuschen? Niemals!«

Nun war es an Stella, die Hand ihrer Tochter zu drücken, bis diese einen leisen Schmerzenslaut von sich gab. Angelas Worte hatten sie ernüchtert. Sie wusste, dass dies die Wahrheit war: Angela war nicht bereit, mit ihrem Leben zu bezahlen, um zu überleben. Angela war nicht bereit, mit ihrer Würde, ihren Hoffnungen, ihrer Persönlichkeit zu zahlen, nur um weiterzuleben. Eher würde sie sterben.

Stella schauderte. Die Kälte der Mainacht kroch durch ihren Sommermantel hindurch.

Die Männer dort am Feuer trugen Uniformen, und ihre von den Flammen angestrahlten Gesichter leuchteten fiebrig rot, erhitzt durch Machtrausch, Begeisterung und Feuer. Kalt vor Hass und Ekel betrachtete Stella einen nach dem andern. Die Gesichter, die Rücken, den Triumph, die Erregung, die feiste Freude um die singend aufgerissenen Münder, die breitbeinige Haltung, die vorgestreckten Nacken.

Ja, sie wusste es: Sie würde Angela nicht vor ihnen schützen können. Wenn diese Männer Stellas Tochter zwischen ihre Finger bekämen, würden sie sie ebenso verbrennen, wie sie es dort mit den Büchern taten. Die alten germanischen Riten, Sonnenwendfeiern und all der übrige Kram, erstanden auf, seit Hitler von Hindenburg als Reichskanzler eingesetzt worden war und erst recht, seit die Deutschen ihn in »freien« Wahlen zu ihrem Führer erkoren hatten. Ebenso wenig würde Stella ihre Schwester Lysbeth schützen können. Lysbeth war genauso unbeugsam wie Angela. Sie würde weiter ihre Patienten behandeln, und wenn die Nazis noch so sehr zum Boykott von jüdischen Ärzten aufriefen und die Patienten sogar daran hinderten, in Aarons Praxis zu gehen. Stella würde die Tante nicht schützen können, die weiterhin ihrem Abscheu gegen die braunen Barbaren lauthals Ausdruck verleihen würde. Und eben auch ihre Tochter Angela nicht, die vor ein paar Tagen in Hamburg aufgekreuzt war, eine vollkommen veränderte Frau, nicht mehr schwarzhaarig, sondern blond, die Haare über den Ohren zu Schnecken gerollt und bieder gekleidet. »Ich bin Jennifer Hudson«, hatte sie zur Begrüßung gesagt und Stella in der Tür förmlich die Hand entgegengestreckt. Sie sprach mit englischem Akzent, immer, selbst wenn sie mit Stella allein war.

»Lass uns gehen«, sagte Stella und umschlang die Schulter ihrer Tochter, die sich widerstrebend vom Baum löste und fortführen ließ. Bis zur Hoheluftchaussee schob Stella ihre Tochter. Dort umarmte Angela die Mutter und raunte in ihr Ohr: »Du musst mitmachen. Du musst einfach.«

Jetzt erst löste sich etwas in Stella, und sie begann zu weinen. Sie hielt sich an Angela fest und schluchzte: »Aber wie denn? Ich muss doch auf dich aufpassen.«

Zwei Wochen später, Ende Mai, es war ein schöner milder Tag, saßen vier Frauen aus drei Generationen der Familie Wolkenrath in Lysbeths und Aarons Zimmer im Erdgeschoss der Villa in der Kippingstraße, von wo sie in den Garten blicken konnten, in dem der Flieder gerade ausgeblüht hatte und der Rhododendron dicke Knospen trug. Auf dem Rasen tollten die beiden jüngsten Windhunde herum. Sie waren etwas mehr als ein Jahr alt, schmale Tiere auf hohen Beinen, denen aber jetzt schon anzusehen war, dass sie bald Preise in der Windhundschau erringen würden ebenso wie die vier übrigen Tiere derselben Rasse, die um die vier Frauen herumlagen und eine friedliche Atmosphäre verbreiteten. Die Tiere, die Eckhardt züchtete, seit sein früherer Liebhaber Askan von Modersen ihm dies als verbindende Tätigkeit vorgeschlagen hatte, waren besonders elegant im Wuchs. Die beiden Rüden waren für die Rasse ungewöhnlich kräftig, die Weibchen erinnerten an Rehe. Die Hunde gehörten zum Leben in der Wolkenrath-Villa hinzu wie die Menschen. Und sie ahnten Stimmungen und Gefühle stärker als jene. Sie waren ausgelassen, wenn die Menschen fröhlich waren, wenn es Streit gab, legten sie sich ruhig auf den Boden, als wollten sie ein gutes Beispiel geben, wenn einer weinte, sprangen sie an ihm hoch, um zu trösten.

Die vier Frauen hatten die Fenster verschlossen, ebenso die Türen. Keiner sollte hören, was sie sprachen.

Angela war mit ihren einundzwanzig Jahren die Jüngste. Ihre Mutter Stella wirkte mit ihren fünfunddreißig Jahren weitaus älter und reifer, und man nahm ihr die Mutterschaft über Angela ab, obwohl sie nur vierzehn Jahre älter war. Stella war in den letzten Monaten gealtert. Das Leben in der Falle passte nicht zu ihr. Stella wollte freiwillig handeln, lieben und den Mann verlassen, für den ihr Herz sich geschlossen hatte. In ihrem Ehegefängnis riss sie ständig gedanklich an ihren Ketten, das strengte sie an und machte sie alt. Auch Lysbeth, ihre ältere Schwester, die während der vergangenen Jahre nach ihrer Scheidung von Graf Maximilian von Schnell, seit ihrem heimlichen Medizinstudium und ihrer Liebe zu Aaron eine bemerkenswerte Wandlung von einer ältlichen gouvernantenhaften Bohnenstange zu einer weichen liebreizenden jungen Frau durchgemacht hatte, war seit dem Machtantritt der Nazis am 30. Januar 1933 um Jahre gealtert. Nur die Tante, über hundert Jahre alt, wirkte merkwürdig ungerührt und frisch.

»Kinder«, sagte sie energisch, während sie den nach herbstlicher Wehmut duftenden englischen Tee in die Tassen goss, »jetzt macht mal nicht solche miesepetrigen Mienen. Glaubt mir, der Hitler verschwindet ebenso wie Bismarck, wie der Kaiser, wie Ludendorff und das ganze andere Gesocks. Wer bleibt, sind wir.«

Sie lächelte Angela an. »Wenn eine von uns geht, gibt es schon die Nächste. Und wir werden immer besser, von Generation zu Generation.«

Angela lachte nervös. »Tantchen«, widersprach sie vehement, »wer könnte besser sein als du? Aber darum geht es gar nicht …«

»Papperlapapp«, schnaubte die Tante. »Ich weiß, wovon ich spreche. Stellas und Lysbeths Großmutter, deine Urgroßmutter also, die ihr ja leider alle nicht kennengelernt habt, die war genauso eine Ausnahmeschönheit wie du und wie Stella.«

Sie nickte liebevoll zu Lysbeth, und alle verstanden, dass sie Lysbeth nicht beleidigen wollte, aber ihr die Ehrlichkeit gebot, zwischen einer Schönheit wie Lysbeths, die mit den Jahren und vor allem mit dem Liebesglück gewachsen war, und dieser Schönheit, die sowohl Stella als auch Angela bereits in die Wiege gelegt bekommen hatten, zu unterscheiden. Wobei selbst Angela erkennen konnte, dass ihre Mutter wirklich eine Ausnahme war. Stella war einfach schön, egal, wie schlecht sie aussah, egal, wie erschöpft, traurig oder resigniert sie war.

»Deine Urgroßmutter, liebe Angela, war wie Stella und wie du. Aber sie konnte nicht zur Schule gehen, nicht studieren, nicht frei über ihr Leben verfügen. Oder nehmen wir mich und Lysbeth. Ich musste mich noch zwischen einem Leben als Frau und einem als Heilerin entscheiden. Lysbeth darf bereits beides.«

Die Tante lächelte. »Und wie gut ihr das bekommt.«

Stella hob die Teetasse und sagte: »Mama wird nicht ewig weg sein, lasst uns reden, solange Zeit ist.«

Lysbeth nickte zustimmend. Es war auf ihre Initiative zurückgegangen, dass dieses Treffen ohne ihre Mutter stattfand. Käthe hatte seit einiger Zeit ein schwaches Herz, und Lysbeth wollte sie auf keinen Fall noch mehr belasten. Käthe hatte schon genug Sorgen: Ihr jüngster Sohn Johann war ein fanatischer Nazi, Mitglied der NSDAP und der SA, der seine Frau Sophie am laufenden Band schwängerte – neuerdings mit dem Schlachtruf »für den Führer«. Ihr Sohn Dritter, der eigentlich wie sein Vater und sein Großvater Alexander hieß, aber als dritter Alexander zur besseren Unterscheidung kurzerhand Dritter genannt wurde, hatte sich seit kurzem der Swing-Jugend angeschlossen, die aber von den Nazis als undeutsch verfemt wurde. Ihr ältester Sohn Eckhardt hatte seit der Machtergreifung der Braunen eine ganz eigenartige Wandlung zum Oberaufpasser über die Einhaltung aller Regeln durchgemacht. Ihre Tochter Lysbeth hatte im Schnellverfahren einen Juden geehelicht und ihre Enkelin Angela, die sich in Jennifer Hudson verwandelt hatte, war mit Robert, einem Kommunisten, verlobt. All das belastete Käthe sehr. Dem wollte Lysbeth nicht noch mehr hinzufügen. Und dieses Gespräch würde Käthe sehr besorgen, so viel war sicher.

Angela blickte alle Frauen der Reihe nach flammend an, so flammend, dass die Tante ihr krächzendes Lachen ausstieß und Stella und Lysbeth unwillkürlich lächelten.

»Ihr müsst mitmachen«, stieß sie hervor. »Als Hitler von Hindenburg eingesetzt wurde, hat die KPD angeboten, zum Generalstreik aufzurufen. Das haben SPD und Gewerkschaftsbund abgelehnt. Seitdem sind in Berlin und Hamburg, überall, Genossen wie Schwerverbrecher in die Gefängnisse geworfen worden, und wenn sie zurückkommen, erkennt man sie kaum wieder. Unsere Zellen sind entsetzlich dezimiert. Wir müssen den Nazis das Handwerk legen!«

Die Tante schüttelte ihren Kopf, plötzlich sah sie aus wie eine senile

Greisin, aber dann blickte sie Stellas Tochter an, so klar, dass der Verstand in ihrem alten Schädel unübersehbar war: »Mein Kind, du wirst Hitler und seinen Jüngern nicht das Handwerk legen. Du nicht, und wir auch nicht. Irgendwann wird er selbst es tun. Wer zu hoch hinaus will, fällt irgendwann tief. Hitler belügt sich selbst, und er belügt alle andern. Komischerweise glauben sie ihm, diesem Schmierenkomödiant, das ist wirklich eigenartig, aber deine Zellen, wie du das nennst, die sind machtlos, so viel steht fest.«

Angela schnaubte empört. Stella nickte. Lysbeth erhob Einspruch: »Aber wir können doch nicht einfach zusehen, wie alles zerstört wird, was uns wertvoll ist. Wir müssen etwas tun!«

»Wir tun etwas!«, rief Angela. »Zum 1. Mai haben wir ein Flugblatt verfasst, dass die Arbeiter sich nicht an der Nazi-Feier beteiligen sollen.«

»Und?«, fragte die Tante schnippisch. »Hat es etwas genützt?«

Angela holte tief Luft, wollte gerade zu einem Redeschwall ansetzen, da schnitt Lysbeth ihr das Wort ab. Interessiert fragte sie: »Wie macht ihr das mit den Flugblättern? Das ist doch entsetzlich gefährlich.«

Angela schluckte. »Es gibt überall welche, die helfen«, sagte sie leise. »Bei uns um die Ecke ist ein Blumenhändler, der hat uns angeboten, die Flugblätter bei ihm im Keller abzuziehen.«

»Aber woher bekommt ihr die Wachsmatrizen?«, fragte Lysbeth sachlich weiter.

Angela wurde unruhig, ihr Blick huschte von Lysbeth zu Stella. Die Tante lachte ihr altes krächzendes Krähenlachen. Die Köpfe der jungen Frauen flogen zu ihr herum. »Angela denkt, du wärst vielleicht ein Spitzel«, sagte sie trocken zu Lysbeth. »Ich sehe förmlich, wie es in ihrem Kopf rattert. Gleich denkt sie, wir drei sind Spitzel, und erwartet, dass die Tür aufgeht und die Gestapo erscheint.«

Lysbeth blickte ungläubig auf die junge Frau, die sie liebte wie eine eigene Tochter. Angela war während der Worte der Tante errötet. Stella beugte sich vor und betrachtete ihre Tochter forschend. »Das glaubst du nicht wirklich?«, fragte sie hart.

In Angelas Augen traten Tränen. »Ihr wisst nicht, was los ist«, stieß sie hervor. Die Genossen haben sich schon eine Weile auf die Illegalität vorbereitet. Robert ist sofort am Tag nach Hitlers Ernennung in den Untergrund gegangen. Mich haben sie ein paar Tage später geholt und verhört ...« Sie spuckte das Wort den drei Frauen geradezu ins Gesicht. Alle drei hielten den Atem an. Jede von ihnen wusste aus unterschiedlichen Quellen, wie diese »Verhöre« vonstatten gingen. Lysbeth hatte Männer medizinisch versorgt, die danach freigelassen worden waren. Sie hatte Schreckliches von anderen gehört, weil unter den Arbeiterfamilien in Eimsbüttel die Nachrichten unter der Hand weitergegeben wurden, wenn einer etwas erfuhr. Anfangs hatte sie es nicht glauben wollen, aber seit Februar brachen die Verhaftungen, Verhöre und Todesfälle zuerst von Kommunisten, dann auch von Sozialdemokraten und Gewerkschaftern nicht mehr ab. Jetzt im Mai, nach all den Verboten, den Einschüchterungen, den Einkerkerungen wusste jeder, dass es lebensgefährlich war, irgendetwas mit Kommunisten zu tun zu haben.

Stella kannte die andere Seite. Die Worte, die auf den vornehmen Gesellschaften und Festen bei Edith von Warnecke, ihrer Schwiegermutter, fielen. Die Worte, die Jonny von sich gab. Die Härte und Entschiedenheit, mit der alles fortgeschafft werden sollte, das die Republik symbolisierte. Allen voran die Roten.

Die Tante verstand etwas von Menschen, von Macht, von Gewalt und von Angst. Von Intelligenz und von Dummheit. Und sie wusste, dass der Spruch: »Wer Hitler wählt, wählt den Krieg«, in viel weiterem Sinne galt, als die Kommunisten ihn gemeint hatten. Hitler führte bereits Krieg. Und Goebbels und Göring und seine übrigen Schergen ebenfalls. Zu diesem Krieg gehörte die Dämonisierung des Feindes. Die scheibchenweise Beseitigung all derer, die sich möglicherweise gegen Hitler stellen konnten, und das Abschließen von Bündnissen mit denjenigen, die erst später ausgeschaltet werden sollten. Hitler und seine Leute waren schlaue kriegführende Strategen. Sie wussten sehr wohl, dass diejenigen, die ihre Ziele nicht teilten, in der Übermacht waren. Aber Gegner, die einander bekriegen, stellen keine Übermacht mehr dar. Die Kommunisten waren diejenigen, die die Gefahr des Nationalsozialismus als Erste erkannt und benannt hatten. Sie waren diejenigen, die kämpfen wollten. Niemand sonst. Sie mussten als Erste fortgeschafft, am besten getötet werden. Die Tante hatte alle Dokumente, die sie über Hitler und die Seinen in die Finger bekommen konnte, seit Jahren ebenso aufmerksam verfolgt wie Lysbeth. Sie wusste, dass Hitler Deutschland auch von Juden »säubern« wollte, aber sie wusste ebenso, dass die Juden jetzt noch nicht dran waren. Noch gehörten sie zu sehr zum allgemeinen Leben dazu. Noch hatten sie zu viel Einfluss, nicht nur in Deutschland, auch in der Welt. Zuerst einmal mussten sie isoliert werden. Davor jedoch mussten alle anderen beseitigt werden, die in der Lage waren, sich Hitler mit der Waffe in der Hand entgegenzustellen. Die Tante war sich auch bewusst, dass Hitler es eilig damit hatte, jedes freie kritische Denken zu unterbinden, weil seine Versprechen sich bald als hohle Phrasen entpuppen würden. Und wenn dann ein einziger kritischer Geist riefe: »Der Kaiser trägt gar keine Kleider«, würde Hitler schnell als der entlarvt werden, der er war: ein ungebildeter, unreifer, politisch unerfahrener, menschlich unsicherer Gernegroß, dessen Griff nach der Macht ebenso krank war wie seine Angst vor Vernichtung.

Zudem kannte die Tante die Verbohrtheit all derjenigen, die von Hitler das Heil erhofften. Sie glaubten, nun würde wieder hart durchgegriffen und die Wirren der Weimarer Republik hätten endlich ein Ende. Die Schmach, die Verlierer des Krieges zu sein, die wirtschaftliche Not, die irritierende Freiheit und die Wirren der Republik, all das könnte durch den Heiland Hitler ein Ende finden. Endlich wieder eine Obrigkeit! Und diese Obrigkeit hatte sich so stilisiert, dass die Verehrung religiöse Züge trug. Nicht nur, dass Hitler seine Reden mit »Amen« oder sonstigen religiösen Phrasen beendete, die Menschen huldigten ihm wie einem Übermenschen. Ja, so hatte Luise Solmitz, die Nachbarin in der Kippingstraße, gerade vor ein paar Wochen gesagt: »Hitler ist ein Übermensch.«

Die Tante wusste, dass in diesem neuen deutschen Staat im Grunde Kriegsrecht herrschte. Im Krieg erschoss man seine Feinde bestenfalls, schlimmstenfalls ließ man den ganzen Hass, die Wut und all die verquälten Herrschaftsphantasien des bislang Geduckten an ihnen aus. Johann gehörte seit ihrer Gründung zur SA, die neuerdings der Polizei angeschlossen war. Endlich hatte er wieder Arbeit und Brot. Die Tante konnte sich vorstellen, was er mit Kommunisten anstellte, die er im Morgengrauen aus ihren Wohnungen trieb. Ihr Blick tastete Angelas Gestalt ab. Hatte sie irgendeinen bleibenden Schaden davongetragen? Angela trug die blonden Haare in der Mitte gescheitelt, zu Zöpfen geflochten und über den Ohren zu einer Schnecke gerollt, so wie es der »Führer« gerne hatte. Aber wie sahen ihre Ohren darunter aus? Angelas Hände lagen jung und unversehrt in ihrem Schoß.

Der Blick der Tante kreuzte sich mit dem von Lysbeth. Beide dachten in diesem Augenblick das Gleiche. Was haben sie ihr angetan?

»Ich hatte unverschämtes Glück«, bemerkte Angela da trocken. »Am Tag vorher habe ich einen falschen Ausweis bekommen. Ich soll Kontakt mit englischen Genossen halten, sie haben mir einen englischen Ausweis besorgt. Seitdem bin ich Jennifer Hudson. Der Polizist, der mich auf der Wache in Empfang nahm, war durch die ›Verwechslung‹ der gesuchten Verlobten von Robert mit Jennifer Hudson vollkommen durcheinandergebracht. Ich habe auf Englisch geschimpft, dass man mich bei einer Bekannten meiner Eltern, Gabriele Schwarz, aus dem Bett geholt hat – Gabriele und ich wohnen wirklich zusammen, seit Robert im Untergrund verschwunden ist –, und ich habe protestiert, Robert und diese Angela seien mir noch nie begegnet. Da hat er mich wirklich und wahrhaftig laufen lassen.«

»Ja, die Engländer sind unsere großen Freunde«, sagte Lysbeth bitter. Stella wies sie zurecht: »Willst du dich jetzt gefälligst freuen. Das ist doch prima gelaufen.«

»Seitdem lebe ich unter falscher Identität. Robert und ich wissen nichts voneinander. Alle Kontakte zwischen mir und den Genossen gehen über einen geheimen Briefkasten.«

»Welche Nachrichten?«, fragte die Tante.

Angela sah sie kühl an. »Die Nachrichten, die ich von England mitbringe, und diejenigen, die ich dorthin bringen soll. Zum Beispiel die über die Aufrüstung, die hier läuft.«

»Aufrüstung?« Stella riss die Augen auf.

»Was denkst du denn?«, fragte Angela wütend zurück. »Dass Hitler sich Tag und Nacht damit beschäftigt, wie er Deutschland den Frieden bringen kann?«

»Aber wenn er Krieg führen will«, sagte Lysbeth nachdenklich, »warum ist er dann so gut Freund mit England? Und warum kümmern sich seine Leute dann so inbrünstig darum, Juden zu quälen? Diese Juden sind doch oft Soldaten gewesen.«

Sie erinnerte die anderen daran, wie sich der Geschäftsinhaber vom *Kaufhaus Bucky* am 1. April, dem Boykotttag gegen die Juden, mit seinem Eisernen Kreuz, Auszeichnung 1. Güte, vor die Tür seines Kaufhauses gestellt hatte.

»Ja«, stimmte Stella trotz des bedrückenden Gesprächs in plötzlicher

Fröhlichkeit zu, »und erinnert ihr euch noch, wie Max Haack am Neuen Steinwall jedem Kunden zehn Prozent Rabatt und einen Luftballon gegeben hat, und alle kamen und kauften? Zu der Zeit gab es noch mehr Kommunisten und Sozis, es wimmelte von Kunden bei ihm, und der beschissene Boykott verwandelte sich vor seinem Laden fast in ein Volksfest. Und mein guter Jonny, wie schrecklich fand er es, dass die Hafenarbeiter auf der ganzen Welt, vor allem in Nordafrika, sich weigerten, deutsche Schiffe zu entladen.«

»Sie haben die jüdische Gemeinde gezwungen, nach Casablanca zu telegraphieren, in Deutschland würde kein Jude verfolgt«, lächelte nun auch Lysbeth.

»Ja, sie haben Angst vor der Reaktion in der Welt. Auf den Judenboykott könnte ein Deutschlandboykott folgen, das wäre schlecht für Hitlers Pläne«, äußerte die Tante.

»Ich verstehe das sowieso nicht«, bemerkte Lysbeth bedrückt. »Hitler hat gesagt, er will die Arbeitslosigkeit beseitigen, er will für wirtschaftlichen Aufschwung in Deutschland sorgen, aber der Außenhandel, der Export ist doch eine wichtige wirtschaftliche Größe. Überall auf der Welt gibt es jüdische Geschäftsleute. Hitler glaubt doch nicht, dass er die Juden hier verfolgen und mit denen in der Welt Handel treiben kann.«

Stella und die Tante blickten sie mitleidig an. Natürlich, Lysbeth litt. Und sie war diejenige von ihnen, die wirklich Grund zum Leiden hatte. Was ihr wertvoll war, die gemeinsame Arbeit mit Aaron, und überhaupt Aaron, ihr Allerliebster, das war so gefährdet, dass die Frage bestand, ob sie Deutschland vielleicht lieber verlassen sollten. Sie alle hatten die *Boxheimer Dokumente* gelesen und auch *Mein Kampf*, sie wussten, worauf sie sich bei den Nazis einzustellen hatten, Hitler hatte in seinen Schriften kein Blatt vor den Mund genommen. Er wollte die Juden ausrotten, das hatte er angekündigt. Aaron war Jude.

»Meine Güte, Kinder«, sagte die Tante etwas ungeduldig, »wir sind uns doch einig, oder? Hitler gehört vom Tisch. Aber wir sind auch nicht dumm, oder? Wir haben es mit der ganzen Garde zu tun, nicht nur mit solch armen Würstchen wie Johann, der einfach nicht verkraftet, dass er dem Weltkrieg nicht die entscheidende Wendung zum Sieg verpassen konnte.« Stella und Lysbeth blickten betreten vor sich hin. Johann war immerhin ihr Bruder, und es war nicht angenehm, einen solchen

Bruder zu haben. Es war noch nie angenehm gewesen, denn Johann verfügte schlichtweg über gar nichts, was einen Menschen angenehm machen konnte. Er besaß keinen Charme wie Dritter, dem man alles verzieh, wenn er einen mit seinem Schwerenöterblick anschaute, wenn er den Arm um einen legte und sagte: »Schwesterchen, lass uns tanzen.« Er besaß auch nicht die geheimnisvolle Tragik von Eckhardt, der einmal, und das war lange her, weil er damals sehr jung gewesen war, anrührende Worte in schönen Sätzen von sich geben konnte, und der selbst heute noch weitaus geschickter sprechen und schneller denken konnte als sein jüngerer Bruder Johann, obwohl ihm im Krieg ein Kopfschuss und die Nacht, die er halbtot im Schützengraben gelegen hatte, den Verstand fast geraubt hatte. Johann war nicht schön wie Stella, und er war auch kein Künstler wie sie. Er war nicht mutig wie Lysbeth, und er verfügte über keine besonderen Gaben wie sie. Er war nicht eigenwillig wie seine Mutter Käthe. Und auch nicht leichtsinnig wie sein Vater Alexander. Er war einfach nur klein und unscheinbar und mittelmäßig und erfolglos. Aber er war gierig. Er war über die Maßen gierig nach all dem, was er nicht hatte, seinen Geschwistern aber neidete. Er wollte mächtig und mutig und bedrohlich und stark und erfolgreich und etwas ganz besonders Glanzvolles sein. Denn das war er auf gar keinen Fall: Er besaß keinen Glanz, im Gegenteil, es war, als verschlucke er Glanz, als würden Menschen, die vorher geglänzt hatten, in seiner Gegenwart grau und geradezu durchsichtig.

Johann also war ein Bruder, für den sich Stella und Lysbeth schämten, und irgendwie warfen sie sich auch im Stillen jede für sich vor, dass sie vielleicht Schuld trügen an der ganzen Entwicklung, weil sie diesen Bruder noch nie gemocht hatten. Er hatte Lysbeth bei der Mutter verpetzt, wenn sie mit ihrer überbordenden traumgenährten Phantasie Theaterstücke mit den Geschwistern inszeniert hatte, die verstörend unkindlich gewesen waren. Er hatte Stella schon sehr früh eine undeutsche Nutte geschimpft und von ihr verlangt, sich wie eine anständige deutsche Frau zu kleiden und zu verhalten.

Zudem wussten beide Schwestern, dass sie sich seiner Frau Sophie gegenüber nicht besonders loyal verhielten, nun, sie verhielten sich gar nicht, sie taten einfach so, als gäbe es Sophie nicht. Und Sophie mied die Kippingstraße, als könnte sie sich dort mit der Pest infizieren. Sie hatte inzwischen sechs Kinder geboren, und Stella und Lysbeth hatten noch nicht ein einziges davon gesehen. Allein Käthe besuchte Sophie regelmäßig in der kleinen Wohnung in Altona und kam jedes Mal mit einem so stillen traurigen Ausdruck im Gesicht zurück, dass Stella zornig zu Lysbeth sagte: »Es bricht ihr das Herz, kann man nichts dagegen tun?« Und Lysbeth antwortete stets mit dem gleichen Satz: »Mutters Herz ist schon gebrochen, wir müssen nur aufpassen, dass sie nicht daran stirbt.«

Lysbeth war die Wächterin des Herzens ihrer Mutter geworden. Sie gab ihr regelmäßig homöopathische Mittel, sie führte sie zum Spaziergehen aus, wenn es ihr zeitlich nur irgend möglich war. Sie hatte ihr den Kaffee verboten, aber daran hielt Käthe sich nicht. Und sie hatte von ihr verlangt, dass sie unbedingt ihr Herz von einem Internisten oder aber auch von Aaron untersuchen lassen sollte. Zu einem Internisten war Käthe nicht gegangen, von Aaron hatte sie Blutdruck und Herztöne überprüfen lassen, die sich als vollkommen in Ordnung erwiesen hatten. Aaron hatte ihr Blut abgenommen und es in einem Labor untersuchen lassen. Die Ergebnisse gaben keinen Anlass zur Sorge. Lysbeth wusste trotzdem, dass Käthes Herz nicht in Ordnung war. Und Stella wusste es auch. Von der Tante ganz zu schweigen, die aber kein Wort darüber verlor, sondern Käthe nur regelmäßig von ihrem Herzwein zu trinken gab. Bereits nach einem Gläschen dieses Weines wurde Käthe heiter, und ihr stilles Gesicht begann wieder zu sprechen.

Also schonten sie Käthe, so gut sie konnten.

Lysbeth und Stella fühlten sich schuldig, wenn von Johann die Rede war, Angela aber hasste ihn. Sie kannte ihn nicht einmal, die ganze Familie Wolkenrath tat ihr Bestes, um eine Begegnung von Angela und Johann zu verhindern, und so waren sie einander auch noch nie über den Weg gelaufen. Aber Angela wusste, dass er Mitglied der SA war, ein Nazi der ersten Stunde und von einer fanatischen Hörigkeit für seinen »Führer«.

Sie hasste ihn, wie sie alles Nationalsozialistische hasste. Zu Anfang hatte eine politische Einsicht gestanden. Sie hatte begonnen, politisch zu denken, weil Robert, ihr Liebster, sie zu kommunistischen Versammlungen mitgenommen hatte, auf denen Sachen gesagt wurden, die ihr einleuchteten. Dass es die Arbeiter waren, die den Wert schufen, und die Kapitalisten, die davon profitierten. Dass, wer arbeitet, auch den Gewinn davon haben sollte. Dass die Kapitalisten die Arbeiter ausbeuteten.

Ja, damit konnte sie einverstanden sein. Und dass die Arbeiter international zusammenhalten sollten und sich nicht durch irgendwelche dummen Kriegsparolen auseinanderdividieren und in Kriege schicken lassen sollten, wo sie auf der einen wie auf der anderen Seite wie die Fliegen starben, während die Rüstungsbonzen das Geld einsteckten, das konnte sie verstehen. Dem konnte sie sich anschließen. Aber ihr Herz war anfangs nur insofern beteiligt gewesen, als sie Robert liebte.

Seit sie allerdings auf Demonstrationen in Berlin erlebt hatte, wie die damals sozialdemokratisch regierte Polizei gegen Kommunisten vorging, und es ihr selbst wehgetan hatte, körperlich, und seit sie nach dem Machtantritt der Nazis erlebt hatte, wie diese Männer, die Angela als sympathische kluge Genossen kannte, sich in fünf Tagen Untersuchungshaft in schlotternde verklumpte Bündel Angst verwandelt hatten, hasste Angela.

Sie hasste die Männer, die ihren Robert vielleicht zusammenschlagen, vielleicht töten würden. Die all das, was ihr klug vorgekommen war, verboten hatten. Zudem hasste sie die Sozialdemokraten, die ihrer Meinung nach den Nazis überhaupt erst geholfen hatten, an die Macht zu kommen.

Angela brannte vor Wut, vor Hass und vor Begeisterung. Ja, vor Begeisterung. Sie war nämlich überhaupt nicht der Auffassung, dass nichts zu machen war. Ganz im Gegenteil, sie war der Meinung, dass jetzt die Kommunisten und die Juden und die Zigeuner und diejenigen unter den Sozialdemokraten, die keine Duckmäuser waren, und die Gewerkschafter, die nicht korrumpiert waren, sich verbünden und die Nazis gemeinsam zum Teufel schicken sollten. »Verdammt«, sagte sie, »Kommunisten und Sozialdemokraten haben zusammen mehr Stimmen als Hitler bekommen. Verdammt, es gibt so viele Juden in diesem Land, die sind reich, die haben Einfluss, das sind Ärzte, Anwälte, Professoren, die haben Geld und Ansehen, wenn die mit den Arbeitern gemeinsam gehen und mit all denen, die gegen die Nazis sind, haben wir die an einem Tag weggewischt.«

Angela war alles andere als bitter und resigniert. Sie hasste und sie liebte. Beides mit Leidenschaft. Aber es musste gehandelt werden. Das duldete keinen Aufschub. Davon war sie überzeugt.

Die Tante allerdings sah das alles anders. Sie gab zu bedenken, dass hinter Hitler Leute wie Jonny standen. Und Jonny stand für diejenigen, die die Wirtschaft in der Hand hatten.

»Unter dem Kaiser bestimmten die Adligen und dann diejenigen, die aus dem Handwerk Fabriken machten, wo es langging«, erklärte sie bedächtig, »und dann waren es mehr und mehr diejenigen, die den Überblick behalten konnten. Der Arbeiter schafft zwar den Wert, keine Frage, aber hat er auch das große Ganze im Blick? Ohne den Matrosen kommt das Schiff nicht voran, das weiß jeder, aber kann er deshalb gleich Kapitän werden? Nein, meine kleine Angela, ich glaube, ihr lasst vieles außer Acht.«

Trotzdem war sie gegen die Nazis. Und sie war auch gegen alle, die der Meinung waren, dass der Krieg nicht wirklich verloren, sondern nur durch einen Dolchstoß der Roten – und der Juden – in den Rücken Deutschlands schmählich beendet worden war.

Die Tante führte das Gespräch zu einem Ausgang, der alle drei verblüffte. »Gut«, sagte sie, »fassen wir zusammen: Wir wollen die Herrschaft der Nazis untergraben. Stella muss die ehrenwerte Frau des Kapitäns Jonny Maukesch bleiben, um uns alle …«, sie blickte bedeutungsvoll in die Runde, vor allem aber zu Angela, »jawohl, uns alle schützen zu können, vor allem aber Aaron und damit Lysbeth. Wenn Stella gleichzeitig insgeheim Sachen macht, die uns alle …«, sie blickte wieder von Angela zu Lysbeth und zog fragend die Augenbrauen hoch, »… gefährden können, hilft das keinem, nein, es macht uns alle unruhig und unsicher.«

Angela verzog ihr Gesicht, als wollte sie sagen: Kann die Alte nicht mal die Klappe halten? Wer bringt sie jetzt endlich zum Schweigen?

Lysbeth hingegen sah auf den Boden. Sie schämte sich. Die Tante hatte recht. Nur durch Jonny, nur durch Stellas Ehe mit Jonny und durch seinen guten Willen konnte Aaron geschützt werden. Sie hatte genug gelesen, sie wusste, es würde nicht bei einem Tag des Judenboykotts bleiben. Sie wusste, dass Hitler vorhatte, die Juden auszurotten, er hatte es oft genug und laut genug in aller Öffentlichkeit formuliert. Er hatte den Plan entwickelt, sie verhungern zu lassen. Das würde Lysbeth zwar mit Leichtigkeit verhindern können, dennoch wusste sie, Aaron drohte Lebensgefahr, seit die Nazis an der Macht waren. Und Jonny besaß so viele Kontakte und Einfluss, dass er seine schützende Hand über Aaron halten konnte. Vorausgesetzt, er hatte Interesse daran. Und das hatte er nur, wenn Stella seine Frau blieb und ihm irgendwie nützlich war. Lysbeth wusste, dass Jonny mit seiner Geliebten Greta eine Tochter hatte. Dass diese Tochter irgendwie anders war als andere kleine Mädchen. Und dass Jonny das ganz unangenehm fand. Außerdem wusste Lysbeth, dass Greta eine einfache Frau war, die von Jonnys Mutter, Edith von Warnecke, nur mit Verachtung betrachtet werden würde, sollte Jonny sich je zu ihr bekennen. Und Lysbeth wusste auch, dass Jonny, selbst jetzt mit dreiundvierzig Jahren, immer noch ein übergroßes Interesse daran hatte, seiner Mutter zu imponieren. Auch wenn Edith nicht gerade in Begeisterung für Stella entbrannt war, so empfand sie doch Respekt für ihre Schwiegertochter, die ihr selbst in manchem verblüffend ähnelte: Sie hatte Schneid, sie ritt wie ein Mann, sie beherrschte die Aufmerksamkeit und das Verlangen von nicht wenigen Männern, sie war eine Königin und keine Dienstmagd. Greta hingegen war eine Dienstmagd. Jonny würde nie wagen, seiner Mutter die einfache Greta als neue Frau und das Mädchen, das er gezeugt hatte, als seine Tochter vorzustellen. Die Kleine wirkte ein bisschen debil.

Aber Lysbeth wusste gleichzeitig, dass Stella ihren Mann nicht liebte, ja, dass Stella das Gefühl hatte, von Jonny in eine Falle gelockt worden zu sein. Stella hatte sich damals in ein Bild von einem Mann verliebt, das mit Jonny schon nach kürzester Zeit keine Ähnlichkeit mehr aufwies. Dieser Mann war aufregend gewesen, ein richtiger Kerl, und gleichzeitig voller Gefühl, das hatte Stellas Leidenschaft geweckt. Ja, Jonny hatte gewirkt, als gäbe es Leidenschaft in seinen Adern, Glut, Wollen. Später allerdings hatte Stella am eigenen Leib erfahren müssen, dass Jonnys Wollen vor allem darauf gerichtet war, ein Sieger zu sein. Er wollte befehlen, und er wollte, dass geschah, was er verlangte. Sich mit seiner eigenen Frau zu beschäftigen, gar mit ihren Wünschen ans Leben auseinanderzusetzen, das widersprach vollkommen seiner Auffassung davon, wie die Welt sich zu drehen hatte.

Aber Jonny konnte seine schützende Hand über die Familie Wolkenrath einschließlich dem angeheirateten Aaron Bleibtreu und vielleicht sogar noch Angela halten. Jonny wusste nicht, dass Angela Stellas Tochter war, die sie mit vierzehn Jahren zur Welt gebracht und dann zur Adoption freigegeben hatte. Für ihn war sie eine junge Frau, die aus der Gegend der Tante stammte und irgendwie zur Familie gehörte. Dass

Angela, wenn man es recht besah, seine Stieftochter war, fiel ihm nicht im Traum ein. Aber ihm fiel im Traum sowieso wenig ein. Er schlief und träumte, und am Morgen vergaß er die meisten Träume. Manche, diejenigen, aus denen er mit Angst oder Bedrückung oder besonderer Leichtigkeit erwachte, erzählte er Stella. Aber selbst dann verlangte er von ihr, kein Wort darüber zu Lysbeth zu verlieren. Denn die könnte sich unterstehen, seine Träume zu deuten. »Träume sind Schäume«, sagte er lachend, wenn er gut gelaunt war. »Lass deinen abergläubischen dummen Schwesternhumbug«, sagte er, wenn er nichts davon hören wollte, was Stella dazu sagte oder was Lysbeth dazu sagen könnte. Dann bedauerte er eigentlich schon, seinen Traum überhaupt erzählt zu haben. Es kam aber auch nur sehr selten vor, dass er sich Stella überhaupt anders als mit sachlichen Themen näherte.

Stella lebte zwar mit ihm, hatte aber zur Bedingung gemacht, dass er gefälligst auf seiner Seite des Bettes schlafen und sie unbehelligt lassen sollte.

»Also, Kinder«, sagte die Tante, »es ist doch vollkommen klar: Stella darf nicht in Gefahr kommen, denn dann wackelt für uns alle der Boden. Und Lysbeth darf sich auch nicht in Gefahr bringen, weil sie schon in Gefahr ist. Die Einzige, die dir irgendwie bei deinen Tätigkeiten zur Hand gehen kann, bin ich. Und ich bin bestimmt auch die Richtige, denn wer unterstellt schon einer Greisin revolutionäre Machenschaften.« Die Tante kicherte. Angela begehrte auf. Die Tante war zu alt. Sie liebte die Tante. Der Tante sollte nun wirklich nichts geschehen.

»Und wenn sie mich schnappen und foltern, dann sterbe ich einfach. Es ist sowieso an der Zeit. In meinem Alter kann man gehen. Wenn es noch für einen guten Zweck ist, na, also, wohlan! Was soll ich tun?« Unternehmungslustig sah sie Angela an.

Stella hob die Hände und öffnete den Mund. Dann presste sie die Lippen zusammen und ließ die Hände sinken. Lysbeth legte den Kopf schief und blickte die Tante und Angela prüfend an. Angela hatte flammenden Protest in den Augen.

»Na?«, fragte die Alte. »Na?«

»Ich glaube, die Tante hat recht«, sagte Lysbeth langsam und widerwillig. »Ich kann nichts tun. Aaron hat schon seine Kassenzulassung verloren. Absurderweise ist die Praxis voller denn je. Wir werden weiter jüdische Patienten und Arbeiter versorgen. Wir werden auch weiter Abtreibungen machen, wenn sie notwendig sind. Alles, was uns zusätzlich auffliegen lassen könnte, wäre zu viel. Und Stella ist sowieso schon so auffällig.«

Stella fuhr auf. »Ich? Auffällig? Ich kann nicht nur singen, das wisst ihr, ich bin auch eine hervorragende Schauspielerin! Ich kann auch ganz anders als auffällig sein!«

Die drei lächelten. Ja, Stella konnte bestimmt auch ganz anders. Das glaubten sie. Aber dennoch war Stella nun mal Stella.

»Nein«, sagte Lysbeth mit mühsam unterdrückter innerer Spannung. »Wenn überhaupt eine von uns für deine Kommunisten arbeitet, dann ist wohl wirklich die Tante die Richtige.«

»Meine Kommunisten?«, fuhr Angela auf. »Was willst du damit sagen?«

»Dass wir keine Kommunisten sind«, antwortete Stella trocken.

»Aber dass wir manches, was ihr macht, richtig finden«, fügte Lysbeth hinzu.

»Also, was soll ich tun, und wann geht es los?«, fragte die Tante, und es klang nicht, als würde sie sich gerade in Lebensgefahr bringen, sondern als gelte es, eine spannende Unternehmung zu planen.

Angelas Miene war düster und enttäuscht. Stella und Lysbeth stellten beide einen Ausdruck freundlicher, doch leicht distanzierter Anteilnahme zur Schau. Sie befürworteten Angelas Tun, so viel stand fest, aber sie würden sich nicht beteiligen, so viel stand ebenfalls fest.

Angela ließ gedankenverloren ihren Blick auf der Tante ruhen.

»Es stimmt«, sagte sie langsam, »eine bessere Tarnung kann man sich kaum vorstellen. Na gut, viele Genossinnen verteilen die Flugblätter mit Kinderwagen. Aber sicher glaubt keiner, dass eine hundertjährige alte Frau Flugblätter verteilt, wenn sie sich in Hauseingängen verlaufen hat. Gut«, sagte sie langsam, »gut. Ich werde es mit den Genossen besprechen. Ich glaube, dass du uns nützen kannst.«

»Ich will nicht euch nützen, mein liebes Kind«, entgegnete die Tante ruhig. »Ich will etwas tun, das diesen Hitler zu Fall bringt. Ich will eins von vielen Sandkörnchen sein, die einen Damm gegen die braune Pest errichten.«

Angela runzelte die Stirn. Sie war sich nicht sicher, das war ihr anzusehen, ob die Tante gerade etwas gegen ihre Partei, gegen ihre Genossen gesagt hatte. Das würde sie auf keinen Fall zulassen.

Stella öffnete den Mund. Lysbeth legte schnell ihre Hand auf Stellas. Schweig still, sagte ihre Hand. Dies hier ist nicht deine Angelegenheit. Vertrau der Tante.

Und so fochten die alten blassen Augen der Tante mit Angelas grauen Augen, in denen in der Mitte ein Licht leuchtete, ein kleines Duell aus.

Die Tante erhob sich und verschwand in der Küche. Bald kam sie zurück. Vier Gläser, eine Flasche. Stella und Lysbeth seufzten genüsslich. Der Pflaumenschnaps, die Verzauberung in der Flasche. Angela sah immer noch skeptisch aus.

Die Tante füllte vier Gläser und überreichte feierlich jeder der Frauen eines davon. »Auf unser Wohl«, sagte sie ernst. Und zu Angela gewandt, fügte sie hinzu: »Mein Kind, ich bin an keiner Ideologie interessiert. Und ich lasse mir von niemandem ein Etikett auf die Stirn kleben und mich an irgendwelche Vereinsregeln binden. Mir geht es allein darum, dass ich glücklich und in Frieden leben kann. Ich und du und deine Mutter und deine Tante und deine Großmutter. Alle Menschen, die mir etwas bedeuten. Jetzt aber, seit einiger Zeit schon – im Grunde genommen seit recht langer Zeit schon – ist mein Glück eingeschränkt, um nicht zu sagen gefährdet. Das will ich nicht einfach erdulden. Und deshalb will ich mich dir anschließen, um Hitler und Konsorten zu bekämpfen. Was draus wird, wissen wir nicht, aber was täte der Damm, wenn jedes Körnchen verschwinden würde? Er ließe der Flut freien Lauf. Also, auf unsere Zusammenarbeit!«

Sie hob das Glas und sah Angela fragend an.

Die lächelte schief, hob ebenfalls ihr Glas und sagte forsch: »Auf unsere Zusammenarbeit.« Doch als alle getrunken hatten, fügte sie hinzu: »Ich bin sicher, dass du wirklich helfen kannst, aber eigentlich wollte ich etwas ganz anderes.«

Die drei Frauen, eben noch mit geröteten Wangen, vom Schnaps und vom vermeintlich glücklichen Abschluss des Gesprächs, wandten ihr erstaunte Gesichter zu.

»Ihr habt mich nicht richtig verstanden«, sagte Angela leise. »Ich habe eine spezielle Aufgabe. Ich bin Engländerin. Ich reise hin und her. Ich bringe Informationen von hier nach da.«

Sie richtete sich an die Tante. »Versteh mich recht, es ist wundervoll, wenn du Flugblätter verteilst oder Geld sammelst oder so, das ist wirklich nötig. Aber ich … ich brauche Informationen.«

»Informationen?«, fragte Lysbeth sachlich nach. In ihrem Gesicht spielte sich ein ganzer Film ab. Täglich bekam sie Informationen über die Gräuel, die in Deutschland seit Februar zum verborgenen Alltag gehörten. Informationen von verprügelten Judenkindern, von schikanierten Arbeitern, von verzweifelten Frauen verhafteter Männer, von den Männern, die von Verhören zurückkehrten.

»Ja, genau«, entgegnete Angela, »Informationen, die jemand erhält, der mit den Menschen spricht, die in Betrieben arbeiten, wo auf Rüstung umgestellt wird. Zum Beispiel. Oder Informationen über Judenschicksale. Die offizielle Verlautbarung der NSDAP und der Regierung und des Führers ist, dass in Deutschland Juden nicht verfolgt würden.«

»Gut«, sagte Lysbeth entschlossen, »ich will dir alle Informationen liefern, die ich bekomme. Du musst mir nur sagen, wie ich sieben soll, denn sonst würde ich ja jeden Tag einen Roman schreiben, und wie du es bekommen willst.«

»Lysbeth, das ist gefährlich«, sagte die Tante warnend. Stella fügte hinzu: »Das kann dich den Kopf kosten.«

»Wenn die Nazis nicht gestoppt werden, wird es uns alle den Kopf kosten«, sagte Angela trotzig. Sie blickte Stella ins Gesicht, gerade, und in diesem Augenblick verschwand der Altersabstand völlig. Sie waren zwei erwachsene Frauen, beide kannten Leid und beide kannten Liebe, beide kannten Kampf und beide kannten es zu siegen und auch zu verlieren.

Stellas Haut rötete sich ganz langsam vom Hals bis zur Stirn. Sie schlug die Augen nieder und blickte auf den Boden. Im Zimmer war es still wie in einem Leichenschauhaus. Da riss Stella die Augen wieder auf, starrte ihre Tochter an und fauchte: »Du willst, dass ich zur Spionin für deine englischen Kommunisten werde?«

Angela hielt ihrem Blick stand. »Du könntest es so nennen«, sagte sie ruhig. »Besser allerdings wäre, du würdest es anders nennen. Nämlich, dass du Informationen, die du über Jonny und seine Freunde bekommst, an Menschen weitergibst, die sie nutzen können, um den Nazis zu schaden ... und Deutschland zu nützen.«

»Und welche Menschen sollten das sein?«, fragte Stella spitz.

»Journalisten zum Beispiel«, gab Angela zur Antwort. »Oder andere Menschen, die mit dem, was sie schreiben, eine breite Masse von Menschen aufklären können.«

»Wenn das so ist, könnte ich ja gleich als Spionin für Anthony tätig werden«, sagte Stella wütend.

Angela lächelte. In ihrem Lächeln schwang ein geheimes Wissen mit.

Stella starrte sie an. »Das meinst du nicht im Ernst?«

Nun war es an Angela, zu erröten. »Es ist nicht wichtig, dass du von meinem Kontakt zu Anthony weißt«, sagte sie leise.

»Nicht wichtig?«, schrie Stella und schlug mit der flachen Hand auf ihren Schenkel, dass es klatschte. »Du spinnst ja wohl! Wie erdreistest du dich, mir zu erzählen, was nicht wichtig ist, wenn es Anthony betrifft!«

Sie stand auf und rauschte aus dem Zimmer. Bevor sie die Tür schloss, drehte sie sich um und sagte leise und kalt: »Deine Spionin werde ich nicht. Sag das deinen Genossen. Und sag Anthony: Wenn ihr miteinander schlaft, bringe ich ihn um!«

2

Vier Monate zuvor, am 30. Januar 1933, war Hitler von Hindenburg zum Reichskanzler ernannt worden. Von diesem Tag an hatten Stella und Lysbeth große Angst um Angela gehabt. Sie wussten, dass Angela ebenso wie ihr Geliebter Robert, die gemeinsam in Berlin lebten, zu denjenigen gehörten, die gegen die Nazis kämpften. Sie waren in großer Gefahr. Aber Stella und Lysbeth wussten, dass sie nichts für die beiden tun konnten.

Am 6. Februar 1933 gab es einen Fackelzug der Nationalsozialisten und Stahlhelmer durch Hamburg. Stella und Käthe weigerten sich, sich der begeisterten Menge in der Bundesstraße anzuschließen. Lysbeth aber wollte es sehen. Gemeinsam mit ihrer Nachbarin Luise Solmitz, deren Mann Fred und Tochter Gisela stellte sie sich an den Rand der Bundesstraße und wartete. Es war trocken und windstill, eine sternenklare Nacht, wärmer als die Februarnächte zuvor. Gegen zehn Uhr sahen sie den Zug heranmarschieren.

Luise hatte rote Wangen vor Begeisterung. Ihre Augen glänzten, als wäre sie verliebt. Sie hatte schon die Ernennung Hitlers zum Reichskanzler mit einem Hoffnungsschrei begrüßt: »Endlich!«, hatte sie ausgerufen, als Lysbeth sie auf der Straße getroffen hatte. »Endlich ein Kabinett, das Deutschland aus der Talsohle führen wird. Was für eine Hoffnung!«

Und jetzt stand sie dort am Straßenrand zwischen ihrem Mann und ihrer Tochter und warf Lysbeth von Zeit zu Zeit einen strahlenden Blick und ein paar Brocken ihrer Gedanken und Gefühle zu. »Ist das nicht ein wunderbar erhebendes Erlebnis für uns alle?«, triumphierte sie zum Beispiel. Oder: »Göring sagt, der Tag der Ernennung Hitlers und des nationalen Kabinetts sei gewesen wie 1914, und etwas wie 1914 ist auch dies.«

Zwischendurch bemerkte sie leise: »Zwangsläufig werden sich jetzt ja Sozis und Rotfront finden. Am Sonntag haben die Roten gegen Hitler einen Protestumzug gemacht. Sie sind durch den Dreck des unerbittlichen Regenwetters gewatet. Aber ihr Zug war so klein, dass sie Frauen und Kinder dabeihatten, um ihn zu verlängern. Gisela hat sie gesehen.«

Sie glaubt ernsthaft, dass selbst das Wetter gegen die Roten und für die Nazis ist, dachte Lysbeth. Sie wunderte sich, dass die dreizehnjährige Gisela so lange aufbleiben durfte, denn der Fackelzug würde bestimmt bis Mitternacht dauern, und die Solmitz achteten normalerweise sehr darauf, dass ihre Tochter früh zu Bett ging. Da sagte Luise: »Gisela soll bis zum Schluss bleiben, die Kinder haben bisher überaus klägliche politische Eindrücke gehabt, Gisela soll wie einst wir auch einmal einen starken, nationalen Eindruck ganz auskosten und empfinden und als Erinnerung bewahren.«

Als die ersten Fackeln kamen, ging ein Ruck durch die Menge. Lysbeth dachte an Angela und meinte, vor Angst zu ersticken. Wie Wellen im Meer wogten Tausende von Braunhemden durch die Bundesstraße, deren Gesichter im Fackelschein begeistert leuchteten. »Unserm Führer, unserm Reichskanzler Adolf Hitler ein dreifaches Heil!«, riefen sie. Sie sangen »Die Republik ist Schiet« und von den Farben »schwarz-rot-senf« und »Der Rotmord hat ein blutiges Gesicht und wir vergessen den Mord an der Sternschanz nicht«.

Da beugte sich Luise zu Lysbeth und raunte: »Die Feldzeichen gleichen zu sehr den römischen, finden Sie nicht auch?« Lysbeth musste lächeln. Luise Solmitz und ihr Mann hielten sich viel auf ihre Bildung zugute. Sie waren Mitglied in der Fichte-Gesellschaft, die sich der Pflege der deutschen Sprache und Kultur verschrieben hatte. Luise hasste jedes Fremdwort und versuchte, es augenblicklich in ein gutes Deutsch zu übersetzen. »Mein Ideal war, ist, bleibt Deutschland; wo ich das vertreten sehe, dahin gehe ich«, so lautete der Wahlspruch von Luise Solmitz. Sie war zweiundvierzig Jahre alt. Und dementsprechend kleidete sie sich, weiße Bluse, blauer Rock, eine Hanseatin durch und durch. In ihrem Gesicht aber, besonders in ihren blauen Augen, lag so viel kindliches Ungestüm und Naivität, dass sie manchmal, ohne es zu beabsichtigen, ein unwillkürliches Lächeln aufs Gesicht ihres Gegenübers zauberte. Luise hatte nach dem Abitur das Lehrerinnenseminar besucht und abgeschlossen, sie war als Lehrerin schier verzweifelt an nicht vorhandenen Unterrichtsmaterialien und widerspenstigen Schülern, so dass sie nicht darunter gelitten hatte, als sie nach der Geburt ihrer Tochter Gisela den Schuldienst quittierte. Luise war eine leidenschaftlich Reisende, die während ihrer Jungmädchenzeit das Lycée in Frankreich und eine Schule in England besucht hatte. Sie korrespondierte mit guten Freunden in beiden Ländern, sie bekam Gäste von dort und fuhr ihre Freunde besuchen, auch wenn sie der Meinung war, dass Deutschland den Krieg gegen England hätte gewinnen müssen. Ihr Mann hatte im Krieg als Pilot gekämpft, er war sogar Major geworden, worauf Luise sehr stolz war. Ihre Tochter Gisela war ein aufgewecktes, gut erzogenes Mädchen, das die Emilie-Wüstenfeld-Schule besuchte und zu Luises Stolz besonders im Fach Deutsch gute Noten mit nach Hause brachte.

Zwischen den SA-Leuten und dem Stahlhelm marschierte eine Abordnung nationaler Studenten. Neben Luise stand die Gemüsefrau gemeinsam mit anderen Frauen, die einander alle gut zu kennen schienen. Die gesamte Weiblichkeit zeigte sich einig: »Nein, diese Studenten«, riefen sie. »Wie entzückend!«

Wider Willen war sogar Lysbeth beeindruckt von dem Anblick, Schneeweiß, Zinnoberrot, Moosgrün und Schwarz zogen an ihr vorüber, phantastische Baretts, Stiefel und Stulpen im zuckenden Licht der Fackeln.

»Da, die Stahlhelmer!«, rief Luise und klatschte in die Hände wie ein Mädchen. Ihr Mann und sie hatten die Republik gehasst. Sie hingen an der Monarchie, empfanden den verlorenen Krieg als Schmach und die

Roten als eine Horde kulturloser Banausen. Fred war wie Jonny Mitglied im Kolonialverein. Ob er einer der deutschnationalen Parteien angehörte, wusste Lysbeth nicht genau, aber zumindest teilte er deren Gesinnung. Die Stahlhelmer waren genau die Männer, denen er zugehörte: Sie hatten den Kapp-Putsch getragen und setzten sich aus den alten Kämpfern zusammen.

Wie eine graue Masse schoben sie voran.

»Sie strahlen so viel Ruhe aus, sie wirken so durchgeistigt, nicht wahr?«, raunte Luise über ihre Tochter hinweg zu Lysbeth. Auf ihren Fahnen waren die alten Farben Schwarz-Weiß-Rot, die Farben des monarchistischen Deutschland vor dem verlorenen Krieg. Die Stahlhelmer hatten diese Fahnen mit einem Trauerflor versehen. Jedes Mal, wenn eine solche an ihnen vorüberzog, hob Fred den Hut als eine demonstrative Geste der Hochachtung. Auf der anderen Straßenseite standen vier junge Männer in SA-Uniform, sie grüßten jede Stahlhelmfahne durch Erheben der Hand. Luise hatte Tränen in den Augen, als sie laut zu Fred und Lysbeth sagte: »Wie schön und erhebend, dass der Bruderzwist zwischen NSDAP und Stahlhelm, der uns so betrübte, beigelegt ist. So wie heute Abend, so müsste es bleiben.«

Den Schluss des Zuges bildeten die SS-Leute. Die Menschen am Straßenrand waren wie berauscht vor Begeisterung, geblendet vom Licht der Fackeln gerade vor ihren Gesichtern und immer in ihrem Dunst wie in einer süßen Wolke von Weihrauch. Und vor ihnen Männer, Männer, Männer, braun, bunt, grau, braun, eine Flut von einer Stunde und zwanzig Minuten. Im zuckenden Licht der Fackeln meinte Lysbeth nur einige Typen zu sehen, die immer wiederkehrten, aber es waren über zwanzigtausend verschiedene Gesichter.

Neben Lysbeth stand ein Mann, auf dessen Schultern ein kleiner Junge saß, der nicht müde wurde, seine Hand zum Hitlergruß zu erheben und zu rufen: »Heil Hitler, Heil Hitlermann!«

Lysbeth hatte das Gefühl, dass sich in ihrem Magen ein dicker Klumpen aus Angst und unterdrückter Wut zusammenballte. »Juda, verrecke«, riefen die Männer im Zug wie die Menschen am Straßenrand. Und sie sangen vom Judenblut, das vom Messer spritzen solle.

Als der Zug sich auflöste, trafen sie die Gemüsefrau, die immer noch von den Studenten schwärmte. »Sie waren doch die schönsten, nech?« Ein Herr in Gehrock und Zylinder begab sich neben Fred und sagte laut:

»Der Eimsbütteler Turnhalle gegenüber stand der Führer der Hamburger Nationalsozialisten und neben ihm, die Hand an der Mütze, der Führer des Hamburger Stahlhelm, Korvettenkapitän Lauenstein, der vor wenigen Monaten von SA-Leuten niedergestochen wurde. Nun grüßte er den Vorbeimarsch der SA und der SA-Führer grüßte den der Stahlhelmer. Was für ein Augenblick!«

Luise jubelte: »Dieser Moment war der schönste in meinem Leben!«

Als alles vorüber war, war es doch noch nicht vorüber, denn den letzten SS-Leuten schloss sich eine harmlos vergnügte Menschenmenge mit Fackelresten an und machte ihren eigenen Fackelzug. Als Lysbeth sich von den Solmitz verabschiedete, war es Mitternacht geworden. Gisela sah aus, als würde sie gleich im Stehen einschlafen.

Luise drehte sich nach der Verabschiedung noch einmal um und rief hinter Lysbeth her: »Einigkeit, endlich, endlich! Da wir doch einmal Deutsche sind.« Und nach ein paar weiteren Schritten hörte Lysbeth, wie Luise rief: »Was muss Hitler empfinden, wenn er die hunderttausend Menschen marschieren sieht, die er rief, denen er die nationale Seele einhauchte oder wieder aufrichtete, Menschen, die bereit sind, für ihn zu sterben. Nicht nur so dahergesagt, nein, im bittersten Ernst!«

»Gute Nacht, Frau Solmitz«, sagte Lysbeth laut und schloss die Haustür auf.

In der Küche saßen Stella und die Tante und warteten auf sie. »Na«, fragte die Tante neugierig, »wie war's?« Lysbeth plumpste erschöpft auf einen Stuhl und berichtete in aller Ausführlichkeit. Es tat ihr gut, die Eindrücke zu teilen. Stella und die Tante hörten ruhig zu. Als sie geendet hatte, breitete sich ein lastendes Schweigen in der Küche aus. »Ein schöner Schlamassel«, sagte die Tante schließlich. »Am besten bereiten wir uns schon einmal darauf vor, das Kind bei uns zu verstecken.« Das Kind war Angela, das musste die Tante nicht erklären. Stella nickte. »Und vielleicht müssen wir noch mehr verstecken«, sagte sie langsam. »Wenn ich an alles denke, was ich bei meiner Schwiegermutter und bei uns hier im Haus und bei Jonnys Gesinnungsfreunden höre, und wenn ich dann eins und eins zusammenzähle, können wir froh sein, wenn wir Angela überhaupt jemals lebend wiedersehen.«

Sie wirkte nicht, als wolle sie weinen, sondern als bereite sie sich darauf vor, ein wildes Pferd zu reiten. Lysbeth aber, gewöhnt an Blut und Schmerzen und Eiter und Krankheiten, brach plötzlich in lautes Schluchzen aus. Die ganze Anspannung, die während des Fackelzugs ihren Körper gefangengenommen hatte, löste sich jetzt in einer Flut von Tränen. Stella umfing ihre Schwester und wiegte sie wie ein Kind. Die Tante holte den Zauberschnaps und schenkte für drei ein. »Kinder«, sagte sie, »wir müssen uns rüsten. Einige Menschen brauchen uns. Prost!« Lysbeth lachte zwischen den Schluchzern, und aus Stellas Augen kullerten ein paar Tränen, die sie schnell fortwischte. »Prost«, sagte sie energisch. »Ihr glaubt es vielleicht nicht, aber ich habe wirklich und wahrhaftig Muttergefühle entwickelt. Wie sagt man immer: ... wie eine Löwin ihre Jungen, oder? Ich glaub es selbst kaum, aber wenn ich an Angela denke, kriecht in mir die Löwin hoch.«

Von nun an waren die Menschen vom Hitler-Fieber befallen. Täglich sprach man auf der Straße, beim Bäcker, bei der Gemüsehändlerin, beim Schlachter über die neuesten Nachrichten. »Haben Sie schon gehört, Frau Wolkenrath, der Hitler hat auf sein Reichskanzlergehalt verzichtet. Das hat noch keiner getan.«

Am Abend teilte Stella der Familie lachend mit, dass sie Frau Solmitz auf der Straße getroffen habe und diese in ihrem Oberlehrerinnenton gesagt hatte: »Ich habe Hitlers Aufruf gelesen. Die ganze Regierung hat ihn ja unterzeichnet, aber er enthält zu viele Fremdwörter, seine Sprache ist ungepflegt. Aber ich sage: Erst handeln und dann, später, wollen wir Hitler schon ein reines, gutes Deutsch beibringen.«

Am 10. Februar 1933 hielt Hitler im Sportpalast Berlin eine Rede und dazu fand eine riesige nationalsozialistische Feier statt. Zu diesem Anlass machten sich viele Hamburger auf, um gemeinsam mit Freunden oder Verwandten bei Bier, Limonade und kleinen Knabbereien dem Ereignis vor dem Radio beizuwohnen. Auch die Wolkenraths saßen gemeinsam um das Rundfunkgerät, das oben bei Stella und Jonny stand. »Welch ein Aufmarsch«, begeisterte sich Eckhardt. »Welche Begeisterung«, kommentierte spöttisch Dritter. Die Regierung war vertreten, das Diplomatische Korps, die Eltern getöteter SA-Leute saßen in der vierten Reihe. Der Nachrichtensprecher überschlug sich förmlich vor Begeisterung, um das Schauspiel vor den Augen der Hörer anschaulich zu machen. Und so sahen die Wolkenraths Standarten über Standarten, die aus der Unterwelt der Kellerräume gestiegen waren, sie vernahmen ein brausendes Gewirr von Abertausenden von Stimmen und Heilrufen. Zuerst sprach Goebbels, dann sprach der Reichskanzler, der sich selbst zum Führer ernannt hatte und so schon in ganz Deutschland genannt wurde. Man sagte nicht: »Adolf Hitler, der Österreicher, der neuerdings Reichskanzler ist«, man sagte: »Der Führer.« Der Führer schilderte die Not, den Abstieg, die Verworfenheit, den Schmutz der vierzehn Jahre der Republik.

»Er sprach aus, was wir empfunden haben«, sagte Luise Solmitz am darauffolgenden Tag zu Käthe in einem kleinen Nachbarschaftsklönschnack. »Ist er nicht wundervoll?«, fuhr sie fort. »Er versprach gar nicht, dass alles von morgen an besser werden könne, aber er versprach, dass von nun an der deutsche Geist wieder Deutschland leiten solle.«

»Hat er das gesagt?«, gab Käthe höflich zurück.

»Vielleicht nicht wörtlich, aber das war ja der Sinn«, beteuerte Luise energisch.

Käthe sagte nicht viel während dieses Gesprächs. Und das war auch nicht nötig, denn Luise Solmitz schwelgte geradezu in Lob über Hitler. Käthe dachte beklommen an die Rede zurück. Ihr war sie zu kriegerisch gewesen. Hitler hatte das Heer angesprochen und gesagt, er vermisse die Marine, die Übermenschliches geleistet habe.

»Ich war etwas erstaunt, dass er seine Rede wie ein Vaterunser mit ›Amen‹ ausklingen ließ«, sagte sie. Und Luise antwortete: »Ja, er übersteigerte sich etwas. Er ist ja auch kein Redner, sondern unser genialer Führer.«

So wie Käthe und Luise Solmitz auf der Straße über die Ereignisse sprachen, die Deutschland bewegten, wurde in diesen Tagen überall gesprochen. Einkäufe beim Fleischer in der Bundesstraße oder bei der Gemüsefrau oder der Bäckerin blieben nicht ohne einen Plausch über die aufregenden Ereignisse des Tages. Die Rückkehr des Kaisers war ein beliebtes Thema. Die Fleischerfrau erwartete sie täglich, ebenso wie viele ihrer Kunden. Nun, da die Republik endlich begraben war, konnte er doch zurückkehren.

Für Jonnys Mutter, Edith von Warnecke, war eine phantastische Zeit angebrochen. Seit Jahren war nicht mehr so viel gefeiert worden. Die Feste rissen nicht ab, und Edith und ihr Mann gehörten zur Crème de la

Crème Hamburgs. Edith hatte die jungen Heißsporne, die wieder kämpfen wollten, ebenso wie die Männer, die sich während des Krieges Meriten erworben hatten, ebenso wie die Reeder und Geschäftsleute, die während der Republik unter den Sozis und den aufmüpfigen Arbeitern gelitten hatten, all die Jahre in ihrem Hause zu Gast gehabt. Jetzt, da die Sozis weg waren, die Arbeiter kuschten und alle sich auf ein neues schlagkräftiges Heer vorbereiteten, gehörte Edith zu den neuen Machthabern. Sie empfand bereits morgens beim Aufstehen ein Hochgefühl. Ihr Mann und sie hatten seit Ende des Krieges unter der Schmach der Niederlage gelitten. Als Hitler bereits im Februar ohne mit der Wimper zu zucken die Revision des Vertrags von Versailles forderte und sagte, er beanspruche den polnischen Korridor, jubelte sie. Und als er betonte, dass Deutschland den Anspruch auf »unsere Kolonien« keineswegs aufgegeben habe, war sie von tiefer Dankbarkeit erfüllt. Klaus von Warnecke war Mitglied des Kolonialbundes, ebenso wie Jonny. Edith empfand großen Respekt vor den afrikanischen Soldaten, von denen nicht nur General von Lettow-Vorbeck Gutes zu berichten gewusst hatte, sondern alle deutschen Offiziere, die in Afrika der deutschen Fahne die Stange gehalten hatten. Insofern vertrat Edith entschieden die Auffassung, dass jeder Rasse im Völkergemisch ihr Platz zuteil werden müsse, zugleich aber verabscheute sie entschieden den »vernegerten europäischen Ungeschmack«, womit sie Jazz-Musik meinte, die während der Weimarer Republik in Mode gekommenen Tänze wie Charleston und Bebop und ganz besonders die auch heute noch von der Jugend hochgehaltene Swing-Tanzbewegung.

In der Nacht auf den 28. Februar brannte der Reichstag. Durch Deutschland ging ein Aufschrei. Überall hörte man: »Die Kommunisten haben den Reichstag angesteckt, furchtbares Feuer, planmäßig an den verschiedensten Stellen angelegt.« Edith sagte zu ihrem Sohn: »Das ganze Denken und Fühlen der meisten Deutschen ist von Hitler beherrscht, sein Ruhm steigt zu den Sternen, er ist der Heiland einer bösen, traurigen deutschen Welt.« Jonny sah sie etwas erstaunt an. So kannte er seine Mutter nicht. Er selbst hatte sich vor 1933 schon dazu durchgerungen, der NSDAP beizutreten, aber er hielt sich viel darauf zugute, dass er den ganzen theatralischen Firlefanz, der um Hitler inszeniert wurde, von dem trennen konnte, worum es ging: Versailles musste fallen. Die Arbeiter mussten in ihre angestammte Rolle zurück, arbeiten und gehorchen. Die Wirtschaft musste wieder prosperieren. Deutschland brauchte wieder eine Wehrmacht, und die Wirtschaft brauchte die Aufrüstung. Die Sache war klar, und wenn das Volk dafür einen Heiland Hitler brauchte, würde er sich dem nicht entgegenstellen. Dass aber seine Mutter der ganzen Sache auf den Leim ging, störte ihn irgendwie.

Stella und Lysbeth waren bedrückter denn je. Seit Februar hatten sie nichts mehr von Angela gehört. Lebte sie überhaupt noch? Nach dem Reichstagsbrand war die Verfolgung der Kommunisten in Deutschland eine unumstrittene Notwendigkeit. Wo war Angela?
Anfang März schrieb Anthony: »Nun, da der Reichstag gebrannt hat, zweifelt niemand in England mehr daran, dass Hitlers Macht unaufhaltsam wachsen wird.« Kein weiteres Wort dazu, aber Stella wusste, was er meinte: Besseres hätte den Nazis nicht geschehen können.
Am Nachmittag, nachdem die Nachricht vom Reichstagsbrand durch Rundfunk und Zeitungen gegangen war, machten Lysbeth und Stella einen Spaziergang mit den Hunden, deren Zahl inzwischen auf sechs angewachsen war. In der Schlankreye zog an ihnen ein in einen Anzug mit Schlips und sauber gewienerten Schuhen gekleideter junger Mann vorbei, der nichts um sich herum wahrnahm. Mit dröhnender Stimme sang er sein Nazilied, ganz allein. »Es wird geradezu Anbetung, es wird Religion«, sagte Lysbeth. Stella nickte bedrückt.

Im März ging es Schlag auf Schlag. Im Rundfunk erstattete Göring Bericht über fürchterliche Mordpläne der Kommunisten, die sich angeblich in die Hochburg Hamburg zurückgezogen hatten. Die Mordpläne waren bei einer Durchsuchung des Karl-Liebknecht-Hauses entdeckt worden. Wie ein alter, ergrauter Beamter, trocken, voll schwersten Ernstes, äußerst sachlich, sprach Göring im Rundfunk darüber, dass man ein ganzes System unterirdischer Gänge und oberirdischer Galerien entdeckt hätte und zentnerweise Belege zutage gefördert worden seien, die die Pläne der Kommunisten detailliert beschrieben. Sie hatten geplant, Geiseln aus Bürgerkreisen zu nehmen, Frauen und Kinder von Polizeibeamten als Kugelfang. Die Kommunisten wollten bewaffnete Rotten zu Mord und Brand auf die Dörfer schicken, inzwischen sollte sich der Terror der von der Polizei entblößten Großstädte bemächtigen. Gift, kochendes Wasser, vom raffiniertesten bis zum ursprünglichsten Werkzeug sollte alles zur Waffe werden. Wie in Russland wollten sie alle Kulturgüter zerstören: Schlösser, Museen, Kirchen. Mit dem Reichstag hatten sie begonnen. Man habe achtundzwanzig von den Kommunisten gelegte Brandherde gefunden. Nun sei Schutzhaft über alle kommunistischen Parteiführer verhängt worden.

Als Lysbeth und Aaron sich am kommenden Morgen auf ihre Räder schwingen wollten, sprach Luise Solmitz sie aufgeregt an, ob sie schon von den neuesten Gräueltaten der Kommunisten gehört hätten. »Klingt etwas wie eine Räubergeschichte«, bemerkte Aaron, der weder glauben konnte, dass die Kommunisten so schreckliche Dinge taten, noch, dass die Nazis Räubergeschichten über die Kommunisten erfinden würden, um sie in der Bevölkerung zu diffamieren und um die brutalen Methoden, mit denen die Kommunisten gequält, gefoltert, getötet wurden, zu rechtfertigen. Obwohl Aaron täglich mit dem Leid und der Wut der linken Arbeiter konfrontiert gewesen war, die nach Auseinandersetzungen mit den Nazis zerschunden, verletzt in seine Praxis gekommen waren, und er neuerdings immer mehr zu tun hatte mit Arbeiterfrauen, deren Männer abgeholt worden waren und die vor Angst zitterten, konnte er sich immer noch nicht vorstellen, dass die Nazis wirklich absichtlich verletzten, logen, quälten. »Denken Sie nur an Russland«, sagte Luise Solmitz. »Wie unmenschlich die gefoltert haben. Ein germanisches Hirn kann das selbst dann nicht ersinnen, wenn es krank ist und nicht glauben, wenn es gesund ist. Wenn Italien, Amerika, England klug wären, sollten sie uns Geld schicken, den Bolschewismus zu bekämpfen.« Aaron sah sie erstaunt an, weil ihm diese Empörung nun doch etwas übertrieben vorkam. Lysbeth schwang sich aufs Rad und fuhr los. »Wir haben es eilig, einen schönen Tag noch«, rief sie über die Schulter hinweg.

»Wieso sehen wir die neuerdings eigentlich jeden Morgen?«, fragte sie wutschnaubend, als Aaron und sie bereits den Eppendorfer Weg erreicht hatten, und Lysbeth sicher war, dass Luise sie nicht mehr hören konnte.

»Sie bringt ihre Tochter zur Schule«, antwortete Aaron lächelnd. Lysbeth zog sich der Magen zusammen, als sie sein Lächeln sah. Er hätte auch gern eine Tochter, das wusste sie, oder einen Sohn. Ein Kind, das er morgens Hand in Hand zur Schule bringen könnte. Da sah sie einen Polizisten. Er trug eine Armbinde mit dem Hakenkreuz. Am Abend begegneten ihnen zwei andere Polizisten. Alle trugen Armbinden mit Hakenkreuz. Von nun an sah man keinen Polizisten mehr ohne diese Armbinde. Und im Nu hatten sich alle daran gewöhnt.

Der große Tag der Reichstagswahl war am 5. März 1933. In der Kippingstraße war kein Haus unbeflaggt. Schwarz-Weiß-Rot und Hakenkreuz, wohin man sah, auch aus dem Wolkenrath-Haus hing die Hakenkreuzfahne. »Festlich wie noch nie«, sagte Cynthia stolz. Seit dem Machtantritt der Nazis war sie aufgeblüht. Das lag vor allem daran, dass Eckhardt sich verändert hatte. Er verbrachte mehr Zeit mit ihr, als er es in den Jahren zuvor getan hatte. Seiner Tätigkeit im Windhundverein wollte er nun vor allem mit ihr gemeinsam nachgehen. Und auch im Tierschutzbund waren sie zusammen tätig. Cynthia hatte den Eindruck, dass Eckhardt vor Eifer glühte, als er mit ihr und Luise und Fred Solmitz im Tierschutzbund für die Gründung einer Kindergruppe eintrat. Tierschutz, das war eine edle Tätigkeit für ein Kind. Cynthia war in der Zeit, als ihre Mutter während der Wirtschaftskrise alleinstehende Frauen mit Kindern gegen Hilfsarbeiten in Haus und Garten in ihre große Villa an der Elbchaussee aufgenommen hatte, sehr gern mit Kindern zusammen gewesen. Vor allem hatte es ihr viel Spaß gemacht, den Kindern vorzulesen. Nun machte sie sich Hoffnungen, in der Kinder-Abteilung des Tierschutzbunds eine sinnvolle und befriedigende Tätigkeit zu finden. Cynthia fand, dass die deutsche Begeisterung einen außerordentlich günstigen Einfluss auf Eckhardt hatte, und sie verehrte Hitler deshalb umso mehr.

Am großen Wahltag spazierten Cynthia und Eckhardt mit drei der sechs Hunde durch Harvestehude, Cynthia führte einen, Eckhardt zwei an der Leine. Überall war geflaggt, manche Straßen allerdings fielen aus dem Rahmen. »Es ist doch bemerkenswert unangenehm«, bemerkte Cynthia spitz, »dass die Heimhuder Straße nur ein halbes Dutzend schwarz-weiß-roter Flaggen zeigt und sonst in ihrer ganzen Länge überhaupt keine. Was für Leute wohnen da eigentlich?«

Cynthia hielt viel auf Anstand und Moral, und einen Rückhalt fand sie seit langem schon in der Kirche. Sie hatte in den vergangenen Jahren erbauliche religiöse Bücher geradezu verschlungen. Darin war die

Rede von der erhabenen Rolle der Frau und von der krankmachenden sexuellen Gier der modernen Zeit. Seit Hitlers Machtantritt erwog sie insgeheim, zur katholischen Kirche überzutreten, der auch der Führer angehörte. Wenn Hitler seine Reden mit »Amen« oder neuerdings mit »unser täglich Brot und Frieden auf Erden«, beendete, erschauerte sie und schwor, der deutschen Sache ebenso zu dienen wie Gott.

Die Tante hatte Luise Solmitz vor der Wahl in einem dieser Nachbarschaftsschnacks gefragt, wo man eigentlich Hitlers Regierungsprogramm nachlesen könne. Sie vermisse das ein wenig. Früher habe man sich vor einer Wahl darüber informieren können, was die Leute beabsichtigten, auch wenn sie es dann später nicht gehalten hätten. Luise antwortete frostig: »Ich freue mich über Hitlers Programmlosigkeit, denn entweder ist ein Programm Lüge, Gimpelfang oder Schwäche. Der Starke handelt aus der Notwendigkeit einer ernsten Stunde heraus und kann sich nicht binden: Ach, das geht nicht, ich habe dies oder das versprochen. Schließlich ist jeder Mensch ein Programm für sich.« »Ach, so ist das«, hatte die Tante ernst geantwortet. »Jetzt habe ich es endlich verstanden. Dann noch einen schönen Tag, Frau Solmitz.«

Nach dem überwältigenden Wahlausgang für die Nazis redete Cynthia auf Eckhardt ein: »Alle treten der NSDAP bei. Warum nicht wir?« Eckhardt stimmte schließlich zu. Sein langjähriger Freund Askan von Modersen war bereits vor dem 30. Januar in die NSDAP eingetreten. Er hatte aber auch vorher schon deutlich gezeigt, dass Eckhardt seine Begierde nicht mehr wecken konnte. Eifersüchtig hatte Eckhardt seinen Liebhaber beobachtet, wenn sie sich im Windhundverein oder auf Askans Gut trafen. Askan hatte einen Neuen, dessen war er sich nach kurzer Zeit gewiss. Einen jungen Mann, der von der Universität kam und von Askan als sein persönlicher Berater angestellt worden war. Der junge Mann war, ebenso wie Askan, verheiratet und seine junge Frau, so schien es Eckhardt, war unablässig schwanger. Im März, nach der Wahl zum Reichstag, erhielt Eckhardt einen Brief von Askan: »Lieber Herr Wolkenrath! Die NSDAP hat mich auf einen verantwortlichen Posten berufen. Aus diesem Grund ist es mir nicht länger möglich, meinen Aufgaben im Windhundverein nachzugehen. So trennen sich also unsere Wege. Ich danke Ihnen noch einmal für Ihre beständige Unterstützung in der Windhundzucht und wünsche Ihnen und Ihrer Verlobten alles Gute. Heil Hitler.«

Eckhardt vergrub die Erinnerung an Askans und seine Liebe in der Tiefe seines Herzens. Von nun an, das wusste er, war ihm Vorsicht und Schweigen auferlegt. Eine andere Liebe als Askan zu finden, schien ihm auf ewig verwehrt. Von nun an wollte er also für sein verderbliches Laster, dem er mit Askan nachgegangen war, büßen, indem er sein Leben auf Gedeih und Verderb mit Cynthia teilte.

Auf den Straßen zeigte sich eine beeindruckende Lust, sich auszusprechen, die politische Erregung füllte zugleich mit dem Frühling auch die Straßen. Nicht nur Cynthia und Eckhardt verbrachten viel Zeit damit, durch Harvestehude zu laufen. »Alles wandert, wandert«, begeisterte sich Cynthia. Fremde Menschen drückten einander ihre Begeisterung über die deutsche Entwicklung aus. Eckhardt lächelte, stimmte zu, lauschte den Worten und unterschrieb das Formular, womit er und seine Verlobte der NSDAP ihren Eintrittswillen bekundeten.

Am 8. März wogte der Zug der Nationalsozialisten durch die Bundesstraße. Die beiden Solmitz, Eckhardt und Cynthia standen am Straßenrand und grüßten die Flaggen, ein unendlicher Strom brauner Leute zog an ihnen vorüber, fröhlich leuchteten weiß und rot drei Schutzleute mit der Hakenkreuzbinde, ihre Pferde tänzelten zur Musik, auch die übrige Polizei trug Armbinden. Am Straßenrand toste der Jubel, der Zug war so lang, dass die vier sein Ende nicht abwarten konnten. Sie machten sich auf den Weg zum Rathaus, dem neuen Senat zu huldigen.

Denn den hatten die Hamburger bekommen, ohne es eigentlich selbst zu merken. Luise Solmitz drückte Cynthia am Arm und sagte unter Tränen: »Endlich ist es erreicht.«

Edith umarmte ihren Sohn überschwänglich, als sie sich im Rathaus zu einem Empfang des neuen Bürgermeisters Carl Vincent Krogmann trafen. »Eine Revolution, ein Staatsstreich von rechts, wie eine Selbstverständlichkeit, wie eine reife Frucht, die einem in den Schoß fällt, das, was man nie zu hoffen, geschweige denn zu erreichen gewagt hätte«, jubelte sie. Diesmal schämte Jonny sich nicht wegen seiner Mutter. Er fand sie umwerfend jung und attraktiv in ihrer Begeisterung und ihrem eleganten Kostüm. Seine Frau Stella hingegen schien ihm an die-

41

sem Abend uralt. Grau sah sie im Gesicht aus, irgendwie eingefallen, und sogar ihr eigentlich hübsches dunkelblaues Kostüm mit der weißen Bluse wirkte altbacken. Laut vernehmbar stimmte er seiner Mutter zu. »Alles so ganz anders als in jenen verruchten und verfluchten Novembertagen 1918, da Deutschland immer tiefer in den Dreck sank, in Selbstbesudelung, in Unverantwortlichkeit.«

»Wie sinnlos wurde alles, gnädige Frau«, schnarrte ein Mann in SS-Uniform und warf Edith bewundernde Blicke zu, während er Stella vollkommen ignorierte, als gäbe es sie gar nicht im Raum. »Wie hemmungslos wurde der Pöbel.«

»Und jetzt nationaler Gedanke und Schwung, Sauberkeit, Aufstiegswille, Selbstbestimmung und Opfermut, nicht Pöbel, sondern Volk«, schmetterte Edith. »Mutter, du solltest Politikerin werden«, entfuhr es Jonny, doch im selben Augenblick wusste er schon, dass er etwas Falsches gesagt hatte.

»Politikerin?«, gurrte seine Mutter. »Nein, mein Sohn, der Führer hat vollkommen recht: Die Frau ist viel zu wertvoll, als dass sie in der Politik verschlissen werden darf. Die Frau ist die Zier nicht nur des heimischen Herdes, sondern des Feuers der Nation. Die Frau ist die Mutter, die Stütze des Mannes und des Volkes.«

»Manche Frauen sind noch mehr als das«, sagte da mit tiefer Stimme der Mann in der SS-Uniform. Jonny schämte sich ein wenig, weil er eine so wenig glamouröse Frau hatte. Stella war nicht Mutter, nicht Stütze, und nun war sie auch noch ein graues Nichts geworden. Er überlegte, ob er sich nicht doch besser scheiden lassen sollte. Das würde nicht schwerfallen, schließlich hatte sie einen Liebhaber in England. Auch wenn sie dachte, dass sie sich während seiner Abwesenheiten in London mit ihrem Galan heimlich im Lotterbett suhlen konnte, so wusste er natürlich alles.

Am 11. März kam Käthe leicht verstört von ihrem Einkauf nach Hause. Der Eppendorfer Weg war voll von Menschen gewesen. SA-Männer in Uniform hatten die *Produktion*, das große Lebensmittelgeschäft, abgesperrt. »Sie ließen keinen Käufer durch«, berichtete Käthe bedrückt. »Die Verkäuferin ging traurig nach Hause.«

»Und was wird aus den schönen dicken Pferden der Produktion?«, bemerkte Alexander, der zum Mittagessen nach Hause gekommen war.

Kurz darauf erschien auch Dritter und erzählte, dass in der Grindelallee vor einem galizischen Eiergeschäft die SA in Uniform mit Schildern stand, auf denen geschrieben war: »Kauft nur bei Deutschen«. Die Polizei habe verschüchtert daneben verweilt, offenkundig unsicher, was sie tun sollte. Er habe Fred Solmitz getroffen, der laut geschimpft habe, dass so ein ungehöriges Benehmen der SA nicht hinzunehmen sei und er sich sofort mit Polizeikommissar Zille in Verbindung setzen werde. Zille habe die Skagerakschlacht mitgemacht – auf der *Lützow* –, der denke national und werde die SA schon zurückpfeifen.

Vielleicht ermutigt durch Freds Eingreifen, habe plötzlich ein Polizist erbittert den SA-Männern zugerufen: »Ihr Gesinnungsakrobaten!« Und in Freds und Dritters Richtung habe er gesagt: »Das sind die Neuen, die können sich nicht genug tun.« Da hatte Fred Solmitz mit der ernsten Autorität des Majors beschwichtigend gesagt: »Dies ist ja nur die erste Überhitzung.«

Am gleichen Tag noch sprach Hitler sich im Rundfunk gegen die Ausschreitungen der SA aus. Zufällig war Johann gerade in der Kippingstraße. Er sagte nichts, aber man sah ihm an, dass sein Führer ihn gerade etwas erschütterte. Als Jonny ins Zimmer trat, murrte Johann: »Verstehst du das etwa? Die Aktion war doch von oben befohlen und organisiert, jeder SA-Mann hat schließlich seinen Standort zugewiesen bekommen, wieso wird plötzlich von eigenmächtigem Verhalten gesprochen?« Jonny lächelte nur und klopfte Johann auf die Schulter. »Der Führer weiß schon, was er tut«, sagte er. Hitler ließ seine Ansprache noch mehrfach im Rundfunk wiederholen.

Ende März schien der Tag vergessen zu sein, da sich die SA vor jüdischen Geschäften, Rechtsanwaltspraxen oder Arztpraxen aufgestellt hatte mit Schildern: »Kauft nicht bei Juden!« »Geht zu deutschen Ärzten!« »Meidet jüdische Rechtsverdreher!«

Luise Solmitz empörte sich über die Auslandspresse. Von »Judengräueln« war in englischen und französischen Zeitungen die Rede, angeblich seien tausendvierhundert Juden allein in Hamburg abgeschlachtet worden. »Und die Welt tut, als glaube sie das, weil ihr das so schön in ihre geschäftliche Konjunktur hineinpasst«, schimpfte sie laut, als sie Käthe auf der Straße traf. »Dabei tut kein Braunhemd den Juden was, kein Schimpfwort fliegt ihnen nach!« Käthe war in den letzten Wochen immer vorsichtiger und wortkarger geworden, wenn Nachbarn sie auf aktuelle politische Ereignisse ansprachen. »Ja, Frau Solmitz«, antwortete sie nun, »es kehrt langsam wieder Alltag in Hamburg ein, jeder geht wieder seines Weges. Einen schönen Tag noch.«

Edith von Warnecke begrüßte es sehr, dass seit Ende März in Dachau ein Konzentrationslager eingerichtet worden war, wo die Kommunisten, diese Geißel der Menschheit, endlich weggesperrt würden. Auch Luise und Fred Solmitz äußerten sich positiv darüber, dass die Vaterlandsverräter in Konzentrationslagern nun darüber nachdenken konnten, dass Deutschland sich nicht mehr an die russischen Bolschewiken verraten lasse, als sie gemeinsam mit Cynthia und Eckhardt zu einem Treffen des Tierschutzbundes unterwegs waren. Die beiden Paare hatten sich angefreundet, oft gingen sie nach den Versammlungen des Tierschutzes noch gemeinsam auf ein Bier in die Nazikneipe am Schulterblatt.

Lysbeth war still und blass geworden. Ihre Gedanken drehten sich unablässig darum, was Aaron alles geschehen und wie sie ihn schützen könnte. Ihre Sorge um Angela trat in den Hintergrund. Manchmal vergaß sie sogar, dass Angela vielleicht gerade gefoltert wurde oder auch schon tot war.

Aaron schwankte zwischen unterschiedlichen Stimmungen: Er war niedergeschlagen wegen der Judendiffamierung. Er verstand die Welt nicht mehr. Warum hassten die Nazis die Juden so? Noch mehr aber verstörte ihn, wie mit den Kommunisten und den früheren Gewerkschaftern und Sozialdemokraten umgegangen wurde. Wieso wurden sie in Lager gesteckt, Konzentrationslager genannt, wieso wurden sie so entsetzlich zugerichtet, wieso wurden solche Lügengeschichten über sie verbreitet? Denn dass es Lügengeschichten waren, daran zweifelte Aaron nicht, schließlich behandelte er seit Jahren die Arbeiter in Eimsbüttel und am Grindel. Er konnte sogar noch verstehen, dass manche der arbeitslosen hungrigen Deutschen auf die reichen Juden ebenso neidisch und wütend waren wie auf die übrigen reichen Deutschen, deshalb verstand er auch die kommunistischen Arbeiter, warum der Boykott allerdings jüdische Gemüsehändler und Schneider traf, das begriff er nicht.

Der Boykott jüdischer Ärzte ängstigte ihn nicht. Seine Praxis war täglich besser besucht. Die meisten Patienten bezahlten ihn mit Naturalien. Sie gaben, was gerade übrig war. Manchmal war sogar ein Huhn dabei. Aaron selbst hatte nicht zu klagen, aber er fragte sich, wo das hinführen sollte.

Eines Morgens, Lysbeth war schon in die Praxis gefahren, er wollte Hausbesuche machen, traf er Luise Solmitz. Es kam ihm fast so vor, als hätte sie ihn abgepasst. Sie sprach anders als sonst, leiser, vorsichtiger, als wolle sie unbedingt vermeiden, dass ein Nachbar sie hören konnte. »Wohin soll das führen, Dr. Bleibtreu?«, fragte sie mit zitternder Stimme. »Dahin, dass auch schließlich der internationale Jude den Nationalismus als Kinderei verbietet und die deutsche Fahne herunterreißt? Es besorgt mich so sehr, wenn die deutsche Erhebung ausgerechnet an den Juden verblutet. Mühsam, Steinchen um Steinchen, ist in vierzehn Jahren ein dürftiger Notbau errichtet worden, der sich deutscher Außenhandel, der sich Annäherung nennt. Und jetzt? Überall in der Welt sitzen doch Juden.« Aaron empfand Mitleid mit der Frau, die in den letzten Wochen so blanke Begeisterung gezeigt hatte, als würde sie endlich den Traum ihres Lebens erfüllt sehen. Und nun? Sie hat Angst, dachte Aaron erstaunt. Aber es trifft doch nicht sie, Fred und sie sind doch so arisch, wie man gar nicht arischer sein kann.

Der Judenboykott nahm täglich dramatischere Formen an. Das *Hamburger Fremdenblatt* schrieb: »Am Sonnabend schlagen wir los!« »Kampfansage an Juda«. Bald durfte keiner mehr in jüdischen Geschäften kaufen.

»Aber diese Juden müssen doch ihre Angestellten behalten und besolden«, bemerkte die Tante im Gespräch mit Luise Solmitz, die unangemeldet zu einem Tee vorbeigekommen war und offensichtlich Gesprächsbedarf hatte. »Hat Hitler das gemeint, als er sagte, er wolle die Arbeitslosigkeit beseitigen?« Luise schwieg. Dann sagte sie: »Hitler kann ja nicht überall sein, ich glaube, dass er das alles nicht will. Göring ist, glaube ich, derjenige welcher.« Nach einiger Zeit des Schweigens fügte sie bedrückt hinzu: »In Altona müssen sich jüdische Geschäfte bei Geld- oder Haftstrafe als ›Jüdisches Unternehmen‹ kennzeichnen.« Die Tante erwiderte trocken: »Es kommt mir nicht so vor, als ließe Hitler sich irgendwas entgehen. Neuerdings schließt auch der Deutschlandsender regelmäßig mit dem *Horst-Wessel-Lied* das Abendprogramm. Ich habe den Eindruck, dass Hitler und Göring sich sehr einig sind.«

Stella sagte kühl: »Wer Widerstand leisten will, kann es wohl immer noch tun. Zum Beispiel hat jetzt der Deutschnationale Ernst Oberfohren sein Reichstagsmandat niedergelegt, immerhin ist er der Vorsitzende der deutschnationalen Reichstagsfraktion.«

Luise stimmte zu, und es war nicht ersichtlich, ob sie triumphierte oder resignierte: »Ja, das war mutig. Er ist seit der Nationalversammlung dabei.« Leise fügte sie hinzu: »Welcher Jammer. Auch ein Herr von Bismarck ist zurückgetreten. Mein Mann nennt diesen fürchterlichen Umschwung auf ein ganz anderes Gebiet nur ›die falsche Weichenstellung‹.« Stella betrachtete den Gast nachdenklich. Die Tante lächelte und lenkte das Gespräch unauffällig auf das wundervolle Wetter im März.

Am 1. April hatten sich die Nazis einen ganz besonderen Aprilscherz ausgedacht: Um zehn Uhr wurden die »Posten bezogen«. Rote Plakate kennzeichneten die jüdischen Läden. »Kauft nicht beim Juden«. Manche Scheiben waren mit roter Ölfarbe beschmiert: »Achtung, Juden«. Viele Geschäfte bezeichneten sich als »altchristlich«. »Kein jüdisches Kapital, keine jüdischen Angestellten.« Vor den jüdischen Geschäften waren Braunhemden postiert. Johann stand vor dem Geschäft des Fräuleins Levy, die seit achtundzwanzig Jahren Weißwäsche verkaufte. Als die alte kleine Frau aus der Tür ihres Ladens in der Bundesstraße trat, sie sorgfältig abschloss und Johann ein sanftes Lächeln schenkte, schämte er sich einen winzigen Moment lang. Dann aber zog er tief aus der Kehle den Rotz hoch und spie einen dicken Kloß hinter ihr her. Er traf sie am Rücken, wo ein gelber Klecks an ihrem schwarzen Mantel hängen blieb. Das Fräulein ging einfach weiter.

Jonny hatte zu Aaron gesagt, er solle am 1. April lieber zu Hause bleiben und seine Frau solle er bei sich halten, das sei sicherer. Aber als Lysbeth mitbekam, was geschah, forderte sie Stella zu einem kleinen Spaziergang auf. Jede nahm zwei Hunde an die Leine, und dann wanderten sie durch die Stadt. Sie sprachen kaum. Sie schämten sich vor jedem Juden und vor jedem bekleisterten Geschäft, weil sie arisch waren. Stella dachte: Die Kommunisten haben sie offenbar unschädlich gemacht, jetzt sind die Nächsten dran.

Die Bevölkerung begleitete die Aktion nicht mit jubelnder Begeisterung. Im Gegenteil schien die Stimmung der Menschen gedrückt, unfroh, als könnten die meisten nicht innerlich zustimmen. »Wie albern«, sagte Lysbeth da. »Guck mal, Stella: *Tietz* ist geschlossen. *Karstadt* haben sie freigegeben, die jüdischen Direktoren sind angeblich zurückgetreten.«

»Und die arischen Geschäfte?«, höhnte Stella. »Welches kann denn noch ohne Bankgelder arbeiten und wem gehören die? Nie einem Juden?«

In der Grindelallee stießen sie auf einen Zug aufgeregter Menschen, zwischen zwei Polizisten stand ein blutender Mann im Malerkittel. Lysbeth drängelte sich durch die Menge auf die Polizisten zu. »Lassen Sie mich mal«, sagte sie und holte aus ihrer Manteltasche eine Flasche Jod und etwas Watte. Ehe die Polizisten sich versahen, wischte sie fast zärtlich das Blut von der Wange des Mannes, tupfte Jod auf die klaffende Wunde an den Augenbrauen. Der Mann stöhnte vor Schmerz auf, gleichzeitig lächelte er Lysbeth dankbar zu. »Die Wunde muss genäht werden«, sagte Lysbeth zu den Polizisten, »am besten bringen Sie ihn sofort ins Krankenhaus.« Sie fasste den Mann am Ellbogen. »Oder ich nehme ihn mit, ich bin Ärztin.«

Stella stand mit offenem Mund hinter ihrer Schwester. Sie hatte alle vier Hundeleinen in der Hand, Lysbeth hatte ihr kurzentschlossen ihre beiden Hunde dazu überlassen.

Die Polizisten sahen sich unschlüssig an. »Nee, Fräulein«, sagte der eine bedächtig, »das lassen Sie man, der hier ist einer von denen.« Er wies mit der Hand zur Synagoge. »Auf den können wir wahrscheinlich besser aufpassen als Sie.«

Stella trat mit zwei energischen Schritten vor die Polizisten, die vier Hunde drängten sich vor, es waren die größten aus dem Rudel. Stella zog sie zurück. »Das lassen Sie nur unsere Sorge sein«, sagte sie in einem vertraulichen Ton, als biete sie den Männern illegalen Schnaps an. Sie lächelte verschwörerisch. »Besser, wir nehmen ihn mit. Sie erfüllen hier bestimmt nur Ihre Aufgabe. Wenn der Ihnen verblutet, kriegen Sie nachher nur Ärger.«

Während sie mit den Wachtmeistern sprach, zog sich die Menschenmenge enger um sie zusammen. Die Hunde wurden unruhig. Stella wusste, dass sie sie vollkommen im Griff hatte. Manchmal dressierte sie die klügsten und stärksten des Rudels, es machte ihr Spaß, und die Hunde gehorchten ihr aufs Wort. Tiere liebten Stella, das war schon immer so gewesen. Die Polizisten legten ihre Hände an die Koppel. Um sie herum verbreitete sich eine brodelnde, flackernde, nervöse Stimmung.

Stella hatte aus den Augenwinkeln verfolgt, wie Lysbeth den Mann sachte und unauffällig fortgeschoben hatte. Jetzt brauchte sie noch etwas Zeit. Da fiel ihr etwas ein. Sie inszenierte eine kleine Tiershow. Sitz, Platz, toter Mann alle vier und einmal auf dem Boden um die eigene Achse drehen, und wieder hoch und Pfötchen geben. Die Stimmung der Menschen veränderte sich im Nu. Am Schluss klatschten alle. Stella verbeugte sich, nahm ihre Hunde und ging fort. Allerdings nicht, ohne vorher ihre Hand zum Hitlergruß hochzureißen und zu den Polizisten zu rufen: »Sieg Heil!« Die beiden Polizisten rissen ihre Arme ebenfalls hoch. Und dann war Stella schon verschwunden. Sie überlegte, ob sie Lysbeth in die Kippingstraße folgen sollte, entschied sich dann aber, ihren Spaziergang fortzusetzen.

Vor *Reese und Wichmann* stand ein Braunhemd. »Der Inhaber heißt Aronsohn«, erklärte er Stella, als sie fragte, was *Reese und Wichmann* denn mit Juden zu tun hätten.

Stella hatte die Nase voll. Sie machte sich direkt auf den Weg nach Hause. Da saß der Mann, der einen blutigen Malerkittel getragen hatte, jetzt in einem sauberen Nachthemd von Alexander. Er trug einen Verband um den Kopf.

»Er muss heute Nacht hier schlafen«, sagte die Tante. »Da draußen ist es für ihn zu gefährlich.« Sie hatte ihr Bett schon frisch für ihn bezogen, jetzt bekam er noch einen Herzwein, und dann sollte er liegen.

Der Mann sah grau aus. Lysbeth erklärte, dass auf seinem Kopf einiges kaputtgeschlagen worden sei. »Ein Wunder, dass er nicht ohnmächtig geworden ist«, sagte sie. »Aber Aaron hat die Wunden genäht, die Tante und ich haben ihn etwas chloroformiert, und morgen wird es ihm schon bessergehen.«

Sie mussten nur seine Familie informieren. Stella erklärte sich dazu bereit, aber Lysbeth ließ sich das nicht nehmen. Und Stella begriff, dass es Lysbeth guttat, irgendwie aktiv werden zu können.

Sie bat auch um ein Glas Wein und überlegte, ob sie nicht lieber eine Flasche Schnaps leeren sollte. Ihr war übel vor Wut, vor Scham, vor Angst. Und es machte sie krank, dass sie nicht nach Berlin fahren und Angela suchen konnte. Irgendwie aktiv werden zu können, das würde auch ihr helfen. Aber das wäre einfach zu gefährlich für Angela.

Am nächsten Tag behielten sie den Maler immer noch da. Er hatte Fieber bekommen. Seine Frau wusste Bescheid. Sie und die Kinder blieben bei sich in der Grindelallee zu Hause.

Als der Maler, sein Name war Salomon Weber, die Kippingstraße nach drei Tagen verließ, hatte er Tränen in den Augen. »Wie ich Ihnen danken kann, weiß ich nicht«, sagte er zu Lysbeth. »Aber ich werde es Ihnen nie vergessen.«

Alle sprachen davon, dass der Spuk hoffentlich bald vergessen sein würde. Aber jeder mit Verstand wusste, dass das nur der Auftakt war. Und so ging es auch Schlag auf Schlag weiter. Am 7. April wurde das Gesetz zur Wiederherstellung des Berufsbeamtentums erlassen. Nichtarische Ärzte und Zahnärzte wurden von der Versorgung der Kassenpatienten ausgeschlossen, in Preußen wurde ihnen generell die Approbation verweigert und damit auch die Eröffnung einer Privatpraxis unmöglich gemacht. Aaron zeigte sich unbeeindruckt. »Wir werden schon nicht verhungern«, sagte er zu Lysbeth. »Und Menschen, die uns brauchen, gibt es mehr denn je.«

Der ergriffene Reichstagsbrandstifter Marinus van der Lubbe wurde öffentlich mit dem Fallbeil hingerichtet. »Wir kehren ins Mittelalter zurück«, sagte die Tante spöttisch. »Bald werden widersetzliche Geister wieder ans Kreuz genagelt. Hexenverbrennungen vermeidet man, indem die deutsche Frau geschwängert wird. Und das weiß ja jeder, Schwangere und Stillende können nicht mehr klar denken, außer an ihr Kind. Alle verbleibenden Hexen werden ins KZ gesteckt.« Es geschah nur noch selten, dass die Tante solche Sätze von sich gab. Sie war während der vergangenen Wochen von Tag zu Tag schweigsamer geworden.

Manchmal lagen Zettel in den Hauseingängen in der Kippingstraße und keiner wusste, woher sie kamen. »Einstein ist im Ausland, hat seine preußische Staatsangehörigkeit aufgegeben«, war auf einem zu lesen. »Fünfundzwanzigtausend Reichsmark Bankgut sind beschlagnahmt. Ist das der deutsche Eigentumsbegriff?«

Eckhardt hob den Zettel verstohlen auf, als er ihn vor ihrer Tür fand. Er war nicht zufrieden mit diesem Vorgehen. Er hasste den Bolschewismus, der das Eigentum nicht achtete, aber nun, da er den Zettel las, dachte er: »Man darf so etwas nicht tun. Das bringt alles durcheinander.«

Luise und Fred wurden von Professor Bronne eingeladen, um an einem Besuch des Professors Prinz Max, Herzog zu Sachsen, teilzunehmen, bevor dieser in der Universität einen Vortrag über Tierschutz halten würde. Sie luden Eckhardt und Cynthia ein, sie zu begleiten. Cynthia war sehr gespannt. Sie liebte und verehrte alles Adlige, den Glanz, die Königsgeschichten. Und auch bei einem Professor zu Gast zu sein, empfand sie als große Ehre. Sie machte sich sehr hübsch zurecht.

Bei Professor Bronne ging alles sehr zwanglos zu. Dann erschien der Besuch. Die Tür öffnete sich und herein trat eine schwarze Erscheinung in Segeltuchschuhen, noch mit dem Mantel angetan, die Gestalt vornübergebeugt, fröstelnd, die Schultern eingezogen. Eckhardt bemerkte Hände mit feinen Fingern und blaue Augen, die wie ins Leere oder über die Welt hinweg blickten. Er fühlte sich sehr angezogen von diesen Händen.

Bald befanden sie sich in einer angeregten politischen Diskussion, und die blauen Augen des Prinzen blitzten nun sehr weltlich. »Die Bayern werden nie vergessen, was Hitler ihnen angetan hat«, zürnte Prinz Max. »Er hat eine Regierung verjagt, die sich nichts hatte zuschulden kommen lassen. Bis zum Jüngsten Tage vergessen wir ihm das nicht.«

Fred betonte, er sei stets und von je, und nichts werde ihn darin wankend machen, Anhänger der Monarchie gewesen.

Als das Thema auf die Judenfrage kam, öffnete Luise den Mund. Sie könne sich denken, dass für einen frommen Juden die Schächtfrage eine Lebensfrage sei, und dass das von der Regierung erlassene Schächtverbot jeden frommen Juden hart treffe, sagte sie. Lebhaft wandte sich der Prinz zu ihr und sagte, sie hätte eine Frage angeschnitten, die ihn nicht nur beschäftige, sondern auch seit langem beunruhige. »Das ist es ja eben! Das quält mich ja gerade!«, rief er aus. »»Es ist Gottes Gebot‹, sagt der Jude.«

Wie liebenswert dieser Mann wirkt in seinem alten, abgeschabten schwarzen Priesterrock, dachte Eckhardt. Nur ein Prinz wie er, Sohn des sächsischen, Enkel des portugiesischen Königs, Bruder des Königs von Sachsen, konnte sich so schrankenlos über jede Äußerlichkeit hinwegsetzen. Dass der Prinz einmal sächsischer Grenadier und Ulanenoffizier gewesen war, konnte Eckhardt sich einfach nicht vorstellen. Aber er wusste, dass es so war, und bewunderte ihn dafür.

Anschließend gingen sie gemeinsam zur Universität. Luise hatte befürchtet, dass niemand kommen würde, weil die Vorankündigungen sehr schlecht gewesen waren. Zu ihrer Überraschung war der Saal übervoll. Viele Juden waren da. Cynthia äußerte sich etwas befremdet über das Publikum. Prinz Max sprach über »Tierschutz und Volkstum«. Aber Eckhardt hatte den Eindruck, dass er gleichzeitig über etwas ganz anderes sprach.

Kurz nach Hitlers Geburtstag am 20. April 1933, er wurde vierundvierzig Jahre alt und Ehrenbürger von Hamburg, verbot er Kitsch. Das bewirkte ein Lächeln selbst bei denen, die ihm nach wie vor ungetrübt zugetan waren, denn um das Hakenkreuz blühte und wucherte eine ganze Industrie der Geschmacklosigkeiten: Sofakissen mit Hakenkreuz, Wollmützen mit riesigem Hakenkreuz auf dem Hinterhaupt, daneben welche nur in Schwarz-Weiß-Rot für Kinder vom nationalen Kampfblock. Hitler oder sein Banner auf Radiergummis und Bleistiften, auf Decken und Taschentüchern, auf Bonbons, die schwarz-weiß-rote Flagge erschien auch als Lolli.

Ende April wurde die Butter teurer und die Margarine knapp, angeblich um der Landwirtschaft zu helfen. Aber die Hausfrauen bekamen Schwierigkeiten beim Braten und Kochen.

In Hamburg wurde beschlossen, das Gängeviertel abzureißen. »Hoffentlich entsteht da keine Schuttwüste, wenn keine Baugelder da sind«, sagte Luise, ohne ein Blatt vor den Mund zu nehmen.

Fred schrieb an die Baupflege, um sie um Vorsicht und Schonung und Auslese zu bitten. Luise teilte das mit großem Stolz der Nachbarschaft mit. »Es gibt nichts, was meinen Mann berührt und beschäftigt, wofür er nicht aktiv eintritt!«

»Ist euch eigentlich schon aufgefallen«, sagte die Tante Ende April zu Stella und Lysbeth, »dass unsere begeisterte Nachbarin Luise neuerdings manchmal einen etwas säuerlichen Zug um den Mund hat?« Stella lachte. »Ja, gestern sagte sie zu mir: ›Ein deutsches Mädchen trägt Zöpfe, sagt Hitler, und alle tun es.‹ Ich hatte aber den Eindruck, dass Luise nicht der Auffassung war, dass ein deutsches Mädchen Zöpfe tragen sollte.«

Am 1. Mai war alles anders als in den Jahren zuvor. Es wurde ein Volksfest veranstaltet, das den Nationalsozialisten huldigte. Eckhardt und Cynthia machten mit. Sogar Hand in Hand gingen sie. Cynthia war so glücklich wie seit Jahren nicht. Am Abend leuchtete von St. Pauli her ein schwacher Lichtschein um den Wasserturm, der sich, einer Warte der Vorzeit gleich, in den Himmel baute, die Bäume ein Kranz um ihn, oben auf der Höhe des Hügels und durch die Stille erklang das Lied vom guten Kameraden. In Cynthias Herz schmerzte es, als wäre sie ein junges Mädchen. Sie hielt ihr Gesicht zu Eckhardt, der sich ihr zuwandte und auf ihren sehnsüchtigen Mund einen schnellen Schmatzer drückte.

Am folgenden Tag erfuhren sie von Hitlers neusten Plänen: Für alle sollte ein Arbeitshalbjahr eingerichtet werden wie einst die Dienstpflicht. Der Kopfarbeiter sollte nun die Handarbeit tun. Die Zinssätze sollten gesenkt werden, und alle sollten ihre Häuser in Ordnung bringen, streichen lassen, sich mit Aufträgen nicht zurückhalten.

Zwei Tage später wurden die Gewerkschaften Hitler unterstellt. Dann wurde das Vermögen des Reichsbanners und der SPD beschlagnahmt. Und in der Kippingstraße sprach man darüber, dass sich die Tennismeisterin Nelly Neppach das Leben genommen haben sollte. Vermutlich, weil man ihr als Jüdin die Sportplätze verschloss und ihre für Deutschland errungenen Siege nicht wollte.

Als sei das neuerdings gesetzlich vorgeschrieben, dämpfte jeder von nun an im Gespräch auf der Straße die Stimme und brach mitten im Wort ab, wenn Leute vorübergingen, sofern er vorher irgendetwas Kritisches gesagt hatte.

Am 13. Mai, zwei Tage vor der öffentlichen Bücherverbrennung, klingelte es an der Tür. Stella öffnete und stand vor einer blonden Frau, deren Zöpfe über den Ohren zu Schnecken geflochten waren. Ungläubig riss sie ihre Augen auf. Welche Ähnlichkeit diese Frau mit ihrer Tochter besaß. Da sagte diese mit einem englischen Akzent: »Guten Tag, ich bin Jennifer Hudson. Darf ich eintreten?« Stella besaß ein feines Gehör. Es gab keinen Zweifel: Das war Angelas Stimme. »Kommen Sie herein«, sagte sie so neutral, wie es ihr irgend möglich war. Erst als die Haustür geschlossen war, fielen sich Mutter und Tochter in die Arme.

3

Jennifer Hudson war abgereist, ohne dass Jonny oder ein anderer Mann der Familie sie zu Gesicht bekommen hatte. Sie hatte der Tante noch mitgeteilt, dass ein Genosse sich mit ihr in Verbindung setzen und sie mit ihrer Aufgabe vertraut machen würde. Sie hatte Lysbeth gesagt, sie solle ihre Informationen über Stella an Anthony schicken. Am besten in Form eines Tagebuchs, das irgendwem mitgegeben würde, das wirke unverfänglicher als Briefe. Es gebe geheime Poststellen in Hamburg, sie selbst wisse noch nicht genau, wie das alles ablaufen werde, wenn sie in London sei. Lysbeth solle einfach immer alles aufschreiben, und dann werde man sehen. Angela alias Jennifer hatte ihre Großmutter Käthe zum Abschied lange im Arm gehalten, als hätte sie Angst, sie nicht wiederzusehen. Sie hatte sich recht kühl mit einem kräftigen Händedruck von Stella verabschiedet. Und auch Stella war nicht in der Lage gewesen, den ersten Schritt zu einer Versöhnung zu machen.

Niemand hatte zum Abschied Tränen vergossen. Aber als Angela fort war, schlichen alle vier Frauen einen ganzen Tag lang still und bedrückt herum. Sie sprachen nicht miteinander. Was hätten sie auch sagen sollen? Jede wusste, welche Angst die andere ausstand. Keine konnte der anderen helfen.

Zwei Tage später ging Stella zum Hauptpostamt in der Stadt und meldete dort ein Telefongespräch nach London an. Sie wollte mit Anthony sprechen. Eigentlich wollte sie ihn bitten, ein Auge auf Jennifer zu haben und eigentlich wollte sie ihm sagen, dass er Jennifer einen Gruß von ihr ausrichten solle und dass es ihr leidtue, aber kaum meldete sich verzerrt Anthonys Stimme, begann Stella zu weinen. Unterbrochen von Schluchzern schimpfte sie: »Du bist ein verdammter Verräter, … ich werde es nicht überleben … ich liebe dich viel zu sehr ich kann dich nicht verlassen … ich werde einfach sterben, aber vorher, das schwöre ich dir, werde ich dich umbringen … auf jeden Fall schneide ich dir den Schwanz ab!«

Anthony horchte angespannt an der anderen Leitung, Stella konnte ihn geradezu sehen, wie er horchte, um zu begreifen, was vor sich ging. Dann fragte er in die knackende und rauschende Leitung hinein: »Stella, was ist geschehen?« Er klang sehr besorgt. Und wieder konnte

Stella kaum sprechen, so sehr musste sie weinen. Alles brach aus ihr heraus. Dass sie nicht gewusst hatte, dass er zu Jennifer Kontakt hatte, dass sie ihm verüble, ihr davon nichts geschrieben zu haben, dass sie ihn verstehen könne, wenn er mit einer so jungen und hübschen Frau wie Jennifer ... Und wieder schluchzte Stella, bis ihr hörbar die Luft wegblieb. Anthony sagte nichts. »Bist du noch da?«, schrie Stella verzweifelt. Wenn er jetzt auflegen würde, das wäre das Schlimmste.

»Stella, beruhige dich«, sagte er ruhig und formulierte jedes Wort sehr deutlich, damit sie es auch auf Englisch verstand. »Wenn ich dich richtig begriffen habe, denkst du, dass ich mit Fräulein Hudson ein Techtelmechtel habe. Darin irrst du aber gewaltig. Erstens liebe ich eine Frau, nämlich dich, zweitens, soviel ich weiß, liebt sie einen Mann, dessen Namen ich nicht weiß. Ich habe ihr ... geschäftlich geholfen. Mehr nicht. Bevor ich ärgerlich auf dich werde, weil du mir misstraust, entschuldigst du dich jetzt ganz schnell und sagst, wann du kommst.«

An Stellas Ohr drang sein zärtliches Lachen, und sie meinte, vor Sehnsucht ohnmächtig zu werden. »Entschuldigung«, sagte sie unter Tränen. Ihr war sehr schwindelig. In ihrem Kopf drehte es sich. Vor Erschütterung über sich selbst, wie schnell sie misstraute. Vor Sehnsucht nach diesem geliebten Mann. Und weil die Luft in der Telefonkabine sehr schlecht war. »Anthony«, rief sie, »ich komme bald. Ganz bald. Sobald ich kann. Ich liebe dich!« Ganz leise fügte sie hinzu: »Ich liebe dich mehr als mein Leben, mehr als alles, ich liebe dich.«

»Ich erwarte dich«, sagte Anthony. Seine Stimme wirkte jetzt sehr weit entfernt. »Ich liebe dich auch, mehr als alles andere auf der Welt.«

Es knackte in der Leitung, und Anthony war fort. Stella legte ihre Hand dorthin, wo eben seine Stimme erklungen war, dann küsste sie das Hörrohr.

Sie taumelte kurz, als sie die Kabine verließ, dann riss sie sich mit aller Kraft zusammen und hielt sich stolz und aufrecht, während sie einen Schritt vor den anderen setzte, um das Gespräch zu bezahlen.

Mitte Mai, nach einem öffentlichen Appell von Präsident Roosevelt, beteuerte Hitler, dass in Deutschland keinerlei geheime Aufrüstung stattfinde, und dass, wer das behaupte, ein Lügner sei. Luise Solmitz teilte Cynthia ihre Auffassung mit, dass Hitler nun endlich derjenige sei, der

der Welt Frieden bringen könnte. Cynthia übermittelte dieses wortgetreu ihrer Schwägerin Stella. Stella brach in lautes Lachen aus. Cynthia sagte schmallippig und scharf: »Stella, du solltest dich in Acht nehmen, heute lacht man nicht mehr so einfach über mich.«

Stella sah sie erstaunt an. »Ich lach doch gar nicht über dich«, sagte sie, »ich lache darüber, dass man einfach nur dreiste Lügen laut verkünden muss und schon gibt es eine Menge Leute, die diese als Wahrheit weitertragen.«

Cynthias Mund war so schmal, dass man ihn kaum mehr sah. Sie schnaubte durch die Nase und stieß dann hervor: »Ich sag es nochmal, Stella Maukesch: Nimm dich in Acht!«

Im Juni gab es einen kleinen Riss in der Freundschaft von Cynthia und Luise. Luise sagte, dass sie das neue deutsche Wort Gleichschaltung gar nicht schön fände. Da überlegte Cynthia, ob sie auch Luise warnen solle, dass diese keine lästerlichen Reden führen solle. Aber Luise war ihr nach wie vor sehr wichtig. Neuerdings verfolgte Cynthia täglich die Nachrichten. Sie liebte es, mit Eckhardt darüber zu sprechen, was das nun für sie oder zum Beispiel für Aaron und Lysbeth bedeutete. Auch der Austausch mit Luise und selbst mit Fred Solmitz lag ihr sehr am Herzen. Beide hatten seit Februar in Begeisterung für das neue Hitlerdeutschland und vor allem für Hitler geschwelgt. Cynthia war bereit, die vorsichtigen kritischen Töne, die sich neuerdings manchmal in Luises Worte schlichen, zu überhören. Und wahrscheinlich irrte sie sich auch, und Luise ging es wirklich nur um das gute Deutsch, für das sie so entflammt war. Außerdem waren Luise und Fred so gebildet. Es gab Cynthia einfach ein Gefühl von Erhöhung, mit ihnen befreundet zu sein.

Am 21. Juni sollte der Sonnwendtag gefeiert werden, diesmal als Fest der Jugend nach altgermanischer Sitte. Luise war in den letzten Wochen auf der Straße und in den Geschäften schweigsamer geworden, wenn über die Ereignisse des Tages gesprochen wurde, am Tag der Sonnwendfeier aber sagte sie lächelnd zu der Tante: »Es gibt keine Zusammenrottungen von Halbstarken und von der Unterwelt mehr gegen Polizisten. Das ist einzig und allein Hitlers Verdienst.«

Die Tante richtete ihre alten Augen auf Luise und bemerkte trocken:

»Sie haben recht, Frau Solmitz, allerdings kommen mir manche aus der SA und der Hitlerjugend ziemlich halbstark vor.« Sie beobachtete Luise genau, während sie deren Reaktion abwartete. Aber Luise sagte nur: »Manche übertreiben. Das wird sich schon noch geben.« Und dann verabschiedete sie sich eilig. Die Tante blickte nachdenklich hinter ihr her.

Eines Abends im Juni machte Jonny sich ausgehfertig. Er wienerte seine Schuhe, trug seinen besten Anzug, legte seine Auszeichnungen an. Er wollte mit Fred Solmitz und Maximilian von Schnell ein Treffen der *Kadenach* besuchen, der Kameradschaft der Nachrichtentruppen. Er hatte während des Krieges kurze Zeit Nachrichtenflüge geflogen, ebenso wie Fred Solmitz, der allerdings dabei geblieben war, während Jonny zur Marine gegangen war. Maximilian von Schnell hatte ohnehin mit der Nachrichtentruppe zu tun gehabt, so recht wusste Jonny bis heute nicht, auf welche Weise. Jonny sah so akkurat aus, so stattlich, und Stella war fast stolz auf ihn. Zum Abschied bürstete sie noch einmal alle Fusseln von seinen Schultern und wünschte ihm und Fred Solmitz einen schönen Abend. Als die Tür aber hinter ihm ins Schloss gefallen war, fragte sie die Tante, was diese Nachrichtenkameraderie eigentlich bedeute. »Keine Ahnung«, sagte die trocken, »aber du kannst davon ausgehen, dass das, was wir heute mit Jennifer und so machen auch etwas Ähnliches ist wie Nachrichtenkameradinnenschaft.«

Als Jonny zurückkam, war Stella noch wach und blätterte in einer Modezeitschrift. Jonny zog sich aus und warf sich geräuschvoll aufs Bett. Das tat er immer, wenn er unbedingt etwas loswerden musste. Stella legte also die Zeitschrift zur Seite und wandte sich ihm zu. Sie hatte zwar zu Jennifer gesagt, dass sie keine Spionagedienste für die Roten leisten werde, aber seit Mai sperrte sie ihre Augen und Ohren weiter auf, wenn es um irgendetwas ging, das Jonny erlebt hatte und ihr erzählen wollte.

»War's schön?«, fragte sie also und faltete die Hände über der Bettdecke.

»Stella«, schnaufte Jonny, »ich mache mir Sorgen.«

»Sorgen?«, fragte sie interessiert zurück.

»Ja. Irgendwas ist komisch mit Fred Solmitz. Irgendwas stimmt mit ihm nicht. Ich hab gehört, dass er aus dem *Akademischen Verein* ausgetreten ist. Keiner sagt warum. Aber es wird über ihn gemunkelt. Sag mal, hältst du es für möglich, dass Fred Jude ist?«

Stella fuhr zusammen. Fred Solmitz Jude? Das war unmöglich.

»Oder Luise?«, überlegte Jonny weiter. »Das Mädchen, die Gisela, ist auch nicht im BdM, das ist doch eigenartig. Und Fred geht nicht in die Partei. Das passt gar nicht.«

Er rutschte tiefer unter seine Bettdecke und drehte sich auf die Seite. »Na ja, ungelegte Eier«, sagte er noch und dann schnarchte er schon. In einer Sekunde würde er schlafen, wusste Stella. Schnell löschte sie das Licht. Nach solchen Abenden kam Jonny manchmal noch auf die Idee, sich ihr körperlich zu nähern, und sie musste immer erst auf ihn einreden, bis er sich erinnerte, dass er bei ihr wirklich nicht mehr landen konnte.

Auch sie rutschte tiefer unter ihre Decke. Dann lag sie wach im Dunkel. Mit den Solmitz sollte etwas nicht stimmen? Wie schnell neuerdings um Menschen Gerüchte aufkeimten, sich ausbreiteten und dann Wahrheit waren. Ich muss noch viel vorsichtiger sein, dachte Stella. Die Reisen nach England müssen plausibler gemacht werden, sonst könnte ich Schwierigkeiten kriegen. Und meine Schwierigkeiten sind immer auch gleich Lysbeths Schwierigkeiten.

Von Juli an verschwand die Tante manchmal zu geheimnisvollen Spaziergängen, und wenn Stella sie begleiten wollte, warf sie ihr einen zornigen Blick zu. »Du scheinst zu wenig zu tun zu haben«, sagte sie dann. »Geh bitte deinen eigenen Geschäften nach, noch muss ich nicht an der Hand geführt werden.« Niemand außer Stella und Lysbeth bekam mit, dass sie zuweilen für längere Zeit verschwand. Manchmal warf sie Stella einen bedeutsamen Blick zu, anfangs mit den Worten: »Du wolltest mich doch auf einen kleinen Spaziergang begleiten«, später reichte der Blick, und Stella sagte: »Tantchen, lass uns mal einen kleinen Verdauungsspaziergang machen.« Dann ging sie mit der Tante bis zur Bogenstraße, wo die sie energisch wegschickte, nachdem sie einen Treffpunkt am Hoheluftchausseebahnhof vereinbart hatten.

Die Tante war überrascht von der Anzahl der Menschen, die bereit waren, sich den Nazis zu widersetzen. Da war der Fischmann im Eppendorfer Weg, der Zeitungskiosk an der Hallerstraße, die Buchhändlerin in der Hoheluftchaussee. Einmal in der Woche machte sie ihre

Runde. Ihr Kontaktmann hieß lustigerweise Adolf, aber sie hatte ihn im Verdacht, dass er gar nicht wirklich Adolf hieß, sondern sich diesen Namen nur zugelegt hatte, falls irgendjemand geschnappt würde, der mit ihm zu tun gehabt hatte. Adolf stand mit dem Fahrrad Ecke Bundesstraße und Eppendorfer Weg, und wenn sie in seiner Sichtweite war, stellte er das Fahrrad an die Hauswand und entfernte sich auf die andere Straßenseite. In der hinteren Satteltasche lagen die Zeitungen. Wenn sich jemand anders daran zu schaffen gemacht hätte, wäre Adolf sofort zur Stelle gewesen. Sobald die Tante auf der Höhe des Fahrrads war, schlurfte sie wie eine sehr alte Frau und stützte sich für einen Moment an der Hauswand ab. Dabei hob sie in Windeseile die Lasche der Satteltasche an und entnahm ihr eine schwarze Tasche, wie sie alte Damen zum Einkauf trugen. Sie holte tief Luft, nahm den Henkel der Tasche in ihre linke Hand und ließ mit der Rechten eine ähnliche Handtasche mit einem Briefumschlag mit Geld hineinplumpsen.

Dann schlurfte sie weiter. Sie wusste, dass in dem Haus gegenüber im ersten Stock ein Genosse wohnte, der seit einer Stunde schon hinter der Gardine die Straßenkreuzung überwachte. Nichts Auffälliges wäre ihm entgangen. Adolf behielt die Gardine ebenso im Auge wie sein Fahrrad und die Tante. Wenn die Gardine zurückgezogen wurde, war Alarm angesagt. Wenn die Gardine ruhig blieb wie immer, konnte die Sache ablaufen, wie sie es immer tat.

Die Tante machte sich ruhig auf den Weg zum Fischmann im Eppendorfer Weg. Sie trug einen dunkelgrauen Mantel, dazu einen dunkelgrauen Hut, an dem eine grüne Feder befestigt war. Sie trug eine Hornbrille und feste Schuhe. Sie sah aus wie eine rüstige alte Frau, die zu ihrem Einkauf unterwegs war, zum »Einholen«, wie man in Hamburg sagte. Sie sah nicht aus wie eine hundertjährige Greisin, kein Mensch wunderte sich darüber, wie mühelos sie auf ihren Beinen ausschritt, sie erweckte in keiner Hinsicht Aufmerksamkeit. Wer ihr begegnete, würde sie hinterher von hundert anderen alten Frauen, denen er am gleichen Tag begegnet war, nicht mehr unterscheiden können.

Beim Fischmann kaufte sie den Fisch, der in der Kippingstraße zu Mittag verzehrt werden würde. Der Fischmann war nicht allein im Laden. Seine Frau durfte nichts wissen. Das wäre zu gefährlich für sie. Die Tante zog seine Frau in ein angeregtes Gespräch über die Kinder und was aus ihnen werden sollte, über die Krankheiten der Mutter der

Fischhändlerin und über Gewürze, die man in eine kräftige Aalsuppe tat. Währenddessen verpackte der Fischhändler die Fische, die er für sie zusammengestellt hatte, und wickelte sie in Zeitung ein, bevor er sie in den Beutel der Tante legte. Dass er aus ebendiesem Beutel zwei Zeitungen entnahm und etwas Geld hineingleiten ließ, bemerkte niemand im Laden, denn die Tante zog alle Aufmerksamkeit auf sich.

Anschließend ging sie zum Buchladen. Dort war es weniger gefährlich, weil die Regale genügend Schutz vor neugierigen Blicken boten. Es war möglich, so lange mit einem Buch in der Hand stehen zu bleiben, bis der Laden leer war. Und wenn er nicht leer war, setzte sie sich einfach auf den Sessel in der Ecke und vertiefte sich ins *Hamburger Fremdenblatt*, eine ehemals sozialdemokratisch orientierte Zeitung, die der Familie Broschek gehört hatte, dem nun aber ein Nazi als Chefredakteur vorstand und das dementsprechend informierte. Dass sie drei andere Zeitungen zurücklegte, fiel niemandem auf. Und dass die Buchhändlerin anschließend die Zeitungen auf dem Tisch neu sortierte, war nur verständlich, weil die Tante sie arg zerfleddert zurückgelegt hatte.

Mit der Buchhändlerin wechselte sie kaum ein Wort. Das tat sie nur dann, wenn sie während der Woche vorbeikam, um einen kleinen Klönschnack zu halten. Oskar Maria Graf hatte nach den Bücherverbrennungen einen Beschwerdebrief geschrieben. Warum seine Bücher nicht verbrannt worden seien, hatte er moniert. Ob man ihn nicht für bedeutsam genug halte. Das betrachte er als Herabwürdigung. Dieser Brief war in der Zeitung veröffentlicht worden, die die Tante verteilte.

Es gab nur noch wenige Bücher zu kaufen, die lesenswert waren. Die Buchhändlerin liebte Bücher. Sie hasste die Nazis, seit diese Bücher verbrannt hatten. Vorher hatte sie sich wenig um Politik gekümmert. Jetzt allerdings wollte sie die Kommunisten unterstützen. Es gab einige Menschen, denen sie vertraute. Denen überreichte sie die Zeitung einmal in der Woche. Alle revanchierten sich mit etwas Geld. Eine Zeitung musste gedruckt werden, das wusste jeder. Und diejenigen, die solchen Zeitungen schrieben und druckten, lebten gefährlich. Sie brauchten bestimmt Geld.

Den Weg vom Buchladen zur Hallerstraße legte die Tante in der Straßenbahn zurück. In ihrer Tasche trug sie die Fische und einen *Stürmer*, das üble Propagandablatt der Nazis, das in einer Mischung aus Pornographie und Verleumdung täglich gegen Juden hetzte. Detailliert wurde dort zum Beispiel berichtet, welche sittliche Verdorbenheit den Juden zu eigen war. Beispielsweise wurde in aller Ausführlichkeit beschrieben, wie ein jüdischer Arzt arische Mädchen hypnotisierte und dann missbrauchte.

Unter dem *Stürmer* lagen zehn Zeitungen oder Flugblätter, je nachdem, was gerade zur Verfügung stand. Die Tante fiel nicht auf, eine alte Frau, die von einem Ort zum andern fuhr. An der Hallerstraße stieg sie aus. Hier waren die Synagogen nicht weit entfernt. Und die Universität auch nicht.

Der Zeitungskiosk wurde von vielen Studenten frequentiert. Die Tante legte ihre Tasche auf die ausliegenden Zeitungen. Der Mann mit dem Hitlerschnäuzer im kleinen Häuschen lächelte sie an. »Na, was darf es denn heute sein?«, fragte er in breitem Hamburgisch. Eine Packung *Trommler*, sagte die Tante. Es gab eine Abmachung zwischen ihr und dem Verkäufer. Wenn er sagte: »Ich habe nur *Alarm*«, würde die Tante sich einfach wieder entfernen. Diese Zigarettensorten wurden neben anderen mit ähnlich kämpferischen Namen seit 1929 in einer Dresdner Zigarettenfabrik hergestellt, deren Eigentümer sich mit der SA eine solide Käuferschicht versprochen hatte. So waren eigene Verträge zwischen SA und Artur Dressler, dem Eigentümer der Fabrik, abgeschlossen worden. Dem hatte allerdings Reemtsma mit hohen Spenden an die NSDAP entgegenzuwirken versucht.

Wenn der Verkäufer nicht von Alarm sprach, reichte die Tante ihm den Beutel und sagte: »Tun Sie die Zigaretten gleich da rein und bitte nehmen Sie sich doch das Geld aus der Börse, ich hab die falsche Brille mitgenommen.« Der Mann mit dem Hitlerschnäuzer drehte sich zu seinen Zigaretten um und legte zwei Packungen hinein. Er holte die restlichen Zeitungen aus der Tasche und entnahm der Geldbörse das Geld für die Zigaretten. Die Tante hatte leider kein Kleingeld. Also musste er Kleingeld zurücktun. Dass dieses Kleingeld das Geld übertraf, das er für die Zigaretten abgezogen hatte, konnte niemand sehen, so schnell und so beiläufig geschah das alles.

Die Tante machte noch einen kleinen Klönschnack über seine Enkelkinder, die nun auch schon in die Schule kamen, und dann marschierte sie nach Hause in die Kippingstraße oder zum Hoheluftchausseebahnhof, wo Stella auf sie wartete.

Das Ganze lief auf der Basis von absolutem Vertrauen ab. Wenn auch nur einer ihrer »Kunden« unehrlich war, wäre die Tante eine tote Frau. Auch hätte der Zeitungsmann das gesammelte Geld aus der Einkaufstasche der Tante nehmen und sich ohne jede Gefahr bereichern können. Aber jeder vertraute dem andern. Nur so war es möglich.

Zu Hause begab die Tante sich in die Küche und holte den Fisch aus dem Beutel. Außerdem die letzte der roten Zeitungen. Bevor sie den Fisch zubereitete, las sie. Anschließend legte sie die Zeitung in Lysbeths Zimmer unters Kopfkissen. Alles geschah wortlos. Außer Lysbeth, Stella und der Tante war niemand im Haus eingeweiht.

Auch Aaron wusste nichts von der Tätigkeit der Tante. Und er wusste nichts davon, dass Lysbeth manche der Informationen, die sie ihm mitteilte, aus einer kommunistischen Gewerkschaftszeitung hatte. Er wollte auch sowieso möglichst nichts hören. In seiner Praxis bekam er genug Schlimmes mit, zu Hause wollte er so heiter wie nur irgend möglich sein.

Die Tante verteilte die Zeitung der RGO, der *Roten Gewerkschafts-Opposition*, die der KPD nahestand. Im Bezirk Wasserkante waren die meisten der etwa achtundzwanzigtausend Angehörigen dieser illegalen Organisation zugleich Mitglieder einer der dem *Allgemeine Deutschen Gewerkschaftsbund* ADGB angeschlossenen Einzelgewerkschaften gewesen, und dadurch hatte die RGO erheblichen Einfluss auf den von rechten Sozialdemokraten geführten ADGB-Bezirk gehabt. Sie bemühte sich vor 1933, zum Teil mit Erfolg, um die Schaffung einer antifaschistischen Einheitsfront der Arbeiter, Angestellten und Erwerbslosen, gleich ob sie Kommunisten, Sozialdemokraten oder parteilos waren.

Schon vom Januar 1933 an, vier Monate früher als für die sozialdemokratischen und christlichen Gewerkschaften, hatte für die RGO die Zeit der Illegalität begonnen. Ohne dass gegen sie ein offizielles Verbot erlassen worden war, wurden ihre Funktionäre durch polizeiliche Maßnahmen und brutale Überfälle der SA und SS von Anfang an in den Untergrund gedrängt.

Obwohl sich im Frühjahr 1933 der Terror der Nazis von Monat zu Monat steigerte, gelang es der Hamburger RGO-Führung in Verbindung mit einundzwanzig Stadtteilkomitees, rund siebentausend Mitglieder in der Hansestadt zusammenzuhalten. Die regelmäßig erscheinende und heimlich verteilte RGO-Zeitung kursierte zwar vor allem in den Betrieben, es gab aber einige Kleinunternehmer, die an diesen Zeitungen sehr interessiert waren und die bereit waren, für diese illegal tätige Gewerkschaft nicht nur selbst Geld zu spenden, sondern auch im Bekanntenkreis etwas Geld zu sammeln. Von Juni 1933 an begannen die RGO-Betriebszellen, Verbindung mit einzelnen Mitgliedern und Gruppen der verbotenen ADGB-Gewerkschaften aufzunehmen und sie in ihre illegale Arbeit zu integrieren.

Die Zeitung hatte den Namen UKG, *Unabhängige Klassengewerkschaften*. Sie war immer sehr gut darüber informiert, was in den Betrieben vor sich ging. Wenn der Akkord erhöht, die Arbeitszeit verlängert oder eine andere Schweinerei gegen Kollegen gemacht wurde, dann stand das ein paar Tage später schon in den UKG. Bei dieser illegalen Tätigkeit aufzufliegen, war lebensgefährlich.

»Aaron, lass uns auswandern!«

Lysbeth hatte absichtlich nicht das Wort fliehen gebraucht. Sie wusste, dass Aaron vollkommen unzugänglich war, was dieses Thema betraf. Sie hatte lange nach einer passenden Formulierung gesucht. Auswandern, das war es. Aber sie wusste, dass auch mit diesem Wort eine ganze Menge an Überzeugungsarbeit auf sie wartete.

»Wieso auswandern?«, fragte Aaron träge. Sie lagen in ihrem Bett, und Aaron streichelte Lysbeths Bauch. Sein Geschlecht wuchs in eine bemerkenswerte Erektion hinein. Lysbeth tat so, als merke sie es nicht. Sie war entschlossen, diesen Augenblick der Innigkeit zu nutzen.

»Weil es Spaß machen könnte«, sagte sie mit betont fröhlicher Stimme. »Eine neue Erfahrung. Wir treten schon eine Zeitlang auf demselben Fleck, eine Veränderung könnte uns guttun. Warum nicht nach London gehen? Anthony wird uns helfen, dort Fuß zu fassen.«

Aaron lachte leise. »Anthony, so so.« Er ließ seine Hand behutsam hochwandern, den Bauch hinauf zum Tal zwischen ihren Brüsten, die Wölbung hoch, wo er die Nippel umkreiste. Lysbeth seufzte leise auf.

»Aaron, du hörst mir gar nicht zu«, rügte sie ihn mit belegter Stimme, denn seine Hände auf ihrer Haut verursachten ein wohliges Kribbeln, das von ihren Brüsten ihren Bauch hinabströmte.

»Doch, doch«, summte er, »ich höre dir zu. Sprich ruhig weiter.«

Seine Hand glitt zwischen ihre Schenkel, berührten kurz den leichten Lockenpelz auf ihrer Scham und tasteten sich zur Innenfläche ihrer Schenkel vor, wo er die weiche Haut liebkoste, bis Lysbeth keine Lust mehr hatte, über Auswandern zu sprechen.

Aber sie kam bei der nächsten Gelegenheit darauf zurück.

»Aaron, lass uns auswandern.«

Als wäre dieses Thema ein starkes Aphrodisiakum, begann Aaron regelmäßig, Lysbeth zu streicheln und zu küssen, sobald sie es erwähnte. Er bringt mich zum Verstummen, dachte sie schließlich und sprach das nächste Mal darüber, als sie in der Praxis voreinandersaßen. Das war allerdings auch nicht erfolgreicher, denn Aaron stand einfach nur auf, öffnete die Tür und sagte: »Der Nächste, bitte.«

Damit war das Thema erledigt.

Lysbeth war nicht von allein auf die Idee gekommen, obwohl ihr durchaus bewusst war, in welcher Gefahr Aaron schwebte. In den *Boxheimer Dokumenten* war lange Jahre vor Hitlers Machtantritt detailliert ausgeführt worden, dass Hitler die Absicht hatte, die Juden aus dem deutschen Volk zu eliminieren. Sie hatte auch *Mein Kampf* durchgeackert und gab sich keiner Illusion über Hitlers Absichten hin. Aus diesem Grund hatte sie Aaron auch heiraten wollen. Ein Jude, der in eine deutsche Familie eingeheiratet hatte, besaß wenigstens einen gewissen Schutz. So hoffte sie. An auswandern hatte sie bisher noch nicht gedacht. Sie liebte Hamburg, sie liebte es, in der Kippingstraße zu wohnen, sie liebte auch die Praxis in der Methfesselstraße. Es schien ihr unvorstellbar, auf das alles zu verzichten. Vor allem aber fühlte sie sich verantwortlich für ihre Mutter und für die Tante. Sie wusste, dass Käthes Herz nicht stark war, und die Tante war immerhin so alt, dass sie jeden Tag sterben könnte. Lysbeth fühlte sich verantwortlich für ihren Vater, der mit dem Alter immer weicher und sanfter wurde, und der seine Zuneigung für seine ältere Tochter endlich so zeigte, wie Lysbeth es sich als Mädchen immer gewünscht hatte. Jetzt legte er manchmal seine Hand um ihre Taille und sagte: »Lysbeth, mein Deern, was bist du für eine Hübsche. Der Aaron kann stolz auf seine Frau sein. Ich bin zumindest stolz auf meine Tochter.«

Nie hatte er so etwas früher gesagt. Lysbeth war für ihn bestenfalls »patent« gewesen, weil sie gewusst hatte, wie man eine Wunde versorgt, ansonsten hatte er sie kaum zur Kenntnis genommen. Sie konnte nicht reiten, sie besaß nicht Stellas Fähigkeit, ihn mit einem Augenaufschlag und singender Stimme um den Finger zu wickeln. Sie hatte als Mädchen immer gedacht, dass sie ihrem Vater lästig war. Und wahrscheinlich war es sogar so gewesen, denn ihre Träume, aus denen sie hochgeschreckt war, und von denen einige, die besonders schrecklichen, in Erfüllung gegangen waren, hatten ihn außerordentlich befremdet. Er hatte damals ungestörte Nächte verlangt. Und er hatte keine Tochter haben wollen, die so seltsame Dinge tat.

Jetzt aber blickte er sie mit warmen Augen an und zeigte deutlich seinen Stolz auf sie. Das beschränkte sich keinesfalls darauf, dass sie die Kenntnisse einer ausgebildeten Ärztin besaß und diese auch neben Aaron praktizierte, obwohl sie kein offizielles Medizinstudium absolviert hatte. Es betraf Lysbeth ganz und gar. Ihren Mut, ihr Leben so zu führen, wie es ihr richtig erschien. Ihre eindeutige Liebe für Aaron, und selbst ihre Entscheidung, auf die monatliche Apanage der von Schnells zu verzichten, um Aaron zu heiraten. Obwohl ihr Vater ebenso wie ihre Brüder ihr davon als einer außerordentlich unvernünftigen Tat abgeraten hatten. Alexander war milde geworden, ein milder alter Mann, immer noch schön, immer noch gepflegt und elegant gekleidet. Lysbeth wusste, dass Alexander nicht einverstanden wäre, wenn sein Sohn Johann irgendetwas gegen seinen Schwager Aaron oder gar gegen seine Schwester Lysbeth unternehmen würde. Aber Lysbeth war sich nicht sicher, ob Johann irgendein Gefühl für familiäre Rücksichten hatte oder ob seine Hörigkeit dem Führer gegenüber alles andere zunichte machte.

Lysbeth wusste, wie gefährdet jeder Einzelne ihrer Familie war. Auch wenn Eckhardt seine homosexuelle Neigung vor allen verheimlichte, nahm Lysbeth diese als gegeben hin. Sie hoffte, dass die Männer der Familie davon nichts ahnten, und sie hoffte auch, dass Eckhardt nichts tat, was ihn in Lebensgefahr brachte. Selbst Dritter, der sich eigentlich überall durchlavierte, brachte sich mit seiner Leidenschaft für amerikanische Musik in Gefahr. Das war undeutsch, wie Johann bereits lautstark verkündet hatte. Dritter traf sich regelmäßig zu Swing-Abenden mit anderen im *Curio-Haus*; das gab ihm ein Gefühl von Jugend, obwohl er fast doppelt so alt war wie die meisten Mädchen dort. Lysbeth wartete nur darauf, dass er verprügelt nach Hause kam, weil die Nazis bestimmt nicht lange warten würden, um die Veranstaltungen aufzulösen.

Nicht zuletzt hatte Lysbeth riesige Angst um Angela, die sie liebte wie eine leibliche Tochter. Angela, die im Untergrund gegen die Nazis arbeitete. Und jetzt auch noch die Tante hineingezogen hatte. Nein, da durfte man im Grunde nicht an Auswandern denken. Aber andererseits lebte Angela bereits als Jennifer Hudson in London.

Und es war Stella selbst gewesen, die es ihr vorgeschlagen hatte. Mit leiser Stimme, in der ein leidenschaftliches Zittern mitschwang. »Geht nach London«, hatte sie eindringlich gesagt. »Du und Aaron. Bald. Anthony wird euch helfen, er kennt genug Leute. Ihr könnt dort praktizieren, ihr könnt bei ihm wohnen, ihr müsst euch keine Sorgen machen.«

»Du hast also regelmäßig Kontakt zu ihm?«, hatte Lysbeth gefragt. Schreibt er irgendwas über eine gewisse Jennifer Hudson? Ich würde ihr nämlich allmählich gern mal mein Tagebuch zukommen lassen.«

»Ja, ich habe Kontakt zu ihm.« Dieses Ja muss reichen, signalisierte Stellas verschlossenes Gesicht. Stella hatte regelmäßigen postlagernden Kontakt zu Anthony, aber in ihren Briefen vermied sie es, Angela oder Jennifer zu erwähnen, und auch er schrieb kein Wort über Stellas Tochter. Ohnehin streiften sie politische Ereignisse nur am Rande und auch in einer Form, die einem dritten Leser keinen Anlass für Misstrauen bot.

»Bitte, Lysbeth, überlegt nicht zu lange. Du weißt, was die Nazis vorhaben, ich bin mir nicht sicher, ob Jonny Aaron wirklich schützen kann. Sie sind so brutal. Du weißt, dass sie auch vor Mord nicht zurückschrecken. Es gibt genügend, die sie umgebracht haben.«

»Aber Aaron ist nicht wichtig«, gab Lysbeth zu bedenken. »Er ist kein Politiker, kein Propagandist, kein berühmter Künstler …«

»Ich habe die Bücher brennen sehen«, sagte Stella leise. »Da brannten nicht nur Bücher, da brannten die Menschen, die sie geschrieben haben, die sie lesen, die die Ideen verfolgen, die darin stehen.«

Lysbeth dachte nach. Und dann richtete sie diesen klaren Blick, der ihr zu eigen war, auf Stella und fragte geradeheraus: »Gehst du auch nach London, wenn wir gehen? Verlässt du dann Jonny?«

Stella schlug die Augen nieder und biss sich auf die Lippen, bis sie ebenso rot waren wie ihr Gesicht, das vom Hals bis zu den Schläfen errötet war.

Ertappt, dachte Lysbeth und schämte sich ein wenig, weil sie Stella so in Verlegenheit gebracht hatte.

»Ja«, sagte Stella. Einfach nur ja. Dann stand sie auf und verließ den Raum. Lysbeth sah Stellas bebende Schultern und dachte erstaunt: Sie weint.

Sie brachte es kaum über sich, Stella nicht hinterherzugehen. Aber sie wusste, dass ihre Schwester jetzt allein sein musste. Lysbeth hätte es ihr nur noch schwerer gemacht, denn nun stand eindeutig fest, dass Stella ausschließlich ihretwegen in Hamburg blieb. Um sie und Aaron zu schützen, harrte sie bei ihrem ungeliebten, ja, wahrscheinlich verhassten Mann aus. Lysbeth wäre gern hinterhergelaufen und hätte gefragt: »Aber die Tante, aber Eckhardt, aber Dritter, aber Mutter, aber Vater?«

Sie tat es nicht. Und tatsächlich konnte sie sich die Antworten selbst geben. Angela war in England. Wenn sie nach Deutschland zurückkehrte oder auch nur auf Besuch war, wäre sie durch Jonny nicht zu schützen. Wenn sie aufflog, würde sie ins Gefängnis oder wahrscheinlicher noch ins KZ kommen und dort würde es ihr übel ergehen, wenn sie nicht sogar hingerichtet würde. Die Tante war von allen wahrscheinlich noch am besten in der Lage, sich zu schützen. Sie hatte als Engelmacherin ihr Leben lang im Konflikt mit dem geltenden Gesetz gestanden. Eckhardt wurde durch seine Verlobung mit Cynthia geschützt, außerdem war er der NSDAP beigetreten und ein Nazi geworden, der die Menschen über Hitlers friedliche Absichten belehrte. Niemand außer den beiden Schwestern, der Tante und wahrscheinlich noch Käthe wusste von seiner verzweifelten Liebe zu Askan von Modersen. Und die Frauen sprachen nie darüber. Dritter war selbst in der Lage, sich durchzulavieren, und für Käthe war es am gesündesten, wenn ihre Tochter Lysbeth und Aaron in Sicherheit wären. Käthe litt sehr unter dem Arrangement, das ihre Tochter Stella einging, um ihre Familie zu schützen.

Am gleichen Abend noch sagte Lysbeth wieder: »Aaron, lass uns auswandern.« Eigenartigerweise entwickelte Aaron sich fast zu einem Anhänger der Nationalsozialisten, je mehr Lysbeth darauf drang, Deutschland zu verlassen. Er war derjenige in der Familie Wolkenrath, der bagatellisierte, schönte, negierte, was geschah. »Ich bin auch Deutscher«, sagte er. »Ich bin ein deutscher Arzt. Mit dem Judentum verbindet mich nichts außer meiner Herkunft. Sogar meine Eltern praktizieren nur die jüdischen Feiertage, die ihnen grad in den Kram passen. Sie haben doch nicht Goethe und Schiller verbrannt«, sagte er begütigend. Das ist deutsche Kultur. Sie spielen Beethoven und Mozart und Bach. Ich habe so viele kultivierte deutsche Patienten, die sagen, man soll diese braunen Proleten nicht ernst nehmen, in Wirklichkeit will Hitler doch nur einen sozialeren Staat als er bisher war. Und das wäre doch gut.«

Anfangs lächelte Lysbeth über ihn, weil sie fest davon ausging, dass er selbst daran nicht glaubte. Aber im Laufe der Zeit wurde sie ungeduldig und zornig.

»Wo lebst du eigentlich?«, schrie sie irgendwann. »Es ist verdammt egal, ob du Deutscher bist, du bist nicht arisch. Du bist für sie kein vollwertiger Mensch. Für sie sind Juden wie Unkraut, das man ausrotten muss.«

»Solange du mich nicht ausrottest«, entgegnete er spöttisch und machte dann deutlich, dass das Gespräch für ihn beendet war, indem er sich anderen Dingen mit voller Aufmerksamkeit zuwandte.

Lysbeth begriff, dass er nicht fortgehen würde. Und noch bevor er es ihr selbst erklärte, sagte sie zu Stella: »Er wird nicht gehen. Seine Eltern sind hier. Er gibt sich schon die Schuld am Tod seiner Schwester, die an einer verpfuschten Abtreibung gestorben ist. Er hat die ganze Zeit über keine Rücksicht darauf genommen, dass er wegen Verstoß gegen den § 218 ins Gefängnis kommen kann. Seine meisten Patienten leben am Grindel. Er hat mehr Patienten denn je, seit sie ihm die Kassenzulassung entzogen haben, die Arbeiterfamilien, die Juden, alle brauchen ihn. Er wird nicht gehen, Stella. Und er wird es nicht mal so begründen, weil er auf gar keinen Fall als Märtyrer dastehen will. Er wird einfach weiter sagen, dass doch alles gut ist. Ich vermute sogar, dass er das seinen Patienten sagt. Die können nicht auswandern. Die haben kein Geld. Die haben keine Kontakte.«

»Viele fliehen«, sagte Stella beschwörend. »Ja, aber nicht Aaron«, entgegnete Lysbeth. »Und ich auch nicht.«

Sie legte einen Arm um Stellas Schultern, die zart und verletzlich wirkten. »Es tut mir leid. Aber weißt du was, das ist kein Grund dafür, dass du nicht selbst nach London gehen kannst. Wir verstehen das alle.«

Stella fuhr auf. »Quatsch!« Sie schüttelte Lysbeths Arm ab und sagte kühl: »Ich hatte es mir auch schon anders überlegt. Es wäre verdammter Verrat an allen, die hierbleiben. Und außerdem, wer sagt denn, dass der Spuk nicht bald vorüber ist.«

Sie verzog ihren Mund zu einem schiefen Lächeln. »Nicht zu vergessen, dass Jonny in zwei Monaten in See sticht. Dann allerdings, meine süße Zuckerschnute, wird mich hier kein Mensch halten. Zumindest nicht für zwei Monate.«

Jonny würde mindestens vier Monate lang unterwegs sein. Wieder fuhr er Richtung Afrika, aber Stella wollte ihre Zeit in London auf zwei Monate beschränken. Man konnte ja nie wissen.

Lysbeth und sie waren ein eingespieltes Duo, wenn es galt, Jonny in der Illusion zu wiegen, dass Stella in Hamburg auf seine Rückkehr wartete. Das würden sie beibehalten, auch wenn Stellas Ehe mit Jonny inzwischen nur noch ein gegenseitiges Arrangement war, so etwas wie eine geschäftliche Vereinbarung.

Dass Jonny über Stellas Doppelleben in aller Genauigkeit Bescheid wusste, ahnten die Schwestern allerdings nicht. Jonny hatte nicht umsonst im Krieg die roten Matrosen ausgespitzelt, er hatte nicht umsonst in Hamburg nach dem Krieg gegen die rote Regierung konspiriert und Arbeitern Waffen untergeschoben, um sie dann auffliegen zu lassen. Jonny wusste, wie man etwas erfuhr, das vor einem geheim gehalten werden sollte. Und Stella hielt ihre Reisen nach London nicht besonders geheim, sie wahrte nur den Anstand. Jonny kannte Anthony Walker aus Afrika, es war eine sehr leichte Sache für ihn gewesen, herauszubekommen, was Stella während seiner Abwesenheit trieb. Hätte er sie jedoch zur Rede gestellt, hätte das nichts geändert. Stella hätte sich unumwunden zu Anthony bekannt und ihm freigestellt, sich scheiden zu lassen. Und genau das wollte Jonny nicht.

Die Sache war also entschieden. Aaron und Lysbeth blieben in Hamburg. Und Stella blieb die Ehefrau von Jonny Maukesch und die Geliebte von Anthony Walker.

Die Geliebte Anthonys zu sein, war leider wie Trockenschwimmen. Nein, nicht einmal das, es war nichts als eine Liebe im Geiste, und Stella war viel zu körperlich, um damit zufrieden zu sein. Manchmal erwachte sie morgens mit einem schmerzenden Körper, ihre unberührte Haut brannte, ihr Herz schrie danach, in Anthonys Armen zu liegen, von ihm berührt zu werden, von ihm geliebt zu werden, bis sie sich endlich wieder rund und glücklich und zufrieden fühlen könnte. Manchmal, wenn im Radio Musik erklang, stellte sie sich in die Mitte ihres Wohnzimmers, schlang die Arme um sich, schloss die Augen und wiegte sich weich, als würde sie von einem Mann gehalten. Innigkeit, Verschmelzung, Nähe, körperliche Erfüllung, Stellas Körper schrie vor Sehnsucht und vor Mangel. Manchmal meinte sie, es nicht länger aushalten zu können. Dass sie sich Jonny nicht nachts annähern würde, selbst in schlimmster Not, daran zweifelte sie nicht, aber manchmal erwog sie, tanzen zu gehen. In den Armen eines fremden Mannes ein wenig Erlösung zu finden von der schmerzenden Sehnsucht. Aber auch das kam nicht in Frage, denn die engen zärtlichen Tänze, nach denen sie sich sehnte, fanden heute nur noch in Bars statt, die von einer bestimmten Sorte Frauen frequentiert wurden. Auf den Festen, zu denen sie mit Jonny ging, wurde zwar auch getanzt, und manchmal tanzte sie sogar mit einem Mann, in dessen Armen sie sich auf diese besondere Art wohlfühlte, nach der sie sich geradezu verzehrte. Dann ging es ihr sogar für ein paar Stunden besser, irgendwie hatte ihr Körper eine gewisse Ruhe gefunden, aber am nächsten Morgen sehnte sie sich nur umso mehr nach Anthony.

Am 1. August 1933 wurden vier Kommunisten in Altona öffentlich enthauptet, weil sie angeblich zwei SA-Leute ermordet hatten. Eckhardt kehrte von diesem Ereignis mit großem Mitteilungsdrang heim. Enttäuscht, weil er niemanden im Haus vorfand, ging er hoch zu Stella und erzählte ihr haarklein, was alles geschehen war. Stella hörte zu, ohne ein Wort zu sagen. Nachdem er seine Geschichte losgeworden war, ließ er sie allein. Stella blieb auf dem Sessel sitzen, wo sie ihm zugehört hatte. Dort verharrte sie regungslos zwei Stunden lang. Danach stand sie auf, spürte ihre eingeschlafenen Glieder, rieb sich die trockenen Augen und straffte ihren Rücken. Sie hatte einen Entschluss gefasst, der ihr Leben von nun an verändern würde. Sie musste nur noch ihrer Schwester Lysbeth Bescheid sagen, dass sie sich von nun an als Spionin gegen Nazideutschland betrachte, und dann hatte ihr Leben wieder einen Sinn. Sie schrieb Anthony einen Brief und bat ihn, ihrer gemeinsamen Freundin Jennifer auszurichten, dass sie große Lust habe, sie zu treffen, wenn sie in London sei.

4

Im August 1933 erschien Jonny in der Praxis von Aaron. Lysbeth traute ihren Augen kaum, als sie ihn im Wartezimmer sah, wo er brav zwischen den anderen Patienten Platz genommen hatte, ein kleines Mädchen auf dem Stuhl neben sich, als gehöre es nicht zu ihm. Jonny trug Zivil, in seinem grauen Sommeranzug fiel er neben den übrigen Patienten kaum auf. Als Lysbeth ihn sah, warf er ihr einen warnenden Blick zu, den sie sofort richtig verstand. Sie bedachte ihn nur mit einem kurzen Nicken und bat den nächsten Patienten zum Doktor.

Sobald dieser aber das Behandlungszimmer verlassen hatte, flüsterte sie: »Aaron, im Wartezimmer sitzt Jonny mit der Kleinen.« Lächelnd sagte Aaron: »Warum flüsterst du?« Ihn überraschte Jonnys Besuch anscheinend überhaupt nicht, was Lysbeth überheblich und ärgerlich fand. Wieso war Aaron nicht aufgeregt, wenn Kapitän Jonny Maukesch, der König der Kippingstraße, zwar verhasst, aber auch von entsetzlicher Macht, sich in der bescheidenen jüdischen Arztpraxis von Dr. Aaron Bleibtreu und seiner Sprechstundenhilfe Lysbeth Bleibtreu einfand?

Statt sich auf eine Auseinandersetzung mit der erzürnten Lysbeth einzulassen, ging Aaron selbst ins Wartezimmer, nickte Jonny zu und sagte: »Hier herein, bitte.« Man sah Jonny die Erleichterung an. Er war zwar bevorzugt behandelt worden, aber es war ohne jede familiäre oder sonstige Vertraulichkeit geschehen. Er war weder geduzt noch gesiezt worden.

Aaron lächelte den übrigen Wartenden zu, und es war klar, dass alle verstehen mussten: Hier war einer, der nicht nur mit Lebensmitteln zahlte, sondern richtiges Geld hatte, hier war ein Arier, den es wahrscheinlich schwer ankam, einen jüdischen Arzt zu besuchen. Es gab keinen unter den Wartenden, der nicht verständnisvoll zurücklächelte. Dr. Bleibtreu wusste schon, was er tat, und außerdem war da diese Kleine. Normalerweise machte Dr. Bleibtreu Hausbesuche, wenn es um Krankheiten der Kinder ging. Alles würde schon seine Richtigkeit haben, denn in dieser Praxis hatte alles seine Richtigkeit. Das Vertrauen von Aarons Patienten war belastbar.

Jonny nahm das Mädchen auf den Arm, und man konnte sehen, dass er darin keine Übung hatte. Es lag eine große Distanz in der Art, wie er seine Hand auf den Rücken der Kleinen legte. Das Mädchen verzog auch sofort sein Gesicht, als wollte es weinen, aber es weinte nicht. Vor Aarons Schreibtisch setzte Jonny sich auf den Stuhl, als wollte er im nächsten Augenblick aufspringen, die Kleine auf seinem Schoß, als wollte er sie im nächsten Augenblick absetzen.

Aaron sagte: »Was kann ich für dich tun?« Es sagte diesen Satz in der gleichen Neutralität und Freundlichkeit, wie er diese Frage jedem seiner Patienten stellte. Lysbeth hatte sich entfernt, sie wusste, dass ihre Anwesenheit Jonny unangenehm wäre.

Jonny räusperte sich. »Ich möchte, dass du Walburga untersuchst. Ich habe den Eindruck, dass sie irgendwas hat, vielleicht irre ich mich, vielleicht braucht sie Medikamente, vielleicht kannst du helfen. Du bist Arzt.«

»Ja«, sagte Aaron ruhig, »dann wollen wir mal gucken.«

Und dann machte er sich, ohne irgendein Wort darüber zu verlieren, dass es viele arische Ärzte gab, an die Jonny sich hätte wenden können, daran, das kleine Mädchen zu untersuchen. Er ließ nichts aus. Lysbeth kam erst, als Walburga weinte, um sie zu halten und zu trösten, weil das eindeutig nichts war, für das Jonny sich zuständig fühlte.

Am Ende seiner Untersuchung bat Aaron Lysbeth, die Kleine im Nebenraum zu beschäftigen, damit er mit Jonny sprechen könne. Er unterbreitete ihm seine Diagnose, ohne den Ton von Sachlichkeit und Neutralität im Allergeringsten zu verlassen. »Walburga hat eine angeborene Krankheit, die dazu führen wird, dass sie ihr Leben lang nicht so leben kann wie andere.« Er sagte nicht: »Sie ist debil oder dumm oder verrückt.« Er sagte auch nicht: »Sie kann nicht in eine normale Schule gehen.« Er sagte auch nicht: »Sie ist geistig minderbemittelt.« Aber einen kurzen Moment lang sah man Jonny an, dass er all dies verstanden hatte. Dann nahm sein Gesicht einen steinernen Ausdruck an, als gebe es in ihm kein Gefühl. »Was kann man tun?«, fragte er sachlich kühl, als handle es sich um eine raffinierte Möglichkeit, ein Schiff schwerer zu beladen als erlaubt. Aaron sah ihn fragend an. Dann hatte er verstanden. Jonny wollte wissen, wie man den Tatbestand der geistigen Minderbemitteltheit des Mädchens vor der Welt verheimlichen konnte.

»Hm.« Aaron dachte nach. »Ich weiß es nicht«, sagte er bedrückt. »Man kann es nicht verstecken, Jonny, je älter sie wird, umso deutlicher wird es werden. Spätestens, wenn sie in die Schule kommt, werden es alle bemerken.« Da trat Lysbeth mit energischen Schritten ins

Zimmer, auf ihrem Arm das kleine Mädchen. Sie hatte im Nebenraum alles gehört.

»In diesem Fall muss man sich etwas einfallen lassen«, sagte sie in autoritärem Oberlehrerinnenton. Aaron und Jonny wandten ihr erstaunte Gesichter zu, bereit, an jedes Wunder zu glauben, das Lysbeth jetzt bewirken würde.

»Walburga darf gar nicht erst in die Schule gehen«, sagte Lysbeth entschieden. Sie verhaspelte sich einen Moment, weil sie den Namen Greta aussprechen wollte, ihr dann aber einfiel, dass sie hier ein kleines Schauspiel aufführten, indem alle so taten, als handle es sich um ein unbekanntes Kind, dessen Wohlergehen alle aus einem unerfindlichen, menschenfreundlichen Grund im Auge hatten. »Die Mutter der Kleinen«, sagte sie schnell, »sollte sich einen zweiten Wohnsitz bei Familienangehörigen in Altona oder Schleswig-Holstein oder sonstwo zulegen. Und sie sollte vielleicht sogar noch einen weiteren Wohnsitz bei anderen Verwandten haben. Und alle Nachbarn an allen Orten sollten denken, dass das Kind jeweils woanders zur Schule geht.«

»Ein Schildbürgerstreich«, murmelte Aaron.

»Sie müsste oft hin und her reisen«, bemerkte Jonny nachdenklich. Man sah seinem versteinerten Gesicht immer noch nicht das geringste Gefühl an, aber Lysbeth dachte sofort: Du stellst dir schon vor, wie du sie auf dem Schiff mitnehmen kannst, mein Lieber. Ein weiblicher Passagier mit Kind, den niemand kennt, den du aber des Nachts heimlich in seiner Kajüte besuchen kannst. Keine schlechte Idee.

Jonny erhob sich und zückte seine Geldbörse. »Was schulde ich dir?«, fragte er Aaron schneidig. Lysbeth übersah er einfach.

»Wofür?«, gab Aaron leichthin zurück. »Es war mir eine Freude, dass du mich mal besucht hast, Jonny. Einen schönen Tag noch.«

Jonny zuckte es kurz im Arm, den Hitlergruß zu machen, aber dann schlug er in Aarons dargebotene Hand ein. »Einen schönen Tag noch und danke.«

Jonny schämte sich wegen seiner Tochter. Mit ihren fast zwei Jahren konnte sie noch nicht laufen, und manch einem fiel der eigenartige Ausdruck in ihrem Gesicht auf. Sie wirkte ein wenig wie eine Asiatin. Und das musste ausgerechnet ihm passieren, der alles Asiatische hasste, seit sein Vater eine Chinesin geheiratet hatte.

Greta fühlte sich furchtbar schuldig. Jonny hatte ihr schlimmste Vorwürfe gemacht. Er hatte gesagt, dass in seiner Familie so etwas nie vorgekommen war, und dass sie ihm das Kind wahrscheinlich vielleicht sogar untergeschoben hatte.

Er hatte gedroht, ihr kein Geld mehr zu zahlen und sie einfach fallenzulassen. Danach hatte er ihr jedoch Lysbeths Vorschläge unterbreitet und gestanden, er fürchte, dass erbkranke Kinder zukünftig in Deutschland ebenso aus der Volksgemeinschaft entfernt werden würden wie sonstiges artfremdes Gesindel. Wenn sie ihre Tochter behalten wolle, müsse Greta listig sein. Sobald er auf See sei, könne sie ihn begleiten. In Hamburg müsse sie dafür sorgen, dass Walburga nicht auffalle und auf keinen Fall die Schule besuche. Denn dort würde das Unheil seinen Lauf nehmen. Da das Kind geistig zurückgeblieben sei und dann auch noch nicht mal in die Hilfsschule gehen werde, müsse Greta irgendwie anders für Bildung sorgen. Seine Frau, Stella Maukesch, wäre bestimmt in der Lage, dem Kind das Klavierspiel beizubringen, und das könne ja nun wirklich jeder lernen, wie blöd er auch sei. »Deine Frau?«, hatte Greta gerufen. »Unser Kind soll von deiner Frau das Klavierspiel lernen?« Sie hatte großen Respekt vor Jonny, und sie ängstigte sich vor seinem Jähzorn, aber jetzt sagte sie: »Jonny, du bist verrückt.«

Erstaunlicherweise zuckte Jonny nur mit den Schultern und erwiderte: »Verrückt ist das Kind. Und Stella ist eine Dame. So wird sie sich auch benehmen, wenn du sie um einen Gefallen bittest.«

Er hatte Greta abschätzig von oben herab angesehen und hinzugefügt: »Wenn du deinem Blag selbst etwas Verstand einhauchen kannst, nur zu. Ich hindere dich nicht.«

In ihrer Not ging Greta zu Stella. Stella kannte die junge Frau bereits. Sie war ihr mehrfach beim Schlachter und beim Bäcker in der Bundesstraße begegnet und in der ersten Zeit auch im Innocentiapark, wenn Greta dort mit dem Kinderwagen spazieren ging und Stella die Windhunde ausführte. Stella hatte hoheitsvoll durch Greta hindurchgeblickt, wenn die sie scheu gegrüßt hatte.

Als sie nun in der Tür stand, wusste Stella schon, dass mit dem Kind etwas nicht stimmte, weil einige Nachbarn darüber bereits getuschelt hatten.

»Kommen Sie rein«, sagte sie knapp und öffnete die Tür für die Frau, mit der ihr Mann ein Kind hatte. Sie war überrascht, wie freundlich ihre Gefühle für Greta waren. Sie sah der Frau die Not an, und sie konnte sich vorstellen, dass Greta es bestimmt nicht leicht mit Jonny hatte. Er war jähzornig und egoistisch. Wenn er sich etwas in den Kopf gesetzt hatte, setzte er es durch, ohne Rücksicht auf irgendwen. Er war überheblich, und er konnte sehr abweisend und verletzend sein. Gretas Leben als Jonnys Zweitfrau war bestimmt kein Zuckerschlecken.

Greta war ohne Kind gekommen, und das war schlau von ihr, denn auch, wenn Stella von Jonny kein Kind mehr hatte bekommen wollen, so schmerzte es sie doch, dass sie nach Angela nie mehr schwanger geworden war. Selbst damals in Afrika, als Stella sich sehnlichst ein Kind gewünscht hatte, weil sie hoffte, ein Kind würde alles zwischen Jonny und ihr wiedergutmachen, oder später in London in ihrer leidenschaftlichen Liebe zu Anthony, hatte ihr Bauch keine Anstalten gemacht, eine Leibesfrucht in sich aufzunehmen und reifen zu lassen. »Ich bin ein Baum, der keine Früchte trägt«, hatte sie einmal traurig zu Lysbeth gesagt, und die hatte noch viel trauriger geantwortet: »Ich auch.« Die beiden Schwestern hatten einander fassungslos angeschaut und da erst begriffen, dass es wirklich so war. Beide wurden nicht schwanger, obwohl sie es sich wünschten. Laut oder leise. Bewusst oder verstohlen. Sie wurden einfach nicht schwanger.

Aus irgendeinem Grund war diese Erkenntnis für beide tröstlich gewesen. Sie fühlten sich nicht mehr so falsch, wie eine Verirrung der Schöpfung, und Stella hörte auch auf, sich schuldig zu fühlen, weil sie ihr einziges Kind weggegeben hatte. Ihr gemeinsames Kind war Angela, ihr Engel, und den liebten sie beide. Das musste reichen.

Sie hatten gemeinsam geweint und einander geschworen, alle Mutterliebe, die in ihnen war, Angela zu schenken. Beide wussten, dass das nicht einfach sein würde, denn Angela war dickköpfig und störrisch und alles andere als interessiert an überquellender Mutterliebe.

Der Schmerz darüber, mit Anthony kein Kind zu bekommen, war seitdem gemildert. Trotzdem tat Greta gut daran, ihre eigene Mutterschaft nicht vorzuführen.

Stella geleitete Greta die Treppen hinauf nach oben in ihre Wohnung. Das schien ihr angeratener, als zu riskieren, dass Käthe oder einer der Brüder zufällig hinzukommen würde.

Sie betraten das Wohnzimmer, das Stella und Jonny im ersten Stock der Kippingstraße bewohnten, und Greta stieß einen ehrfürchtigen Seufzer aus. Stella konnte sich einer eigenartigen Scham nicht erwehren. Sie wusste nicht, wie Greta wohnte, aber sie konnte sich vorstellen, dass ihr die großen Räume mit dem prachtvollen Stuck an der Decke, vor allem aber die Einrichtung, in der sich afrikanische Möbel mit deutscher Pracht und Teppichen aus dem Orient mischten, sehr beeindruckend vorkommen musste. Jonny brachte von überallher etwas mit, wovon er wusste, dass er Stella damit eine Freude machen und außerdem bei Besuchern einen gewissen Eindruck schinden konnte. Obwohl Stella ihm Letzteres nicht einmal besonders unterstellte. Jonny war ihr gegenüber großzügig, großzügiger, als er es in Zeiten gewesen war, als sie noch ein Paar waren. Es war fast so, als sei sein Respekt für sie gestiegen, seit sie ihm deutlich gemacht hatte, dass sie nicht mehr auf Gedeih und Verderb seine Frau sein wollte. Er empfand sie als ebenbürtig, das merkte man ihm an. Ein Raubtier, das mit seinen Krallen und Zähnen zuschlug, wenn man es reizte. Dem man nicht einfach eine Kugel in den Bauch jagen konnte.

Stella vermutete, dass er Greta eher knapphielt. Greta liebte ihn wahrscheinlich. Und sie war mit dem Kind abhängig von ihm. Das fand nicht unbedingt seinen Respekt. Eher eine herabwürdigende Gönnerschaft. Stella kannte es ja selbst, hatte es am eigenen Leib erfahren: Wenn ihm gerade danach zumute war, vermittelte er sogar die Illusion von Liebe. Wenn er gerade Lust hatte, schenkte er sogar so etwas wie Zuneigung. Wenn ihm allerdings anderes wichtiger war, und das war meistens der Fall, konnte man sich neben ihm fühlen, als gebe es einen gar nicht. Und je bedürftiger man selbst war, umso widerwilliger ließ er sich zu Liebesbekundungen herab.

Stella bat die junge Frau kühl, Platz zu nehmen. Sie hatte die Flügeltür zwischen den beiden großen Räumen geöffnet, die Kronleuchter funkelten, und in den Sesseln versank man. Greta war puterrot. Nervös knüllte sie ihr Schultertuch zwischen den Händen. Stella setzte sich in den anderen Sessel. Sie war entschlossen, ihre Gastfreundschaft auf ein Glas Portwein zu beschränken. Tee oder Kaffee hätte sie unten in der Küche aufbrühen müssen. Greta nahm dankend ein Glas des süßen Getränkes entgegen, das Jonny von seiner letzten Reise mitgebracht hatte, nippte aber nur kurz. Stella hingegen nahm einen kräftigen Schluck. Der Wein wärmte im Nu ihren Magen und stimmte sie sanfter. Ihre

Wut, ihre Kälte galten Jonny, nicht dieser armen jungen Frau vor ihr. Die konnte nichts dafür.

Sie musterte Greta. Eine hübsche junge Frau, die wahrscheinlich älter aussah, als sie war. Verkäuferin, überlegte Stella angestrengt, war sie nicht Verkäuferin? Ließ Jonny zu, dass die Mutter seines Kindes arbeitete?

Greta hatte Augen in der Farbe eines freundlichen Abendhimmels im Sommer. Nicht tiefblau, fast schon violett wie Stellas Augen und auch nicht verwaschen blaugrau wie Eckhardts. Ein freundliches helles Blau. Ihre Augen wirken entsetzlich vertrauensvoll, dachte Stella erschrocken. Wie kommt sie nur dazu? Sie empfand in diesem Augenblick einen kaum zu bezähmenden Drang, Greta über Jonny aufzuklären, sie zu warnen, ihr zu sagen: »Pass auf, wenn du etwas tust, das ihn stört, das ihm nicht in den Kram passt oder das ihn gar verletzt, wird er sehr böse.« Und sehr böse hieß bis hin zu: Er greift zum Gewehr.

»Was führt Sie zu mir?«, fragte sie höflich.

Greta schluckte. »Mein Kind ist ...« Sie schluckte wieder, blickte zu Boden, als würde sie dort die Worte finden, nach denen sie suchte. »Mein Kind ist ... unterentwickelt.« Sie holte tief Luft und sah Stella flehend in die Augen. »Und ...« Wieder wusste sie nicht weiter. Es quälte Stella, ihr zuzusehen, wie sie in Not war, das Wort zu finden, mit dem sie hier in diesem Raum weiter geduldet bliebe. »Und Ihr Mann hat gesagt, dass es ... meinem Kind vielleicht guttun würde, wenn Sie ihm Klavierspielen beibringen.«

Wieder seufzte sie tief auf. Unwillkürlich seufzte auch Stella. Die Sätze waren raus, das Anliegen ebenso.

Stella drängte es, klare deutliche Worte zu sagen. In der Art von: »Sprechen wir Klartext: Mein Mann ist auch Ihr Mann. Sie haben ein Kind, für das mein Mann und Ihr Mann sich schämt. Und jetzt will er, dass es etwas tut, worauf er stolz sein kann. Mistkerl!«

»Es ist ein Mädchen, oder?«, fragte sie behutsam.

Greta nickte eifrig.

Stella dachte nach. Dann sagte sie mit Wärme: »Wir haben kein einziges Kind im Haus, irgendwie sind wir nicht besonders fruchtbar. Ein Kind könnte uns nicht schaden. Wie alt ist es noch gleich?«

Die hellblauen Augen von Greta entwickelten ein erstaunliches Strahlen. »Fast zwei Jahre«, hauchte sie, »bald wird sie zwei.«

Stella lächelte. Das sah Jonny ähnlich. »Nun ja«, meinte sie begütigend, »das ist nicht gerade das richtige Alter, um Klavierspielen zu lernen, es sei denn, man ist ein Wunderkind.«

Gretas Augen fielen wieder in die vorige bescheidene Bläulichkeit zurück. »Nein«, sagte sie entschieden, »ein Wunderkind ist Walburga nicht.«

»Walburga?«, fragte Stella freundlich. »Ein deutscher Name.«

Sie dachte, wie blöde will ich hier eigentlich noch reden?

»Gut, Greta«, sagte sie abschließend, und als sie an der ängstlichen Reaktion merkte, wie von oben herab ihr Ton geklungen hatte, warf sie der Frau schnell ihr breitestes Lächeln entgegen, »ich glaube nicht, dass ich Walburga Klavierspielen beibringen werde, aber ich kann mit ihr singen, und außerdem haben wir ein paar Hunde im Haus, Kinder mögen Tiere. Am besten verabreden wir einen Tag in der Woche, wo Sie mit dem Kind bei uns vorbeikommen und wir miteinander und mit dem Kind etwas unternehmen. Das könnte doch spaßig sein.«

Greta riss die Augen auf. »Ich auch?«, fragte sie. Stella sah ihr an, welcher Kampf in ihr tobte. Einerseits schien es ihr bestimmt wie der Himmel auf Erden, von Zeit zu Zeit in diesem schönen Haus mit diesen eleganten Menschen sein zu dürfen, andererseits gehörte sie nicht hierhin und schon gar nicht als Konkubine von Jonny Maukesch, der Stellas Gatte war.

O Gott, dachte Stella, beschütze mich davor, dass ich jetzt ausfällig werde und sage: Du kannst ihn haben, Mädchen, ich will ihn schon lange nicht mehr. Leider bist du ihm nicht fein genug, sonst hätten wir beide weniger Probleme.

Sie lächelte Greta angestrengt an. »Ja, kommen Sie doch mit Ihrer Tochter Donnerstag am Nachmittag vorbei. Vielleicht ist es viel sinnvoller, wenn ich Ihnen Klavierspielen beibringe.«

Greta wedelte abwehrend mit den Händen. Stella lachte. »Ach, kommen Sie, Greta, wer weiß schon, was in einem steckt. Am schönsten ist das Leben doch, wenn wir alles für möglich halten, das uns glücklich machen kann. Die Leute, die sich da von vornherein einschränken, sind alte Sauertöpfe. Aber wir doch nicht.«

Sie geleitete Greta die Treppe hinab zur Haustür. Gerade in dem Augenblick, als Stella die Tür öffnete, vernahm sie das Geräusch von einem Schlüssel in der Tür. Herrje, dachte sie, jetzt Jonny. Na, das kann ja heiter werden. Sie riss die Tür auf. Vor ihr stand ihr Bruder Dritter. Erleichtert umarmte sie ihn. »Ach, du, mein Schatz!«

Strahlend stellte sie ihren Bruder und Greta einander vor. Dritter musterte die junge Frau von Kopf bis Fuß und reichte ihr die Hand. »Sehr erfreut«, sagte er betont. Greta errötete wieder vom Hals bis zu den Schläfen. Ihr Blick flackerte. Was für eine leichte Beute du für Jonny gewesen bist, dachte Stella und war erstaunlich erbost darüber, dass ihr Mann sich so wenig hatte ins Zeug legen müssen, um eine Frau zu finden, mit der er sie betrügen konnte.

Langsam legte Greta ihre Hand in die von Dritter dargebotene. Langsam hob sie die Lider. Nun blickte sie Dritter in die Augen. Seine Augen hatten die gleiche Farbe wie die ihren. Und noch irgendetwas anderes war gleich.

Nein, nicht das, dachte Stella. Mädchen, tu das nicht, das bringt dich in Teufels Küche. »So«, sagte sie betont heiter. »Dann wollen wir mal.« Langsam, fast widerwillig glitten zwei Hände auseinander, lösten sich zwei Augenpaare voneinander. Langsam, fast widerwillig schob Greta sich an Dritter vorbei zum Gartenweg. »Vielen Dank noch!«, warf sie über die Schulter zurück, und es war nicht einmal klar, wem es galt. Ihre Hüften schwangen, als täten sie es ebenso widerwillig wie alles Widerwillige zuvor, aber sie schwangen. Und Dritter schaute hinterher.

»Komm jetzt rein«, befahl Stella ungehalten. Da rief Greta: »Bis Donnerstag. Um vier bin ich da.«

Du raffiniertes Luder, dachte Stella. Jetzt hast du ihn an der Angel.

Sie erkundigte sich bei Lysbeth nach der Krankheit von Walburga, und diese sagte: »Es ist ein Mongölchen, sie ist mongoloid. Eigentlich eine Beschimpfung, das Wort. Die Krankheitsbezeichnung lautet anders. Aber egal. Du kennst die Kinder, sie haben Schlitzaugen und runde Gesichter. In ihrem Gehirn funktioniert manches anders als bei uns. Sie wird es schwer haben. Und du wirst es schwer haben, Stella«, sagte sie ernst, »dieses Kind wird Jonny nie als sein eigenes vorzeigen. Dieses Kind kettet ihn nur noch fester an dich.«

Leise fügte sie hinzu: »Und es kettet dich fester an ihn.«

Stella verstand nicht ganz, wie Lysbeth das meinte. Aber sie fragte nicht nach. Wer mich an Jonny kettet, bist du, dachte sie. Und das hätte sie auf keinen Fall ausgesprochen.

Es gab immer mehr, was sie auf keinen Fall aussprach. Und das gereichte nicht zu ihrer Gesundheit. Stella wurde anfällig für alle möglichen Ansteckungen. Bald schleppte sie sich von einer Erkältung zur nächsten.

Die Donnerstage mit Greta und Walburga waren bald das Einzige, das ihr richtigen Spaß machte. Sie hielt ihr Versprechen und lehrte Greta das Klavierspiel, wobei Greta sich als weitaus begabter als erwartet entpuppte. Die kleine Walburga hatte große Freude daran, sie saß auf dem Boden und trommelte mit den Fäusten auf dem Teppich, während sie hin und her schwang. Ihr wurde auch nie langweilig, sie wusste sich immer zu beschäftigen.

Einen besonderen Anteil an der Begeisterung sowohl von Greta als auch von Walburga trug Dritter, der wie zufällig jeden Donnerstag um Punkt halb fünf in der Kippingstraße eintraf, Kaffee kochte, nach oben brachte und dann Greta beim Klavierspiel anfeuerte, mit Walburga auf dem Arm tanzte und anschließend mit den beiden Frauen und dem Mädchen ein bisschen schnackte, wie sie es nannten.

Stella sah das Ganze mit gemischten Gefühlen. Ihr war natürlich klar, welches Ziel Dritter verfolgte, aber sie war auch entzückt, wie einfühlsam und fördernd für Greta er es tat. Wie respektvoll er war. Gleichzeitig wusste sie, dass Greta in realer Gefahr schwebte, wenn Jonny davon erfuhr.

Sie kam sich vor wie eine erbärmliche Kupplerin, weil sie Dritter nicht hinauswarf, aber sie gönnte Greta so sehr, was Dritter mit ihr tat: Er ließ die junge Frau nämlich ihren Liebreiz spüren und ihren Wert als Frau. Das kannte Greta nicht, dessen war Stella sich gewiss.

Jonny war seit drei Wochen unterwegs. Greta hatte sich kategorisch geweigert mitzufahren. »Walburga ist zu klein, und ich werde seekrank«, hatte sie gesagt. Jonny hatte zwar in seiner gewohnten Machtherrlichkeit bestimmt: »Du fährst mit! Ich habe einen Schiffsarzt an Bord, und Seekrankheit gibt sich mit der Zeit.« Aber Greta hatte gar nicht reagiert. Er hatte gedroht, geschimpft, geschrien, befohlen, aber Greta war dabei geblieben: »Ich fahre nicht mit.« Da war Jonny misstrauisch geworden. So kannte er seine kleine Greta nicht. Er hatte keine Zeit mehr, dem tiefer auf den Grund zu gehen. Aber er nahm sich vor, bei seiner Rückkehr ein Augenmerk darauf zu haben, ob Greta ihm vielleicht etwas verheimlichte.

Nach Jonnys Abreise veränderte sich kaum etwas. Die kleine Walburga hatte große Freude an den unterhaltsamen Nachmittagen in der Kippingstraße. Und Greta hatte neuerdings Lippenstift aufgetragen, wenn sie kam.

Stella bereitete ihre Abfahrt nach London vor. Anthony erwartete sie schon. Sie hatten sich nicht wieder gesehen, seit Stella sich mit der Absicht von ihm verabschiedet hatte, die Scheidung von Jonny einzureichen und Anthony zu heiraten. Das war vor der Machtergreifung der Nazis gewesen. Seitdem hatte sich entsetzlich viel verändert.

Und auch die Scheidungspläne waren gründlich danebengegangen. Aber anders als beim letzten Mal, als Stella Anthony brieflich verkündet hatte, dass sie bei Jonny bleiben würde und ihn, Anthony, nie wiedersehen wolle, war Stella sich diesmal ihrer Liebe und ihrer Verbundenheit mit Anthony völlig sicher. Sie kannten sich jetzt seit fast zehn Jahren. Sie hatten einiges miteinander durchgestanden, und Anthony hatte sich unerschütterlich zu ihr bekannt. Daran zweifelte sie nicht mehr im Geringsten. Sie wusste, dass Anthony der Mann ihres Lebens war. Das war keine romantische oder abenteuerliche Entscheidung, sondern eine, die aus einem tiefen Gefühl von Stimmigkeit erwuchs. Anthony war einfach ihr Mann. Das war ihre Wahrheit ohne Wenn und Aber. Ebenso war ihre Wahrheit, dass sie ihre Familie vor den Nazis schützen würde, so gut sie konnte, und auch, dass sie den Nazis schaden wollte, wenn es ihr nur irgend möglich war.

Aus diesem Grund schrieb sie seit ihrem Entschluss, Freizeitspionin zu werden, ebenso wie Lysbeth tägliche Eintragungen in ihr Tagebuch. Sie notierte viele persönliche Dinge, unter anderem, was sie auf bestimmten Festen von bestimmten Leuten aufgeschnappt hatte, was Jonny manchmal erzählte oder auch Johann. Das allerdings fand sich nur in ein, zwei Worten.

Von Zeit zu Zeit bat Lysbeth sie, ihr das Aufschreiben abzunehmen. Dann erzählte Lysbeth ihr abends aus der Praxis, winzigste banale traurige Geschichten, die sie von Arbeitern oder jüdischen Patienten gehört hatte, alles sehr persönlich, sehr unauffällig. Allmählich entwickelte sich dieser abendliche Plausch zu einem kleinen Ritual, der Lysbeth entlastete von den täglichen Nöten, die ihr aufgebürdet worden waren. Und Stella übernahm das Aufschreiben der Notizen gern.

Dieses Tagebuch würde sie bei sich tragen, wenn sie nach London fuhr. Und dort würde sie sich an die Schreibmaschine setzen und aus den Stichworten die Informationen entwickeln, so ausführlich, wie sie sich daran erinnerte. Anschließend würde sie ihre Tochter treffen und ihr alles überreichen.

Stella freute sich auf Anthony wie ein frisch verliebtes Mädchen aufs erste Rendezvous. Sie packte ihre zwei Koffer mit den raffiniertesten Kleidungsstücken, die sie im Schrank hängen hatte. Dann packte sie alles wieder aus und hockte hilflos vor den leeren Koffern. Anthony mochte sie am liebsten nackt. Er mochte sie am liebsten, wenn er viel von ihrem Körper sehen konnte. Raffinierter modischer Schnickschnack fiel ihm gar nicht auf. Was also mitnehmen?

Sie kramte in einer Truhe, wo sie Kleider abgelegt hatte, die sie schon seit einiger Zeit nicht mehr trug. Es waren glatte schlichte figurbetonte Kleider, fließend, in bunten Farben. Sie hatte sie bei ihrem ersten Aufenthalt in London gekauft, und Anthony war entzückt gewesen. In Hamburg konnte sie so etwas nicht tragen, da ging sie in Rock und Bluse oder Kostüm. Oder eben in eleganter, raffinierter Robe.

Stella packte noch einen Badeanzug ein und Reithosen. Sie lachte laut auf und sprach mit sich selbst: »Eine Stella Maukesch verlässt Hamburg, eine Stella Walker kommt in London an.«

»Und was ist mit Stella Wolkenrath?«, erklang eine Stimme hinter ihr.

Stella fuhr herum. »Lysbeth, hast du mich erschreckt!«

Sie schloss ihre Schwester in die Arme. »Stella Wolkenrath?«, lachte sie. »Die steckt immer in mir. Wo ich auch bin. Was auch geschieht.«

Sie hielt ihre Schwester mit ausgestreckten Armen an der Schulter.

»Du siehst grauenhaft aus. Was ist los?«

»Ach ...« Lysbeth warf sich auf Stellas Ehebett. »Gib mir mal einen Portwein. Die Tante ist nicht da. Wo sie ihren Zauberschnaps versteckt hält, weiß ich nicht. Den könnte ich jetzt gut gebrauchen.« Stella holte zwei Gläser und die Karaffe aus dem Wohnzimmer und setzte sich zu Lysbeth ans Bett.

»Was ist los?«, fragte sie alarmiert.

»Eigentlich nichts«, antwortete Lysbeth, während sie im Liegen aus dem Glas schlürfte.

Sie zog sich ans Kopfende und steckte zwei Kissen hinter ihren Rücken. »Wie angenehm es bei euch ist, wenn Jonny unterwegs ist«, grinste sie und klopfte neben sich aufs Bett. Stella verstand sofort und setzte sich neben ihre Schwester.

»Du hast eine Abtreibung gemacht?«, fragte Stella schließlich. So erschöpft war Lysbeth vor allem nach diesen Eingriffen. Neuerdings machte sie die nicht mehr in der Praxis, sondern bei den Leuten zu Hause in der Küche. Sie operierte ganz allein, so wie es früher die Tante getan hatte. Auf dem Küchentisch mit zwei Stöcken, die die Beine hielten. Sie hatte bei der Tante gelernt, sie war dazu in der Lage. Aber es war schwieriger, anstrengender und auch entsetzlich gefährlich. Lysbeth hatte Aaron kategorisch verboten, daran teilzunehmen. »Wenn du das tust«, hatte sie gedroht, »bist du mich los. Ich mache vieles mit, aber nicht alles. Und diesen Leichtsinn lasse ich nicht zu. Du willst unbedingt in Deutschland bleiben, nun gut, dann bleiben wir, aber ich bleibe nicht in Deutschland, um dich im Gefängnis zu besuchen. Wahrscheinlich müsste ich an deiner Hinrichtung teilnehmen«, fügte sie bitter hinzu. »Neuerdings wird das doch wieder ein Volksvergnügen. Nein, ich habe dich nicht geheiratet, um eine jüdische Witwe zu sein, darauf kannst du Gift nehmen.«

Aaron hatte begriffen, dass sie es ernst meinte. Und er hatte sich gefügt. Am liebsten hätte er auch ihr verboten, Abtreibungen vorzunehmen, aber er wusste, dass er dazu nicht das Recht hatte. Sie machten es ohnehin nur noch bei den Ärmsten der Armen. Deshalb geschah es selten. Die Jüdinnen wurden erstaunlicherweise nur noch selten schwanger. Und viele ließen keine Abtreibung machen, weil ihre Religion es ihnen verbot. Aber immer wieder geschah es dennoch, dass eine jüdische Arbeiterfrau sich an Aaron wandte und von der Not einer Freundin sprach oder von der eigenen. Dann halfen sie.

»Ich bin so froh für dich«, murmelte Lysbeth, »dass du jetzt endlich wieder nach London fährst.«

Die Augen fielen ihr zu und sie sackte tiefer aufs Bett. Stella rührte sich nicht. Sie summte ein leises Schlaflied und nahm Lysbeth das Glas ab, bevor es aus ihrer Hand gleiten konnte. Sie wartete noch ein wenig, bis Lysbeth ruhig atmete, dann zog sie sie tiefer hinunter aufs Bett und deckte sie zu. Sie schloss die Vorhänge und verließ auf Zehenspitzen den Raum.

Wie unwichtig das Packen geworden war.

Lysbeth freute sich für sie! Stellas Freude wich einer angstvollen Beklommenheit. Alles war so unsicher geworden. In diesem Haus geschah so viel, das die Menschen gefährdete, die Stella am meisten liebte. Obwohl sie sich um die Existenz Gottes nie besonders geschert hatte, betete sie jetzt: Lieber Gott, mach, dass alle heil und gesund sind, wenn ich zurückkomme. Mach, dass nichts Schlimmes geschieht.

Als sie in England vom Schiff stieg, sah sie Anthony sofort. Ihre Augen begegneten sich, und Stella ging auf ihn zu, als würde sie gleichzeitig schweben und versinken. Sie stand vor ihm. Er zog sie an sich, sie legte ihren Kopf an seine Brust. Sie roch den Mann, sie spürte sein Jackett an ihrer Wange, sie fühlte seine Arme um ihren Rücken und ihre Taille, und es gab einen Moment unglaublicher Verschmelzung. Sie waren nicht mehr Stella und Anthony, sie waren nicht mehr Deutsch und Englisch, Mann und Frau. Sie waren eins.

In London wurde sie im Nu in einen solchen Trubel aus Liebe und Leidenschaft, aus Festen mit alten Freunden und lautstarken politischen Diskussionen gerissen, dass sie die Gefahr für ihre Familie in Deutschland kaum mehr für real hielt. Vielleicht bin ich schon hysterisch geworden, dachte sie, wenn die deutsche Angst in ihr aufstieg. Alles war so frei mit Anthony und hier in London. Allmählich entwickelte sie das Gefühl, als wäre dieser Alltag einfach normal. Alles andere schien unwirklich wie ein böser Traum.

Anthony und sie lebten zusammen wie ein Paar, das immer schon zusammengelebt hatte. Es gab keinerlei Fremdheit. So also kann eine Ehe sein, dachte Stella immer wieder erstaunt. Sie teilten alles. Sie teilten ihr Leben. Und Stella begann wieder zu singen. Sie trat wieder auf, als hätte es nie eine Unterbrechung gegeben.

Nach den ersten zwei Wochen, in denen Stella und Anthony wie Verhungernde übereinander hergefallen waren und sich ineinandergekrallt hatten, als wollten sie so verschmelzen, dass keiner sie je wieder auseinanderbekommen könnte, teilten sie auch ihre körperliche Liebe auf eine freie selbstverständliche Art, die zu ihnen als Mann und Frau dazugehörte.

So also fühlt es sich an, wenn man mit dem Mann zusammenlebt, der für einen der Richtige ist, dachte Stella ein ums andere Mal, wenn sie nachts aus dunklen Träumen hochschreckte und nach Anthonys Hand griff, um sich daran festzuhalten. Sie vertrauten einander. Ein tiefes unerschütterliches Vertrauen. Beide wussten, dass sie füreinander sterben würden. Und das war keine hohle Phrase.

Obwohl sie einander so lange nicht gesehen hatten, gab es eine Vertrautheit zwischen ihnen wie ein Band, das von einem zum andern ging, selbst wenn sie weit voneinander entfernt waren. Auf Festen kam es durchaus vor, dass sie sich in unterschiedlichen Ecken großer Räume aufhielten. Doch wo sie auch waren, genügte ein Blick, und durch Stella flutete eine Woge der Wärme und Geborgenheit. Anthony war ihr Mann, ihr Freund, ihr Liebster, daran gab es keinen Zweifel.

Manchmal hatte sie schon gedacht, dass mit ihr etwas nicht stimme, weil sie sich vor Anthony noch nie einem Mann wirklich in der Tiefe ihres Wesens verbunden gefühlt hatte. Sie hatte Jonny zwar wie verrückt gewollt und hatte das für leidenschaftliche Liebe gehalten. Im Grunde hatte sie aber unbedingt verhindern wollen, dass Leni, seine damalige Verlobte, ihn bekam. Aber auch mit Jonny hatte es von Anfang an diese Fremdheit gegeben. Eine Fremdheit, die anfangs durch körperliche Lust und später durch gemeinsame Pläne und das Teilen des Alltags manchmal überwunden wurde, aber nie, wirklich nie, auch nicht in ihren besten Zeiten zu dieser zweifellosen Zusammengehörigkeit geführt hatte, wie sie zwischen Anthony und ihr herrschte. Stella war glücklich. Das war keine Euphorie. Die Zustände in Deutschland waren ihr durchaus bewusst, sie wusste nicht, ob Anthony und sie jemals ihr Leben teilen können würden. Jonny war ihr Ehemann, und er würde es auf unabsehbare Zeit bleiben. Aber Stella war dennoch glücklich.

Alles, was sie tat, fühlte sich vollkommen richtig an. Dieses Lebensgefühl kannte sie nicht. Immer war irgendetwas falsch gewesen. Immer hatte es irgendeinen Mangel gegeben. Immer hatte sie an irgendetwas gezweifelt. An Anthonys Seite zweifelte sie an nichts. Es gab keinen Mangel. Anthony war der Mann, der zu ihr passte wie eine Hälfte eines auseinandergerissenen Bildes zur anderen. Gemeinsam waren sie ein Ganzes.

Er befriedigte ihre Bedürfnisse, ohne sich dabei anzustrengen, einfach, weil es seinen eigenen Bedürfnissen entsprach. Und er war glücklich über Stella, weil sie das Gleiche tat. Er wirkte auf Stella wie die Antwort auf ihre existenziellsten Fragen, auf die sie seit ihrer Kindheit nach einer Antwort gesucht hatte.

Er ist einfach mein Mann, dachte sie immer wieder. Und diese Worte wurden von einem tiefen inneren Jubel begleitet.

Als hätte es keine Unterbrechung gegeben, trat Stella wieder mit den alten Freunden auf. Neue kamen bald hinzu. Angeregt durch Dritter hatte Stella sich mit Jazzmusik zu beschäftigen begonnen. Hier in London traf sie auf farbige Musiker, die geradezu barsten vor Spaß am Musizieren. Es waren andere Farbige als diejenigen, die sie in Afrika kennengelernt hatte. Diese kamen aus Amerika, selbstbewusste, rebellische Männer voll frechen zur Schau getragenen Sex-Appeals, der sich aber in der Zusammenarbeit mit Stella schnell als großer Spaß entpuppte.

Anthonys Roman über seine Kindheit in Kenia war herausgekommen, und er war offenbar eine Berühmtheit geworden. Er verbarg seinen Erfolg vor Stella, aber sie konnte eins und eins zusammenzählen. Er wurde zu jeder Menge wichtiger Partys eingeladen, und überall wurde sein enormes Talent und seine gnadenlose Ehrlichkeit gelobt. Ihm war es eher zu viel. Er bevorzugte die kleinen Treffen in den dunklen Bars mit seinen Freunden, die nach wie vor arm und erfolglos, aber zugleich voll neidlosen Respekts für Anthony waren.

Mehrere Stunden täglich setzte er sich an seine alte Schreibmaschine, auf der er unter ohrenbetäubendem Geklapper eine Seite nach der anderen volltippte. Diese fertigen Seiten versah er schwungvoll mit Durchstreichungen, roten Anmerkungen, aufgeklebten Zetteln, dann legte er sie auf einen dicken Stapel von Blättern, die ebensolche kleinen dramatischen Werke waren.

Er schrieb an einem neuen Roman. Und das tat er anscheinend schon eine Weile, denn der Stapel der Blätter war hoch. Richtig hoch, nicht nur ein bisschen hoch. »Der schiefe Turm von Pisa«, lachte Stella, wenn sie den Stapel sah. »Bald kippt er um.«

»Dann ist das Buch fertig«, sagte Anthony mit leuchtenden Augen. »Ich wünsche mir, dass du dann da bist und wir uns ordentlich betrinken können. Unter zwei Flaschen Champagner für jeden gebe ich mich nicht zufrieden.«

»O Gott«, warf Stella in gespieltem Entsetzen die Arme hoch. »Du willst, dass die Weltpresse schreibt: ›Der berühmte Dichter Anthony Walker segnete leider das Zeitliche – am Suff. Zum Glück hinterließ er ein letztes Werk.‹ Ha«, rief sie aus, »ich komm dir auf die Schliche. Du willst nur, dass jemand anders diesen ganzen Kram nochmal abschreibt. Hab ich recht?«

»Du hast recht«, bekannte Anthony gespielt resigniert. »Die Idee, diesen ganzen Kram nochmal abzuschreiben, bringt mich ohne Alkohol um. Aber weißt du was, ich gebe es einfach zum Verlag, und dort schreiben die es nochmal ab. Dann darf ich wieder reinkritzeln und sie schreiben es wieder ab. Die sind einfach verrückt.«

Stella betrachtete beeindruckt den schiefen Turm der Blätter. »Machen die das immer so?«, fragte sie. »Abtippen und nochmal abtippen?«

»Ja«, sagte Anthony lächelnd. »Sie sind verrückt, ich sag es doch. Und alles um ein Buch herzustellen, auf dem schließlich stehen wird: Stella.«

Stella schrie auf. »Das meinst du nicht ernst?«

»Nein«, sagte er, »das meine ich nicht ernst.«

Von nun an wollte Stella unbedingt wissen, wovon der neue Roman handelte. Aber Anthony hielt sich bedeckt. Schließlich sagte er: »Stella, ein Schriftsteller schreibt über alles, was ihm nahegeht. Und mir gehst du nahe. Also schreibe ich über dich. Natürlich wird es nicht ›Stella‹ heißen. Natürlich ist es keine Biographie, aber ich folge deinen Schritten durch Afrika, ich folge deiner Seele. Ich versuche dich zu ergreifen mit deinem ganzen Wesen, das dich zu guter Letzt zu mir geführt hat.«

Stella war entsetzlich erschrocken. Das durfte er nicht tun. Es war, als würde er sie im Schlaf nackt ausziehen, in einen Käfig setzen und auf dem Marktplatz ausstellen.

»Das darfst du nicht tun«, sagte sie kaum hörbar.

Anthony griff nach ihrer Hand. »Stella«, sagte er beschwörend, »ich schreibe über Afrika. Du bist eine deutsche Frau, die dort das Leben einiger Menschen sehr aufgewirbelt hat. Du bist eine wundervolle Romanfigur, denn du bist einerseits deutsch und die Frau eines Mannes, der in Afrika ständig versucht hat, sich an den dortigen Schätzen zu bereichern, in jeder Hinsicht, und andererseits bist du eine Frau, die jeder Mann begehrt, gleich welcher Hautfarbe, gleich welcher Nationalität. Wenn ich mir so etwas ausdenke, komme ich notwendigerweise auf dich. Außerdem«, fügte er leise hinzu, »es gibt mir die Möglichkeit, dir nah zu sein, wenn du weit weg bist.«

Er lachte amüsiert auf und griff nach Stellas Hand. Sie allerdings war nicht im Geringsten amüsiert. Sie entzog ihm ihre Hand und fauchte: »In Deutschland werden Bücher verbrannt, weißt du das eigentlich, du ignoranter Inselbewohner? Wenn ich nur im Allergeringsten in deinem Buch zu erkennen bin, brenne ich. Und das ist kein literarischer Einfall, sondern die nackte Wirklichkeit.«

»Die brennende Wirklichkeit«, sagte Anthony mit Augenblinzeln. Stella begann zu weinen. »Ach, komm, Süße«, sagte er, im Nu bar jedes Amüsements. »Stella, kein Mensch erkennt dich, wirklich, du kannst mir glauben.«

Stella schmolz vor Liebe zu diesem Mann, der da in kompletter Hilflosigkeit vor ihr saß. Er riss das Blatt, an dem er gerade schrieb, aus der Schreibmaschine und knüllte es zusammen. »Ich werfe es weg«, sagte er entschlossen, »was soll's. Ich Trottel habe überhaupt nicht nachgedacht. Du hast recht, ich bin ein ignoranter Inselbewohner, der nicht weiß, was in der Welt vor sich geht. Und in Afrika war ich ein dummer weißer Affe, der mit zitternden Lefzen hinter einer berückenden Deutschen hergelaufen ist, nur um die Abdrücke ihrer Füße im Sand zu küssen. Und jetzt, ich Riesentrottel, darf ich ihr sogar den Bauchnabel küssen und den Rest und setze das Ganze aufs Spiel, nur weil ich ein selbstverliebter Worteschreiber bin.« Er raufte sich die Haare, die bis zu den Ohren lang gewachsen waren.

»Die schneid ich auch ab«, rief er empört. »Was bin ich nur für ein selbstverliebter Lackaffe geworden. Nur weil ein paar selbstverliebte Lackaffen in Zeitungen geschrieben haben, ich sei der Größte. Dabei meinen sie doch, sie selbst sind die Größten. Ach, Stella …« Er streckte ihr hilflos beide Hände entgegen, »bitte zieh nicht deine Gunst von mir, ich werfe das ganze Buch ins Feuer. Es soll brennen!«

Stella zuckte zusammen. Anthony war zwar verdammt theatralisch, aber es war ihm ernst, das merkte sie wohl. Dieses Buch mit den durchgestrichenen Sätzen und den roten schwungvollen Anmerkungen sollte verbrannt werden? Nein, sie wollte kein Buch mehr brennen sehen.

Und außerdem, was sollte schon geschehen? In Deutschland wurde Anthony Walker sowieso nicht gelesen, weil er nicht übersetzt wurde und kein Verlag wagen würde, ihn zu veröffentlichen. Und wer sollte ihr schon schaden, weil er sie in dem Buch erkannte? Mbeti? Lächerlich. Willy? Na, das wäre doch wundervoll, aber wahrscheinlich konnte er gar nicht lesen. Jonny!

Stella lachte laut los. »Mein Lackaffe«, sagte sie zärtlich und legte ihre Hände in seine, die er immer noch bittend offen entgegenstreckte, »ich habe leider Probleme mit dem Vertrauen. Wer Jonny Maukeschs Frau ist, hat das Vertrauen verloren. Aber wer Anthony Walkers Frau ist, hat schon einen Riesensack neues Vertrauen angehäuft. Es geht nur manchmal fünf Minuten lang verloren. Verzeih mir.«

Anthony sah besorgt aus. »Stella, wenn dich mein Buch in Schwierigkeiten bringen kann, will ich es auf keinen Fall veröffentlichen. Weißt du, ich habe wirklich nicht darüber nachgedacht. Ich war besessen von der Story. Ich will sie dir jetzt gar nicht erzählen, weil bei mir die weiße Frau mit ihrem farbigen Geliebten wirklich flieht, und dann geschieht alles Mögliche. Ich weiß wohl, dass keiner der Deutschen, die Jonny kennen, es lesen wird, aber man weiß ja nie, welche seltsamen Wege der Zufall nimmt.«

Er sah Stella verzweifelt an, und ihr Magen zog sich zusammen, so sehr rührte seine Verzweiflung sie.

»Stella, ich schreibe das Buch einfach nicht weiter.« Er dachte nach. »Der Verlag hat mir schon einen Vorschuss gezahlt. Aber ich habe genug Geld, ich kann ihnen den Vorschuss zurückzahlen.«

Mit einem Mal flog der eben noch empfundene Verdruss einfach davon. Stella wurde ganz leicht zumute. Sie lachte hell auf.

»Was für ein Blödsinn, mein süßer Poet«, sagte sie. »Du schreibst diesen Roman, und ich werde stolz sein und in die Annalen des berühmten Anthony Walker eingehen. Du gibst mir einfach einen anderen Namen und lässt mich anders aussehen, und dann soll mal jemand aus Jonnys Umgebung sagen, dass ich das bin.«

Anthony sah sie zweifelnd an. »Das meinst du nicht ernst«, sagte er vorsichtig. »Woher dieser plötzliche Umschwung?«

»Ach, Quatsch«, antwortete Stella vergnügt. »Ich hatte Angst. Ich vergesse immer wieder, dass ich dir ganz und gar vertrauen kann. Das war mit Jonny nun mal nicht mein täglich Brot. Und außerdem vergesse ich auch manchmal, dass ich von Jonny gar nicht mehr viel zu befürchten habe. Er kriegt genau das, was er will: Ich bleibe seine Frau, er kann mit mir repräsentieren, und dass er mich nicht liebt, stört niemanden. Mich am allerwenigsten. Also darf er tun, was er will. Es gibt kein Problem mehr.«

Anthonys besorgter Ausdruck blieb in seinen Augen, obwohl sein Mund vorsichtig lächelte.

»Na gut«, sagte er schließlich. »Dann kann ich ja weiterschreiben.«

Ende Oktober sollte Jonny zurückkehren. Eigentlich hatte Stella geplant, einen Monat vorher aus London abzureisen, aber dann verwarf sie ihren Entschluss wieder, wie manches Mal, wenn sie bei Anthony gewesen war. Wenn sie Mitte Oktober heimkam, würde es schon reichen.

Die Ereignisse in Deutschland beschäftigten die Engländer sehr. Sie verstanden nicht, welche Absichten Hitler eigentlich verfolgte. Es gab in England viele Anhänger dieses neuen deutschen Führers. Ihm war einiges gelungen, das vorher undenkbar erschienen war. Man war sehr beeindruckt von seinem Erfolg beim Papst. Zwischen dem Vatikan und dem Deutschen Reich war im Juli das Reichskonkordat, ein Staatskirchenvertrag abgeschlossen worden. Darin waren der katholischen Kirche in Deutschland viele Rechte auf freie Ausübung ihrer Religion zugesichert worden. Allerdings durften sie sich nicht mehr in politischen Parteien betätigen, was zu ihrem Rückzug aus den konservativen Parteien führte, die dadurch außerordentlich geschwächt wurden und für Hitler anschließend keine Konkurrenz mehr darstellten. Vor allem aber bedeutete dieses Konkordat mit dem Vatikan eine riesige internationale Aufwertung für Hitler. Sogar der Heilige Vater hatte ihn anerkannt. Und die katholischen Kritiker des Nationalsozialismus in Deutschland waren auf diese Weise ebenfalls mundtot gemacht. Sicherlich war das Wohlwollen des Vatikans dadurch befördert worden, dass Hitler verkündet hatte, er würde nicht daran denken, aus der katholischen Kirche auszutreten. Auch in England hielten manche Hitler für einen Übermenschen, dem gelang, was noch keinem gelungen war. Wenn allerdings Stella berichtete, dass der Hitlergruß seit August als alleiniger Gruß an den Hamburger Schulen erlaubt war, dass sich Polizisten und Beamten vorher schon ausschließlich so gegrüßt hatten, machten ihre Gesprächspartner große Augen.

Von Anfang an hatte Stella sich auf das Wiedersehen mit ihrer Tochter gefreut, gleichzeitig hatte sie Angst davor gehabt. Anthony hatte es arrangieren wollen, aber dann war es ein ums andere Mal verschoben worden. Warum, wurde weder Anthony noch Stella erklärt. Und dann stand die blonde junge Frau, zu der ihre Tochter geworden war, plötzlich vor ihr, als Stella in einer kleinen Bar mit zwei farbigen Musikern gesungen hatte. Ihr Auftritt war zu Ende, sie ging zu Anthony an die Bar, da saß neben ihm eine blonde Frau. »Angela!«, hatte Stella gerufen und war ihrer Tochter um den Hals gefallen. »Ich bin Jennifer«, hatte Angela lächelnd gerügt und ihrer Mutter rechts und links dicke Küsse mit lauten Schmatzern aufgedrückt.

Angela blieb eine Woche lang bei Stella und Anthony wohnen. So unbeschwert, so fröhlich, so innig verbunden hatte Stella sich mit ihrer Tochter noch nie gefühlt. Außer vielleicht in der allerersten Zeit nach der Geburt. Sie sprachen über alles Mögliche, aber nicht über Deutschland, nicht über Politik. Erst am letzten Morgen sagte Angela, nun ganz Jennifer: »Anthony, ich möchte mit Stella ein paar Stunden allein sein.« Anthony antwortete lachend, dass ihm das sehr gelegen komme. Er habe viele berufliche Verpflichtungen, die er heute dann endlich wahrnehmen könne. Am Abend wäre er zurück und dann würde er die beiden schönsten Frauen der Welt zum Essen ausführen.

Sie setzten sich in seine Bibliothek, und Jennifer legte los. Sie war von großer Präzision. Sie hatte die Tagebücher durchgearbeitet, rot angestrichen, wo sie Schwierigkeiten hatte, die Handschriften von Stella und Lysbeth zu entziffern. Sie hatte Stellas auf der Schreibmaschine getippten Ausführungen studiert und auch die mit Fragezeichen und Anmerkungen versehen. Nun stellte sie ihre Fragen. Sie wollte so vieles genauer wissen, was Stella nicht genauer beantworten konnte. Adressen von Arbeitern, über die Lysbeth geschrieben hatte. Die genaue Funktion von Leuten, deren Bemerkungen Stella aufgeschrieben hatte. Stella wurde kleinlaut. »Ich kann dir das nicht sagen«, gestand sie bei den meisten Fragen. Zwischen Jennifers Augenbrauen bildete sich eine scharfe Zornfalte. Stella merkte, dass ihre Tochter sich bezähmen musste, um nicht loszuschimpfen. Trotz der gespannten Stimmung musste sie lächeln. Angela erinnerte sie sehr an sich selbst. Auch sie hätte sich kaum zurückhalten können in ihrem Zorn.

Am Ende des Gesprächs, das sich mehr zu einem Verhör entwickelt hatte, sagte Jennifer streng: »Na gut, ich will euch zugute halten, dass

ihr so etwas noch nie gemacht habt. Für die Zukunft: Ich brauche präzise Auskünfte. Genaue Angaben von Adressen, von Titeln, von Funktionen. Im Zweifelsfall müssen wir uns an die Leute wenden können. Ist das klar?«
Stella nickte.

Es hatte immer schon viele Geheimnisse im Haus in der Kippingstraße und überhaupt in der Familie Wolkenrath gegeben. Jetzt allerdings gab es außer Lysbeth und der Tante kaum noch jemanden, der alles wusste oder zumindest ahnte.

Käthe wurde von allen geschont. Aaron hatte ihr noch einmal nahegelegt, einen Spezialisten zu Rate zu ziehen, weil ihre Lippen ihm oft zu blau erschienen, und Lysbeth immer wieder sagte, dass Käthes Herz schwach sei, auch wenn er nichts Auffälliges festgestellt hätte. Daraufhin hatte Käthe einen Wutanfall bekommen, der allerdings nur erkennbar war für jemanden, der Käthe gut kannte. Sie hatte nicht geschrien, nicht getobt, nicht mit der Faust auf den Tisch gehauen. Aber sie hatte blaue Lippen bekommen und kalt gesagt: »Bist du Arzt oder bist du keiner? Du hast festgestellt, dass mein Herz eigentlich in Ordnung ist. Was willst du noch? Manchmal sind meine Lippen blau, na und? Wir wissen doch, dass Menschen unterschiedlich sind. Warum also nicht auch Lippen? Und von Menschen eine seltsame Norm im Aussehen, Verhalten, ja, der Farbe der Lippen zu verlangen, entspricht zwar der neuen Politik der Gleichschaltung, aber ich bin dafür zu alt. Das solltest du doch am besten wissen, mein lieber Dr. Bleibtreu. Ich will von dir nicht zum nächsten Arzt geschickt werden, der mir vielleicht sagt, dass mein kleines Herz nicht kräftig genug ist, sondern ich will von dir eine Kräftigung verschrieben bekommen. Ach, Quatsch, ich geh zur Tante, die soll mir Herzwein geben.«

Aber die Tante hatte sich geweigert. »Du gehst zu einem Spezialisten, und wenn du das nicht tust, ziehe ich hier aus und fahre nach Laubegast zurück. Mit einer Lebensmüden will ich nicht unter einem Dach wohnen.«

Also hatte Käthe klein beigegeben und war zu dem Herzspezialisten gegangen, der im Universitätskrankenhaus Eppendorf Professor war. Dieser hatte Käthe untersucht und war zu dem Ergebnis gekommen, dass das, was sie beschrieb, ein zeitweiliges plötzlich auftretendes Herzrasen, das ihr Angst machte, nervösen Ursprungs sei. Er hatte nichts feststellen können als altersgemäße Ermüdung des Herzens.

Triumphierend hatte Käthe danach auf dem Herzwein der Tante bestanden, der ihr auch gewährt worden war. Aarons Therapie war umfassender. Er verlangte einen Spaziergang täglich, die Einschränkung von Kaffee und einen Mittagsschlaf. Käthe war zwar etwas fülliger geworden, aber sie war keinesfalls dick und Aaron hütete sich, von Gewichtsreduktion zu sprechen.

Stattdessen nahm er sich jeden Einzelnen im Haus zur Brust und sagte: »Nervöse Herzbeschwerden heißt eigentlich nur, dass der werte Herr Professor es auch nicht besser weiß als ich. Es sind Herzbeschwerden, davon können wir ausgehen. Und damit ist nicht zu spaßen. Also haltet Aufregung von ihr fern.«

Vollkommen unerschrocken angesichts der SA-Uniform von Johann, hatte er auch diesen abgefangen, als er mal wieder zu Besuch kam, um Kaffee und Butterbrote zu schnorren.

»Ihre Mutter hat ein schwaches Herz«, hatte er gesagt – das Sie war sein einziges Zugeständnis an den Hass, den Johann ihm entgegenbrachte, das Sie gehörte zu der ausgesucht distanzierenden Höflichkeit, die er dem jüngsten Bruder seiner Frau gegenüber an den Tag legte. »Sie sollten versuchen, Ihre Frau Mutter möglichst weitestgehend zu schonen.«

Johann hatte ihn grob beiseitegeschoben. »Geh mir aus'm Licht, Jude!« Und dann war er mit seinen Stiefeln ins Haus gestapft, geradewegs zu seiner Mutter, die im Wohnzimmer am Fenster saß und las.

Er war auf sie zumarschiert und hatte ihr das Buch aus den Händen gerissen. »Remarque, dieser Vaterlandsverräter«, fauchte er, »dachte ich's mir.« Käthe hatte blasse Lippen bekommen. Aaron war hinter Johann ins Zimmer getreten und bemerkte nun schneidend: »Ich glaube, mein Herr, Sie haben mir eben nicht zugehört. Ihre Mutter sollte nicht aufgeregt werden, sie hat ein nervöses Herz. So lautet die Diagnose des arischen Professors vom Universitätskrankenhaus Eppendorf. Und jetzt geben Sie ihr das Buch sofort zurück!«

Johann zog seine Pistole aus dem Halfter und richtete sie auf Aaron. »Komm mir bloß näher, Herr Doktor Klugscheißer. Mein Schießeisen ist geladen. Ich freue mich über jedes Ungeziefer, das ich kriege.«

Käthe wurde kreidebleich. Aaron blieb ruhig stehen und sah nur auf

Käthe. Sie schien seine einzige Sorge zu sein. »Reg dich nicht auf, Mutter Käthe«, sagte er lächelnd, »Johann ist dein Sohn, und er kennt die deutsche Ehre, das Nest nicht zu beschmutzen. Ich gehe davon aus, dass hier sein Nest ist.«

In diesem Augenblick sprang die Tür auf. Es war, als fege ein kurzer heftiger Wirbelwind durch den Raum. Keiner wusste anschließend so recht, was geschehen war, aber im Nu hatte Käthe ihr Buch wieder in der Hand, und Johann stand mit baumelnden Armen da und starrte auf seine Pistole, die Dritter lässig in seiner Hand hielt und gen Boden richtete.

»Brüderchen«, sagte er von oben herab, »du solltest mit solchen Sachen nicht so rumfuchteln, das habe ich dir doch schon immer gesagt. Man weiß nie, in welche Richtung sie losgehen.« Johann zuckte zusammen, als Dritter wie ein Junge, der Räuber und Gendarm spielt, mal auf diesen, mal auf jenen den Lauf richtete und dabei unterschiedliche Posen einnahm. »Peng, peng«, sagte er, ging in die Knie und richtete den Lauf auf Johanns Stirn. Er kniff ein Auge zusammen, als ziele er.

»Weißt du«, sagte er lässig, »im Krieg hab ich nicht selten erlebt, dass Kameraden sich sogar beim Reinigen ihrer Waffe selbst erschossen. Das war nicht gerade ruhmreich. Stell dir vor, so etwas würde dir passieren. Einfach so, peng, peng, und tot bist du. Und wir müssten zu deiner Sophie und deinen Kindern – mein Gott, ich hab vergessen, wie viele deutsche Helden hast du schon in die Welt gesetzt? –, ja, wir müssten also zu ihr hingehen und sagen: ›Liebste Sophie, dein werter deutscher Heldengatte hatte leider nichts Besseres zu tun, als in unserem Haus im Wohnzimmer seine Waffe zu zücken und ein bisschen damit rumzuspielen. Leider kennt er sich mit dem Kram so wenig aus, dass er dabei sich selbst in den Kopf geschossen hat.‹«

»Dritter, hör auf jetzt«, sagte Käthe leise.

»Klar, Mutter.« Er nahm die Waffe und steckte sie wieder ins Halfter, das Johann an der Koppel trug. Er grinste Johann mit seinem frechen Jungengesicht an. »Ach, weißt du, Brüderchen, du kannst ganz sicher sein: Wenn dir was zustößt, kümmern wir uns schon um deine Kleine, inklusive deinen ganzen Wurf.«

Durch Johann ging ein Ruck, als wollte er wieder nach seiner Waffe greifen. Dritter drehte sich um und wandte ihm den Rücken zu. »Versuchs nur, du Feigling«, sagte seine Haltung. »Schieß zu, in den Rücken! Das ist doch das, was du kannst.« Johann stand wie erstarrt, eine Salzsäule in Uniform. Dritter beugte sich zu seiner Mutter und küsste sie auf die Wange. »Interessantes Buch«, bemerkte er, »*Im Westen nichts Neues*, wundert mich, dass du es jetzt erst liest. Der war dabei, der Mann, der wusste, worüber er schreibt.

Ja, kannst mir glauben«, sagte er nun wieder in Johanns Richtung, »das war schon immer so. Brüder kümmern sich um die Frauen ihres Bruders, wenn der gefallen ist. Ehrensache! Deiner Sophie wird es nicht schlecht ergehen.«

Er legte seinen Arm um Aarons Schulter und schob diesen aus dem Wohnzimmer. »Komm mit, Schwagerherz«, sagte er, »ich brauche deine Hilfe. Eckhardt ist nicht da, und die Hunde benötigen einen kleinen Auslauf.«

Johann drehte sich auf den Hacken um und schob an ihnen vorbei aus der Tür, er stampfte die vier Treppen hinunter zum Ausgang, riss die Tür auf und drehte sich noch einmal kurz um, riss den Arm hoch und schrie »Heil Hitler!«.

Dann war er draußen.

Jetzt erst begann Aaron zu zittern. Als Dritter das spürte, ließ er ihn schnell los. Ein Mann zittert nicht. Ein Mann weint nicht. Auch ein jüdischer Mann nicht.

Käthe rief nach ihrem Sohn und ihrem Schwiegersohn.

»Bitte verzeih mir«, sagte sie zu Aaron, als beide vor ihr standen. »Es ist mein Sohn, es tut mir sehr leid. Ich schäme mich für Johann.«

»Jetzt hörst du aber auf«, schimpfte Dritter. »Du willst doch wohl nicht behaupten, dass du verantwortlich bist für unsere Schweinereien. Da hättest du ja viel zu schämen.«

Aaron erzählte Lysbeth nichts davon. Käthe ebenso nicht, und Dritter sowieso nicht. Dritter erzählte auch niemandem davon, dass er, seit Jonny fort war, manche Nacht bei Greta in der Bundesstraße schlief. Nicht nur bei ihr, sondern mit ihr gemeinsam in dem Ehebett, das Jonny Maukesch angeschafft hatte. Er verstand sich gut mit der kleinen Walburga, die enorm viel Spaß daran hatte, mit ihm Ball zu spielen und zu singen.

Eckhardt erzählte niemandem davon, dass er Askan von Modersen wiedergesehen hatte. Askan war Gauleiter geworden und hatte in Hamburg an einem Fest als Gast teilgenommen, zu dem viele einflussreiche Nazis eingeladen waren. Eckhardt war zufällig auch dort gewesen, weil der Hausherr ein begeisterter Windhundbesitzer war, der seine Hunde von Eckhardt trainieren ließ. Askan und Eckhardt hatten sich im Garten der Gastgeber hinter einem Baum versteckt, Askan hatte seinen Hosenstall geöffnet und Eckhardts Kopf hinuntergedrückt. Eckhardt war auf die Knie gefallen und hatte seine ganze Begierde dareingelegt, Askan mit seinem Mund, seiner Zunge, seinen Händen so viel Lust zu bereiten, dass dieser ihn wieder lieben sollte. Anschließend hatte Askan seine Hose zugeknöpft und grob gesagt: »Ein Wort von mir, und du kommst ins KZ.« Auch in ihren kurzen daraufolgenden Begegnungen geschah von Askans Seite aus nichts, dass Eckhardt irgendeine sexuelle Befriedigung verschafft hätte. Aber Eckhardt war geradezu süchtig danach, Askan auf immer die gleiche Weise Genuss zu bereiten, weil dann manchmal etwas Weiches in dessen eisblaue Aristokratenaugen trat.

Eckhardt war nicht in der Lage, Askan zu verlassen. Er liebte ihn. Er begehrte ihn. Er verzehrte sich nach ihm, wenn er mit Cynthia tanzte, was sie regelmäßig einmal in der Woche taten.

Und sogar Lydia, Cynthias Mutter, die erst vor wenigen Jahren wieder geheiratet hatte, verschwieg vor ihrer guten Freundin Käthe, die sowieso die Einzige gewesen wäre, der sie von ihren Nöten erzählt hätte, dass sie sich mit ihrem Mann in ein Gefängnis gesperrt fühlte und an sich selbst zweifelte, weil sie diesen Mann geheiratet hatte, der voller Lob für die Politik der Nazis war. Damit hatte sie einfach nicht gerechnet. Andreas Hagedorn war so ein gebildeter, fürsorglicher Mann mit exzellenten Manieren gewesen, der Lydias Leben wieder in gerade Bahnen gelenkt hatte, indem er ihr zur rechten Zeit kurz vor der Weltwirtschaftskrise geraten hatte, sowohl ihr Haus in Blankenese als auch die von ihrem Mann fast bankrott geerbte Papierfabrik zu verkaufen. Er war zwar politisch immer schon sehr konservativ gewesen, was ihn nicht gerade zu einem Seelenverwandten der republikanisch gesonnenen Lydia gemacht hatte, aber das hatte Lydia nicht besonders gestört. Aber Lydias beste Freundin Antonia war Jüdin. Die beiden kannten sich noch aus der Zeit, als Lydia Helene-Lange-Schülerin gewesen war, und später hatten sie gemeinsam Konferenzen besucht, die gegen den Krieg veranstaltet worden waren. Antonia hatte Deutschland gemeinsam mit ihrer Tochter und ihrem Schwiegersohn verlassen. Lydia behielt das für sich. Die Einzige, der sie anvertraute, was Antonia ihr geschrieben hatte, war Lysbeth.

»Ihr solltet auch aus Deutschland fliehen«, sagte sie. »Die Nazis haben die Juden vorher schon totgeschlagen, wenn sie konnten, jetzt wird es kein Pardon mehr geben.«

»Aaron will nicht«, hatte Lysbeth lakonisch gemeint. »Und ich kann ihn verstehen, die Juden brauchen einen Arzt.«

»Das brauchen sie wohl«, hatte Lydia gesagt, »aber sie brauchen keinen toten Arzt.«

Im August wurde in der Kippingstraße Nummer 6 der Handelsredakteur Wiechen verhaftet. Am Abend hatte Käthe noch mit ihm auf der Straße gesprochen, und unmittelbar danach wurde er verhaftet. »Er wird wohl im Konzentrationslager darüber nachdenken, dass man Hitler und Horst Wessel nicht beschimpfen darf, wie er das aufs Unflätigste getan haben soll«, sagte Luise kühl, als einige Nachbarn auf der Straße darüber sprachen. »Aber zu mir hat er nie so etwas gesagt«, gab Käthe vorsichtig zu bedenken. »Nein«, stimmte Luise zu, »uns gegenüber hat er sich zwar nie in diesem Sinne geäußert, aber es wird schon etwas dran sein.«

Als Lysbeth in der Zeitung las, dass den Juden das Betreten des Strandbades Wannsee verboten wurde, erschrak sie einen Moment lang. Aber als sie Aaron davon erzählte, sagte er nur: »Strandbäder sind sowieso ein Hort von Krankheiten, gut, dass die Juden jetzt davor geschützt sind.«

Im gleichen Monat wurde eine lange Liste von Künstlern und Wissenschaftlern veröffentlicht, denen die deutsche Staatsbürgerschaft aberkannt wurde. Zugleich wurde auch das Vermögen dieser Personen beschlagnahmt.

Luise Solmitz stimmte auch hier mit Cynthia überein. Viele davon waren intellektuelle Snobs, wie sie es nannten. Dass allerdings das Vermögen einfach so dem Staat einverleibt wurde, fand Luise nicht in Ordnung. »Das Eigentum sollte unantastbar sein, ansonsten gerät man allzu leicht in die Nähe des Bolschewismus«, sagte sie. Cynthia widersprach: »Juden und Vaterlandsverräter können nicht mit den gleichen Maßstäben behandelt werden wie normale Menschen«, sagte sie. »Luise, das müssen Sie doch begreifen.« Luise sagte nichts mehr. Cynthia war zufrieden. Offenbar hatte sie Argumente vorgebracht, die Luise überzeugt hatten. Offenbar war sie wirklich eine Person, auf die man hörte.

Cynthia machte neuerdings am späten Abend den Hundespaziergang gemeinsam mit Luise und Fred Solmitz. Manchmal nahm auch Eckhardt daran teil, aber meistens war er dann noch in der Firma in der Feldstraße. Sechs Wochen, nachdem Wiechen abtransportiert worden war, kamen bei diesem Hundespaziergang Cynthia, Luise und Fred in der Bundesstraße eine Gestalt entgegen, die sie erst aus der Nähe erkannten. »Herr Dr. Wiechen, guten Tag«, sagte Fred höflich und lüpfte den Hut. Der Handelsredakteur riss den Arm zum Hitlergruß hoch. Sein Anzug schlotterte um seine ehemals rundliche Gestalt, die sich halbiert zu haben schien. »Herr Major, welche Freude, Sie zu sehen«, sagte er mit hoher Stimme. »Haben Sie schon gehört, was mir zugestoßen ist? Gnädige Frau«, wandte er sich Luise zu, »einen schönen guten Abend. Ich bin seit drei Tagen raus. Ich war im Konzentrationslager Fuhlsbüttel, wissen Sie schon?« Luise räusperte sich verlegen. Dr. Wiechen wartete ihre Antwort gar nicht ab, sondern sprudelte wie ein Wasserfall mit dieser hohen Stimme, die nicht zu ihm selbst zu gehören schien, denn früher hatte er eine durchaus angenehme Stimme gehabt: »Ich bin deutschnational, meine Herrschaften, immer schon gewesen, und das weiß jeder in der Kippingstraße, aber es gibt einen Nachbarn, ich will ihn jetzt nicht beim Namen nennen, der mich da hineingebracht hat. Und Sie glauben nicht, was ich durchgemacht habe …« Fred stand militärisch gerade und hörte zu.

Luise lächelte höflich. »Leider müssen wir jetzt weiter, Herr Dr. Wiechen, wir sind verabredet. Es freut mich, dass Sie wieder zurück sind.« Der Redakteur griff Fred am Arm. »Herr Major, Sie können sich nicht vorstellen, was ich erlebt habe. Ich bin deutschnational, wie Sie wissen. Jeder weiß es hier, trotzdem hat mich einer denunziert.« Fred reichte ihm die Hand. »Guten Abend, Herr Dr. Wiechen. Es tut mir leid, dass wir nicht mehr Zeit zur Verfügung haben.«

Wiechen blickte sich vorsichtig um. »Wenn Sie wissen wollen, wie es da zugeht«, raunte er, »kommen Sie mich einfach mal besuchen. Das kann man nicht auf der Straße erzählen.« Luise drängte zum Aufbruch.

Als sie weit genug voneinander entfernt waren, sagte Fred: »Wir sind doch gar nicht verabredet, warum hast du dem armen Mann nicht ein kleines Gespräch gegönnt?«

»Ich will es nicht hören!«, rief Luise aus. »Verstehst du! Ich will es nicht hören. Und ich will auch nicht, dass du da hingehst.« Cynthia, die sich während des Gesprächs etwas abseits gehalten hatte, stimmte zu: »Man muss sich mit solchen Leuten nicht abgeben.«

Im nächsten Augenblick rumpelten mehrere Polizeiwagen mit Anhängern voll von Landstreichern vorbei. Cynthia blickte zu Luise. Die starrte die Fuhre an. Offenbar war sie so erschüttert, dass sie keinen Ton herausbringen und sich nicht rühren konnte. An ihnen fuhren Gestalten vorbei, die wenig mit dem gemein hatten, was Cynthia unter einem anständigen Menschen verstand: Ausgemergelte Gesichter, zerrissene verschmutzte Kleidung, tief in den Höhlen liegende verzweifelte Augen. Viele bluteten, alle saßen dort in entsetzlicher Ergebenheit.

Auch diese Fuhre ging ins Konzentrationslager nach Fuhlsbüttel. Am nächsten Tag stand es in der Zeitung: Tausenddreihundertfünfzig Landstreicher, Bettler, Obdachlose hatte man aufgegriffen. Cynthia und Luise begrüßten die Bereinigung der Stadt sehr. Niemand kam mehr an die Türen, um zu betteln. Da war wieder etwas geschehen, wo sie einmütig das energische Durchgreifen der Regierung von ganzem Herzen befürworten konnten.

Lysbeth und Aaron waren erst spät am Abend so weit, dass sie die Praxis verlassen konnten. Auch heute hatten sie einige Lebensmittel als Entgelt für die Behandlung bekommen. Käthe und die Tante würden glücklich darüber sein, denn Lebensmittel waren knapp und teuer. Sie waren den ganzen Tag auf den Beinen gewesen, trotzdem hatte Lysbeth darum gebeten, dass sie die Fahrräder stehenlassen und zu Fuß gehen sollten. »Es ist ein so schöner Abend«, sagte sie, »ich möchte mit dir Hand in Hand einen Spaziergang machen. Nicht gleich wieder die nächste Decke überm Kopf.« Aaron stimmte sofort zu. »Was hältst du denn davon«, schlug er verschmitzt vor, »wenn wir uns auf die nächste schöne Bank setzen und dort ein kleines intimes Freiluftessen veranstalten?« Lysbeth geriet sofort in Bewegung, bereitete ein paar belegte Brote für beide vor und wusch die Gurke ab, die ihnen ein Patient heute aus seinem Schrebergarten mitgebracht hatte. Lachend füllten sie Rotwein in eine Thermoskanne, damit niemand sie mit Landstreichern verwechseln konnte.

Hand in Hand wanderten sie durch die dunkle bewaldete Gegend, die sich dicht neben der Osterstraße bis zur Isebek erstreckte. Aaron zog Lysbeth auf eine Bank und bevor sie ihr Brotpaket öffnen konnte, nahm er sie in die Arme und küsste sie. Durch Lysbeth schoss eine heiße Welle der Lust auf ihren Mann. Da sah sie eine Sternschnuppe und dachte: Ich muss mir etwas wünschen! Aaron streichelte ihren Rücken, bewegte seine Hände unter ihre Strickjacke. Lysbeth seufzte auf. Dann flüsterte sie: »Aaron, schau mal.« Der ganze Himmel war von goldenen Lichtbahnen durchzogen, lauter fallende Sterne, wohin man sah, oft raketengleich. Arm in Arm, Lysbeths Kopf an Aarons Schulter, Aarons Wange an ihren Haaren, blickten sie staunend nach oben. »Hast du dir etwas gewünscht?«, fragte Lysbeth, als es vorüber war. »Ja«, antwortete Aaron mit belegter Stimme, »dass du mir nie verlorengehst.« Da, wo vorher heiße scharfe Lust in Lysbeth gebrannt hatte, zog es sich jetzt traurig zusammen. »Das wünsche ich mir auch«, sagte sie und schluckte Tränen herunter. Sie hatte keinen Hunger mehr, auch Aaron ließ die Brote unangerührt. Aber sie tranken abwechselnd den roten Wein aus dem Becher der Thermoskanne, hielten sich in den Armen und schauten in den Himmel, der voll Mondesglanz und leichtem silbernen Nebel war, rein und still, und zwischen Sternschnuppen, die wie Irrwische immer weiter hinabfielen, leuchteten die übrigen Sterne klar und freundlich.

Mitten in die milde, herrliche Oktobernacht sagte Lysbeth beklommen: »Aaron, es wandern immer mehr Juden aus.« »Ich weiß«, antwortete Aaron sanft, »fünfzehntausend Reichsmark dürfen sie mitnehmen. Das restliche Vermögen wird beschlagnahmt.« Er lachte leise. »Wohl dem, der nicht mehr hat. Wir haben uns, meine liebste Lysbeth, wir verlieren uns nie.«

Und wieder küsste er sie, dass die Traurigkeit sich auflöste und Seligkeit übrigblieb.

In der Kippingstraße standen viele Nachbarn auf der Straße und bestaunten das Himmelsschauspiel. »Ich habe einen Spruch gehört«, sagte Luise zu ihrem Mann, während sie ins Haus gingen. Cynthia folgte ihnen. Eckhardt war nicht da, er arbeitete anscheinend länger heute Abend, und da dachte sie, ein kleines Glas Wein gemeinsam nach dem Sternenwunder getrunken, könnte nur guttun. Aber da vernahm sie, wie Luise sagte: »Lieber Gott, mach mich stumm, dass ich nicht nach Wittmoor kumm.« Entsetzt blieb Cynthia auf der Stelle stehen. Da hörte sie, wie Fred mahnend sagte: »Luise, du musst in Giselas Gegenwart sehr vorsichtig sein. Wir dürfen unser Kind nicht in Schwierigkeiten bringen.«

Cynthia stahl sich vorsichtig aus dem Vorgarten der Solmitz. Was sie da gehört hatte, wollte ihr nicht aus dem Kopf gehen. Sie musste immer wieder dran denken. Luise und Fred hatten anscheinend nicht mitbekommen, dass sie ihnen gefolgt war. Sie hatten sie ja auch gar nicht eingeladen.

Bei der nächsten Gelegenheit sagte Cynthia zu Eckhardt: »Ich habe gehört, wie Luise einen Witz gemacht hat, der staatsfeindlich ist.« »Dann behalte es für dich«, entgegnete Eckhardt grob. Cynthia verstummte. Ja, das war wohl das Richtige: Sie behielt es einfach für sich. Aber von nun an würde sie ein Auge auf Luise Solmitz haben.

»Warum bloß diese Judenpolitik«, sagte Luise einige Zeit später zu Cynthia. »Es ist doch so unnötig, ja, schädlich. Es lenkt ab von allen wichtigen Problemen, der Arbeitslosigkeit, ja, da schadet es, weil doch in der ganzen Welt Juden wichtige Handelspartner der Deutschen sind. Und es hetzt andere Länder gegen uns auf, die wir doch endlich wieder ein gleichberechtigtes Land sein wollen und nicht getreten und geschunden von den Ländern, die uns unsere angestammten Gebiete weggenommen haben.« »Schädlich sind die Juden«, hielt Cynthia dagegen.

Luise verstummte. Und es schien Cynthia, als verstummte sie überhaupt in ihrer Gegenwart, ja, als meide sie Cynthia geradezu. Zur Zeit der Hundespaziergänge hatten die Solmitz neuerdings anderes zu tun. Gisela brauchte sie, Gisela hier, Gisela da. Cynthia wurde wieder schmallippig. Niemand brauchte ihr unter die Nase zu reiben, dass sie kein Kind hatte. Das war schon traurig genug.

Vier Tage nach der bemerkenswerten Nacht der Sternschnuppen, am 14. Oktober, trat Deutschland aus dem Völkerbund aus. Da zeigte sich Luise endlich wieder in aller Freundschaft und gemeinsamer Begeisterung für Hitler. Und als er von der Abrüstungskonferenz zurücktrat, verkündete sie: »Diese Regierung ist tatsächlich gut für Deutschland.« Die Auflösung von Reichstag und Landtag begrüßte sie ebenfalls, und die angekündigten Neuwahlen im November lobte sie als einen mutigen, ritterlichen Akt der Nationalsozialisten.

Nach der Entscheidung, von der Abrüstungskonferenz zurückzutreten, machten sich Cynthia, Eckhardt gemeinsam mit Luise und Fred auf zum *Senator*, dem Nazilokal am Schulterblatt. Dort wollten sie im Radio die angekündigte Rede Hitlers zu den neuesten Ereignissen hören. Luise lauschte entzückt. »Welch wundervolle Rede«, schwärmte sie. Während der ganzen Rede Hitlers klopften an zwei Stammtischen die Skatspieler unentwegt weiter. Ein Gast entrüstete sich, als Hitler geendet hatte und sprach zu dem Wirt: »Wie können Sie als Inhaber eines nationalsozialistischen Lokales dulden, dass Skat gedroschen wird, wenn der Führer spricht?«

Die vier ließen sich davon in ihrer Begeisterung nicht stören. Als sie, schon leicht beschwipst, das Lokal verließen, folgte ihnen der Gast, der sich vorher beschwert hatte, und stieß wütend aus: »Juden waren es.« Fred richtete sich zu voller Größe auf. Man sah ihm an, dass er mit der Bemerkung des Mannes nicht einverstanden war. Da hakte Luise ihn unter und schob ihn fort. Cynthia, die alles genau beobachtet hatte, sagte anschließend zu Eckhardt: »Irgendwas ist komisch mit der Luise.« »Ach, Blödsinn«, entgegnete er, »was du auch immer hast.«

Im Haus der Wolkenraths gab es keinen, der über die angekündigten Wahlen nicht lächelte. Es gab nur nationalsozialistische Wahllisten. Die Zerschlagung der KPD, das Verbot der SPD am 22. Juni 1933, die Selbstauflösung aller bürgerlichen Parteien und das »Gesetz gegen die Neubildung von Parteien« vom 14. Juli 1933, welches als einzige politische Partei die NSDAP zuließ, hatte bereits bis zum Sommer 1933 den Parlamentarismus und das demokratische Parteiensystem in Deutschland völlig zerstört. Gleichzeitig lief die Abstimmung über den Austritt aus dem Völkerbund, wobei es um nichts anderes als die Billigung einer Regierungsmaßnahme ging, die ohnehin schon stattgefunden hatte. Ja oder Nein sollte abgestimmt werden. Sogar Eckhardt sagte: »Warum tun sie das, wir haben doch das Führerprinzip?« Und Alexander fügte hinzu: »Ich verstehe es auch nicht. Warum legt die Regierung Wert darauf, gedeckt zu sein?«

Einen Tag nach Hitlers großer Rede war zum Austritt aus dem Völkerbund eine Riesenkundgebung auf dem Adolf-Hitler-Platz einberufen worden. Das Wetter war herrlich. »Hitler-günstig, wie fast immer«, strahlte Luise.

SS, SA, Stahlhelm, Mädel und Jungen sollten aufmarschieren, und außerdem sollte das Handwerk einen hübschen bunten Umzug machen. Cynthia und Eckhardt hatten sich an die Esplanade gestellt, wo die Handwerker in ihren schmucken Trachten an ihnen vorüberzogen, mit dem letzten Wagen zugleich kamen schon die ersten Stahlhelmer, denn die Versammlung auf dem Adolf-Hitler-Platz war vorüber.

Hitlers gestrige Rede war dort wiederholt worden, und Bürgermeister Carl Vincent Krogmann und Reichsstatthalter Karl Kaufmann hatten gesprochen. Nun marschierten die Züge ab, Säulen über Säulen durch alle Straßen vom Adolf-Hitler-Platz, noch sah man sie und fernab in der Sonne glänzten die braunen Hemden. Menschen, wohin man sah und alles wickelte sich so mustergültig ab, als sei es vorher einstudiert. Da sah Cynthia ihre Nachbarin Luise und schob Eckhardt dorthin. Luise hatte wieder rote Wangen vor Begeisterung. »Ist es nicht auffällig, dass nur der Verkehrsschutzmann jetzt noch harte Arbeit hat. Marschierende Abteilungen, Wagen ohne jedes Hupensignal, Bahnen, Handwerkerumzug und die erdrückenden Mengen von Zuschauern, alles musste er regeln. Aber für die anderen Schutzleute war gar nichts zu tun. So freundlich ist jetzt die Stimmung der Menschen gegeneinander, so strenge ist jetzt die Zucht und Ordnung im Lande. Wie noch nie seit den Vorkriegszeiten.« »Ja«, stimmte Eckhardt zu. »Partei ergreifen gegen Polizei gibt es nicht mehr, Ansammlung von drohenden Halbstarken kennt man nicht mehr, die Unterwelt ist in ihre Schlupflöcher gekrochen und wartet ab.« Und Luise sagte: »Das Bettler- und Musikantenunwesen, das uns erdrückte, ist verschwunden, früher schallte einem auf Schritt und Tritt Musik entgegen. Ich sah dies Menschenaufgebot in Grau und Braun, Alt und Jung, und dachte: Keiner hat sie gezwungen, ganz aus der Seele, aus dem sittlichen, vaterländischen Gefühl des Volkes erstanden sie, gegen den Willen, gegen die Einstellung der früheren Regierungen.«

Einen Tag später wurde Fred Luftschutzwart seines Hauses. Luftschutzwart im Haus der Wolkenraths wurde Eckhardt. Seit Monaten war er von großer Geschäftigkeit getrieben: Windhundverein, Parteimitgliedschaft und nun Luftschutzwart. Gleichzeitig erledigte er weiterhin seine Aufgaben in der Firma Wolkenrath und Söhne. Cynthia war so glücklich wie noch nie zuvor.

Auch Johann blähte sich auf zu einem kleinen dicken Ballon an Wichtigkeit. Er war Teil der Polizei geworden. Er wachte über Ordnung und Zucht. Deutschland war auch sein Werk. So empörte ihn bis aufs Blut, als er in der Kippingstraße am Haus des Malermeisters Levy nach dem Handwerkerumzug ein neues Schild entdeckte: »Ehret das Handwerk« stand da und darunter ein Davidstern.

»Was bildet sich diese Wanze ein«, rief er bereits im Flur, bevor er wie so oft am Vormittag zu seiner Mutter in die Küche ging, um sich verköstigen zu lassen. »Wieso?«, fragte Käthe freundlich und schenkte ihm Kaffee in die für ihn bereitstehende Tasse ein.

»›Handwerker bin ich und Jude bin ich‹, das verkündet er damit der Welt. Er beleidigt den ganzen Handwerkerstand. Das Schild muss entfernt werden«, beschloss Johann grimmig. »Noch heute Nacht.«

»Das tust du nicht«, entgegnete Käthe ruhig. »Malermeister Levy ist ein Nachbar. Er sagt mit diesem Schild: ›Ich schließe mich nicht aus, und ich verstecke mich nicht.‹ Niemand in der Straße stößt sich daran. Du wohnst hier nicht. Komm zu Besuch und ansonsten lass die Nachbarn in Ruhe.«

Johann verzog die Augen zu kleinen Schlitzen. Aber er schwieg. Er trank seinen Kaffee, aß das Schinkenbrot, dessen Butter und Schinken von jüdischen Patienten Aarons stammte, und erhob sich. »Heil Hitler!«, rief er zum Abschied, riss den Arm hoch und knallte die Hacken zusammen.

»Einen guten Tag noch, mein Junge«, antwortete Käthe und räumte den Tisch ab.

5

Es war an einem Dienstagmorgen im Oktober 1933. Das Telefon in der Praxis von Dr. Aaron Bleibtreu klingelte Sturm. Aaron und Lysbeth waren gerade damit beschäftigt, einem Jungen einen Holzsplitter aus der Wange zu ziehen.

Als das Telefon jedoch zum dritten Mal nicht wieder aufhörte zu klingeln, stürmte Lysbeth ins Sprechzimmer und fauchte in den Hörer: »Praxis Bleibtreu.«

An der anderen Seite schluchzte eine Frauenstimme und zwischen den Schluchzern sagte sie Worte, aber Lysbeth verstand nichts. »Mit wem spreche ich?«, fragte sie eindringlich. Durch ihr Gehirn ratterten alle schrecklichen Möglichkeiten, die sie sich vorstellen konnte. Stella in London. Angela sonst wo. Die Mutter in der Kippingstraße. Alle waren sie gefährdet.

»Wer ist da bitte?«, wiederholte sie ihre Frage noch dringlicher, als ihr wieder nur ein Schwall von Schluchzern ans Ohr drang.

Nun hörte sie, wie im Hintergrund eine Frauenstimme sagte: »Lass mich mal.« Das Weinen wurde leiser. Eine Frauenstimme sagte hart: »Ich glaube, Onkel Andreas ist tot. Vielleicht aber auch nicht. Kannst du bitte Aaron vorbeischicken?«

Cynthia! Lysbeth erschrak. Gleichzeitig war sie erleichtert. »Aaron kommt sofort.« Sie legte den Hörer auf und eilte ins Behandlungszimmer zurück. »Du musst zu Lydia fahren«, informierte sie ihn. »Anscheinend hat Dr. Hagedorn einen Unfall gehabt. Sie glauben, dass er tot ist.«

Aaron hatte den Splitter gerade entfernt und die Wunde desinfiziert. Jetzt überließ er Lysbeth den jungen Patienten, zog sich im Hinauseilen den weißen Kittel aus und verließ die Praxis mit seiner Arzttasche. Er schwang sich aufs Fahrrad und trat kräftig in die Pedale.

Der kleine dicke Mann mit dem runden Gesicht lag nackt auf dem Bett, ein Handtuch übers Geschlecht geworfen. Eigentlich brauchte Aaron das Herz gar nicht mehr abzuhorchen, er sah es auch so: Dr. Andreas Hagedorn war tot.

Am Abend schrieb Cynthia in ihr Tagebuch, einen der seltenen längeren Einträge zwischen endlosen Listen, was einzukaufen war und wie viel es kostete: »Mutters Mann ist tot. Er hat sich gerade noch aus der Badewanne ins Bett geschleppt. Aaron sagte, er hätte wohl im heißen Wasser einen Herzanfall erlitten. Warum musste er auch immer so lange baden? Was für eine Vergeudung! Warum konnte er nicht wie alle normalen Menschen Samstagnachmittag in die Badewanne gehen und vielleicht auch mal nach Mutter. Jeden Morgen das heiße Wasser nur für ihn allein! Jetzt ist sie wieder Witwe. Sie hatte nicht mal den Anstand, seinen Bauch zu bedecken. Ich war sehr beschämt, das sehen zu müssen. Sein rundes Gesicht mit den roten Wangen, sein runder Bauch und dann dieser Wurm zwischen seinen Beinen. Wie eine Nacktschnecke! Widerlich. Ich habe schnell ein Handtuch geholt und es darüber gelegt.«

Und in kleiner, fast unleserlicher krakeliger Schrift fügte sie hinzu: »Es ist das erste Mal, dass ich einen nackten Mann gesehen habe. Es ist kein schöner Anblick. Ich verstehe nicht, was Mutter daran findet.«

Lydia war zum zweiten Mal Witwe geworden.

Sie brachte die Beerdigung mit Anstand und Würde über die Bühne. Eine große Bühne. Auf dem anschließenden Leichenschmaus wurde manch ein liebevoller Witz über die Marotten des Dr. Andreas Hagedorn gerissen. Einer, der täglich in den Mutterbauch der Badewanne entschwand. Ein Steuerberater, der doch eigentlich sein Leben damit verbrachte, anderen Leuten und sich selbst dabei zu helfen, Geld einzusparen, der aber gleichzeitig eine unermessliche Verschwendung mit einer täglich bis oben hin gefüllten Badewanne trieb und mit dem Ankauf und dem Leeren von Weinflaschen, die aus entlegenen Anbaugebieten Frankreichs stammten.

Lydia sprach über ihren verstorbenen Mann voller Wärme und Achtung. Er war immer aufmerksam zu ihr gewesen, immer großzügig und liebevoll. Dass er seine Macken gehabt hatte wie das Baden und das tägliche Leeren einer Flasche Rotwein, das alles hatte sie als charmante Skurrilitäten empfunden, die eher zärtliche Gefühle in ihr geweckt hatten als Abneigung.

Sie nahm ihm öffentlich übel, dass er nicht auf den Arzt gehört hatte, der eine Gewichtsabnahme, Reduktion des Rotweinkonsums und der Badezeiten verlangt hatte. Und sie nahm ihm übel, dass er sie nach vier Jahren Ehe bereits wieder verlassen hatte.

Insgeheim aber dankte sie ihm dafür. Sie wusste, dass ihnen beiden schreckliche Zeiten bevorgestanden hätten. Er war den Nazis bereits vor der Machtergreifung mit wachsender Sympathie begegnet. Danach hatte er sich selbst zu einem Anhänger entwickelt. Er war zu klug gewesen, um die Parolen über Juden nachzubeten, aber Lydia hatte ihm nicht mehr vertraut. Sie hasste Hitler und seine Gefolgschaft. Sie war glücklich, weil Antonia geflohen war, endlich wusste sie sie in Sicherheit. Aber unter den jungen Frauen, die bei ihr in der Elbchaussee gewohnt hatten, waren auch zwei jüdische Frauen gewesen, deren Kinder zwar arische Väter hatten, aber dennoch gefährdet waren. Lydias jüdische Freundin Antonia hatte sich mit ihr aus Paris in Verbindung gesetzt und sie zu sich eingeladen. Sie war begeistert von dem künstlerisch aufregenden Ambiente in Paris. Ihr Schwiegersohn, der Schauspieler war, habe sofort Anschluss gefunden und entwickle gemeinsam mit anderen emigrierten Schauspielern ein antideutsches Programm, wo sie all die Dichter rezitierten, die von den Nazis verboten waren: Tucholsky, Toller, Remarque, Brecht.

Lydia hätte nie gewagt, dieser Einladung Folge zu leisten. Ihr Mann hätte es ihr verboten.

Jetzt war er tot. Und sie war frei.

Sie zeigte es keinem Menschen, aber sie war unendlich erleichtert. Im Gegensatz zu der Zeit nach dem Tod ihres ersten Mannes hatte sie keine finanziellen Sorgen. Andreas Hagedorn hatte sie bis an ihr Lebensende abgesichert, als er ihre Fabrik und ihr Haus in Blankenese verkauft hatte. Der neue Besitzer musste ihr bis an ihr Lebensende eine kleine Rente zahlen. Die war zwar nicht riesig hoch, aber mit einiger Einschränkung konnte Lydia davon leben. Außerdem hatte auch Andreas ihr eine Rente vermacht. Seine Wohnung hatte sie geerbt, und sie war außerdem in der Lage, irgendetwas zu arbeiten, wenn Not am Mann war. Sogar putzen zu gehen, schien ihr nicht unmöglich. Am liebsten aber wollte sie etwas Nützliches leisten. Sie wusste noch nicht was, aber ihr würde schon etwas einfallen. Auf jeden Fall, das war beschlossene Sache für Lydia, würde sie nach Paris fahren, sobald es der Anstand irgendwie zuließ.

Nachdem die Tante einige Monate lang ihre wöchentliche oder auch zweiwöchentliche Tour gemacht hatte, reichte es ihr nicht mehr. Angela war fort, ob sie immer noch in England war, wusste nur Stella, und die war noch nicht zurück.

Die Tante langweilte sich ein wenig, und es widersprach auch ihrer Natur, einfach nur ein Handlanger zu sein, ohne irgendeine Einflussmöglichkeit zu haben. Sie wusste, dass die Gefahr für sie dadurch außerordentlich wuchs, aber sie hatte nicht die geringste Angst vor dem Sterben und fand, dass genau solche Leute wie sie, alt, aber noch fähig, etwas für die Gemeinschaft zu leisten, den illegalen Widerstand gegen das Hitler-Regime tatkräftig unterstützen mussten. Sie wollte aber nicht länger wie im Nebel tätig sein, sie wollte mehr wissen. Die Tante empfand das Bedürfnis nach intensiverem Kontakt zu den »Illegalen«. Ende Oktober versuchte sie, irgendjemanden von den Leuten kennenzulernen, für die sie arbeitete.

Sie wusste, dass ihr Verbindungsmann am Eppendorfer Weg ihr keine Silbe verraten würde. Und das war auch gut so. Also hielt sie sich an Johann. Der wohnte in Altona, und in Altona wohnten die Arbeiter. Unter den Arbeitern gab es viele, die gegen Hitler waren. Johann hasste die Roten, bestimmt kannte er einige einschlägige Verdächtige, die bisher zu klug gewesen waren, um aufzufliegen.

Wenn Johann jetzt zu Besuch kam, setzte sich die Tante zu ihm und Käthe und klönte ein wenig mit beiden. Anfangs wunderte Käthe sich zwar, aber sie freute sich auch, dass sie diesem bedrückenden Sohn nicht mehr allein als Gesprächspartnerin dienen musste. Johann war stets voller Anspannung. Er schabte mit den Füßen auf dem Boden, klopfte mit den Fingern auf dem Tisch, wenn ihm etwas nicht schnell genug ging oder wenn sich das Gespräch um etwas drehte, das ihn langweilte. Geschickt brachte die Tante das Gespräch immer mal wieder auf Verdächtige, denen nichts nachgewiesen werden konnte. Bei einer dieser kleinen beiläufigen Ausfragungen sprach Johann über Alma Stobbe. Eine zwanzigjährige Arbeiterin im Schlachthof, die manchmal seltsamen Besuch empfing. Johann war diese junge Frau schon eine Weile unangenehm aufgefallen. Sie wohnte im gleichen Häuserblock wie er und kaufte beim gleichen Gemüsehändler wie Sophie ein. Sophie hatte ihm erzählt, dass das Fräulein nie den Arm zum Hitlergruß erhob und eine kecke Art hatte, mit dem Gemüsehändler über die steigenden Preise zu lästern. Er hatte die Frau vor 1933 schon gemeinsam mit einschlägig bekannten Roten gesehen und glaubte nicht, dass sie der roten Idee jetzt abgeschworen hatte. Also behielt er sie unter »Kiwiv«, wie er sagte. Und ihm war aufgefallen, dass sie manchmal spätabends unterschiedlichen Herrenbesuch hatte, nicht immer junge Kerle. Also hatte er sie der Gestapo genannt, die ihn wegen seiner Aufmerksamkeit gelobt hatte. Am Tag zuvor nun, er war früh schon auf den Beinen gewesen, um der Sache beizuwohnen, war die Gestapo noch im Morgengrauen bei ihr eingedrungen.

»Sie haben wirklich alles auf den Kopf gestellt«, sagte Johann und schabte nervös mit seinen Beinen auf dem Teppich, »ich verstehe es nicht: das Unterste zuoberst – alle Schubladen und was in der Kommode war, das Bett, vor allem das Bücherbord. Sogar die Salzkumme haben sie durchgefilzt – es sah aus wie Sodom und Gomorrha, aber sie haben nichts, absolut gar nichts gefunden, und da mussten sie denn abziehen.« Johann ballte seine rechte Hand zur Faust. »Ja, mein Junge«, sagte Käthe, »so was passiert nun mal. Vielleicht hat die junge Frau einfach viele Freunde. Ist sie denn nicht verheiratet?«

»Ist sie nicht«, antwortete Johann gereizt. »Kannst du dir wohl denken. Sonst hätte sie ja einen, der ihr den Hintern versohlt, wenn sie so keck aus der Wäsche guckt.«

Käthe verstummte. Johann hatte sich einen sehr unverschämten Ton mit ihr angewöhnt, gereizt, nervös und ständig von großer Wichtigkeit, was seine eigene Person betraf. Die Tante lächelte. Auch wenn Johann jetzt als SA-Mann zur Polizei gehörte, gab es immer noch Höhergestellte, und deren Lob war ihm unendlich wichtig. Wenn er nun diese Frau, Alma Stobbe, denunziert hatte und sie nicht überführt worden war, kam er sich wahrscheinlich wie ein Versager vor. Er nahm es bestimmt wie eine persönliche Niederlage.

»Wo wohnt dieses Fräulein denn?«, fragte sie beiläufig. »Kannst du von dir aus in ihre Fenster gucken?«

»Nee«, antwortete Johann, »sie wohnt drei Häuser weiter, nicht gegenüber, aber ich hab schon ein paar Nachbarn gesteckt, dass sie das hübsche Fräulein ein bisschen unter Kontrolle halten sollen.«

Mehr brauchte die Tante nicht zu wissen. Alma Stobbe, gleiche Hauszeile wie Johann, drei Häuser weiter.

Es würde nicht einfach sein, dieses Fräulein war anscheinend nicht dumm, aber die Tante würde es schon herausbekommen.

So nahm sie beim nächsten Mal die verbotene Zeitung und machte sich auf den Weg nach Altona. Es war nicht schwer, die Wohnung des Fräuleins zu finden. Es gab ein sauberes, deutlich lesbares Klingelschild und auch ein Schild an der Tür.

Es war schon dunkel, als die Tante in das Haus trat. Alma Stobbe wohnte im zweiten Stock. Die Tante klopfte an die Tür. Sie hörte Schritte in der Wohnung, die sich näherten und dann merkte sie, wie sie durch den Spion in der Wohnungstür beobachtet wurde.

Der Schlüssel drehte sich und die Tür wurde geöffnet. Eine junge

Frau, die dunkelblonden Haare hinten zu einem Zopf geflochten, stand da, eine Schürze über einem Rock und einem Winterpullover. Die Wohnung ist nicht warm, dachte die Tante. Wahrscheinlich muss sie die Kohlen aus dem Keller holen.

»Ja, bitte?«, fragte die junge Frau. Eine angenehm klingende Altstimme. Die Frau wirkte älter als zwanzig Jahre. Die Tante fürchtete, dass sie sich in der Haustür geirrt hatte oder vielleicht jemand anders hier wohnte, obwohl das Namensschild noch an der Tür hing.

»Ich möchte zu Alma Stobbe«, sagte sie vorsichtig.

»Ja, bitte«, wiederholte die Frau. Ihre blauen Augen blickten die Tante abwartend an. Sie wirkte nicht misstrauisch, nicht ängstlich, nicht abweisend, aber auch nicht besonders freundlich. Eine kühle Höflichkeit schlug der Tante entgegen.

Die Tante entschied sich, den Stier bei den Hörnern zu packen. »Guten Tag, Alma«, sagte sie und streckte ihre Hand aus. Sie blickte sich kurz nach rechts und links um, der »deutsche Blick«, wie es neuerdings genannt wurde, und sagte dann herzlich und im ganzen Treppenhaus laut vernehmbar. »Deine Tante Rosalinde schickt mich. Es geht ihr nicht gut und sie lässt fragen, ob du morgen nach der Arbeit mal vorbeikommen und ein paar Einkäufe für sie erledigen kannst.«

Die Tante hatte lange überlegt, welchen Namen sie der angeblichen Tante geben könnte. Rosa wie Rosa Luxemburg, das fand sie bedeutsam genug für eine Frau, die vielleicht dem kommunistischen Widerstand angehörte. Es war ihr aber zu gefährlich für fremde Ohren erschienen, also hatte sie kurzerhand ein -linde drangehängt. Bei dem Wort Rosa allerdings hatte sie bedeutsam ihre Augenbrauen in die Höhe gezogen, das ganze Gesicht der alten Frau ein Ausrufezeichen.

»Kommen Sie rein«, sagte Alma Stobbe höflich und öffnete die Tür. In der kleinen Wohnung, die aus einem Zimmer und einer winzigen Küche bestand, war es so kalt, wie die Tante erwartet hatte. In der Küche war Alma offenbar gerade dabei, den Herd mit Kohlen zu bestücken, die in einem Korb daneben lagen. Sie bat die Tante, auf einem von zwei Stühlen Platz zu nehmen, die vor einem winzigen Tisch standen. Dann machte sie sich wieder am Herd zu schaffen. Als das Feuer züngelte, setzte sie sich auf den anderen Stuhl, faltete die Hände auf dem Tisch, blickte der Tante direkt ins Gesicht und sagte: »Ich habe keine Tante Rosalinde.«

»Ich weiß«, entgegnete die Tante. Und dann erzählte sie ihre ganze Geschichte. Sie verschwieg Angela dabei und auch Lysbeth und Stella, aber sie erwähnte Johann. Sie verschwieg auch, welchen Weg sie nahm, um die Zeitung an den Mann zu bringen und das Geld zu sammeln, aber sie öffnete ihre Tasche und zeigte die Zeitung.

Alma Stobbe hörte zu, ohne die Tante mit einem Wort zu unterbrechen, ja, sie schien kaum zu atmen, rührte sich nicht. Die Hände auf dem Tisch gefaltet, hörte sie einfach nur zu. Als die Tante die Zeitung vor ihr ausgebreitet hatte, warf sie einen kurzen Blick darauf und ihr Gesicht versteinerte noch mehr.

»Wenn ich Sie richtig verstanden habe«, sagte sie nach einiger Zeit, in der beide Frauen geschwiegen hatten, »möchten Sie jetzt von mir ein paar kommunistische Räubergeschichten hören. Oder sollten Sie wirklich die Unverfrorenheit besitzen, mich auszuhorchen, damit der Johann Wolkenrath endlich einen Beweis für seinen absurden Verdacht hat?«

Die Tante erhob sich, faltete die Zeitung und packte sie sorgfältig wieder ein.

»Ich habe nicht erwartet«, sagte sie ruhig, »dass Sie mich in Ihre Arme schließen. Das wäre gegen jede Vernunft. Ich will auch keine Räubergeschichten hören, ich möchte einfach nur ab und zu mit jemandem sprechen, der dichter dran ist als ich. Um mich herum sind Nazis oder Duckmäuser. Dass es überhaupt Widerstand gibt, weiß ich nur aus der Zeitung und von den drei Männeken, denen ich begegne. Es würde mein Herz erleichtern und mir Mut machen, wenn ich wüsste, dass sie noch nicht alle totgeschlagen oder so eingeschüchtert haben, dass sie sich nichts mehr trauen.«

»Die Zeitung macht Ihnen keinen Mut?«, fragte Alma vorsichtig.

»Mein Kind, ich bin zu alt, um irgendetwas zu glauben, was in Zeitungen steht, auch wenn es sich um eine illegale Gewerkschaftszeitung handelt.«

Alma geleitete die Tante zur Tür und gab ihr zum Abschied die Hand. »Ich hoffe, Sie fanden mich nicht unhöflich«, sagte sie, »aber Ihr Anliegen ist sehr komisch.«

»Ja, ja, nicht nur mein Anliegen«, lächelte die Tante, »auch ich selbst bin ja eine komische Alte, aber wissen Sie, mein Deern, alt sein und nicht absonderlich, das ist das Schlimmste, was es gibt.«

In dem langsamen vorsichtigen Gang, den sie sich seit einiger Zeit angewöhnt hatte, ging die Tante zur Busstation. Aber innerlich war sie beschwingt. Das Leben hatte mal wieder eine aufregende Wende genommen. Sie war davon überzeugt, dass sie Alma Stobbe wiedersehen würde.

Beim nächsten Mal, als sie ihre Zeitungen in Empfang nahm, lag in ihrer Tasche ein Zettel. Kommen Sie Sonntagnachmittag. Sie bringen Kuchen mit, ich koche Kaffee.

Die Tante freute sich wie ein junges Mädchen auf ein geheimes Rendezvous. Der ganze Nazikram ging ihr gewaltig auf die Nerven. Jetzt bot sich ihr vielleicht die Gelegenheit, mehr zu tun als ihre kleine Eimsbüttler Runde zu drehen.

Alma Stobbe war vollkommen verändert. Alles war anders als beim ersten Treffen. Schon die Begrüßung. Nachdem die Tante geklingelt hatte, öffnete sich die Tür, und Alma begrüßte sie mit den Worten: »Tantchen, wie schön, dass du da bist, ich habe schon Kaffee für uns gekocht.«

Nachdem die Haustür hinter ihnen ins Schloss gefallen war, sagte sie leise: »Die Wände hier haben große Ohren. Sie müssen mir am besten Ihren Namen sagen, damit ich nicht nur Tantchen sagen muss.«

Die Tante lachte, und so hörte Alma erstmalig ihr Krähenlachen, das allgemein ansteckend wirkte. »Wissen Sie was, Kindchen, ich finde, das sind gute Anreden: Tantchen und Kindchen. In unseren Zeiten sind Namen eigentlich schädlich. Ich kenne eine junge Frau, die neuerdings einen englischen Namen hat. Der Name gefiel mir sogar.«

Jetzt lachte auch Alma. Sie setzten sich wieder an den kleinen Küchentisch, tranken Kaffee und Alma erzählte. Sie war schon als siebzehnjährige Arbeiterin im Schlachthof 1931 in die KPD eingetreten, hatte auf dem Höhepunkt der Wirtschaftskrise und Massenarbeitslosigkeit 1932 zahlreiche ihrer Kollegen für die Partei gewonnen. Dann wurde sie RGO-Gruppenleiterin.

Sie verschwieg, was sie seit 1933 tat, und die Tante fragte nicht danach. Alma sagte nur, dass sie jederzeit auf einen Besuch der Gestapo vorbereitet sei, und dass sie die feste Absicht habe, das Dritte Reich zu überleben.

»Keine schlechte Idee«, schmunzelte die Tante.

Das Gespräch der beiden Frauen drehte sich um alles Mögliche, nicht um Politik. Kurz vor dem Abschied aber sagte Alma Stobbe: »Der Johann Wolkenrath ist gefährlich, er ist ein schlimmer Denunziant. Wenn Sie irgendwas von ihm hören, was mich betrifft, wäre ich dankbar, wenn Sie es mich wissen ließen. Und eins noch: Es wäre nicht gut, wenn er Sie hier sieht.«

Die Tante stimmte ihr zu, und so verabredeten sich die beiden Frauen für ein nächstes Treffen am Hafen, wo sie in das Lokal der Seeleute gehen konnten. Dort würde Johann ganz sicher nicht auftauchen.

Bei ihren folgenden Begegnungen sprachen sie wieder über alles Mögliche, nur nicht über Politik. Die Tante merkte schnell, dass Alma zwar beabsichtigte, sie in einige Tätigkeiten einzubeziehen, dass sie aber außerdem Sehnsucht danach hatte, mit einem Menschen zu sprechen, der bereits ein langes Leben in unterschiedlichen Regierungsformen hinter sich hatte. Wahrscheinlich machte ihr das Mut, daran zu glauben, dass sich die Dinge auch wieder ändern würden.

Allmählich begriff die Tante, dass Alma Stobbe eine wichtige Person war. Nach jedem ihrer Treffen überreichte sie der Tante einen Brief, den diese an immer anderen Treffpunkten jungen Männern gab. Es waren Cafés, in denen viele ältere Frauen saßen und wenig junge Männer. Die jungen Männer, mit denen die Tante Kontakt aufnehmen sollte, hatten eines gemeinsam: Sie trugen eine schief sitzende Fliege. Wenn die Tante sich nun an den Tisch dieses jungen Mannes setzte, nachdem sie höflich gefragt hatte, ob der Platz noch frei sei, und einen typischen Klönschnack einer alten Dame begann, die ein Mitteilungsbedürfnis hat und sich nicht darum kümmert, ob der andere auch wirklich zu einem Gespräch aufgelegt ist, sagte sie plötzlich: »Oh, verzeihen Sie, aber Ihre Fliege sitzt schief.«

Die Antwort des jungen Mannes musste lauten, als würde er einen Witz machen: »Das ist Absicht, Gnädigste«, und dann musste er die Fliege geraderücken. Wenn auch nur eines dieser Details nicht eingehalten wurde, führte die Tante das Gespräch auf die gleiche etwas aufdringliche Weise fort, trank ihren Tee und verabschiedete sich höflich. Ansonsten aber holte sie irgendwann ein Fotoalbum aus der Tasche, in dem Fotos ihrer Enkel abgebildet waren, und zeigte diese stolz. Während die Tante das Album zurücknahm, fiel daraus ein Briefumschlag auf die Zeitung, die der junge Mann vor sich auf den Tisch gelegt hatte. Die Tante steckte umständlich das Album zurück in ihre Tasche, der junge Mann faltete die Zeitung, steckte sie in die Innentasche seines Mantels und verabschiedete sich bald. Es waren immer Ausländer, selbst wenn sie manchmal gut Deutsch sprachen.

Alma Stobbe war also eine illegale Postdurchgangsstelle. Die Tante war beeindruckt, dass Johann und die Gestapo ihr bislang nicht auf die Schliche gekommen waren.

Es ging der Tante besser, seit sie mehr tun konnte. Sie erledigte zwar noch ihre Runde, aber anderes war wichtiger geworden. Alma fragte sie zum Beispiel, ob sie vielleicht einen Platz für den Redakteur finden könnte, der für die illegale RGO-Zeitung arbeitete. Die Tante sagte: »Man wird sehen.« So gingen Alma und die Tante auseinander.

Die Tante hatte nun eine Aufgabe. Das gab ihr Lebenskraft. Der Hitler musste weg, so viel stand fest. Und sehr wahrscheinlich würde er sich über kurz oder lang selbst das Genick brechen. Aber in der Zwischenzeit Däumchen zu drehen, machte alt und traurig. Deshalb musste man etwas tun. Tätig werden gegen die Braunen. Das machte sogar Spaß.

Die Tante streckte ihre Fühler aus. Dass es bei den Solmitz gegenüber mehr Probleme gab, als die Leute zeigten, hatte sie schon lange begriffen. Auch wenn sie immer noch so taten, als wären sie die überzeugtesten Nazis, vermutete die Tante, dass einer von beiden Jude war. Die Solmitz bewohnten zu dritt ein großes schönes Haus, in dem gewiss noch Platz für eine vierte Person war. Konnte man die Frau oder den Mann fragen? Nein, entschied die Tante, nachdem sie einige Gespräche mit Luise auf der Straße arrangiert hatte. Diese Frau litt zwar unter der Judenhatz, aber sie hasste alles, was nur irgendwie einen rötlichen Schimmer hatte.

Wer also könnte in Frage kommen?

Lydia war nach dem Tod ihres Mannes auf der Suche nach einer Aufgabe im Widerstand, das war eindeutig spürbar. Und sie hatte noch keine gefunden, das merkte die Tante. Wie sollte sie auch? Jeglicher Widerstand in Deutschland geschah hinter einem dicken Vorhang aus Schweigen. Was aus dem Vorhang manchmal herauslugte, war Kasperletheater. So waren manche Kommunisten oder Sozialdemokraten aus Angst der NSDAP beigetreten. Dass sie heimlich weiter ihre ehemaligen Genossen unterstützten, erfuhr vielleicht schlimmstenfalls irgendwann die Gestapo, aber niemals ein normaler Mitbürger. Lydia lebte vor dem Vorhang. Wie sollte sie etwas finden, wo sie sich ihrer Gesinnung entsprechend betätigen konnte? Aber solche Menschen mit einer Aufgabe zu betrauen, das war wichtig. Also wollte die Tante dafür sorgen.

Lydia führte in der letzten Zeit regelmäßig zwei der Windhunde aus. Als sie das nächste Mal in der Kippingstraße eintraf, sagte die Tante leise zu ihr: »Lydia, bist du morgen zu Hause?« Lydia sah sie überrascht an. Die Tante wartete eine Antwort nicht erst ab. »Um zehn Uhr morgens?«, fragte sie weiter.

»Ja ...«, sagte Lydia zögernd.

»Ist Cynthia dann weg?«, fragte die Tante.

Lydia blinzelte, als hätte sie etwas Störendes in die Augen bekommen, sie schüttelte verwirrt den Kopf, so dass ihre Haare hin und her flogen, sie reckte den Rücken, dann sah sie die Tante direkt und forschend an. »Um zwölf Uhr ist es besser«, sagte sie, »ab dann ist Cynthia unterwegs.«

»Prima«, sagte die Tante. »Ich komme um Viertel nach zwölf.«

Lydia erwartete sie bereits. Sie hatte sich hübsch gemacht, als wollten die Tante und sie zu einer besonderen Veranstaltung gehen. Sie färbte ihre Haare, die inzwischen ergraut waren, seit dem Tod ihres Mannes wieder blond. Sie besaß aus der ganzen Zeit, in der sie in der Elbchaussee die Gattin des Papierfabrikanten Gaerber gewesen war, eine Menge an erlesener Kleidung, die sie während ihrer Ehe mit Andreas Hagedorn kaum getragen hatte. Jetzt aber holte sie die alten Sachen wieder heraus, veränderte sie eigenhändig ein wenig und sah wahnsinnig schick, wenn auch ein wenig unzeitgemäß, aus. Heute trug sie ein Ensemble aus einem burgunderfarbenen Wollkleid mit einer grauen Strickjacke, die unter der Brust geknotet wurde. Alles lag eng am Körper an, und betonte dadurch Lydias schlanke Figur, was ihr einen Anstrich von Tänzerin verlieh.

Es gab ein Glas Champagner, das Lydias Haushaltshilfe servierte, und anschließend ein ganzes Mittagsmenu. Lydias Haushaltshilfe hatte ein kleines Wunder bewirkt. »Du hast einfach Glück mit deinen Mädchen«, sagte die Tante schmunzelnd, »erst die Anna und jetzt diese.« »Es ist eine Nichte von Anna«, erklärte Lydia. »Die Anna ist zu ihrer Familie zurückgegangen nach Husum. Da will sie sterben, hat sie gesagt. Wir wussten nie, wie groß ihre Sehnsucht nach ihrer alten Heimat mit Meer und Weite war. Aber sie hat mir die Lotte als Ersatz geschickt, und ich bin sehr zufrieden mit ihr.«

Die Tante beglückwünschte Lydia, verzehrte schweigend das Essen, und äußerte erst ihr Anliegen, als Lydia sie darum bat.

Die Tante wies bedeutungsvoll mit dem Kinn zur Tür. »Die Lotte?«, fragte sie leise.

»Lottes Mann ist beim Matrosenaufstand umgekommen«, betonte Lydia mit fester, lauter Stimme. »Da war er vierundzwanzig Jahre alt, und sie war schwanger von ihm. Leider hat sie das Kind verloren, als sie von seinem Tod erfuhr. Sie hat nie wieder einen anderen Mann gehabt, sie liebt ihn noch immer. Er war übrigens ein revolutionärer Matrose.«

Die Tante lächelte. Lydia war genauso klug, wie sie immer gedacht hatte.

»Es ist so«, sagte sie klar heraus, »ich suche eine Unterkunft, sozusagen ein mietfreies Zimmer, für einen Journalisten, der nicht gerade …«, sie suchte nach dem Wort, lächelte und sagte: »… koschere Sachen schreibt.«

Lydia lächelte auch. »Nicht koscher? Ist er Jude?«

»Nein«, antwortete die Tante. Nachdenklich fügte sie hinzu: »Nicht dass ich wüsste.« Sie lachte leise. »Aber mit Essen hat es eigentlich nichts zu tun. Wenn er dort etwas zu essen bekäme, wäre es sicherlich von Vorteil. Und er isst alles. Ich fürchte nur, dass … bestimmte Leute … ihn am liebsten zum Frühstück verspeisen würden.«

Sie hatte überlegt, ob sie die Gestapo beim Namen nennen konnte, hatte sich aber dagegen entschieden. Je weniger Worte fielen, desto besser, vor allem, wenn Lydia nein sagte, was durchaus verständlich war.

Lydia dachte nach. »Es ist also sehr gefährlich?«, sagte sie schließlich.

»Ja. Ich glaube, ja.«

Lotte kam herein und servierte einen Kaffee, der seinem Namen Ehre machte.

Bald danach verabschiedete sich die Tante. Sie dankte für das wundervolle Essen, Lydia dankte für den Besuch. »Ich würde mich freuen«, sagte sie, »wenn du nächste Woche um die gleiche Zeit wiederkämest.«

Die Tante nahm die Einladung ohne Zögern an.

Eine Woche später teilte Lydia der Tante knapp mit, dass der Schreiberling ein Zimmer in der Rothenbaumchaussee beziehen könne, bei Leuten, die Lydia von früher kannte, dann aus den Augen verloren hatte, aber seit einiger Zeit ab und an traf.

»Sind die wirklich vertrauenswürdig?«, fragte die Tante leicht beunruhigt, weil ihr diese ganze Bekanntheitsgeschichte zu vage vorkam.

»Ich glaube ja«, antwortete Lydia. »Sie hatten eine große wundervolle Bibliothek. Die ist seit April auf ein Viertel geschrumpft. Ich glaube, sie sind darüber traurig.«

»Gut«, antwortete die Tante. »Ich gebe es weiter. Wie kann der Kontakt zustande kommen?«

»Ich hole ihn am Dammtor ab und fahre ihn dorthin«, sagte Lydia. Die Tante unterdrückte ein Lachen. Jetzt wusste sie es ganz genau. Auch Lydia wollte nicht Däumchen drehen, auch sie wollte tätig werden.

»Ich stehe bereit«, sagte Lydia. »Du musst mir nur den Tag und die Uhrzeit sagen.«

Die Tante gab das an Alma weiter, und diese nannte bereits den kommenden Tag um fünf Uhr am Nachmittag. Das war eine Zeit, wo am Dammtor einiger Betrieb herrschte.

Lydia stimmte sofort zu.

Also nahm die Geschichte ihren Lauf.

Der Mann, der als Redakteur der illegalen RGO-Zeitung arbeitete, bezog nun sein »Büro« in einer hochherrschaftlichen Villa in der Rothenbaumchaussee. Die Familie, der das Haus gehörte – es waren liberale Hamburger Großbürger –, wusste genau, dass die Gestapo schon seit Monaten nach ihm fahndete. Sie organisierten es so, dass ihr Logiergast – Walter hieß er – die Villa überhaupt nicht mehr verließ, außer dass er täglich einen Abendspaziergang durch den großen Garten machte. Alle Besorgungen für ihn erledigte die Mutter des Hausherrn oder dessen Frau, zum Beispiel den nicht ganz ungefährlichen Einkauf der Wachsmatrizen, auf die Walter seine Artikel tippte, und deren Ablieferung in einem Zigarrengeschäft in der Stadt, von wo ein anderer Genosse sie abholte. Der Vervielfältigungsapparat stand im Keller einer Leihbücherei an der Lübecker Chaussee. Aus deren Laden holten sich die Verteiler regelmäßig die fertigen Packen ab. Zu diesen Verteilern gehörte auch sehr bald Lydia. Das Kommen und Gehen von Leuten mit gewichtigen Einkaufs- und Aktentaschen oder kleinen Koffern fiel dort nicht auf. Außerdem kamen vor allem Frauen und Kinder: »Ich soll für die Oma die Liebesromane holen, die Sie für sie zurückgelegt haben.« Manche waren sogar in HJ- oder Jungvolk-Uniform oder in BdM-Tracht, sagten beim Hereinkommen »Heil Hitler« und hoben die Hand zum Nazi-Gruß. Die Tarnung war perfekt.

Den Jugendlichen war eingeschärft worden, mit niemandem auch nur andeutungsweise darüber zu sprechen, was in der Leihbücherei vor sich ging, weil sonst dem Vater oder dem älteren Bruder »Kolafu« drohte. Das war die Bezeichnung für das Konzentrationslager Fuhlsbüttel.

Lysbeth erhielt regelmäßig Post von Helmut und Helga, Angelas Adoptiveltern, die in der Nähe von Dresden in der Sächsischen Schweiz auf dem Land wohnten. Jetzt im Oktober, nachdem die Ernte vorbei war, das Einkochen vorüber und die Menschen etwas zur Ruhe kamen, schrieben die beiden plötzlich, dass es in den Dörfern raunte: »Warum hat Hitler wohl die Abrüstungskonferenz verlassen? Warum gibt es plötzlich in jedem Haus einen Luftschutzwart? Warum ist er aus dem Völkerbund ausgetreten? Hitler will Krieg!«

Helga konnte nicht mehr schlafen. In einer solchen Nacht schrieb sie Lysbeth einen Brief in krakeliger Schrift, getrieben von Angst. »Alles spricht hier von Krieg. Das wäre ja über alle Begriffe entsetzlich durch die furchtbaren Giftgase und Flugzeuge, wodurch auch alles Hinterland vernichtet werden kann … Wir haben ja auch gar kein Geld und Material, und es würde nichts Gutes dabei für uns herauskommen. Schreibt mir bitte bald, wie ihr über alles denkt, ich verbrenne den Brief dann gleich.«

Lysbeth dachte lange nach, was sie antworten sollte. Die Wahrheit? Oder sollte sie die beiden beruhigen? Sie schrieb einen freundlichen nichtssagenden Brief zurück und kündigte ihren baldigen Besuch an. Es war vielleicht nicht schlecht, ein Gespräch unter vier Augen zu führen und einen eventuellen Platz für Menschen auszukundschaften, die eine Weile untertauchen mussten.

Sie sprach mit der Tante über ihren Plan, und die war sofort dafür. »Es ist allerdings wichtig«, sagte sie, »dass wir darauf achten, dass Cynthia auf keinen Fall etwas davon mitbekommt. Ich glaube, Eckhardts Verlobte ist ebenso gefährlich wie Johann. Unbefriedigte gottesgläubige Frauen sind einfach eine Qual für die Menschheit.«

Im Augenblick war Cynthia allerdings gerade gemeinsam mit Luise voller Energie dabei, die Bemühungen von Fräulein Fischer zu unterstützen, die endlich die Kindertierschutzabteilung zusammenbringen wollte. Aber alles zog sich entsetzlich in die Länge.

In der Zwischenzeit schloss sie sich Luise und Fred an, die auf der Suche nach dem Heimeligen, Alten in Hamburg, das ein eigenes Gepräge besaß, durch die alten Gassen streiften und fotografierten. Cynthia fand das zwar ein wenig übertrieben, aber sie langweilte sich mehr und mehr. Seit ihr Stiefvater gestorben war, zog Cynthias Mutter sich zunehmend von ihrer Tochter zurück. Sie war ständig beschäftigt, und wenn Cynthia vorschlug, sie zu begleiten, schlug sie die Hände über dem Kopf zusammen und sagte: »Bin ich ein Kind, das eine Gouvernante braucht? Nein, meine Liebe, allmählich bist du alt genug, um dir Menschen zu suchen, die an deiner Hand gehen wollen. Ich will das nicht mehr.«

Lydia hatte sogar die Dreistigkeit besessen, zu ihrer Tochter zu sagen: »Meinetwegen kannst du ausziehen, du musst nicht denken, dass du meinetwegen eine ewige Verlobte bleiben musst. Ich bin keine alte Frau. Schlag deinem Eckhardt mal vor, dass ihr heiratet und zusammenzieht, das würde euch beiden gut tun.«

Danach hatte Cynthia ein paar Tage lang nicht mit ihrer Mutter gesprochen, bis sie feststellte, dass auch das bei Lydia keinerlei Wirkung mehr zeigte. Früher hatte Cynthia ihre Mutter so in die Knie zwingen können und Lydia hatte für nichts mehr Augen gehabt als für ihr Kind, wenn dies schmollte. Jetzt schien sie fast erleichtert und ging Cynthia einfach aus dem Weg.

Cynthia sehnte sich nach einer Freundin, nach einer Aufgabe, nach einem Kind. Das mit dem Kind hatte sich erledigt, die Aufgabe sah sie nun darin, das neue Deutschland zu unterstützen, wo sie nur konnte. Früher hatte sie gehofft, dass Lysbeth ihre Freundin werden könnte, aber auch das war lang vorbei, ganz besonders, seit Lysbeth einen Juden geheiratet hatte. Also schloss Cynthia sich mehr und mehr Luise Solmitz an, auch wenn diese sie manchmal etwas irritierte.

Nachdem verkündet worden war, dass die alten Gebäude in Hamburg und Altona abgerissen werden und neue saubere Häuser mit vielen Wohnungen dorthin gesetzt werden sollten, machten Luise und ihr Mann viele Spaziergänge in die Gassen, in denen das alte Leben zu

Hause war. Cynthia behauptete, dass auch ihr die alten Gebäude am Herzen lägen und spazierte tagelang gemeinsam mit den beiden durch die alten Straßen in Altona. Die nahmen einen Fotoapparat mit, gingen in den Hof der alten schönen Münze, und in der Großen Johannisstraße besuchten sie einen winkeligen Hof, wo Fred viele Fotos machte. Altona erschien ihnen wie eine verträumte Kleinstadt. Luise blickte über ein altes Mäuerchen und sah ein halbes Dutzend stattliche Gänse weiden, sie sah Gärtchen und Grün und begeisterte sich, dass es so eine kleinstädtische Idylle mitten in dem als Arbeiterviertel übel beleumundeten Altona gab. »Eins haben ja Hamburg und Altona vor manchen, besonders südlicheren Städten voraus: die appetitlichsten, großen und hellen Lebensmittelläden in den ärmlichsten Straßen«, sagte sie zu Fred, der zustimmend nickte und das nächste Foto schoss: Luise und Cynthia vor einem Lebensmittelladen. Dann fotografierte er den Blick aufs alte Rathaus durch den Präsidentenweg. Luise malte sich aus, wie schön dieser Blick erst aus der Enge des einstigen Präsidentengangs gewesen sein mochte. Sie betraten die wunderbare Diele mit der prächtigen Holzgalerie im Alten Rathaus. »Ein Lob der vorigen Regierung, wie sie das Rathaus in altem Sinn instand gesetzt und alle seine Herrlichkeiten so recht haben herausholen lassen«, rief sie in ihrem energischen Ton, der auf Freds Gesicht immer wieder ein Lächeln zauberte. Durch Cynthias Herz fuhr ein schmerzhafter Stich. Eckhardt lächelte nie auf diese Weise, wenn er Cynthia betrachtete. Eckhardts Stimme bekam auch nie diesen warmen Ton, wenn er mit ihr sprach. Eckhardts Augen wurden nie so weich, wenn sie ihn anlächelte. Cynthia sagte nicht, was ihr auf der Zunge lag: Dass doch schon viel von der Farbe wieder verblichen und in der Not der Zeit nicht erneuert worden war.

Als sie von diesem Spaziergang in ihr schönes Haus in der Kippingstraße zurückkehrten, lag auf Luises Gesicht ein Ausdruck heller Seligkeit. In diesem Augenblick hasste Cynthia sie. Und dieser Hass wurde kalt und sehr böse, als Fred über Luises Wange strich und leise sagte: »Wie herrlich du dich freuen kannst, Luischen. So gern würde ich dir gar keinen Gram bereiten.« Luise warf die Arme um seinen Hals und küsste ihn mitten auf den Mund. »Du bereitest mir nie Kummer«, rief sie aus. »Du bist die große Freude meines Lebens.« Arm in Arm gingen die beiden in ihr Haus. Sie hatten Cynthia einfach vergessen.

Zum Glück hatte Luise bald Sorgen, die sie dazu trieben, sich Cynthia anzuvertrauen. Ihre Tochter, so klagte sie Cynthia ihr Leid, sollte erstmalig mit »auf Fahrt« nach Grande gehen. Und dort würden sie sogar schlafen. Gisela fand das Ganze natürlich aufregend. Sie war doch schon fast vierzehn! »Du behandelst mich immer noch wie ein kleines Kind«, hatte sie genörgelt. »Aber sie haben gar keine richtige Ausrüstung«, schimpfte Luise, als sie Cynthia davon berichtete. Die Kinder sollten nachts um zehn Uhr übers Feuer springen! Im Turnanzug? Welcher Irrsinn! Cynthia fand Luise wieder einmal spießig. Dieses Wort war gerade modern. Hitler wetterte gegen die Spießer, die faul und auf die eigene Individualität bedacht waren. Die sich der gemeinsamen Sache in den Weg stellten. Die sich auf ihre Bildung etwas zugute hielten. Oft schon hatte Cynthia in der letzten Zeit gedacht, dass Luise einfach spießig sei. »Die Kinder gehören heute nicht mehr ihren Eltern«, sagte sie von oben herab, »auch der Führer hat schon gesagt, dass die NSDAP den Kindern das Leben geschenkt hat. Die Partei führt die Kinder in eine neue Welt.«

Der Blick, mit dem Luise Cynthia jetzt ansah, ging dieser wider Willen durch und durch. In Luises Augen konnte Cynthia sehen, wie sie sich in weniger als einer Sekunde so weit von ihr zurückzog, als wäre sie gar nicht mehr in einem Raum, nein, gar nicht mehr auf einer Welt mit ihr.

Luise wechselte das Thema und von nun an sprach sie nie wieder über ihre Tochter mit Cynthia. Eigentlich sprach sie überhaupt nicht mehr mit ihr über irgendetwas, das ihr naheging.

Hitler führte den Wahlkampf, ohne dass es eine andere Partei gab, als ginge es um sein Leben. »Ich bitte Sie, dieses Mal – wirklich zum ersten Mal in meinem Leben – geben Sie uns nun Ihre Stimmen. Holen Sie jeden Volksgenossen hin zur Urne, auf dass er mitentscheidet für die Zukunft seines Volkes. Zum ersten Mal nach vierzehn Jahren bitte ich Sie jetzt, geben Sie diese Stimme für dieses Ja der Gleichberechtigung, der Ehre und des wirklichen Friedens und geben Sie damit zugleich die Stimme ab für den neuen Reichstag, der der Garant dieser Politik sein wird.«

Stella war aus England zurückgekehrt, zwei Wochen, bevor auch Jonny wieder da war. Sie war aufgeblüht wie jedes Mal, wenn sie bei Anthony gewesen war. Sie brachte einen enormen Optimismus mit, dass Hitler vom Ausland bestimmt so boykottiert und in seine Grenzen verwiesen werden würde, dass er sich nicht mehr lange halten könnte.

Seit sie zurück war, las Stella regelmäßig englische Zeitungen. Dort erfuhr sie, dass von Deutschland ein Schiff mit neunhundert ausgewanderten Juden auf dem Meer umhergeirrt war. Sie hatten nach Palästina gewollt, wo die Araber in hellem Aufruhr und Streik über die Einwanderer sie nicht an Land gehen ließen. »Die ewige Legende vom ewigen Juden wird wieder mal wahr«, schrieb sie in ihr Tagebuch. »Heimatlos wird er bei uns und die alte Heimat öffnet sich ihm nach zweitausend Jahren auch nicht mehr.« Die neunhundert Auswanderer wurden in Port Said gelandet. Stella machte es sich zur Angewohnheit, ihre Gedanken neuerdings täglich ihrem Tagebuch anzuvertrauen, das sie für Anthony schrieb. So blieb sie in einer Art Gespräch mit ihm. Es fiel ihr sehr schwer, von ihm getrennt zu sein. Sie hatten so viele Stunden miteinander verbracht, und es waren Stunden der Nähe gewesen. Sie hatten einander ihre geheimsten Gedanken und Gefühle anvertraut. Stella und Anthony waren immer wieder wie eins gewesen. Und nun war sie allein hier, und er war dort. Das Tagebuch bot ihr die Möglichkeit, die Intimität wenigstens auf dem Papier aufrechtzuerhalten.

Am 28. Oktober 1933 wurden mit großem Tamtam auf einen Schlag hundertzweiundzwanzig Paare in der Johanniskirche in Altona getraut, eine ganz besondere Aktion von der Firma *Reemtsma-Cigarettenfabrik* in Altona-Bahrenfeld, die so viele ihrer Arbeiterinnen unter die Haube brachte. Durch Altona rollte ein langer Korso aus über hundert Automobilen. Die Priester trauten immer fünf Paare auf einmal. Danach wechselte man ins Hotel *Kaiserhof*, wo ein großes Bankett wartete. Nur wenige der Brautpaare hätten sich eine solche Hochzeit in dieser schweren Zeit leisten können. Aber *Reemtsma* zahlte alles. Im Gegenzug mussten die Frauen, sobald sie verheiratet waren, ihren Arbeitsplatz bei der Firma räumen, damit ihre Männer an ihrer Stelle dort anfangen konnten. *Reemtsma* zahlte jeder Braut eine Abfindung von sechshundert Reichsmark, vom Staat gab es noch tausend Reichsmark dazu, als Ehestandsdarlehen mit Geburtenrabatt. Je mehr Kinder in der Ehe geboren wurden, desto weniger musste man zurückzahlen, mit vier Kindern war der Kredit restlos getilgt. Das Ganze war eine große Propagandaaktion im Sinne der Politik der Nationalsozialisten. Verheiratete Frauen sollten an den Herd und Männern den Arbeitsplatz freimachen.

Über dieses Ereignis wurde in Hamburg viel gesprochen. Eine solche Massenhochzeit mit Brautkleidern und allem Drum und Dran fand nicht jeden Tag statt. Stella hielt sich mit ihrer Meinung zurück. Seit sie aus England wieder zurück war, bemühte sie sich, nicht den allergeringsten Zweifel an ihrer Deutschlandtreue aufkommen zu lassen. Sie hoffte, auch Jonnys Vertrauen wieder stärker zu erringen, so dass er ihr mehr erzählte. Eins nämlich war ihr klar: Jonny war zwar Nazi, er verkehrte mit Nazis, er war ein eingefleischter Militär, aber gleichzeitig gab es Dinge, die ihm Angst machten. Zum Beispiel, was mit geistig behinderten Menschen geschehen könnte.

Als nun Cynthia kurz nach der *Reemtsma*-Hochzeit beim Abendessen aufgeregt sagte: »Stellt euch vor, die Luise Solmitz ist wirklich gegen die Politik, dass Frauen ins Haus gehören.«

»Ist sie das?«, fragte die Tante mit einem ironischen Unterton, der Cynthia aber vor lauter Eifer nicht auffiel.

»Ja«, bekräftigte Cynthia. »Im Grunde hält sie sich ja für etwas Besseres. Immer rümpft sie ihr kleines Näschen und reckt es in die Luft.«

Stella stellte sich Luise Solmitz vor. Sie hatte wirklich ein kleines Näschen. Vor allem im Vergleich zu Cynthia, die eher spitznasig war. Und die Spitze verlieh ihrer Nase noch eine zusätzliche Länge. So eine Nase zu rümpfen, fiel bestimmt schwer. Stella lachte unwillkürlich auf. Cynthia sah sie erbost an. Stellas Lachen störte sie schon lange. »Was lachst du?«, fragte sie.

Stella versuchte, das Lachen zu unterdrücken, aber es wurde nur schlimmer. Sie konnte gar nicht wieder aufhören. Die Tante sah sie aufmerksam an. Dann blickte sie zu Cynthia. »Warum hat Luise denn nun ihr süßes Näschen gerümpft?«, erkundigte sie sich freundlich. Stella stand auf und verließ kichernd den Raum. Sie musste hier einfach weg. Sie fand Cynthia so entsetzlich in der letzten Zeit, und gleichzeitig so lächerlich.

Im Hinausgehen vernahm sie noch, wie Cynthia sagte: »Luise hat sich nicht deutlich geäußert, aber es weiß doch jeder, dass ihre Gisela studieren soll. Und studieren tut man ja nicht, um hinterher zu Hause bei den Kindern zu sitzen.« In diesem Augenblick trat Jonny kopfschüttelnd ins Zimmer. Er hatte seine kichernde Frau die Treppen hochhasten gesehen.

»Was ist denn hier los?«, fragte er. Und dann mischte er sich bereits ins Gespräch ein: »Luise war schon zweiundzwanzig, als sie sich in den schmucken Fred Solmitz verliebt hat. Ich kannte Fred damals schon, er war ein bekannter Pilot. Und wir haben ihn alle nicht beneidet, die Luise hasste Hausarbeit, das wusste jeder. Sie hatte das Lehrerinnenseminar besucht. Gisela ist erst 1920 zur Welt gekommen, als Fred und Luise schon all die Kriegsjahre lang verheiratet gewesen waren.« Er lachte auf. »Luise hat die Republik gehasst, von Anfang an, eines allerdings hat sie geschätzt: die Einführung des Frauenwahlrechts.« In diesem Augenblick kam Stella zurück. Sie entschuldigte sich für ihren Lachanfall. »Ich glaube, meine Nerven sind nicht die besten«, sagte sie.

Stellas Stimmung, die noch vor Wochen euphorisch gewesen war, sank tiefer und tiefer. Täglich geschahen Dinge, die sie deprimierten. Anfang November erfuhr sie von ihrem Drogisten, dass dieser seinen kleinen Lehrling Harald entlassen hatte. »Ich musste ihn entlassen«, raunte der Mann ihr zu. Stella verstand. Der arme Junge hatte schon für Vorhitlerzeiten verboten jüdisch ausgesehen. »Er war ein gutes, braves Kind, christlich erzogen, das sich nichts hat zuschulden kommen lassen«, sagte der Drogist, anscheinend froh, dass er sich einem Menschen gegenüber aussprechen konnte, dem er vertraute. »Andererseits war er aber auch nicht so geschickt, dass ich ihn sehr ungern entbehrt hätte.«
»Was macht er denn jetzt?«, fragte Stella mitleidig.
»Er bastelt nun behelfsweise in einem Kindergarten herum«, antwortete der Drogist. »Wissen Sie, ich habe nichts gegen Juden. Aber es ist nun mal die Zeit.«
»Ja«, antwortete Stella, »es ist nun mal die Zeit.«
Als sie ihren Einkauf getätigt hatte, verließ sie den Laden mit einem freundlichen »Auf Wiedersehen«, und der Drogist antwortete »Auf Wiedersehen, Frau Maukesch. Einen schönen Tag noch«. Wie sie es immer getan hatten. Beim vorigen Einkauf noch hatte er »Heil Hitler« zum Abschied gerufen. Aber da waren auch noch andere Kunden im Laden gewesen.

Bereits Tage vor der Wahl am 12. November waren die meisten Häuser mit Hakenkreuzfahnen geflaggt. Am 10. November war Luthers 450. Geburtstag, in der Michaeliskirche wurde ein großer Gottesdienst veranstaltet. Um ein Uhr mittags allerdings waren alle wieder zu Hause, um Hitlers Rede zu hören, die er bei *Siemens* hielt und die im ganzen Land im Radio ausgestrahlt wurde.

Am Wahlsonntag stand Jonny um sieben Uhr auf. Es war stockduster und der Regen rieselte, als Stella aus dem Fenster blickte. Eine erste Krähe überquerte mit schwerem Flügelschlag den Innenhof.

Inzwischen hatte sich eine Klasse kleiner Volksschüler vor dem Garten der Wolkenraths aufgebaut. Ihr Gesicht war dem Haus zugewandt, und der bäuerliche jugendliche Lehrer eröffnete eine wahre Katechese, es waren richtige Responsorien, ein Sprechchor, der sich hören lassen konnte. Es klappte alles, und die Antworten knallten nur so, die jungen Gesichter leuchteten vor Eifer und Begeisterung. »Wen wählen wir? Warum wählen wir Hitler? Was will Hitler?« Und so ging es weiter. Glänzende Augen, ein schneidiger Schwenk, als sie weitermarschierten. Kein Soldat könnte es besser. Stolz sah der Lehrer zu Jonny und Stella hin, die aus den Fenstern schauten. Die beiden winkten Beifall, und mit »Heil Hitler« ging es weiter.

»Wen tragen sie denn da zu Grabe?«, sagte Jonny, als sich unter getragener Musik langsam ein dunkler Zug näherte. »Wie rührend«, sagte Stella mit sehr gemischten Gefühlen, als sie erkannte, dass es ein Trupp Kriegsverletzter war, die durch den grauen Regenmorgen zogen, um Hitler zum Sieg zu helfen.

Jonny und Stella gingen zur Wahl, wo ein mächtiger Andrang herrschte. Stella ließ Jonny in dem Glauben, dass auch sie bei allen Fragen mit Ja stimmte, Volksabstimmung und Reichstag. Als sie das Wahllokal verließen, sagte Jonny: »Es darf nun nicht jeder kleine Nazi denken, man hätte ihn gewählt.« Stella sah ihn überrascht an. Da gingen die Solmitz an ihnen vorbei und die Männer grüßten einander militärisch stramm.

Am Nikolaustag triumphierte Cynthia wieder. Angebliche Geheimakten des Fichtebundes waren von der Kriminalpolizei beschlagnahmt worden. Der Fichtebund war der Ort, wo Luise und Fred der deutschen Sprache huldigten. Nun hatte dort die Kriminalpolizei zu tun. Als sie Luise das nächste Mal traf, fragte Cynthia mit betonter freundlicher Anteilnahme: »Was ist denn bloß im Fichtebund geschehen, Frau Solmitz? Das klingt doch nach krimineller Tätigkeit, was ich da gelesen habe.«

Luise errötete. »Ich weiß auch nicht, was da los ist«, stammelte sie. Kurz darauf verabschiedete sie sich.

Eckhardt traf sich mit den anderen Blockwarten des Luftschutzes der Kippingstraße. Fred Solmitz war ebenfalls anwesend. Es wurden einige Regeln vorgelesen, die für ihre Arbeit galten. Unter anderem, dass ein Jude kein Blockwart sein durfte. »Und die Judenstifte, die jüdischen Häuser?«, fragte ein Nachbar. »Die müssen sich selbst helfen, die gehen uns nichts an«, entgegnete der Leiter. Eckhardt beobachtete Fred Solmitz. Peter Schade, der Nachbar drei Häuser weiter hatte zu Eckhardt gesagt, dass Fred Jude sei und es eine unglaubliche Dreistigkeit darstelle, dass er alle Welt täusche und so tue, als wäre er Arier. Auch Cynthia hatte in der letzten Zeit immer wieder irgendwelche seltsamen Sachen von Luise erzählt und sogar auch die Vermutung geäußert, dass die Solmitz irgendwie jüdisch wären.

Eckhardt hatte zu Peter Schade das Gleiche gesagt wie die Male zuvor zu Cynthia: »Ach, das scheint mir wie ein böses Gerücht. Fred Solmitz ist ein anerkannter Pilot aus dem Krieg. Er ist Major. Er ist ein feiner Mann und sehr deutsch.«

»Aber nicht arisch«, hatte Peter Schade beharrt. »Sie werden schon noch sehen.«

Also beobachtete Eckhardt seinen Nachbarn, den frischgebackenen Blockwart Fred Solmitz sehr genau, als die Regeln vorgelesen wurden. Ihm schien, als schlucke Fred etwas zu schwer. Ihm schien auch, als wurde seine ohnehin blasse Gesichtsfarbe noch etwas blasser. Aber Fred sagte keinen Ton, als es um die Verbote für Juden ging. Also hat Peter Schade gelogen, dachte Eckhardt. Und irgendwie erleichterte es ihn, denn es ersparte ihm eine Entscheidung. Wenn Fred Jude war, musste Eckhardt sich entscheiden, wie er in Zukunft mit ihm verkehren sollte. Das war nicht einfach. Ihn einfach zu schneiden, würde Eckhardt schwerfallen. Aber den gutnachbarlichen Kontakt fortzusetzen, war dann auch undenkbar.

Den letzten Tag des Jahres feierten Stella und Jonny bei Edith von Warnecke. Edith hatte ein großes Fest arrangiert. Viele bedeutende Geschäftsleute, viele Kapitäne, viele hohe SS-Männer, einige Sportler, die neuerdings zu Ediths Bekanntenkreis gehörten, wenige Künstler waren erschienen. Stella hatte sich sehr elegant gekleidet. Sie kannte die Regel, die für die Feste ihrer Schwiegermutter galt: Stella musste eine vorzeigbar schöne Frau sein, die ihrem Mann zum Stolze gereichte, aber sie durfte ihre Schwiegermutter nicht in den Schatten stellen. Also trug Stella eine elegante weinrote Abendrobe, die die Farbe ihrer Haare vorteilhaft unterstrich, allerdings weder ihre Brüste noch ihren Hintern besonders betonte. Sie spazierte an Jonnys Arm durch den Raum, an dessen Decke und Wänden die Kristalllüster funkelten. Sie lächelte, stimmte zu, sagte wenig und sperrte die Ohren weit auf. Die Stimmung war prächtig. In diesem Jahr 1933 war alles geschafft worden, was man sich von Hitler und den Seinen erhofft hatte: Versailles war so gut wie erledigt, die Wiedereinführung einer Wehrmacht konnte nicht mehr lange auf sich warten lassen, die Arbeiter waren in ihre Schranken verwiesen, mit der Wirtschaft ging es bergauf. Keine lästigen Auseinandersetzungen mit Gewerkschaften und sonstigen bolschewistischen Einrichtungen mehr. Die Republik war tot.

Man sprach über ein Gesetz, das vom nächsten Tag an gelten sollte: Erbkranke und Gewohnheitsverbrecher sollten ab dem 1. Januar 1934 unfruchtbar gemacht werden. Stella spürte die Anspannung in Jonnys Armmuskeln, als seine Mutter sagte: »Dieses Gesetz ist ein Segen für die Menschheit.«

Lysbeth und Aaron feierten gemeinsam mit der Tante, die eine ihrer berühmten Suppen gekocht hatte. Auch sie ließen das vergangene Jahr Revue passieren. Die Tante sagte: »Kinder, so schlimm, wie es gekommen ist, habe ich es mir nicht vorgestellt. Und ihr könnt mir glauben, es wird noch schlimmer werden.«

Lysbeth hatte sich Silvesterrituale von der Tante gewünscht, denn sie erinnerte sich noch sehr gut daran, wie wundervoll dieses Verbrennen und Wünschen und Wegwünschen damals gewesen war, als Stella und sie als junge Mädchen eine lange Zeit bei der Tante in ihrer Hütte in Laubegast bei Dresden verbracht hatten.

Die Tante war zwar einverstanden, aber als Aaron alles vorbereitete, um Blei zu gießen, und Lysbeth das Papier holte für das Aufschreiben der Dinge, für die man dankte, und der Dinge, die man sich fürs nächste Jahr wünschte, und der Dinge, die man aus seinem Leben entfernen wollte, merkte sie, dass die Tante nur halbherzig dabei war.

»Tantchen, was ist los?«, fragte sie ärgerlich. »Du willst doch wohl nicht etwa sagen, dass du keine Lust hast?«

Die Tante schlug die Augen nieder, was sie sehr selten tat. Sie sah aus, als fühle sie sich ertappt. »Ach, Kind«, sagte sie schließlich. »Erinnerst du dich noch daran, wie es im Krieg war? Da wünschten wir uns nur, dass Eckhardt und Dritter heil nach Hause kommen. Dass Johann nicht völlig durchdreht. Dass sie Fritz nicht auch noch einziehen. Und dass wir etwas zu essen haben und nicht schwindsüchtig oder sonst wie krank werden. Und dass der vermaledeite Krieg endlich zu Ende geht, so oder so.«

Lysbeth sah die Bilder von damals auftauchen. Wie sie im Lazarett gearbeitet hatte als Hilfsschwester. Wie die Männer reihenweise gestorben waren oder irgendwelche Gliedmaßen verloren hatten, ebenso wie ihren Lebensmut. Und wie Stella damals in Offizierskneipen mit ihrem Gesang die Männer verrückt machte und so immer wieder etwas zu essen nach Hause brachte. Sie sah den Großvater vor sich, wie er weniger und weniger wurde und schließlich starb. Sie sah ihre Mutter, als sie erfuhr, dass ihr Sohn Eckhardt mit einem Kopfschuss im Schützengraben verschüttet gewesen war.

Sie verstand, was die Tante meinte. Die Nazis hatten in einem Jahr in Deutschland so aufgeräumt, dass es keinerlei Widerstand mehr geben würde, wenn Hitler morgen den Krieg verkündete.

»Er wird es nicht morgen tun«, sagte die Tante, und alle drei wussten, was sie meinte. »Aber er bereitet den Krieg vor. Und dann gnade uns Gott.«

Unwillkürlich stieß Lysbeth ein kleines böses Lachen aus. Die Tante erwartete nicht gerade viel von Gottes Gnaden, das wusste jeder.

»Und deshalb willst du kein Silvesterritual für 1934 machen?«, fragte sie, immer noch ärgerlich.

»Doch, meine Kleine, wie könnte ich mich deinem Wunsch widersetzen.«

Die Tante wirkte müde, und Lysbeth bekam plötzlich Angst. Was, wenn sie im nächsten Jahr stirbt?, dachte sie, und im Nu schnürte Panik ihr den Hals ab. Aber dann beruhigte sie sich. Sie kannte all das bereits: die Angst, die Tante könnte bald sterben. Die Angst, dass diese Angst eine Vorahnung wäre. Und die plötzliche Panik, die die Luft abschnürte.

Aaron hatte das Gespräch wortlos verfolgt, seinen Blick von der Tante zu Lysbeth und wieder zurück gehenlassen. Nun sagte er zur Tante: »Wenn ich dich richtig verstanden habe, findest du erstens, dass wir alle nur einen einzigen Wunsch haben sollten, nämlich, dass die ganze braune Pest endlich sich selbst zersetzt. Und zweitens, dass wünschen nichts nützt, sondern dass wir handeln müssen, um den Prozess des Siechtums zu beschleunigen.« Die Tante lachte und nickte eifrig mit dem Kopf. »Kleiner Schlauberger«, sagte sie. »Kleiner Schlauberger.«

Aaron wandte sich Lysbeth zu. »Und wenn ich dich richtig verstanden habe, möchtest du alles in einem kleineren Kosmos betrachten und da danken und hier wünschen und dort aus dem Leben bannen. Ist es so?«

Lysbeth nickte mit Tränen in den Augen. »Schlauberger«, sagte sie leise und griff nach seiner Hand. »Aber eigentlich kann ich es auch jetzt schon sagen, ohne es aufzuschreiben: Ich danke für dich und deine Liebe, ich wünsche mir dich und ganz viel von deiner Liebe im nächsten Jahr, und ich will alles aus meinem Leben haben, das das irgendwie gefährdet.«

»Na, dann hol ich mal den Herzwein«, sagte die Tante und verließ den Raum.

Lysbeth schwang sich auf Aarons Schoß, warf die Arme um ihn und küsste ihn. In diesen Kuss legte sie all die Leidenschaft, die Liebe, die Dankbarkeit und ihre Sehnsucht nach Zukunft mit Aaron. Erst als die Tante sich räusperte, lösten sich die beiden voneinander. Aber Lysbeth blieb noch ein wenig bei Aaron sitzen. Sie hatte das Gefühl, ihn von jetzt an in jedem Augenblick einfach immer festhalten zu müssen.

Die Tante setzte sich dicht neben die beiden. Sie ergriff Lysbeths und Aarons Hand und sagte ernst: »Hört mir mal zu, ihr zwei. Ich weiß, dass ihr beide Angst habt vor dem, was mit den Juden weiter geschehen wird.« Aaron wollte ihr seine Hand entziehen und gegen ihre Worte aufbegehren, aber sie hielt ihn fest. »Du leugnest deine Angst, und das ist vielleicht auch gut so, Aaron«, sagte sie ruhig. »Aber du bist ja nicht dumm. Wer jetzt in Deutschland Jude ist und keine Angst hat, ist entweder geisteskrank oder ein kompletter Selbstbetrüger. Du bist beides nicht. Aber du willst dich nicht kleinkriegen lassen. Du willst dir deinen Stolz nicht rauben lassen. Und das ist männlich, und ich respektiere das sehr.« Aaron hörte von jetzt an nur noch zu. Aufmerksam sah er die Tante an.

Sie ließ seine Hand los und streichelte Lysbeths. »Du bist immer sehr tapfer gewesen, meine kleine Große«, sagte sie liebevoll. »Und du meinst, du müsstest Aaron beschützen. Ich glaube, das macht es schwer. Ihm und dir. Ich glaube, du solltest dich im nächsten Jahr weniger anstrengen. Hör auf mit den Abtreibungen. Es ist zu gefährlich, und es nützt zu wenig.«

Jetzt wollte Lysbeth aufbegehren. Die Tante legte ihr eine Hand auf den Mund. »Seien wir realistisch«, sagte sie. »Selbstbetrug nützt niemandem. Kinder zu kriegen ist heute leichter, als es je war. Die Nazis unterstützen jede alleinstehende Frau, die schwanger wird. Ja, sie fördern das doch sogar. Es wird nicht lange dauern, und sie werden Zuchtanstalten aufmachen, ich schwöre es euch. Sie planen doch für die nächsten tausend Jahre. Da soll eine ganz andere Welt entstehen, blond, arisch.« Sie kicherte. »Solche wie Hitler soll es ja nie mehr geben.«

Lysbeth sagte kühl: »Ja, ich halte auch nichts von Selbstbetrug. Dir ist, glaube ich, entgangen, dass es auch Juden gibt, die heute noch schwanger werden, ohne das nächste Kind ernähren zu können.«

Die Tante dachte nach. »Das ist dumm von ihnen«, sagte sie trocken. »Aber es sind ganz bestimmt keine ledigen Frauen, und es ist auch für sie nicht lebensgefährlich, noch ein Kind zu kriegen, aber es ist lebensgefährlich, mit einer Abtreibung aufzufliegen.« Beschwörend sagte sie: »Lysbeth, du hilfst heute keinem mehr mit einer Operation, du bringst die Frauen zwar nicht um mit deinem Eingriff, weil du natürlich gute Arbeit leistest, aber du bringst sie eventuell durch die Abtreibung um. Die Frauen brauchen ihre Kraft. Ein Kind im Bauch gibt mehr Kraft, als es in dieser Zeit wegzumachen, dann mit der Religion Probleme zu haben und Angst vor Denunziation. Mach es nicht mehr, Lysbeth, das wünsche ich mir fürs nächste Jahr.«

Lysbeth war überrascht. So etwas hatte sie noch nie von der Tante gehört. Aber sie konnte sich den Argumenten nicht verschließen. Es war wirklich für ledige Frauen leichter denn je, ein Kind zu bekommen. Und die Jüdinnen, die zu ihr kamen, verheimlichten den Eingriff vor allen, vor ihren Männern, ihrer Familie. Sie kamen in Panik zu ihr. Aber sie gingen auch in Panik.

»Ich werde darüber nachdenken«, sagte sie leise.

Aaron drückte der Tante einen Kuss auf die Wange. »Ich danke dir«, sagte er. Lysbeth sah ihn erstaunt an. Er weinte ja. Da erst begriff sie, in welche Gefahr sie sich mit den Abtreibungen gebracht hatte und welche Angst Aaron um sie ausgestanden hatte.

»Gut«, sagte sie entschlossen. »Ich verspreche es. Keine Abtreibung mehr.« Sie hob die Hand Einspruch gebietend. »Außer es kommt eine Frau, bei der es einfach sein muss. Ich kann es nicht ganz und gar versprechen.«

Die Tante und Aaron nickten. Beide umfassten Lysbeth, beide gaben ihr einen Kuss, einer rechts, einer links. »Danke auch dir«, flüsterte Aaron. »Das ist der allergrößte Wunsch, den ich fürs nächste Jahr habe.«

Die Tante rückte sich zurecht und erhob die Stimme: »Ich muss noch eins sagen, das ihr, glaube ich, wissen solltet: Ich glaube, ihr könnt euch auf Jonny verlassen. Ich habe ihn in der letzten Zeit genau beobachtet. Ich glaube, er wird nicht zulassen, dass jemandem, der mit ihm unter einem Dach lebt, etwas Schlimmes angetan wird. Vielleicht werdet ihr wirklich noch Deutschland verlassen müssen, wer weiß, was noch geschieht in der nächsten Zeit, aber ich glaube, Jonny wird euch helfen.«

Lysbeth dachte nach. Ja, das entsprach auch ihrem Gefühl. Aber die Tante sagte das noch aus einem anderen Grund. »Du meinst«, sagte sie langsam, Wort für Wort suchend, du meinst, »dass ich aufhören soll, Aaron zu beschützen, sondern meine eigene Kraft mehr schützen soll? Hab ich recht?«

»Genau das meine ich«, sagte die Tante feierlich. »Wir alle brauchen in diesen Zeiten unsere ganze Kraft, und wir sollten sie wirklich nur dort einsetzen, wo es wirklich sinnvoll ist. Bewahr deine Kraft, schütze sie, und freue dich an Aarons und deiner Liebe. Wenn es dann wirklich hart auf hart kommt, werden wir alle handeln.«

Die drei tranken schweigend von dem Herzwein der Tante, der im Laufe der letzten Jahre von ihr immer mehr verfeinert worden war. Der Herzwein und der Kräuterschnaps, das waren die einzigen Medikamente, die die Tante noch herstellte. Und die Suppe. Inzwischen war der Wein so wirksam, dass man fast unmittelbar nach einem Glas eine große Leichtigkeit und Heiterkeit im Herzen spürte, ohne jedoch betrunken zu sein.

»Ich möchte auch einen Wunsch äußern«, unterbrach Aaron das

Schweigen nach längerer Zeit. Die beiden Frauen wandten ihm interessiert ihre Gesichter zu.

»Ich wünsche mir, dass wenigstens ihr mich nicht ständig daran erinnert, dass ich Jude bin.« Lysbeth riss erschrocken die Augen auf. »Aber das tu ich doch gar nicht!«, wollte sie ausrufen. Da fuhr Aaron fort: »Ihr findet es nicht schlimm, dass ich Jude bin, das weiß ich wohl, aber ihr beschäftigt euch ständig damit. Das ist für mich schlimmer als das, was die Nazis tun. Die prallen an mir ab, aber ihr beschwert mir das Herz.«

Die Tante nickte nachdenklich. »Da ist etwas dran«, sagte sie. »Es ist nicht einfach, dir diesen Wunsch zu erfüllen, Aaron, aber ich werde es versuchen.«

»Ich auch«, stimmte Lysbeth zu. »Aber ich kann auch nicht mehr ganz folgen.«

Sie hatte von dem Wein der Tante mehr getrunken, als sie Suppe gegessen hatte. Ihre Wangen glühten.

Als Lysbeth und Aaron nach Mitternacht im Bett lagen, warf sie sich auf ihn und sagte: »Liebe mich, Aaron. Tief, heiß, laut, unanständig! Liebe mich so, wie du es noch nie gemacht hast!«

Sie rollte sich wieder von ihm runter, zog ihn auf sich und spreizte die Beine. Aaron lachte leise.

6

Lysbeth und Aaron hatten Mühe, die Miete für die Praxis zu bezahlen. Aarons Patienten zahlten zwar mit Naturalien, aber die Miete, der Strom, das Telefon kosteten Geld. Und dann flatterte ein Kündigungsschreiben in ihren Briefkasten. Es sei nicht länger tragbar für den Vermieter, eine jüdische Arztpraxis in seinem Haus zu haben. Die Anwohner hätten sich bereits beschwert.

»Das ist unsere Rettung«, sagte Aaron fröhlich, als sie den Brief lasen. »Jetzt sparen wir die Miete und machen nur noch Hausbesuche.«

Seine Fröhlichkeit wirkte nicht einmal unecht. Lysbeth sah ihn zweifelnd an. »Wovon willst du denn leben?«, fragte sie.

»Das ist es doch gerade«, sagte er, umarmte sie und machte ein paar

Tangoschritte mit ihr, bis er ihren Oberkörper um seinen Arm in einer leichten Drehung nach hinten warf. Lysbeth kicherte belustigt. »Du bist unmöglich«, sagte sie. »Sie machen dir deine Arbeit immer schwerer, und du siehst das Ganze auch noch als Vorteil.« Er behielt sie fest ihm Arm und küsste sie. Ein langer zärtlicher Kuss, der das Feuer in Lysbeths Bauch entfachte und ihrer beider Leidenschaft weckte. Aaron öffnete ihren Arztkittel Knopf für Knopf. Er hob sie hoch und trug sie bis zu dem Stuhl, wo sie ihre gespreizten Beine bequem ablegen konnte. Er legte seine Hände an ihre Hüften und kniete zwischen ihren Beinen. Nun küsste er mit wachsender Leidenschaft nicht nur ihren Mund. Lysbeth seufzte schwer auf.

In mancher Hinsicht, so absurd es klingen mochte, war Aaron froh, Jude zu sein. Vieles blieb ihm so erspart. Er musste keine Begeisterung für das Nazideutschland heucheln, die Hand nicht zum Hitlergruß in die Höhe reißen, musste sich nicht um irgendwelche Flaggenvorschriften kümmern, und neuerdings war er besonders froh, weil er an all den Sachen, die den Luftschutz betrafen, in keiner Hinsicht beteiligt war.

Jedes Haus musste einen Hausluftschutzwart stellen. Dessen Alter musste zwischen 35 und 60 liegen. Diese Hausluftschutzwarte wurden ab Januar 1934 einer strengen Ausbildung unterzogen. Das erste Treffen von fünf Blockwarten, die die Ausbildung der Hausluftschutzwarte vorbereiteten, fand im Wohnzimmer der Solmitz statt. Einer blieb dem Treffen fern, Peter Schade, der Nachbar von gegenüber. Er besaß ein Textilgeschäft in der Osterstraße. Während der Wirtschaftskrise hatte er versucht, seinen Sohn beim Stahlhelm unterzubringen. Da Fred Solmitz viele einflussreiche Leute dort kannte, hatte er sich für Peter Schades Sohn verwendet. Fred hatte den jungen Mann mit bedeutenden Offizieren zusammengebracht, trotzdem hatten sie ihn nicht aufgenommen. Er wäre zu jung, hatten sie gesagt, sollte sich erst noch ein bisschen Luft um die Nase wehen lassen. Dennoch hatte Peter Schade damals in der Nachbarschaft geäußert, er wäre Fred zu Dank verpflichtet. Seit einiger Zeit aber grüßte er die Solmitz demonstrativ nicht mehr.

Eckhardt war eigentlich nicht der Richtige für das Amt des Hausluftschutzwarts, denn seine Gesundheit war nicht die beste, und es war abzusehen, dass die Hausluftschutzwarte Körperertüchtigungsübungen unterzogen werden würden. Aber Dritter hatte kein Interesse an die-

sem Amt, er widmete sich seinen Geschäften, die hohe Gewinne versprachen, und Alexander war zu alt. Wäre also nur Aaron geblieben.
»Hurra, ich bin Jude!«, sagte er spöttisch zu Lysbeth, als Eckhardt zu dem ersten der sechs Ausbildungsvorträge für die Hausluftschutzwarte ging. Die Teilnahme war Zwang. Die Vorträge lagen an sechs aufeinanderfolgenden Abenden. Gäste waren erlaubt, also begleitete Cynthia ihren Verlobten.

»Haben Sie schon gelesen?«, fragte Luise Solmitz, die ihren Mann auch zu dem Vortrag begleitet hatte, und spielte damit auf die große Entrümpelungsaktion an, die zu den Luftschutzaktionen gehörte und für April angekündigt war. »Der *Manchester Guardian* lügt, die Entrümpelung sei nur Vorwand zu politischen Razzien, um Flugblätter zu finden, und anderen Unsinn mehr.«

Cynthia hatte davon natürlich nichts gehört, weil sie keine englischen Zeitungen las, aber sie verzog angewidert den Mund und schnalzte mit der Zunge. »Den Engländern ist auch nichts zu billig, um Hass gegen uns zu schüren«, sagte sie.

Luise schüttelte den Kopf. »Nein, das dürfen Sie nicht sagen, Fräulein Gaerber, ich habe Freunde in England, die uns Deutschen sehr wohlgesonnen sind, und sie sind nicht die Ausnahme.«

»Freunde in England?« Cynthia sagte nichts, aber sie dachte sich ihren Teil. Munkelte man nicht, dass der Major a.D. Solmitz Jude sei? Wenn sie es recht bedachte, hatte sie das eigentlich immer schon vermutet. Er hatte so was, auch wenn er anders aussah, als man sich einen Juden vorstellte.

In der Kippingstraße wohnten einige Leute, die der Freimaurerloge angehört hatten. Die Freimaurer waren von Hitler verboten worden. Anfang 1933 bereits hatten sich einige von ihnen schnell noch zum *Stahlhelm* gerettet. Das waren besonders eifrige Stahlhelmer geworden, die gegen ihre ehemaligen Freimaurer-Freunde voller Hass und Misstrauen waren. Einer von ihnen führte in der Pause des Vortrags eine erbitterte Rede gegen eine andere Nachbarin. Sie hatte ihn Überläufer geschimpft, als er in den Stahlhelm eingetreten war. »Wenn Ihr Schwiegersohn zum Luftschutz kommt, verlasse ich den Lehrgang«, sagte er erbittert. »Und wenn dieser Widersacher im *Stahlhelm* neben Ihnen stände?«, fragte Luise.

»Da kommt der nicht hinein. Ein Wort von mir genügt.«

»Und das wäre?«

»National unzuverlässig.«

Der Vortrag ging weiter. Cynthia nahm sich vor, diesen Ausspruch gut in Erinnerung zu behalten: national unzuverlässig.

Cynthia beneidete Luise Solmitz um ihre Kontakte zu den einflussreichen Persönlichkeiten der neuen Regierung in Hamburg. Luise hatte erzählt, dass sie in den *Vier Jahreszeiten* zu »Kunst und Leben« gewesen waren. Fräulein von Levetzow, eine mit Luise seit Jahren befreundete Sängerin, hatte mit großem Erfolg gesungen. »Es war gestopft voll«, hatte Luise erzählt. Und als Cynthia sagte: »Da wäre ich auch gern hingegangen«, hatte Luise hoheitsvoll bemerkt: »Einladungen ergingen nur von ihr persönlich.« Bürgermeister Krogmann und seine Frau seien dort gewesen und Vertreter des italienischen Generalkonsuls. Zuerst hätte die Bürgermeisterin eine Schulungsfahrt ins faschistische Italien und den Empfang durch Mussolini geschildert. »Sehr niedlich war, wie Frau Krogmann lächeln musste, als sie den faschistischen Gruß aussprach: ›Eia, eia, alala‹.«

»Sie ist wirklich eine sehr patente Frau und hat so einen besonderen Namen«, schwärmte Cynthia, »und der Bürgermeister erst. Ich verehre ihn.«

»Ein Redner sagte, dass Calpurnia zitterte und von bösen Ahnungen geplagt wurde, wenn Julius Cäsar in den Senat ging. Aber dass unsere Frau Emerentia nicht um ihren Bürgermeister zu zittern braucht, wenn er im Senat ist, denn er würde von der Liebe der Hamburger getragen.«

Lysbeth erinnerte sich zwar an ihr Silvesterversprechen, Aaron nicht mehr beschützen zu wollen, aber von Zeit zu Zeit überfiel sie eine schreckliche Angst. Immer wieder wurde ihr etwas über Juden erzählt, das ihre Angst schürte. Sie suchte diese Nachrichten nicht, ja, sie ging ihnen womöglich aus dem Weg, aber es geschah einfach zu viel. In der Kielortallee gab es ein Säuglingsheim, das bislang von einem Juden geleitet worden war, Professor Bauer. Der durfte es nicht mehr leiten, weil er Jude war. Und man fragte sich, was aus dem Rosenthal-Stift werden würde. Die Urne im Treppenhaus enthielt die Asche des Stifters Rosenthal. Viele Nichtjüdinnen wohnten in diesem gemischten Stift. Sie waren dankbar für die Unterkunft, das wusste Lysbeth. Sie fragte sich bang, ob bald vielleicht das ganze Stift geschlossen würde? Und dann wurde Dr. Grüneberg, seit Jahrzehnten Kinderarzt am Altonaer Krankenhaus, entlassen. Er war eine berühmte Kapazität, und auch er wurde einfach vor die Tür gesetzt. Was konnte alles passieren, wo würde das Ganze enden?

Der zweite Abend des Luftschutz-Lehrgangs fand im überfüllten Physiksaal im Heinrich-Hertz-Gymnasium statt. Viele Gäste waren gekommen, auch Luise und Cynthia. »Das sind Leute mit Fingerspitzengefühl«, sagte Luise. »Sie verstehen, dass der Wunsch der Regierung Befehl ist, weil man des Auslands wegen nicht befehlen will.« Cynthia pflichtete ihr bei. Auch sie sehe es als ihre nationale Pflicht an, diesen Vorträgen beizuwohnen. Dass sie es im Grunde nur genoss, an fünf aufeinanderfolgenden Abenden Eckhardt zu wichtigen Vorträgen zu begleiten, gestand sie nicht einmal sich selbst in voller Schärfe ein.

Am darauffolgenden Tag ging es in die Feuerwache. Die Nachbarn drückten sich zusammen in einem kalten, dunklen, ungemütlichen Raum mit wenigen Sitzgelegenheiten. Alle waren sehr freundlich zueinander. Das arische Dienstmädchen vertrat das Haus des Malermeisters Levy, der arische Hausmeister die ostgalizische Synagoge. Alle beteuerten einander, dass diese Regelung sehr sinnvoll sei. Zum Schluss wurde im Hof eine brennende Puppe mit Tüchern »gerettet«. Cynthia gruselte sich ein wenig wegen dieses unheimlichen Kerls, der im Dunkel des regenfeuchten, windigen Hofes verbrannt wurde.

Seltsame Dinge geschahen in Hamburg. Der Polizeigeneral Simon, mit dem Jonny gut befreundet war und der auch an Ediths Silvesterfeier teilgenommen hatte, verließ seinen Posten, abgelöst von Polizeigeneral Münchau. Keiner wusste warum. Jonny kannte auch den neuen Polizeigeneral recht gut, aber der ließ keinen Ton verlauten, was hinter den Ereignissen stand. Die monarchistischen Verbände wurden verboten. Zu Beginn des Dritten Reiches hatten Jonny und seine Mutter ebenso wie General von Lettow-Vorbeck und viele andere, die mit ihm im Krieg und danach gekämpft hatten, gehofft, dass nun bald der Kaiser seinen rechtmäßigen Platz als Regent Deutschlands wieder einnehmen würde. Das war nun endgültig vom Tisch. Und es war nicht nur so, dass der

Kaiser im Dritten Reich keine Rolle spielen sollte, von nun an war es sogar gefährlich, ein Anhänger des Kaisertums zu sein.

Alexander, der begeisterte Monarchist, nahm die Nachricht ohne jede Reaktion zur Kenntnis, dann beschäftigte er sich wieder eifrig mit anderen Dingen. Neuerdings machte er sich viele Gedanken darüber, einen Gasschutzkeller ins Haus einzubauen. Käthe erhob Einspruch. »Das ist zu teuer«, sagte sie. »Wir haben Mühe, alle hungrigen Mäuler zu stopfen.« »Aber Käthe«, antwortete er, »wir müssen doch an die Zukunft denken. Wie jetzt Heizung, wird später selbstverständlich ein Gaskeller verlangt werden.« »Aber wir haben nicht einmal Heizung in allen Räumen. Und wenn ich dich daran erinnern darf, deine Geschäfte sind in der letzten Zeit sehr schlecht gelaufen, ich glaube nicht, dass es für eine Heizung reichen wird. Wenn wir die Heizung haben, können wir über einen Gaskeller sprechen.«

»Du wirst noch sehen«, sagte Alexander. In der letzten Zeit war Käthe wieder strenger mit ihm. Sie fand seinen Eintritt in die NSDAP völlig überflüssig. Als sie sich allerdings bei der Tante über Alexanders neue politische Begeisterung beschwert hatte, gab diese zur Antwort: »Je mehr Nazis in diesem Haus wohnen, umso besser, meine liebe Käthe. Du darfst nicht vergessen, hier wohnt auch ein Jude. Und eine Frau, die mit einem Juden verheiratet ist. Rassenschande nennt man das, glaube ich.« Nach diesem Gespräch sagte Käthe kein Wort mehr gegen die Mitgliedschaft ihres Mannes und ihres Sohnes Eckhardt. Und es gab Momente, in denen sie sogar froh darüber war, dass bei ihnen alles geklärt war. In der Kippingstraße zerbrachen sich neuerdings viel zu viele Nachbarn den Kopf darüber, warum Fred Solmitz nicht Parteimitglied, nicht Mitglied der SA, nicht einmal Mitglied im Stahlhelm war. Allein dem Kolonialbund gehörte er an. Das war doch sehr wenig.

Fred Solmitz beschäftigte wirklich viele Menschen. Cynthia versuchte, in Nachbarschaftsgesprächen so viel wie möglich herauszukriegen, aber auf eine seltsame Weise verstummten die Frauen, wenn Cynthia das Gespräch auf die Solmitz brachte. Und die Männer sprachen nicht mit ihr. Eckhardt hatte mit Fred als Luftschutzwart ihres Hauses viel zu tun und sprach neuerdings mit wieder erwachter großer Hochachtung von ihm. Eckhardt war Luftschutzwart, Fred war Blockwart, das war noch eine ganz andere Verantwortung. Die Blockwarte bildeten auch wieder die Luftschutzwarte aus.

Stella verfolgte die ganze Luftschutzgeschichte mit gespannter Aufmerksamkeit. Sie konnte nicht begreifen, dass es keinen Protest dagegen gab. Sahen die Menschen denn nicht, dass hier ein Krieg vorbereitet wurde? Es war doch mit den Händen zu greifen. Aber nein, alle spielten fröhlich mit. In der Wüstenfeldschule wie auch in anderen Schulen machten nicht nur die Kinder Übungen mit der Gasmaske, sondern auch die Eltern wurden bei Schulfesten mit Gasmasken kriechend, laufend, rückwärts, vorwärts und rückwärts durch enge Gänge und Keller geschickt. Alle machten mit, empfanden sogar noch Stolz, wenn sie die Körperertüchtigungsübungen schafften.

Und dann kam die laue Nacht im Juni, da Jonny sich neben die schon schlafende Stella aufs Bett warf und so laut stöhnte, dass sie aufwachte.

»Was ist, Jonny?«, fragte sie alarmiert. Er strömte einen starken Geruch nach Alkohol aus.

»Verdammt, Stella«, stöhnte er wieder. »Ich weiß nicht mehr, was ich tun soll.«

Stella setzte sich im Bett auf, stopfte das Kissen hinter ihren Rücken und sagte: »Hol mir ein Glas Wein und dir am besten auch.« Jonny eilte sofort aus dem Schlafzimmer.

Stella hörte, wie im Salon die Gläser leise klirrten und schon war er zurück. Auf einem Tablett eine Flasche Rotwein und zwei Gläser. Er entkorkte die Flasche, goss die rote Flüssigkeit in die Gläser, reichte eines zu Stella hinüber, schleuderte seine Hausschuhe von den Füßen und schwang sich aufs Bett.

Beide tranken in Ruhe einen Schluck. Stella wartete. Sie wusste, dass sie jetzt nichts sagen durfte. Entweder er wollte sein Herz erleichtern und reden, oder er hatte es sich in den letzten Minuten wieder anders überlegt und würde jetzt nur etwas mit ihr trinken und dann sofort einschlafen.

Aber er wollte sprechen. Er sah sie nicht an, blickte vor sich hin oder ins Glas, während er ihr die ganze üble Geschichte erzählte.

Es hatte mit dem Blockwart Bösche angefangen. Der hatte sich in seiner Not an Jonny gewendet und gefragt, was er denn nun tun solle. Einer aus der Luftwartgruppe, er beginne mit Sch., er wolle keinen

Namen nennen, habe vor den anderen vier gesagt, er wolle mit Fred Solmitz als Blockwart nichts zu tun haben, weil der Jude sei. Bösche wisse, dass Jonny und Fred sich aus dem Krieg kennen würden, deshalb wende er sich an ihn. Was rate er ihm, zu tun?

Jonny hatte gesagt: »Gehen Sie hin zu Major Solmitz und sprechen Sie mit ihm.« Das hatte Bösche getan. Er hatte dort zwei Cognac getrunken, und Fred hatte gesagt: »Es gibt leider nur zwei Möglichkeiten, entweder erkennt Schade mich als Blockwart an, oder ich lege mein Amt nieder.« Bösche hatte schnell noch einen dritten Cognac getrunken, das Ganze war ihm schrecklich unangenehm gewesen. »Hüten Sie sich vor Schade«, hatte er Fred gewarnt, »er ist ein gefährlicher Mensch.«

»Ich kann nur meinen Weg gerade und aufrecht weitergehen«, hatte Fred geantwortet. Und Bösche war daraufhin noch überzeugter, dass Fred Solmitz Blockwart bleiben sollte. Am gleichen Abend noch waren die fünf auserwählten Blockwarte verpflichtet worden und darunter auch Fred Solmitz.

Jonny kannte auch die anderen vier, und er wusste, dass sie Fred für einen der Allerbesten in der Sache des Luftschutzes hielten.

Im Schmuck all seiner Orden und Ehrenzeichen war Fred am folgenden Tag im Nazi-Lokal *Senator* am Schulterblatt eingetroffen, um feierlich ins Amt des Blockwarts eingeführt zu werden. Stäglich, einer der anderen Ausgewählten, hatte alle durch Handschlag zur Wahrung des Amtsgeheimnisses verpflichtet. Peter Schade war nicht erschienen. Die Männer bedachten ihn mit kurzen Charakterisierungen wie Ehrgeizling, Lump, ehrloser Kerl ohne Rückgrat.

Bald danach war Jonny Fred beim Kolonialverein begegnet. Auch dort hatte Fred all seine militärischen Auszeichnungen angelegt. »Es sind nicht wenige«, sagte Jonny. »Er hat wirklich nicht wenig geleistet.«

Stella sah ihn vor ihrem inneren Auge: gerade Haltung, ein markantes Gesicht, scharfe Nase, energisches Kinn, schmaler Mund. Ein nicht besonders großer schmaler Mann, der Deutschland zur Ehre gereichte. Luise zeigte ihren Stolz auf ihn stets ohne jede Zurückhaltung. Stella hatte schon gehört, wie Luise erzählte, unter welchen Umständen sie sich in ihn verliebt hatte. Er war ein so schmucker Pilot gewesen! Der Kaiser hatte seine Staffel besucht und hatte sich lobend geäußert.

»Im Krieg hat Fred im Nachrichtendienst gearbeitet«, fuhr Jonny fort. »Das ist eine gefährliche Tätigkeit. Dabei darf man kein Angsthase sein.«

Stella hatte den Eindruck, dass Fred Solmitz ein guter Ehemann war. Luise wirkte glücklich mit ihm. Beide wirkten, als würden sie einander vertrauen und respektieren. Sie wirkten, als wären sie Freunde, Eltern und auch immer noch Liebende, so wie sie einander oft anschauten. Das war etwas Besonderes. Stella kannte viele Ehen, wo die Frauen nicht glücklich waren. Wo den Männern die Hand ausrutschte, wie sie es nannten, bei ihren Frauen oder bei ihren Kindern. Es gab genügend Ehen, wo die Frau unglücklich war, weil der Mann fremdging, log, trank, seine Frau nicht in seine Gedanken, Gefühle, Belange einbezog. All das schien bei Fred und Luise anders.

»Ich glaube, Luise ist glücklich mit ihrem Mann«, sagte Stella aus ihren Gedanken heraus. Jonny wandte ihr mit einer ruckartigen Bewegung den Kopf zu. »Was redest du da?«, schimpfte er. »Bist du dumm oder was ist los?«

Stella erschrak. Das war der Ton, den sie von Jonny aus Zeiten kannte, da er sie auf diese Weise sehr verletzen konnte. Diesen Ton schlug er ihr gegenüber eigentlich nicht mehr an. Was war geschehen? Ja, er vertraute sich ihr gerade an. Und sie hatte etwas gesagt, das seinen Gedankengang störte. Eine scharfe Entgegnung lag ihr auf der Zunge. Aber dann dachte sie an Angela. Sie trank einen Schluck Wein und sagte: »Du hast recht, darum geht es gerade nicht, aber ich dachte daran, wie Luise über Freds Aktivität beim Kapp-Putsch an Lettow-Vorbecks Seite gesprochen hat. Beide haben nichts mehr gewünscht, als dass endlich der Kaiser zurückkommen und der Republik der Garaus gemacht werden würde.« Stella ließ absichtlich offen, wen sie mit »beide« meinte: Luise und Fred oder Fred und Lettow-Vorbeck. Auch Jonny hatte an Lettow-Vorbecks Seite im Kapp-Putsch gekämpft. Nun hatte sie ihn hoffentlich wieder so weit, dass er fortfahren mochte.

»Ja, sie ist eine gute Frau«, sagte Jonny knapp. »Sie hat Fred unterstützt, wenn er gemeinsam mit anderen der Republik geschadet hat, wo er nur konnte.«

»Worum ging es eigentlich bei diesem Abend im Kolonialbund?«, fragte Stella.

»Es wurde ein Vortrag gehalten über die Beteiligung der Schwarzen im Krieg«, antwortete Jonny. »Was die Schwarzen für uns getan haben. Sie haben gekämpft bis zum letzten Mann. Der Redner erzählte von einem Sultan, der sich vergiftete, weil die Engländer sein Terrain eingenommen hatten. Aber über seiner Hütte flatterten noch die deutschen Farben.«

»Ich erinnere mich«, sagte Jonny, »wie begeistert sich Fred anschließend äußerte. ›Die Taten der Schwarzen sind durch kein Lob abzugelten‹, sagte er in die Runde. Aber darauf entgegnete jemand anders: ›Das steht seltsam im Gegensatz zu dem, was das Strafrecht über Rassenschutz sagt.‹« »Oje«, meinte Stella, »was hat Fred denn darauf geantwortet?« »Er hat geschwiegen«, sagte Jonny. »Ich habe gesagt: ›Vermischung ist ja etwas ganz anderes, das ist ja ganz und gar nicht ratsam, auch was das Wohl der schwarzen Rasse angeht.‹«

Du Heuchler, dachte Stella, du hast die schwarzen Mädchen doch gefickt, wo du nur konntest. Je jünger, umso besser. Aber sie hütete ihre Zunge.

Wie zerrissen muss Luise sich fühlen, dachte sie. Einerseits sind die Nazis doch genau diejenigen, für die sie die ganze Zeit geschwärmt hat. Aber die Judenfrage. Sie muss sich entsetzlich um ihre Tochter ängstigen.

Wäre die Judenangelegenheit nicht, würde sie an erster Stelle für das Dritte Reich kämpfen, so viel stand fest. Doch auch, was Gisela betraf, musste ihr vieles zuwider sein. Neuerdings sollten ja auch die Abiturientinnen heiraten, Mütter werden, möglichst viele Kinder bekommen. Stella entsann sich, wie wütend Käthe einmal vor langer Zeit gewesen war, nachdem sie sich mit Luise unterhalten hatte. Die hatte behauptet, es sei ein Zeichen von Kulturlosigkeit, viele Kinder zu haben. Die Arbeiter konnten sich nicht zügeln und warfen ein Kind nach dem andern in die Welt. Diese Kinder konnten aber wieder nur Arbeiter werden. Ihre Tochter sollte es besser haben. Eine höhere Schule besuchen, die Universität, eine gute Partie machen und einmal nicht mit ihrer Hände Arbeit Geld verdienen müssen. Luise kannte es nicht anders, als dass eine Haushaltshilfe ihrer Großmutter, ihrer Mutter und auch ihr selbst für die tägliche Hausarbeit zur Seite stand. Eine bürgerliche Frau war eine respektable Person, die gesellschaftliche Aufgaben wahrnahm, dem Mann eine gebildete Gesprächspartnerin war, dem Kind eine gute Erziehung bot und für freundschaftlichen und nachbarlichen Kontakt sorgte. Eine gute bürgerliche Frau hatte eine Perspektive, die über das Haus hinausging. Luise war in dieser Hinsicht ganz besonders gebildet, sie war über die aktuelle Politik ständig informiert, sie las englische und französische Zeitungen, sie kannte sich aus in der Welt. Ihre Tochter sollte auf keinen Fall am Herd mit einer Schar Kinder landen. Das kann sie sich jetzt abschminken, dachte Stella und war einen Moment lang schadenfroh. Das legte sich aber schnell, als Jonny weitersprach.

»Peter Schade hetzte weiter gegen Fred, und der legte sein Amt nieder.«

Aber die Männer, die gemeinsam mit Fred Blockwarte geworden waren, wollten, dass Fred Blockwart bleiben sollte. Sie ließen nicht locker und setzten sich durch. Schließlich entschied Obersturmführer Sieber, dass der Major a.D. Solmitz, der im Krieg einige Male versehrt worden war, Blockwart bleiben solle. Fred selber glaubte nicht daran, dass Peter Schade ihn nun in Ruhe lassen würde. »Ihm wurde ein wichtiger Posten übertragen«, sagte Jonny, »das sollte allen zeigen, wie sehr man ihn schätzte. Er sollte nämlich den Entrümpelungstag vorbereiten und durchführen.«

Stella erinnerte sich. Dieser Entrümpelungstag hatte am 15. April stattgefunden und einen starken Volksfestcharakter gehabt. Stella allerdings teilte die Meinung des *Guardian*, dass es darum ging, alle Häuser durchzufilzen und jede illegale Druckerpresse und alle subversiven Zeitungen oder Ähnliches von den Dachböden verschwinden zu lassen. Der Entrümpelungstag war eine große Aufräumaktion, die alles durchsichtig machte.

Es gab niemanden, der sich widersetzte. Alles geschah mit großer Fröhlichkeit. Jeder, der konnte, sollte einem der Entrümpler Mittagessen geben oder sechzig Pfennig stiften. In der Kippingstraße waren Pferdefuhrwerke aufgestellt und in der Koopstraße Kraftwagen. Fred und Luise waren in der Kippingstraße für einen Tag König und Königin gewesen. Fred beköstigte die Helfer in seiner Laube und setzte sie zur Arbeit ein.

Stella und Lysbeth hatten sich sehr über ihn amüsiert, wie er in Majorsart die Leute kommandierte. Auch aus ihrem Haus hatte Eckhardt einiges Gerümpel entfernt. Allerdings hatten Käthe und die Tante bei den meisten Dingen Einspruch eingelegt. »Das brauchen wir noch«, hatten sie gesagt. »Das ist kein Abfall.« In der Kippingstraße fand sich ein beachtlicher Haufen von Gerümpel zusammen. »Das kann sich die Phantasie nicht ausmalen«, hatte sich Cynthia begeistert, die durch die Straßen spaziert war. Es gab einzelne Stücke, Bilder, eine alte Uhr, die die Aufmerksamkeit von Liebhabern fanden, die durch die Straßen strömten. Immer wieder hielt Luise Kinder davon ab, sich irgendetwas anzueignen und mit den Dingen herumzuspielen. Entrümpler zogen mit weißen Damenschirmen der 90er Jahre herum, am Schlump wurde eine große Puppe aus Herrensachen gebaut, eine Sektpulle in der Tasche, die auf einem Polsterstuhl thronte. Luise saß in ihrer Laube, sie war für einen Tag lang Freds Assistentin. Sie verrichtete diesen Dienst mit großem Eifer, sie musste alles für Fred entgegennehmen. Sonne, Blumen, Vögel, rumpelnde Lastwagen mit verkleideten Helfern, die uralte Damen- und Herrenhüte auf dem Kopf trugen, es war wirklich wie ein Volksfest. Und wieder kamen zehn Leute anmarschiert, bauten sich vor dem Haus auf, und Fred befahl Zuckerwasser. So saßen wieder zehn in der Laube. »Was für arme, elende Menschen«, sagte nachher Cynthia, »das glaubt man nicht.« Und wie sie willig die überaus unangenehme und dreckige Arbeit taten! Um sechs Uhr ging Fred zur Schlussversammlung, nachdem ein Trompeter sehr hübsch und rein das Ende verblasen hatte.

Der Entrümpelungsberg von Rothenburgsort, so erzählte Eckhardt anschließend, muss so ungeheuerlich gewesen sein, dass er für zehn Pfennig zu besichtigen war.

»Aber es hätte mir klar sein müssen, dass Fred Solmitz als Blockwart nicht zu halten war«, sagte Jonny. Seine Stimme klang schon etwas schleppend. »Ich hätte meine Bekannten eigentlich von vornherein davor warnen sollen, sich zu sehr einzusetzen. Luise hat am 1. Mai noch, als alle Kneipen und Lokale voll waren, …«

»Ja, auch das war wieder ein Volksfest«, sagte Stella. »Wir haben viele davon in der letzten Zeit.«

Jonny sah sie einen Moment lang irritiert an. Aber Stella lächelte breit. Volksfeste waren nichts Verwerfliches. Und Volksfeste Volksfeste zu nennen ebenfalls nicht.

»Ja, da hat Luise den Stier bei den Hörnern gepackt. Sie hat Obertruppführer im RLB Leutnant Reimann und einen anderen wichtigen Vertreter des Luftschutzbundes zum Mittagessen eingeladen. Obertruppführer Reimann hat es mir hinterher erzählt. Es ist wohl fröhlich bei den Solmitz zugegangen. Abschließend hat Reimann ins Gästebuch der Solmitz eine Roßbach-Losung geschrieben: ›Treu, wahrhaft, wehrhaft!‹ Der andere, ich kenne ihn nicht, Haller heißt er, das Roßbachwort: ›Führen heißt überzeugend zwingen‹.«

»Wer bitte schön ist Roßbach?«, fragte Stella.

»In Roßbachs Händen liegt der Luftschutz«, erklärte Jonny. »Roßbach ist ein bewundernswerter Organisator. Er hat viele junge Menschen um sich gesammelt, begeistert, zusammengehalten und sie für den deutschen Gedanken ihr Bestes einsetzen lassen.«

»Sie haben Fred in die Schule geschickt«, sagte Jonny. »Er sollte ordentlich rangenommen werden und wenn er bestand, sollte er danach im Luftschutz selbst ausbilden können.«

»Was heißt denn: ordentlich rangenommen?«, fragte Stella interessiert.

»Na ja, das war richtiger Unterricht«, erklärte Jonny. »Von morgens acht bis abends acht und länger. An dem Kurs nahmen abkommandierte Studienräte und auch Hitlerjungen teil.«

»Wie einfach heute alles geht«, staunte Stella über die Zusammensetzung.

»Tja«, sagte Jonny nachdenklich. »Vielleicht zu einfach.«

Stella staunte noch mehr. Solche kritischen Töne kannte sie von Jonny nicht.

»Was musste er da tun?«, fragte Stella.

»Der Kurs dauerte drei Tage«, führte Jonny aus, als wäre er selbst dabei gewesen. Stella staunte schon wieder. Er bekam offenbar vieles mitgeteilt, was ihn eigentlich nichts anging. Aber wenn er sich dafür interessierte, was jemand tat, erfuhr er es immer ohne Probleme. Es war ihr etwas unheimlich. Was erfuhr er alles über sie? Über die Tante? Gar über Angela?

Nein, beruhigte sie sich. Die Leute, die ihn informierten, hatten Kontakte. Die Tante, Angela, Stellas Leben in London, da gab es keine Kontakte zu Jonny. Wenn die Tante aufflog, kam sie ins Gefängnis. Das Gleiche galt für Angela. Und Stella hatte keinen Hehl daraus gemacht, dass sie einen anderen Mann liebte und sich am liebsten von Jonny trennen wollte. Wie weit ihr Abscheu gegen die Nazis ging, das konnte er nicht ahnen. Das konnten ihm nur Menschen erzählen, die Stella liebten.

»Am ersten Tag musste Fred einen Aufsatz schreiben«, erzählte Jonny lächelnd. »Über die Hausfeuerwehr. Ich glaube, der ganze Kurs hat ihm großen Spaß gemacht, er hat mir selbst davon erzählt. Die jungen Leute, die seine Vorgesetzten waren, behandelten Fred als Major a.D. mit großer Wertschätzung. Das hat ihm die harte Ausbildung erleichtert.«

»Hart?«, fragte Stella amüsiert. »Einen Aufsatz schreiben?«

»Ich glaube, dass der zweite Tag stramm war. Marsch durch Straßen, Stafetten laufen, singen – alles unter der Gasmaske. Giftgase riechen. Von morgens acht bis abends zehn Uhr. Dann sollte die Freizeitgestaltung besprochen werden, es ging um die ›Entspießung‹ des Volkes.«

Stella guckte groß. Für sie war Luise der Inbegriff der ordentlichen deutschen Spießerin, und sie meinte, Luise so verstanden zu haben, dass sie darauf stolz war.

»Am dritten Tag habe ich Fred abends getroffen«, sagte Jonny. »Er war ziemlich mitgenommen. Einer der Lehrgangsteilnehmer, ein älterer Herr, hatte in Flammen gestanden. Hinter seiner Gasmaske hatte er nichts gemerkt. Ein Studienrat hatte, da kein Tuch da war, kurz entschlossen mit der Schaufel derbe auf ihn eingeschlagen und so den Brand erstickt. Danach hatte der ältere Mann allerdings eine Brandwunde auf der Brust.

Nach der schriftlichen Prüfung bekam Fred die Bescheinigung, dass er ausbilden dürfe. Aber dann, Ende Mai, erlebte Fred eine beschämende Niederlage, und die wurde über irgendwelche seltsamen Kanäle auch sofort weiterberichtet.«

»Wie kommt dieses Weiterberichten eigentlich zustande?«, fragte Stella. »Du erzählst mir doch gerade ganz viel, was dir irgendwie berichtet worden ist. Ich verstehe das nicht.«

»Musst du auch nicht«, entgegnete Jonny schroff. »Wir leben nun mal in einer Zeit, wo einer auf den anderen achtet, und es ist ja auch gut, wenn Nachbarn einander nicht gleichgültig sind und ehemalige Kameraden sich füreinander interessieren und nacheinander fragen.«

»Du hast recht«, sagte Stella sanft, »erstens muss ich nicht alles verstehen, und zweitens ist Interesse und Fürsorge aneinander und miteinander für alle nur von Vorteil.«

Was sie dachte, war: Ihr übt euch seit Jahren im Bespitzeln und Betrügen und Aushorchen und Hintergehen, und jetzt sind nicht nur die Speicher und Böden und Keller durchsichtig geworden, am liebsten wollt ihr auch noch die Köpfe durchsichtig machen, auf jeden Fall die Stammbäume.

»Wo hat Fred sich blamiert?«, fragte sie und rüttelte Jonny damit auf. Beinahe wäre er eingeschlafen.

»Ach ja«, sagte er und strich sich über die Augen. »Wieder einmal wurde ein Gas-Hindernis-Kriechen veranstaltet. Fred hatte die Gasmaske auf und sollte im Dunkeln durch einen engen Gang kriechen, der um Ecken ging und wo unsichtbare Hindernisse aufgebaut waren. Das Schlimmste aber war, dass der Gang voller Tränengas war. Fred machte diese Übung gemeinsam mit zehn anderen, alle Schulmeister. Er bekam Herzrasen, Beklemmungen, Angst. Er riss sich die Gasmaske vom Gesicht und stürmte unter Husten und Würgen aus dem Gang hinaus. Als er draußen war, hat er sich bestimmt entsetzlich geschämt. Ich kenne doch Fred.«

Stella sah vor ihrem inneren Auge Fred Solmitz, wie er hustete und würgte und gleichzeitig versuchte, seine militärisch imponierende Haltung zu wahren. Sie sah Luise, wie sie am Entrümpelungstag eifrig den Kommandos ihres Mannes gehorchte. Und sie sah die kleine Gisela, die sich in den letzten Monaten zu einem übereifrigen Mädel von der Hitlerjugend entwickelt hatte. Sie gehörte jetzt dem BdM an. Das war Juden oder Halbjuden verboten. Wie war sie bloß da reingekommen? »Wir sind die Avantgarde des Nationalsozialismus!«, hatte Gisela zum Beispiel stolz vor ein paar Tagen verkündet, als Stella ihr vor dem Haus begegnet war.

Stella merkte auf. Jonny atmete anders, ruhiger, lauter. Er schlief ein. Das wollte sie aber nicht. Er sollte die Geschichte so zu Ende erzählen, dass sie seine Sorgen begriff. »He, Jonny«, rief sie und rüttelte ihn leicht. »Was hat dich denn nun so sehr besorgt? Ich habe es noch nicht richtig begriffen.«

Jonny schreckte auf. »Was?«, fragte er erschrocken. Beinahe hätte Stella Mitleid bekommen, aber die Anwandlung verflog schnell.

»Du warst noch nicht fertig«, sagte sie ruhig, aber bestimmt. »Du wolltest mir etwas Wichtiges erzählen. Über Fred Solmitz.«

»Das ist schnell zu Ende erzählt«, murmelte Jonny. »Es gab hinter den Kulissen ein ständiges Hin und Her. Mal wurde gesagt, dass Fred Blockwart bleiben kann, dann wieder nicht. Meinen Bekannten war das Ganze furchtbar peinlich.

Es gab dann einen Abend der Besprechung der Unterführer bei Arlt. Da platzte dann alles, weil Fred Herrn Arlt direkt fragte, was los sei. Herr Arlt sagte: ›Ich würde an Ihrer Stelle Schluss machen. Jetzt sage ich es auch.‹ Arlt hatte keine Lust mehr, sich wegen dieses Juden ins Kreuzfeuer der Diffamierungen zu stellen. Ihm wäre wahrscheinlich am liebsten gewesen, wenn Fred sofort gegangen wäre, aber Fred blieb. Den ganzen Abend nahm er an der Besprechung teil, als gehöre er nach wie vor dazu. Am nächsten Morgen schrieb er seinen Entlassungsbeschluss an den RLB.

Jetzt ist er draußen«, sagte Jonny. »Eckhardt wird es bestimmt bald erzählen.«

Stella wehrte sich nicht länger gegen ihr warmes Gefühl für Jonny. »Und was macht dir daran Sorgen?«, fragte sie ihn direkt.

»Fred Solmitz ist ein sehr guter Soldat, und er war ein hervorragender Flieger«, sagte Jonny, nun schon mit sehr schleppender Stimme, entweder vor Müdigkeit oder wegen des Weins. »Es besorgt mich, wenn solche Leute aus der Gemeinschaft ausgeschlossen werden. Und das wird er. Bald gehört er nirgends mehr dazu. Das tut mir leid, auch für Luise. Am liebsten würde ich sie jetzt zu uns zum Essen einladen oder so. Aber ...«

Er ließ das »Aber« im Raum hängen und schlief ein.

Stella wusste, dass sie ihn jetzt nicht wecken durfte. Das »Aber« wollte er nicht ausführen. Das »Aber« enthielt zu viel: Nicht zuletzt Edith, aber auch alles andere. Jonnys ganzes Leben.

»Aber«, sang sie leise. »Aber, aber, aber.«

Sie zog die Bettdecke über Jonny und löschte das Licht.

Wie der Zufall es so wollte, sah Stella am 25. Juni ihre Nachbarin Luise Solmitz, als diese der Göringrede vor dem Großlautsprecher lauschte. Stella wollte auf sie zugehen, aber in diesem Augenblick verzog Luise angewidert den Mund. Göring hatte gerade verkündet: »Die deutsche Jugend ist das kostbarste Gut, und dieses kostbarste Gut ist uns von Gott anvertraut, uns allein.« Stella sah Luise deren Gefühle an. Ein Kind ist der Mutter, den Eltern anvertraut, stand in Luises Gesicht geschrieben. Im nächsten Augenblick aber machte sie schon wieder ein ebenso gleichmütiges Gesicht wie die meisten Menschen, die um sie herum standen.

Stella dachte daran, dass Dritter mit dem Papagei, den Jonny von seiner letzten Reise mitgebracht hatte, die Worte einübte: »Ich bin arisch.« Wenn Luise davon hört, wird sie glauben, dass die ganze Familie Wolkenrath eingefleischte Nazis sind, überlegte sie. Sie wird sich ganz sicher niemandem von uns in ihrer Not anvertrauen. Sie entfernte sich von den Großlautsprechern und von Luise Solmitz, die Stella nicht bemerkt hatte.

Aaron freute sich immer, wenn er von Machtkämpfen im RLB oder im Stahlhelm oder in der SA hörte. Mit all diesen männlichen Revierkämpfen hatte er nichts zu tun. Für ihn stand nichts auf dem Spiel, so zumindest nahm er es wahr. Das deutsche Volk, ob arische oder jüdische Rasse, SA, Stahlhelm, Blockwartwesen, all das war nicht seine Welt. Die sah vollkommen anders aus. Zu seiner Welt gehörten Lysbeth, seine Patienten, die Frauen aus Lysbeths Familie, die Stadt Hamburg, die er liebte. Oft spazierte oder radelte er mit Lysbeth durch das alte Hamburg, begeisterte sich für schöne Häuser, zum Beispiel in der Katharinenstraße. Hier brach Lysbeth in Entzücken aus und rief: »Was für Spitzweg-Wohnungen neben den Tauen der alten Winde, und wie hoch das Haus, wie schön mitten im Haus das alte, breite Geländer! Und schau, Aaron, das Portal von Nr. 38! Es ist wunderschön, wie es von Säulen getragen wird!« Aaron entgegnete lächelnd: »Aber leider sehen die aus, als wäre ihre Lebensdauer sehr begrenzt.«

Alle waren sich darin einig, dass es ein Jammer war, wie wenig Hamburg für seine alten Häuser tat. Kaum einer kümmerte sich um den Reichtum an alten Bauten. Aber Aaron würdigte sogar auch, dass in der Hansestadt einiges schöner geworden war, seit die Nazis regierten, so zum Beispiel *Planten un Blomen*, der große botanische Garten.

»Ich kenne einen neuen Witz«, sagte Stella, als Aaron und Lysbeth nach Hause kamen. Aaron liebte Witze, und in diesem Augenblick wünschte er sich nichts mehr, als zu lachen. »Schieß los«, forderte er Stella auf, während sie die Treppen von der Haustür hinunter zu ihrem Zimmer gingen. »Eine neue Zeitschrift von glänzendem Erfolg: die Schnauze. Sechzig Millionen halten sie schon.«

»Niedlich«, kommentierte Lysbeth. Aber lachen konnte sie nicht. Sie konnte auch nicht lachen, als Stella erzählte, dass ein Motorradfahrer freigesprochen worden war, der, um einer marschierenden Abteilung auszuweichen, einen Menschen totgefahren hatte. Er verteidigte sich damit, dass er den Arm zum deutschen Gruß hatte erheben müssen und dadurch die Gewalt über sein Rad verloren habe. Aaron aber lachte. »Die Welt ist einfach verrückt geworden«, sagte er. Und in seiner Stimme schwangen genau die Gefühle mit, die er zur Zeit empfand: Verachtung der Nazipolitik, Stolz, weil er nicht dazugehörte und Traurigkeit wegen der ganzen Entwicklung.

Dass er seine Praxis verloren hatte, bedeutete Aaron nichts, er war nicht an Besitz interessiert. Dass die Kasse ihn nicht mehr bezahlte, empfand er geradezu als Erleichterung, weil er so die lästigen Abrechnungen nicht mehr machen musste. Er hatte zwei Dinge verloren, die ihn schmerzten: Der Tango, der neuerdings getanzt wurde, hatte mit dem Tango, den Aaron liebte, nichts, aber auch gar nichts gemein, außer vielleicht den Rhythmus. Der deutsche Tango war schmissig, militärisch, zackig. Aaron fand es lächerlich, wie Mann und Frau die Köpfe herumrissen, wenn sie die Richtung wechselten, wie fest abgezirkelte Schritte durch den Raum gestampft wurden und wie die Frau ihre Hand vom Arm des Mannes abklappte. »Ich habe zwar mit einem Besenstil geübt, Tango zu tanzen«, sagte er spöttisch, wenn er den deutschen Tango kommentierte, »die aber tanzen wie Marionetten, die aus Besenstielen zusammengesetzt sind. Lächerlich.«

Der zweite Verlust betraf Aarons Eltern. Er hatte sich vorher keine Sorgen um sie gemacht. Sie führten ihr Leben in Oberhausen. Der Vater hatte einen kleinen Schuppen in einem Schrebergarten, wo er seine Tauben hielt, die er liebte, denen er Namen gegeben hatte und mit denen er an Wettbewerben teilnahm. Seine Mutter hatte ein Häkelkränzchen mit anderen Nachbarinnen. Sie waren stolz auf ihren Sohn gewesen und hatten den Verlust der Tochter im Laufe der Jahre verschmerzt. Seit dem 30. Januar 1933 allerdings war Aarons Ruhe wegen seiner Eltern dahin. Sie hatten sich noch nie lange Briefe geschrieben, oft hatte er wochenlang nichts von ihnen gehört. Jetzt aber wurde er unruhig, wenn er nicht regelmäßig eine Karte bekam. Und ihnen ging es offenbar ebenso. Also gingen wöchentlich Postkarten hin und her. Auf diesen Postkarten standen die ödesten Belanglosigkeiten. Wetter gut oder schlecht. Gesundheit gut. Höchstens mal Zwicken im Bein, gestanden die Eltern. Ansonsten war alles immer nur gut.

Aaron wusste nicht, was er davon halten sollte. Sicher, Oberhausen war eine Arbeiterstadt, und unter den Arbeitern galten andere Regeln als unter den Bürgern, die in der Kippingstraße wohnten. Arbeiter und insbesondere diejenigen, die in Gruben einfuhren, wussten, dass sie ohne Solidarität, ohne Zusammenhalt, verloren waren, die schlossen so schnell keinen aus. Aber auch dort gab es Blockwarte, auch dort gab es SA und SS und alles, was dazugehörte, zum Beispiel Denunziation. Auch in Oberhausen war gleichgeschaltet worden, denn Oberhausen lag schließlich in Deutschland. Wie war mit dem Taubenzüchterverein verfahren worden, fragte Aaron sich. War er aufgelöst, der SA angeschlossen, in die Nazi-Turnerschaft überführt? Die Eltern verloren darüber keinen Ton. Wenn Aaron fragte, wie es den Tauben gehe, antwortete der Vater anfangs mit »gut«. In der letzten Karte allerdings schrieb er: »Du fragst nach den Tauben. Es geht ihnen den Umständen entsprechend gut.« Das war neu.

Aaron verlor seine Ruhe, was seine Eltern betraf. Und dieser Verlust wog schwerer als der, mit Lysbeth in einem schummrigen Tanzlokal so Tango zu tanzen, dass beide den Alltag vergaßen und nur noch einander spürten. Das konnte auch auf andere Weise geschehen. Die Beunruhigung wegen der Eltern konnte durch nichts anderes aufgehoben werden.

Ins neue Strafrecht wurde der Schutz der Rasse aufgenommen. Nun galt das Blutsrecht. Der Rassenvermischung sollte Einhalt geboten werden. Juden, Neger und sonstige Farbige sollten in das deutsche Blut nicht aufgenommen werden. Die Schließung von Mischehen wurde verboten. Die Juden seien keine Rasse, so wurde gesagt, sondern ein großes Rassengemisch, das durch jahrhundertelange Inzucht zur Blutsgemeinschaft geworden sei. Der Begriff Rassenverrat betraf die geschlechtliche Vermischung zwischen Deutschen und Fremdrassigen. Nach dem neuen Strafrecht sollte auch die Verletzung der Rassenehre unter Strafe gestellt werden. Darunter wurde zum Beispiel verstanden, wenn deutsche Frauen sich »in schamloser Weise mit Negern« abgaben.

Nach dieser Änderung des Strafrechts wurde Aaron nachdenklicher, was die Gefahren für Juden durch den neuen Staat betraf. Und einige

Tage später sagte er zu Lysbeth: »Ich möchte nach Oberhausen fahren, meine Eltern besuchen.«

Lysbeth sagte sofort: »Ich komme mit.«

Aaron zögerte, dann gestand er geradeheraus: »Ich möchte das nicht, Lysbeth. Das ist eine jüdische Angelegenheit. Du hast schon deine schützende Hand über mich gehalten, ich habe bis jetzt nicht begriffen, in welche Gefahr du dich damit gebracht hast. Ich will meine Eltern erleben, ohne dass ...«, er lächelte, es sollte spöttisch aussehen, aber es wirkte kläglich, »... ohne dass eine Arierin das Bild verfälscht.«

Lysbeth war verletzt. Sie fühlte sich von Aaron ausgegrenzt. Tat er nicht das Gleiche wie die Nazis? Nur andersherum?

»Bald wirst du dich noch scheiden lassen, weil ich Arierin bin«, sagte sie schnippisch, drehte sich auf den Füßen um, als würde sie tanzen und entfernte sich in Windeseile. Aaron blieb allein zurück, mit hängenden Armen. Scheidung einreichen, dachte er. Warum nicht, liebes Lieschen. Sie werden dich dazu treiben. Und bevor du ein Leben in Not und Gefahr führst, reiche ich lieber selbst die Scheidung ein.

Am letzten Abend des Juni, es war herrlich warm, hielten sich alle Nachbarn in ihren Gärten auf, auch die Wolkenraths. Die Frauen und Eckhardt saßen hinter dem Haus um einen großen Tisch, tranken Tee, streichelten die Hunde und sprachen über dies und das. In diesem Augenblick stürmte Dritter aus dem Haus und sagte leise: »Leute, etwas sehr Seltsames ist geschehen.« Alle wandten ihm ihre Gesichter zu. Dritter sah bleich aus. Jetzt kam auch Alexander hinter ihm her in den Garten. »Sprich leise«, sagte er zu seinem Sohn. »Was ist los?«, fragte Käthe beunruhigt.

»Röhm ist aus Partei und SA ausgestoßen. Wegen schwerster Verfehlungen. Verfügung des Führers«, stieß Dritter hervor.

»Das war ja zu erwarten«, sagte die Tante trocken. »Seit er am 8. Juni angeblich aus Gesundheitsgründen beurlaubt wurde, habe ich damit gerechnet. Was soll die Aufregung?«

»Endlich ist der Schmutzling aus dem Verkehr gezogen«, sagte Cynthia.

»Wieso Schmutzling?«, fragte Stella.

Cynthia musterte sie misstrauisch. Bist du so blöd oder tust du nur so, diese Frage stand ihr im Gesicht geschrieben. »Nun ja«, sagte sie schnippisch, »es weiß doch jeder, dass Röhm sich mit Lustknaben die Zeit vertreibt.«

»Oh«, sagte Stella, »was für ein Schmutzling!«

Ihr Gesicht gab nicht den geringsten Anlass anzunehmen, sie würde Cynthia veralbern. Eckhardt erhob sich. »Ich möchte ein Bier«, sagte er. »Noch jemand?«

Dritter und Alexander hoben die Hand. Fort war Eckhardt, im Haus verschwunden.

»Nein«, sagte Alexander, »es ist nicht wegen sittlicher Verfehlungen. Anscheinend hat es einen Putsch gegeben. Oder sollte zumindest. Obergruppenführer Lutze ist der neue Stabschef.«

Dritter sagte leise: »Ich hab gehört, dass Röhm tot ist, er hat sich erschossen. Er hat Landesverrat begehen wollen, zusammen mit General Schleicher. Der und seine dazwischentretende Frau sind in ihrer Wohnung erschossen worden, in Berlin.«

Eckhardt trat wieder aus dem Haus. »Leute, es ist gleich zehn Uhr. Kommt rein, Jonny ist schon oben, er hat den Rundfunk an.«

Alle griffen nach ihren Tassen oder Gläsern und hasteten die Treppe hoch ins Wohnzimmer. Jonny stand neben dem Rundfunkgerät. Er sah sehr bleich aus. »Mein Gott, was für ein Abend«, murmelte Stella.

Da wurde es bekanntgegeben: Schleicher und sieben SA-Führer waren erschossen worden. Der Führer selbst hatte zwei von ihnen verhaftet, Obergruppenführer Edmund Heines aus Schlesien und eben SA-Stabschef Ernst Röhm. Es gab kein Verfahren, kein Standrecht, die sieben Verräter fielen schon am Vormittag, und auf Stichwort hatte Göring in Berlin die Falle zuschnappen lassen. Schleicher saß drin.

»Da zeigt es sich ja wieder, nomen est omen«, sagte Cynthia. Ihre Wangen glühten. Hier geschah etwas, das sie ungemein erregte. Lustknaben, Hinterhalt und Hitler als ganzer Mann, der den ganzen Sündenpfuhl aushob. Menschen, die sich in Abenteuer begaben, ob politisch oder sexuell, kamen unweigerlich irgendwann zu Fall.

Ob es sonst noch Tote gegeben hatte, war nicht ersichtlich. Als die Nachrichten zu Ende waren, sprachen alle durcheinander.

»Und Röhm?«

»Welches ist die ›fremde Macht‹ im Spiel? Russland?«

»Aber die Hochverräter heißen Reaktionäre.«

»Die Tschechei?«

»Und wer ist die von Hitler schärfstens abgelehnte, in Berlin bekannte, obskure Persönlichkeit?«

»Strasser?«

»Ja, der Kronprinz?«

»Lasst uns zum Schulterblatt gehen«, schlug Dritter vor. »Da erfährt man bestimmt mehr.«

»Was sollen die denn mehr wissen als wir?«, widersprach Jonny scharf. Man sah ihm an, dass er zutiefst erschüttert war. Seine übliche Selbstsicherheit hatte ihn vollkommen verlassen. Bleich und nervös saß er auf dem Sessel, ein Bild des Jammers. Nein, er hatte nichts gewusst, so viel stand fest. Und es verunsicherte ihn zutiefst, dass er mit den einflussreichsten und bedeutendsten Persönlichkeiten verkehrte und eine so einschneidende Aktion nicht in der winzigsten Andeutung erfahren hatte.

In diesem Augenblick stürmten Lysbeth und Aaron ins Zimmer. »Was ist bloß los?«, rief Lysbeth. »Auf den Straßen rennen die Leute herum und reden laut und aufgeregt. Wildfremde Menschen haben uns angesprochen. Was wir von der Sache halten? Was für eine Sache? Was ist geschehen?«

Aaron grinste. »Lysbeth hat ein Paar gefragt, ob Hitler den Krieg erklärt hat. Ihr hättet mal deren Gesichter sehen sollen. So viel wissen wir also schon: Es ist kein Krieg ausgebrochen.«

Wieder sprachen alle durcheinander, bis Alexander endlich seine Stimme erhob und die beiden aufklärte. »Oje«, sagte Lysbeth. Und sie war die Erste, die sich direkt an Jonny wendete. »Was wird das für Konsequenzen für euch andere haben?«, fragte sie geradeheraus. »Und für Johann? Er ist doch bis jetzt Röhm brav gefolgt.«

Jonny nickte nachdenklich mit dem Kopf. »Ich weiß es nicht, Lysbeth. Ehrlich gesagt, ich kenne das Ausmaß nicht.«

Aaron sah ihn mitfühlend an, Lysbeth und Stella ebenso. Stella wunderte sich über die Wärme, die sie für ihn in diesem Augenblick empfand.

Da begann Cynthia zu schwärmen: »Was der Führer in München geleistet hat an persönlichem Mut, an Entschluss- und Schlagkraft, das ist einzigartig. Ich muss an Friedrich den Großen denken, der im Schloss Lissa unter die österreichischen Offiziere fiel oder an Napoleon nach seiner Landung von Elba, wie beide nur mit dem Einsatz ihres ganzen

Ich, mit ihrem überlegenen Mannestum eine Gefahr bannten, die ins Riesenhafte ging. Nicht, dass Hitler seine Widersacher schlug, nein, dass er es mit dem Einsatz seiner Persönlichkeit tat, das ist es. Er hätte Polizei, Reichswehr, SA aufbieten können, er begnügte sich mit Goebbels, ein paar Getreuen und seiner ständigen SS-Begleitung, und er wartet nicht ab, er handelt selbst und gleich. Die ganze Besichtigung der westlichen Arbeitslager durch den Führer ist nur Verschleierung gewesen, nur Warten. Was für Nerven gehören dazu, solches zu planen, freundlich die Arbeitsplätze anzusehen, zu den Leuten sprechen, den Begeisterungssturm über sich ergehen lassen und zu wissen, es sind Verräter am Werk, du musst, du willst und du wirst zuschlagen. Mitten aus dem Zauber einer Sommernacht am Rhein von Bonn nachts um zwei Uhr abgeflogen, um vier Uhr München, im Innenministerium dann Schneidhuber und andern die Ehrenzeichen der SA abgerissen, raus in das Lasternest Röhms in Wiessee, Ankunft sechs Uhr; die Stabswache Röhms, die um acht Uhr ankam, zurückgeschickt, sie war überrumpelt, brach in dreifaches ›Heil‹ aus, dann die Wagen der SA-Führer, die von Röhm nach Wiessee befohlen waren, abgefangen, Unschuldige aufgeklärt, Schuldige dingfest gemacht, und am Nachmittag waren sieben abgetan. München und Pommern, einst Hitlers Hochburgen, während die frühere rote Hochburg Hamburg ganz ruhig geblieben ist.«

Sie hatte einen richtigen Vortrag gehalten. Alle blickten verblüfft.

»Wollen wir nicht vielleicht doch zum Schulterblatt gehen?«, schlug Eckhardt kläglich vor. Cynthia war sofort dafür. Aufgeregt sprang sie auf. »Los, Leute, los, los. Da ist bestimmt eine Menge los!«

Aber sie war die Einzige, die sich Eckhardt anschloss. Alle anderen hatten anderes vor. Lysbeth und Aaron wollten ins Bett gehen, die Tante ebenso, und auch Käthe sagte, sie sei müde. Stella und Dritter entschieden sich, noch einen Spaziergang mit den Hunden zu unternehmen. Jonny und Alexander wollten vor dem Radio bleiben.

Die Straßen waren belebt wie bei einem Volksfest. Überall standen Gruppen herum und diskutierten laut. Stella und Dritter schlugen einen schnellen Schritt an. Beide hingen ihren Gedanken nach. »Komische Zeiten«, sagte Dritter irgendwann, »man kann schnell aufsteigen und König werden, Nazikönig, aber man kann auch ebenso schnell fallen. Und dann ist man tot.«

Stella nickte. »Du bist gerade dabei aufzusteigen, oder?«, fragte sie.

»So häufig, wie du dir in der letzten Zeit Geld leihst, kommt es mir vor, als würdest du Geschäfte machen wie in der Inflationszeit.«

»Stimmt«, antwortete Dritter. »Du kannst im Augenblick einiges an Werten schaffen, wenn du mit Juden handelst. Sie brauchen Geld.«

Über Stellas Rücken lief eine Gänsehaut. So war ihr Bruder. Sie liebte ihn trotzdem. »Pass auf dich auf, Dritter«, murmelte sie und legte ihre Hand auf seinen Arm. Er grinste sie an. »Süße kleine Maus«, sang er und drückte ihr einen Kuss auf die Wange. »Keine Sorge.«

»Pass auch wegen Greta auf dich auf«, fügte Stella schnell hinzu. Sie wusste, dass Jonny zu allem in der Lage war. Besser, man wurde nicht sein Feind.

»Ach, weißt du«, sagte Dritter leichthin, »da brauch ich nicht aufpassen. Die Verhältnisse sind klar: Wenn er da ist, ist sie Seine. Wenn er nicht da ist, ist sie Meine.« Wieder lief eine Gänsehaut über Stellas Rücken.

Hitler gab am gleichen Abend noch zwölf Richtlinien für die SA heraus, sie sollte sich der Einfachheit befleißigen, die Autos beiseitelassen, nicht Anstoß bei der Bevölkerung erregen, nicht schlemmen, usw.

Jonny hing vor dem Radio. Hitler hatte das Stabshauptquartier in Berlin aufgelöst. Angeblich hätten sie monatlich dreißigtausend Reichsmark für Festessen und Völlereien ausgegeben. Die Münchener SA war auf die Straße geführt worden unter der Parole: »Der Führer ist gegen uns, die Reichswehr ist gegen uns. SA, heraus auf die Straße.« Der bayerische Innenminister Wagner hatte sie nach Haus geschickt und Schneidhuber und Schmid den Befehl entzogen.

Stella legte sich ins Bett und dachte nach. Wenn so etwas aus welchem Grund auch immer Jonny passieren würde, dann hätte Lysbeth wegen Aaron ein Problem mehr. Sie beruhigte sich schnell bei dem Gedanken. Dann gehen wir eben gemeinsam nach England, dachte sie. Eigentlich wunderbar.

Jonny kam erst nach Mitternacht ins Schlafzimmer. Er wälzte sich die ganze Nacht. Am nächsten Morgen stand er früh auf und verschwand.

Der 1. Juli war ein strahlender Sommertag. Von der brodelnden Erregung der vergangenen Nacht war auf den Straßen nichts mehr zu spüren. In den Zeitungen stand alles schwarz auf weiß zu lesen. Den

Schilderungen der Augenzeugen war viel Raum gegeben. Die zwölf Forderungen Hitlers an die SA wurden in der gleichen Ausgabe veröffentlicht.

In den Zeitungen wurde auch verkündet, dass dem ehemaligen Stabschef Röhm Gelegenheit gegeben worden war, durch Selbstmord die Konsequenzen aus seinem verräterischen Handeln zu ziehen. Er tat das nicht und wurde daraufhin erschossen.

»Nicht schade drum«, meinte Cynthia. Seine Briefe von 1928, die veröffentlicht worden waren, empfand sie als einen Abgrund von Schamlosigkeit und ekelerregender Gemeinheit und Schande. Nun mussten die Ehrendolche mit Röhms Widmung abgeliefert oder abgeschliffen, seine Bilder vernichtet werden, so war verfügt worden.

Jonny beruhigte sich schnell wieder. Er hatte nicht lang gebraucht, um zu begreifen, worum es Hitler wirklich gegangen war: Ihm war die SA zu eigenständig und zu mächtig geworden. Jonny teilte diese Einschätzung sogar. Er selbst hatte nie der SA angehört, das Ganze betraf ihn also nur am Rande. Es dauerte nicht lang, und er erzählte schneidig die ganze Geschichte des versuchten Komplotts gegen Hitler. Und auch Johann donnerte nach kurzer Irritation überzeugter denn je »Sieg Heil!«.

Am 2. Juli beantragte Dritter seine Mitgliedschaft in der NSDAP. Nun waren also alle Männer im Haus der Wolkenraths eingeschriebene Nazis. Ihr Papagei sagte: »Ich bin arisch«, was alle zum Lachen brachte. Cynthia gehörte der NS-Frauenschaft an. Und die Tante sagte zu Stella: »Ich glaube, du solltest der Frauenschaft auch beitreten.« Stella war damit beschäftigt, Informationen zu sammeln, die sie in Geheimschrift auf die Rückseite von Briefen schrieb, die sie Anthony regelmäßig zukommen ließ. Lysbeth erzählte ihr, was sie hörte, von *Blohm & Voss* zum Beispiel, wo eindeutig auf Rüstungsproduktion umgestellt worden war. Aber auch vom Widerstand unter den Werftarbeitern oder der Stimmung in anderen Betrieben.

Was in den Zeitungen stand, brauchte sie nicht zu schreiben, das wusste Anthony sowieso. Was allerdings in keinem Brief stand, stehen durfte, war ihre Frage nach Angela. Trotzdem wusste sie, dass Angela neuerdings damit beschäftigt war, Menschen, die kurz vor der Verhaftung standen, aus Deutschland herauszubringen. Und nun sollte sie selbst zur NS-Frauenschaft?« »Was soll ich da?«, fragte sie konsterniert. »Eintöpfe kochen? Socken stricken?«

»Du sollst deinen guten Willen zeigen«, antwortete die Tante trocken. »Du hast wohl noch nie etwas von Beefsteaks gehört, oder?«

»Beefsteaks? Tante, du redest wirr.«

»Ja, außen braun, innen rot. Es gibt einige, die Mitglied in der NSDAP geworden sind, mein Kind, und die aber trotzdem ihre ehemaligen Genossen in den Betrieben unterstützen. Du könntest ein Beefsteak in der Frauenschaft werden.«

»Ich bin schon im Windhundverein. Und ich bin Jonnys Frau. Noch mehr einquetschen lassen will ich mich nicht. Tut mir leid, Tantchen.«

Aaron behielt recht. Ihr Leben wurde leichter, seit sie aus der Praxis ausgezogen waren. Gemeinsam radelten sie nun von Patient zu Patient. Der Arztkoffer war um einige Instrumente voller, auch Lysbeth führte nun einen solchen Koffer mit sich. Sie waren nicht nur zum Grindel um die Synagogen herum unterwegs. Einige der Patienten Aarons wohnten in herrschaftlichen Villen nahe der Alster. Zwei seiner Patienten wohnten auch an der Elbchaussee. Sie waren über Lydia zu ihm gekommen. Bei diesen Leuten wurde Aaron nach der Behandlung zu einem Glas Wein oder Cognac in die Bibliothek eingeladen, und Lysbeth trank mit der Frau des Hauses im Salon einen Tee oder Kaffee. Es waren gebildete Menschen, die einen großen Einfluss hatten. Sie besaßen viele arische Freunde, Wissenschaftler, Ärzte, Kaufleute, und sie waren vollkommen davon überzeugt, dass Hitler nicht wagen würde, die Juden aus dem wissenschaftlichen, kulturellen, ökonomischen Leben auszuschalten.

Seltsamerweise waren manche der Frauen anderer Meinung. Sie erkundigten sich nach den armen Familien, wo die Männer jetzt arbeitslos geworden waren. Sie steckten Lysbeth Geld zu und Lebensmittel und baten sie, den Ärmsten davon zu geben.

Manche der jüdischen Ehefrauen aber waren nichts weiter als hübsche zarte Wesen, teuer gekleidet, elegant frisiert, die sich ausschließlich Gedanken über die neueste Mode und den neuesten Klatsch machten. Wenn sie in solchen Haushalten gewesen war, stritt Lysbeth anschließend mit Aaron. Sie konnte es nicht fassen, wie ignorant diese doch klugen und einflussreichen Männer ihre Frauen ließen.

So auch heute. »Als lebten sie auf dem Mond«, schimpfte Lysbeth.

»Dabei werden Juden beschimpft, verunglimpft, entlassen, aus der deutschen Gesellschaft rausgeworfen, ihre Bücher werden verbrannt, ihre Geschäfte geschlossen, du hast es doch am eigenen Leib erlebt.«

Aaron lachte laut.

Sie radelten gerade von der Elbchaussee in die Kippingstraße zurück. Das Wetter war warm und trocken. In Hamburg herrschte eine andere Stimmung als sonst. Die Schulferien waren angebrochen. Kinder radelten in die Schwimmbäder. Aaron lächelte und sagte: »Willst du eine schöne Blume vorzeitig welken lassen, nur weil du sie mit Jauche übergießt?«

»Ein bisschen Jauche würde dieser Dame nicht schaden«, fauchte Lysbeth zornig. »Wahrscheinlich hättest du auch gern so ein hübsches jüdisches Dämchen, das von nichts Ahnung hat, außer sich mit duftenden Wässerchen die Haare zu waschen und die Haut zu ölen?«

Sie hatte gar nicht gemerkt, dass Aaron Richtung *Planten un Blomen* weitergefahren war. Nun standen sie vor dem Eingang, wo Mütter mit Kindern hineinströmten.

»Ach, komm, Lysbeth«, sagte Aaron, »lass uns in den botanischen Garten gehen. Wenn ich schon zu Hause ein Nutzpflänzchen habe, würde ich hier doch gern einfach einige nutzlos schöne Blumen genießen.«

Lysbeth riss ihren Kopf zu ihm herum und starrte entgeistert in zwei fröhliche dunkle Augen. Ihr Herz raste. Sie konnte keinen Ton herausbringen. In Aarons Augen trat ein hilfloser Zweifel. Er war vom Fahrrad abgestiegen, um durch den Eingang zu gehen. »Komm, Lysbeth«, sagte er und fügte fragend hinterher: »Du hast meinen Witz nicht ernst genommen, oder?«

In Lysbeths Augen schossen Tränen. Sie konnte nichts dagegen tun. »Such dir eine Zierpflanze«, sagte sie leise und schneidend. »Ich zumindest habe die Nase voll davon, dir nützlich zu sein.«

Sie drehte ihr Fahrrad um, schwang sich auf den Sattel und trat so kräftig in die Pedale, dass sie im Nu aus Aarons Gesichtsfeld entschwunden war.

Sie fuhr nicht nach Hause. Zuerst bemerkte sie gar nicht, wo sie war, so sehr tobte der Schmerz in ihrer Brust. Tränen strömten ihre Wangen hinunter. Manche Passanten sahen sie mitleidig an. Ihr war alles egal. Sie radelte einfach den Weg entlang immer weiter. Als sie wieder zur

Besinnung kam, stellte sie fest, dass sie vor dem Haus der von Schnells, der Familie ihres ersten Mannes Maximilian, stand.

Die Fenster des Hauses waren erleuchtet, als würde ein Fest gefeiert. Von der Fahnenstange hing eine große Hakenkreuzfahne. Die Vorhänge waren vorgezogen. Dahinter huschten Schatten vorbei.

Lysbeth fragte sich, was sie hierhingetrieben hatte. Sie schob ihr Fahrrad zur anderen Straßenseite, von wo sie einen guten Blick auf das Haus hatte, aber auch schnell reagieren konnte, wenn einer herauskam. Sie wollte auf gar keinen Fall von irgendjemand aus der Familie gesehen werden. Sie wusste ungefähr, wie die von Schnells während der vergangenen zehn Jahre gelebt hatten. Es war ihr gar nicht möglich gewesen, sich vor den Nachrichten zu verschließen, die ihr hier und da zugetragen worden waren. Maximilian hatte wieder geheiratet, eine sehr junge Frau, ebenfalls adlig. Die hatte ihm in vier Jahren drei Kinder geboren. Vor der Machtergreifung der Nazis hatte Maximilian bei den Deutschnationalen mitgemischt und kurz nach dem 30. Januar 1933 hatte er sich der NSDAP angeschlossen. Jonny hatte regelmäßig Kontakt zu Maximilian und hatte beeindruckt zu Stella gesagt: »Dieser Max weiß immer, welcher Wind den Fahnen grad weht. Er ist kalt wie eine Hundeschnauze. Beeindruckend.«

Stella hatte das ihrer Schwester erzählt, eigentlich um Lysbeth zu erheitern, aber Lysbeth war darüber traurig geworden, ein Gefühl, das sie selbst nicht verstand und sofort wegschob. Sie weinte Maximilian von Schnell keine einzige Träne nach, soviel stand fest.

Jetzt aber in ihrer verletzten Wut über Aaron gab es irgendetwas im Haus der von Schnells, das Lysbeth finden musste. Sie stützte sich auf den Sattel ihres Fahrrads und blickte zu den verhangenen Fenstern, hinter denen Licht brannte, Kinder lebten, ihr ehemaliger Mann mit einer sehr viel jüngeren Frau offenbar das Glück gefunden hatte, nach dem es ihn gelüstete. Das wäre nie ihr Glück gewesen, so viel stand fest.

Nutzpflanze, hatte Aaron gesagt. Im Gegensatz zur jüdischen Zierpflanze, die nicht mit der Jauche der schnöden Wirklichkeit übergossen werden sollte. Als Lysbeth an Aarons Worte dachte, fühlte sich ihre Haut an, als wäre sie zu eng, als spanne sie um ihren Körper und ersticke sie.

Was ist bloß los mit mir, fragte sie sich. Und was, zum Teufel hat es mit Maximilian zu tun?

Sie überlegte. Es musste irgendetwas an Aarons Worten geben, das mit damals zu tun hatte, denn sonst wäre sie nicht wie besinnungslos hierhingeradelt. Aber damals hatte sie sich völlig unnütz gefühlt. Keine Arbeit, kein Sinn, nicht einmal ein bisschen Hausarbeit war ihr zugeteilt worden. Und dennoch hatte sie das gleiche Gefühl gehabt wie jetzt: als würde ihre Haut zu eng, als würde sie eingequetscht und dürfe nicht ihren eigenen Bedürfnissen entsprechend leben.

Natürlich, schoss eine plötzliche Erkenntnis in ihr auf, ich war nichts als ein Nutztier für sie. Ich sollte Kinder gebären und die Linie der von Schnells fortsetzen. Und ich sollte Maximilian die Gattin sein, mit der er repräsentieren konnte. Eine Woge von Zorn wallte in ihr auf und drohte, sie unter sich zu begraben. Es hatte nichts mit mir zu tun, dachte sie und hätte auf den Boden stampfen mögen vor ohnmächtiger Wut, ich, mein Wesen, meine Wünsche ans Leben, meine zaghafte Sehnsucht nach einer Liebe, mit der ich mich selbst überhaupt erst hätte als Frau kennenlernen können, all das war der ganzen Familie von Schnell, einschließlich Max, vollkommen schnuppe.

Sie atmete schwer. Sie wusste, da würde noch etwas kommen, weil ihre Gefühlsaufwallung zu groß und zu zermalmend war. Und da kam es: Sie sah die junge Frau, die sie damals gewesen war, die ihr gynäkologisches Fachbuch unter der Wäsche versteckte, die sich Lügen ausdachte, damit Max sie mit seinem täglichen Ritual, vor dem Einschlafen einen Orgasmus zu bekommen, in Ruhe ließ. Sie sah die junge Frau, die sich kleidete, wie die von Schnells es verlangten und die ihre Zuflucht in morgendlichen Märschen um die Alster fand.

An die Stelle des Zorns trat ein tiefes Mitgefühl. Sie war bereit gewesen, ein Leben als Nutztier zu führen. Sie war bereit gewesen, sich an die Kette legen zu lassen. Ihr Körper hatte dem Ganzen einen Strich durch die Rechnung gemacht. Sie war nicht schwanger geworden und sie hatte einen sexuellen Widerwillen gegen ihren Mann entwickelt. Aber selbst das hatte noch nicht ausgereicht, damit sie sich selbst die Erlaubnis gegeben hätte zu gehen. Diese Erlaubnis musste sie erst durch eine Verfehlung Maximilians erhalten.

Sie sah diese junge Frau, wie sie aus dem Haus trat, morgens in der Früh und tief atmete, obwohl ihr Brustkorb eng war. Sie sah ein schmales wildes Tier, das durch ein Loch im Zaun schlüpfte und anschließend brav zurückkehrte. Sie sah eine junge Frau, die keine Ahnung von sich selbst hatte.

Mit einem Mal wurde sie auch wütend auf ihren Vater. Sie setzte sich auf ihr Fahrrad und radelte zur Alster. So konnte sie dieses heiße Gefühl in die Pedale schicken und sich ein wenig beruhigen. Sie setzte sich auf eine Bank und blickte auf das Wasser, das sich in Wellen kräuselte, die das Licht der umliegenden Gebäude blinkend spiegelten.

Warum diese Wut auf den Vater, fragte sie sich und kannte die Antwort bereits. Er hatte sie bis vor kurzem schlicht übersehen. Sie war aufgewachsen mit dem Gefühl, irgendwie kein richtiges Mädchen zu sein. Aber natürlich auch kein Junge, das schon gar nicht mit ihrer Angst vor dem Reiten und vor anderen Dingen. Sie erinnerte sich plötzlich an das kindliche Gefühl, sich irgendwie auf die Welt verirrt zu haben, aber eigentlich woanders hinzugehören. Alles an ihr war falsch und nicht nur nutzlos, sondern überaus störend: ihre Träume, aus denen sie nachts in panischer Angst hochschreckte und dann laut nach der Mutter und dem Großvater schrie. Und die sich dann auf eine entsetzliche Weise bewahrheiteten. Lysbeth hatte sich schuldig gefühlt, weil Fritz seinen Finger verlor, nachdem sie so etwas geträumt hatte. Sie hatte sich schuldig gefühlt, weil es Feuer, Überschwemmungen, Verletzte, Tote gab, nachdem sie davon geträumt hatte. Sie war sich wie ein Ungeheuer vorgekommen, das auf eine furchtbare Weise Unheil in die Welt bringen konnte. Als ihre Mutter ihr verboten hatte, diese Träume weiter zu haben, hatte sie dies nur vernünftig gefunden. Die Träume waren dadurch allerdings nicht verschwunden. Die einzige Folge war Lysbeths vollkommenes Verstummen gewesen und dass sie versuchte, sich so unsichtbar wie möglich zu machen.

Jetzt, da sie sich von den blinkenden Lichtern auf der Alster in eine leichte Entspannung und Beruhigung bringen ließ, dämmerte ihr, dass sie nach nichts so sehr gelechzt hatte wie danach, irgendwie von Nutzen zu sein. Als die Tante ihr diesen Nutzen geboten hatte, indem sie sie in der Heilkunde unterwies, hatte sie danach gegriffen wie eine Ertrinkende nach einem Stück Holz. Und diesem Weg war sie weiter gefolgt.

Geliebt zu werden, ohne dass sie irgendetwas für einen anderen Menschen Nützliches tat, das kannte sie gar nicht. Tränen liefen ihr über die Wangen.

Mit Aaron hatte sie gelernt, eine Frau zu sein. Er hatte sie geliebt, gehalten, begehrt, er hatte ihren Mut und ihre Kraft nicht leugnen müssen, er hatte sie nicht behandeln müssen wie ein Dummchen, er hatte ihrer Stärke standgehalten und hatte den Mut gehabt, sie wie eine Frau zu behandeln. Mit Aaron hatte Lysbeth gelernt, sich hinzugeben, passiv zu sein, Fürsorge, Zärtlichkeit, Begehren, Aufmerksamkeit einfach anzunehmen, ohne dafür etwas tun zu müssen. Mit Aaron hatte Lysbeth kennengelernt, wie es war, geliebt zu werden.

Und nun bezeichnete er sie als Nutzpflanze. Das war wie ein Schlag ins Gesicht. Hatte sie sich vielleicht zur Nutzpflanze gemacht, als sie ihn heiratete und ihm dadurch eine gewisse Sicherheit verschaffte? Nein, entschied Lysbeth, das war Liebe gewesen und nicht der Drang, sich nützlich zu machen, um geliebt zu werden.

Ganz allmählich beruhigte sie sich. Es war doch nichts Falsches daran, für Menschen, die man liebte, nützlich zu sein. Es war auch nichts Entwürdigendes daran, an der Seite des Mannes, den man liebte, für andere Menschen nützlich zu sein, denn das war es schließlich, was ein Arzt tat, sonst müsste er seinen Arztkoffer einpacken und einen anderen Beruf ergreifen, zum Beispiel den des Händlers, der versuchte, etwas so billig wie möglich zu kaufen und mit so viel Gewinn wie möglich wiederzuverkaufen. Das war völlig unnütz, außer für den Händler.

Lysbeth erhob sich und radelte ganz langsam zurück in die Kippingstraße. Dort wartete Aaron schon auf sie mit unglücklichem Gesicht. »Ich weiß nicht, womit ich dich so verärgert habe«, sagte er. Lysbeth sah ihm an, dass er seine Hände bezähmen musste, um nicht nach ihr zu greifen.

»Ach, Liebster«, sagte sie und flog ihm in die Arme. »Ich möchte einfach nur schön für dich sein und gar nicht nützlich.«

Aaron küsste ihre Haare, streichelte ihren Rücken, streichelte ihre Wangen, über die nun Tränen liefen. »Du bist so schön für mich«, raunte er an ihr Ohr. »Aber Lysbeth, zu leugnen, dass du meinem ganzen Leben einen riesigen Gewinn gebracht hast, dass du mir in jeder Hinsicht unendlich genützt hast, hieße zu lügen. Und ich will gern für dich zum Lügner werden, aber dich will ich nicht anlügen.«

Lysbeth lachte und weinte und merkte, wie sich ein riesiger Kloß in ihrer Kehle löste. Ja, natürlich, sie wollte doch gar kein unnützes Zierpflänzchen sein. Was hatte sie sich da bloß in den Kopf gesetzt? Mit einem Mal kam ihr das ganze Drama der vergangenen Stunden vollkommen lächerlich vor.

Aaron und sie setzten sich eng umschlungen aufs Bett, und Lysbeth erzählte ihm, was in ihr vorgegangen war. Aufmerksam hörte er zu, hielt sie fest im Arm, und als sie geendet hatte, küsste er sie lange und streichelte sie, bis Lysbeth in seinen Armen erschöpft einschlief.

Am nächsten Morgen kam ihr das Ganze vor wie ein seltsamer Traum. Gleichzeitig aber wusste sie, dass zwischen Aaron und ihr ein weiteres festes Band geknüpft worden und ihr Vertrauen zu ihm noch einmal vertieft worden war. Als sie das nächste Mal miteinander schliefen, staunte Lysbeth über eine bisher unbekannte Intensität an Lust. Sie atmete noch schwer, als sie sagte: »So nackt bin ich noch nie gewesen.« »Und so berückend«, sagte Aaron und küsste ihren schweißnassen Bauch.

7

Am 22. Juli 1934, als die Tante sich mit Alma in einem Café an der Elbe in Schulau traf, wo die in den Hamburger Hafen einlaufenden Schiffe begrüßt wurden, war Alma aschfahl und hatte dunkle Ringe unter den Augen. Ihre Finger zitterten. »Tantchen«, flüsterte sie nach dem obligatorischen deutschen Blick, »wir sollten uns in der nächsten Zeit nicht sehen. Sie haben den Albert Bennies geschnappt und noch fünf andere Genossen, die seit vierzehn Monaten illegal gearbeitet haben.« Gequält fügte sie hinzu: »Alles ist immer gutgegangen.«

»Wann war das?«, fragte die Tante.

»Vorgestern. Ich hab es gestern erst erfahren. Sie haben ihn in den Keller vom Stadthaus gebracht. In den Folterkeller.«

Alma schlürfte den heißen Kaffee. Sie zitterte so sehr, dass sie die Tasse kaum halten konnte. »Tantchen«, sagte sie und in ihren Augen flackerte Angst, »ich habe ihm zwei Tage vor seiner Verhaftung auf dem Friedhof Norderreihe eine Nachricht hinterlegt. Sie war aus Kopenhagen. Ich weiß nicht, was drin stand, ich kann niemanden warnen, ich fürchte, nun fliegt alles auf. Auch ich.« Die Tante legte beruhigend ihre knochige faltige Hand auf die bereits abgearbeitete der jungen Frau.

»Wer weiß«, sagte sie. »Manche werden durch Folter immer stärker. Denen ist dann alles egal, Hauptsache, sie verraten nichts.«

Alma schluckte. »Sie treiben Holzsplitter unter die Nägel«, sagte sie leise, »sie schlagen, sie treten, sie fesseln ihnen die Hände hinter dem Rücken und hängen sie an den Händen auf. Stundenlang, bis die Arme ausgekugelt sind. So viele Genossen sind bei den Verhören gestorben.«

Sie stand auf. »Entschuldigung.« Sie hastete davon Richtung Toiletten.

Sie muss sich übergeben, dachte die Tante. Auch ihr war ein wenig übel, aber nicht aus Angst um sich selbst. Dass sie auffliegen konnte, war ihr täglich bewusst. Sie hatte nur Angst um das Mädchen. Sie war noch so jung, und die Männer im Stadthaus waren Bestien. Die Tante mochte gar nicht daran denken, was dem Mädchen alles geschehen konnte.

»Gibt es bei dir noch irgendwas, das dich verraten könnte?«, fragte die Tante, als Alma zurückkam, blass um die Nase, aber gefasster.

»Nein, das gibt es nie«, murmelte Alma. »Tantchen, ich möchte zu Fuß nach Hause gehen, wer weiß, wie lange ich noch frische Luft atmen kann.«

Die Tante überlegte, ob sie der jungen Frau das Gift geben sollte, das sie selbst immer bei sich trug. Dann entschied sie sich dagegen. Alma war zwar eine sehr entschiedene und in Gedanken und Taten geordnete junge Frau, aber sie hatte noch nie so eine Situation erlebt, in der sie mit angeblichen Aussagen eines Genossen konfrontiert wurde. Vielleicht würde sie zu früh ihren klaren Kopf verlieren und in Panik das Gift nehmen.

Bedrückt, weil sie gar nichts tun konnte, was ihrer tatkräftigen Natur überhaupt nicht entsprach, kehrte die Tante in die Kippingstraße zurück. »Ich hätte ihr wenigstens von dem Kräuterschnaps geben sollen«, murmelte sie vor sich hin, als sie sich selbst ein Glas einschenkte.

»An wen hättest du deinen wertvollen Schnaps vergeuden sollen?«, fragte da eine weibliche Stimme.

Stella! Die Tante war froh, dass sie nicht länger allein war. Sie wunderte sich über sich selbst. Früher hatte sie doch immer allein gelebt, und es hatte auch niemanden gegeben, mit dem sie ihre Geheimnisse hatte teilen können. Jetzt aber spürte sie einen enormen Drang, sich einer mitfühlenden Seele anzuvertrauen. »Ach, Stella«, sagte sie, »setz dich einfach ein wenig zu mir, halte meine Hand und trink einen Schnaps mit mir.«

Im Nu war Stella neben ihr, umarmte sie und fragte besorgt: »Was ist los? Welche Laus ist dir über die Leber gelaufen?«

Die Tante lächelte. Ihre Stimmung hellte sich auf. Mit ihren sechsunddreißig Jahren wirkte Stella immer wieder wie ein ganz junges Mädchen. Ein ungestümes Mädchen, das die Fäuste ballte und aus dessen Augen Blitze schossen, wenn einem Menschen, den sie liebte, etwas angetan wurde.

»Stella, ich würde dir so gern alles erzählen«, sagte sie leise, »aber das geht nicht.«

»Was?«, begehrte Stella auf. »Das geht nicht? Ich bin verschwiegen wie eine Leiche im Grab.«

Sie legte die Hände vor Herz und Stirn, rollte die Augen nach oben und erstarrte auf so eindrucksvolle Weise, dass die Tante ihr krächzendes Lachen ausstieß. Einen Moment schwankte sie. Es hätte sie erleichtert, mit Stella zu sprechen, aber dann besann sie sich der Abmachung mit Alma. »Es darf niemand wissen, dass wir beide uns treffen«, hatte sie gesagt. Und die Tante hatte geantwortet: »Versprochen.«

»Es geht nicht«, sagte sie schlicht, und Stella verstand. »Gut.« Nun war sie kein junges Mädchen mehr, sondern eine erwachsene Frau, die wusste, in welchen Zeiten sie lebte.

Die beiden leerten das Schnapsglas und schwiegen eine Weile.

»Wo wir gerade bei Geheimnissen sind«, sagte Stella, »ich mache mir Sorgen um Angela. Ich höre nichts von ihr, und ich glaube, Anthony auch nicht. Zumindest macht er nicht die geringste Andeutung in seinen Briefen. Meinst du, es gibt irgendeinen Weg, Kontakt zu ihr aufzunehmen?«

Natürlich wusste sie, dass die Tante seit dem Gespräch im Mai des vergangenen Jahres diejenige war, die Kontakt zu Angelas Genossen hatte. Folgerichtig war sie auch die Einzige, der es irgendwie gelingen konnte, Angela wenigstens eine Mitteilung zukommen zu lassen.

Die Tante schüttelte den Kopf. »Stella, in diesen eineinhalb Jahren ihrer Herrschaft haben sie die Kommunisten ermordet, gefoltert, in die Gefängnisse, in die KZs gesteckt. Dass es überhaupt noch welche gibt, ist ein Wunder. Und dieses Wunder hat auch damit zu tun, dass die meisten nichts mehr voneinander wissen. Jeder ist an seinem Platz. Je weniger jeder weiß, desto besser. Die Folterphantasien der Nazis kennen keine Grenzen. Alles, von dem sie behaupten, dass die Roten es vorgehabt hätten, tun sie selbst. Ob da einer standhält oder nicht, ist nicht vorhersagbar, das hat nicht nur etwas mit Mut zu tun, sondern auch mit Schmerzempfindlichkeit, damit, wie schnell einer in eine freundliche Ohnmacht fällt, wie viel Hass einer fühlen kann. Ich würde Menschen gefährden, wenn ich anfinge, nach Angela zu forschen, und wahrscheinlich würde ich vor allem sie selbst gefährden. Also lass uns einfach nur hoffen, dass sie in Sicherheit ist.«

Stella schwieg. Dann bat sie um ein zweites Glas von dem Zauberschnaps.

Es dauerte nicht lange, und Johann erlöste die Tante von ihren Sorgen. Mit wahnsinnig schlechter Laune erschien er zu einem Besuch bei seiner Mutter und schüttete ihr sein Herz aus. Die Tante passte jeden seiner Besuche ab, weil sie wusste, dass er es sein würde, von dem sie Neuigkeiten zu der Verhaftung der fünf Kommunisten erfahren würde, gute oder schlechte.

Die Gestapo hatte durch scheinbar harmlose Mitteilungen auf der Postkarte, die Albert Bennies bei sich trug, herausgefunden, dass er einen illegalen Treff hatte: auf der Reeperbahn im *Alkazar*. Auch Tag und Stunde hatten sie entdeckt – unter der Briefmarke waren die Zahlen geschrieben. Der Treff sollte am darauffolgenden Vormittag um zehn Uhr sein. »Ja, da sind sie dann mit dem Bennies hin«, erzählte Johann, und für Sekunden glomm Freude in seinen Augen auf. »Fünf Männer von der Gestapo, alle in Zivil und bewaffnet. Der Bennies musste vor ihnen her die Reeperbahn lang bis zum *Alkazar* gehen.« Johann griff nach der Kaffeetasse und leerte sie in einem Zug, als hätte er ein Bierglas vor sich. Dann fuhr er fort, jetzt mit einer Stimme, der die Niedergeschlagenheit anzuhören war. »Sie haben ihm in St. Pauli die Fesseln abgenommen, damit niemand was merkt. Beinahe hätten sie's geschafft. Dann wäre nicht nur der verdammte Verbindungsmann aus Kopenhagen erwischt worden, sondern auch noch ein anderer von einem Hamburger Unternehmen, sie vermuten *Blohm & Voss*.« Johann bat um eine zweite Tasse Kaffee. In die schüttete er einen ordentlichen Schluck Rum. Dann fuhr er fort: »Der Albert Bennies, dieses rote Schwein, hat bis zuletzt gezeigt, wie brutal er ist. Zwanzig Schritte vor dem *Alkazar* hat er gebrüllt, aus voller Kehle: ›Achtung! Die Bullen! Vorsicht! Gestapo!‹«

»Woher weißt du das eigentlich?«, fragte Käthe. »Müssen die von der Gestapo über so was nicht schweigen?«

Johann schüttete noch ein wenig Rum in die Tasse, in der nun nicht mehr viel Kaffee war. »Ich war dabei«, sagte er trocken. »Ein Kamerad hat mir gesteckt, dass es auf der Reeperbahn was geben wird, was mich erfreuen könnte. Und da war ich dann und hab ihn schreien gehört. Wie ein Tier. Eine ganz hohe Stimme. Alle haben geguckt.« Johann leerte die Kaffeetasse mit dem Rum ebenso hastig, wie er vorher den Kaffee getrunken hatte. Käthe blickte mitfühlend auf ihren Sohn. Ihm war etwas Schlimmes zugestoßen, das merkte man ihm an. »Und dann?«, fragte sie sanft. Wütend stieß er hervor: »Und dann hat er sich direkt vor einen Autobus geworfen, der gerade vorbeikam. Der Scheißkerl! Sein ganzes Blut spritzte auf die Straße. Kein Sinn für Anstand, die Roten!«

»Herrje«, entfuhr es Käthe. »Wie schrecklich!«

Es war nicht ersichtlich, was sie meinte. Ob sie den Albert Bennies bemitleidete oder ihren Sohn, der diesem Schauspiel beiwohnen musste. »War er gleich tot?«, fragte die Tante interessiert. Johann sagte schnell: »Nein, er ist auf dem Weg zum Hafenkrankenhaus gestorben. Dieser Feigling hat sich einfach davongemacht.« Die Tante probte ihr »deutsches Gesicht«, ungerührt, kein Gefühl, nichts als Interesse an dem, was Johann sagte. »Herrje«, wiederholte Käthe. »Der arme Kerl.«

Johann fuhr auf. »Armer Kerl! Mutter, dein Mitgefühl ist fehl am Platz! Der Bennies hat gemeinsam mit anderen Bolschewiken über ein Jahr lang einen Putsch gegen Hitler vorbereitet. Vielleicht hat er sogar bei Röhm im Bett gelegen.« Käthe machte große Augen. Die Tante hatte Mühe, ein Lächeln zu unterdrücken. Ob Johann das wohl glaubte, fragte sie sich. All diese Nachrichten, sogar über Mönche und Nonnen, die angeblich Devisen verschoben und perversesten sexuellen Ausschweifungen gefrönt hatten? All die Räubermärchen um die ermordeten Generäle, Offiziere und ihre Frauen oder Kinder, die Hitler in einer Nacht auf einen Streich ausgeschaltet hatte. Ja, dachte sie, er wird es glauben. Er glaubt alles, was sie im *Stürmer* schreiben, er glaubt alles, was sie ihm erzählen, und es ist auch egal, er braucht nicht mal die Schauergeschichten, sie geben ihm nur eine Bestätigung für seinen Hass. Aber der war vorher schon da.

»Hat die Gestapo die Leute gefasst, mit denen der Mann verabredet war?«, fragte Käthe, und die Tante war froh darüber, denn das genau wollte sie selbst wissen. Aber wenn sie gefragt hätte, wäre Johann womöglich misstrauisch geworden. Mürrisch antwortete Johann: »Natürlich war große Aufregung – die Leute aus dem Bus und von der Reeperbahn sind herbeigestürzt, und in dem Gedränge und Gewühl konnten die Schädlinge aus dem *Alkazar* entkommen. Na ja, und der Bennies ist ja jetzt tot.«

Käthe sah ihren Sohn nachdenklich an. »Der arme Mann«, sagte sie leise. »Er war sehr tapfer.« Johanns Faust zuckte, als wolle er seine Mutter schlagen. Die Tante war sehr aufmerksam. Hätte er die Faust gegen Käthe erhoben, hätte sie ihm die Rumflasche über den Kopf gezogen. Sie hoffte nur, dass sie immer noch schnell genug war, um ihn außer Gefecht zu setzen, bevor er Käthe angreifen konnte. Da fragte Käthe: »Was machen sie denn mit solchen, wenn die tot sind? Wenn die beerdigt werden, kommen doch bestimmt viele andere, die gesucht werden. Oder?« Johann fiel in sich zusammen. »In Altona wird von nichts anderem mehr geredet«, sagte er düster. »Der Bennies ist schon beerdigt. Das haben sie am nächsten Tag gemacht. Wenn das publik geworden wäre, hätte nachher eine Massendemonstration stattgefunden. Die Arbeiter in Altona sind immer noch für die Roten.«

Die Tante atmete vorsichtig aus. Alma war gerettet.

Eine Woche später trafen Alma und die Tante sich wieder. Alma war zwar erleichtert, denn nicht nur der Verbindungsmann aus Kopenhagen wäre aufgeflogen, auch noch einer aus Harburg und von der Phoenix-Gummifabrik, aber rund um sie herum flog ein RGO-Mitglied nach dem anderen auf.

Es ging Schlag auf Schlag. Im Juli wurden mehrere Schreibmaschinen, eine ganze Reihe von Vervielfältigungsapparaten und sogar eine richtige kleine Druckerei ausgehoben.

Mehr als achthundert RGO-Mitglieder des Bezirks Wasserkante wurden in insgesamt fast sechzig Strafprozessen abgeurteilt. Viele von ihnen kamen schon während der Voruntersuchung im Stadthauskeller bei den Verhören durch die Gestapo oder im nahen KZ Fuhlsbüttel ums Leben. Die Übrigen wurden zu Gefängnis- und Zuchthausstrafen verurteilt. Alma machte weiter, nun noch vorsichtiger. Jederzeit konnte die Gestapo in ihrer Wohnung erscheinen. Sie würde nichts finden.

Aaron wurde neuerdings mit Kartoffeln bezahlt. Und das war ein riesiger Gewinn. Im Juli gab es in ganz Hamburg keine Kartoffeln. Aarons Patienten aber hatten in Schrebergärten oder winzigen Hinterhöfen kleine Kartoffelbeete angelegt. Manchmal bezahlten sie nur mit zwei Kartoffeln. Aber zehnmal zwei machte schon zwanzig. Die Männer in der Kippingstraße, inzwischen allesamt Mitglieder der NSDAP, die sich diebisch über ihren Papagei freuten, der täglich besser sagen konnte: »Ich bin arisch«, aßen mit Hunger und Genuss die Kartoffeln, die Aaron und Lysbeth von ihren jüdischen oder dem Naziregime nicht wohlgesonnenen arischen Patienten nach Hause brachten. Aaron arbeitete mehr denn je für seine Patienten. Vor neun Uhr am Abend hörte er nie auf. Lysbeth unterstützte ihn, wo sie nur konnte. Aber ohne es eigentlich zu wollen, ging sie innerlich immer wieder ganz leicht auf Abstand. Dass er ohne sie nach Oberhausen fahren wollte, um seine Eltern zu besuchen, hatte er nicht wieder erwähnt. Sie aber hatte die Worte noch in den Ohren, und die Kränkung schmerzte sie immer wieder wie ein leichter Stich.

Eckhardt liebte schon seit langem Tratsch. Irgendwie erregte es ihn und erfüllte ihn mit einem ganz undefinierbaren Glück, wenn er etwas von anderen Menschen erfuhr, was diese in ein Zwielicht setzte. Das Gemunkel um den Major a.D. Solmitz saugte er in sich auf wie Moos die Feuchtigkeit. Irgendwann verkündete er vor seiner versammelten Familie: »Fred Solmitz ist Jude.« Cynthia saugte hörbar Luft in sich ein und stieß sie wieder aus. »Dacht ich's mir doch«, stöhnte sie auf.

»Ich bin arisch!«, schrie der Papagei. Alle lachten, aber das Lachen klang nervös. »Major Solmitz war ein bemerkenswerter Pilot und hat im Nachrichtenwesen gearbeitet«, sagte Jonny autoritär. »Er ist, glaube ich, fünfzig Prozent kriegsbeschädigt.«

»Ja«, fügte die Tante hinzu. »Er bekommt eine Beamtenpension.«

Eckhardt blickte über den Tisch. Was war denn hier gerade los? Er konnte es nicht verstehen. Da hatte er eine so bemerkenswerte Mitteilung unterbreitet und allgemeine Aufregung erwartet, aber nun sahen sein Vater und sein Bruder nur auf ihre Teller. Jonny Maukesch verkündete Dinge, die ohnehin jeder wusste, und die Tante, die sowieso immer ihren Senf dazu geben musste, tat es auch dieses Mal.

»Fred Solmitz ist Jude«, wiederholte Eckhardt.

»Ja, so was«, sagte Cynthia mit schimmernden Augen.

»Luise Solmitz hat mir gestern erzählt, welche Lügen in der Emigrantenpresse stehen«, plauderte Käthe, als ihr das Schweigen am Tisch unerträglich geworden war. »Angeblich seien Reichswehrgeneral von Fritsch und der Bischof von Berlin, Bares, erschossen worden. Aber beide melden, dass sie wohl und munter seien.«

»Woher weiß sie denn, was in der Emigrantenpresse steht?«, fragte Cynthia, als hätte sie gerade eine sehr schwierige Mathematikaufgabe gelöst.

»Ja, ich glaube auch, dass Frau Solmitz eine große Anhängerin der nationalen deutschen Sache ist«, sagte die Tante und nahm sich noch zwei Kartoffeln.

»Vielleicht sollten wir den Major a.D. und seine Frau zu unserem nächsten Salon einladen?«, fragte Stella ihren Mann mit einem hoheitsvollen Lächeln.

»Ach nein«, antwortete er in der gleichen Autorität, in der er zuvor für Fred Solmitz eingetreten war. »Man muss ja nicht gleich zu weit gehen.«

Damit war das Thema beendet.

Stella war vollauf damit beschäftigt, einen Salon einzuführen. Sie war auf diese Idee gekommen, nachdem Schleicher und Röhm umgebracht worden waren. Sie versprach sich von einem Salon eine größere Vertrautheit, als sie bei lockeren Zusammenkünften herrschen konnte. Jonny war sehr angetan davon gewesen. Es war ihm von riesiger Wichtigkeit, von geheimen Plänen der SA und SS zu wissen. Erst dann konnte er sich sicher fühlen.

Stella hatte sich inspirieren lassen von gebildeten Frauen früherer Jahrhunderte. Rahel Varnhagen hatte zu Goethes Zeit einen Salon gehabt und viele andere bedeutsame Frauen auch. Nun gut, den Namen Rahel Varnhagen durfte man in diesem Zusammenhang nicht erwähnen, jeglicher Anklang an Jüdisches war überflüssig. Stella überlegte sich auch, es nur im kleinen Kreise »Salon« zu nennen, nach außen zu den Eingeladenen wollte sie von »Maukesch-Stammtisch« sprechen. Das würde alles sagen. Dass es bei den Maukeschs zu Hause stattfand, und dass es regelmäßig war. Und dass man Themen hatte, über die man sprach. Also ein Salon. Das Gute war, dass es kein opulentes Essen geben musste, sondern dass Getränke und kleine Häppchen reichten. Oder auch nur Getränke. Stella hatte vor, Klavier zu spielen und ein bisschen zu singen. Jonnys Nazifreunde waren geradezu versessen auf ihr Spiel und ihren Gesang. Und dann würden Jonny und sie immer einen der Gäste bitten, zu einem bestimmten Thema etwas vorzubereiten und vorzutragen. Das wäre dann das Thema des Abends.

Stella war sehr stolz auf ihren Einfall. So konnte sie die wichtigsten Nazigrößen gleichzeitig mit irgendwelchen Künstlern einladen, die auch heute noch nicht vollkommen uninteressante Dinge taten, dazu einige Unternehmer, die Jonny von früher aus der Weimarer Republik kannte. Und weil sie selbst die Themen aussuchte, konnte sie all das vorschlagen, über das sie Näheres erfahren wollte. Über den angestrebten Kinderreichtum, gleichgültig ob die Mutter verheiratet war oder nicht. Über die Säuberung der deutschen Gesellschaft von Behinderten. Über die Einverleibung der Jugend in das Nazideutschland. Und über die Außenpolitik. Sie hatte vor, so viel wie nur irgend möglich über die geplanten Entwicklungen in Deutschland zu erfahren. Sie war so in Gedanken versunken, dass sie nicht mitbekam, worüber das Gespräch am Tisch ging, da hörte sie, wie Johann, der neuerdings wieder regelmäßig zum Essen zu den Wolkenraths kam, sagte: »Habt ihr schon gehört, Altona setzt den bolschewistischen Flachdachmietblocks jetzt Ziegeldächer auf.« Dritter kicherte. »Jeder Ziegel ein Überläufer.«

»Wieso sie dich in die Partei aufgenommen haben, kann ich nicht verstehen«, knurrte Johann.

»Ach, Brüderchen«, entgegnete Dritter. »Solange du alles andere verstehst, bist du doch ziemlich gut dran.«

Die Frauen standen auf, um abzuräumen.

»Irgendwie müssen wir Luise Solmitz helfen«, sagte Lysbeth zur Tante. »Peter Schade hetzt über sie und ihren Mann, daher hat Eckhardt ja auch seine Information. Wenn das so weitergeht, spricht bald niemand mehr mit ihr.«

»Wieso?«, fragte die Tante ohne jedes Mitgefühl für Luise Solmitz. »Spricht mit dir keiner mehr? Du hast doch auch einen Mann, der Jude ist.«

»Das ist etwas anderes«, sagte Lysbeth. »Aaron will nicht dazugehören, gegen uns müssen sie nicht vorgehen. Er versucht nicht, Blockwart zu sein. Wir sind nie Vorzeigenazis gewesen, wir benehmen uns gut in unserer kleinen geduldeten Nische.« Sie lachte fröhlich auf. Es ging ihr gut in ihrer Nische, daran gab es keinen Zweifel.

»Niemand hindert Luise, sich auch in einer Nische einzurichten«, grummelte die Tante. Sie war ganz offensichtlich auf Luise nicht gut zu sprechen.

»Das kannst du nicht vergleichen«, sagte Lysbeth und knuffte die Tante leicht, »und das weißt du auch. Ich habe kein Kind. Luise macht sich hundertprozentig riesige Sorgen um Gisela.«

»Mir geht es auf die Nerven, wie hundertfünfzigprozentig die Solmitz gute Deutsche sind«, schimpfte die Tante jetzt geradeheraus. »Das Gerede um Fremdwörter und gutes Deutsch finde ich lächerlich. Er schreibt ja sogar Briefe an den Rundfunk, weil er findet, dass die sich schlecht ausdrücken. Und dann die kleine Gisela! So ein angestrengtes eifriges BdM-Mädel gibt es doch kein zweites Mal. Und neuerdings ist Luise wirklich die freundlichste und aufmerksamste Nachbarin, die man sich denken kann. Nee, meine Liebe, mir steht gar nicht der Sinn danach, dieser Familie zu helfen. Da helfe ich lieber anderen.«

»Verstehe«, sagte Lysbeth. Und dann überlegte sie, dass die Tante im Grunde recht hatte. Sie kannte viele Juden, denen es wirklich schlechtging. Es war eigentlich blödsinnig, dass sie ausgerechnet Luise Solmitz helfen wollte. Wahrscheinlich lag es nur daran, dass sie so dicht dabei wohnte und man sich täglich sah. Und vielleicht lag es auch daran, dass die kleine Gisela sie rührte.

Nicht nur der Tante war aufgefallen, dass Luise neuerdings außerordentlich interessiert an freundlichem Nachbarschaftskontakt war. Sie redete einem dabei nicht nach dem Mund, so war sie nicht, aber sie sagte Dinge, von denen sie annahm, dass ihr Gegenüber ihre Meinung teilte. So sagte sie zu Käthe, die sie beim Einkaufen traf: »Was manche Lehrer jetzt mit heranwachsenden Mädchen besprechen, ist hanebüchen. Man braucht nicht prüde zu sein, um das scham-, takt- und geschmacklos zu finden.«

»Aha«, antwortete Käthe und dachte an Fritz, mit dem sie wundervolle schamlose Dinge getrieben und sogar eine Tochter gezeugt hatte. Sie war nun schon über 60 Jahre alt, aber das Feuer, das in ihrem Bauch auflöderte, sobald sie an Fritz dachte, war immer noch nicht erloschen.

Da fragte Luise: »Wo haben Sie denn die Reichstagsrede von Hitler gehört?«

Käthe überlegte. »Sie meinen die zum 30. Juni?«

»Ja, natürlich, die zum Röhmputsch.« Da schimmerte Luises Lehrerinnenton wieder durch, den sie sich in der letzten Zeit sehr verkniffen hatte. »Wir waren nämlich gerade in Regensburg«, fuhr sie eifrig fort. »Im Bischofshof. Unsere Fenster gingen auf den fröhlichen Binnenhof, der aber an diesem Abend von düsterem Ernst und tiefem Schweigen überschattet wurde, trotzdem Hunderte von Menschen zusammengedrängt saßen, weil Hitler im Reichstag seine Rede hielt.«

Käthe schwieg. Sie schwieg die ganze Zeit schon, wenn über diese seltsame Angelegenheit geredet wurde. Manchmal dachte sie: Was hätte Fritz wohl dazu gesagt? Aber dieser Gedanke war ebenso unwirklich wie das Feuer im Bauch.

»Leider war die Übertragung undeutlich, gestört, es entging uns manches. Aber zumindest wissen wir jetzt, dass der 30. Juni vierundsiebzig Erschossene und drei Selbstmorde gekostet hat. Es ging wie ein Stöhnen durch die zusammengewürfelten Menschen, als laste ein finsteres Schicksal auf allen.«

»Ja«, sagte Käthe nachdenklich, »es ist ja auch alles so schwer durchschaubar. Früher waren es Menschen in Amt und Würden, und jetzt sind es Todfeinde. Und heute regen sich alle über Röhms lasterhaftes Leben auf, aber das war doch auch früher schon bekannt. Worauf also kommt es an?«

Am 1. August starb Hindenburg, und am 6. August lud Edith von Warnecke einige Gäste zu sich zum Mittagessen ein, unter anderem General von Lettow-Vorbeck, um gemeinsam die Trauerfeier im Reichstag zu zelebrieren. Um zwölf Uhr fand die Hitlerrede statt.

Die Gesellschaft erhob sich mit den Anwesenden im Reichstag. Mittagssonne durchflutete die Zimmer, das Rot der Fahne erfüllte, wenn sie sich im Winde bauschte, den Raum wechselnd mit rosigem Licht, der buttergelbe Papagei, den Jonny seiner Mutter mitgebracht hatte, hüpfte im goldenen Käfig, und ein Hauch von schwerem Geschehen, von nie zu übertreffendem Heldentum, von eiserner Pflichterfüllung schauerte durch den Raum, in dem die Männer strammstanden. Stella unterdrückte ein Lächeln, als ihr Blick auf ihre Schwiegermutter fiel, die ebenso militärisch dem dahingeschiedenen Hindenburg die letzte Ehre erwies wie die Männer. Eigentlich hättest du General werden müssen, dachte sie. Gleichzeitig ließ sie keinen Zweifel daran aufkommen, dass sie den Geist im Raum ein- und ausatmete wie die anderen und mit voller Seele bei der deutschen Sache war. Sie war eben eine gute Schauspielerin.

Wenige Tage später sprach Goebbels auf der Moorweide. Und dann, am 17. August kam Hitler bei wundervollem Wetter nach Hamburg. »Hitlertag! Hitlerwetter!«, jubelte Luise Solmitz und fragte Cynthia und Eckhardt, ob sie gemeinsam mit Luise und Fred zum Uhrmacher Baum in die Hoheluftchaussee gehen wollten, wo sie sich angemeldet hatten, um den Zug aus erster Reihe zu sehen. Cynthia zögerte, aber Eckhardt stimmte sofort zu. Dieser Platz ist phantastisch, sagte er zu Cynthia, als die ihn anschließend anzischte, was er sich denn denken würde, mit dem Juden auf Kameraderie zu machen. »Das müssen wir einfach mitnehmen«, sagte er, »so eine Gelegenheit darf man sich nicht entgehen lassen.«

Der Zug sollte vom Flughafen Fuhlsbüttel aus losgehen. Der Uhrmacher hatte sein Radio auf volle Lautstärke gedreht. Da wurde das Nahen des *Flugzeugs 2.600* angesagt, die Landung, die Begrüßung, die einundzwanzig Salutschüsse vom Flaggschiff *Schleswig-Holstein* im Hafen. Auf der Hoheluftchaussee wogte eine erwartungsfreudige Menge. Und dann kam Hitler. Er stand im Wagen, wie gewöhnlich ohne Kopfbedeckung. In Cynthias Körper spielte sich etwas ab, das sie noch nie erlebt hatte. Ihre Brustwarzen versteiften sich, und ein eigenartiges Gefühl rieselte ihren Bauch hinab zwischen ihre Beine. Und in dem Augenblick, als Hitler in seiner braunen Uniform langsam an ihr vorüberfuhr, den Arm in seiner ganz eigenen charakteristischen Weise zum Hitlergruß erhoben, war es, als ob ein Blitz zwischen ihre Beine führe und dort eine kleine Explosion auslöste. Die Begeisterung der Menschen um sie herum brandete himmelhoch. In Cynthias Augen schossen Tränen. Mit verschleiertem Blick sah sie das lächelnde Gesicht von Dr. Goebbels im zweiten Wagen, und er schien ihr klug und gütig. Sie sah dann dem Führer nach, wie er langsam durch die Triumphgasse entschwand. Nach einer langen Zeit erst kehrte sie in den Laden des Uhrmachers zurück. Sie sah das bleiche, rot gefleckte Gesicht ihres Verlobten, die fiebrigen

Augen von Luise Solmitz, die Haltung von Fred, der aussah, als wolle er gleich in dem Tumult um ihn herum für Zucht und Ordnung sorgen. Cynthias Bauch war warm, ihr Herz weich, und sie dachte: Ich liebe Hitler. Ich wäre die richtige Frau für ihn. Von nun an träumte sie jede Nacht, Hitler würde sie zufällig treffen, sich sofort in sie verlieben und sie auf der Stelle heiraten. Wenn sie nach diesen Träumen aufwachte, war sie schweißnass, und die Hand, die sich zwischen ihre Beine verirrt hatte, war feucht. Sie schwor Hitler ewige Treue, und sie überlegte, ob sie vielleicht ihre Mutter bei der NSDAP melden sollte. Diese nämlich hatte es kategorisch abgelehnt, Hitler in Hamburg am Straßenrand zu begrüßen. »Danke«, hatte sie knapp gesagt, »ich brauch mich nicht zwischen schwitzende Männer und geifernde Frauen zu stellen, um mir anzuschauen, wie ein falscher Heiland mit irrem Blick durch Hamburg gerollt wird.«

Cynthia hatte sich angewöhnt, ihre Mutter zu warnen, wenn sie solche Bemerkungen machte. Diesmal allerdings hatte sie nur die Lippen aufeinandergepresst und ihre Mutter stehengelassen.

Um halb neun sprach der Führer im großen Sitzungssaal des Rathauses über die Bedeutung der Volksabstimmung am 19. August. Dann sollten die Bürger über eine Zusammenlegung der Ämter des Reichspräsidenten und Reichskanzlers entscheiden. Alle deutschen Radiosender übertrugen die Ansprache.

Aber nicht nur bei Lydia zeitigte der Aufmarsch der NS-Prominenz nicht die erwünschte Wirkung. In Hamburg musste Hitler 20,5 Prozent Neinstimmen einstecken, wohingegen der Reichsdurchschnitt bei 10,1 Prozent Neinstimmen lag. Allein aus dem Haus der Wolkenraths kamen vier Neinstimmen. Das allerdings wusste niemand. Cynthia malte ein schönes Kreuz bei Ja. In ihr hallte die Begeisterung für Hitler noch nach. Anschließend kommentierte sie Ja- oder Neinstimmen mit: Die haben gut gewählt, oder die haben schlecht gewählt. »Altona-Elbe hat schlecht gewählt«, sagte sie zu Luise, als sie sich kurz nach der Wahl trafen. Sie überlegte, ob Juden überhaupt wählen durften. Luise antwortete: »In Altona hausen doch die Roten. Zum Glück haben wir die bald weggeschafft.«

Der Sommer war so trocken gewesen, dass im Merseburgischen die verschmachtenden Hirsche nachts brüllend in die Dörfer gekommen waren und sich über die Brunnen gestürzt hatten. Die Trockenheit hatte zu einem Versorgungsproblem geführt, weil Deutschland durch Devisenmangel mehr denn je auf eigene Versorgung angewiesen war, während die Regierung dem Gedanken der Binnenwirtschaft an sich und grundsätzlich schon lange nicht mehr huldigte.

Cynthia war zornig auf die Juden im Ausland. Sie gab ihnen die Schuld für den wirtschaftlichen Boykott Deutschlands. Als die *Dritte Jüdische Weltkonferenz* den Boykott gegen das nationalsozialistische Deutschland aufrechterhielt, waren Luise und sie sich einig in der Meinung: »Damit schaden sie den Juden in Deutschland.«

Das Dritte Reich huldigte dem Körper. Geist war eher störend, der Körper zählte. Dementsprechend erhielten sportliche Ereignisse eine ganz neue Bedeutung für die Massen. Als am 26. August der Boxkampf zwischen Max Schmeling und Walter Neusel in Hamburg stattfand, wurde das wie ein Volksfest gefeiert. Tausende und Abertausende waren draußen, die Läden waren bis acht Uhr abends geöffnet, ein Korso von Wagen schob sich durch die Straßen. »Ob wir weiter verrohen oder ob die Menschheit eines Tages zum guten bürgerlichen Geschmack zurückkehren wird?«, fragte Lydia angewidert ihre Tochter. Cynthia hatte sich angewöhnt, ihre Mutter mit stiller Verachtung zu strafen. Aber das Gefühl, Hitler untreu zu werden, wenn sie ihre Mutter ungestraft ließe, wurde immer stärker.

Im Haus der Wolkenraths saßen die Männer vor dem Rundfunkgerät bei Bier und Schnittchen und fieberten mit Schmeling. Als dieser seinen Gegner durch einen furchtbaren Hieb aufs Auge besiegte, ging ein Aufschrei durch Hamburg. Jonny und Stella hatten Karten für die Veranstaltung. Sogar Stella wurde gefangengenommen von der Spannung.

Lydia hingegen spöttelte im Augenblick des Aufschreis: »Was für ein reizender und lieblicher Sport.« Cynthia, die zu Hause geblieben war, weil Eckhardt gesagt hatte: »Frauen haben bei der Übertragung nichts zu suchen, das ist Männersache«, blickte ihrer Mutter nun starr in die Augen und sagte: »Wenn du noch einmal gegen mein Deutschland hetzt, gehe ich zu meiner Scharführerin und sag ihr das.« Lydia hielt ihrem Blick stand. Langsam rollten zwei vereinzelte Tränen über ihre Wangen. Dann sagte sie leise: »Ich habe dich verstanden, meine Tochter.«

Eine neue Bestimmung erlaubte, dass jüdisch klingende Namen deutscher Familien nun ohne weiteres geändert werden durften. In der Kippingstraße wurde darüber gemunkelt, ob die Wolkenraths sich wohl jetzt umbenennen würden. Aber Alexander Wolkenrath machte dem Ganzen ein Ende, indem er den Satz prägte: »Lieber Wolkenrath heißen und Arier sein als Solmitz und Jude.« Man kicherte hinter vorgehaltener Hand, aber Luise erfuhr es trotzdem. Sie war entsetzlich verletzt. Auch Lysbeth hörte diesen Ausspruch und stellte ihren Vater zur Rede. Aber er war sich keiner Schuld bewusst. »Damit habe ich doch nur deutlich gemacht, dass dieser ganze Namenskram Humbug ist«, sagte er.

Alexander war nun Mitte siebzig. Er hielt sich zwar noch aufrecht, wie es einem guten Reiter geziemte, aber Lysbeth fand, dass er neuerdings doch schon ziemlich senil war. So bekam er auch überhaupt nicht mit, dass sein Sohn Dritter von ihren Geschäftsräumen in der Feldstraße aus wieder einmal eigenartige Geschäfte betrieb, die ihm kurzfristig viel Geld in die Taschen zauberten, was er dann aber immer wieder schnell verlor, so dass er sich regelmäßig von seiner Schwester Stella oder seinem Schwager Jonny Geld leihen musste. Er bekam natürlich überhaupt nicht mit, dass sein Sohn Dritter eine Liaison mit Greta, der Geliebten des Kapitäns Jonny Maukesch hatte. Und er bekam natürlich auch nicht im Allergeringsten mit, dass die Tante seiner Frau den Widerstand gegen Hitler unterstützte. Aber das blieb sogar vor Käthe verborgen.

In den Zeitungen wurden Enthüllungen über das Treiben der internationalen Rüstungsindustrie veröffentlicht. Die Wolkenraths diskutierten täglich die neuesten Ereignisse. Cynthia und Johann waren sich neuerdings sehr einig. »Mich schwindelt vor Ekel und Wut«, stieß sie aus. »Wie viele gewissenlose Verdiener sich daran bereichern, die Kriegsgefahr zu schüren.«

»Mich überrascht das nicht«, sagte Johann. »Ich weiß, in was für Händen die Menschheit ist.«

Stella musterte Jonny. Der trank schweigend sein Bier.

Die Tante bemerkte: »Wie gut, dass wir Hitler haben, unseren Friedensbringer.«

Cynthia sah sie kurz irritiert an, dann nickte sie.

Die Tante machte keine abfälligen Bemerkungen mehr über die Nazis. Ihre Zustimmung klang allerdings manchmal etwas überraschend. Als zum Beispiel überall Fälle von Kinderlähmung auftraten, unter anderem auch in Wenningstedt auf Sylt, während die Emilie-Wüstenfeld-Schule gerade in Puan Klent auf Sylt auf Klassenreise war, machte Luise sich große Sorgen um ihre Tochter. Sie erzählte der Tante ganz aufgeregt, dass der Schulleiter Hartleb in Puan Klent Leute mit Klappern aufgestellt hatte, die den bösen Geist verscheuchen sollten. Da sagte die Tante nur: »Ich bewundere die Nazis, sie sind so einfallsreich.«

Diesmal sah Luise sie irritiert an. Leise gab sie zu bedenken: »Mir kommt es doch ein wenig mittelalterlich vor.«

»Mittelalterlich, so kann man es nennen«, schmunzelte die Tante. »Aber wer sagt denn, dass im Mittelalter alles schlecht war?«

Die Tante hielt diese Haltung eisern durch. Sie gab keine einzige Bemerkung mehr ab, aus der ihr irgendwie ein Strick hätte gedreht werden können. Stella machte es ebenso. Und nachdem Lydia mit der Tante über Cynthias Drohung gesprochen hatte, hielt auch Lydia sich mit ihrer Kritik vollkommen zurück. Nur in Momenten, in denen sie hundertprozentig allein und sicher waren, sprachen sie ehrlich.

Jonny war zu klug, um Johanns und Cynthias blinde Begeisterung zu teilen. Ihm war durchaus bewusst, dass die sogenannte Friedenspolitik Hitlers eine Lüge war. Seine Anhängerschaft für die NSDAP war kühl und überlegt. Hitler war kein Friedensbringer, aber Jonny brauchte keinen Friedensbringer. Jonny hatte sich wenig verändert in den vergangenen Jahren. Jonny liebte Siege. Die Nazis waren Sieger. Er würde mitsiegen.

Die Friedenspolitik zeigte sich vor allem in militärischen Appellen, Aufmärschen und Luftschutzübungen.

Ende September wurden Kippingstraße und Kielortallee mit Stricken abgesperrt. Dann vernahm man eine dröhnende Explosion. Durch die Straßen liefen Männer in Gasmaske und Asbest. Stella blickte aus dem Wohnzimmerfenster und sah gegenüber, wie Fred Solmitz ebenfalls aus dem Fenster schaute. Sie empfand großes Mitgefühl mit ihm. So gern würde er an diesen Kriegsspielen teilnehmen, das sah man ihm an. Als sie allerdings Luise kurz darauf auf der Straße traf und diese sagte: »Der Ausdruck Explosion ist sehr undeutlich. Ich habe meiner Tochter Gisela befohlen, Zerknall zu sagen«, hatte Stella schon wieder genug von ihr.

Einen Tag später lag das Faksimile der sozialdemokratischen *Volksstimme*, einer Saarzeitung, in der Kippingstraße auf dem Wohnzimmertisch. Jeder, der kam, las es und legte es wieder zurück. Keiner verlor ein Wort. »Deutsche sprechen zu Euch!«, stand da geschrieben. Die Autoren waren bekannte Intellektuelle, unter anderem Lion Feuchtwanger, Ernst Toller, Alfred Kerr, Georg Bernhard, Heinrich und Klaus Mann. Cynthia allerdings sagte verächtlich: »Intellektueller Snob.« Der intellektuelle Snob riet der Saar, vom Hitler-Deutschland am Abstimmungstag fernzubleiben. Cynthia aber wünschte nichts sehnlicher, als dass die Saar endlich wieder deutsch würde. Und nicht nur Cynthia. Ganz Deutschland fieberte der Saarabstimmung am 13. Januar 1935 entgegen, die mit ungeheurer Propaganda vorbereitet wurde.

Am 2. Oktober fand ein Gedächtnisgottesdienst für den verstorbenen Reichspräsidenten, Generalfeldmarschall Paul von Hindenburg, in der Hauptkirche St. Michaelis statt. Er wurde abgehalten vom Reichsverband deutscher Offiziere und dem Stahlhelm. Jonny zog seine Kapitänsuniform an. Stella begleitete ihren Mann. Vor dem Eingang bemerkte sie, dass auch einige wenige Uniformen des alten Heeres zu sehen waren, unter anderem Fred Solmitz. Meine Güte, dachte sie und war fast zornig, er lässt sich auch wirklich keine Gelegenheit entgehen, seine militärische Größe zu demonstrieren. Vor der Großen Michaeliskirche standen Menschenmassen. Sie bemerkte, wie Leute auf der Straße Freds Uniform des alten deutschen Heeres grüßten. Eine große, hagere ältere Frau machte vor seiner Uniform einen tiefen Knicks.

Da bemerkte Stella ihre Nachbarin Luise Solmitz. Ergriffen betrat sie die Michaeliskirche. Am Eingang, von Kränzen dicht umgeben wie von einem Garten, erhob sich in Form eines Bildstocks gotischer Prägung der Schrein, in dem das Ehrenbuch der Stadt Hamburg für die Gefallenen ruhte. Oben in dem kleinen gotischen Zierbaldachin brannte still ein Licht.

Man entgeht ihr nirgends, dachte Stella. Sie rief sich selbst zur Ordnung. Die arme Frau kann nichts für deinen Zorn. Aber das überzeugte sie selbst nicht. Es war einfach so, dass Menschen nicht automatisch sympathisch oder angenehm wurden, weil sie Juden waren. Und Fred und Luise wären die übelsten Nazis, wenn man sie nur ließe.

Stella war allerdings sowieso gereizt. Diese Veranstaltungen machten sie nervös. Sie waren so pompös theatralisch, und Stella musste eine ergriffene Miene zur Schau stellen, obwohl sie am liebsten einen kleinen Zerknall in die Gesellschaft geworfen hätte.

Der festliche, helle, weißgoldene Rokokostil des riesigen Innenraumes der Kirche ohne Helldunkel, ohne geheimnisvolle Säulenschatten machte ihn besonders geeignet für solche Veranstaltungen. Die Stahlhelmfahnen zogen in die Kirche ein. Die meisten Hände hoben sich zum Hitlergruß, andere falteten sich. Stella saß neben Jonny, und in ihrer Brust war es eng und kalt. Sie dachte an die Zeit der Kriegsgottesdienste. Was würde aus ihr und Anthony werden, wenn Deutschland und England wieder in einen Krieg gerieten? Dann wäre sie dort Feindin und er hier Feind. Das wäre entsetzlich.

Der Landesbischof a.D., Hauptpastor Simon Schöffel trat an den Altar und hielt eine Rede. Er zeigte an Hindenburg, dass das Alter sehr wohl der Jugend Führer und Vorbild sein kann. In Gold und Kerzenglanz strahlte der Altar zwischen den zwei Reihen von Fahnen. Stella musste mit aller Konzentration die Angst wegschieben, dass Anthony aus ihrem Leben verdrängt werden könnte. Heute ist heute, sagte sie sich wie einen Kinderreim ein ums andere Mal vor. Es dauert nicht lange, und Jonny ist wieder auf See. Dann bin ich wieder bei Anthony, und niemand wird uns jemals trennen können.

Die Fahnen senkten sich zum stillen Gedenken an Hindenburg. Dann setzte leise der Gesang vom *Guten Kameraden* ein. Die Fahnen wurden währenddessen hinausgetragen. Durch die Kirche ging eine Bewegung der Rührung. Am Tannenbergdenkmal war eine Ehrenwache aufgestellt worden, es hatte eine wahre Wallfahrt eingesetzt.

Stella und Jonny gingen eingehakt, schweigend und in vermeintlich gemeinsamer glücklicher Berührung nach Hause. Dort sagte Stella: »Ich habe furchtbare Kopfschmerzen, ich gehe sofort ins Bett.«

Als sie lag, zog sie die Decke über ihren Kopf und weinte. Sie ekelte sich vor dem ganzen falschen Theater. Sie wollte nach London und bei Anthony sein und nicht mehr heucheln müssen.

»Zum Glück haben wir keine Hausangestellte«, sagte Käthe, als sie vom Einkauf nach Hause kam. »Ich hätte nichts gegen ein bisschen Hilfe«, erwiderte die Tante, die gerade dabei war, das Geschirr abzuwaschen. »Und dir würde es auch nicht schaden.« »Ja«, antwortete Käthe, »das ist wohl wahr. Aber dann schließt man so jemanden ins Herz, und dann muss man ihn entlassen.«

Die Tante drückte Käthe eine Tasse mit heißem Tee in die Hand und befahl ihr, sich an den Tisch zu setzen und zu erzählen, was geschehen war.

»Ich bin Luise Solmitz begegnet«, sagte Käthe.

Die Tante seufzte. »Das Unglücksweib. Was ist denn jetzt schon wieder Schlimmes passiert?«

»Das Arbeitsamt hat ihnen befohlen, Gretchen, ihre Hausangestellte, zu entlassen. Gretchen ist zwar Hamburgerin, aber am Stichtag für die Anmeldung an einem Wohnort in Hamburg hat sie sich auswärts aufgehalten. Sie hätten sich eigentlich strafbar gemacht, sagte der Beamte, schließlich gäbe es seit Monaten ein Zuzugsverbot, aber davon wollte er mal absehen.«

»Aber nun ist sie arbeitslos«, sagte die Tante, »dann fällt sie doch wohl Hamburg auf die Tasche.«

»Das hat Luise auch gesagt, aber der Beamte hat nur hoheitsvoll die Möglichkeit eines Antrags erwähnt. Gleichzeitig hat er aber gesagt, dass dessen Bewilligung als Präzedenzfall so gut wie ausgeschlossen ist.«

»Mist«, sagte die Tante, und man sah ihr an, dass sie es nicht ganz furchtbar entsetzlich fand, dass Luise nun in ihrem kleinen Haushalt selbst abwaschen und kochen musste.

»Ich glaube, was sie wirklich ängstigt, ist die Aussage des Beamten, dass das Arbeitsdienstjahr für Mädchen auch bald Pflicht werden soll. Das bedroht sie, glaube ich. Ihre Gisela soll so etwas nicht machen müssen.«

»Hm«, sagte die Tante. Und sie schenkte auch sich eine Tasse heißen Tees ein, setzte sich an den Tisch und stützte den Kopf in die Hände.

Ab dem 1. November sah man eine neue Hausangestellte im Haus der Solmitz. Käthe hatte allerdings den Eindruck, dass sie Luise nicht besonders behagte. »Sie beansprucht viel freie Zeit«, sagte sie vorsichtig, als Käthe sie nach ihrer neuen Haushilfe fragte. »Sie geht zur *Deutschen Arbeitsfront*, und dann fragt sie, ob sie nicht eher aufstehen und früher zu Bett gehen könne.«

Käthe lächelte unwillkürlich. Luise machte gerade ein sehr strenges Gesicht. Es erinnerte Käthe daran, dass Luise früher Lehrerin war.

Stella wurde immer häufiger von Angst überfallen, dass der Krieg nicht mehr lange auf sich warten lassen würde. Bislang hatte sie sich damit auf eine eher abstrakte Weise beschäftigt. Wer Hitler wählt, wählt den Krieg, hatten die Kommunisten bereits vor 1933 auf ihre Wahlkampfplakate geschrieben. Und Stella hatte sämtliche Informationen gesammelt, die das geheime Aufrüsten in Deutschland belegten. Aber sie hatte sich keine Gedanken darüber gemacht, was ein Krieg für sie und Anthony bedeuten würde. Seit dem Gottesdienst in der Michaeliskirche konnte sie die Gedanken daran aber nicht mehr verdrängen.

Als die Reichsregierung bekanntgab, dass Frankreich motorisierte Truppen an der Saargrenze zusammenzog und die Lage bitterernst würde, ging Stella sehr bedrückt zu Bett. Als bekanntgegeben wurde, dass in Deutschland achtundzwanzig Menschen geächtet worden seien, also nicht mehr als Deutsche galten und keine Rechte mehr besaßen, auch keine Rechte mehr auf ihr Eigentum, Kommunisten, Separatisten, darunter auch Klaus Mann und der Oberbürgermeister von Altona, kommentierte Cynthia das nur mit den Worten: »Die meisten sind Snobs auf intellektuellem Gebiet.« Ebenso wie die Bücherverbrennung sie nicht berührt hatte, nahm sie auch diese Nachricht wohlwollend zur Kenntnis. Stella entwickelte einen körperlichen Widerwillen gegen Cynthia.

Am 19. Oktober und dann wieder Mitte November fanden Verdunkelungen der Häuser statt. Stella sagte zur Tante: »Kann denn irgendjemand noch glauben, dass Hitler nicht den Krieg vorbereitet? In Neumünster gibt es mehr Soldaten als je zuvor, allein dort dreitausend Männer, bei uns wird ständig verdunkelt, wie blöd muss man denn sein, um an die Friedensabsicht der Nazis zu glauben?«

»Mein Kind«, sagte die Tante milde, »du vergisst, dass es nicht wenig Leute gibt, die für wahr halten, was in den Zeitungen steht. Und dort steht, dass alle anderen Länder Deutschland mit Krieg drohen. Dort steht, dass wir ein armes bedrohtes Land sind. Dort steht auch, dass die Roten kleine Kinder fressen.« Stella lächelte nun auch. »Weißt du«, sagte sie zur Tante, »in Afrika gilt das geschriebene Wort wie das Evangelium. Was in der Zeitung steht, ist dort ein ehernes Gesetz.«

»Ja, siehst du«, sagte die Tante, »und die Deutschen hängen dem gleichen Kinderglauben an wie die Schwarzen in Tanganjika.« Alle Straßen um die Kippingstraße herum waren von sieben bis zehn Uhr abends stockduster. Die Elektrische, die Autos, die Radler, alle fuhren ohne Licht, alle Häuser waren dunkel. Zum Glück erleuchtete der Mond die Stadt. Die Stimmung war etwa wie nachts gegen zwei Uhr. Mit der Kerze liefen alle im Haus herum. »Schade«, sagte die Tante kichernd, »dass man sich die ungeahnten phantastischen Schattenwirkungen nicht öfter mal leistet.« Die ganze gewohnte Umwelt schien verzaubert wie im Märchen.

Das *Fremdenblatt* schrieb über den »Fall Ennecerus« in der Isestraße 15. Es ging um den Eintopftag. Der Eintopfsonntag fand an jedem ersten Sonntag im Monat statt. Dann durfte es in Privathaushalten und mittags auch in Lokalen nur Eintopf geben, dessen Herstellung höchstens fünfzig Reichspfennig pro Portion kosten durfte. Die Differenz zum sonst üblichen Preis kassierte das Winterhilfswerk. Für das Winterhilfswerk wurden Lohn- und Gehaltsempfängern auch »Spenden« abgezogen und Haus- und Straßensammlungen veranstaltet. Das Winterhilfswerk des Deutschen Volkes ersetzte die früher von Städten und Gemeinden organisierte Winterhilfe für Arbeitslose. Das WHW half allerdings vor allem Bedürftigen aus NSDAP-Kreisen. Die Ehefrau des Majors Ennecerus hatte dem Eintopfsammler von der Winterhilfe »Bettelei« vorgeworfen und gesagt, sie hätte kein Geld. Ihren Groschen wollte er dann nicht mehr annehmen. Nachdem das *Fremdenblatt* darüber berichtet hatte, sammelte sich vor seinem Haus eine Volksmenge mit Sprechchören, die nicht nur »Pfui« riefen. Hätte er sich gezeigt, wäre Ennecerus gelyncht worden. Seine Majorin wurde von der Polizei in Schutzhaft genommen. Jonny sagte zu Stella: »Ich glaube, ich kenne den. Der ist Tannenberger. Ludendorffer. Nennt sich königlich preußischer Major a.D.«

Lysbeth erzählte am Abend, dass sie in den Auflauf um Ennecerus geraten war. »Ein Ständchen«, rief ein Kind. Aber dann vernahm Lysbeth die Pfuirufe, ein wunderliches Ständchen. Lysbeth konnte sich kein Bild machen, weil sie lauter gut gekleidete, »anständige« Menschen »Pfui« rufen hörte. Im Treppenhaus johlende Kinder, die dauernd die elektrische Klingel in Gang hielten, in den Fenstern die lachenden Gesichter der dort zahlreich wohnenden Juden.

General von Lettow-Vorbeck sprach zum Gedenktag von Tanga. Lettow-Vorbeck war der Kommandeur der Schutztruppe für Deutsch-Ostafrika im letzten Krieg gewesen. In der Schlacht von Tanga vom 2. bis 4. November 1914 hatte er einen Landungsversuch der zahlenmäßig überlegenen anglo-indischen Armee zurückgeschlagen. Jonny kannte ihn seit frühester Jugend, weil Lettow-Vorbeck in China den sogenannten Boxer-Aufstand zerschlagen hatte. Damals war Jonny zehn Jahre alt gewesen und hatte in China gelebt. Alle ehemaligen Mitglieder des Kolonialclubs trafen sich zu seinem Vortrag. Anschließend gab es Sekt und Schnittchen, und die Gäste standen in kleinen Grüppchen beisammen. Stella und Jonny fanden sich im Gespräch mit den Solmitz. Sie sprachen über die Kriegsgefahr. Seit Wochen und Monaten wurde überall darüber gesprochen, in Geschäftszimmern, in Bierstuben, in Schulen. »Amerika-Japan, Tschechei-Ungarn, Russland-Polen, wohin soll das noch gehen?«, rief Luise Solmitz dramatisch aus. »Frankreich schließt mit Russland wieder Freundschaft und weist polnische Arbeiter aus.«

»Und wir liegen wehrlos mitten im Hexenkessel, ein einziger Fliegerangriff kann ganz Deutschland vernichten«, stimmte Jonny zu. »Wir müssen auf alles gefasst sein.«

»Wann kommt endlich der Tag, da es im Reich und in Österreich nur noch Deutsche gibt?«, fügte Luise an. »Ist das nicht das wichtigste Ziel für uns alle?«

Lettow-Vorbeck stellte sich zu ihnen, und die vier lobten seinen interessanten Vortrag. »Immer wieder beeindruckt es mich«, strahlte Stella ihn an, »in welcher Brillanz Sie über Afrika sprechen, über dieses wundervolle Land, das ich ja auch kenne – und liebe.« Sie schloss ihren Mann in ihren entzückten Blick ein und hakte ihn unter. »Nicht wahr, Jonny, der General ist ein wahrer Künstler in der Beschreibung unseres geliebten Afrikas?«

Jonny nickte zustimmend. Allerdings wusste er sehr gut, dass Stella ihn beim Thema Afrika schnell in irgendwelche Schwierigkeiten bringen konnte, einfach weil sie Spaß daran hatte. Er entschied sich, es unverzüglich zu wechseln. »Wir brauchen gar nicht mehr nach Afrika zu fahren, wenn wir in die Hitze wollen«, sagte er. »1934 ist für Norddeutschland ein veritables Ausnahmejahr gewesen an Beständigkeit und Wärme.«

»Der Landwirt nennt es Dürre«, bemerkte Lettow-Vorbeck ernst.

»Sogar jetzt, da eigentlich Winter sein sollte, ist schönes, mildes Vorfrühlingswetter«, lautete Luises Kommentar, im gleichen eifrigen Ton vorgebracht wie alles, was sie bisher über die Kriegsgefahr gesagt hatte. »Fred hat für mich ein Marmelblümchen am Dammtor gepflückt, und es ist ja nicht etwa das Einzige seiner Art.«

Jonny und Lettow-Vorbeck blickten befremdet auf Fred Solmitz. In ihren Augen war zu lesen, dass sie es sehr seltsam fanden, wenn ein Mann am Dammtor Marmelblümchen pflückte.

Luise bemerkte erschrocken, in welche Verlegenheit sie ihren Mann gebracht hatte. Schnell fügte sie hinzu: »In Elmshorn trieb ein Baum Knospen, und die Kätzchen blinkten schon hervor.«

»Nicht zu glauben«, gurrte Stella und ließ ihren Blick in gekonntem Strahlen von Luise zu den Männern wandern. »Meine Herren, ich glaube, wir dürfen den General nicht länger mit Beschlag belegen. Schauen Sie nur, wie sehnsüchtig ihn die Damen da hinten erwarten.«

Geschmeichelt begab sich Lettow-Vorbeck zu der Gruppe, auf die Stella gewiesen hatte. Stella selbst entfernte sich auch, angeblich, um die Toilette aufzusuchen. Aber in Wirklichkeit wollte sie außer Reichweite von Luise Solmitz sein. Die Frau war ihr einfach zu stramm deutschnational. Da stockte ihr Schritt. Sie vernahm Luises begeisterte Stimme. »Stellen Sie sich vor, Kapitän Maukesch, Fred und ich haben einige kleine Sprachschlachten gewonnen. Jetzt hat sich doch morgens der ›örtliche‹ statt des ›lokalen‹ Dienstes im Rundfunk gemeldet, es wurde der ›Fernsprecher‹ statt des ›Telefons‹ angegeben, und der ›Konflikt‹ zwischen Ungarn und Serbien wurde zum ›Streitfall‹, zur ›Unstimmigkeit‹.« Luise jubelte laut. »Freds Brief hat Erfolg gehabt.«

Zum nächsten Eintopftag wurde ein Zettel durch die Haushalte geschickt. In diesem Schreiben stand nun, man solle nicht glauben, dass fünfzig Pfennig pro Haushalt wie bisher genug seien. Auch fünfzig Pfennig für jeden Hausgenossen sei nur der Anfang, der Mindestsatz, wenn man wirklich höhere Opfer nicht leisten könne. Keine Almosen, fühlbare Opfer müsse man erbringen. Die Wolkenraths lasen den Zettel und rechneten. Sie müssten also mindestens vier Mark und fünfzig Pfennig spenden. »Entscheidet die Höhe einer Summe, ob es ein Almosen oder ein Opfer ist?«, fragte Dritter ketzerisch. »Ich finde, Parteimitglieder dürfen nicht knauserig sein«, sagte die Tante und lachte krächzend, ein Geräusch, das die Männer lange nicht mehr gehört hatten. Alexander und Dritter fuhren richtig zusammen.

»Nein, ich finde, es ist andersherum«, schmunzelte Alexander da. »Nicht-Parteimitglieder müssen doppelt so viel zahlen.«

Alle lachten, aber irgendwie hatte das Lachen einen eigenartigen Unterton, den es im Haus der Wolkenraths noch nie gehabt hatte. Eine Grenze war gezogen worden, eine Linie: Hie Nazi, nie nicht.

Da sagte Aaron mitten ins Lachen hinein: »Und Juden müssen gar nichts geben. Sonst würde die Winterhilfe noch rassisch verunreinigt.« Alle hörten auf zu lachen und starrten ihn an. Aaron saß da, gerade, aufrecht, die dunklen sanften Augen blickten freundlich in die Runde, sein dichtes Lockenhaar umhüllte sein schmales Gesicht. Lysbeth sah ihn mit den Augen der andern: ein Studierter, ein Arzt, der zu schwach war, sich durch die Härten des Lebens zu kämpfen. Ein Mann, der irgendwie Welpenschutz genoss. Und dann sah sie ihn mit den Augen ihrer Liebe: ein wundervoller Mann, der seinem Herzen folgte, ob es seine Patienten oder seine Liebste betraf. Einer, der niemanden im Stich ließ, der ihn brauchte, und schon gar nicht Lysbeth. Einer, den Lysbeth niemals im Stich lassen würde.

Als sie am Abend Arm in Arm miteinander im Bett lagen, empfand Lysbeth wieder diesen leichten Stich der Kränkung über Aarons Ankündigung, seine Eltern ohne sie besuchen zu wollen. Sie war zornig auf sich selbst, wollte das endlich nicht mehr fühlen. Also beschloss sie, der Sache selbst ein Ende zu setzen, und sagte so leichthin, wie es ihr möglich war: »Aaron, ich finde es richtig, dass du deine Eltern besuchen willst. Ich finde es auch richtig, dass ich nicht mitkomme. Ich mache hier dann die Hausbesuche weiter.«

Aaron streichelte ihren Rücken. »Und ich wollte dir gerade vorschlagen, dass wir doch gemeinsam zu ihnen fahren, und zwar Weihnachten. Was hältst du davon?«

»Weihnachten?«, fragte Lysbeth erschrocken. Sie liebte das Weihnachtsfest in der Kippingstraße. So seltsam ihre Brüder auch waren, es handelte sich doch um ihre Familie, und an Weihnachten war es mit dem großen Tannenbaum und den Plätzchen und dem Zauberschnaps der Tante und den Liedern immer so heimelig, dass es Lysbeth sehr schwerfallen würde, darauf zu verzichten. Aber sie war auch riesig erleichtert, weil Aaron sie nun doch mitnehmen wollte. Sie fühlte sich in einer Zwickmühle. Da fiel ihr etwas ein. »Wie wär's mit Silvester?«, fragte sie.

Aaron hatte schon eine sehr müde Stimme. »Einverstanden«, sagte er.

Lysbeth fiel ein Stein vom Herzen. Silvester war ein Fest, das sie sehr anstrengend fand mit seiner zwanghaften Fröhlichkeit, die sie oft nicht teilen konnte – schon gar nicht in diesem Jahr.

Der Dezember 1934 stand im Zeichen der Vorbereitung der Saarland-Wahl. Aus allen Teilen der Welt kamen Saardeutsche, um ihre Stimme abzugeben. Beim Saarverein konnte man sich für die freie Unterbringung eines von irgendwoher kommenden Saardeutschen melden. Es kamen welche aus China, aus Amerika, aus allen Teilen der Welt.

Stella sammelte Informationen. Es ging um Aufrüstung. Es ging um Kriegsvorbereitung, so viel stand fest. Anthony hatte inzwischen nicht nur Kontakt zu Journalisten, seine Fragen wurden, so schien es Stella, irgendwie schärfer, professioneller. Und wenn er mit dem Nachrichtendienst zusammenarbeitet, fragte Stella sich. Sie wusste, dass sie zum Tode verurteilt würde, wenn herauskäme, dass sie irgendwie mit dem britischen Nachrichtendienst zu tun hatte. Doch als sie erfuhr, dass eine Studienrätin in Berlin ihre Stellung verloren hatte, weil sie den Kindern ihrer Klasse von Aufrüstung erzählt hatte unter genauer Angabe, wo wie viele Soldaten ständen, fügte sie dies ihrer Sammlung an Informationen für Anthony bei. Sie wusste nicht genau, wie sie aussortieren sollte, was Anthony genau interessieren könnte, aber sie schrieb ihm einfach lange Briefe, in denen sie im lesbaren Teil über das deutsche Leben berichtete, von dem sie auf diese oder jene Weise erfahren hatte. Mit der Zaubertinte schrieb sie auf die Rückseite, was während ihres Salons oder auf den privaten Zusammenkünften ranghoher Nazis geplaudert wurde. Vieles davon kam ihr lächerlich vor, vollkommen uninteressant, wenn es aber irgendwie Rüstung, Krieg, angebliche Abwehr möglicher fremder Angriffe betraf, schrieb sie es detailgenau auf.

Auch die eigenartigen Eklats, die sich um Menschen ereigneten, die angeblich durch zu geringe Spenden die Winterhilfe beleidigt hätten, wie zum Beispiel in Volksdorf um die Witwe des Großbäckers Julius Busch, berichtete sie Anthony. Manches davon war gewiss für Journalisten oder Nachrichtendienste nichts wert, aber Anthony war Schriftsteller und insofern interessierten ihn vielleicht diese abstrusen deutschen Geschichten.

Und dann geschah etwas, das Stella so aufregte, dass sie eine Weile sogar vergaß, ihre Nachrichten zu sammeln. Am zweiten Weihnachtstag waren Jonny und sie zu einem kleinen Empfang bei Bürgermeister Krogmann eingeladen worden. Wie immer ging Stella von Grüppchen zu Grüppchen, trank Sekt und plauderte. Und plötzlich fiel ihr Blick auf die schmale sehnige Hand einer Frau, die ihr Sektglas zum Mund führte. Ein roter Blitz traf Stellas Augen, sie schaute genauer hin. Ihre Beine wurden weich. In ihr zitterte es so sehr, dass sie meinte, ihr Kopf würde wackeln. Ja, es war der Rubin des Sultans von Sansibar. Er hatte ihn ihr bei ihrem Besuch zu Weihnachten 1925 geschenkt und sie damit vor Jonny in einige Verlegenheit gebracht. Sie zwang sich zur Ruhe. Durch ihren Kopf ratterten Gedanken, ihr Körper wurde geschüttelt von Gefühlen. Sie sah sich, wie sie in großer Not in den Laden dieses Pfandleihers gegangen war, um Willy, ihrem afrikanischen Geliebten, Geld zu schicken. Willy war von Jonny angeschossen worden und geflüchtet. Stella hatte nicht gewusst, wo er war. Aber sie hatte ihm Geld zukommen lassen wollen. Damit hatte er sich ein neues Leben aufbauen sollen, vielleicht sogar in Hamburg an ihrer Seite. Das war viele Jahre her. Damals hatte sie den Ring gegen Geld eingetauscht. Der Pfandleiher hatte zu ihr gesagt, dass sie wiederkommen sollte. Dass der Ring auf sie warten würde. Und sie hatte gesagt: »Ich komme nie wieder.«

Sie war damals in einer entsetzlich verzweifelten Lebenslage gewesen, von dem Geld hatte sie sich unter anderem auch Kokain gekauft, mit dem sie sich manchmal in eine glückliche Stimmung versetzt hatte.

Um Stella herum hatte sich das Stimmengewirr zu einem einzigen brummenden Ton geballt. Mit einem Mal fühlte sie sich davon so bedrängt, dass sie es nicht länger aushielt. Sie zwang sich, auf ihren hochhackigen Schuhen langsam und unauffällig durch den Raum zu stöckeln, um die Toilette aufzusuchen. Aber in Wirklichkeit floh sie. Vor den Menschen, vor der Frau mit dem Ring, vor der Erinnerung an die Frau, die sie damals gewesen war: unglücklich, allein, sehnsüchtig nach Liebe und vollkommen haltlos.

Im Badezimmer schaute sie sich im Spiegel an. Ihre Augen waren weit aufgerissen, als hätte sie ein Gespenst gesehen. Und so war es in gewisser Weise auch. Sie hatte diesen Ring geliebt. Es war *ihr* Ring, ein ganz besonderes Geschenk in einer ganz besonderen Situation. Es kam ihr jetzt so vor, als hätte sie den Ring wie ein Symbol weggegeben: Sie hatte sich selbst verloren, weggegeben, aufgegeben. Da konnte sie den Ring gleich hinterherwerfen. Wenn Lysbeth damals nicht so unerbittlich darum gekämpft hätte, dass Stella wieder zurückkommen sollte, wer weiß, was aus ihr geworden wäre. Sie war zurückgekommen, Schritt für Schritt. Zuerst auf den Boden der Tatsachen, dann hatte sie Abschied vom Kokain und den dazugehörigen Leuten genommen, dann hatte sie es ausgehalten, sich selbst im Spiegel zu betrachten und ganz allmählich war sie wieder in ihren Körper zurückgekehrt und wieder Stella geworden. Anthonys Liebe hatte ihr dabei enorm geholfen, aber den Anstoß hatte Lysbeth gegeben.

Stella war zurück. Nun sollte auch der Rubin zurückkommen.

Sie ließ kaltes Wasser über ihre Handgelenke laufen. Als eine andere Frau kam, puderte Stella sich die Nase, kämmte die Locken, die sich aus ihrer Hochsteckfrisur an den Ohren gelöst hatten und in ihr Gesicht ringelten und besprühte sich mit Parfüm. So vorbereitet ging sie wieder zurück. Sie hatte einen Plan gefasst. Sie wusste, sie war nicht allein. Zu ihr gehörten ihre Schwester und ihre Tante. Gemeinsam würden sie den Ring zurückholen.

Wie planlos schlenderte sie wieder durch den Raum, doch sie hatte die Frau immer im Auge. Irgendwann stand sie in ihrer Nähe, und dann mischte sie sich auch ein wenig in das Gespräch ein, das sich um das Wetter in den vergangenen Tagen drehte.

Vor Weihnachten waren doch die schönsten Frühlingstage gewesen. Aus der Mark wurde Fliederblüte gemeldet.
Von der Alster Rosenblüte.
Es mutete unnatürlich an.

»Ja, man wollte immer fröhliche Pfingsten wünschen statt fröhliche Weihnachten«, fiel Stella in das Gespräch ein und lachte ihr ansteckendes Lachen. Nun war die Aufmerksamkeit bei ihr. Ob sie noch singe, fragte ein Gast. Ob sie nicht heute singen wolle, er höre es immer so gern.

»Oh, nein, wissen Sie«, sagte Stella mit kokettem Augenaufschlag, »mein Mann, der Kapitän Maukesch, schätzt es nicht, wenn ich öffentlich auftrete, ohne es vorher mit ihm besprochen zu haben.«

Die Erläuterung »Kapitän Maukesch« hatte sie in die Richtung der Dame mit dem Rubin gegeben und diese dabei so angelächelt, als wollte sie sagen: Sie müssen ja wissen, wer ich bin, und ich möchte auch sehr gerne wissen, wer Sie sind.

»Sie singen?«, fragte die Dame auch sogleich.

»Ja, und sie spielt hervorragend Klavier«, erklärte der Leutnant eifrig, der sich gerade erkundigt hatte, ob Stella heute auftrete. »Es ist ein großer Kulturgenuss, ihrer Darbietung zu lauschen.« Nun musste Stella der Dame erzählen, um welche Art Gesang es sich handle. Im Nu waren beide Frauen in einem angeregten Gespräch über Schubertlieder, heitere Lieder und die heute populären, die zumeist aus Filmen stammten.

»Was für ein zauberhaftes Gespräch«, rief Stella irgendwann aus, »gnädige Frau, Sie sind wirklich eine sehr anregende Gesprächspartnerin. Haben Sie auch etwas mit Musik zu tun?«

»Nein«, lächelte die Frau, die wohl ein paar Jahre älter als Stella sein mochte. Sie trug ihre dunklen Haare ebenso wie Stella hochgesteckt. An ihren Ohren baumelten auch Rubine, allerdings an Größe und Schönheit nicht vergleichbar mit dem Ring. Sie war eine aparte Frau, um schön genannt zu werden, war sie zu dünn, aber ihre hohen Wangenknochen und der fein geschnittene Mund verliehen ihr eine ganz eigene aristokratische Ausstrahlung.

»Ich habe nur als kleines Mädchen schon das Klavierspiel gelernt und musste auf Familienfesten das Gelernte vortragen.« Sie verzog ihren Mund zu einem Lächeln, das Stella unwillkürlich abstoßend fand. Es war klein, irgendwie verächtlich, als röche sie etwas Abstoßendes. »Ich habe es verabscheut«, sagte sie mit einer klaren hohen Stimme, der man den Schliff einer guten Erziehung anhörte.

Stella berührte die Frau leicht am Arm und steuerte sie in die Richtung von Jonny. »Ich möchte Sie mit meinem Mann bekanntmachen, Gnädigste.« Der Frau war es offenbar völlig geläufig, als Gnädigste angesprochen zu werden, denn sie machte nicht die geringsten Anstalten, ihren Namen zu nennen.

»Jonny«, rief Stella da etwas unhöflich laut ein paar Meter durch den Raum. Sie wusste, dass man ihr kleine Fauxpas verzieh. Sie war und blieb einfach die kleine Maukesch. Jonny näherte sich auch sofort. Als er die Dame an Stellas Seite erblickte, begrüßte er sie: »Gnädige Frau, wie erfreulich, Sie hier zu sehen.« Sie reichte ihm die behandschuhte Hand zum Kuss, und Stella dachte, dass die Dame es ganz offensichtlich für unter ihrer Würde hielt, ihre Handschuhe zum Gruß abzuziehen, wie es neuerdings zur Mode gehörte. Stella war verärgert. Ihre Strategie war fehlgeschlagen. Sie hatte gehofft, dass die Frau ihre Anonymität lüften müsste, wenn Stella sie und Jonny bekanntgemacht hätte, aber nun erwies es sich, dass die beiden bereits gute Bekannte waren. Sie sprachen im Nu über wichtige Entwicklungen in Afrika, und einen Moment lang schwankte Stella, ob dies wirklich ihr Ring war oder ob die Dame vielleicht auch einen vom Sultan von Sansibar geschenkt bekommen hatte.

Das Gespräch rauschte an ihr vorüber, denn sie war in Gedanken damit beschäftigt, ihren Plan zu verfeinern. Jonny und sie hatten zu einer Silvesterfeier im kleinen Kreis bei ihnen in der Kippingstraße eingeladen. Sie wollten Käthe und Alexander, Edith von Warnecke mit ihrem Mann und zwei weitere Paare mit einem Menü bewirten. Stella hatte sich alles ausgemalt. Der neue Polizeigeneral Münchau mit seiner Gattin sollte kommen und ein Herr Sauer mit seiner Frau, der mit Jonny seit den Anfängen der Republik geheime Geschäfte gemacht hatte und heute in der NSDAP hoch angesehen war, obwohl keiner so recht wusste, was er eigentlich tat.

Als das Fest seinem Ende zuging und die Dame sich verabschiedete, sagte Stella: »Gnädige Frau, es war so angenehm mit Ihnen zu plaudern, ich wage jetzt einfach eine kleine Unverfrorenheit: Ich möchte Sie zu uns zu einer kleinen Silvesterfeier einladen.« Jonny zog verärgert die Augenbrauen zusammen. Aber nun konnte er nichts mehr dagegen tun.

Die Frau machte ein erstauntes, dann erfreutes Gesicht. Sie raunte vertraulich in Stellas Richtung, aber auch Jonny konnte sie deutlich vernehmen: »Ihre Unverfrorenheit rettet mir das Leben. Ich bin nämlich bei Freunden meiner Eltern zu einer Gesellschaft eingeladen, wo es entsetzlich steif zugehen wird. Und bei Ihnen«, sie zwinkerte Stella zu, »werde ich ja vielleicht in den Genuss Ihres Klavierspiels kommen.«

»O ja«, sagte Stella mit Überzeugung, »Silvester werde ich mich nicht zieren.«

Sie warf Jonny ein breites Lächeln zu. »Liebster, klär doch bitte alles mit der Gnädigen Frau, Ort und Zeit und Umstände ... ich sehe gerade, dass Frau Münchau gehen will und ich muss noch kurz etwas mit ihr besprechen. Bis Silvester«, sagte sie zu der Dame und reichte ihr die Hand.

»Bis Silvester«, antwortete diese und drückte kräftig zu.

»Was hast du dir dabei gedacht?«, fragte Jonny verärgert auf dem Nachhauseweg. »Wobei?«, gab Stella die Frage unschuldig zurück.

»Die Gräfin von Wangenheim zu uns einzuladen«, antwortete er gereizt. Stella blieb ganz ruhig. »Sie ist eine entzückende Person«, sagte sie. »Ich glaube, sie kann unserer Gesellschaft nur guttun. Hat sie keinen Mann?«

»Ihr Mann ist tot«, sagte er. »Er war Korvettenkapitän.«

Oh, dachte Stella, mehr als du. »Was hast du gegen sie?«, fragte sie geradeheraus.

»Sie ist eine eiskalte berechnende Person«, sagte er, und Stella war sehr erstaunt, denn er klang, als hätte er Angst. »So kam sie mir gar nicht vor«, sagte sie mit weicher schmeichelnder Stimme. Sie wollte so viel wie möglich über die Frau erfahren.

»Was macht sie denn, außer die Witwe eines Korvettenkapitäns zu sein?«

»Sie macht gar nichts mehr«, sagte er schroff. »Sie war Ärztin. Sie ist befreundet mit Reichsärzteführer Wagner, ich weiß nicht, ob die beiden liiert sind.«

»Aha ...«, sagte Stella langsam. Jetzt verstand sie Jonnys Ablehnung. Er fürchtete alle Ärzte, die sich berufen fühlten, die »Volksgesundheit« vor der Bedrohung durch Geisteskranke zu schützen. »Na gut«, fügte sie nach einer Zeit des Nachdenkens hinzu. »Tut mir leid, ich war wohl voreilig. Aber jetzt kommt sie nun mal, und wir werden es verschmerzen.«

In den Tagen zwischen Weihnachten und Neujahr bereitete sich Stella eifrig darauf vor, ihren Ring wieder in Besitz zu nehmen. Allerdings wollte sie vorher ganz sichergehen, dass es auch wirklich ihr Ring war.

Als Erstes also verwickelte sie Jonny in ein Gespräch über die Dame, die ihm so gar nicht gefiel. Aber immer, wenn sie damit begann, wurde Jonny einsilbig. »Wieso habt ihr über Afrika gesprochen?«, fragte sie. »Ist die Gräfin dort gewesen.«

»Weiß nicht«, sagte er. »Sie will über alles mitreden, und sie weiß, dass ich Afrikakenner bin.«

Afrikakenner, so so, dachte Stella, aber sie hütete sich, eine Silbe des Zweifels laut werden zu lassen.

»Glaubst du, sie war mal in Sansibar?«, fragte Stella nun direkter.

Sie fiel aus allen Wolken, als er antwortete: »Du meinst wegen dem roten Klunker? Keine Ahnung. Aber sag mal, wo ist eigentlich deiner?« Er lachte trocken auf. »Und ich hatte schon gedacht, dass das was ganz Wertvolles war, aber wahrscheinlich gibt es diese Dinger auf jedem Markt in Afrika zu kaufen.«

Er dachte nach: »Wahrscheinlich war sie mal da. Oder, was meinst du?«

Stella sah ihn auffordernd an. Er sollte weitersprechen.

»Meine Güte«, rief er aus, »was zerbrechen wir uns den Kopf? Es gibt so viele Möglichkeiten, wie sie an das Ding gekommen ist. Vielleicht hat irgendjemand ihn ihr mitgebracht, wahrscheinlich denkt sie auch, dass er wertvoll ist.« Er sah Stella listig an. »Es gibt noch eine andere Möglichkeit: Juden.«

Stella zuckte zusammen. Juden? War ihr Pfandleiher Jude gewesen?

»Wieso Juden?«, fragte sie naiv.

»Du bist ja gut«, fuhr er auf. »Heute haben solche Leute wie die Gräfin alles Mögliche von Juden.«

»Wieso?«, fragte Stella.

»Meine Güte«, sagte er gereizt. »Du bist so naiv, das ist kaum zu glauben. Mein Kind, es gibt eine Menge Juden, die das gastliche Deutschland verlassen. Sie dürfen nicht besonders viel mitnehmen. Wertvolle Bilder, Schmuck, Teppiche und so weiter kannst du von solchen Leuten im Augenblick ziemlich billig erstehen. Wenn du es nicht tust, erwirbt der Staat es für noch viel weniger. Und ich vermute mal, dass im adligen Umkreis der werten Gräfin im letzten Jahr einige Juden einiges veräußert haben.«

Er hatte das Interesse an dem Gespräch verloren, zündete sich eine Zigarre an und griff nach der Zeitung. Stella wusste auch genug.

Am nächsten Tag ging sie zu der Adresse des Pfandleihers, wo sie damals den Ring in Zahlung gegeben hatte. Das Schild war übergestrichen, trotzdem konnte man noch lesen: Schmuck, Gold, Uhren, Sonstiges. Der Pfandleiher war fort. In seinem Laden, dessen Winzigkeit Stella erst jetzt auffiel, befand sich nun ein Geschäft für Briefmarkensammler. Stella trat ein, die Türklingel machte das hohe Geräusch, an das sie sich noch erinnerte. Stella schloss die Tür und wendete sich nach hinten Richtung Tresen. Alles war noch genauso wie vorher. Ein Tresen, wo unter Glas Schmuck lag. Es roch nach kaltem Rauch. Niemand war da.

Der Vorhang von verblichenem Blau bewegte sich, und ein alter Mann trat in den Laden. Stella hielt den Atem an. Das war der Pfandleiher.

Er setzte eine Lupe in ein Auge und blickte Stella entgegen. Sie trat beklommen drei Schritte auf ihn zu. »Guten Tag«, sagte sie schüchtern. »Guten Tag«, gab der alte Mann zurück. Sein Gesicht war von Falten zerfurcht. Auf dem Kopf trug er ein gehäkeltes Käppi, aber es sah nicht jüdisch aus. Der ganze Mann sah nicht jüdisch aus, befand Stella. Er trug eine grüne Weste über einem grünen Hemd. Dazu eine Cordhose, wie sie Arbeiter trugen. In hellbraun. Er sah eigenartig aus. Wie verkleidet.

»Was kann ich für Sie tun, Frollein?« Er sah sie aufmerksam an.

»Briefmarken oder alten Schmuck?«

Kurz entschlossen sagte Stella: »Alten Schmuck.«

Der Mann behielt seinen aufmerksamen Blick. Er zog einen Kasten unter dem Glas hervor, in dem in vielen kleinen Reihen Ringe in Samtschlitzen steckten. Stella begutachtete die Ringe. Früher war ihr Schmuck vollkommen gleichgültig gewesen. Aber in den vergangenen Jahren hatte sie – wohl angeregt durch den Sultan von Sansibar – einige Kenntnis über Schmuck angesammelt. Hier lagen wertvolle und völlig wertlose Klunker nebeneinander. Sie wies auf einen Ring, der offenkundig aus dünnem Silber war mit einem Stein, der vielleicht Bergkristall, wahrscheinlich aber simples Glas war. Sie vermutete, dass das Silber auch kein Silber war, denn die Fassung war so lieblos, dass kein Silberschmied daran tätig gewesen sein konnte.

»Was kostet der?«, fragte Stella. Der Mann lächelte sie milde an. »Das wollen Sie gar nicht wissen. Sie wollen etwas ganz anderes wissen.« Er musterte Stella, nahm seine trockene alte Hand und hielt sie unter ihr Kinn. »Ich kenne Sie«, murmelte er, betrachtete ihr Profil von links und von rechts, murmelte Unverständliches vor sich hin und sagte dann: »Rubinring, Gold, 1926?« Er nahm seine Lupe aus dem Auge und nun erkannte sie, dass das Auge, vor dem er die Lupe gehabt hatte, so gut wie tot war.

»War das damals schon?«, fragte sie.

»Nein«, antwortete er. »Hat Ärger gegeben.«

Er ging zu dem Vorhang und hielt ihn hoch. »Kommen Sie.« Stella huschte hinter die Ladentheke und folgte dem Mann nach hinten. Dort stand ein Tisch mit vier Stühlen neben einer kleinen Kochzeile. »Ich habe mir grad einen Kaffee gebraut«, sagte er, »wollen Sie auch einen?«

Stella nickte. Er gab ihr den Kaffee in einem Blechbecher. Sie legte ihre Hände um den heißen Becher. Es war kalt hier. Wie mochte er es aushalten, wenn der Winter wirklich kalt war?

Auch der Mann legte seine Hände um den Becher. Sein gesundes Auge war ungewöhnlich wach für sein Alter.

»Ich will ehrlich sein«, sagte Stella. »Ich habe meinen Ring an einer Frau gesehen, und ich möchte wissen, ob das wirklich mein Ring ist oder ob sie vielleicht einfach den gleichen hat.«

Der Mann lächelte. Seine Nase war dick und großporig, wahrscheinlich trank er, auch die Poren auf seinen Wangen waren grob, und die Falten, die sich von der Nase zum Kinn und dann parallel weiterzogen, machten aus ihm einen durch Arbeit und Exzesse gezeichneten Mann. »Ich will auch ehrlich sein«, sagte er. »Wenn das Ihr Ring ist, können Sie ihn an einer kleinen Ungenauigkeit in der Fassung des Rubins erkennen. Sie müssen ihn anschauen: Vor ihnen liegt der Stein. Legen Sie ihn so hin, dass er nach rechts leicht ausgebuchtet ist. Der Stein ist nämlich nicht ganz rund. Der ganze Ring ist nicht ganz rund. Und nun schauen Sie auf die Fassung an der linken Seite. Da ist eine Art Herz. Es ist in einem anderen Gold als der übrige Ring. Es ist dunkleres Gold, ein dunkles Herz auf hellem Grund. Das gleiche Herz fasst den Ring auf der rechten Seite. Dort wo die Ausbuchtung ist. Da ist das Herz, wie ein Herz sein soll, zwei Halbkreise, eine Spitze, die Halbkreise zum Stein. Auf der linken Seite aber gibt es zwischen den beiden Halbkreisen noch eine kleine Spitze.« Der Mann hielt seinen kleinen Finger in die Höhe. »Eine winzig kleine Spitze, als hätte der Goldschmied einen Spaßtupfer gemacht oder etwas Gold aus Versehen vergossen, man weiß es nicht. Vielleicht war es auch seine Handschrift, und all seine Schmuckstücke haben irgendwo diese winzige Erhöhung. Auf jeden Fall kann man Ihren Ring daran erkennen.«

Stella seufzte auf. Sie prägte sich das Ganze gut ein. Rechts Ausbuchtung, links Herz mit Spitze nach oben. »Wissen Sie, wer den Ring gekauft hat?«, fragte sie.

Der Mann lächelte. »Er wurde nicht verkauft, meine Schöne.« Er legte seine Hand auf die ihre, die immer noch den Becher hielt. »Wissen Sie, Pfandleiher sind eine ganz besondere Sorte von Menschen. Wir bekommen sehr schöne Dinge – die hässlichen nehmen wir nicht an –, und wir geben dafür nicht so viel Geld, wie sie wert sind.« Er humpelte geschwind in seinen Laden zurück und kam mit einer der Schubladen zurück, die unter dem Glas lagen. Dieser Schublade entnahm er ein paar Ohrringe, hielt sie in die Höhe, wo sie das Licht zurückwarfen, so dass ein kurzes Funkeln wie von Wunderkerzen durch den Raum zuckte. Stella seufzte. Sie wagte nicht, nach den zierlichen Ohrgehängen zu greifen. Aber sie versuchte, genau hinzuschauen. Der Mann hielt Stellas Hand auf und ließ die Ohrhänger hineinfallen. Wieder seufzte Stella. »Die sind schön«, hauchte sie und hielt sie in die Höhe. Jetzt erst erkannte sie das Werk: Oben unter dem Verschluss war ein Diamant angebracht, der in Höhe des Ohrläppchens saß, von diesem wundervoll geschliffenen Diamanten ging eine in Gold gegossene nach unten baumelnde jugendstilartige Dreizackform, an der unten ein doppelt so großer Diamant wie oben hing. Der untere Diamant war so raffiniert geschliffen, dass er das Licht auf tausendfache Weise zu brechen schien. »Legen Sie sie an«, forderte der alte Mann sie auf.

Stella zögerte. »Doch! Doch!« Er nickte bekräftigend mit dem Kopf.

Also wagte Stella es. Der Mann lächelte sehr zufrieden. »Gehen Sie«, sagte er und wies mit der Hand zum Verkaufsraum. »Dort liegt ein Spiegel.«

Unsicher begab Stella sich nach vorn ins Geschäft. Auf dem Tresen lag ein Spiegel. Sie ergriff ihn und schaute sich an. Ihre veilchenblauen Augen, die tizianroten Haare, die sie wie meistens in der letzten Zeit nach oben geschlagen hatte, ihr rosa geschminkter Mund. Die Ohrhänger. Als hätten die Dinger sie verzaubert, sah Stella im Spiegel eine Prinzessin aus Tausendundeiner Nacht. Ihre Haut schimmerte perlmutten, ihre Augen funkelten wie im Fieber, ihr Mund schwoll wie nach einer durchküssten Nacht. Sie seufzte und nahm den Schmuck aus ihren Ohren. Sie ging in die Küche zurück, legte dem Mann beide Ohrhänger in die Hand und drückte seine andere darauf.

»Sie wollen mich zur Schmuckdiebin machen«, scherzte sie. »Wenn ich nur eine Minute länger geguckt hätte, wäre ich mit diesen Zaubersteinen einfach aus Ihren Laden stolziert und hätte behauptet, es wären meine.« Sie lachte, aber es klang unsicher. Der Mann hatte keine Garantie, dass sie so etwas nicht tun würde. Sie war schließlich die Frau von Kapitän Jonny Maukesch. Der Polizeigeneral würde in ein paar Tagen bei ihr zu Silvester speisen. Und wer war er?

Ja, wer war er?

Der alte Mann sah sie ernst an, als würde er ihre Gedanken lesen. »Ich war nur Verkäufer«, sagte er leise. »Als ich vor fünfundvierzig Jahren hier in diesen Laden kam. 1889. Ich war sechzehn Jahre alt. Mein Vater war Goldschmied gewesen. Er war an Tuberkulose gestorben. Ich sollte das Goldschmiedhandwerk lernen, hatte schon begonnen, aber als mein Vater starb, musste alles verkauft werden, was in seiner Werkstatt war, weil meine Mutter sich an seiner Schwindsucht angesteckt hatte, und die Ärzte viel Geld kosteten. Sie starb auch.«

Er blickte in die Ferne, als könne er seine Mutter sehen, wie sie im Bett lag und litt und hustete und starb. Stella wagte kaum zu atmen. Hier breitete jemand gerade Geheimnisse vor ihr aus, das spürte sie deutlich. Sie wusste noch nicht, was ihr offenbart werden würde, aber sie wusste, dass sie daran tragen würde. »Ich habe Schmuck immer geliebt«, sagte der Mann und lächelte wieder sein zartes altes Lächeln, das seinen Mund verrutschen ließ und in den Mundrändern einklemmte. »Der Laden hier gehörte einem Juden. Goldmann hieß er. Alle glaubten, dass das sein Geschäftsname war, aber er hieß wirklich so. Ein Witz, den er fast nie aufklärte. Er war eben der Goldmann. Sein Sohn war ebenso alt wie ich. Etwas jünger. Wir wurden Freunde. Richtig gute Freunde.« Er warf Stella einen kurzen scharfen Blick zu. »Wenn Sie verstehen, was ich meine.« Stella, die in geschlechtlichen Dingen erfahrene Frau, die während der Republik in allen möglichen Künstlerkreisen verkehrt hatte, errötete. Der alte Mann brachte sich gerade in Lebensgefahr. Er erzählte ihr von seiner Liebe. Der Liebe zu einem Mann.

Sie versuchte ein Lächeln und nickte. Aber ihr Lächeln verunglückte ebenso, wie es sein wehmütiges Lächeln tat.

»Ja, wir wurden ein Paar«, sagte er schlicht. »Ein gutes Paar, wie es nicht viele gibt. Über vierzig Jahre lang liebten wir uns und waren einander treu. Im letzten Jahr haben sie uns an die Scheiben geschrieben: Kauft nicht beim Jud! Und ein paar jugendliche Randalierer kamen rein und wollten uns den Schmuck wegnehmen.« Er lachte. Ein sonores, männlich triumphierendes Lachen. »Ich war schneller.« Stella lachte auch. In diesem Lachen entlud sich ihre ganze Spannung, und sie konnte eine Weile gar nicht wieder aufhören. Dass dabei Feuchtigkeit in ihre Augen trat, schob sie der Lachattacke zu. Auch der Mann hatte eine Weile länger gelacht, als es dem Anlass vielleicht angemessen war. Auch seine Augen glitzerten danach.

»Sie haben für Ihren Freund meinen Rubin verkauft«, sagte Stella. Keine Frage, eine Feststellung. Er nickte. »Nicht nur Ihren Rubin, all den anderen Schmuck, von dem wir uns sonst nie getrennt hätten. Es gab Dinge hier, die behielten wir für uns, vorausgesetzt, der wahre Besitzer holte sie sich nicht zurück. Dazu gehörte Ihr Rubin.«

Stella wurde warm ums Herz. Als hätte der Alte ihr gerade unterbreitet, dass er immer gut auf ihre Tochter aufgepasst hätte. Nicht einmal diese Nachricht hätte sie jetzt verwundert. Alles kam ihr verzaubert vor.

»Wem haben Sie den Schmuck verkauft?«, fragte sie.

»Es musste unter der Hand geschehen«, sagte er leise. »Keiner durfte es wissen. Wir haben die wundervollsten Sachen zu Spottpreisen weggegeben. Wilhelm musste weg, ich hatte solche Angst um ihn.«

»An wen?«, fragte Stella. Ihre Stimme war streng. Sie wollte es wissen.

»Gräfin von Wangenheim.« Er beobachtete Stella genau, während er den Namen sagte. Sie pfiff durch die Zähne. »Wirklich!«

»Ja«, sagte er gedehnt, »natürlich hat sie es nicht selbst gemacht, sie hatte Unterhändler, aber jeder wusste, dass es für sie war. Sie ist verrückt nach wertvollen Sachen, die sie billig erwerben kann.«

»Erwerben?«, fragte Stella spöttisch. »Wenn das kein Raub ist?«

»Auf jeden Fall konnte Wilhelm nach Belgien, jetzt ist er in Frankreich, aber wir wollen nach Amerika, sobald ich hinterherkann.«

Jetzt war es an Stella zu lächeln. »Sie wollen auch fort?«

»Ja.«

»Und Sie möchten, dass ich Ihnen die Diamantohrringe abkaufe. Was noch?«

»Oh, so viel Sie sich leisten können«, gab er verschmitzt zurück. Aber er wurde sofort ernst. »Eine Hand wäscht die andere, oder? Sie wollten wissen, wer den Rubin hat. Die Gräfin von Wangenheim, darauf leiste ich jeden Eid. Ich weiß nicht, was Sie vorhaben, aber Sie haben etwas vor, sonst wären Sie nicht hier hereingeschneit. Wenn ich Ihnen dabei behilflich sein kann, will ich es tun.«

Er legte seine beiden Hände um Stellas und drückte sie väterlich. »Und ich bitte Sie um Hilfe, den Schmuck, den ich noch besitze, den ich liebe, nicht zu verschleudern, sondern an Menschen zu verkaufen, die ihn zu schätzen wissen.« Er verzog seinen Mund wieder zu diesem wehmütigen verrutschten Lächeln. »Ich will weg«, sagte er, »ich will wirklich weg. So schnell und mit so viel Geld wie möglich. Sonst kommen wir nicht nach Amerika.«

Stella legte ihre freie Hand auf seine, die oben auf ihrer lag. So schlossen sie einen Pakt. »Ich tue, was ich kann«, sagte sie entschieden. »Und wenn ich Ihre Hilfe wegen dem Rubin brauche, sag ich Bescheid.« Sie erhob sich. Als die beiden sich verabschiedeten, war es, als wären sie seit ewigen Zeiten gute Freunde. Die Ladenklingel ertönte. Stella stand draußen. Seltsam, dachte sie, während der ganzen Zeit ist kein einziger Mensch dort hineingekommen. Aber es gibt doch bestimmt viele Juden, die ihn aufsuchen. Da fiel ihr etwas ein. Sie öffnete die Tür wieder, es klingelte, und Stella stand im Geschäft.

»Hallo?«, rief sie.

Der Vorhang hob sich, und der Mann erschien. Einen kurzen Moment sah Stella, dass hinten am Tisch ein anderer Mann saß. Sie erschrak. Der alte Mann war anscheinend auch erschrocken. »Ich wollte nur noch sagen«, haspelte Stella. »Wenn ... hier ... irgendjemand kommt mit ... dem Rubin, dann ...«

Der Mann lächelte.

»Dann war es ganz sicher der, den er hier gekauft hat«, sagte er bestimmt. Und dann fügte er noch leise hinzu: »Keine Sorge. Wegen nichts.«

Stella versuchte noch, einen Blick nach hinten zu erhaschen, aber der Mann blieb hinter der Theke stehen, bis sie den Raum verlassen hatte. Erst als sie mit der Elektrischen schon fast wieder zu Hause war, fiel es ihr wie Schuppen von den Augen. Es gab noch einen anderen Eingang hinten! Und es gab viele Juden, die Schmuck verkaufen mussten.

Die Tante machte ihren letzten Gang mit ihrer eigenartigen Einkaufstasche am 28. Dezember. Alles lief wie immer, aber als sie zum Zeitungskiosk Ecke Grindelallee/Hallerstraße kam, war dieser geschlossen. Die Tante war zuletzt vor Weihnachten dort gewesen, da hatte der Mann nicht angekündigt, dass er nächstes Mal nicht da sein würde. Vergeblich suchte sie nach irgendeinem Schild, das seine Abwesenheit erläuterte. Unschlüssig stand sie noch einen Moment da, dann ging sie zum Bäcker, der an der Ecke sein Geschäft hatte. Sie kaufte eine Rosinenschnecke und aß sie gleich im Laden, während sie mit der Bäckerin ein wenig klönte, wie alte Frauen es nun einmal zu tun pflegten, die vom Hölzchen aufs Stöckchen und vom Wetter und den Enkelkindern zu Weihnachten und schließlich auf den Zeitungsmann kamen.

»Jetzt sollte ich doch meiner Tochter die Zeitung mitbringen«, plauderte die Tante, »aber da ist ja zu. Wissen Sie, wann der wieder aufmacht?«

Die Bäckerin blickte schnell nach rechts und links, es war niemand sonst im Laden, dann flüsterte sie: »Der kommt nicht wieder. Abgeholt.«

»Abgeholt?«, wiederholte die Tante leise. »Was hatte er denn auf dem Kerbholz?«

»Der hatte gar nichts auf dem Kerbholz«, entfuhr der Bäckerin schroff. Schnell fügte sie in verändertem Ton hinterher: »Na ja, ich weiß von nichts. Ich kannte ihn ja auch kaum.« Und ob du ihn kanntest, dachte die Tante. Und offenbar mochtest du ihn auch, denn sonst würdest du die ganze Zeit den Mund halten. Das wäre nämlich sicherer.

Die Tante zahlte ihre Rosinenschnecke und leckte sich die Finger undamenhaft ab. Die Bäckerin gab ihr eine Serviette.

»Die Gestapo war hier und hat mich und die Verkäuferin, die manchmal bei uns arbeitet, gefragt, ob uns Leute aufgefallen sind, die regelmäßig zu Herrn König gekommen sind.« Sie sah der Tante direkt in die Augen, als sie deutlich Wort für Wort betonte: »Natürlich habe ich gesagt, dass ich auf meine eigenen Kunden aufpasse, und dass die einzigen Kunden, die mir manchmal aufgefallen sind, die NS-Studenten waren. Die haben nämlich immer bei Herrn König ihre Zigaretten gekauft.«

Die Tante hatte verstanden. Herr König war aufgeflogen, und zwar durch irgendeine Denunziation, die etwas mit Nazi-Studenten zu tun hatte. Sie lächelte die Frau an. »Danke für die Rosinenschnecke«, sagte sie. »Ich wünsche Ihnen ein sehr schönes Jahr 1935.«

»Ich Ihnen auch«, sagte die Bäckerin. »Und viel Glück.«

Die Tante wusste nicht, wie sie die anderen jetzt warnen konnte. Sie selbst, das war klar, durfte sich in der Nähe dieses Kiosks und auch auf diesem ganzen Weg nicht mehr blicken lassen. Es wusste zwar keiner ihrer Adressaten, wer sie war, aber wenn irgendjemand sie identifizierte, weil sie aufgefallen war wie zum Beispiel der Bäckerin, war sie fällig.

Auf dem Heimweg überdachte die Tante ihre Lage. Sie kam zu dem Schluss, dass sie mit dieser Art Zeitungsverteilung aufhören wollte. Sie hatte es eineinhalb Jahre gemacht. Was jetzt getan werden musste, so entschied sie, war etwas anderes, als auch noch einen Fischhändler oder eine Buchhändlerin in Gefahr zu bringen, weil sie über Informationen verfügten, die aus illegalen Zeitungen stammten. Aber wie konnte sie diesen ihren Entschluss mitteilen?

Ihre nächste Runde wäre am 4. Januar gewesen. Die Tante war entschlossen, diese nicht stattfinden zu lassen. Sie hatte ein seltsames Gefühl. Die Gestapo würde den Zeitungsmann, Herrn König, foltern, bis dieser so viel sagen würde, wie er wusste. Das war nicht viel, aber es war die Beschreibung der Tante. Eine alte Frau. Vielleicht Ende siebzig. Das würde er sagen. Sie hatte ihm sogar einmal in einem kleinen Gespräch falsche Daten von sich gegeben. In zwei Jahren achtzig. Zwei Töchter, zwei Söhne, acht Enkel, eine große Familie, wohnhaft in Barmbek.

Wenn sie ihn folterten, würde er das alles unter Qualen und Schuldgefühlen preisgeben. Mehr wusste er nicht. Die Tante fühlte sich trotzdem bedroht. Nicht so sehr wegen sich selbst, sondern wegen Aaron. Wenn er und Lysbeth irgendwie in den Geruch illegaler Tätigkeit kamen, musste ihnen nichts nachgewiesen werden, dann waren sie der ganzen Willkür ausgesetzt. Nein, die Tante wollte das nicht weitermachen. Was nicht bedeutete, dass sie nicht bereit war, weiterhin gegen die Nazis tätig zu werden, aber nicht mehr auf diese Weise, soviel stand für sie fest, als sie endlich in der Küche in der Kippingstraße saß und sich ein Glas von dem Zauberschnaps genehmigte.

Da endlich fiel es ihr ein: Alma. Die junge Frau und die Tante waren für den 1. Januar im Alsterpavillon verabredet. Die Tante würde ihr sagen, was sie beschlossen hatte. Dass sie zwar bereit wäre für andere Arbeit, aber keine Zeitungen oder Flugblätter mehr austragen wollte.

Aaron und Lysbeth waren am gleichen Tag am Morgen mit der Bahn nach Oberhausen gefahren. Ihre zwei Koffer waren voller Geschenke für Aarons Eltern. Die ganze Familie hatte beigesteuert, was zu entbehren war. Alle wussten, dass Juden es schwer hatten, und außer Johann gab es keinen in der Familie, der Juden hasste. Lysbeth war 41 Jahre alt, Aaron acht Jahre jünger. In den vergangenen Jahren hatte man den Altersabstand nicht einmal ahnen können, weil Lysbeth in dieser Liebe aufgeblüht war wie der Flieder im Mai und Aaron eine starke feste Männlichkeit entwickelt hatte. Seit Machtantritt der Nazis aber, und besonders – wie sie selbst manchmal angstvoll dachte – seit ihrer Hochzeit, war Lysbeth gezeichnet von Sorgen. Aaron hingegen, der ständig damit beschäftigt war, das Gute an seiner Situation als Jude zu entdecken, hatte eine geradezu kindlich-naive Leichtigkeit entwickelt. Im Augenblick sahen sie wie eine gealterte angestrengte Frau und wie ein junger fröhlicher Träumer aus. Hinzu kam, dass Lysbeth jetzt endgültig ihre Hoffnung auf eine Schwangerschaft und ein Kind aufgegeben hatte. Sie war zwar noch nicht in den Wechseljahren, aber sie war überzeugt, dass eine Frau, die bis vierzig trotz regelmäßigen Geschlechtsverkehrs nicht schwanger geworden war, dies auch nicht mehr würde. Aaron hingegen war dreiunddreißig Jahre alt, im besten Alter, eine Frau zu schwängern. Und seine Eltern hatten eine Tochter verloren, die wünschten sich bestimmt ein Enkelkind. Lysbeth dachte in der letzten

Zeit immer häufiger, dass es ein Fehler gewesen war, Aaron zu heiraten. Nicht ihretwegen, nein, seinetwegen. Sie hatte zwar gedacht, dass sie es für ihn getan hatte, aber hatte sie ihn so nicht auf eine unlautere Weise an sich gebunden? Manchmal dachte sie darüber nach, welche Möglichkeiten Aaron ohne sie hätte. Blieb er vielleicht nur ihretwegen in Deutschland? Ihre Gedanken verhedderten sich, wenn sie zu lange nachdachte. Lysbeth fürchtete sich also vor dem Besuch. Gleichzeitig hoffte sie, danach mehr Klarheit gefunden zu haben.

Oberhausen war eine durch Kohlengruben geprägte Stadt. Die Bergarbeiter wohnten in kleinen Reihenhäusern mit winzigen Gärten. Viele von ihnen gingen dem Hobby der Taubenzucht nach, so auch Aarons Vater.

Nicht nur Lysbeth hatte vorher Angst gehabt, was sie erwarten würde. Aaron fürchtete sich ebenfalls. Aber als sie in dem winzigen Häuschen der Eltern ankamen, waren sie sehr überrascht. Alles war wie immer. Die Jüdische Gemeinde hatte zwar die Losung herausgegeben, dass in jüdischen Haushalten in diesem Jahr kein Adventkranz und kein Tannenbaum brennen sollten, aber bei Aarons Eltern stand beides. Es war gemütlich dort, die Mutter hatte Weihnachtskekse gebacken, und es gab Kaffee und Stollen. Aaron und Lysbeth packten ihre Schätze aus, und Lysbeth kam sich fast etwas seltsam vor, weil sie so viele Lebensmittel mitbrachten. Doch Aarons Mutter freute sich ohne jede Ziererei und verstaute alles sofort in ihrer winzigen Speisekammer. Das Einzige, was Aaron Sorge machte, war der Husten seines Vaters. Alle Bergleute hatten Husten, aber der Vater bekam einen richtigen Hustenkrampf. Dann verließ er den Raum und ging nach draußen zum Plumpsklo, wo er abspuckte, wie er es nannte.

»Schwindsucht?«, fragte Aaron nüchtern seine Mutter. Aber die antwortete ebenso sachlich: »Nein. Er hat es schon so lange, bei Schwindsucht könntest du ihn schon auf dem Friedhof besuchen.«

Also war es nichts als die obligatorische Staublunge. Darauf hatte Aaron sich vorbereitet. Er hatte die Tante nach Tees gefragt, und die hatte ihm einige mitgegeben. Lysbeth hatte homöopathische Kügelchen mitgebracht, die sie Aarons Vater direkt am ersten Abend schon verabreichte. Und wirklich, sein Husten quälte ihn nicht mehr so stark, die Anfälle wurden kürzer, und er entspannte sich sichtlich. Aarons Eltern waren klein, beide hatten einen Buckel, die Mutter hatte gichtige

Hände, der Vater den Husten. Aber beide lachten laut aus vollem Herzen, sobald sich ihnen eine Gelegenheit bot.

Sie verbrachten einige schöne Tage miteinander, es war harmonisch und ohne jede Trübung. Lysbeths Ängste, ihre Schwiegereltern könnten sie vielleicht nicht akzeptieren, weil sie zu alt sei und ihnen keine Enkel lieferte, lösten sich nach zwei Tagen schon in nichts auf. Und so geschah es mit all ihren Anspannungen. Aaron und sie schliefen zwar auf dem Sofa im Wohnzimmer und auf dem Teppich davor, weil sie sich energisch geweigert hatten, das Angebot der Eltern anzunehmen, in deren Ehebett zu übernachten. Aber bis Aaron sich vor das Sofa legte, teilte er mit Lysbeth den Sofaplatz, was nicht einmal unbequem war, weil das Sofa eigentlich eine Art Liege war, auf der eine Decke und Kissen lagen. Nach einer Nacht bat Lysbeth Aaron auch, bei ihr zu bleiben und so schliefen sie eng aneinandergeschmiegt und fanden von Nacht zu Nacht mehr zu der Leidenschaft zurück, die ihnen während der vergangenen Wochen etwas abhandengekommen war. Alles war ungetrübt, bis Lysbeth zu Aarons Vater sagte: »Ich möchte so gern mal deine Tauben kennenlernen.« Da brach er in ein Husten aus, das gar nicht wieder aufhörte. Er verschwand nach draußen. Lysbeth sah ihre Schwiegermutter erschrocken an. Aaron war blass geworden. Die alte Frau war auf ihrem Platz zusammengesunken und wagte nicht, hochzublicken. Dicke Tränen liefen über ihre Wangen.

Es dauerte eine Weile, bis sich Lysbeths Erstarrung auflöste. Dann kauerte sie sich neben dem Sessel der alten Frau nieder und fragte sanft: »Was ist geschehen, Mutti?«

Aaron ging hinter seinem Vater her.

Seine Mutter blieb regungslos sitzen, blickte nach unten, und über ihre Wangen lief ein ruhiger Tränenfluss. Lysbeth streichelte ihre verformten gichtigen Hände, die eiskalt in ihrem Schoß lagen.

So verstrich eine geraume Zeit. Um Lysbeth und ihre Schwiegermutter herum dämmerte es. Die Umrisse des Zimmers wurden weich und verschwommen. Lysbeth hockte auf dem Boden, lehnte ihren Oberkörper gegen den Sessel, streichelte die verbrauchten Hände. Es war sehr still.

Lysbeth verlor das Gefühl für ihre Beine, die vielleicht eingeschlafen waren, vielleicht auch nicht, auf jeden Fall hatte der Schmerz aufgehört, der anfangs gezeigt hatte, dass diese Haltung unbequem war. Sie verlor auch das Gefühl für Zeit und Raum, für jegliche Begrenzung. Es war, als würde sie hier nun für immer so bleiben.

Als die beiden Männer zurückkamen, war es schon dunkel.

Lysbeth hatte inzwischen ihrer Schwiegermutter eine Decke über die Beine gelegt. Die alte Frau schien eingeschlafen zu sein. Sich selbst hatte Lysbeth ein paar Kissen auf den Boden getan, damit sie dort bequemer sitzen konnte. Und dann hatte sie die Hände von Aarons Mutter weitergestreichelt.

Aaron und sein Vater hatten rote Wangen. Sie stiefelten ins Haus, machten das Licht an, brachten Kälte von draußen mit und schimpften, weil Lysbeth und die Mutter nicht den Ofen angemacht hatten. Geschäftig sorgten sie dafür, dass es warm wurde, dass Wasser für Tee aufgestellt und das Abendbrot aufgetischt wurde.

Über die Tauben wurde kein Wort mehr verloren. Erst als Lysbeth und Aaron in ihrer dichten Nähe auf dem Sofa lagen, flüsterte sie: »Was war jetzt los? Was hat er gesagt?«

»Irgendjemand hat seine Tauben vergiftet«, raunte Aaron. »Die waren wie seine Kinder.«

Da war die Angst wieder da. »Wer war das?«, fragte sie.

»Keiner weiß es, aber natürlich wissen es alle«, sagte er bitter. Er passte zwar sehr auf, leise zu sprechen, aber beiden war natürlich klar, dass die Eltern ebenfalls wach waren und wussten, worüber Aaron und Lysbeth sprachen.

»Sie haben den Taubenzüchterverein aufgelöst ...«

»... und in die SA eingegliedert«, führte Lysbeth Aarons Satz zu Ende.

»Klar«, sagte er, und es klang nun schon wieder der verschmitzte Aaron durch, den Lysbeth kannte. »Aber Bergleute haben ihre eigenen Gesetze, so schnell schließen die keinen aus, der zu ihnen gehört. Ob Jude oder nicht, Staublunge bleibt Staublunge.«

»Und Taube bleibt Taube«, sagte Lysbeth leise.

»Ja, und wer Tauben liebt, hasst Taubenmörder.« Aaron küsste Lysbeths Nacken. Er flüsterte an ihr Ohr: »Der Blockwart hat vorher schon immer gegen Vater gehetzt. Keiner konnte es ihm beweisen, aber alle wussten, dass er es war. Dabei hatte er selbst Tauben.«

»Und?«, fragte Lysbeth. »Haben sie seine auch umgebracht?« Sie gab sich selbst die Antwort. »Nein, natürlich nicht. Wer Tauben liebt, bringt keine Tauben um. Die können ja nichts dafür.«

»Stimmt«, sagte Aaron und Lysbeth hörte, dass er lächelte. »Die Tauben tragen allerdings seit einiger Zeit andere Fußringe und kriegen ihr Futter in Dortmund und Essen. Da gibt es auch Taubenzüchter. Ein Taubenzüchter, der einem andern die Tauben tötet, ist in der ganzen Gemeinde auf ewig unten durch.«

»Hat er deinen Vater verdächtigt, als seine Tauben verschwunden waren?«, fragte Lysbeth beklommen.

»Bergleute sind doch nicht dumm«, sagte Aaron. »Das Ganze ist generalstabsmäßig geplant und durchgeführt worden. Mein Vater und meine Mutter hatten wasserdichte Alibis.«

Lysbeth seufzte. Das machte die Tauben nicht wieder lebendig. Aaron streichelte ihren Kopf, ihre Wangen, ihren Mund. Lysbeth seufzte wieder.

Ja, sie wusste es wieder: Es war richtig, dass sie geheiratet hatten. Wegen Hitler. Aber vor allem: Weil sie sich liebten.

Das Silvesterfest bei Stella und Jonny Maukesch war sehr gediegen. Die Frauen trugen lange Abendgarderobe, und die Männer waren in Smoking erschienen. Stella hatte sich zurückgehalten, ihr Kleid war hochgeschlossen und hatte nur einen etwas tieferen Rückenausschnitt. Die Gräfin von Wangenheim allerdings erschien in einer Abendrobe, die alles andere in den Schatten stellte. Ihr langes schwarzes Kleid war bis über die Taille hinaus mit roten Steinen bestickt, die ein Muster wie einen Stern in den ausgestellten Rock zeichneten. Ihre langen seidenen Handschuhe waren aus schwarzer Spitze und darüber trug sie, ja, Stella jubelte innerlich: Rubinschmuck. Auch um den Hals trug sie ein funkelndes Rubincollier, das ihren weiten Ausschnitt schmückte. Wer keinen Busen hat, braucht Schmuck, dachte Stella boshaft. Sie selbst ging mit Schmuck immer noch sehr sparsam um. Seit sie den Rubinring weggegeben hatte, trug sie den billigen Ersatzklunker nur dann, wenn Jonny ausdrücklich darum bat. Der falsche Ring war ihr richtig widerwärtig, denn er erinnerte sie an eine Zeit, für die sie sich schämte. Sie erläuterte Jonny ihre blanken Hände damit, dass sie sich vor einiger Zeit verletzt hatte, weil der Haken der Hundeleine sich genau in dem Augenblick mit ihrem Ring verklemmt hatte, als die Hündin Dora an der Leine ruckte, weil sie sich erschreckt hatte. Seitdem hätte sie eine Scheu, Ringe anzulegen. So begründete sie auch, dass sie ihren Ehering schon seit langem nicht mehr trug.

Stellas größte Angst war gewesen, dass die Gräfin den jüdischen Emigranten bereits so viel Schmuck gestohlen hatte, dass sie mit einem anderen Ring erscheinen würde. Aber anscheinend hing sie besonders an diesem Rubin. Vielleicht passte er auch nur so gut zu ihrem Kleid, letztlich war es Stella egal, Hauptsache, der Ring war im Haus. Sie hatte eine Verabredung mit der Tante getroffen. Diese würde um Mitternacht, wenn alle schon etwas angetrunken waren, der Gräfin den Ring entwenden und ihn gegen Stellas austauschen. Wenn alle nach draußen zum Anstoßen mit den Nachbarn gingen, wollte sie sich an die Fersen der Gräfin heften. Wenn die Gräfin zur Toilette ging, was irgendwann nach Mitternacht bestimmt der Fall sein würde und wo sie gewiss ihre Handschuhe ablegen würde und auch den Ring, wollte die Tante sie entweder auf eine anbiedernde Altfrauenart in ein Gespräch verwickeln und sich den Ring zeigen lassen, oder sie würde beteuern, sie würde schon auf die Sachen aufpassen, die Gräfin könne Handschuhe und Ring ruhig draußen bei ihr ablegen. Die Tante hatte den Ersatzklunker in ihrer Schürzentasche. Je nachdem, wie die Situation sich entwickelte, würde sie entweder den Ring schon in der Hand haben und schnell austauschen oder aber sie würde sich Zeit lassen.

Alles lief genau so, wie Stella und die Tante es geplant hatten. Um Mitternacht erhob sich die gesamte Gesellschaft und sang zuerst das *Deutschland-* und dann das *Horst-Wessel-Lied*. Alle hatten die Arme zum Hitlergruß in die Höhe gestreckt, nur Käthe nicht, die sagte, das würde sie zu sehr anstrengen. Edith von Warnecke, im gleichen Alter wie Käthe, hatte dafür zwar nur ein mitleidiges Lächeln übrig, aber sie wirkte ohnehin wie Käthes Tochter, und insofern ließ sie es ohne ein beanstandendes Wort geschehen, dass Käthe als »alte Frau« eine Sondererlaubnis bekam.

Anschließend begaben sich alle nach draußen vor die Tür, ließen Korken von Sektflaschen knallen und stießen mit den übrigen Nachbarn der Kippingstraße auf ein neues Jahr 1935 an. Die Frauen hatten sich Schals oder Stolas übergeworfen. Sie froren. Stella allerdings zögerte den Augenblick, wo sie zurückgingen, immer noch ein wenig weiter hinaus. Nur Käthe, die »alte Frau«, kehrte schnell wieder ins Haus zurück. Edith hatte sich eine Stola aus Hermelin umgelegt. Sie sah aus wie eine Königin. Nie im Leben hätte sie sich von den Männern, den Toasten, der feierlichen Situation, ins neue Jahr zu gehen, als zimperliche Frau entfernt. Die Frau des Polizeigenerals Münchau hatte die Uniformjacke ihres Mannes übergelegt bekommen, als anständiger Kavalier zeigte er nicht, dass er fror. Nur die Gräfin war zu dünn gekleidet. Sie hatte sich von Stella übertölpeln lassen, die ihr schnell einen Umhang überreicht hatte: »Damit Sie nicht frieren, gnädige Frau.« Dieser Umhang allerdings war zwar aus Wolle, aber diese Wolle war auf eine filigrane Weise gehäkelt. Sie sah schön aus, hielt aber die kalte Luft nicht ab.

Stella schenkte das Glas der Gräfin im Nu wieder voll, und diese trank schneller, als sie es den ganzen Abend über getan hatte, obwohl Stella auch da nicht müßig gewesen war, nachzuschenken.

Die Tante kam erst aus dem Haus, als alle sich schon bereit machten, wieder hineinzugehen. Sie stellte sich zu der Gräfin, die mit Edith von Warnecke und deren Mann darüber sprach, dass das nächste Jahr ganz im Zeichen der Saarlandabstimmung stehen würde. Und dass sie selbst bereits kostenlos einigen Saarlandheimkehrern aus Australien Kost und Logis geboten habe.

»Bei uns waren welche aus China, aus Peking und Shanghai«, verkündete Edith. Die Tante, die wusste, dass Edith nicht wieder zu stoppen war, wenn erst einmal das Thema China angeschnitten war, fragte interessiert: »Ach, war es nicht so, liebe Edith, dass Sie damals in China gelebt haben. War Jonny da nicht noch klein?«

Stella klatschte innerlich Beifall. Durch Ediths Mann fuhr nämlich ein leichter Schlag, nur erkennbar an seinen Augen und für die sehr gute Beobachtungsgabe der Tante. »Wir sollten hineingehen«, schlug er vor. »Die Gräfin friert, glaube ich.«

Edith zögerte zwar, aber sie folgte dann doch ihrem Mann und der Gräfin, die den Vorschlag sofort dankbar aufgegriffen hatte. Die Tante ging neben der Gräfin die Treppen hoch und fragte: »Waren Sie schon einmal in Australien, gnädige Frau?«

Die Gräfin antwortete zerstreut, dass sie leider noch nicht das Vergnügen gehabt hätte, dass ihre Gäste aber gar zu interessant von dort zu berichten gewusst hätten. Dann raunte sie: »Wo ist die Toilette, bitte?«

Die Tante rieb sich innerlich die Hände. »Da, gleich links«, sagte sie. Sie wusste, dass dort geschlossen sein würde, weil Stella sich hineinbegeben hatte und sich verabredungsgemäß viel Zeit lassen würde.

Die Tante seufzte auf. »Ach, jetzt werde ich auch ein Glas Sekt trinken. Aber erzählen Sie mir doch bitte: Wenn Sie nach Australien fahren würden, was würde Sie denn am meisten interessieren?« Die Gräfin und die Tante standen vor dem verschlossenen Badezimmer. Die Gräfin wurde unruhig. »Wissen Sie was?«, sagte die Tante da vertraulich auf Altfrauenart. »Eine Etage tiefer ist auch noch eine Toilette. Da ist bestimmt keiner.«

Die Gräfin ließ sich dankbar nach unten führen und das Badezimmer zeigen, das genau eine Etage tiefer lag. Dort war wirklich niemand. Aber an der Tür fehlte der Schlüssel. Die Tante sagte also beruhigend: »Ich halte hier Wache, keine Sorge, es wird schon keiner reinkommen.«

Sie harrte also direkt vor der Tür aus, zog den Glasklunkerrubinring aus ihrer Schürzentasche und versteckte ihn in ihrer linken Hand. Als die Gräfin wieder herauskam, erleichtert und zugleich ein wenig nervös, weil sie der alten Frau zugemutet hatte, die ganze Zeit dort stehen zu bleiben, fingerte sie noch an ihren Handschuhen herum. Die Tante blickte forschend auf den Ringfinger. Eine Hoffnung von Stella und ihr war gewesen, dass die Gräfin zu diesem Zeitpunkt schon so betrunken und nervös wäre, dass sie den Ring auf dem Waschbecken vergessen würde. Aber er funkelte rot und lockend wie zuvor.

»Mein Gott, was für ein Ring«, entfuhr es der Tante, und sie griff nach der Hand der Gräfin, um ihn genauer betrachten zu können. Sie standen immer noch vor der Toilette, und es war der Gräfin offenbar sehr unangenehm, hier in so großer körperlicher Nähe mit der alten Frau gesehen zu werden. Sie versuchte, sich fortzudrehen, aber die Tante hielt ihre Hand und den Ring fest. »So einen wundervollen Ring habe ich noch nie gesehen«, sagte sie mit einer betont alten Stimme, etwas krächzend, etwas zu hoch. »Wo haben Sie den denn her?«

Die Frage war natürlich dreist. Aber die Tante war alt, sehr alt, und derart alte Menschen hatten eine Art Narrenfreiheit.

Nervös zog die Gräfin den Ring von ihrem Handschuh zur Fingerspitze und zeigte ihn der Tante, während sie sich von der Toilette entfernte. Oben ging die Feier weiter, lauter und ausgelassener als zuvor. Die Tante zog leicht an dem Ring, hatte ihn in der Hand, als wäre sie dem Angebot der Dame gefolgt. Sie betrachtete ihn und murmelte: »Wie der funkelt, wie der glitzert.« Eine Sekunde lang drehte sich die Gräfin zur Treppe um und wendete der Tante den Rücken zu. Das war der Augenblick! Im Nu waren die Ringe ausgetauscht. Die Tante hielt nun den Glasklunker zwischen ihrem Daumen und dem gichtig verkrümmten Zeigefinger. »Unvergleichlich, gnädige Frau«, sagte sie andächtig. »Es war bestimmt ein Geschenk Ihres verstorbenen Gatten an Sie. Er muss ein wundervoller Mann gewesen sein.«

Die Gräfin lächelte hoheitsvoll und zog den Ring wieder über. »Ja, er war ein wundervoller Mann«, entgegnete sie und schritt die Treppen nach oben. Die Tante steckte ihre verkrümmte Hand in die Tasche ihrer Schürze, vergrub den Ring dort unter einem Taschentuch und stiefelte hinter der Frau nach oben. Dort trank sie ein Glas Sekt, stieß mit allen an, wünschte ein gutes gesundes Jahr 1935 und entfernte sich.

Eine alte Frau müsse ins Bett, sagte sie. »Gute Nacht allerseits.«

Keiner sagte »Heil Hitler«. Das hatte man der alten Frau gegenüber nicht nötig.

Am nächsten Morgen sagte Jonny zu Stella: »Die Gräfin hat wirklich genau den gleichen Ring, wie du ihn vom Sultan von Sansibar geschenkt bekommen hast. Ich hab extra noch mal darauf geachtet. Sie war ja mit Glitzerkram behängt wie ein Weihnachtsbaum. Wahrscheinlich glaubt sie, dass der echt ist. Du hast das ja auch geglaubt.«

»Du auch«, sagte Stella und lächelte verschwörerisch. »Aber jetzt wissen wir es besser. Und die Gräfin lassen wir einfach in ihrem Glauben.«

»Klar«, sagte er. »Wahrscheinlich ist ihr das Ding von jemandem angedreht worden, der ihn auf einem Markt mit Tinneff in Afrika gekauft hat. Und der hat ihr eine Geschichte erzählt.«

Stella klopfte ihr weiches Ei auf und lächelte wieder. »Ja, eine afrikanische Geschichte. Und wir Europäer glauben die ja gerne.«

Aber sie wusste es seit letzter Nacht ganz genau. Sie hatte sich in der Toilette mit dem Rubinring eingeschlossen und war der Anweisung des Pfandleihers gefolgt. Sie hatte den Ring so hingelegt, dass er nach rechts leicht ausgebuchtet war. Der Ring war wirklich nicht ganz rund, genau so, wie der alte Mann es gesagt hatte. Dann hatte sie die Fassung an der linken Seite geprüft. Ja, da war eine Art Herz. Es war wirklich in einem anderen Gold als der übrige Ring, dunkleres Gold, ein dunkles Herz auf hellem Grund. Das gleiche Herz fasste den Ring auf der rechten Seite, wo die Ausbuchtung war. Dort sah das Herz genauso aus, wie ein Herz aussehen sollte: zwei Halbkreise, eine Spitze, die Halbkreise zum Stein. Auf der linken Seite aber gab es zwischen den beiden Halbkreisen noch eine kleine Spitze, winzig klein, als hätte der Goldschmied einen Spaßtupfer gemacht oder aus Versehen etwas Gold vergossen. Stella hatte auf der heruntergeklappten Klobrille gesessen und staunend den Ring betrachtet. Der Pfandleiher hatte alles so genau beschrieben. Es gab keinen Zweifel. Dieser Ring gehörte ihr, er war das Geschenk vom Sultan von Sansibar.

Die Tante und Alma trafen sich im Alsterpavillon. Die Tante teilte Alma mit, was mit dem Zeitungshändler geschehen war, und bat sie, es weiterzugeben. Alma war sehr bedrückt. Sie hatte gerade erfahren, dass es noch etwa hundertzwanzigtausend Mitglieder in der kommunistischen Partei gab. Davon steckte die Hälfte in den Zuchthäusern, Gefängnissen, Konzentrationslagern. Mindestens zweitausend der führenden Kader hatten die Nazis schon umgebracht. Dass überhaupt noch so viele Kommunisten am Leben und auf freiem Fuß waren, verdankten sie der heimlichen Unterstützung durch ehemalige Genossen, die zu den Nazis übergelaufen waren, weil sie Angst, vor allem um ihre nächsten Angehörigen, hatten, aber innerlich noch auf der Seite der Kommunisten standen. Das waren die Beefsteaks, außen braun, innen rot. Und es gab einen zunehmenden Zusammenhalt mit den linken Sozialdemokraten, die ebenfalls einen illegalen Parteiapparat aufgebaut hatten. Dass man aber überhaupt, so wie Alma, noch unter seinem Namen und in seiner Wohnung ganz legal leben konnte und gleichzeitig illegal tätig war, wurde immer seltener. Alma wusste nicht, wie lange sie noch als »geheimer Briefkasten« funktionieren konnte. Sie sah müde aus. Die Tante hatte ihr Geschenke mitgebracht. Unter anderem Tee zur Nervenstärkung und Kräuterschnaps. Almas kleines blasses Gesicht leuchtete auf.

Sie hatten es sich zur Regel gemacht, dass sie nie gemeinsam einen Ort verließen. So ging die Tante zuerst, nachdem sie bezahlt hatte. Alma würde noch eine Weile sitzen bleiben. Die Tante würde draußen wittern, ob etwas seltsam roch. Sie hatten als Zeichen vereinbart, dass die Tante dann in Ohnmacht fallen würde, so dass Alma in der dadurch verursachten Aufregung unauffällig verschwinden könnte. Heute aber, nachdem die Tante dem Kellner ein Trinkgeld gegeben hatte und gerade ihren Hut aufsetzen würde, sagte Alma leise: »Heilige Drei Könige, um sechs Uhr am Abend, im *Senator*: Jennifer Hudson sitzt da, sie erwartet ihre Mutter.«

»Im *Senator*?« Die Tante musste an sich halten, sonst hätte sie laut gesprochen. Dieser Treffpunkt war gar zu absonderlich. Es war ein Nazilokal, das Nazilokal.

Alma lächelte. »Ist es nicht so, dass Jennifers Mutter den Nazis sehr nahesteht?«

»Ja«, sagte die Tante perplex. »Wenn man so will. Aber ich glaube, der *Senator* ist nicht gerade ihr Stammlokal.«

»Macht nichts«, sagte Alma und mit einem Mal sah sie wieder sehr jung aus. »Die beiden können dann ja den Ort wechseln. Das geht mich nichts an. Uns beide nicht«, fügte sie hinzu und zwinkerte der Tante zu.

Die Tante begriff. Immer ging es darum, dass keiner zu viel wissen durfte.

Jennifer Hudson würde dort sitzen und einen Kaffee trinken. Und Stella würde schon eine halbe Stunde vorher dort sein, am besten in Gegenwart ihres Mannes. Und auch Jennifer wäre wahrscheinlich in Begleitung dort. SA-Begleitung. Die beiden Frauen würden sich auf der Toilette treffen. Und Stella würde ihrer Tochter einen Treffpunkt für den nächsten Tag mitteilen. An einem Ort, den sowohl Alma als auch die Tante nicht kannten. Immer war es wichtig, dass keiner zu viel vom andern wusste.

8

Stella sagte zu Jonny schon am Morgen: »Heute Abend möchte ich gern einmal wieder einen Abend mit Volksnähe haben. Lass uns doch nach dem Abendessen in den *Senator* gehen.« Im *Senator*, dem Nazilokal am Schulterblatt, stand der Wirt in Uniform hinter dem Tresen. Ohne Begleitung gingen Frauen dort so gut wie gar nicht hin. Jonny war einverstanden. Ein Bier im *Senator* nach dem Abendbrot, das war durchaus nach seinem Geschmack. Eckhardt und Cynthia schlossen sich ihnen an. Einen Abendspaziergang mit einem kleinen Kneipengang zu verbinden, kam ihnen gerade recht. Sie brauchten Gesellschaft, zu zweit verstummten sie schnell, auch wenn die Windhunde immer wieder Gesprächsstoff boten.

Im *Senator* sah Stella sofort, dass Angela schon da war. Eine blonde junge Frau, jetzt nicht mehr mit Schnecken über den Ohren, sondern mit hochgesteckten Haaren, die sie älter erscheinen ließen. Und das war wohl auch die Absicht. Angela unterschied sich in nichts von den übrigen blonden deutschen jungen Frauen, die hier saßen. Sie trug ein blaues wollenes Hemdblusenkleid, in der Taille von einem Gürtel gehalten. Dazu Schuhe mit einem kleinen Absatz, Perlonstrümpfe, oben auf dem blonden Schopf ein kesses blaues Hütchen mit einer Feder. Neben ihr saß ein junger Mann in einem braunen Anzug. Auch er ging zwischen den Männern in der Kneipe vollkommen unter. Stella setzte sich so hin, dass sie Angela aus den Augenwinkeln beobachten konnte.

Die vier bestellten Bier und befanden sich im Nu in einer heftigen Debatte über die Saarabstimmung. Dass die Abstimmung zugunsten Deutschlands ausgehen würde, darin waren sich alle einig. Die offene Frage war, wie der Völkerbund reagieren würde.

Stella beteiligte sich kaum an dem Gespräch. Sie trank ihr Bier und beobachtete die Menschen um sie herum. Da stand Angela auf und ging zur Toilette. Stella zwang sich, drei Minuten zu warten. Dann erhob auch sie sich, murmelte eine Entschuldigung und steuerte die Waschräume an. Cynthia sprang auf. »Ich komme mit.« Stella hätte sie umbringen können. Aber was sollte sie tun?

Als sie den Waschraum betraten, wusch sich die blonde junge Frau gerade die Hände. Stella sprach laut und angeregt mit Cynthia. Sie überlegte fieberhaft, wie sie Angela jetzt schützen konnte. Sie hatte sich vorgenommen, mit ihr ein Gespräch anzuknüpfen, das jeder Fremde hätte hören können und in dem sie einen Treffpunkt im Hotel *Vier Jahreszeiten* am kommenden Nachmittag nennen wollte. Das war jetzt nicht mehr möglich. Stella musste nun dafür sorgen, dass Cynthia die fremde Frau möglichst übersah. Eine einzige Toilette war frei. Stella sagte zu Cynthia: »Geh du vor.« Kaum war Cynthia in der Toilette verschwunden, drückte Angela ihrer Mutter einen zu einem winzigen Päckchen gefalteten Zettel in die Hand und verließ den Waschraum.

Die Tür zur anderen Toilette ging auf, eine fremde Frau kam heraus und Stella ging hinein. Sie entfaltete den Zettel. Ihr Herz raste. »Morgen, 13 Uhr, Michaeliskirche.«

Stella lächelte unwillkürlich. Hotel *Vier Jahreszeiten*. 16 Uhr. Das war ihr Plan gewesen. Der war jetzt ins Wasser gefallen. Sie zerriss den Zettel in winzige Schnipsel, warf einen Teil davon in die Toilette und zog ab. Die Schnipsel waren nicht alle abgespült. Stella begann zu schwitzen. Sie hockte sich auf die Brille, nahm die übrigen Schnipsel in den Mund und zerkaute sie. Es schmeckte nach dem Bier, das sie vorher getrunken hatte. Sie setzte die Spülung noch einmal in Gang. Jetzt war alles verschwunden.

Als Cynthia und sie zum Tisch zurückkehrten, waren Angela und ihr Begleiter schon fort. Stella atmete auf. Nun war sie nur noch daran interessiert, so schnell wie möglich hier wieder rauszukommen. Aus dem Radio plärrten Nachrichten zur Saar. An einem Tisch wurde lautstark Skat gekloppt, an einem anderen Tisch saßen offenbar alte Kameraden, die von Zeit zu Zeit aufstanden, »Für Deutschland – Sieg Heil« riefen, die Bierkrüge aneinanderknallen ließen und tranken. Die Luft war zum Schneiden dick von Tabakrauch, zusätzlich dazu der Biergeruch und die Aufregung, auf jeden Fall war Stella übel.

Sie gab sich Mühe, interessiert dem Gespräch über das Saarland zu folgen, aber das war nur äußerer Schein. Sie hing ihren Gedanken nach, worum es morgen gehen würde. Wenn sie ehrlich war, musste sie sich eingestehen, dass sie Angst hatte. Als sie letztes Mal bei Anthony gewesen war, hatte sich diese Angst im Nu in nichts aufgelöst, nachdem sie gesagt hatte: »Ich habe Angst, dass du dich in meine Tochter verliebst.« Anthony hatte als Erstes befremdet die Augenbrauen zusammengezogen und spöttisch gelacht, dann aber, als er gesehen hatte, dass Stella den Tränen nah war, hatte er sie in die Arme geschlossen und festgehalten, bis sie die Spannung loslassen und weinen konnte. Er hatte ihr die Tränen von den Augen geküsst und gesagt: »Dumme Frau. Erstens ist sie deine Tochter, und das ist doch schon mal ein absolutes Tabu. Zweitens aber, was viel wichtiger ist, denn es betrifft nicht nur deine Tochter, in die ich mich nicht verlieben werde: Ich liebe schon dich. Es mag Lieben geben, die das Herz halb oder viertel ausfüllen, wo noch andere halbe oder viertel Lieben hineinpassen. Du aber füllst mein Herz so aus, dass es immer noch weiter wird, weil meine Liebe immer noch wächst.«

Jetzt war sie schon wieder seit mehr als einem Jahr von Anthony fort. Er war im Dezember einmal nach Hamburg gekommen, einfach nur, wie er sagte, um sie zu fühlen. Stella hatte zu Jonny gesagt, dass sie eine Woche lang eine Freundin in Berlin besuchen wolle und war mit Anthony dorthin gefahren. Da kannte sie niemand und sie konnten eine Woche lang nur miteinander sein. Sie hatten sich auf Vorrat geliebt, hatten das Zimmer nur zum Essen verlassen und selbst dafür nicht immer, und Stella hatte wieder die vollkommene Sicherheit gespürt, dass dieser Mann der Ihre war.

Trotzdem empfand sie jetzt Angst. Warum war Angela gekommen, warum wollte sie mit ihr sprechen? Inwiefern betraf es Anthony?

Sie sprach beruhigend auf sich ein. Es dauert nicht mehr lange, dann hast du Gewissheit. Heute Nacht noch und dann morgen Vormittag, und dann siehst du sie schon. Aber diese Geduld fiel ihr unendlich schwer. Schnell trank sie noch ein Bier in der Hoffnung, es würde sie beruhigen. Aber es bewirkte nur, dass ihr noch übler im Magen wurde.

»Ich glaube, ich muss nach Hause«, sagte sie schwach. »Ich weiß nicht, was mit mir los ist. Hoffentlich werde ich nicht krank.«

»Du siehst auch ganz blass aus«, sagte Eckhardt. »Dann lasst uns mal gehen, die Hunde müssen noch versorgt werden.«

Obwohl sie mit sich selbst beschäftigt war, fiel Stella auf, wie geradezu dankbar Eckhardt die Möglichkeit aufgriff, diesen Ort zu verlassen. Es wunderte sie nicht. Cynthia war dicht an Eckhardt herangerückt und wie immer, wenn das geschah, versuchte er, der Situation so schnell wie möglich zu entkommen. Stella spürte manchmal geradezu körperlich den Widerwillen, den Eckhardt gegen seine Verlobte empfand. Sie verachtete ihn zwar wegen seiner Feigheit, aber sie konnte ihn auch verstehen, und er tat ihr leid. Seltsamerweise empfand sie kaum Mitleid für Cynthia. Eine Frau, die unter der sexuellen Antipathie ihres Mannes litt, hätte ihn schon lange verlassen. Wahrscheinlich kam das Arrangement vor allem Cynthia zugute.

Zu Hause legte Stella sich sofort ins Bett und tat so, als wäre sie eingeschlafen. Jonny fragte sie noch, ob sie einen Tee haben wollte, dann würde er der Tante Bescheid sagen, aber sie antwortete nicht. Sie plante das Treffen am kommenden Tag so minutiös, wie sie nur konnte. Allerdings war ihr zwischendurch immer wieder klar, dass sie im Grunde genommen gar nichts zu planen brauchte, weil Angela diejenige war, die alles in die Hand genommen hatte und auch weiter in die Hand nehmen würde.

Zumindest ihre Garderobe konnte sie detailliert planen. Und das tat sie. Vor ihrem inneren Auge kleidete sie sich an, verwarf wieder, suchte anderes und probierte wieder dies. Als sie endlich wusste, was sie anziehen würde, schlief sie ein.

Sie hatte sich für knöchelhohe Stiefel, Rock und Bluse und ihren dunkelblauen Wintermantel entschieden.

Am nächsten Tag machte sie sich auf zum Michel, wie die Hamburger die Michaeliskirche nannten. Das Portal war offen. Stella betrat die Kirche und genoss einen kleinen Moment lang die Atmosphäre. Sie sah sofort Angela dort sitzen und marschierte schnurstracks auf ihre Tochter zu. Außer ihnen war niemand sonst zugegen. Als sie sich neben Angela setzen wollte, warf die ihr einen so drohenden Blick zu, dass Stella innehielt und nicht wusste, was sie jetzt tun sollte. Angela senkte den Kopf, ihre Hände hatte sie in ihrem Schoß gefaltet. Stella blieb einfach neben der Bank stehen. Da erhob Angela sich, ging an Stella vorbei, als würde sie sich von ihr gestört fühlen, raunte aber kaum hörbar: »Folge mir in fünf Minuten.«

Stella blieb wie angewurzelt stehen. Das hier verstand sie nicht. Zuerst der *Senator*, dann der Michel, jetzt sollte sie Angela folgen, das war doch gar zu seltsam. Was sollte sie tun?

Sie beschloss, sich zu verhalten, als wäre sie eine Touristin, die sich den Michel anschaut. Sie wanderte einmal rundum, dann verließ sie die Kirche wieder. Ein junger Mann ging an ihr vorbei, rempelte sie dabei an, sagte: »Oh, Entschuldigung.« Und dann fügte er leise hinzu: »Gehen Sie einfach langsam die Wincklerstraße Richtung Englische Planke.« Stella begann zu schwitzen. Das hier war ein vertracktes Versteckspiel. Wer war jetzt wer? Der junge Mann trat in die Kirche.

Stella beschlich ein sehr mulmiges Gefühl. Erst jetzt wurde ihr bewusst, dass dies eine sehr gefährliche Situation war. Bis zu diesem Augenblick hatte sie sich vor allem darauf gefreut, Angela zu sehen. Dass Angela Kommunistin war, die mit dem Ausland gegen Deutschland konspirierte, hatte sie nicht bedacht.

Wenn Angela hier geschnappt würde, wäre sie in Lebensgefahr.

Und woher wusste Stella, dass der junge Mann nicht einer von der Gestapo war, der nur herausfinden wollte, ob sie zu Angela gehörte? Stellas Phantasie setzte sich in Gang. Ich habe mich unglaublich dumm benommen, schalt sie sich selbst aus. Wie konnte ich nur auf eine Frau, die ganz allein in der Kirche sitzt, direkt zugehen. Noch auffälliger kann man sich ja gar nicht verhalten! Wenn die Gestapo Angela schon in Verdacht hat und nur noch ihre Komplizen fangen will, dann bin ich geliefert.

Trotzdem schlug sie den Weg ein, den der Mann ihr genannt hatte. Nach einiger Zeit trat Angela aus einem Hauseingang, gerade als Stella vorbeiging. Im ersten Augenblick erkannte Stella sie nicht, denn sie sah aus wie ein Mann. Sie trug einen Anzug, eine Krawatte, einen Hut, darunter schwarzes kurzgeschnittenes Haar. Über der Oberlippe einen Schnäuzer.

»Schön, dass du da bist«, sagte sie zu Stella, hakte sich bei ihr unter und ging mit großen Schritten neben Stella her. »Hast du schon lange gewartet, Tante Stella?«

Stella schluckte. Doch dann besann sie sich auf ihre schauspielerischen Fähigkeiten. »Nein«, sagte sie und lächelte den jungen Mann freundlich an. »Ich bin gerade vorbeigekommen. Schön, dass du so pünktlich bist.«

Eingehakt gingen die beiden weiter, Stella tippelte mit kleinen Schritten neben der weit ausschreitenden Angela her.

»Und nun erzähl mir, mein Junge«, sagte Stella laut und vernehmlich, »was hast du in England erlebt?«

»Ja«, sagte Angela, »es war sehr schön. Ich war bei Mister Tony zu Gast, und er hat mir sehr weitergeholfen.«

Stella zuckte zusammen. »So, bei Mister Tony«, sagte sie. »Ich erinnere mich, ein recht guter Freund der Familie.«

»Ja«, stimmte Angela zu, »und so hilfsbereit. Ich brauche ja für meine geographischen Studien einiges Anschauungsmaterial, und er hat mich wirklich überall herumgeführt.«

»Hat er dir auch Schriften gezeigt?«, fragte Stella geradeheraus. Sie wollte wissen, ob Angela ihre Briefe bekommen hatte und ob sie überhaupt etwas damit anfangen konnte.

»Ja«, antwortete Angela, »er hat wirklich nichts zurückgehalten.

Manches kam mir zwar überflüssig vor, aber lieber zu viel als zu wenig.«

Sie waren an einigen Passanten vorbeigekommen, und Stella spürte, wie Angela bei jedem Mann, der ihnen entgegenkam, in eine sehr aufrechte Haltung ging und ihre Hand in die Tasche steckte. Sie hat da eine Pistole, dachte Stella erstaunt. Sie ist auf alles gefasst.

Da kam ihnen ein Mann entgegen, der Stella bekannt vorkam. Sie musterte ihn misstrauisch, dann entspannte sie sich. Es war derjenige, der Angela im *Senator* begleitet hatte. Er blickte über sie hinweg, geschäftig wie viele andere Menschen, die an ihnen vorüberhasteten. Angela drückte Stellas Arm und führte sie in einen Hauseingang.

»Na, dann wollen wir mal«, sagte sie. Die Tür sprang von allein auf, ohne dass sie eine Klingel gedrückt hätte, und Angela drückte sich schnell hinein. Stella folgte ihr. Es war ein großes ehrwürdiges Gebäude, wo offenbar viele Büros ihren Sitz hatten. In der weitläufigen Halle gab es einen Paternoster. Der Portier saß in seinem Glashäuschen und schaute ihnen gelangweilt zu.

»Das Rechtsanwaltsbüro?«, fragte Angela mit sonorer Männerstimme. »Dritter Stock«, antwortete der Portier.

Sie stiegen in den Paternoster. Im zweiten Stock sprang Angela heraus und zog ihre verblüffte Mutter hinterher.

Sie gingen durch einen langen Flur, der mit einem Teppich im Persermuster ausgelegt war. Es war wie in einem sehr exklusiven Hotel. Dann standen sie vor einer riesigen Flügeltür. In die Milchglasfenster war geschrieben: *Roltofilm.*

Angela setzte die Flügeltür in Schwung und betrat Geschäftsräume, deren Aussehen zu der Flügeltür in einem seltsamen Missverhältnis stand. Hier war alles klein und ein bisschen abgestanden. Aber die Leute, denen Angela und Stella begegneten, waren freundlich. Angela erkundigte sich nach Dr. Stiems. Es dauerte nicht lange, und die beiden standen in einem winzigen Raum ohne Fenster. Zwei Stühle waren hier hineingestellt worden, anscheinend nur für dieses Gespräch. In einer Ecke stand eine Kamera, der Raum hatte dunkle Wände und eine sehr helle Beleuchtung.

Stella setzte sich auf einen Stuhl, Angela auf den anderen. Angela hatte ihren Stuhl sehr nah an Stellas herangezogen, nun ergriff sie ihre Hände.

»Entschuldige das ganze Theater«, sagte sie leise. »Es muss sein.«

Stella blickte ihre Tochter schweigend an. Ihr lag die Frage nach Angelas verschiedenen Identitäten auf der Zunge. Wie viele hast du eigentlich? Aber dann ließ sie es. Angela würde es ihr nicht erzählen, und sie brauchte es auch eigentlich nicht zu wissen.

Sie war enttäuscht. Sie hatte sich vorgestellt, mit ihrer Tochter im Hotel *Vier Jahreszeiten* an einem hübschen Tisch zu sitzen, gepflegt Kaffee oder etwas anderes zu trinken und etwas von Angelas Leben zu erfahren. Sie hatte sich gewünscht, sich mit ihrer Tochter austauschen, sich annähern, irgendwie wohlfühlen zu können. Dies hier war aber ganz etwas anderes.

»Stella, ich hätte dieses Treffen nicht arrangiert, wenn es nicht wichtig wäre«, sagte Angela. Sie wirkte so distanziert und so männlich, dass Stella eine große Fremdheit empfand. Sie schwieg abwartend. Sie empfand auch keine Angst mehr wegen Anthony. Ein derartiges Brimborium war nicht nötig, um Stella mitzuteilen, dass Angela und Anthony miteinander schliefen.

Der Gedanke allein wurde im nächsten Augenblick schon vollkommen absurd. Angela sagte: »Meine Aufgaben haben sich verändert. Was du von Jonny und Lysbeth und Aaron zu berichten hast, interessiert mich in Zukunft nicht mehr. Anthony kann es aber weiterhin brauchen. Es kennt viele Journalisten, und die wollen mehr wissen als die Lügen, die öffentlich verbreitet werden. Die wollen alles wissen, all diese kleinen Geschichten über Leute, die angeprangert werden, weil sie nicht genügend Geld für die Winterhilfe spenden, über entlassene jüdische Lehrerinnen und über Arbeiter, die für irgendwelche Bauten von Autobahnen oder sonst was in Baracken gekarrt werden, da wenig zu essen und keine Bezahlung bekommen, aber weg von ihrer Familie sind, und deshalb aus der Arbeitslosenstatistik fallen. All diese Geschichten, die Lysbeth und du erfahren. Anthony braucht all das weiterhin, ich nicht mehr.«

Stella schwieg. Das konnte nicht alles sein. Sie hatte sowieso alles an Anthony geschickt. Da gab es keine Veränderung. Was also brauchte Angela?

»Ich bin neuerdings verantwortlich für illegale Transporte von Deutschland über Holland nach Frankreich oder England«, sagte Angela da. »Ich brauche Helfer.«

Stella dachte nach. Helfer? Was konnte sie in diesem Fall tun? Was wollte Angela von ihr?

Angela sagte ruhig, ohne jedes Flehen, und trotzdem kam es Stella vor, als würde ihre Tochter ihre ganze Seele in ihre Worte legen: »Es gibt einen Schüleraustausch mit England. Ich brauche jemanden, der sich da hineinbegibt und die Kinder begleitet. Außerdem gibt es manchmal Leute, die am nächsten Tag schon verschwinden müssen. Sie selbst wissen es aber nicht. Wir brauchen jemanden, der ihnen dann die Nachricht überbringt. Die Papiere werden hier abgeholt. Du hast ein großes schauspielerisches Talent, du könntest irgendwie mit *Roltofilm* in Kontakt treten.«

»Was macht *Roltofilm*?«, fragte Stella.

»Naturfilme«, antwortete Angela. »Kurzfilme über Natur. Sie werden im Kino vor den eigentlichen Filmen gezeigt. Ganz hübsch sogar.«

Stella dachte nach. »Es ist unmöglich«, sagte sie. »Jonny will nicht, dass ich irgendwie arbeite. Ich kann nicht zu einer Filmfirma Kontakt aufnehmen. Vielleicht, wenn er Dr. Stiems irgendwie kennenlernt und der ihn überzeugt, dass ich … weiß nicht … nein, es ist unmöglich.«

Angela ließ den Kopf hängen. »Du warst meine große Hoffnung«, sagte sie. »Ich weiß nicht, wen ich sonst fragen soll. Genossen sind zu verdächtig.«

Stella fühlte sich scheußlich. Hier saß ihre Tochter und riskierte ihr Leben, und jeder, der auch nur einen Funken Verstand besaß, wusste, dass es viele Menschen gab, denen man helfen musste, Deutschland zu verlassen. Dass es auch Kinder betraf, hatte sie noch nie bedacht, aber es schien ihr plötzlich vollkommen einleuchtend. Es gab Väter, die ins Gefängnis oder KZ kamen, und es gab Mütter und Väter, die verschwanden. Deren Kinder mussten doch irgendwohin. Was geschah mit denen? Der NS-Staat nahm sogar anwesenden Eltern die Kinder fort, indem sie der Hitlerjugend eingegliedert wurden und kaum mehr zu Hause waren, Stella hatte Luise Solmitz' Sorge über ihre Tochter sehr wohl herausgehört, auch wenn Luise sich darüber nicht laut und deutlich geäußert hatte. Nahm der Staat Eltern, bei denen der Vater im KZ saß, die Kinder weg? Stella wusste es nicht, hielt es aber für möglich.

»Ich muss mit der Tante und mit Lysbeth sprechen«, sagte sie leise. »Allein weiß ich mir keinen Rat.«

Angela griff nach ihrer Hand. »Danke«, sagte sie. Jetzt erst bemerkte Stella, wie jung und wie zart Angelas Hand war. »Isst du auch genug?«, fragte sie.

Angela lächelte sie über ihrem Schnurrbart an. In einem plötzlichen Impuls griff sie nach ihrer Mutter und schloss sie in ihre Arme. Sie legte ihren Kopf an Stellas Schulter und sagte leise: »Mama.«

Stella hielt den Atem an. Das hatte Angela noch nie gesagt. Es war so entsetzlich fremd, und es griff nach Stellas Seele, als wollte es dort unbedingt etwas festhalten.

Vorsichtig streichelte Stella über Angelas Kopf. Sie wagte kein Wort zu sagen. Da löste Angela sich schon wieder, strich kurz und männlich durch ihren schwarzen Schopf und sagte nach einem kurzen Räuspern: »Bitte komm einmal die Woche hierher. Donnerstags, ein Uhr mittags. Wenn nicht du, dann jemand anders. Kontaktfrau ist Frau Dumont. Sie ist speziell, lasst euch nicht abschrecken. Aber sie ist ehrlich. Die Informationen gehen über sie. Dann werden wir sehen.«

Stella drückte einen Kuss auf Angelas Wange und streichelte die andere Wange. »Pass auf dich auf, mein Schatz«, sagte sie mit Tränen in den Augen.

»Du auch auf dich«, flüsterte Angela.

»Du gehst jetzt runter«, sagte sie sofort darauf in sachlichem Ton. »Einfach raus, runter, am Pförtner vorbei und dann nach Hause. Keine Verzögerung, keine Eile.«

»Gut.« Stella ging zur Tür. Kurz bevor sie diese geöffnete hatte, sagte Angela mit gepresster Stimme: »Bitte sag meinen Eltern, dass es mir gutgeht und bitte sie um Verzeihung. Ich habe mich schlecht ihnen gegenüber benommen. Sie haben mir nichts getan.«

Stella blickte kurz zurück und sah in die grauen Augen ihrer Tochter. Das waren keine Augen einer etwas über Zwanzigjährigen. Das waren die Augen einer Frau, die wusste, dass es ein nahezu unerträglich hoher Preis war, eventuell mit dem Leben bezahlen zu müssen.

Die Saarabstimmung erhitzte die Gemüter. Bereits Ende des letzten Jahres hatten sich die Wolkenraths leidenschaftlich mit dem Thema beschäftigt. Auf der Straße, beim Bäcker, beim Fleischer, beim Drogisten, bei der Gemüsefrau, überall wurde darüber diskutiert. Das ging bis hin zu den Begriffen. Eckhardt hatte von Fred Solmitz aufgeschnappt, dass er den Ausdruck Saarländer scheußlich fand, für ihn waren die Menschen dort Saardeutsche. Das gefiel Eckhardt. Wenn nun jemand von Saarländern sprach, wies er ihn streng zurecht: »Diese Bezeichnung ist sehr unzutreffend. Sprechen wir doch besser von Saardeutschen.«

In der Kippingstraße gingen viele Nachbarn zur entsprechenden Behörde und erklärten sich bereit, einen Saardeutschen aus China oder Australien oder Amerika auf der Durchreise aufzunehmen. Aus irgendeinem ihm selbst nicht ganz verständlichen Grund legte Eckhardt sich sehr ins Zeug, um seine Familie davon zu überzeugen, dass auch sie sich für so etwas anbieten sollten. Die einzigen Räume aber, in denen nicht schon jemand schlief, war das Wohnzimmer in der Beletage und die beiden Wohn- und Esszimmer im ersten Stock bei Stella und Jonny. Eigenartigerweise verweigerte aber Jonny jede vaterländische Solidarität. »Unser Haus ist voll genug«, sagte er. »Da kommt mir keiner mehr rein! Ich bin froh, dass ich bei uns oben mal durchatmen kann, ohne Angst zu haben, dass ich jemandem die Luft wegnehme.«

Also gab Eckhardt sich geschlagen, es blieb ihm ja auch nichts anderes übrig. Als Fred Solmitz ihm aber erzählte, dass sie sich für einen Saardeutschen aus Amerika gemeldet hatten, sagte Eckhardt säuerlich: »Bei uns hat sich Kapitän Maukesch dagegen gesträubt.« Seine Stimme erinnerte ihn selbst an die seines kleinen Bruders, wenn der die großen Schwestern bei der Mutter angeschwärzt hatte. Eine Sekunde lang schämte er sich, aber dann fühlte er sich völlig im Recht. Jonny Maukesch war einfach manchmal ein grenzenloser Egoist, der sich dazu noch für etwas Besseres hielt.

Und als Fred Solmitz nach kurzem Zögern bemerkte, dass er Herrn Maukesch verstehen könne, es wohnten doch sehr viele Menschen bei den Wolkenraths, da flammte ebenso plötzlich wie vorher die Scham nun eine böse Wut in Eckhardt auf. Am liebsten hätte er gebrüllt: »Du verdammter Jude glaubst immer noch, du wärst was Besseres. So wie Jonny Maukesch. Kapitän und Pilot. Feiner Herr Major!« Aber dann verpuffte dieses Gefühl, und Eckhardt stimmte lächelnd zu. Als den Solmitz aber kein Saardeutscher aus Amerika geschickt wurde, empfand Eckhardt Genugtuung.

Anfang des Jahres gab es einen Zusammenstoß im Saargebiet, wo zwei Männer der deutschen Front getötet worden waren und ein Kommunist. So zumindest schrieben die Zeitungen.

Cynthia und Eckhardt waren sich in allem einig. Die Hotels und Gasthäuser, die zur Abstimmung reisende Auslandsdeutsche umsonst aufnahmen, fanden ihre Zustimmung: vorbildliche Vaterlandsliebe.

In letzter Stunde, am 11. Januar, um elf Uhr abends, sprachen drei Kommunisten und Sozialisten im Radio, die »zur rechten Sache« zurückgefunden hatten. Der Erste schloss mit »Heil Hitler«, der Zweite mit »Es lebe unser Deutschland«, der Dritte mit »Es lebe der Sozialismus im neuen Deutschland! Heil Deutschland!« Vor ihnen hatte ein im Saarland offenbar bekannter Arbeiterführer, der Rohrbacher Hannes, ebenfalls im Rundfunk gesprochen. »Ihr werdet es nicht glauben, meine Kinder, aber ihr kennt alle die Stimme vom Rohrbacher Hannes, darum spreche ich durch Rundfunk zu euch.«

Am Abstimmungssonntag arbeitete der Rundfunk den ganzen Tag bis in die späte Nacht. »So viel Musik habe ich in meinem Leben nicht gehört«, sagte Käthe, »ohne Pausen, nur unterbrochen durch die Saarberichte.« Fünfhundert Einheitsfrontler waren zur deutschen Partei übergetreten.

Käthe hatte über den Rohrbacher Hannes gelesen, und sie konnte gar nicht aufhören, über den Mann nachzudenken. Immer wieder musste sie mit der Tante darüber sprechen. Beide machten sich Sorgen um ihn. »Er bringt den Nazis Hunderte, wenn nicht Tausende von Stimmen«, sagte Käthe. »Aber ich habe doch Ohren zu hören. Ich glaube, er ist in Gefahr.« Die Tante stimmte ihr zu.

»Warum geht er dir so nahe?«, fragte sie. »Es gibt viele, die in Gefahr sind, warum zitterst du ausgerechnet mit diesem Mann, der anscheinend nicht richtig weiß, worauf er sich einlässt?«

Käthe konnte es auch nicht erklären. Sie versuchte es trotzdem. »Er kommt mir so ehrlich vor«, sagte sie.

»Ehrlich und dumm«, entgegnete die Tante.

»Vielleicht habe ich genug von schlauer Taktiererei, wo keiner weiß, was wirklich gemeint ist«, sagte Käthe leise. Die Tante schwieg. Ja, meine Liebe, dachte sie, das kann ich verstehen, aber alles zu seiner Zeit. Und wir leben in einer Zeit, in der es den Kopf kostet, einen ehrlichen graden Weg zu gehen.

Käthe behielt recht. Als der Rohrbacher Hannes morgens auf der französischen Grube einfahren wollte, wurde ihm die Lampe abgefordert, er sei entlassen, weil er ohne Urlaub nach Kaiserslautern gefahren sei. In der Folge gab es einen Sympathiestreik, die meisten Arbeiter fuhren nicht ein. Der Rohrbacher Hannes begab sich wieder nach Kaiserslautern, und am Abend wurde er im Rundfunk interviewt. Käthe, Alexander und die Tante hörten aufmerksam zu.

Dieses Zwiegespräch war entsetzlich peinlich. Jeder bemerkte, wie der Ansager den schlichten Mann in die Enge trieb und wohin er ihn haben wollte. »Wie breimäulig dieser Ansager ist«, schimpfte Käthe. Sogar Alexander stimmte zu: »Ja, es ist unangenehm.«

Der Rohrbacher Hannes schilderte, wie er seinen Arbeitskameraden geraten habe, an Frau, Kind und Brot zu denken und einzufahren.

»Welch fremder Begriff ist uns der Streik geworden«, bemerkte Käthe, und wieder stimmte Alexander ihr zu. »Kaum ein Tag ging früher ohne Streik hin.«

Käthe schimpfte. »Schon die Anrede ›Rohrbacher Hannes‹ klingt im Munde des Breimäuligen unberechtigt vertraulich.« Die Tante saß dabei, beschäftigt mit einigen Handarbeiten, die täglich im Hause Wolkenrath anfielen, wie Socken stopfen oder Knöpfe annähen. Sie schwieg und hörte zu. Sie war vollkommen in die Rolle der politisch Uninteressierten, auf jeden Fall Leidenschaftslosen geschlüpft. Und erstaunlicherweise hatten alle Männer nach kürzester Zeit schon vergessen, dass die Tante früher kluge und bissige politische Kommentare abgegeben hatte. Sie fanden es nicht im Geringsten seltsam, dass die Alte den Mund hielt, wenn es um Politik ging. Und es ging täglich um Politik. Also war die Tante zu einer schweigenden Zuhörerin geworden.

Da sagte der Interviewer: »Rohrbacher Hannes, Sie haben also Ihr Unrecht eingesehen?«

»Schamlos, schamlos, vor der ganzen Welt«, rief Käthe aus.

Dann kam es zum Ende. »Rohrbacher Hannes, als wir uns gestern trennten, sagten Sie noch ›deutsch ist die Saar‹. Könnten Sie heute nicht einen andern Gruß sagen, könnten Sie sich nicht dazu entschließen?«

Man sah Käthe an, dass sie am liebsten das Radio nehmen und zertrümmern würde. »Was für eine sittliche Verwilderung gehört dazu, von dem armen Mann jetzt ein ›Heil Hitler‹ zu erzwingen?«

Giftig blickte sie auf ihren Mann: »Wenn euer Hitler ein ganzer Mann wäre, müsste er jetzt protestieren und rufen: ›Es geht nicht um mich, sondern darum, dass die Saar deutsch wird.‹«

»Unser Hitler?«, fragte Alexander spitz und mit hochgezogenen Augenbrauen.

Die Tante war sehr aufmerksam. Jetzt würde sich zeigen, wie anständig Alexander geblieben war, oder ob er sogar seiner eigenen Frau mit so etwas wie Denunziation drohen würde.

»Ja, euer Hitler!«, rief Käthe aus. »Meiner ist es nicht, und das weißt du auch.«

Alexander sah seine Frau mit müden Augen an. »Käthe, ich bin auch voller Mitgefühl über die Gewissensnot des Rohrbacher Hannes. Vor drei Tagen war er noch Sozialist oder Kommunist, Rückgliederungsgegner – dann tat er den großen Schritt und Schnitt, riss die andern mit fort für Deutschland – ich verstehe es so, dass er es trotz Hitler tat –, und nun soll er, ohne dass man ihm Wochen oder Monate stiller Überlegung lässt, sich zu etwas hergeben, zu dem er sich nicht durchgerungen hat, das ist sicherlich nicht einfach.«

Da vernahmen sie, wie der Rohrbacher Hannes einfach weitererzählte: »Ich sah mir dann auch alles an, hier im Reich, ich denk, das ist ein Führer, dem man wohl folgen kann«, und nun, flüchtig hingeworfen »und da hab ich dann auch ›Heil Hitler‹ gemacht.«

»Mit dieser Geschicklichkeit rettet er nicht sich selbst, eher den Ansager«, sagte Käthe traurig. »Nach zwei Tagen der Ehren und Auszeichnungen wird er merken, um was es ging und dass er sich zwischen zwei Stühle gesetzt hat und zum Trost hören wird: ›Na, siehst du wohl.‹«

»Armer Rohrbacher Hannes«, sagte Alexander.

Die Tante dachte: Alexander ist der NSDAP beigetreten, weil er – wie immer – auf große Geschäfte hofft. Und wahrscheinlich macht er sie auch, zumindest Dritter macht sie. Die größten Geschäfte liegen jetzt in Deutschland in der Ausbeutung der Not der reichen Juden.

Danach ging der Rohrbacher Hannes in der Hysterie um die Saarlandabstimmung verloren. Am Wahltag jubelten Cynthia und Eckhardt: »Neunzig von Hundert für uns!« Goebbels gab morgens um acht Uhr bekannt: »In einer halben Stunde muss Deutschland ein Flaggenmeer sein. Von zwölf bis ein Uhr läuten die Glocken aller Kirchen, Schulfeier, dann gleich Schluss, von neunzehn Uhr ab auf die Straße, Kundgebungen spontanen Charakters.«

Die Deutschen aus Palästina grüßten Deutschland, sie hielten einen feierlichen Gottesdienst ab. Im Übrigen war es ein äußerst ungünstiger

Tag für Kundgebungen unter freiem Himmel. Schneebrei, Nebel, der zu Regen wurde. Die älteren Herren in Uniform gingen ohne Mantel, die Kinder waren nachts um halb zwölf noch auf den Straßen.

Stella kam mit einer Frau in eins dieser zufälligen Gespräche, wo man sich offener zeigt, als man es manchmal mit seinen nächsten Anverwandten wagt. Die Frau stellte sich als Jüdin vor. Sie war älter als Stella, sehr elegant gekleidet, schmal und klein. Sie begann sofort von dem zu sprechen, was sie beschäftigte, wie hart es sei, unter den Ostjuden mit leiden zu müssen. Und was auch geschehe, sie sei darum doch eine Deutsche. Ihre Familie lebe seit vierhundert Jahren in Deutschland, nachweislich. Nun habe sie ihre kleine Enkelin auf die jüdische Schule geschickt, damit das Kind nicht seelisch verletzt würde, denn Mädchen seien darin grausamer als Knaben. Den Verlust ihres Reichtums durch die Inflation konnte sie verschmerzen, aber jetzt aus der deutschen Gesellschaft rausgeworfen zu werden, sei zu traurig.

Stella fragte sich beklommen, wieso die Frau ausgerechnet ihr das erzählte. Sie nickte zwar verständnisvoll, aber sie ging gleichzeitig auch auf Distanz. Roch man mittlerweile schon, dass sie dem Dritten Reich kritisch gegenüberstand? Das musste sie unbedingt verhindern. Aber dann beruhigte sie sich. Die Frau hatte wahrscheinlich ein dringendes Mitteilungsbedürfnis und hätte mit jedem gesprochen, der ihr zuhörte.

In den Geschäften wurde über die verstärkte Kriegsgefahr nach der Saarabstimmung getuschelt. Und dann wurde erleichtert zur Kenntnis genommen, dass der Völkerbund die Zustimmung zur Rückkehr des Saargebiets zu Deutschland gab. Das Saargebiet sollte aber wie das Rheinland eine entmilitarisierte Zone bleiben.

Die SPD, so konnte man lesen, löste sich im Saargebiet freiwillig und mit ungeheuerlicher Geschwindigkeit auf und stellte das gesamte Vermögen der deutschen Front, der deutschen Turnerschaft zur Verfügung.

In einem Interview mit dem englischen Journalisten Ward Price äußerte Hitler sich über Krieg und Frieden und sagte, er glaube, dass der kommunistische Wahnsinn der einzige Gewinner an einem Krieg wäre. Während Cynthia diesen Worten hingerissen lauschte, lächelte Jonny nur. »Hitler ist ein Fuchs«, sagte er zu Johann, der den Kapitän seit einiger Zeit manchmal um Rat fragte, wenn er sich nicht mehr richtig durchfand zwischen dem, was Hitler sagte und dem, was er glaubte, dass Hitler doch eigentlich meinte. Johann verehrte Jonny. Der Mann hatte Erfahrung. Er hatte schon in China als Zehnjähriger gegen die Schlitzaugen gekämpft, er war im Krieg gewesen, und er hatte die rote Republik unterminiert, wo er nur konnte. Dass sie eine kurze zeitliche Strecke lang nicht gemeinsam Seite an Seite gekämpft hatten, war wahrscheinlich nur darauf zurückzuführen, dass Jonny Maukesch im Untergrund gegen die rote Regierung in Hamburg vorgegangen war und deshalb manche Karten nicht offenlegen durfte. Nun aber waren sie Kameraden.

Johann war so begeistert von Jonny und davon, dass sie Seite an Seite schritten für Deutschland und den Führer, dass er neuerdings Sophie bearbeitete, sie solle endlich ihre Abneigung gegen seine Familie aufgeben. Schließlich hätten sich alle Männer der Wolkenraths der großen Sache angeschlossen, sie seien nun Kameraden, und er gehöre dazu. Er lasse sich nicht von ihrer dummen Überempfindlichkeit von seiner Familie trennen.

Wenn er dann so richtig in Fahrt war, schüttete er einen ganzen Schwall von Vorhaltungen über sie: »Ich komme aus einer feinen Familie von Kaufleuten, meine Schwestern spielen Klavier und führen Konversation über Literatur und Theater. Und du? Weißt doch gar nicht, wie ein Theater von innen aussieht. Guck dich doch mal an! Du bist aus dem Leim gegangen, ständig müde. Wahrscheinlich hast du mich damals nur kapern wollen, weil du höher hinaus wolltest. Nein, meine Liebe, ich lass mich nicht von dir runterziehen. Schlimm genug, dass wir hier zwischen all den Roten dahinvegetieren. Aber bald hat das ein Ende!«

Dann weinte Sophie, machte hilflose Augen, schniefte und suchte nach einem Taschentuch, mit dem sie sich die Nase putzen konnte. »Benimm dich doch mal!«, schnauzte Johann dann. »Dein Rotz kleckert schon auf deine Brust.«

Nach ihrer Brust aber war er ganz verrückt, und es dauerte nicht lang, dass er sie dort hart anfasste und beide miteinander im Bett landeten. Die Tür wurde verriegelt, und die Kinder mussten sich beschäftigen. Das war für Sophie immer noch besser, als wenn die Kinder um sie herum im gleichen Zimmer lagen und Johann geräuschvoll in sie hineinstieß. Allerdings litt sie nicht, weder unter dem einen noch unter dem andern. Es gehörte dazu, sie kam gar nicht auf die Idee, dass es anders sein könnte. Den Frauen in der Nachbarschaft ging es nicht anders. Worunter Sophie litt, war die Vorstellung, in Johanns feiner Familie am Tisch zu sitzen und die Kaffeetasse richtig halten und den Kuchen richtig essen zu müssen, ohne etwas hinunterfallen zu lassen.

»Sie ziert sich noch etwas«, sagte Johann zu seiner Mutter, »lade du sie doch mal richtig formvollendet zu Kaffee und Kuchen am Sonntag ein.«

Käthe zweifelte, dass das Erfolg hätte, aber sie tat es. »Mutter Käthe«, antwortete Sophie gedrückt, »ich habe gar kein schönes Kleid, um auszugehen. Alle meine Sachen passen mir nicht mehr.« Die junge Frau tat Käthe leid. Sie hatte mit den Kindern ihre Taille ganz verloren, aber auch ihre propere Rundlichkeit. Sie sah nun aus wie eine alte Frau, die gebeugt durch die Gegend schlurfte. Das Einzige, was ihr geblieben war, war ihr praller Busen. Bei ihrem nächsten Besuch, so beschloss Käthe, wollte sie ihr ein paar abgelegte Blusen und Röcke mitbringen.

Am Sonntag nach der Saarwahl erschien Johann mit zweien seiner Töchter. Anna-Lena, seine älteste, und Alexandra, seine jüngste, die er nach seinem Vater benannt hatte, was dieser jetzt erst erfuhr. Alexandra war ein Jahr alt und schlief die ganze Zeit. Sie war ein unscheinbares Kind, das man ablegen und vergessen konnte. Anna-Lena spielte mit der größten Windhündin, Zeta, die sofort einen Narren an ihr gefressen hatte und ihr nicht mehr von der Seite wich.

Käthe sah so glücklich aus, dass Lysbeth zu Stella sagte: »Wir hätten schon vorher dafür sorgen müssen, dass ihre Enkel zu uns zu Besuch kommen. Für die Kinder ist es auch gut, sie haben hier viel mehr Freiheit.«

»Und die Hunde«, sagte Stella. »Und den Papagei.«

Anna-Lena versuchte, dem Papagei beizubringen: »Ich bin ein dummes Tier«, aber er wiederholte nur störrisch: »Ich bin arisch.«

Das Gespräch am Tisch drehte sich ums Saargebiet. Dort war die marxistische *Freie Turnerschaft* geschlossen worden und mit Fahne zur *Deutschen Turnerschaft* übergegangen. »Wenn unsere Roten doch auch so einsichtig wären«, klagte Johann. »Aber bei uns verstecken sie sich und machen Sabotage. Wie ein Drache. Wenn man ihm einen Kopf abschlägt, wachsen zwei nach.«

»Blödsinn«, bemerkte Jonny, »es sind nicht mehr viele Köpfe dran. Keine Sorge. Bis ins Kleinste wird alles durchtränkt mit nationalsozialistischem Geist.«

Dann gab es noch etwas, das Käthe beglückte: Neuigkeiten vom Rohrbacher Hannes. In Lambach im Harz hatte der Lehrer den Kindern von diesem legendären Mann erzählt, und so schickten die Kinder, selbst aus ärmlichen Verhältnissen, ihm ein Paket mit Lebensmitteln, Gedichten dazu, und als der Wirt des Dorfgasthauses in Lambach davon hörte, lud er den Rohrbacher Hannes, samt Reisekosten, zu sich ein. Käthe nahm daran Anteil, als wäre er ein alter Bekannter, den sie verloren hatte. Alexander tat so, als hätte er das alles so erwartet. Am 25. Januar ließ der Rohrbacher Hannes im Rundfunk einen Brief verlesen, dass er soviel Freundlichkeit und Volksgemeinschaft nie für möglich gehalten habe. Er hatte so viele Einladungen erhalten, dass er ein Jahr von zu Hause fort sein konnte. Aber er hätte nie etwas für sich gewollt, nur Arbeit. Ob er die nun hatte, ließ der Brief im Unklaren. Der Brief schloss mit einem klaren »Heil Hitler«. Käthe sah die Tante verwirrt an. »Meint er das so?«, fragte sie. Die Tante antwortete gelassen: »Wenigstens wurde es so verlesen.«

Ende Januar fand wieder eine Vollverdunkelung statt. Stella nahm zwei der Hunde mit und machte sich gegen neun Uhr abends auf den Weg, ein wenig durch die Straßen zu bummeln. Sie unternahm diese Spaziergänge einmal täglich. Es gab ihr die Möglichkeit, allein zu sein und ihre Gedanken zu sortieren. Seit dem Treffen mit Angela war ihr Leben noch verwirrender geworden, als es ohnehin schon war. Sie hatte Frau Dumont kennengelernt, Madeleine Dumont nannte sie sich. Eine große schlanke Frau mit langen roten Haaren, ungefähr in Stellas Alter, vielleicht etwas jünger. Sie schrieb Drehbücher, und sie malte. Bilder von roten Pferden mit einem gewaltigen Hinterteil auf blauer Heide mit gelbem Himmel. Madeleine hatte Stella zu sich nach Hause mitgenommen, eine kleine Zweizimmerwohnung, die wirkte wie ein Warenlager von bunten Ölgemälden. Stella mochte Madeleine auf Anhieb. Was ihr besonders gefiel, war die Leichtigkeit, mit der die junge Frau konspirativ tätig war, um gefährdete Menschen zu retten. Sie wirkte, als wäre das Ganze ein großer Spaß. Von Gefahr oder Angst war keine

Rede. Sie schminkte ihren Mund in einem dunklen Rot, was besonders eindrucksvoll aufflammte zu ihren scharlachroten Haaren, die Funken zu sprühen schienen, wenn sie lachte. Zu Stellas großer Überraschung stellte sie fest, dass es offenbar eine ganze Menge Menschen gab, die sich daran beteiligten, andere zu retten. Welche Aufgabe sie selbst dabei hatte, war ihr nicht klar. Auf jeden Fall brachte sie neuerdings ihre Briefe an Anthony zu Madeleine, die offenbar dafür sorgte, dass sie nach England kamen, denn Stella erhielt von ihr die Briefe zurück, die Anthony ihr geschrieben hatte.

Stella wusste nicht recht, was sie von dem Ganzen zu halten hatte. Allerdings war sie nun selbst in die Situation geraten, einen Menschen retten zu wollen. Sie hatte den Pfandleiher wieder aufgesucht, zum einen, um ihm die Ohrringe abzukaufen, die er ihr angeboten hatte, zum andern aber auch, weil sie wissen wollte, ob die Gräfin irgendwie herausgefunden hatte, dass mit dem Rubin etwas nicht stimmte.

Stella hatte die Türklingel ertönen lassen wie beim Mal zuvor, aber dann war ein junger Mann erschienen, der sich als neuer Ladeninhaber ausgab. Stella hatte nach kurzem Zögern gesagt: »Ich wollte Ohrringe kaufen, die mir der Verkäufer, der im Dezember hier gearbeitet hat, angeboten hat.«

Der junge Mann hatte sie kühl gemustert und geantwortet: »Von Ohrringen weiß ich nichts, wir handeln nur mit Briefmarken.« Und wirklich, da lag kein Schmuck mehr in der Glasvitrine, alles wirkte seltsam leergeräumt.

Was sollte sie tun? Sie blieb einfach stehen und dachte nach. Der junge Mann verlor keine Sekunde seine kühle Arroganz. In dieser Haltung bemerkte er: »Sie können mir Ihre Adresse oder Telefonnummer nennen und die Zeit, wann Sie erreichbar sind, ich werde das an den vorigen Besitzer weiterreichen.«

Stella war in Nöten. In rasender Geschwindigkeit liefen ihre Gedanken hierhin und dahin. Woher wusste sie, dass dieser glatte Schnösel nicht von der Gestapo war? Aber wenn die alle Leute, die mit dem Alten zu tun gehabt hatten, befragen wollten, würde der Schnösel sie sofort mitnehmen. Und was könnte man ihr vorwerfen? Hatte die Gräfin ihn angeschwärzt? Hatte er Stella verraten? War sie nun geliefert wegen Diebstahls?

Doch selbst in diesem Fall gäbe es keinen Grund, sie jetzt wieder gehen zu lassen. Sie bat den jungen Mann um einen Zettel und schrieb die Telefonnummer der Firma *Wolkenrath & Söhne* auf. Die Adresse in der Kippingstraße preiszugeben, war ihr unangenehm. Ich bin dort morgen um zwölf Uhr, fügte sie hinzu. Der junge Mann nickte und steckte den Zettel ein. In untadeliger Haltung begleitete er sie zur Tür, verbeugte sich kurz, verzog sein Gesicht zu einem kalten Lächeln und hielt ihr die Tür auf. Sie hörte, wie sich hinter ihr der Schlüssel im Schloss drehte. In ihr stieg Panik auf. Was war dort geschehen? In welche Gefahr hatte sie sich jetzt gebracht?

Mit zittrigen Knien saß sie am kommenden Tag in der Feldstraße neben dem Telefon. Um Punkt zwölf Uhr klingelte es. »Ja, bitte«, meldete sich Stella kurz angebunden. »Heute Nachmittag, vier Uhr, *Konditorei Wiechmann*, Eppendorfer Landstraße«, sagte die kalte Stimme des jungen Mannes.

Er war es auch, der Stella in der *Konditorei Wiechmann* erwartete. Er saß im hinteren Raum, wo dunkle Möbel und eine dunkelrote Tapete mit goldenem Muster eine Wohnzimmeratmosphäre zauberten. Dicke Teppiche schluckten die Geräusche, alles war ruhig und gutbürgerlich. Stella setzte sich zu dem Mann an den Tisch, der ihr jetzt gar nicht mehr so jung vorkam. Er trug immer noch sein glattes kühles Gesicht zur Schau. Höflich fragte er sie, was sie trinken wollte, empfahl ihr die Käsetorte und rührte in seinem Kaffee. Nachdem die Kellnerin Stella Kaffee und Kuchen gebracht hatte, erzählte er mit ruhiger Stimme, wobei sein Gesicht vollkommen ausdruckslos blieb, dass die Gräfin von Wangenheim ihren Rubin hatte prüfen lassen. Ein dummer Zufall, der mit der Transaktion zwischen seinem Onkel und Stella anfangs gar nichts zu tun gehabt hatte. Sie hatte einfach ihren gesamten in den vergangenen Monaten preiswert erworbenen Schmuck auf seinen wahren Wert prüfen lassen. Danach hatte sie allerdings seinem Onkel ein entsetzliches Theater gemacht. Der hatte zwar seine Hände in Unschuld gewaschen und behauptet, er selbst sei wahrscheinlich auf einen Betrug des Eigentümers hereingefallen, aber das hatte die Gräfin nicht beruhigt. Da hatte sein Onkel sich als anständiger Geschäftsmann bereit erklärt, der Gräfin den Betrag zurückzuzahlen, den sie für den angeblichen Rubin gezahlt hatte. Das war natürlich eine lächerliche Summe, und das hatte sie nur noch wütender gemacht. Sie hatte gefordert, dass er ihr zur Entschädigung anderen Schmuck übergeben sollte. Als er sich geweigert hatte mit der Begründung, er habe gar keinen Schmuck mehr, handle nur noch mit Briefmarken, und ihr den billigen Tinnef angeboten hatte, der noch in seinen Schaukästen lag, hatte sie die Nerven verloren und geschrien, sie würde ihn anzeigen, weil er eine Schwuchtel sei und ins KZ gehöre. Am gleichen Tag noch habe sein Onkel sich versteckt. Sie wüssten nicht, ob die Dame die Drohung wahrmachen würde, aber sein Onkel sei seitdem nervlich entsetzlich angeschlagen und zittere ständig am ganzen Körper.

Stella war eiskalt geworden. Sie schämte sich. Nur durch ihre Gier, den Rubin zurückzukriegen, hatte sie den Alten in diese Schwierigkeiten gebracht.

Der junge Mann schien ihre Gedanken zu erraten. »Machen Sie sich jetzt bitte keine Vorwürfe«, sagte er. »Dass so etwas geschehen würde, damit haben wir schon lange gerechnet. Ich möchte jetzt auch nicht um den heißen Brei herumreden: Mein Onkel braucht Geld. Er hoffte auf Ihre Rückkehr. Es gibt noch einige andere Kunden, denen er vertraut und denen er die letzten schönen Stücke verkaufen will. Ich bin nur noch im Laden, um diese Kunden abzupassen.«

Stella sah ihn an. Konnte sie ihm wirklich vertrauen? Sie entschied sich, es einfach zu tun. Natürlich wusste man nie, aber im Grunde konnte ihr nichts Schlimmes geschehen.

»Ich will die Ohrringe gerne kaufen«, sagte sie lächelnd. »Ich hätte das auch im Laden schon getan, dafür hätten wir nicht dieses Versteckspiel veranstalten müssen.«

»Ja«, sagte er ungerührt, »das ist wohl wahr. Aber ich muss meinem Onkel jeden der Besucher genau schildern, damit er mir sagen kann, ob wir ihm vertrauen können.«

Man sah ihm keine Regung an. Nur seine Finger zitterten leicht, als er jetzt die Kuchengabel zu seinem Käsekuchen führte.

Natürlich, dachte Stella, erstaunt, weil sie nicht schon vorher darauf gekommen war, er hat viel mehr Angst vor Denunziation und Gestapo als ich. Sein Onkel – wer weiß, in welchem Verhältnis sie wirklich zueinander stehen – und er sind viel gefährdeter als ich.

Impulsiv legte sie eine Hand auf seinen Ellbogen. »Vielleicht kann ich Ihnen noch mehr helfen als mit dem Geld für die Ohrringe«, sagte sie. »Oder wissen Sie schon, wie Sie das Land verlassen?«

»Solange man meinen Onkel nicht holen will, können wir es ganz legal tun. Das muss schnell gehen. Dann allerdings könnte es schwierig werden.«

»Dann machen Sie schnell«, sagte Stella. »Und sollte es Probleme geben, schicken Sie einen Boten in die Feldstraße zur Firma *Wolkenrath & Söhne*. Schreiben Sie auf den Briefumschlag ›Für Stella‹. Ich melde mich umgehend.«

Sie verzehrten schweigend ihren Kuchen. Der Mann zahlte und gemeinsam verließen sie die Konditorei. Vor der Tür gab er ihr die Hand. Darin lagen die Ohrringe. Sie nahm es erstaunt zur Kenntnis. »Oje«, murmelte sie, »und wie gebe ich Ihnen jetzt unauffällig das Geld? Sie müssen wissen, ich bin nicht sehr erfahren in solchen Dingen.«

Erstmalig stahl sich auf sein Gesicht ein anderes als das kühle unbeteiligte Lächeln. »Wir gehen einfach bis zur nächsten Bahnstation gemeinsam weiter und dann verabschieden wir uns noch einmal«, sagte er. So geschah es. Während sie die Eppendorfer Landstraße entlangschlenderten, entnahm Stella ihrer Handtasche einen Briefumschlag, in den sie zu Hause bereits das Geld gelegt hatte. Kurz entschlossen drehte sie sich dem Mann zu, überreichte ihm den Briefumschlag und sagte: »Herzliche Grüße an Ihren Onkel und alles Gute! Ich geh zu Fuß nach Hause, wir brauchen nicht bis zur Bahn gehen.«

Der Mann steckte den Umschlag wieder mit aalglatter Miene in die Innentasche seines Mantels, reichte Stella abermals die Hand und verschwand so schnell, dass sie einen Moment dachte, er hätte sich in Luft aufgelöst.

Erst zu Hause nahm sie die Ohrringe aus ihrer Manteltasche und schaute sie an. Sie waren es wirklich. Und sie waren auch wirklich immer noch so schön, wie Stella sie in Erinnerung hatte.

Und sie war darauf vorbereitet, mit Madeleine darüber zu sprechen, wie zwei homosexuelle Männer so schnell wie möglich über die grüne Grenze nach Holland gebracht werden konnten.

Über all das dachte sie nach, als sie mit den zwei Hunden durch Eimsbüttel spazierte. Um halb zehn gingen schlagartig die Laternen aus. Schlagartig teils und teils zögernd erlosch das Licht in den Wohnungen. Ganz eigenartig hohl klangen in den dunklen toten Straßen die Rufe: »Licht aus, Licht aus!« Die dumpfen Schläge gegen die Haustüren, das Klopfen an die Fenster. Dazu kurzes Aufblitzen der Taschenlampen, die sonst auch verboten waren. Unheimlich leuchtete durch die Dunkelheit das breite Glasfenster des Operationssaales im Krankenhaus und verdunkelte sich auch nicht. Stella blickte nach oben. Die Verdunkelung schenkte ihr einen herrlichen, unbeschreiblich schönen, flimmernden Sternenhimmel. Eine halbe Stunde lang tauchte sie in eine andere Welt, bedeckt von Sternen, umgeben von Dunkelheit. Auch die beiden Hunde verhielten sich ganz anders. Die Ohren gespitzt, die Nasen schnüffelnd, hellwach und aufmerksam durchdrangen sie die Nacht mit ihren Sinnen. Stella war zerrissen zwischen Erhabenheit, fast schon Euphorie, und Zorn. Für wie dumm hielten die Nazis eigentlich die Bevölkerung? Wenn dies keine Vorbereitung auf Krieg war, was sollte dann noch geschehen?

Es schlug zehn – da flammten die Laternen auf, die Fenster erhellten sich, die Großstadt erwachte aus dörflichem Schlaf, der Himmel verblasste, das Märchen war aus. Stella ging nach Hause.

Stella veränderte sich Tag für Tag. Zuweilen kaum merklich, manchmal so, dass sie sich selbst kaum wiedererkannte. In ihren Briefen an Anthony und in ihrem Tagebuch fand sich kaum noch etwas von diesen liebenswerten kleinen Alltäglichkeiten, die sie früher so beschäftigt hatten. Nur noch wenige Bemerkungen über architektonische Besonderheiten, die sie auf ihren Hundespaziergängen entdeckt hatte. Nur noch wenige Bemerkungen über Theater und Gesang, obwohl ihr die Begeisterung fürs Theaterspielen und Singen früher doch geradezu den Verstand geraubt hatte. Stella hatte bisher ihre leidenschaftliche Anteilnahme am kulturellen Leben und die daran beteiligten Künstler nie verloren. Jetzt aber war sie stiller geworden, ja, sie wirkte manchmal geradezu stumpf. Ihre Augen, die in den ersten Wochen, nachdem sie aus England wiedergekommen war, noch geglänzt und gefunkelt hatten wie die einer verliebten Frau, ihre Stimme, die in England gesangserprobt war, ihre lebhaften Gesten, all das hatte sich gewandelt. Als wäre die einst lebhafte und begeisterungsfähige Frau zu einer geworden, die ihre Gedanken und Gefühle für sich behielt und einen eher vorsichtigen Kontakt zur Außenwelt aufnahm, wenn überhaupt. Stella zeigte sich nur noch wenig, ihre Augen waren abwartend geworden, manchmal flackerte sogar Angst darin auf. Ihre Stimme, die sich früher manchmal vor Begeisterung wie die eines Mädchens angehört hatte, klang jetzt abwägend, ruhig und manchmal atemlos, als läge etwas schwer auf ihrer Brust. In ihrem Tagebuch beschäftigte sie sich nahezu ausschließlich mit der deutschen Politik und der internationalen Reaktion darauf, sowie einzelnen jüdischen Schicksalen.

Vor langer Zeit schon war sie mit Fräulein Sprung zufällig ins Gespräch gekommen, und dann hatten sie immer mal wieder alltägliche Eindrücke und Erlebnisse ausgetauscht, wenn sie sich auf der Straße oder beim Fleischer oder Bäcker getroffen hatten. Fräulein Sprung war eine nette offene Person, die manchmal kluge Sachen über junge Menschen oder auch das Leben in England und Deutschland von sich gegeben hatte. Sie war Englischlehrerin an der Emilie-Wüstenfeld-Schule gewesen, eine Jüdin, die auch so aussah mit ihrer auffällig großen Nase und melancholischen Augen, unter denen dunkle Schatten lagen. Sie war von einer Privatschule auf die Emilie-Wüstenfeld-Schule gekommen, nun war sie entlassen. Das hatte Stella von Luise Solmitz gehört, die durch ihre Tochter Gisela wohl informiert war über die Neuigkeiten der Schule, die um die Ecke in der Bundesstraße lag. Fräulein Sprung, so berichtete Luise Solmitz, hatte keinen Anspruch auf Ruhegehalt, sie stand als einst wirtschaftlich gesicherter Mensch nun vor dem Nichts. Stella erkundigte sich nach ihr bei Herrn Baus, einem anderen Lehrer der Emilie-Wüstenfeld-Schule, mit dem sie ebenfalls von Zeit zu Zeit einen Klönschnack hielt. Er verbarg sein Mitgefühl nicht. »Fräulein Sprung hat sich an einer Privatschule beworben, aber auch dort war es unmöglich.« »Und was ist nun aus ihr geworden?«, erkundigte sich Stella. »Keine Ahnung«, sagte er. Auch von den anderen jüdischen Lehrern wusste er nichts. Stella merkte dem älteren Mann an, dass die neue Schulpolitik ihn nicht mit Genugtuung erfüllte. Sie fragte nach den Änderungen in der Arbeit der Lehrer.

»Die Schüler verbringen ihre Zeit, auch ihre Schulzeit, hauptsächlich mit politischen Aktivitäten«, sagte er. »Die Schule kommt zu kurz.«

»Aber das führt doch zu schlechten Leistungen«, sagte Stella. »Und ich dachte immer, dass von den Schülern auf der Oberschule einiges verlangt wird.«

»Nun«, antwortete Herr Baus bedächtig, »schon im vorigen Jahr habe ich die Leistungen für unglaublich niedrig gehalten, dies Jahr hat mich das Abitur eines Schlechteren belehrt ... Ein Abiturient muss heute ein guter Sportler und in der Hitlerjugend sein, akademische Leistungen werden kaum mehr verlangt.« Er klang bitter.

Stella sagte: »Ich glaube, auf diese Zeit der Überbewertung des Körperlichen wird wieder eine kommen, die Bildung und Feingeistigkeit schätzt und pflegt.« Früher hätte sie sich länger über den Unterschied zwischen Körperlichkeit und Feingeistigkeit ausgelassen, jetzt aber empfand sie eine seltsame Mischung aus Verachtung für diese Verherrlichung körperlicher Anlagen und Fähigkeiten, die ihren gröbsten Ausdruck in der Massenekstase fand, wenn ein Boxer dem andern auf die Nase schlug.

Aber solche Gespräche mit eindeutig geäußerten Meinungen wurden selten für Stella. Sie, die entschiedene Ansichten geäußert, Gefühle stark ausgedrückt, Entscheidungen mit leidenschaftlichem Ja oder Nein gefällt hatte, der es immer schwergefallen war, der Existenz von Grautönen einen Sinn abzuringen, zeigte sich nach außen nur noch als Anhängsel von Jonny. Und ganz allmählich verlor sie auch für sich selbst die Sicherheit einer eigenen Haltung zum Leben.

Die Tante half ihr nicht. Auch sie zeigte vor der Welt nur noch die alte Frau, die sich aus allem raushielt. Die zuhörte, manchmal nachfragte, nur noch mit dem Kopf nickte und vor sich hin brummelte, aber keine eigene Position mehr vertrat. Niemand machte sich darüber Gedanken, nicht über Stellas Veränderung und nicht über die der Tante.

In ganz Deutschland veränderten sich die Frauen. Schminke, Nagellack und Zigaretten verschwanden aus dem Frauenleben. Die Zahl der Neugeborenen stieg. In einflussreichen Positionen gab es keine Frauen mehr. Aber zugleich wurde ihnen ein neuer Wert, eine neue Kraft verliehen. Auch die Mädchen trugen Kletterwesten und nahmen an Luftschutzübungen teil, machten am Wochenende Ausflüge mit der Hitlerjugend, wo ihnen körperlich viel abverlangt wurde. So kamen sie aus der Umsorgtheit und der Enge ihrer Familien heraus. Und auch falls erste sexuelle Abenteuer schiefgingen, mussten sie keine Angst mehr haben, als uneheliche Mutter aus der Gesellschaft ausgestoßen zu werden, sondern hatten eine Zukunft. So konnten Mädchen und junge Frauen durchaus ein neues Selbstbewusstsein, ein neues Gefühl von Wert als Frau entwickeln. Darüber hinaus gab es natürlich solche Frauen wie Cynthia, die endlich in der Frauenschaft einen Ort der Zugehörigkeit fanden. Die in der Liebe zu Hitler ihre Bestimmung und ihren Lebenssinn fanden. Die endlich ihrem aus Neid gespeisten Hass auf Frauen wie Stella, begehrt, erotisch, frech, schön, in der Gruppe nachgehen konnten und mit neuem Stolz ihr saubergeschrubbtes Gesicht der Welt präsentierten.

Stella hingegen gehörte zu den Frauen der einflussreichen Männer, sei es in Politik oder Wirtschaft, die heute eher mehr als weniger in Kleidung und Schminke brillierten. Es waren Frauen wie Edith von Warnecke oder die Frau des Bürgermeisters Krogmann oder die Frauen der Wirtschaftsführer wie der Reederfamilie Woermann, der Jonny nach wie vor treu verbunden war, oder Rudolph Voss von der seit 1933 wirtschaftlich erstarkten Werft *Blohm & Voss*. Diese Frauen trugen wertvollsten Schmuck, edelste Stoffe, und sie ließen sich schminken und die Haare ondulieren. Viele von ihnen sahen aus wie Filmschauspielerinnen. Und in der Tat war es ja auch so, dass neuerdings auf Festen dieser Kreise Schauspieler und Sportler eher vertreten waren als Männer des Geistes. Von Frauen des Geistes war sowieso keine Rede mehr. Dagegen aber von Leuten wie Max Schmeling und Anny Ondra, seiner Frau, die Schauspielerin gewesen war.

Stella kam es vor, als verlöre sie ihr Gesicht.

Sie fand es wieder, wenn sie mit Madeleine Dumont zusammen war. Madeleine war ein Paradiesvogel. Sie versteckte sich überhaupt nicht. Sie machte Witze über Hitler und Konsorten, und dann lachte sie so laut, dass man meinte, Hitler selbst müsste es hören. Sie kannte Schauspieler, Sportler, Nazis, SS-Leute, Gauleiter, Regisseure, sie kannte Leni Riefenstahl, und sie versteckte ihr Gesicht vor niemandem. Stella bewunderte sie, und sie ängstigte sich für sie. Madeleine war anscheinend mit einem hohen SS-Mann liiert, und sie vertraute wohl auf dessen Einfluss. Stella hatte auch weniger Angst um Madeleine als um die Menschen, die irgendwie von ihr abhingen.

Auf jeden Fall war Madeleine extrem erfolgreich darin, Menschen aus Deutschland verschwinden zu lassen. Sie steuerte diese Transaktionen lässig, wie mit der linken Hand. Sie inszenierte um sich herum die buntesten Dramen: Liebe, Malerei, Filme, Männer, Frauen, all das funkelte und schillerte und explodierte in ihrem Leben, die illegalen Ausreisen von politisch Verfolgten oder gefährdeten Juden über die grüne Grenze nach Holland oder mit gefälschtem Pass nach Frankreich oder England, das erledigte sie wie eine kleine alltägliche Pflicht nebenbei. Es bereitete ihr weniger Mühe und verlangte ihr weniger Gefühle ab als das lästige tägliche Abwaschen ihrer Kaffeetasse.

Stella hielt sich sogar zurück, wenn sie mit Madeleine zusammen war, aber sie sog gierig deren leichtsinnige, verwegene Frechheit auf. Es gab kaum etwas, das Madeleine nicht bissig kommentierte. Als verkündet wurde, dass junge Handwerker wieder wandern und die Meister wieder um Arbeit ansprechen sollten, sagte sie: »Soll mich wundern, was dabei herauskommt, ob sich das Rad der Zeit zurückdrehen lässt, ist doch die große Frage, und wie weit wir unsere Besiegerin Technik unsererseits wieder überwinden, müssen uns die Nazis doch erst einmal zeigen.«

Stella dachte, dass es den jungen Leuten vielleicht nicht schaden würde, sich den Wind um die Nase wehen zu lassen. Und dass das nicht gleich ein Sieg über die Technik wäre. Aber sie fühlte sich nicht wohl bei diesen Gedanken. Sie hätte sich gern klar und kompromisslos gegen die Nazis gestellt. Es kam ihr vor, als verlöre sie Gesicht und Stand. Sie hatte den Eindruck, als würde sie inmitten all dem Verrückten, Widersinnigen in der Welt selbst verrückt und verlöre ihren Sinn. Sogar das Wetter spielte verrückt. Der ganze Winter war nicht nur ungewöhnlich milde gewesen, er hatte einfach sämtliche Erwartungen, die man an Winter hatte, auf den Kopf gestellt. In Christophstal im Schwarzwald rissen durch Schneeschmelze ins Rutschen geratene Schuttmassen ein Haus mit, ein Ehepaar war tot. Aber nicht nur in Deutschland war das so. Überall im Süden gab es Bergkatastrophen. In Nordafrika und Südspanien fiel Schnee über Schnee. Die Apfelsinenblüte erfror. Während in Deutschland viel zu mildes Wetter herrschte, das die Grippe lockte, begann in der Bretagne schon die Rosenblüte.

Viel mehr allerdings als der verrückte Winter raubte Stella die Unsicherheit den Schlaf, wann sie Anthony wiedersehen würde. Jonnys nächste Reise stand in den Sternen. Er war damit anscheinend nicht unglücklich. »Es gefällt mir in Hamburg«, sagte er, und Stella hatte den Eindruck, dass das mit Greta zusammenhing. Die junge Frau hatte sich verändert. Sie war hübscher geworden, sie hatte einen anderen Gang entwickelt, aufrechter und in den Hüften wiegender. Stella glaubte, dass Jonny Hamburg nicht gern verlassen wollte, weil er die Mutter seiner Tochter unter Kontrolle behalten wollte. Dritter hielt sich zurück, wenn Jonny da war. Er erschien nach wie vor, wenn Greta am Donnerstag zum Klavierunterricht kam. Dann spielte er mit Walburga, schäkerte mit Greta, aber rührte sie nicht an. Es kam Stella so vor, als hätten Dritter und Greta eine Beziehung, die der ähnelte, die sie selbst mit Anthony hatte: Wenn Jonny da war, lag sie auf Eis. Unter dem Eis aber loderte die Flamme nur umso höher.

Im Februar 1935 wurden Benita von Falkenhayn, geborene von Zollikofer-Altenklingen, und Renate von Natzmer wegen Landesverrats hingerichtet. Edith von Warnecke kannte die Familie von Zollikofer-Altenklingen. Sie war wie vor den Kopf geschlagen. Frauen, und dazu noch Frauen mit erstem adeligem Stamm! Ein Fräulein Irene von Jena und ein adliger Pole wurden zu lebenslangem Zuchthaus verurteilt. Kurz vorher waren schon zwei männliche Hochverräter hingerichtet worden. Unter vier Augen fragte sie Jonny, ob die Ablehnung des Adels, die bei den Nazis oft durchschien, vielleicht doch ernsthafter war, als sie es bisher angenommen hatte. »Ich dachte, es ist wie diese übrige proletarische Propaganda«, sagte sie. »Hitler muss die Massen aktivieren, das ist ja das Geheimnis seines Erfolgs, aber manchmal habe ich Angst, dass sie zu selbstherrlich werden.«

Jonny wusste, wen Edith mit »sie« meinte. Das waren die führenden Nazis um Hitler herum. Gute Propagandisten, aber in Wirklichkeit glaubte Edith, dass sie und ihre Freunde, Blohm und Thyssen, das reiche Bürgertum und der feine Adel mitsamt den alten Generälen das Land wieder in der Hand hatten.

»Man muss auf ihn achten«, sagte Jonny knapp. »Wenn die Industrie, das Bürgertum und das Militär ihm das Vertrauen entzieht, ist er ein Nichts.« Aber auch er war beunruhigter, als er vor seiner Mutter zugeben wollte. Er hatte viele der Männer gekannt, die beim sogenannten Röhmputsch ermordet worden waren. Er hatte damit eine Lektion erteilt bekommen. Die lautete erstens: Wieg dich nicht in Sicherheit! Bleib wachsam! Und zweitens: Pflege deine alten Kontakte aus dem Untergrund. Vielleicht brauchst du sie bald wieder.

Jonny und seine Mutter suchten in den Zeitungen nach Erklärungen für die Hinrichtungen, aber die kleckerten nur spärlich. So entfaltete sich, ganz langsam nur, ein Bild vor Edith, das ihr etwas Ruhe gab, so dass sie nicht mehr täglich ein Telefonat mit ihrem Sohn führen musste. Denn eine Hinrichtung von adligen Frauen empfand sie als ganz unnatürlich. Die drei Damen erster Kreise, so verstand sie im Laufe der Zeit, waren »Edeltippsen«, vermutlich im Reichswehrministerium, auserwählt eben wegen ihrer Namen, weil die auf altpreußische Vaterlandsliebe und Zuverlässigkeit schließen ließen. Diese drei adeligen Damen nun verkauften ihr Vaterland um Geld für Luxusausgaben, Tand und üppiges Leben. Es sollte so gewesen sein, dass die alte Frau von Natzmer – ihre geschiedene Tochter hatte den Mädchennamen wieder aufgenommen – beunruhigt durch Ausgaben der Tochter bei der vorgesetzten Stelle anfragte, ob ihre Tochter eine Gehaltszulage bekommen habe. Nein, warum? Von diesem Augenblick wurde die junge Frau beobachtet, und bald war man der ganzen Ungeheuerlichkeit auf der Spur. »Wieso haben wir von all dem erst so spät erfahren?«, fragte Edith ihren Sohn. »Geheimhaltung ist eine wichtige Regel, wenn man jemanden dingfest machen will«, antwortete er, und sie hörte ihm an, dass er wusste, wovon er sprach. Das erfüllte sie mit Zuversicht.

»Es ist gut, wenn sich da etwas ändert«, führte er aus. »Unser Spionagedienst im Kriege ist jammervoll gewesen, es war nie Geld dafür da. Fähige Offiziere schreckten zurück. Ach, nein, Spionage? Die Feinde suchten sich die Besten der Besten unter ihren Offizieren aus. Tatsache ist, dass sie zu Anfang unsere Spione für unübertrefflich hielten, denn es war und war keiner zu klappen – weil nämlich niemand da war. Mit Undank wurden freiwillige Edelspione, Deutschfreunde unter den Neutralen belohnt. Für wichtige Meldungen war kein Konsul zu sprechen, kurzum, ein Trauerspiel, wie unbedarft Deutschland auch auf diesem und auf dem Gebiet der Nachrichtentruppe in den Krieg hineingeplumpst ist.«

»Ja«, stimmte Edith zu. »Der richtige dumme deutsche Michel. Gut, wenn das jetzt anders ist.«

Stella, die es geliebt hatte zu lachen und sich für irgendetwas zu begeistern, entwickelte sich zu einer Frau, die nur noch auf halber Flamme lebte. Sie wurde nervös und mäkelte an allen möglichen nebensächlichen Dingen herum. Als würde sie ständig einen Wasserschlauch zuhalten, der schließlich, übervoll, irgendwo anders aufplatzte, ließ auch sie die zurückgehaltenen Gefühle bei Gelegenheiten heraus, die mit ihrer wirklichen Not nichts zu tun hatten. Besonders empörte sie, wenn sie in der Zeitung über irgendeinen Unfall las, der Kindern zugestoßen war. Dann schrie sie Jonny an, als hätte der persönlich die Kinder getötet. »Am Mittwoch wurden die drei Kinder eines Bahnwärters in Württemberg von einem Kraftwagen getötet«, las sie Jonny laut und zornig aus der Zeitung vor. »Zwei Mädchen, ein Junge, zwölf, zehn und sieben Jahre, auf dem Heimweg von der Zusammenkunft der HJ. Was haben Kinder abends auf den Landstraßen zu suchen? Warum waren diese unseligen Drei nicht bei Muttern, nicht in ihren Betten? Wie viele solcher Todesfälle haben wir nun schon? Wann hört das endlich auf?« Jonny sah Stella verblüfft an. Dann strich er ihr über die Haare, die in solchen Situationen Funken zu sprühen schienen. »Stella«, sagte er begütigend, »reg dich doch nicht so auf. Davon werden die Kinder doch auch nicht wieder lebendig.« Aber Stella wollte sich aufregen. Nach einem solchen Wutausbruch machte sie einen langen Spaziergang mit zwei Hunden, und danach ging es ihr etwas besser.

Jonny erhielt einen Brief von einem Geschäftsmann aus Südwest-Afrika, aus Grootfontein, mit dem er sich während seiner Aufenthalte in Afrika etwas angefreundet hatte. Der schrieb: »Heut ist es schon so Mode, dass die Schwarzen neben der weißen Frau im Auto sitzen und das Auto steuern. Ich kann dir sagen, frech sind die Schwarzen heutzutage. Nicht so sehr in Grootfontein, aber in Südafrika. Daran sind zumeist die Engländer schuld, denn sie sind so dreist mit den Schwarzen. Die Eingeborenen wünschen auch, dass Südwest wieder deutsch wird. Ein Teil der Neger hat sich gesammelt und hat Geige, Ziehharmonika und andere Instrumente gelernt, dann sind sie von Haus zu Haus gegangen und haben Hitlerlieder gespielt. Dafür haben sie Zucker, Mehl und anderes bekommen. Als die Nachrichten kamen, dass die Saar wieder deutsch ist, haben wir ein großes Fest gehabt. Durch das Radio haben wir alles gehört. Wir Deutschen haben zwei Tage geflaggt. Auch die Neger freuten sich. Sie erzählten untereinander, wenn die Saar schon deutsch ist, wird Südwest auch bald deutsch werden. Viele Eingeborene sind den Deutschen treu geblieben, aber manche schimpfen auf uns, wie die Engländer. Heil Hitler!«

Der 1. März war der Tag der Saarheimkehr. Um Viertel nach zehn hieß es in Saarbrücken: »Heißt Flagge«, und in ganz Deutschland sollte nicht eher geflaggt werden. Dritter stieg aufs Dach und setzte die Hakenkreuzflagge. Eine zweite zeigten sie nach vorn vom Wohnzimmerfenster aus. »Die Solmitz haben die alte deutsche schwarzweißrote

Flagge gehisst«, sagte er schmunzelnd. »Sie sieht sehr schäbig aus. Das Schwarz ist schon ganz braun.« »Dass Juden überhaupt noch Flaggen hissen dürfen«, bemerkte Eckhardt. »Ich denke, du bist mit Fred Solmitz befreundet«, sagte Dritter, und seine Stimme klang, als wollte er sagen: »Du bist ja schon wie ich. Kein Rückgrat. Dann tu bloß nicht immer so edel.«

»Ich hab nichts gegen Fred und Luise«, antwortete Eckhardt von oben herab. »Ich hab auch eigentlich nichts gegen Juden. Ich sag nur: Er braucht sich, glaub ich, keine neue zu kaufen, die wird er sowieso nicht mehr lang zeigen dürfen. Juden, die die Hakenkreuzflagge hissen, das ist doch komisch.«

»Stimmt«, gab Dritter zu und lachte.

Luise zeigte in der Nachbarschaft demonstrativ ihre Begeisterung für Hitler. Als das englische Weißbuch herauskam, das Deutschland die Schuld an dem Wettrüsten der Welt gab, entrüstete sie sich in jedem Gespräch in der Nachbarschaft: »Schamlos!«, sagte sie. »Eine solche Ungeheuerlichkeit jetzt vor dem englischen Ministerbesuch.« Viele Nachbarn teilten ihre Meinung, manche aber stimmten eher halbherzig zu oder schwiegen. Dies taten auch die Tante und Lysbeth, als sie Luise trafen. Anschließend sagte Lysbeth zur Tante: »Mein Gott, was muss diese Frau leiden! Sie möchte so gern dazugehören, und sie steht von Tag zu Tag mehr außen vor. Ihre einzige Chance ist, sich von Fred scheiden zu lassen.« »Ich glaube, das wird sie nicht tun«, entgegnete die Tante. »Ich glaube, sie liebt ihn wirklich.«

Als Hitler aus »gesundheitlichen Gründen« den Besuch des englischen Außenministers verschob, gewährte der Beauftragte der Reichsregierung für Abrüstungsfragen, Joachim von Ribbentrop, dem britischen Journalisten Ward Price, ein Interview, das in der deutschen Öffentlichkeit sehr aufmerksam verfolgt wurde. Ward Price' erste Frage war die gleiche wie diejenige, die auch im Haus der Wolkenraths aufgeworfen worden war: »Ist die Erkrankung des Führers ernsterer Natur oder steckt etwas hinter dem Gerücht, dass sie diplomatisch sei?« Von Ribbentrop gab zwei Antworten, gewissermaßen zur Auswahl. Zum einen, dass Hitler sehr heiser sei, zum anderen, dass Weißbücher Beunruhigungen und alle möglichen Folgerungen bewirken könnten. Und dass das englische Weißbuch ungefähr dieselbe abkühlende Wirkung auf die hoffnungsfrohe Stimmung hinsichtlich des Besuchs des englischen Außenministers John Simon ausgelöst habe wie die augenblickliche sibirische Kälte auf den Vorfrühling.

Luise stand vollkommen hinter Hitler, das verkündete sie den Nachbarn täglich. Ja, es war verständlich, dass Hitler dem englischen Außenminister John Simon die kalte Schulter zeigte, nach einer derart unverschämten Attacke durch das Weißbuch. Wer hätte nach einer solchen Diffamierung noch Lust auf ein konstruktives Gespräch? Nein, so nannte sie es nicht, denn diese zwei Fremdwörter wandelte sie sofort in »gutes Deutsch« um: Diffamierung wurde zu Verunglimpfung und konstruktiv zu für beide förderlich.

Stella – ebenso wie die Tante – nickte nur, wenn darüber gesprochen wurde, dass Hitlers Verhalten sehr verständlich sei. Wer wolle sich schon von so einem Weißbuch verunglimpfen lassen? Ihr Spott und Zorn richtete sich jedoch gegen andere Dinge. Sie bedauerte, dass die Welt immer ärmer an Eigenart und alter Überlieferung wurde und trauerte, weil die tausendjährigen Athosklöster, diese einzigartigen in ihren Felsenhöhlen an schroffen Bergwänden klebenden Klosteranlagen, wirtschaftlich nicht mehr weiterkonnten. Spöttisch bemerkte sie: »Aber dafür haben wir morgen den Boxkampf Schmeling-Hamas in Hamburg. Das ist noch mal was! Eingebeulte Nasen, niedrige Stirnen, feste Muskeln, wenn das nicht Kulturträger sind.« Aber dann begleitete sie Jonny zu dem Boxkampf und ließ sich in die tobende Atmosphäre hineingleiten. Irgendwann war sie völlig gefangengenommen und fieberte mit. Max Schmeling besiegte den Amerikaner Steve Hamas. Anschließend nahmen Stella und Jonny an dem Siegerfest teil. Stella trank Sekt, ihr Körper kribbelte, und sie wünschte, endlich wieder sie selbst zu werden. Aber sie wusste schon gar nicht mehr genau, wer sie selbst eigentlich war.

Hitler drahtete Schmeling seine Glückwünsche, ließ Schmelings Frau, der Filmschauspielerin Anny Ondra, einen Blumenstrauß überreichen. In England erfroren bei einem Fußballkampf in dem strengen Nachwinter im März vier Zuschauer. »Wie sportbegeistert diese mir unverständliche Welt ist«, bemerkte die Tante zu Stella. Stella nickte und empfand Schuld. Ich glaube, ich passe eigentlich viel besser zu Jonny als zu Anthony, dachte sie. Anthony begeisterten weder Boxkampf noch Fußball, er schlug sich mit ganz anderen Gedanken herum.

Aber sie geriet in Ekstase und schrie laut und klatschte und vergaß alles um sich herum, wenn sie einen Boxkampf oder ein Fußballspiel mit Jonny besuchte.

Die Emilie-Wüstenfeld-Schule baute bereits seit Wochen an einem großen Luftschutzkeller. »Wird der für die Kippingstraße mitbestimmt sein?«, fragten sich die Nachbarn. Stella aber horchte auf, als sie hörte, wie Göring ganz offen in einem Interview mit Ward Price von der Errichtung einer deutschen Luftwaffe sprach. Selbstverständlich nur zum Schutz Deutschlands. »Es wird nicht mehr lange dauern«, schrieb sie an Anthony, »und Hitler wird irgendwo den Krieg erproben.«

Am 16. März 1935 jubelten Jonny, Johann und Alexander: »Wir haben die allgemeine Wehrpflicht wieder! Der Tag, den wir seit der Schmach von 1918 ersehnten. Zwölf Korpskommandos, sechsunddreißig Divisionen.«

»Morgens hat sich Frankreich seine zweijährige Wehrdienstzeit in die Tasche gesteckt, abends haben wir eine kernige Antwort gegeben: die allgemeine Wehrpflicht«, triumphierte Alexander.

»Nie hätten wir ein Versailles erlebt, wäre immer so gehandelt, immer so geantwortet worden.« Auf Johanns blassen Wangen blühten Blumen des Jubels.

»Ohne Reichstag, ohne Parteigekakel, ohne Pressefeldzüge, ohne Geseire ist das gegangen«, sagte er. »Was für ein Mann, dieser Hitler.«

Jonny fügte hinzu: »Es war von langer Hand vorbereitet, keinem von uns war es ja ein Geheimnis, aber immer klug gehütet, da ist sie nun, die allgemeine Wehrpflicht.«

Am nächsten Tag sagte Luise zu Käthe, die sehr bedrückt über die Einführung der allgemeinen Wehrpflicht war: »Das soll nicht dem Kriege dienen, sondern der Erhaltung des Friedens. Denn ein wehrloses Land inmitten hochgerüsteter Völker muss notwendig Anreiz und Verlockung sein, es als Aufmarschgebiet zu missbrauchen, oder es auszubeuten.« Käthe sah ihre Nachbarin an. Glaubte sie das wirklich? Ja, sie sah so aus: geradezu verklärt.

»Als gestern Abend der Aufruf der Reichsregierung ›An das deutsche Volk‹ im Radio kam, wusste ich gleich, das etwas Großes geschehen würde«, sagte Luise mit bebender Stimme. »Als das Gesetz verkündet wurde, musste ich mich erheben. Ich war so überwältigt. ›Die Stunde ist zu groß‹, habe ich zu meinem Mann gesagt, ›ich muss es stehend anhören.‹ Und er erhob sich ebenfalls.«

»Sie sehen wirklich sehr glücklich aus«, sagte Käthe und wunderte sich, wieso eine Frau über die Einführung der Wehrpflicht so froh sein konnte.

»Mein Mann hat das auch schon gesagt«, antwortete Luise, »aber ich freue mich so über die allgemeine Wehrpflicht, so recht tief innerlich.«

Stella wartete auf einen lauten Aufschrei aus der Welt, aber es geschah nichts. England überreichte zwar eine Einspruchnote durch den Botschafter Phipps in Berlin, aber das nahm keiner ernst. Und also war die Wiederaufrüstung von nun an kein Geheimnis mehr, sondern sie geschah vor aller Augen.

Stella dachte, dass sie eigentlich nicht mehr mit Zaubertinte Nachrichten über militärische Tätigkeiten an Anthony schreiben musste.

»Ich kann es hochoffiziell machen«, spottete sie zornig im Gespräch mit Lysbeth. »Ich brauche eigentlich nur noch Zeitungsausschnitte zu schicken. Da steht alles drin. Einrichtung von Konzentrationslagern. Aufrüstung. Es gibt gar keine Geheimnisse, die ich aufdecken kann.«

Am gleichen Abend flog das erste Militärluftgeschwader als »Jagdgeschwader von Richthofen« bei der Verdunkelungsübung über Berlin. Frankreich verkündete, es wolle Einspruch beim Völkerbund erheben. In Deutschland breitete sich eine bange Erwartung aus. Der Frieden hing an einem seidenen Faden. Frankreich richtete eine sehr ernste, drohende Note an Deutschland, Italien schloss sich etwas weniger schroff an. Beide Noten wurden von Außenminister Konstantin von Neurath als ungerechtfertigt bezeichnet.

Hitler weilte in Wiesbaden. Er bat die Bevölkerung um Ruhe und das Vermeiden lauter Huldigungen. Und wie sie ihm sonst gehorchten, taten sie es auch jetzt. Kaum einer jubelte Hitler zu, überall herrschte Ruhe.

Kein Tag verging, ohne dass Alexander und sein Sohn Johann leidenschaftlichen Anteil an der Entwicklung nahmen.

»Jetzt muss ein feines, ein königliches Spiel getrieben werden, wenn Außenminister Simon kommt«, sagte Alexander. »Und Vorsicht muss walten: der Funke im Pulverfass.«

»Zum Glück hat Frankreich ja auch noch andere Länder zu berücksichtigen, wird nicht mit uns sich selbst aufs Spiel setzen wollen«, sagte Johann, der zwar Krieg verlangte, aber nicht sofort.

Der englische Außenminister John Simon und der Lordsiegelbewahrer Robert Eden kamen am 24. März in Berlin an. Jubelnd und feierlich wurden sie begrüßt. Hitler hatte den ersten Zug seiner Leibwache geschickt. »Das ist das erste Mal, dass Deutschland wieder Eintritt in den Kreis der politisch großen Völker hat«, bemerkte Cynthia ergriffen. »Ja, endlich wird es wieder aufgesucht zu Besprechungen«, stimmte Eckhardt zu. »Endlich hat die Zeit der demokratischen Bittgänge aufgehört.«

Madeleine Dumont witzelte, als Stella sie das nächste Mal traf: »Es reicht ihnen nicht, das Radio zur Goebbelsschnauze zu machen und die tönende Wochenschau mit Propaganda zu füllen, am liebsten wollen sie das Kino in jede Wohnung schicken. Dann kriechen sie endgültig in jedes deutsche Gehirn mit Bild und Wort.« Und sie behielt recht.

Am 22. März war der erste Tag des Fernsehbetriebs. Das Programm kam aus Berlin, es war das erste regelmäßige Fernsehprogramm der Welt, und alle hielten auch dies Hitler zugute.

Die Hamburgische Landespolizei wurde in die Reichsgewalt übergeführt. Aus den Schutzleuten wurden nun auch nach außen hin Soldaten. Das nationalsozialistische Feldjägerkorps wurde in die Schutzpolizei übernommen.

Stella schrieb: »Der Krieg rückt immer näher.«

9

Alle Wolkenraths liebten es, in der Fischküche zu essen. Im März 1935 lud die Tante Stella und Lysbeth dorthin ein, außerdem Lydia. Sie hatte mit allen dreien Wichtiges zu besprechen. Und die Fischküche schien ihr der geeignete Ort.

Erstaunt blickte die Tante sich um, als sie an dem blank gescheuerten Holztisch saßen. Es gab keine Kellnerinnen mehr, nur noch Kellner. »Wo ist die nette Frau geblieben, die uns hier immer bedient hat?«, fragte sie den Kellner, der ihre Bestellung entgegennahm. Er hob seine Augen kurz von seinem Zettel und richtete sie auf die Tante, die ihn freundlich anlächelte. »Es gibt nur noch Kellner«, sagte er verlegen. »Die Frauen sind jetzt wieder zu Hause.« »Aber die Kellnerin, die uns immer bedient hat, wirkte gar nicht, als wollte sie nicht mehr arbeiten«, sagte die alte Frau, ohne ihre Stimme zu senken. Stella schmunzelte. Es gab nur noch sehr selten Situationen, in denen die Tante Farbe bekannte. Diese hier war so eine.

Der Kellner lächelte hilflos. Er war offenbar überfordert. »Na ja«, sagte er gedehnt, »sanfter Druck von oben, oder wie man das so nennen kann.« »Aha«, bemerkte die Tante, als hätte sie ein Ungeziefer auf dem Tisch entdeckt. Stella legte ihre Hand auf die alte runzlige der Tante und bestellte Finkenwerder Scholle. Die Tante schloss sich ihr widerwillig an. Am liebsten wäre sie aufgestanden und gegangen, das konnte man ihr ansehen.

Nachdem sie gegessen hatten, sagte sie kurz und bündig: »Es wird enger. Und es ist wichtig, dass die Löcher in den Maschen solange genutzt werden, wie es noch geht. Auch die schließen sich schnell. Wir sollten besser zusammenwirken.«

Die drei Frauen sahen sie aufmerksam an. Die Menschen an den Tischen um sie herum dachten bestimmt, die Tante spräche über Nähen oder Stricken, wenn sie Worte aufschnappten. Die drei Frauen wussten jedoch genau, wovon die Tante sprach.

»Ich schlage vor, dass wir Strickmuster austauschen«, sagte sie und nickte jeder der drei der Reihe nach aufmunternd zu. »Man kann nicht immer nach der gleichen Masche verfahren. Es ist wichtig, dass wir uns gegenseitig informieren, was wo wie möglich und was nötig ist. Einverstanden?«

»Und wie?«, fragte Lydia. »Ihr könnt euch schnell kurzschließen, ihr wohnt im gleichen Haus. Aber ich?«

»Was haltet ihr davon, wenn wir uns einmal die Woche zum Stricken treffen?«, schlug die Tante vor. »Ich meine, wirklich«, setzte sie grinsend hinterher.

»Ich kann nicht stricken«, sagte Stella.

»Du lernst das dann«, entgegnete die Tante. »Das kann sowieso nicht schaden. Eine deutsche Frau sollte stricken können.«

»Und wenn Cynthia oder Käthe mitmachen wollen?«, fragte Lydia.

»Dann machen sie eben mit«, antwortete die Tante gleichmütig. Die drei sahen sie entsetzt an.

»Unmöglich«, stießen Lydia und Lysbeth gleichzeitig hervor. Jede meinte etwas anderes. Lydia wollte ihre Tochter auf keinen Fall dabei haben, weil sie wusste, dass das lebensgefährlich für alle war. Und Lysbeth wollte Käthe nicht dabei haben, weil sie wusste, dass es lebensgefährlich für Käthe war.

»Doch, es ist möglich«, dachte Stella laut nach. »Es ist vielleicht sogar wünschenswert.«

»Wünschenswert?«, fragte Lydia entsetzt.

»Ja«, bekräftigte die Tante. »Stella hat es begriffen. Cynthia ist eine überzeugte Anhängerin der NSDAP, sie ist aktiv in der Frauenschaft. Sie passt wirklich prima in unsere Strickrunde.« Lysbeth runzelte die Stirn und sah die Tante skeptisch an.

»Und Käthe ist so ein lieber ehrlicher Mensch«, fügte die Tante hinzu. »Die passt auch zu uns.«

So allmählich dämmerte es Lydia, und auch Lysbeth entspannte ihre Stirn. Es ging um Camouflage. Sie würden schon Wege finden, miteinander auszutauschen, wer aus Deutschland verschwinden musste und was dafür nötig war. Es gab kleine Zettel oder kurze Bemerkungen, wenn Cynthia oder Käthe aus dem Zimmer waren. Und es gab verschlüsselte Nachrichten, die sie miteinander austauschen konnten, ohne dass es durch einen anderen verstanden werden konnte. So wie jetzt. Niemand hätte ihnen einen Strick aus dem Gespräch drehen können.

Also verabredeten sie, sich mittwochs am Nachmittag für zwei Stunden bei Lydia zum Stricken zu treffen.

Der Devisenmangel machte sich immer wieder in der Lebensmittelversorgung bemerkbar. »Aber wieso werden Zwiebeln teurer und knapp?«, fragte Käthe ihren Sohn Eckhardt, der sich neuerdings zum Experten in Sachen Wirtschaft aufschwang. Ein Pfund Zwiebeln kostete neuerdings nicht mehr zehn Pfennig, sondern plötzlich fünfundvierzig. »Es erinnert fatal an die alte Kriegszeit«, sagte Käthe und fragte Eckhardt, was Devisen mit Zwiebeln zu tun hätten. Eckhardt holte tief Luft, als wolle er zu einem ausschweifenden Vortrag anheben. Dann aber sagte er: »Das sind komplizierte Vorgänge, es ist sinnlos, dir das erklären zu wollen, du verstehst es sowieso nicht.«

»Ich verstehe einiges nicht«, sagte Käthe spitz und wünschte die ganze Männergesellschaft in ihrem Haus zum Teufel. Eckhardt war schier unerträglich geworden in seinem Gehabe als Luftschutzwart, ihr eigener Mann verhielt sich, als würde er in alte Zeiten zurücktauchen, als er in Dresden mit diesem Zeitungsredakteur, dessen Namen Käthe schon lange vergessen hatte, Pläne für einen Sieg der Deutschnationalen schmiedete. Seine milde Altersgüte, die Käthe während der vergangenen Jahre zunehmend sanft für ihn gestimmt hatte, verschwand ebenso unerklärlich, wie sie sich entwickelt hatte und machte wieder der kühlen Kargheit Platz, mit der Alexander in ein Leben entschwand, von dem Käthe nichts wusste, und aus dem er wieder auftauchte, wenn er Hunger hatte. Es verletzte Käthe nicht, denn seit Fritz' Tod waren Gefühle in ihr reduziert, als wäre etwas kaputtgegangen, das mit Liebe zu tun hatte. Sie liebte Alexander nicht mehr, also konnte er sie auch nicht verletzen. Auch ihre Gefühle für ihre Söhne waren dumpfer geworden, so schien es ihr. Allerdings sorgte sie sich immer noch. Vor allem um ihre Enkelkinder, aber auch um Lysbeth und Aaron. Und neuerdings auch wieder um Dritter. So etwas wie ein Instinkt sagte ihr, dass mit Dritter etwas nicht stimmte. Er war sehr gut gelaunt, er kleidete sich auch wieder außerordentlich erlesen. Er roch nach einem billigen Frauenparfüm. Als er zu den Swingtanzabenden im *Curio-Haus* gegangen war, hatte Käthe sich weniger Sorgen gemacht als jetzt, da er dort nicht mehr hinging. Sie konnte nicht genau erklären, was es war, das sie so besorgte. Sie vermutete, dass es mit seinen Geldgeschäften zu tun hatte.

Er hatte einen neuen Geschäftspartner gefunden, mit dem er angeblich bombastische Geschäfte tätigte. Nun wusste Käthe aber, dass diese Geschäfte meistens danebengingen. Dritter hatte kein Geld. Nicht selten lieh er sich etwas, und da es niemanden mehr in der Familie gab, der über Bargeld verfügte, lieh sich Dritter etwas von Jonny. Käthe gefiel das nicht. Die Abhängigkeit der Familie Wolkenrath von Jonny Maukesch war schon groß genug. Alexander allerdings beruhigte sie. Sie lebten in einer Zeit, in der alles, was mit Elektrizität zu tun hatte, einen enormen Aufschwung erfuhr. Hatte er ihr das nicht damals schon gesagt, damals, als sie einander kennengelernt hatten?

Er war seiner Zeit voraus gewesen. Oder nein, er hatte einfach recht gehabt. Und nun sei alles noch besser. Kaum ein Haushalt ohne Radio. Die neue Regierung benutze die Übertragung der Führerreden wie keine Regierung zuvor, um sich publik zu machen. Und nun beginne das Fernsehen seinen Ruhmzug. Telefon sowieso. Dritter habe den richtigen Riecher. Er müsse nur die richtigen Leute kennenlernen, um den großen Coup zu landen.

Großer Coup? Diese Worte hatte Käthe zu oft schon gehört.

Hätte sie gewusst, dass Dritter sich nicht nur immer wieder Geld von Jonny lieh, sondern auch noch eine sehr angenehme Beziehung zu dessen Geliebter Greta unterhielt, wäre sie noch viel besorgter gewesen.

Stella allerdings wusste davon, und wenn sie darüber nachdachte, war ihr mulmig zumute. Sie dachte aber immer nur sehr kurz daran, dann, wenn sie Greta das Klavierspiel beibrachte und Dritter auftauchte. Was er allerdings nur noch selten tat. Wenn er kam, war die Vertrautheit zwischen Greta und ihm unübersehbar. Stella hoffte nur, dass Jonny die beiden nie zusammen sehen würde. Er musste nur Gretas Augen leuchten sehen, sobald Dritter auftauchte, dann wäre alles klar. Aber dann beruhigte Stella sich auch wieder. Erstens war Dritter nicht unerfahren in solchen Dingen. Er wusste, wie man sich als Liebhaber einer gebundenen Frau verhielt, und außerdem war Jonny wahrscheinlich viel zu unsensibel, um Gretas Veränderung in Dritters Gegenwart überhaupt wahrzunehmen.

Stella sorgte sich um den alten Pfandleiher und seinen Freund. Sie waren immer noch nicht untergetaucht. Der Verbindungsmann von Madeleine war aufgeflogen. Er hatte sich selbst in Sicherheit nach Holland bringen müssen, war im letzten Augenblick gewarnt worden. Jetzt gab es niemanden, der es wagte, Illegale über die grüne Grenze zu bringen.

Die Gestapo hatte den Pfandleiher zu einem Verhör ins Stadthaus eingeladen. Sein Freund und er mussten verschwinden. Stella suchte fieberhaft nach einer Möglichkeit. Da sagte Madeleine zu ihr: »Wir brauchen eine gute Schauspielerin.«

Stella war sofort bereit. Als sie aber hörte, worum es ging, zögerte sie doch. Der glatte junge Mann, der sich Stella als der Neffe des Pfandleihers vorgestellt hatte, sollte als Offizier der Wehrmacht verkleidet werden und sich auch so verhalten, um ganz offiziell ein Zimmer zu mieten, in dem er den alten Pfandleiher verstecken konnte, bis sie eine neue Möglichkeit gefunden hätten, beide über die Grenze zu bringen. Stella sollte als die Verlobte des Offiziers auftreten, die aus Bremen kam und ihn manchmal besuchen wollte. Es musste also ein Zimmer sein, wo Damenbesuch erlaubt war, und der Damenbesuch würde auch erklären, warum sich manchmal zwei Personen in dem Zimmer aufhielten.

Stella fragte Madeleine, warum sie die Rolle nicht selbst übernähme.

»Ich bin zu auffällig«, antwortete diese und grinste frech. »Wenn ich als Verlobte auftauche, erlaubt kein Vermieter Damenbesuch. Und ein Offizier, der mich als Freundin hat, würde keinen respektablen bürgerlichen Eindruck machen.«

Stella grinste auch. Das bedeutete also, dass sie ein unscheinbares hübsches Frauchen sein sollte, ebenso glatt wie der Neffe des Pfandleihers.

»Einverstanden«, sagte sie. Sie fühlte sich einfach verpflichtet, den Pfandleiher aus den Fängen der Gräfin von Wangenheim zu befreien.

Am 20. April war Hitlers Geburtstag. Die SA schenkte Hitler ein Jagdgeschwader, jedes Flugzeug benannt nach einem gefallenen SA-Kämpfer. Auch der Kyffhäuserbund schenkte Hitler eine Jagdstaffel, da bekamen die Flugzeuge aber Namen von Führern des Ersten Weltkrieges.

Im Gespräch mit Jonny fragte Fred Solmitz vorsichtig, ob dieser es für möglich halte, dass Fred vielleicht wieder fliegen könnte. Jonny räusperte sich und antwortete dann geradeheraus: »Fred, du bist Jude, ich habe das nie gewusst. Ich könnte dir übelnehmen, dass du mich hintergangen hast. Aber das will ich nicht tun. Du hast es schon schwer genug. Aber Träume von Fliegen oder Ähnlichem schlag dir aus dem Kopf. Ich sag dir eins: Für euch wird es nicht leichter werden. Richte dich darauf ein.«

Wenige Tage später verkündete der Rundfunk kurz, das Flaggen mit den Reichsfarben, besonders mit der Hakenkreuzflagge, sei für Juden verboten.

Aaron lachte nur. »Na, da bin ich aber traurig«, sagte er spöttisch, »dabei wollte ich doch so gern hinten aus unserem Zimmer raus die Flagge mit dem schönen alten Symbol hängen. Zum Glück hängt sie ja nach vorne raus.«

Cynthia verkündete spitz, dass nun ja jeder wisse, dass die Solmitz jüdisch versippt seien. Bei ihnen hinge keine Fahne mehr raus. Man merkte ihr an, dass sie es Luise Solmitz gönnte. Und da platzte es auch schon aus ihr heraus: »Diese eingebildete Gans, immer hat sie sich für was Besseres gehalten. Dienstmädchen hier, Dienstmädchen da, Einladung beim Bürgermeister und der Bürgermeisterin, Besuch vom Polizeigeneral und anderen wichtigen Generälen. Worauf haben die sich eigentlich immer etwas eingebildet? Major ist ja nun auch nicht der höchste Dienstgrad.«

Wie erstaunt war Stella, als Jonny ruhig bemerkte: »Fred Solmitz war ein sehr guter Soldat. Er hat für den Nachrichtendienst gearbeitet. Er ist mehrfach verletzt worden. Er hat sich nie etwas zuschulden kommen lassen. Es ist sehr bedauerlich, dass solche Leute der Judengesetzgebung zum Opfer fallen. Um solche Juden geht es doch gar nicht.«

Cynthia starrte ihn an, als hätte er gerade vorgeschlagen, sie sollten alle gemeinsam ein Attentat auf Hitler vorbereiten. Sie brachte keinen Ton heraus. Hilfesuchend blickte sie zu Eckhardt. Auch ihm fiel es offensichtlich schwer, jetzt etwas zu sagen, das der heiklen Lage angemessen war. Da kam Alexander ihm zu Hilfe. »Wo gehobelt wird, fallen Späne«, sagte er. »Das ist nun mal der Lauf der Welt.« Käthe fuhr kurz auf, dann schlug sie die Augen nieder. Man konnte ihr ansehen, wie flach sie atmete. Sie, die früher so intensiv gefühlt hatte, hatte mit einer zunehmenden Verflachung ihres Atems ganz allmählich sich selbst das Fühlen abgezogen. Nun tat nur noch selten etwas weh.

Die Tante bemerkte, als handle es sich bei dem Ganzen um ein skurriles Geschehen: »Frau Solmitz ist meiner Meinung nach eine richtige Arierin zum Vorzeigen. Und wenn ich ihr in der letzten Zeit begegnet bin, haben wir vor allem Gespräche über gutes Deutsch geführt. Nun gut, von Gesprächen kann nicht so sehr die Rede sein, Frau Solmitz ist eine temperamentvolle Person, wenn es gilt, das Deutschtum zu verteidigen.«

Nun lächelte Käthe, dankbar, weil die Spannung am Tisch nachgelassen hatte. »Stimmt«, sagte sie, »Luise Solmitz' Bemerkungen über die Schädlichkeit von Fremdwörtern werden ständig schärfer. Als ich ihr letztlich begegnete, begrüßte sie zwar die Einrichtung von öffentlichen Fernsehstuben in Berlin, meist in den ärmeren Gegenden. Aber sie empörte sich über den Snob, der von Television sprach. ›Dieses ekelhafte Wort müsste mit Gefängnis bestraft werden‹, schimpfte sie.«

Die Tante kicherte. »Und kürzlich erzählte sie mir, dass in dieser Gesellschaft, die für die Reinigung der deutschen Sprache in öffentlichen Verlautbarungen wie im Radio oder so eintritt, ein Wort für Omnibus gesucht wird.« Sie brach in ihr krächzendes Lachen aus und stieß unter Schnaufern hervor: »Es gibt den Vorschlag, statt Omnibus ›der All‹ zu sagen und für den Omnibusfahrer ›der Aller‹.«

»Ich habe auch schon oft gehört«, sagte Cynthia eifrig in das allgemeine Lachen hinein, »wie Luise Gefängnis für schlechtes Deutsch forderte. Aber nun kommt doch die Frage auf, wer eher ins Gefängnis geht. Oder ins KZ.«

Die Tante hörte auf zu lachen, Käthe kniff die Augen zusammen und fixierte die Verlobte ihres Sohnes, Dritter erhob sich und ging zum Klavier, wo er ein paar Takte anschlug, Jonny sagte scharf: »Cynthia, jetzt gehst du zu weit.«

Cynthias Nase wurde blass, was sie noch spitzer erscheinen ließ, als sie ohnehin schon war. Auf ihre Wangen traten hektische rote Flecken. Sie stieß hervor: »Wer geht denn wohl zu weit? Als der Handelsredakteur Wiechen ins KZ kam, hat die Luise doch nur gesagt, dass er das auch verdient hat, schließlich hat er abfällige Bemerkungen über Horst Wessel gemacht. Keinen Funken Mitleid hatte die Frau. Und als die Bettler und Straßenmusiker und all die Obdachlosen ins KZ abtransportiert wurden, hat sie doch lauthals in der Straße verkündet, dass nun endlich Ruhe und Ordnung eingekehrt sei. Wer geht denn hier zu weit? Wer schamlos verschweigt, dass er jüdisch versippt ist, und dann noch meint, sich über Leute erheben zu dürfen, die vielleicht nicht so ein gutes Deutsch sprechen wie die Dame, der geht doch wohl zu weit. Und im Luftschutz hat sie sich wer weiß wie aufgeplustert, weil ihr jüdischer Mann Luftschutzwart geworden ist. Aber das ist ja nun glücklicherweise vorbei.«

Sie hatte sich ordentlich Luft gemacht.

Wie von Zauberhand hatte sich die Gesellschaft während ihrer Worte aufgelöst. Dritter hatte den Raum verlassen. Käthe und die Tante begannen, die Teller aufeinanderzustapeln. Jonny stand mit dem Rücken zum Raum vor dem Fenster und blickte hinüber zum Haus der Solmitz. Alexander hatte sich aufs Sofa gesetzt und eine Zigarette angezündet. Allein Stella saß noch wie Cynthia und Eckhardt am Tisch. Nachdenklich betrachtete sie die Verlobte ihres Bruders. Cynthia war zweiundvierzig Jahre alt, ebenso wie Eckhardt. Sie war seit fünfzehn Jahren mit ihm verlobt. Mit ihrer spitzen Nase, ihren eng zusammenliegenden blauen Augen, die etwas flehend in die Welt blickten, ihrem kleinen Mund und dem runden Kinn sah sie immer noch aus wie vor zwanzig Jahren, ein blasses blondes Mädchen. Gleichzeitig aber wirkte sie wie eine alte Frau. Stella fragte sich, woran das lag. Cynthia hatte weniger Falten als sie selbst. Aber in ihren etwas tiefliegenden Augen war kaum Leben. Ihre Augen waren die einer alten Frau. Gleichzeitig dachte Stella an Luise Solmitz. Luise war das Gegenteil von Cynthia. Sie versprühte leidenschaftliches Interesse an allem Möglichen. Sie reiste mit Begeisterung, wohingegen Cynthia große Angst vor der Fremde hatte. Sie verehrte Hitler mit geradezu religiöser Anbetung, und sie wirkte dabei wie ein naives Kind. Gleichzeitig war ihr Haus Treffpunkt vieler einflussreicher Militärs, und Luise verkehrte mit Schriftstellern, Sängern, Schauspielern. Luise stellte Cynthia in den Schatten, sobald sie in ihre Nähe kam. Stella mochte Luise Solmitz nicht. Sie hatte Luise in ihrer deutschnationalen Haltung penetrant und befremdlich gefunden, ebenso und vielleicht noch stärker ihren militärisch auftretenden Gatten, der so erfolgreich sein Judentum versteckt hatte. Niemand hatte gewusst, dass Fred Solmitz Jude war. Aber Stella mochte den Ausdruck jüdisch versippt noch weniger. Und vor allem mochte sie es nicht, wie Cynthia über Luise Solmitz sprach.

Als sie zu zweit in ihrem Wohnzimmer saßen, fragte sie Jonny ganz direkt, ob er irgendetwas tun könnte, um den Solmitz zu helfen. Er verneinte das mit den kühlen Worten: »Du solltest lieber daran denken, deiner Schwester und ihrem Mann zu helfen. Aaron ist kein alter Frontkämpfer, kein Major a.D., bekommt keine Staatspension. Und ich glaube, dass deine Schwester Dinge treibt, die für sie sehr gefährlich werden können.«

Durch Stella fuhr ein kalter Blitz.

Am 20. Mai sagte Jonny zu Stella: »Fred hat mich gefragt, ob wir heute Abend mit ihnen ins Schauspielhaus gehen. Es läuft *Minna von Barnhelm*.«

Stella lag ein »Nein« auf der Zunge. Es war angekündigt worden, dass am Abend eine Hitlerrede in den Theatern übertragen werden sollte. Einige Theater hatten ihre Vorstellung bereits abgesagt. Aber dann dachte sie an Jonnys Worte, sie solle sich wegen ihrer Schwester und Aaron in Acht nehmen. Diese Worte waren ihr seitdem nicht wieder aus dem Kopf gegangen. Wusste Jonny von den Abtreibungen? Hitlers Politik war mit verbissenem Eifer darauf ausgerichtet, möglichst viele arische Kinder in Deutschland zu zeugen. Den Mädchen wurde erzählt, sie gehörten an den Herd, ihre heilige Pflicht sei es, Kinder zu gebären. Sogar jungen Mädchen, die unehelich schwanger wurden, erzählte man im BdM, dass der Staat für ihre Kinder sorgen würde. Und Lysbeth machte nach wie vor Abtreibungen. Sehr selten zwar, aber es kam vor. Stella hatte sich gefragt, ob die Abtreibung jüdischer Föten ebenso erbarmungslos bestraft würde wie bei arischen Frauen. Aber Lysbeth machte da keinen Unterschied. Wenn Arbeiterinnen oder Mädchen zu ihr kamen, und sie selbst den Eindruck hatte, dass das Kind einer schrecklichen Zukunft entgegenging, half sie.

Was wusste Jonny? Und wie lange würde es dauern, bis er ihrem eigenen Schattenleben auf die Spur kam?

Stella achtete peinlich genau auf alles, womit sie sich selbst verraten konnte. Und sie achtete auf die geringsten Anzeichen bei Jonny, die verrieten, ob er etwas wusste. Sie widersprach ihm kaum noch. Sie begleitete ihn, wohin er wollte. Sie hielt sich akribisch an ihren Teil der Abmachung: nach außen eine heile deutsche Ehe.

So begleiteten Jonny und Stella also Jonnys früheren Kriegskameraden Fred Solmitz und dessen Frau Luise mit Tochter Gisela ins Schauspielhaus. Gisela war fünfzehn geworden, und dieser Besuch schien auch ein Geburtstagsgeschenk zu sein. Das Theater war festlich erleuchtet. Stella begann, sich auf *Minna von Barnhelm* zu freuen. Aber der Vorhang blieb geschlossen, und um acht Uhr begann der Führer zu sprechen. Um halb elf hörte er auf. Stella saß wie die Übrigen fest auf ihrem Sessel im festlichen Licht, zuerst aufrecht, dann aber sackten die Menschen zusammen und am Schluss wirkte das Publikum hingemäht wie ein Kornfeld, über das ein Unwetter zieht. Sie starrten auf den Vorhang, hörten den schreienden Hitler und wussten, dass sie auf gar keinen Fall aufstehen und gehen konnten. Alle waren auf Theater eingestellt, auf die heitere Welt Minna von Barnhelms. Gisela lauschte zuerst ergriffen, wie Hitler vor ihr die mit Mordwaffen gespickte Welt ausbreitete. Aber bald war ihr die Langeweile ins Gesicht geschrieben. Sie blickte nach rechts, nach links, nach vorn zu ihren Nachbarn und stieß ihre Mutter in die Seite. Sie kicherte und wies mit dem Finger auf eine

Dame, die mit der Ohnmacht kämpfte. Luise wies sie flüsternd zurecht, aber Gisela kicherte albern weiter. Stella unterdrückte ein Lachen. Dann entdeckte Gisela einen Fuchsschwanz am Pelz einer anderen Nachbarin und lachte laut auf. Um sie herum wurden empörte Geräusche laut. Ein Mann sagte:»Kinder sollten sich doch wohl benehmen können.« Luise knuffte Gisela in die Seite und schwieg. Als Hitlers Rede vorbei war, war auch das Theater aus. Es wurde nicht mehr gespielt. In Jonnys neuem Daimler fuhren sie zu fünft nach Hause. Luise entschuldigte sich für ihre Tochter. Stella antwortete beruhigend, dass Gisela doch auf die verzauberte Welt Minna von Barnhelms eingestellt gewesen war und nicht darauf, zweieinhalb Stunden lang einer Rede zuzuhören.»Es ist auch etwas anderes, einem Menschen zuzuhören, wenn man ihn sehen kann, als nur einer Stimme zu lauschen«, bemerkte Luise. Jonny und Fred, die vorn nebeneinandersaßen, schwiegen. Stella und Luise saßen hinten, in ihrer Mitte Gisela, blass, müde und leicht in sich zusammengesunken. Auch sie schwieg. Da sagte Luise:»Hitler war doch auch einmal fünfzehn Jahre alt.«

Schweigen füllte das Auto, bis sie die Kippingstraße erreicht hatten. Vor dem Haus der Wolkenraths verabschiedeten sie sich voneinander.

»Hätte noch gespielt werden sollen?«, fragte Jonny, als sie im Bett nebeneinanderlagen.»Mein Gott, nein«, antwortete Stella,»sie hätten statt Applaus ja Gähnen und Schnarchen geerntet.« Die Staatsoper, so erfuhr sie am folgenden Tag, hatte noch bis ein Uhr nachts gespielt.

In diesen Tagen im Mai fanden sich an den Anschlagsäulen zum ersten Mal seit vielen Jahren wieder Befehle für Gestellung, Aushebung, Musterung. Stella stand davor und dachte: Man müsste ihn töten. Aber sie war nicht davon überzeugt, dass der Spuk dann vorbei wäre. Hitler hatte nur wachsen können auf dem Boden von Jonny und Johann und Stahlhelm und Kolonialbund, und sogar auf dem Boden von solchen wie Fred Solmitz, und es war nur folgerichtig, dass er diese heute eingliederte oder ausschloss.

Am Morgen des 6. Juni brausten zwei Geschwader zu je neun Flugzeugen über die Köpfe der Menschen hin, ein ehernes Rauschen. Haarscharf ausgerichtet in Keilform.

Stella vernahm das Geräusch in der Luft, als sie mit drei Hunden einen Morgenspaziergang machte. Sie blickte beklommen hoch und atmete tief ein. Da flog es, das klare Signal: Wir bereiten den Krieg vor. Sie hatte Angst, und sie war erleichtert: Was sie tat, war richtig. Menschen helfen, Deutschland zu verlassen. Informationen, die sie irgendwie aufschnappte, an Anthony und ihre Tochter weiterzugeben. Jeder musste an seinem Platz tun, was er vermochte, um diesen Irrsinn aufzuhalten.

Lysbeth war gerade gemeinsam mit Aaron auf dem Weg zur Johnsallee. Dort wohnten einige wohlhabende Juden, die Aaron seit kurzem betreute. Allerdings ging es gar nicht so sehr um Krankheiten, sondern viel mehr um Angst, kleine Verletzungen der Kinder, Schlaflosigkeit. Aarons ruhiger besonnener Rat und Lysbeths homöopathische Kügelchen waren viel hilfreicher als irgendeine medizinische Diagnose und Therapie. Die beiden vernahmen das Dröhnen in der Luft und sprangen von ihren Fahrrädern ab. Den Lenker mit verkrampften Fäusten umklammert, blickten sie nach oben. In Lysbeths Augen schossen Tränen. »Aaron«, sagte sie mit brechender Stimme, als das Rauschen vorüber war, »Aaron, wir müssen fliehen, bevor es zu spät ist. Und wenigstens deine Eltern müssen aus Deutschland raus.«

Aaron klappte ruhig den Hebel hinab, der sein Fahrrad im Stand hielt, und machte zwei Schritte zu Lysbeth. Er schloss sie in die Arme und flüsterte: »Meine Liebe, wir müssen stark sein, so viele brauchen uns.«

Lysbeth ließ ihr Fahrrad einfach los. Dass es umkippte und auf den Weg knallte, war ihr egal. Sie krallte sich an Aarons Jacke fest und schluchzte unterdrückt: »Ich habe Angst! Ich kann nicht stark sein! Ich will weg!«

Aaron streichelte ihren Rücken und gab beruhigende Laute von sich. Als Lysbeth etwas ruhiger wurde, strich er ihr die verschwitzten Haarsträhnen zärtlich aus dem Gesicht, küsste ihre Augen, ihren Mund und hielt ihr Gesicht zwischen seinen beiden Händen fest. »Lysbeth, ich verspreche dir, dass wir Deutschland verlassen, wenn all die in Sicherheit sind, die sich unserer Sorge anvertraut haben«, sagte er leise. »Vorher kann ich nicht gehen, diesen feigen Verrat würde ich mir nie verzeihen.«

»Wenn alle in Sicherheit sind?«, fragte Lysbeth ungläubig. »Aaron, das heißt: nie!« »Ich bin ein größerer Optimist als du«, entgegnete Aaron. Er hob ihr Fahrrad wieder auf und richtete das verdrehte Lenkrad, indem er das Vorderrad zwischen seinen Beinen festklemmte. Er gab Lysbeth das Rad zurück und sagte mit fester Stimme: »Ich glaube daran, dass es viele Möglichkeiten gibt. Wenn es aber notwendig sein sollte, dass wir Deutschland nie verlassen, dann soll es so sein. Für mich stehen zwei Dinge fest: Ich verlasse und verrate nie und nimmer dich.« Leise fügte er hinzu: »Und ich verlasse und verrate auch nicht mich selbst.« Lysbeth wurde heiß. Von ihrer Brust aus dehnte sich wie ein kreisender Feuerball eine solche Liebe für Aaron aus, dass ihr überall warm wurde. Ihre Augen, ihre Lippen wurden weich. Da, wo vorher Angst ihre Brust, ihren Bauch zusammengezogen hatte, dehnte nun die Liebe und die Achtung für Aaron alles in ihr aus. Es fühlte sich süß und zugleich traurig an. Ja, sie wusste es. Aaron würde sie nie verraten. Sie hatte einmal einen Mann gehabt, der log, der betrog, der verriet. Das schien ihr so lächerlich jetzt. Wie absurd, dass sie jemals mit einem solchen Mann verheiratet gewesen sein konnte. Es war so falsch gewesen wie ranziges Fett, wie löchrige Handschuhe, wie Schuhe, auf denen man nicht laufen konnte. Ein falsches Leben. Das hier, das mit Aaron, das war richtig. Es war nicht leicht, es war nicht wie berauschender Wein und nicht wie betörende Süße. Es war hart und klar und wahr. Es war wahr!

Die Tante war in der großen Küche damit beschäftigt abzuwaschen, als sie durch das Fenster, das zu ebener Erde lag, die Geräusche vernahm, die den Boden vibrieren ließen. Sie verließ die Küche und lief in den Garten. Da flogen sie, die Vorboten des Krieges. Sie bog ihren alten Hals nach hinten, um in den Himmel blicken zu können. »Wer bringt ihn endlich um?«, murmelte sie.

Bei ihrem nächsten Stricktreffen waren sich Lysbeth, Stella, die Tante und Lydia einig: Wenn Hitler blieb, würde es Krieg geben, und er würde nicht mehr lange auf sich warten lassen. Jede von ihnen ging ihre eigenen illegalen Wege. Miteinander sprachen sie nur darüber, wenn sie die Unterstützung der andern brauchten. Aber es tat ihnen gut, wenn sie sich gemeinsam an einen Tisch setzten und über alles Mögliche sprachen, das nichts oder nur wenig mit Politik zu tun hatte. Als nun aber dieses Geschwader ein deutliches Signal über ihren Köpfen gesetzt hatte, sagte die Tante, nachdem sie sich vorher nach etwaigen Lauschern umgeblickt hatte, mit leiser aber deutlicher Stimme: »Man muss ihn töten. Wenn ich es könnte, würde ich es tun.« Lysbeth legte ihren Kopf schräg und sah sie nachdenklich an. »Ich auch«, sagte sie. Stella schnaubte verächtlich durch die Nase. »Das weiß er«, entgegnete sie zornig. »Ihr seid nicht die Einzigen. Wenn es so leicht wäre, wäre er schon lange tot.«

»Vielleicht auch nicht«, sagte die Tante. »Vielleicht auch nicht. Ich zum Beispiel kann ja nicht mit dem Schießeisen umgehen.« Ihr altes Gesicht verzog sich zu unerbittlicher Strenge, die sich im Nu in einen Ausdruck verschmitzten Wissens wandelte. »Ich zum Beispiel kenne mich mit Gift recht gut aus.«

»Du spinnst«, schimpfte Stella. »Guck es dir doch an, er fährt in seinem Auto dicht an Menschenmengen vorbei. Schon lange hätte einer ihn abknallen können. Die Roten, die noch frei sind, haben doch auch Schießeisen. Und sie machen auch so gefährliche Sachen, aber keiner schießt. Das gibt mir immer wieder zu denken. Ich glaube, sogar seine Feinde halten ihn irgendwie für übermenschlich.«

»Die Roten, die noch draußen sind, bereiten sich auf eine Weltrevolution vor«, bemerkte die Tante resigniert. »Ich weiß auch nicht, was die im Kopf haben. Die lesen immer noch ihre marxistischen Schriften und wollen die Arbeiter für sich gewinnen. Die beschäftigen sich nicht damit, Hitler umzubringen.«

»Egal«, sagte Stella da energisch. »Ich brauche ein Zimmer in einem respektablen bürgerlichen Haus. Die Leute dürfen Jonny und mich nicht kennen, und sie dürfen keine Moralapostel sein. Lydia, kennst du so jemanden?«

Lydia dachte nach. »Ich sag dir in zwei Tagen Bescheid«, antwortete sie.

Herr Feilmann, ein Jude, der ein Versicherungsgeschäft gehabt hatte, und mit dem Alexander oft Gespräche über mögliche Versicherungen geführt hatte, erzählte ihm, dass er seine beiden Häuser vermieten wolle, da für den Verkauf zu wenig geboten wurde, und dass er sein Versicherungsgeschäft verkauft hätte. Die beiden Söhne waren in Kapstadt, handelten mit Kleidern, der eine war Jurist gewesen, hatte ganz umsatteln müssen, aber es ging ihnen gut.

Plötzlich wurde der jüdische Tennisklub an der Alster polizeilich aufgelöst.

Es wurde immer deutlicher, dass sich der Strick um den Hals der Juden zusammenzog. Aber Lysbeth sagte kein Wort von Flucht mehr zu Aaron.

Stella suchte Madeleine Dumont auf. »Haben Sie die Papiere für die beiden schon fertig?«, fragte sie, kaum dass sich die Tür hinter ihr geschlossen hatte und beide allein waren.

Sie hatte ein Zimmer gefunden. Es lag in einer Villa am Mittelweg. Die Besitzer waren alt, außerdem wohnten da noch die beiden Töchter der Besitzer, beide verlobt. Die eine plante, mit ihrem zukünftigen Mann dort bald einzuziehen, die andere wollte nach Oldenburg gehen, wo ihr Verlobter wohnte. Aus diesem Grund waren sie sehr offen und verständnisvoll für die Situation, eine Verlobte in Bremen zu haben, die regelmäßig zu Besuch kommen wollte. Es ging um eine kleine abgeschlossene Wohnung im Souterrain, ideal für ihre Pläne. Morgen schon sollte ihr Verlobter sich dort vorstellen. Aber er brauchte Papiere.

Madeleine fixierte Stella unter ihren Augenbrauenbögen, die rot und rund auf die ausrasierte Haut gemalt waren. »Ich glaube, Sie sind wirklich fähiger, als ich gedacht habe«, sagte sie. »Können Sie mir die genaue Adresse sagen?«

»Ist das sinnvoll?«, fragte Stella. »Ist es nicht besser, wenn jeder so wenig wie möglich weiß?«

Madeleine riss ihre grünen Augen auf, was ihr einen leicht irren Ausdruck verlieh. »Ja«, erwiderte sie gedehnt, »im Prinzip ist das sinnvoll, aber ich überprüfe gern, ob alles hieb- und stichfest ist, wenn ich etwas sehr Ungesetzliches tue. Das mache ich nicht leichtfertig.«

Stella seufzte resigniert und gab die Adresse bekannt. Madeleine sagte: »Gut, morgen um elf Uhr ist er dort. Die Papiere bringt er mit.«

Stella bedankte sich.

Deutschland bürgerte viele Menschen aus, vor allem Wissenschaftler und Künstler, sogar etliche Reichsbannerleute. Nachdem Lydia das gelesen hatte, suchte sie umgehend die Tante auf, um mit ihr zu besprechen, wie sie noch effektiver gegen das Nazideutschland vorgehen könnte. »Man müsste ihn töten«, sagte die Tante wieder. »Aber wie kann man an ihn rankommen?«

»Du spinnst«, erwiderte nun auch Lydia und konnte sich trotz des ernsten Themas eines Lachens nicht erwehren. »Wenn Hitler weg ist, macht Goebbels den Kram weiter. Und Himmler ist auch noch da. Ich will helfen, dass die Leute hier rauskommen, die ansonsten gequält und getötet werden.« »Na gut«, bemerkte die Tante, »ich gebe das weiter.«

Wenige Wochen später trat Lydia ihre Arbeit in einer Organisation an, die Sprachreisen nach England organisierte, sie war für die Gruppen von Jugendlichen zuständig, die während ihrer Ferien nach England in Gastfamilien fuhren.

Ende Juni herrschte eine entsetzliche Hitze in Hamburg. Morgens um sieben Uhr waren es schon zweiundzwanzig Grad, abends um halb zehn noch sechsundzwanzig Grad. Lysbeth und Aaron trafen morgens und abends die fünfzehnjährige Gisela, die an einer Luftschutzausbildung teilnahm. Das Mädchen glühte vor Begeisterung. »Meine Eltern sind ganz stolz auf mich«, sagte sie. »Gestern bin ich im Laufschritt mit Gasmaske, gekleidet in einen dicken Trainingsanzug, mit meiner Gruppe durch die glühenden Straßen marschiert.« »Was sagt deine Mutter dazu?«, fragte Lysbeth. »›Schön, dass du durchhältst‹, sagte meine Mutter gestern Abend. Sie hat mich mit Limonade und Eiskrem verwöhnt.«

Am dritten Tag im Luftschutz, so berichtete sie am Abend, als Lysbeth und Aaron von ihren Krankenbesuchen heimkehrten, musste sie dreimal den Weg durch den Übungsgang machen. Es war dunkel, eng, sie musste über kippelige Bretter laufen, über Tonnen kriechen, an unheimlichen Ecken vorbei, Pfeilern ausweichen. Alles war voller Gas. Alle Mädchen ihrer Gruppe unter der Maske.

»Unsere Nerven waren zum Zerreißen gespannt«, sagte Gisela altklug.

Und dann ließ sie vor Lysbeths und Aarons Augen ein Szenario entstehen, das beide entsetzte: Eine einzige Frau gehörte zur Gruppe. Sie kroch vor Gisela durch den Gang. Plötzlich gab sie einen entsetzlichen gurgelnden Laut von sich. Sie riss die Maske ab und schrie, sie ersticke, sie stürbe. Gisela quiekte kurz auf. Die Frau schrie weiter, sie stürbe. Hinter Gisela kroch ihre Freundin Ilse. Die packte Giselas Bein als Rettungsanker und kniff tüchtig hinein. Gisela schwor sich, nicht aufzugeben. Sie kroch bis zum Ende. Und dann machte sie den Weg gleich noch zweimal.

»Wenn sie schon keine Arierin ist, will sie den anderen bestimmt zeigen, dass sie kein Angsthase ist«, sagte Aaron anschließend zu Lysbeth.

»Ich gehe so gern zu dem Luftschutzlehrgang«, bekräftigte Gisela, als sie Lysbeth und Aaron am nächsten Tag begegnete. »Was ist da so schön?«, fragte Lysbeth. »Ich stelle mir das Ganze entsetzlich vor.«

»Nein«, schwärmte Gisela, »die Übungen, das fröhliche gemeinsame Essen, die zwei schönen Freistunden unter den Bäumen im Hof und die netten jugendlichen Lehrer. Es werden auch Beurteilungen über die Teilnehmer geschrieben und der Schule zugestellt. Sie schreiben über mein Verhalten, meine Tapferkeit.« Ihr blasses Gesicht strahlte.

Am vorletzten Tag passte Gisela ganz offenbar Aaron und Lysbeth ab. »Ich habe mich ein bisschen verbrannt«, sagte sie leise. »Können Sie das vielleicht behandeln?« Aaron sah Lysbeth fragend an. Die blickte skeptisch. Ohne Einwilligung der Eltern das Kind jetzt mit hineinnehmen und behandeln? »Was ist denn geschehen?«, fragte sie.

»Meine Trainingshose ist irgendwo hängen geblieben und gerutscht und die Haut ist frei geworden. Erst war die ganze Haut rot, aber die Röte ist abgezogen, und jetzt ist da eine Blase.« »Tut es weh?«, fragte Aaron mitfühlend. Eine Gasverbrennung war eine unangenehme Angelegenheit.

»Ich schlage dir vor, dass du jetzt nach Hause gehst«, sagte Lysbeth freundlich. »Du erzählst deinen Eltern von der Sache und kommst dann entweder zu uns oder sagst uns Bescheid, dann kommen wir zu dir.« Gisela sah nicht mehr nur blass aus, sie war fast grün im Gesicht.

Aber weder kam sie bei den Wolkenraths vorbei, noch wurde Aaron gerufen. »Ich halte es nicht mehr aus«, sagte Lysbeth schließlich. »Wir gehen da jetzt rüber und fragen, ob wir helfen können.« »Wenn sie uns doch nicht haben wollen«, gab Aaron zu bedenken. »Vielleicht sind sie zu ihrem eigenen Arzt gegangen.« »Das ist mir egal«, erwiderte Lysbeth energisch, zog eine leichte Strickjacke über ihr Sommerkleid und verließ das Haus. Aaron lief hinter ihr her und hielt sie fest. »Wenn sie nun keinen Juden bei sich haben wollen?«, sagte er gereizt. »Das ist mir egal«, wiederholte Lysbeth. »Mir geht es um das Mädchen, und dir sollte es auch darum gehen.« Einen Meter hinter Lysbeth folgte Aaron widerwillig.

Luise Solmitz öffnete ihnen sofort. Sie bat sie hinein, ohne nach ihrem Begehr zu fragen. Gisela saß im Wohnzimmer. Sie hatte die Kleidung gewechselt, trug nun nicht mehr den Trainingsanzug, sondern einen Bademantel, der ihr zu groß war. »Geht es dir besser?«, fragte Aaron in dem freundlich-sachlichen Ton, den er seinen Patienten gegenüber anschlug. »Sie ist eine der ersten Gasverwundeten«, sagte ihr Vater scherzhaft. Aber man sah ihm an, dass ihm nicht nach scherzen zumute war.

»Darf ich es mir einmal anschauen?«, fragte Aaron. Gisela errötete. Ihr Vater sagte, sie solle sich umdrehen und dem Herrn Doktor die Stelle zeigen. Gisela hob den Bademantel hoch und da sahen Lysbeth und Aaron die rote blasige Stelle an ihrem unteren Rücken. Sie glänzte fettig.

»Haben Sie etwas draufgeschmiert?«, fragte Aaron, und Lysbeth hörte ihm an, dass er am liebsten in Wut ausgebrochen wäre. »Ja«, antwortete Luise eifrig, »ich habe eine Salbe draufgetan gegen Brandwunden.«

»Lieber nicht«, sagte Aaron, der sich nun wieder vollkommen in der Gewalt hatte. »Unter dem Fett wird die Hitze nur stärker. Am besten ist, wenn Jod draufkommt, und Gisela Arnika-Kügelchen von meiner Frau nimmt. Lassen Sie ansonsten so viel Luft an die Stelle kommen, wie nur irgend möglich. Eine Gasverbrennung ist sehr unangenehm. Sie geht durch mehrere Stadien. Es wird rot und gereizt sein und schlimmstenfalls wird es sich entzünden.«

»Ach, ließen sie doch von dem verfluchten Frevel des Luft- und Gaskrieges, gegen den man nicht einmal Mut aufbringen kann«, klagte Luise, der die Tränen kamen. »An Giselas kleiner Verbrennung sieht man doch, dass ordentlich was von den Teilnehmerinnen verlangt wurde.«

Aaron und Lysbeth standen etwas verloren im Wohnzimmer herum. Auch Luise schien nicht genau zu wissen, wie es jetzt weitergehen sollte. »Ja, dann«, sagte Aaron, »einen schönen Abend noch.«

»Ach, bleiben Sie doch noch einen Moment«, rief Luise. »Ich mache uns schnell einen Tee.« Aaron und Lysbeth wechselten einen Blick. Wahrscheinlich war dies die eleganteste Art, die kleine medizinische Intervention zu beenden. Denn sie sahen Luise und Fred an, dass sie nicht wussten, ob jetzt eine Entlohnung angemessen wäre. Sie nahmen auf den Sesseln im Wohnzimmer Platz, und Fred erzählte von seinen Mutproben. »Am 9. Februar 1912«, sagte er stolz, »habe ich einen deutschen Rekord geflogen.«

»Wirklich?« Gisela bekam rote Wangen vor Aufregung. Ihr Vati ein Rekordflieger? Das hatte sie noch gar nicht gewusst.

»Ja«, bekräftigte er. »Berlin-Hamburg-Flug, ohne Zwischenlandung, in zweieinviertel Stunden.«

»Zweieinviertel Stunden?«, fragte Gisela nach und begann zu lachen. Sie konnte gar nicht wieder aufhören. »Und das mögt ihr noch sagen?«, rief sie abfällig aus.

Als Luise mit dem Tee kam, erzählte sie, dass Herr Hartleb, Giselas Schulleiter, gesagt habe, dass man mit einer Vier im Turnen kein wissenschaftliches Examen mehr machen könne. Und Erbkranke dürften keine höheren Schulen mehr besuchen und kein Examen machen.

»Aber das sind doch oft hochbegabte Menschen«, gab Aaron zu bedenken. Fred zog seine Augenbrauen zusammen, so dass sich eine finstere Falte dazwischen bildete. Schnell wechselten sie das Thema und sprachen über den ungewöhnlich heißen Sommer.

Die Tante ging am *Stürmer*-Aushang in der Bogenstraße vorbei, wo eine Traube von Menschen anzeigte, dass mal wieder etwas Aufregendes geschehen war. Da sah sie die kleine Solmitz. Zaghaft näherte sich Gisela, halb abgestoßen, halb angezogen. Die Tante stand zwischen den anderen Menschen und beobachtete das junge Mädchen. Sie war eine sogenannte Halbjüdin. Was mochte in ihr vorgehen? Was im *Stürmer* über Juden stand, war immer schrecklich. Wenn sie das gelesen hatte, musste sie sich beschmutzt fühlen. Gisela wartete brav, bis die Leute, die vorn gestanden hatten, fortgegangen waren und sie sich vorgearbeitet hatte. Die Tante wusste, was sie lesen würde. Drei SA-Leute waren in Stettin aus der Partei ausgeschlossen worden, weil sie in jüdischen Geschäften gekauft hatten. Von nun an sollten im *Stürmer* die Fotos von Leuten veröffentlicht werden, die in jüdischen Geschäften kauften. Die Tante beobachtete die entsetzten Augen des Kindes. Dann schlich Gisela von dem Aushang weg. Bestimmt glaubte sie, dass im nächsten Augenblick alle mit den Fingern auf sie zeigen würden. Die Tante überlegte, wie sie dem Kind helfen könnte. Es musste ihr schrecklich gehen. Der Schulleiter in der Emilie-Wüstenfeld-Schule war ein Nazi, der die jüdischen Lehrerinnen bereits 1933 alle entlassen hatte. Die Schlinge zog sich um den Hals von sogenannten Mischlingen immer enger zusammen.

Kurz darauf wurden Mischehen zwischen Ariern und Juden verboten. »Werden nun auch die bestehenden aufgelöst?«, fragte Aaron. Lysbeth lachte zur Antwort. »Wenn sie das tun, wirst du endlich mit mir dieses verblödete Land verlassen«, sagte sie fröhlich. »Ich warte nur darauf.« Gerade fuhren sie mit dem Fahrrad in der Bogenstraße am *Stürmer* vorbei. Dort standen statt des Aushangs farbige Schilder. Rechts und links waren große Judennasen ausgeschnitzt. »Wer beim Juden kauft, ist ein Volksverräter«, lautete die Losung.

Die Tante sprach Stella und Lysbeth darauf an, dass man vielleicht den Solmitz irgendwie helfen müsse. Oft begegne sie dem Mädchen vor dem Aushang des *Stürmer*. Das Kind müsse Qualen leiden. Lysbeth erzählte von ihrer Verletzung und Aarons Behandlung, und dass sie den Eindruck hatte, dass die ganze Familie entsetzlich leide. »Natürlich«, sagte Stella, aber man sah ihr an, dass sie anderes wichtiger fand als das Mitleid mit den Solmitz. »Das Schlimme für Fred und Luise muss sein, dass man ihnen das Anrecht an Volk und Vaterland nimmt, sie aber kein Ideal an die Stelle dessen setzen können. Für sie sind Juden doch fremd. Wenn Fred Solmitz kein Jude wäre, wäre er schon lange Mitglied in der NSDAP und wahrscheinlich würde er Aaron keines Blickes würdigen.« »Aber er ist nun einmal Jude, und das Kind kann nichts dafür«, beharrte die Tante. »Ja, was bleibt ihnen?«, sann Lysbeth. »Nicht viel«, entgegnete Stella lakonisch. »Alle Türen verschließen sich vor Fred. Ihre Freunde und Bekannten sind Militärs und Deutschnationale. Sie dürfen nicht flaggen, Gisela darf eigentlich nicht in den BdM, aber so wie ich es verstanden habe, ist sie jetzt drin, weil sie vorher Mitglied in der Kolonialschar war, und die vom BdM übernommen wurde. Irgendwann wird sie entdeckt werden.« »Sie gehören nicht zu den Juden und nicht zu den Ariern. Luise muss furchtbare Angst haben«, sagte die Tante nachdenklich. »Und das Kind«, fügte Stella hinzu.

Die drei beschlossen, Luise im Nachbarschaftskontakt zu zeigen, dass sie nicht das Geringste gegen sie hätten. Und Gisela wollten sie eine offene Tür zeigen, durch die sie jederzeit treten könnte, um sich Beistand zu holen.

Aber dann begegnete Stella Luise Solmitz und die empörte sich wieder einmal lauthals über alles Undeutsche. Zum Beispiel über das Saxophon, dies menschenunwürdige Blasinstrument, das mit Musik und

Kunst nichts zu tun habe, alles verderbe und ersticke, Erfindung eines Amerikaners und dem Negerinstinkt willkommen.

»Aber dieses Instrument soll nun bei Militärfliegern für Signale eingeführt werden«, hielt Stella dagegen. »Zumindest habe ich das gehört.«

Luise sprach schnell über etwas anderes. So glücklich sei sie immer dann, wenn sie sich dem reinen Deutsch verbunden fühlen konnte.

Entnervt beendete Stella das Gespräch. Diese Frau war einfach anstrengend.

Aber dann traf die Tante wieder und wieder die kleine Gisela vor dem *Stürmer*-Aushang. Anscheinend wurde sie davon magnetisch angezogen. Die Tante stellte sich zur gleichen Zeit wie das Mädchen dort ein und stellte so fest, dass Gisela fast täglich nach der Schule einen kleinen Umweg durch die Bogenstraße machte. An einem Tag erfuhr sie, dass alle nicht-arischen Organisten aus ihrem Amt entlassen worden waren und nicht mehr in christlichen Kirchen spielen durften. Am anderen las sie von sexuellen Gräueln, die jüdische Ärzte an ihren arischen Patientinnen begangen hatten.

Gisela verhielt sich so verschämt, wenn sie dorthin ging, als würde sie etwas Perverses und Verbotenes tun. Sie nahm offenbar niemanden wirklich wahr, so auch nicht die Tante. Bis diese sie ansprach. »Gisela, ich beobachte dich jetzt schon eine Weile. Was treibt dich hierher?«

Gisela wurde kreidebleich. Dann fing sie sich und entfernte sich schnell. Aber die Tante blieb neben ihr. Gisela schwieg und hastete die Bogenstraße zur Bundesstraße, wo sie links einbog und über die Isebekbrücke eilte. Die Tante ließ sich nicht abschütteln. Sie war zwar sechsmal so alt wie Gisela, aber sie war immer noch flink. Endlich blieb Gisela stehen. Außer Atem keuchte sie: »Es ist mir ganz recht, die Nachrichten zu den Juden allein zu erfahren und danach einen kleinen Spaziergang von der Bogenstraße zur Kippingstraße zu machen, bevor ich den Eltern begegne. Ich weiß, wie groß deren Sorge um mich ist. Und ich gebe mir Mühe, so unbeschwert und kindlich zu Hause zu erscheinen, wie es mir nur irgend möglich ist.« Sie klang trotzig, aber in ihren Augen standen Tränen.

Die Tante hütete sich, jetzt auch nur das geringste Mitleid zu zeigen. »Das ist bestimmt anstrengend für dich«, sagte sie sachlich. »Wenn du dich mal ein bisschen ausruhen willst und mit anderen als deinen Eltern über die ganzen Probleme sprechen willst, bist du bei mir jederzeit willkommen.«

Gisela sah hochmütig und sehr zweifelnd über die Tante hinweg. Die lächelte. »Ich bin zwar alt«, sagte sie, »aber manchmal ist es für ein junges Mädchen gut, mit einer alten Frau zu sprechen, weil ich erlebt habe, dass nichts bleibt, wie es ist. Und auch das Dritte Reich wird vergehen.«

Gisela sah erschrocken nach rechts und links. Die Tante lachte krächzend. »Keine Sorge, Gisela, ich bin noch richtig im Kopf, und ich weiß, dass man heute die Wahrheit nur noch sagen darf, wenn keiner zuhört.«

»Aber ich habe zugehört«, gab Gisela zurück, und es klang fast wie eine Drohung. »Ja, du hast zugehört«, bemerkte die Tante bedächtig. »Es war ja auch für deine Ohren bestimmt.«

»Ich muss jetzt nach Hause«, sagte Gisela gehetzt. Sie blickte die Tante flehend an. »Natürlich«, erwiderte die Tante, »ich muss auch noch etwas einholen.« Sie drehte sich um und entfernte sich in die entgegengesetzte Richtung.

Als im Rundfunk kundgegeben wurde, dass ab Ostern 1936 Judenschulen eingerichtet werden sollten, dachte die Tante an Gisela. Aber diese ließ sich nicht blicken. Sie war auch nicht mehr vor dem *Stürmer*-Aushang erschienen. Die Tante wusste, dass sie nichts tun konnte, als abwarten.

Aber Giselas Mutter Luise suchte häufiger das Gespräch mit der Tante. »Gisela will Ostern von der Schule abgehen«, sagte sie kurz nach der Bekanntgabe der Judenschulen. »Welchen Abschluss hat sie dann?«, fragte die Tante höflich.

»Sie hat Ostern gewissermaßen das Einjährige, wenn sie versetzt würde. Wenn sie allerdings durchfällt, muss sie wie jeder Sekundaner von der Schule.«

Die Tante begriff. Die Solmitz waren froh, dass Gisela bereits so weit war. Die Zukunft ihrer Tochter war aber vollkommen ungewiss. Das musste Luise wahnsinnig vor Sorge machen.

Am 15. September 1935 wurde der Reichstag in Nürnberg abgehalten, seit vierhundert Jahren das erste Mal. Tagelang sah Lysbeth ihm bang entgegen. Sie beneidete ihre Bekannten und die fröhlichen Menschen in den Biergärten, die den Abend dieses schönen Herbsttages so ruhig genießen konnten. Sie fürchtete, dass Aarons Lage noch unerträglicher werden könnte. Um sich selbst fürchtete sie nicht. Aaron weigerte sich, diesem Parteitag so viel Aufmerksamkeit zu schenken, dass es ihn irgendwie niederdrücken könnte.

Um neun Uhr abends versammelte sich die Familie Wolkenrath vor dem Radio. Lysbeths Magen grummelte. Sie hatte den ganzen Tag über nichts essen können. Hitler sprach selbst. Er kündigte unter anderem neue Gesetze an, die aber erst später bekanntgegeben werden sollten. Lysbeth quälte sich ihnen entgegen. Ein schönes Musikstück kam nach dem andern und machte das Warten noch peinvoller. Lysbeth ging gemeinsam mit der Tante nach unten in die Küche, um Bier aus dem kühlen kleinen Verließ zu holen. »Ich habe Angst«, sagte Lysbeth. »Ich denke dabei nicht nur an mich, auch an die andern, die es trifft.« »Ich auch«, stimmte die Tante ruhig zu. »Ich muss immer wieder an die kleine Solmitz denken.«

Und es traf. Gegen Mitternacht wurden die neuen Gesetze verkündet:

»Eheschließungen zwischen Juden und Staatsangehörigen deutschen oder artverwandten Bluts sind verboten. Trotzdem geschlossene Ehen sind nichtig, auch wenn sie zur Umgehung dieses Gesetzes im Auslande geschlossen sind.

Außerehelicher Verkehr zwischen Juden und Staatsangehörigen deutschen oder artverwandten Blutes ist verboten.

Juden dürfen weibliche Staatsangehörige deutschen oder artverwandten Blutes unter 45 Jahren nicht in ihrem Haushalt beschäftigen.

Juden ist das Hissen der Reichs- und Nationalflagge und das Zeigen der Reichsfarben verboten. Dagegen ist ihnen das Zeigen der jüdischen Farben gestattet. Die Ausübung dieser Befugnis steht unter staatlichem Schutz. Wer dem Verbot des § 1 zuwiderhandelt, wird mit Zuchthaus bestraft.«

Lysbeth hörte zu und wurde blasser und blasser. Am Ende sagte Jonny: »Das ist das bürgerliche Todesurteil aller Nichtarier.«

Lysbeth empfand nach diesen Verlautbarungen eine große Stärke. Aaron und sie waren beieinander. Sie beschloss, vor nichts mehr zurückzuschrecken, innerlich wie äußerlich. Diese Entschiedenheit und dieser Wille waren das Endergebnis des Nürnberger Reichstages für sie.

Am nächsten Tag beobachtete die Tante, wie die kleine Gisela von gegenüber das Haus verließ. Sie ging anders als sonst, das war kein Kind mehr, das war ein Mensch, der begriffen hatte, dass es keine Zukunft für ihn gab: kein Beruf, keine Ehe, ausgeschlossen, verachtet, wertlos. Was ihren Mitschülern und den Kindern der arischen Verwandtschaft zustand, was sie erstreben, erreichen konnten, Gisela stand abseits. Und man sah ihr an, dass sie es begriffen hatte. Wahrscheinlich hatte sie Angst, dass man in der Schule mit Fingern auf sie zeigen würde.

Die Tante sagte zu Lysbeth: »Es muss den Solmitz furchtbar gehen. Was hältst du davon, wenn wir heute Nachmittag einfach einen kleinen Nachbarschaftsbesuch machen? Vielleicht wollen sie sich aussprechen. Das tut manchmal gut.«

Lysbeth war einverstanden. Aaron konnte die Besuche am Nachmittag auch allein machen, sie war sowieso oft nur noch als seelischer Beistand dabei. Also begaben die beiden sich mit einem kleinen Blumenstrauß zum Nachmittagskaffee zu Luise Solmitz. Sie wussten, dass sie mit Luise wahrscheinlich allein wären, Fred zog sich bei solchen Anlässen zurück. Aber es kam anders. Fred, Gisela und Luise saßen bereits um einen gedeckten Kaffeetisch. Alles sah sehr schön aus. Das beste Kaffeeservice stand auf dem Tisch, eine Rhabarbertorte und das gute Silberbesteck. Kerzen brannten in einem opulenten ausladenden Silberleuchter.

»Setzen Sie sich zu uns«, forderte Luise sie warm auf und stellte schnell noch zwei Gedecke auf den Tisch. »Gibt es etwas Besonderes?«, fragte Lysbeth.« Es sieht so festlich bei Ihnen aus.« »Ach«, sagte Luise, und es war deutlich vernehmbar, dass sie die Tränen unterdrücken musste, »wir feiern jeden Tag.«

In diesem Augenblick klingelte es an der Tür. Gisela sprang auf und lief hin. Kurz darauf kehrte sie mit einem Ehepaar zurück, dass Lysbeth und der Tante als Bekannte aus dem Tierschutz vorgestellt wurde. Auch für die wurden Gedecke aufgelegt. Bald war ein lebhaftes Gespräch im Gang. Über Hundehaltung, über den Garten, über Rhabarbertorten. Und dann fragte die Frau: »Habt ihr euch schon eine Hakenkreuzflagge angeschafft?« Fred schwieg. Luise schüttelte verneinend den Kopf. »Ja, aber wenn ihr nicht flaggt, wird man euch ja für Juden halten«, rief die Frau. Luise starrte sie an. Ebenso die Tante und Lysbeth. Gab es irgendjemanden, der noch nicht wusste, was los war? War sie gedankenlos oder wollte sie Unbefangenheit zeigen? Gisela stand langsam auf, wie in Zeitlupe, und verließ das Zimmer. »Ich muss mal«, murmelte sie. Aber sie kam nicht zurück.

Die Tante wies mit dem Finger auf eine Warze, die der Mann neben der Nase hatte. »Haben Sie die schon länger?«, fragte sie. Der Mann blickte sie irritiert an. Über so etwas sprach man doch nicht. »Dagegen kann man etwas tun«, sagte sie. Die Aufmerksamkeit am Tisch konzentrierte sich von nun an auf die Warze des Besuchers und auf mögliche Therapien gegen so etwas.

Als sie gingen, sagte Luise leise zur Tante: »Danke für Ihren Besuch.«

»Oh, ich habe zu danken«, entgegnete die Tante fröhlich, »so einen wundervollen Rhabarberkuchen bekommt man nicht alle Tage.«

Am nächsten Tag allerdings musste die Tante an sich halten, um nicht zu explodieren. Sie stand mit Luise und Frau Levy, der Frau des jüdischen Malermeisters, auf der Straße. Die drei sprachen über Eintopfgerichte. Der Eintopftag einmal die Woche verlangte ihnen etwas ab, denn sie wollten ja nicht jedes Mal das Gleiche kochen. Da erschien ein Mann, offenbar ein Verwandter von Luise, denn sie stellte ihn den beiden Frauen als ihren Vetter vor. Er kam gerade aus Berlin und berichtete begeistert: »Da sind sie weiter als hier. Keiner spricht mit einem Juden, keiner gibt ihm die Hand, bei *Kempinski* haben sie ihre Ecke für sich.« Und dann fügte er hinzu, es sei nur eine Frage der Zeit, wie lange er noch Juden unterrichten und sie auf seinen Plätzen spielen lassen dürfe. »Was unterrichten Sie denn?«, fragte Frau Levy höflich. »Tennis«, antwortete er mit stolzgeblähter Brust. Die Tante dachte, dass sie ihm am liebsten jetzt in diesem Augenblick einen Tennisschläger überziehen würde. Grimmig dachte sie, dass es gar nicht so elegant zugehen müsste, sie würde auch mit einem simplen Knüppel vorliebnehmen. »Ob die Juden die neu zu errichtende Kunsteisbahn im Zoo, auf der man bis zu zwölf Grad Wärme laufen kann, überhaupt betreten dürfen, muss man erst mal dahingestellt sein lassen«, fügte er wichtig hinzu. Die Tante sagte: »Braucht man fürs Eislaufen eigentlich auch Verstand?« Luises Vetter sah sie verwirrt an. »Ja, also ...«, hob er an. »Fürs Tennisspiel, soweit ich es weiß, braucht man wohl ein gewisses Maß an Klugheit«, sinnierte die Tante, »deshalb spielen das wohl auch Juden.« Luise zog ihren Vetter am Arm. »Komm, Ernst, Fred wartet schon auf mich.«

»Wie dumm können Leute eigentlich sein?«, sagte die Tante zu Frau Levy. Die schüttelte den Kopf und lachte. »Passen Sie ein bisschen besser auf Ihre Bemerkungen auf«, riet sie der Tante. »Denunziation ist ein weiter verbreiteter Sport als Tennis oder Eislaufen.« Die Tante nickte. Sie schimpfte sich selbst aus. In der letzten Zeit hatte sie viel zu oft gefährliche Bemerkungen gemacht. Sie durfte das nicht tun.

Als Stella zwei Tage später gegen sieben Uhr vom Hundespaziergang nach Hause kam, standen drei schwarze Gestalten in der Dunkelheit vor dem Haus Nummer fünf. Dort wohnten Freimaurer. Stella beobachtete die SS-Leute, die bei Laternenschein allerlei aufschrieben. Schnell öffnete sie die Gartenpforte und ging zum Haus. Im Wohnzimmer stand Käthe am Fenster. »Ich habe gesehen, wie Frau Baum nach Nummer neun gelaufen ist.« Auch in Nummer neun wohnten Freimaurer. Den ganzen Abend über hielt Käthe sich in der Nähe des Fensters auf. »Jetzt kommt Frau Baum von Nummer neun«, sagte sie plötzlich. Auch Stella sah aus dem Fenster. Frau Baum weinte und gestikulierte heftig, während sie in ihr Haus ging. Die drei SS-Leute waren fort.

»Hitlers Versprechungen sind doch alle nichts als Lug und Trug«, sagte Käthe da hart. Stella sah sie überrascht an. Es war lange her, dass Käthe sich in so deutlichen Worten geäußert hatte. Manchmal schien es Stella schon, als wäre ihre Mutter an den politischen Geschehnissen nicht mehr interessiert. »Natürlich«, fuhr Käthe fort, »das sieht doch jeder. Nehmen wir die Arbeitslosigkeit: Die Frauen sind Gebärmaschinen geworden, die zu Hause Windeln waschen. Die Juden dürfen auch nicht mehr arbeiten. Die jungen Männer haben jetzt wieder Wehrdienst. Die Kommunisten und Sozialisten sind im Gefängnis. Das sind schon eine ganze Menge weniger, die als Arbeitslose zählen. Kein Wunder, dass die Zahlen runtergegangen sind. Und dann hat er gesagt, dass alle satt werden sollen. Aber Butter und Fett und Fleisch sind knapp, die ganze Rationierung wirkt doch wie im Krieg. Und dann haben wir die Winterhilfe und den Eintopftag. Das heißt, wir sind es doch, die uns die Armenspeisung vom Mund absparen, das ist doch nicht der Staat. Und

Hitlers verdammter Katholizismus und das Konkordat mit dem Papst, was für eine Augenwischerei! Die Nazis verbreiten, dass die Nonnen und die Mönche unzüchtige Dinge treiben und Devisen verschieben, und schon sind alle einverstanden, dass die Klöster ausgehoben werden. Sie verbieten die Freimaurer, sie verbieten den Jazz, sie verbieten, dass arische und jüdische Kinder zusammen zur Schule gehen, das Einzige, was sie nicht verbieten, sind sie selbst und ihre Fahne.«

Käthe hatte sich in Rage geredet. Stella legte die Hand auf Käthes Arm. Der zitterte. Der ganze Körper zitterte. Stella schlang ihre Arme um die Mutter. »Du hast recht«, sagte sie leise und strich ihrer Mutter zärtlich über die grauen Haare, »aber du darfst das nicht so laut sagen, das ist gefährlich.«

Käthe hob den Kopf, den sie in Stellas Halsbeuge gelegt hatte. »Gibt es heute noch etwas, das nicht gefährlich ist, außer ›Sieg Heil!‹ zu schreien?«, fragte sie mit müder Stimme. »Stella, ich habe die Nürnberger Gesetze genau gelesen, ich habe Angst um Aaron und auch um Lysbeth.«

»Keine Sorge«, lächelte Stella ihre Mutter aufmunternd an. »Dass denen kein Haar gekrümmt wird, dafür sorge ich schon.« Unwillkürlich überzog sich auch Käthes verhärmtes Gesicht mit einem Lächeln. »Du bist sehr mutig, meine Kleine«, sagte sie.

»Mutig?«, fragte Stella nach.

»Ja, mutig. Glaub doch nicht, dass ich blöde bin. Ich bekomme mehr mit, als ihr alle denkt.« Nun war es an Stella, ihre Mutter düster anzublicken. Käthe strich ihrer Tochter mit einem verschmitzten Blick über die kastanienroten Locken. »Meine liebe Stella, ich bin mit Geheimnissen groß geworden, meine Mutter hatte ein Vermögen in ihr Hochzeitskleid genäht, du erinnerst dich. Davon haben wir dieses Haus schließlich gekauft. Ich rieche Geheimnisse.«

»Und warum sagst du dann nichts?«, murrte Stella.

Käthe schmunzelte. »Ich muss sie nicht aufdecken«, sagte sie schlicht. »Meistens weiß ich sowieso, worum es geht.«

»Und jetzt?«, fragte Stella und verzog ihren Mund zu einer trotzigen Kinderschnute.

»Jetzt?«, fragte Käthe munter zurück. »Jetzt machen wir einfach weiter wie bisher. Ihr geht euren geheimen Geschäften nach, und ich weiß von nichts.«

»Wollt ihr ein Glas Herzwein?«, fragte die Tante da, die von beiden unbemerkt ins Zimmer getreten war.

Stella und ihre Mutter nickten.

Und wieder wurden neue Ehegesetze verkündet: Menschen mit ansteckenden Krankheiten, Erbkrankheiten, geistigen Störungen, Entmündigte, durften nicht mehr heiraten, es sei denn, dass der andere Teil nachweislich unfruchtbar war. Greta fragte Stella nach ihrem Klavierspiel, was das jetzt für Walburga bedeute. »Ist doch klar«, antwortete Stella ungeduldig. »Wenn Walburga so weit ist, darf sie einen Mann heiraten, der keine Kinder zeugen kann.« Was sie nicht sagte, aber dachte, war: Wenn sie dann überhaupt noch lebt. Geisteskranke passen nicht in unser arisches Deutschland.

Stella gab Greta zwar weiterhin Klavierunterricht, aber sie machte es nur noch sehr halbherzig. Sie war mit anderen Dingen beschäftigt. Der Pfandleiher und sein Neffe waren mit Madeleines Hilfe bereits einen Monat, nachdem sie in den Mittelweg eingezogen waren, nach Belgien geflohen, ganz legal mit der Bahn waren sie über die Grenze gefahren. Sie hatten Papiere, die den Neffen als Offizier auswiesen und den Onkel als seinen Vater, der ihn auf einer kleinen Wochenendreise nach Brüssel begleitete.

Stella hatte vor Angst mehrere Nächte nicht schlafen können, bis sie endlich die Nachricht erhalten hatte, dass alles gutgegangen war. Das Zimmer hatte der Neffe regulär gekündigt. Er hatte es noch einen Monat länger bezahlt. Und auch da litt Stella unter entsetzlicher Angst, dass nachträglich noch jemand misstrauisch werden könnte und die Gestapo nach jemandem suchen würde, der aussah wie die junge Frau, als die sie sich gegeben hatte: eine blonde Perücke, eine dicklich runde Figur, flache Wanderschuhe. Aber auch da passierte nichts.

Madeleine bat Stella aber bald wieder, als Verlobte eines Offiziers bei möglichen Vermietern, diesmal auf dem Lande bei Ahrensburg zu erscheinen. Stella tat es, aber sie konnte vor Angst überhaupt nicht mehr schlafen. Die Auftritte selbst machten ihr sogar Spaß. Sie schlüpfte in die fremde Rolle der blonden rundlichen biederen jungen Frau, als wäre sie auf einer Bühne. Aber anschließend ängstigte sie sich entsetzlich, dass irgendjemand sie identifizieren könnte und die Gestapo in der Kippingstraße erscheinen würde.

Schließlich ging sie zu Madeleine Dumont und sagte, sie wolle es nicht mehr tun. Sie könne ihre Familie nicht derartig gefährden. Madeleine sah sie an und lachte. »Du bist wirklich viel weniger abgebrüht, als ich gedacht habe.« Sie war ins Du geglitten, ohne dass es Stella aufgefallen war. Sie stand auf, schloss Stella in ihre Arme und sagte: »Lass dich hier eine Weile nicht blicken.« Sie zwinkerte ihr zu: »Außer du brauchst Hilfe.«

Gisela wurde dünner und immer blasser. Die Tante fing sie auf dem Schulweg ab. »Bist du krank?«, fragte sie geradeheraus. »Dann solltest du zum Arzt gehen.« Gisela sagte mit wehem Lächeln: »Ich habe Angst. Ich habe jeden Tag Angst. Mein Magen ist wie zugeschnürt.« Die Tante gab ihr ein Päckchen Tee, das sie für diesen Zweck vorbereitet hatte. Lange schon hatte sie Giselas im Beisein ihrer Eltern zur Schau getragene Unbekümmertheit und Jugendfreude durchschaut. Das Kind wollte die Eltern aufrichten. Seine eigene Angst hatte es verborgen. »Das brühst du dir morgens auf und trinkst es dreimal am Tag. Du wirst sehen, es hilft dir, dich stärker zu fühlen. Und das hier soll ich dir von Lysbeth geben. Es soll dich auch stärken. Leg täglich dreimal sechs Kügelchen unter die Zunge und lass sie zergehen.«

»Was ist das?«, fragte Gisela misstrauisch.

»Das eine sind Kräuter, die extra dafür gewachsen sind, um dich zu stärken. Und das andere ist ein homöopathisches Mittel, es heißt Pulsatilla. Pulsatilla ist ein kleines zartes Pflänzchen, so wie du. Und deshalb hilft es dir, dich stärker zu fühlen.«

»Ich bin kein zartes Pflänzchen«, widersprach Gisela und hob das blasse Näschen in die Höhe. »Ich habe die Luftschutzausbildung mit Auszeichnung bestanden.«

»Ach ja, da wir gerade bei dem Thema sind, wie geht es denn deiner Verbrennung?«

»Gut«, antwortete Gisela und man merkte ihr an, dass das Gespräch ihr auf die Nerven ging. »Es ist abgeheilt. Es hat ziemlich wehgetan, aber nun ist es vorbei.«

Im November zogen die Lebensmittelpreise scharf an. Keine Lebensmittelkarten, so wurde entschieden. »Erfahrungsgemäß kommen sie dann bald«, spottete Käthe. Die Schlachter- und Feinkostläden verödeten so langsam. Hundefutter wurde knapp, denn der Pansen sollte in die Wurst kommen. An Aufschnitt gab es fast nur Wurst und rohen Schinken, der noch da war. Es wurde auch schwierig, Margarine und Speck zu bekommen.

Zwei Tage vor Silvester bemerkte Käthe von ihrem Sitzplatz am Wohnzimmerfenster aus, dass zuerst Luise aus dem Haus ging und dann ein Polizeibeamter in der Kippingstraße Nummer zwölf klingelte. Das Dienstmädchen Lore öffnete ihm und ließ ihn hinein. Nach einer Zeit verschwand er wieder.

Käthe überlegte, ob Lore die Solmitz bespitzelte. Nein, entschied sie, das kann nicht sein. Sie erinnerte sich an einen Besuch beim Milchmann gleich nach den Nürnberger Gesetzen, als dessen dreiste blonde Angestellte lauthals verkündet hatte, nun müsse Lore ja auch von den Solmitz weg. Und Gisela sei schon raus aus dem BdM, klammheimlich zwar, ohne jedes Aufhebens, aber ihre Nichte, die Waltraut, habe ihr erzählt, dass die Gisela einfach nicht mehr komme und auch keinem erkläre, warum. Dabei sei es doch jedem klar: Ein Judenkind könne kein Hitlermädel sein. Lore hatte damals freundlich gesagt, sie sei sehr gerne bei den Solmitz. So eine gute Stelle würde sie nie wieder kriegen, und sie würde es sehr bedauern, dort fort zu müssen.

Gegenüber wurde es geschäftig. Luise kam nach Hause, in der Hand ein Netz voller Einkäufe. Lore öffnete ihr, und Käthe sah ihr die Aufregung an. Kurze Zeit später stürmte Fred ins Haus. Es dauerte nicht lang, und Fred verließ es wieder. Dann kam er zurück.

Als Käthe am 30. Dezember zum Milchmann ging, war auch Lore im Laden. Die junge Angestellte schimpfte mit Lore: »Na, Sie haben mir ja was Nettes eingebrockt!« Und zu den andern Kunden sagte sie: »Kommt der Jude Solmitz hier in den Laden und schwärzt mich beim Chef an, ich hätte nur da sein sollen, ich hätte es ihm schon gegeben.«

Lore sah unglücklich aus. Käthe und sie gingen gemeinsam den Weg zur Kippingstraße zurück. »Ich möchte nicht fort«, sagte Lore, »aber morgen Abend muss ich gehen. Wenn sie mich über Mitternacht dabehalten, weil Besuch kommt oder weil jemand krank ist, dann steht Gefängnis drauf. Für sie, nicht für mich.«

Käthe wünschte ihr alles Gute und bat sie, das auch den Solmitz auszurichten. Silvester verbrachte sie still mit der Tante und Alexander. Alle anderen waren ausgeflogen.

10

Die Lebensmittelversorgung war zu Beginn des Jahres 1936 immer noch unberechenbar. Im Januar gab es plötzlich Gefrierfleisch, und die Butterversorgung war gut, aber es gab keine Eier. Wenige Tage später allerdings wurde die Butter wieder knapp, und die vorherige Menge wurde nun damit begründet, dass viele sich inzwischen an Gänseschmalz und Margarine gewöhnt hatten.

Wer einen Schrebergarten hatte, war fein dran. Selbst in der Kippingstraße, wo in die bürgerlichen Häuser selbstverständlich Haushaltshilfen und Dienstmädchen gehörten und die Gärten zur Zier und zum Erholen gestaltet worden waren, begannen einige Nachbarn, Beete mit Zwiebeln und Kartoffeln und anderem Gemüse anzulegen, eher verschämt im hinteren Teil des Gartens versteckt. Vom ersten Stock des Wolkenrath-Hauses aus, von wo man den gesamten Block mit seinen Gärten übersehen konnte, waren die neuen Beete allerdings von Blumen und Rasen deutlich zu unterscheiden.

Die Wolkenraths litten keinen Hunger. Aarons Patienten füllten die Speisekammer, und von Zeit zu Zeit kam ein Paket aus der sächsischen Schweiz, wo die Adoptiveltern von Angela ihren Bauernhof hatten.

Seit Angela von ihnen fortgelaufen und nach Berlin ausgerissen war, hatte es keine Aussprache zwischen ihr und ihren Eltern mehr gegeben. Schon bei Stellas letztem Treffen mit Angela hatte diese sie gebeten, ihre Adoptiveltern in Angelas Namen um Verzeihung zu bitten. Aber es hatte ihr offenbar so sehr auf der Seele gelegen, dass sie ihnen nun einen langen Brief geschrieben hatte, in dem sie ihr Fortgehen erklärt und um Verzeihung gebeten hatte. Diesen Brief hatte sie Stella zugesandt und darum gebeten, dass Lysbeth ihn weiterreichen solle. Sie wollte ihre Adoptiveltern auf keinen Fall gefährden, indem der Briefträger einen Brief aus dem Ausland sehen und im Dorf darüber reden könnte. Sie wollte aber auch nicht, dass ihre Adoptiveltern überhaupt ahnten, dass sie sich im Ausland aufhielt und dass mit ihr irgendwas politisch nicht in Ordnung war. Sie traute den beiden immer noch zu, dass sie sich an die Polizei wendeten.

Lysbeth hatte den Kontakt die ganze Zeit über aufrechterhalten, wenn es ihr auch schwergefallen war, weil Helga und Helmut sich zu strammen Nazis entwickelt hatten. Allerdings zu Nazis der Sorte, die einen Unterschied machten zwischen der allgemeinen Lehre und dem persönlichen Leben.

Im Januar 1936 fuhr Lysbeth mit diesem Brief im Gepäck Richtung Dresden, um Helga und Helmut auf ihrem Bauernhof einen Besuch abzustatten. Helga hatte sie seit zwei Jahren viele Male gebeten, sie zu besuchen. Aber Lysbeth hatte diesen Besuch immer wieder verschoben. Nun konnte sie sich nicht mehr davor drücken.

Helga und Helmut machten sich auf eine geradezu unhöfliche Weise über den Brief her, kaum dass Lysbeth ihn ausgehändigt hatte. Lysbeth hängte ihren Mantel selbst an die Garderobe, und dann ging sie in die Küche und setzte Wasser für einen Tee auf, während Helmut und Helga am Tisch saßen, sich an den Händen hielten und über dem Brief weinten.

Lysbeth stellte Tassen auf den Tisch, setzte sich dem Paar gegenüber und schwieg. Helmut hob den Blick von dem Brief, sah sie an und sagte mit einer Stimme, die trotz der Tränen klar und fest war: »Wenn sie Hilfe braucht, musst du es nur sagen. Von uns kriegt sie alles, was immer es auch sei.«

Lysbeth fragte: »Alles? Auch Unterschlupf, wenn sie verfolgt würde?« Schnell fügte sie hinzu: »Nur so als schlimmstes Beispiel für die heutige Zeit.«

Und Helmut antwortete: »Ja.« Helga nickte.

Sie hatte sich sehr verändert. Sie war nun über sechzig Jahre alt. Und hatte sie früher hart und alt ausgesehen, so war sie seit Angelas Fortgehen deutlich verjüngt. Der Schmerz, Angela verloren zu haben, die Wut über die mangelnde Dankbarkeit und Untreue des Kindes waren einer wachsenden Einsicht gewichen, dass dieses Mädchen für ein Leben als Bäuerin einfach nicht geschaffen war, und dass sie selbst Angela im Grunde aus dem Haus getrieben hatte. Es hatte ihr viel abverlangt, dieser Erkenntnis standzuhalten und nicht wieder Angela oder Stella die Schuld an den Ereignissen zu geben. Aber sie war durch die Hölle bitterer Wahrheiten über sich selbst geschritten, Helmut hatte es ihr nicht leichter gemacht. Auch er war hart mit sich selbst ins Gericht gegangen. Er war zu feige gewesen, hatte er für sich selbst erkannt. Er hatte seiner Frau nicht klar Widerstand geleistet, auch nicht, als er schon lange deutlich gesehen hatte, dass Angela eine andere Zukunft brauchte als die auf ihrem einsam gelegenen Bauernhof. Er hatte nicht einmal deutliche Worte über seine Lippen gebracht, dass er nicht bereit war, Angela zu schlagen. Er hatte es nicht getan, aber ohne seine Meinung offen zu vertreten.

Er hatte sich nach Angelas Fortlaufen von seiner Frau sehr entfernt. Er hatte ihr keine Vorwürfe gemacht, seine Vorwürfe betrafen nur ihn selbst, aber nun endlich hatte er klare Worte gefunden und ihr gesagt, dass sie ihm schon lange fremd war.

Wenn Helga etwas konnte, dann war es arbeiten. Und das hatte sie getan, um ihren Mann zurückzugewinnen. Dass sie Angela nicht zurückgewinnen konnte, hatte sie nach der ersten Zeit des Aufbegehrens bald begriffen. Sie hatte sich ihrem Mann anvertraut. Auch wenn er anfangs nicht sehr bereit gewesen war, ihr zuzuhören, hatte sie ihn immer wieder um Gespräche gebeten. In diesen Gesprächen hatte sie ihre Seele so bloßgelegt, hatte sie so ehrlich über die tiefsten Beweggründe für ihre Härte, ihre Verschlossenheit, ja, ihre Gewalttätigkeit gegen Angela gesprochen, dass in Helmut ganz allmählich ein neues Gefühl für seine Frau aufkeimte. Irgendwann hatte auch er ihr Gedanken und Gefühle offenbart, von denen sie bisher nichts gewusst hatte. Die beiden hatten zu einer Nähe gefunden, die sie in ihrem Leben bisher nicht kennengelernt hatten.

In der Folge bat sie ihren Mann darum, dass sie sich ein junges Paar auf den Hof holen sollten, das den Hof einmal übernehmen könnte. Helmut war skeptisch gewesen. Er dachte an Angelas Erbe. Er wollte es nicht einem Fremden in den Rachen werfen. Aber Helga überzeugte ihn, dass sie den Hof ja nicht abzugeben brauchten, dass sie sich einen Weg ausdenken konnten, wie der junge Bauer und seine Frau ihr Einkommen finden konnten, ohne dass sie ihn bezahlen müssten, denn das konnten sie nicht. Als hätte das Schicksal ihren Wunsch vernommen, klopfte bald darauf ein junger Mann an ihre Tür, der fragte, ob sie vielleicht einen Knecht brauchten. Er sei kräftig, arbeitswillig, aber er habe eine Frau, die bald niederkomme und deshalb nicht die übliche Arbeit verrichten könne. Ein Kind im Haus! Helga und Helmut konnten es nicht glauben. Im Nu trafen sie eine Vereinbarung über Wohnen, Nahrung und Arbeit sowie die Eigennutzung eines Teils der Ländereien anstelle einer Entlohnung.

Und so wurde Helga Großmutter. Eine liebevolle fürsorgliche Großmutter, die sich auf eine fast schon unheimliche Weise von einer harten verbissenen Bäuerin zu einer sanftmütigen Frau mit weichen Zügen wandelte.

Helga, Helmut und auch der neue Knecht Erwin Seewald waren Mitglied der NSDAP, Erwins Frau allerdings, Katja, kam aus Polen, was Helga zuweilen besorgte. Katja sprach Deutsch auf eine weichere dunklere Weise, als es in Sachsen üblich war. Aus diesem Grund schickte Helga sie nicht zum Einkauf ins nächste Dorf, überhaupt hielt Katja sich vor allem im Haus und auf dem Feld auf, sie entfernte sich nie weit vom Hof.

Für die Geburt bat Katja Helga um Hilfe, die sich zwar für nicht kompetent erklärte, aber Lysbeth trotzdem in einem Brief um Ratschläge bat, die sie umgehend erhielt. Katja war zwar eine sanfte Frau, aber auch sehr eigensinnig. Wenn sie etwas wollte, setzte sie es durch, ohne große Worte zu verlieren. Und so auch bei der Geburt. Sie wollte keine Hebamme, keinen Arzt, sie wollte das Kind auf dem Hof bekommen und ausschließlich Hilfe von ihrem Mann und von Helga. So geschah es. Die Geburt war leicht, und dann standen alle andächtig um einen kleinen Knaben herum, der bereits lange schwarze Haare hatte.

Am Tag der Nationalen Erhebung, dem 30. Januar, schwamm Hamburg in einem Flaggenmeer. In der Kippingstraße blieben nur die Häuser des Malermeisters Levy und der Familie Solmitz unbeflaggt. Als sie Frau Levy traf, grüßte Käthe sie besonders freundlich und lud sie zu einem Kaffee zu sich ein. Frau Levy folgte sofort und plauschte mit Käthe und Stella völlig unbefangen darüber, dass angeblich über hundert Juden einen Antrag gestellt hätten, in die Wehrmacht aufgenommen zu werden. »Man fühlt sich ausgeschlossen, Frau Wolkenrath«, sagte sie. »Wir dürfen nicht flaggen, wir dürfen nicht wählen. Wir mussten unser arisches Mädchen entlassen. Zum Glück darf mein Mann noch arbeiten. Zum Glück dürfen wir noch essen.« Sie lachte, und es klang nicht einmal bitter. »Aber wir schämen uns nicht. Mir tut die arme Frau Solmitz so leid. Ich glaube, sie ist den ganzen Tag nicht aus dem Haus gegangen. Am liebsten würde sie immer noch verheimlichen, dass ihr Mann Jude ist. Dabei weiß es doch inzwischen jeder.«

Käthe griff sich kurz ans Herz, eine Bewegung, die mittlerweile schon zu ihrem Alltag gehörte. Anfangs hatten ihre Kinder sich darüber erschrocken und sofort ängstliche Fragen gestellt, die Käthe aber ungeduldig beantwortet hatte, indem sie sagte: »Es zwickt mich da nur etwas. Nun mach mal kein Theater um so'n kleines Zwicken.« Das war viele Male geschehen. Alle hatten sich inzwischen daran gewöhnt, und es fiel keinem mehr auf.

Käthe hatte Angst vor Krieg. Damit stand sie nicht allein, aber ihr schlug diese Angst aufs Herz. Die Welt kam ihr vor wie ein Hexenkessel: Mussolini stritt sich mit Abessinien. Er hatte eine Rede an die Studenten Europas gehalten, die sogar Jonny zu dem Ausspruch hingerissen hatte: »Mussolini ist ein guter Lügner.« Käthe empörte sich darüber, wie Mussolini die Tatsachen auf den Kopf stellte. Nach seiner Rede sah man förmlich die Abessinier vor den Toren Roms. Dabei waren es die Italiener, die in Abessinien einfielen. England kämpfte weiter für die Ölsperre, in Spanien gab es eine Revolution, in Paraguay eine neue Regierung, die gegen Ausländer und Juden war, Frankreich schloss mit Russland einen Pakt. Und in Deutschland begann man wieder, sich bis an die Zähne zu bewaffnen. Käthe verengte sich die Brust.

Am 6. März 1936 abends um halb zehn sagte der Sprecher im Radio mitten in die Musik hinein: »Sondermeldung: Morgen um zwölf Uhr wird der Reichstag einberufen.« Lysbeth und Aaron schauten sich an. Lysbeth empfand ein Gefühl von Beklemmung. Was wird es geben? Um was geht es? Und erstmals sah sie auch in Aarons Augen diese Angst. Mit einem Mal begriff sie, dass Aarons zur Schau getragene Gleichgültigkeit der Judenhetze gegenüber ein trotziger Kampf um seine Würde war. Einer, der Schikane lächerlich machte, ließ sich nicht verletzen, der wich der Demütigung geschickt aus. Einer, der anderen half, spürte seine Stärke. Einer, der nicht floh, bot die Stirn. Die Stirn konnte man nur bieten, wenn man den Kopf hoch hielt.

Um zwölf Uhr am nächsten Tag eröffnete Göring den Reichstag in der Kroll-Oper. Er gedachte des »durch Mörderhand gefallenen« Wilhelm Gustloff, des Landesgruppenleiters der NSDAP-Auslandsorganisation in der Schweiz, der wenige Tage zuvor von David Frankfurter, einem ostjüdischen Medizinstudenten, erschossen worden war. Als Lysbeth hörte, dass das so gesagt wurde, ohne dass im Weiteren auf die »Weltverschwörung der Juden« eingegangen wurde, da wusste sie, es konnte sich nur um Außenpolitisches handeln.

Es war ein eigenartiges Gefühl zu wissen, dass schwerwiegende, entscheidende Ereignisse bevorstanden, und man doch im Dunkeln tappte und sich fragte: Was, was kann es sein?

Und dann kam es. Der Rheinpakt von Locarno, der 1925 abgeschlossen worden war und mit dem Deutschland die im Versailler Vertrag festgelegte Westgrenze akzeptiert hatte, wurde für hinfällig erklärt. Deutschland, so verkündete Hitler, habe seit heute Mittag seine volle und uneingeschränkte Oberhoheit in der entmilitarisierten Zone wiederhergestellt. Während er sprach, marschierten die ersten Soldaten des Reichsheers ins Rheinland ein, das seit 1919 keinen deutschen Soldaten mehr gesehen hatte.

Lysbeth hielt den Atem an. Hitler, dieser Fuchs, hatte sich offenbar schlau ausgerechnet, dass jetzt der Zeitpunkt war, wo er mit diesem Schachzug vielleicht sogar durchkommen konnte. Frankreich hatte mit der Sowjetunion einen Beistandsvertrag geschlossen, der eindeutig gegen Deutschland gerichtet war. England und Frankreich hatten zu keiner Einigung gefunden, um gegen Italien vorzugehen, das in Äthiopien Krieg führte. Der französisch-sowjetische Vertrag bot Hitler einen guten Vorwand, und der Krieg in Afrika zog so viel französisch-englische Aufmerksamkeit ab, dass sie sich vielleicht nicht zu einem gemeinsamen Vorgehen gegen Deutschland durchringen können würden.

Bereits in den letzten Tagen war Lysbeth aufgefallen, dass etwas anders war. Die Kasernentore in der Bundesstraße waren neuerdings geschlossen gewesen. Es gab gar kein Leben mehr dort, keine Mädels standen herum, wer hineinwollte, dem wurde feierlich aufgeschlossen, und er musste Papiere vorzeigen. Auch das Schießen hatte aufgehört. Vorher war deutlich vernehmbar gewesen, dass die Wehrpflicht wieder eingeführt worden war. Es knallte von morgens bis in den späten Nachmittag. »Die Soldaten sind bestimmt zu irgendeiner Übung unterwegs«, hatte Aaron gesagt, »sollen sie doch gleich dort bleiben, die Schießerei macht einen ja nervös.«

Nun also war es klar: Deutschland hatte den Vertrag von Versailles endgültig gebrochen. Aus allen Städten sendete der Rundfunk Stimmungsberichte, ein Jubel ohnegleichen brandete den Zuhörern entgegen. In Berlin endete der große Tag mit einem Fackelzug für den Führer.

Der Reichstag wurde aufgelöst. Wieder einmal wollte Hitler die

Gunst der Stunde nutzen, um sich der Zustimmung der Deutschen zu versichern. Die Lebensmittelengpässe und auch seine Politik, die Kirchen Schritt für Schritt zu entmachten, hatten die Herzen in breiten Teilen der Bevölkerung nicht gerade hoch für Hitler schlagen lassen. Nun aber begeisterten die Menschen sich wieder für ihn. Am 29. März sollten Neuwahlen stattfinden. Lysbeth durfte wählen, Aaron nicht.

Lysbeth zog sich einen Mantel über, nahm einen der Hunde an die Leine und verließ das Haus. Sie musste sich bewegen, unmöglich konnte sie einfach so im Haus bleiben.

Aus dem Haus Nummer zwölf stürmte Luise Solmitz. Ebenso wie sie nicht ging, sondern stürmte, sprach sie nicht, sondern die Worte brachen aus ihr heraus wie ein Wasserfall und prasselten auf Lysbeth nieder. »Ich bin ganz überwältigt von dem Geschehen dieser Stunde, beglückt vom Einmarsch unserer Soldaten, von der Größe Hitlers, der Gewalt dieses Mannes. Wie haben wir diese Festigkeit ersehnt, als die Zersetzung bei uns regierte. Aber an solche Taten hätten wir nicht zu denken gewagt. Immer wieder stellt der Führer die ganze Welt vor eine vollendete Tatsache. Schlag auf Schlag – gehandelt, wie gesprochen, ohne Angst vorm eignen Mut. Das stärkt so!«

Lysbeth wagte einen kleinen Einwand: »Ja, und wenn nun Frankreich heute Abend, vielleicht in einer Stunde schon, fordert: hinaus aus der entmilitarisierten Zone oder Luftangriff?«

»Eben das ist das tiefe, unergründliche Geheimnis der Führernatur: Er hat immer Glück.« Darauf fiel Lysbeth keine Entgegnung mehr ein. Sie wollte sich gern von Luise Solmitz entfernen, stattdessen aber machte sie den ganzen Hundespaziergang an ihrer Seite. Sie wollte sie gern fragen, wie es denn für sie wäre, zur Wahl zu gehen, obwohl ihr Mann davon ausgeschlossen war. Aber sie traute sich nicht. Luises Begeisterung für die Taten des Führers war zu überwältigend.

»Wenn Bismarck das alles erleben könnte!«, rief Luise schwärmerisch aus. »Wie er, dem die Hände so oft gebunden waren, wohl staunen würde.«

Wieder wagte Lysbeth einen kleinen Einwand. »Wir haben all diese Luftschutzübungen und die Schießerei von der Kaserne, und neulich flogen diese Militärflugzeuge bedrohlich über uns hinweg, ich könnte mir vorstellen, dass die Rheinländer sich gar nicht danach drängeln, dass die Entmilitarisierung vorbei ist.«

»Ja«, sann Luise verträumt. »Was müssen die Rheinländer empfunden haben, als plötzlich das deutsche Heer einrückte? Am Abend legten sie sich ahnungslos schlafen, und morgens begann der Einmarsch. Haben Sie nicht auch die jubelnden Menschenmassen in allen Städten des Rheinlands gehört?«

Lysbeth stimmte zu. Ob die Rheinländer allerdings wussten, was auf sie zukam, das bezweifelte Lysbeth.

Leise sagte Luise da: »Fred hat einen Antrag gestellt, dass ihm das Reichsbürgerrecht völlig zugestanden wird.«

Lysbeth blieb stehen. Der Hund ruckte am Halsband und stand auch. Luise war über und über errötet. Das hatte sie nicht preisgeben wollen, sah man ihr an. Aber jetzt war es raus.

Reichsbürgerrecht, überlegte Lysbeth. Das bedeutete doch wohl, dass ein Jude alle Rechte bekäme, die auch ein Arier hatte.

»Reichsbürgerrecht?«, fragte sie zögernd.

Luise antwortete hastig: »Man darf gar nicht daran denken, was das bedeuten würde: das Recht, wieder dazuzugehören, zu wählen, zu flaggen, Geld zu verdienen, Gisela unterzubringen und zu verheiraten, ein Mädchen zu halten, kurzum, ein gleichberechtigter, freier Mensch zu sein. Das wiederzugewinnen, was einem einst selbstverständlich war …« Ihre Stimme war immer leiser geworden. Gepresst fügte sie nun hinzu: »Vor der Verwandtschaft wieder gleichberechtigt dazustehen, nicht vor jedem Zufallswort zittern zu müssen, nicht Freundschaft als Gnadengeschenk anzusehen.«

Lysbeth nickte. »Wir dürfen wählen, wir sind Reichsbürger, aber unsere Männer nicht. Das ist schmerzlich, auch für uns.«

»Es wäre der rechte Mut, die richtige Zivilcourage, wenn ich ruhig und selbstverständlich zur Wahl ginge, durch all die Nachbarn hindurch«, sagte Luise da trotzig. »Aber ob ich den Mut aufbringen werde? Soll ich fortbleiben, weil Fred nicht wählen darf?«

Lysbeth lächelte. »Ich finde, sehr viel Wahl bleibt uns nicht, Frau Solmitz, ob wir Juden sind oder Arier.« Luise sah sie skeptisch an. »Darum geht es ja gar nicht«, sagte sie im Ton einer Lehrerin, die alles besser weiß. Lysbeth hatte während der letzten Minuten ihre Nachbarin beinahe liebgewonnen. Jetzt aber war sie ihr wieder genauso unsympathisch wie so oft. Sie überlegte, sich einfach zu verabschieden, da sagte Luise kurz angebunden: »Ich muss jetzt zurück. Heil Hitler!«

Lysbeth lächelte. »Tschüss, Frau Solmitz. Schönen Tag noch.«
Luise drehte sich um und machte sich mit energischen Schritten davon.
Wenige Tage später traf Lysbeth ihre Nachbarin wieder. Luise sagte: »Herr Hölscher von den Hamburger Gaswerken war gerade bei uns. Er hat ein Patent angemeldet: luftsicherer Verschluss von Gasschutzkellern. Fred soll die Erfindung dem Kriegsministerium empfehlen. Natürlich wird er es tun.«
Lysbeth nickte. Sie verstand, was Luise ihr mitteilen wollte. Ihr Mann hatte Kontakt zum Kriegsministerium. Das war eine andere Voraussetzung, um das Reichsbürgerrecht zugesprochen zu bekommen, als sie zum Beispiel so ein dahergelaufener Arzt wie Aaron mitbrachte.

Am 27. März um vier Uhr nachmittags leiteten Sirenen den Wahlkampf ein. Eine oder mehr Minuten gab es eine vollkommene Verkehrsstille. Hitler hielt bei *Krupp* in Essen eine Rede, währenddessen war für die Arbeiter eine Arbeitspause. Anschließend sollte geflaggt werden. Nicht bei den Solmitz, nicht bei den Levys. Im Wolkenrath-Haus wurde die Hakenkreuzflagge herausgehängt. Um Mitternacht stiegen die Wolkenraths durch eine schmale Luke aufs Dach, allein die Tante und Käthe blieben unten. Gemeinsam schauten sie sich das neue Luftschiff L.Z. 129 *Hindenburg* an. Auf den Nachbardächern standen ebenfalls Menschen. Als das Luftschiff vorbeiglitt, klatschten einige, einige riefen »Ah« und »Oh«. Es war ein märchenhafter Anblick. Alles erleuchtet, Musik, Sprechen aus der Luft. Dann kam L.Z. 127 *Zeppelin*, der altbewährte Kämpe der Lüfte. Es war ein nächtliches Schauspiel von beeindruckender Schönheit und Größe. Sogar Lysbeth und Aaron waren begeistert. Stella und Jonny schauten das Spektakel vom Rathaus aus an, wo sie zu einer Feier eingeladen worden waren.

Der Wahlsonntag kam. Alle Wolkenraths gingen gemeinsam. Lysbeth dachte an Luise Solmitz. Ob sie es wohl über sich gebracht hatte, allein zur Wahl zu gehen? An der Zelle hing der Anschlag, dass Juden nicht zugelassen seien. Es war dies die erste »rein deutsche« Wahl. Von Wahlgeheimnis allerdings konnte keine Rede sein. Die Zelle wurde nicht richtig geschlossen, und neben Lysbeth lehnte der Wahlleiter und guckte den Wählern buchstäblich auf die Finger. Lysbeth sah ihm gerade in die Augen. Da nahm er den Blick fort. Schnell machte sie ihr Nein-Kreuz und faltete den Zettel zusammen.

Das Ergebnis lautete neunundneunzig Prozent für den Führer. »Das muss auf das Ausland einen überwältigenden Eindruck machen«, kommentierte Eckhardt das Wahlergebnis. »Das früher ewig uneinige, partei-, bekenntnis- und stammeszerrissene Deutschland.«

Lysbeth dachte: Heute tragen wir unsere Zerrissenheiten nur noch versteckt in uns selbst herum, lieber Bruder!

Und so war es. Eckhardt masturbierte sich wund, während er an Askan dachte, aber er versuchte nicht mehr im Geringsten, zu ihm Kontakt aufzunehmen. Andere Männer kannte er nicht. Er wusste nicht, wie und wo sich Homosexuelle trafen, manchmal wurde er schier wahnsinnig vor Unruhe, von Askan berührt, geküsst, befriedigt zu werden, aber dann erinnerte er sich daran, dass dies schon lange nicht mehr vorgekommen war, sondern immer nur er für Askans Vergnügen gesorgt hatte.

Es gefiel ihm sehr, die Umzüge der Hitlerjungen anzuschauen, die strammen Waden, die frühreif männlich militärischen Bewegungen, die in seltsamem Widerspruch zu den oft so weichen kindlichen Gesichtern standen, in denen noch nicht einmal Bartflaum spross. Sie erinnerten ihn an den Askan aus ihrer Pfadfinderzeit und an sich selbst. Außer während der ganz unruhigen Momente hatte Eckhardt sich damit abgefunden, von nun an bis zu seinem Tod Lust nur noch allein und in der Phantasie mit Askan zu erleben. Er wusste, dass es sein Todesurteil bedeuten konnte, wenn er in der triebhaften Unruhe auch nur ein einziges Mal versuchen würde, zu einem Mann Kontakt zu bekommen. Strichjungen, die während der zwanziger Jahre durchaus in einschlägigen Etablissements nicht nur in Berlin, auch in Hamburg, auffindbar gewesen waren, gab es nicht mehr. Zumindest sah man sie nirgends, und Eckhardt hatte keine Ahnung, wo er jemanden finden konnte, der bereit dazu war, seine Unruhe zu lindern.

Am 19. April zogen die Jungen und Mädchen von der Hitlerjugend durch eine kalte, sternenflimmernde Nacht zur Vorfeier von Hitlers Geburtstag. Sie trugen Fackeln, die Gesichter ernst und feierlich. Eckhardt hatte Cynthia dazu bewegen können, diesem Fackelzug zuzuschauen. Zur Kundgebung, wo die jungen Leute einen Treueid schwören sollten, weigerte Cynthia sich allerdings, mitzugehen.

»Erstens ist es kalt, zweitens sind das junge Menschen, bei denen wir nichts zu suchen haben«, sagte sie streng und warf Eckhardt einen Blick zu, der ihn zu Tode erschreckte. Sie weiß es, dachte er. Sie hat es die ganze Zeit lang gewusst. Und wenn ich ihr nicht gehorche, wird sie mich verraten. Ein Zittern lief durch ihn hindurch. Dann hatte er sich wieder in der Gewalt. Wie sollte sie ihn verraten? Sie hatte keine Beweise.

»Ich bringe dich nach Hause«, sagte er. »Du hast recht, es ist kalt.« Cynthia hakte sich bei ihm ein und schob ihre kalte Hand in seine, die fieberheiß glühte. Sie kamen an der SS-Kaserne vorbei. Cynthia entzifferte das Schild »Vertreter jüdischer Firmen betreten das Kasernement auf eigene Gefahr«. »Was heißt denn das?«, fragte sie Eckhardt. »Weiß auch nicht«, murmelte er, in seinen Gedanken damit beschäftigt, wie er, nachdem er Cynthia zu Hause abgeliefert hatte, noch einen Blick auf die heimwärts marschierenden Jungen werfen könnte. Aber als er durch die sternklare Nacht nach Hause lief, war kein Hitlerjunge mehr zu sehen. Bald allerdings war der 1. Mai. Dann konnte er sich an den nächsten Umzügen erfreuen.

Käthe hatte sich zwar an das zeitweilige Stolpern ihres Herzens gewöhnt, die Enge in der Brust allerdings machte ihr zu schaffen. Am liebsten hätte sie ihren Brustkorb mit Gewalt gedehnt, so versuchte sie es manchmal durch ein Aufpumpen ihrer Lunge, wo sie mit dem Einatmen nicht aufhörte, bevor sie den Eindruck hatte, dass wirklich alles gefüllt war. Aber das verschaffte ihr nur geringe Erleichterung, es strengte sie an, und es kam ihr so vor, als sei ihre Lunge starr und wenig dehnbar geworden.

»Es ist meine Angst«, sagte sie zu sich selbst. »Ich muss etwas dagegen tun.« Aber sie wusste nicht wie. Also besann sie sich auf ihre Kindheit, ihre Jugend. Damals hatte sie sich sehr gut informiert und mit dem Vater und den Gesellen in der Tischlerei über die Politik in Deutschland und der Welt diskutiert. Damals hatte sie das Gefühl gehabt, als könnte man die Welt im Griff haben.

Sie begann wieder, die Zeitung zu studieren. Nicht nur ein bisschen zu lesen, sondern sie studierte sie regelrecht. Sie bat Stella darum, ihr den englischen *Guardian* zu übersetzen. Sie las den *Stürmer*, den Johann ihr täglich vorbeibrachte, und sie las das *Hamburger Fremden-*

blatt. Außerdem hörte sie die Nachrichten im Radio. Sie verglich die einzelnen Informationen und war bei alledem auf der Suche nach der Wahrheit. Die Wahrheit, so hoffte sie, würde ihr einen Weg weisen, den sie verfolgen könnte, um sich allmählich weniger ängstlich und weiter in der Brust zu fühlen.

In Frankreich fanden Wahlen statt. Käthe atmete auf. Es war links gewählt worden, eine Volksfront bildete die Regierung. »Kein Wunder nach dem Bündnis mit Sowjetrussland«, kommentierte Eckhardt dies Ereignis zornig. »Aber die ›Nationale Front‹ setzt sich ja schon zur Wehr.« Käthe dachte: Mein Junge, wenn die Volksfront es so macht wie ihr, wird sie diejenigen, die sich zur Wehr setzen, ins Gefängnis stecken. Aber das geschah nicht.

Österreich führte die Wehrpflicht wieder ein.

In Palästina war der Teufel los. Die Araber wehrten sich mit Waffen gegen die jüdische Einwanderung, denn nach fast tausendneunhundert Jahren hatte das Land allmählich andere Bewohner bekommen. Es gab dort Aufstand, Tumult, Mord und Totschlag. Käthe dachte lange darüber nach, was mit den Juden geschehen sollte. In Deutschland führten sie ein Leben, das keiner führen wollte. Aber überall auf der Welt waren sie nicht erwünscht. Was wäre die beste Lösung?

Baldur von Schirach verbot Sprechchöre als undeutsch und bolschewistisch.

In Johanns Augen trat ein unsicheres Flackern, als Käthe ihn darauf ansprach. »Ich verstehe das nicht«, sagte sie. »Ende März sind doch die Schüler von der Emilie-Wüstenfeld-Schule noch hier durch die Straßen gezogen und haben im Chor gegen Versailles gerufen. War das jetzt undeutsch?«

Johann schluckte. Da sagte Eckhardt, der gerade hinzugekommen war, lapidar: »Die Welt ändert sich, Mutter. Den Lauf der Welt kannst sogar du nicht aufhalten. So ist es nun mal.«

»Ach so«, sagte Käthe, »dann hab ich das jetzt verstanden.« Eckhardt lachte gut gelaunt.

Er kultivierte sein neues Vergnügen. Es gab viele Gelegenheiten, Jungen anzuschauen, die in Reih und Glied marschierten. Er musste nicht einmal erklären, warum er zu bestimmten Umzügen oder Feiern gehen wollte, und nur selten erhob Cynthia einen Einwand. Allein traute er sich nicht, dieser Neigung nachzugehen, Männer trafen sich ohne Frauen nur auf irgendwelchen Veranstaltungen, wo es um Kriegserinnerungen ging oder um Luftschutz oder um Politik oder um Geschäfte. Aber nicht, um auf Umzügen oder öffentlichen Feiern Knabenschenkel anzuschauen.

Zur Sonnwendfeier am 21. Juni begaben sich Cynthia und Eckhardt zum Heiligengeistfeld. Dort feierte die Jugend Hamburgs. Die Hitlerjugend in Uniform umstand das Feuer und sang Lieder. Als sich alles auflöste, folgten Cynthia und Eckhardt einer Gruppe junger Menschen, die keine Uniform trugen. Sie fluteten in die gleiche Gegend, in die auch Cynthia und Eckhardt gingen. »Das sind Unorganisierte«, hörte Eckhardt einen Hitlerjungen zu einem anderen sagen. Er klang, als wäre es sogar verboten, über solche Leute überhaupt zu sprechen. Es lag keine Verachtung in seiner Stimme, eher eine gewisse Neugier auf Perverses. Unmengen von unorganisierten Jugendlichen strömten vom Heiligengeistfeld Richtung Rotherbaum. Lauter blonde Jungen und Mädel, die Mädchen ohne Kluft in reizenden, duftigen Sommerkleidern, wie bunte Blumen. »Sie sehen nicht jüdisch aus«, entschied Cynthia. »Die Kleinen sind noch nicht im Jungvolk; aber warum sind die Großen, die kein Ariergesetz hindert, noch nicht in der Hitlerjugend? Sind es Deutschnationale, Kommunisten, politisch Gleichgültige, aus der Hitlerjugend Rausgeflogene? Oder Kinder von kirchlichstrengen Eltern?«

Eckhardt gab keine Antwort. Er hatte einen blonden Jungen erspäht, der dem jungen Askan wie aufs Haar glich.

»Eckhardt, du antwortest mir nicht«, nörgelte Cynthia.

»Doch«, entgegnete er, ohne den Blick von dem Jungen zu nehmen. »Vielleicht sind es Kinder, die einfach nur Kinder sein wollen oder sollen.« Cynthia schnaubte. Sie stieß ihn an. »Du träumst«, sagte sie. »Das ist peinlich, so in der Öffentlichkeit. Reiß dich zusammen.«

Eckhardt riss sich zusammen. Aber das Bild des jungen blonden Mannes hatte sich in sein Gedächtnis gebrannt. Dort lag es nun und wartete auf das nächste Mal, da Eckhardt sein Glied in einer Unterhose von Askan, die er vor langer Zeit bereits stibitzt hatte, verbergen würde, so dass nicht einmal er selbst es sehen konnte, wenn es sich versteifte.

Die Nachricht, dass Gustaf Gründgens sich mit Marianne Hoppe verheiratet hatte, traf Eckhardt härter, als er vermutet hatte. Nun gab es keinen Mann mehr in Deutschland außer ihm selbst, der sich nach einem anderen Mann verzehrte.

Ende Juli 1936 machten sich deutsche Kriegsschiffe auf nach Spanien, um General Franco zu Hilfe zu eilen, der die Volksfrontregierung stürzen wollte.

Im August stach auch Jonny in See. Diesmal würde er ein halbes Jahr lang fort sein. Wie immer fieberte Stella seiner Abreise entgegen. Wie immer schien es ihr, als hätte sie Anthony seit Jahren nicht gesehen.

Sie ließ die übliche Vorsicht fahren, und nahm bereits zwei Wochen nach Jonnys Abreise das Schiff von Hamburg nach London. Es gab nur eine einzige Schiffsverbindung Hamburg-England, und die hatte keine Stewards. »Sie müssen entweder eine Freundin mitnehmen oder mit Ihrem Mann reisen«, sagte man ihr in dem Büro, wo sie sich eine Fahrkarte kaufen wollte. »Eine Weiblichkeit allein wird nicht mitgenommen.« Was sollte sie tun?

Es hatte ja keinen Sinn, ihre Schwester oder Mutter oder Tante zu bitten, sie zu begleiten, weil diese dann auf dem Rückweg das gleiche Problem haben würden. Also setzte Stella ein Telegramm an Anthony auf: »Schiff nimmt mich nicht mit Stopp brauche Mann oder Einfluss Stopp.« Umgehend kam ein Telegramm zurück: »Du hast Mann Stopp mit Einfluss Stopp Erwarte dich am 16. August. Stopp.« Umgehend begab sich Stella wieder zu dem Büro, wo man ihr ein Ticket verweigert hatte. Dort hatte sich nichts verändert. Was sollte sie tun?

Also gab sie das nächste Telegramm auf: »Wo ist mein Ticket? Stopp.« Die Antwort lautete: »You don't need ticket stop the captain is waiting for you stop.«

Also begab Stella sich am 16. August zu den Landungsbrücken. Sie hatte für zehn Reichsmark englische Pfund gekauft, mehr war nicht erlaubt. Deutschland hatte einen enormen Devisenmangel. Stella klopfte das Herz bis zum Hals. Sie sollte da nun die Gangway hochgehen und sagen: »Ich brauche kein Ticket, der Kapitän erwartet mich.« Und wenn das schiefging? Sie meinte, es keinen Tag länger ohne Anthony aushalten zu können. Wenn dieser Dampfer sie jetzt nicht mitnahm, würde sie einen Schreikrampf bekommen. So zumindest fürchtete sie.

Also tippelte sie in ihrem Sommerkleid auf ihren Pumps die Gangway hoch, lächelte den Steward an, der die Gäste in Empfang nahm und flötete auf Englisch: »Der Kapitän erwartet mich.« Der Steward erwiderte ihr Lächeln auf die gleiche charmante Weise und flötete im gleichen Ton: »Mrs. Walker?« Stella nickte heftig. »Welcome! The captain is waiting for you.«

Er winkte einen jungen Matrosen herbei, der nahm Stella ihr Gepäck ab und führte sie zu einer Kabine, die extrem luxuriös eingerichtet war. Schüchtern verbeugte er sich vor ihr, nachdem er das Gepäck abgestellt hatte und verließ die Kabine.

Es gab ein Bett, einen Tisch, ein Sofa, einen Sessel, sogar einen kleinen Schreibtisch in dem Raum. Auf dem Boden lag ein Teppich. Die in die Wand eingelassenen Schränke waren aus Mahagoni.

Stella setzte sich in den Sessel und wartete. Das Ganze war gewiss ein Irrtum. Solche Luxuskabinen kosteten ein Vermögen. Sie besaß gerade einmal sechzehn Pfund.

Aus dem Bullauge beobachtete sie, wie die Passagiere aufs Schiff strömten.

Endlich wurden die Motoren in Gang gesetzt. Die Schiffsschraube drehte sich. Der Dampfer legte ab. Niemand kam. Da klopfte es an ihre Tür, und der schüchterne Matrose erschien wieder. Er überreichte ihr auf einem Tablett ein Briefkuvert und ein Glas Champagner. Dann verbeugte er sich und verschwand.

Stella öffnete den Brief. »Invitation«, las sie. »Captain's dinner«. Und dann folgte eine Speisefolge, die Stella schwindlig machte. Fünf Gänge, Champagner, Hummer als Vorspeise. Fisch, Fleisch, Weine. Manches verstand Stella nicht, aber es war eindeutig, dass dies das exklusivste Mahl war, das sie jemals zu sich genommen hatte. Ausgenommen vielleicht die Speisen im Sultanspalast, aber da hatte es sich mehr um exotische Gerichte als um Exklusivität gehandelt.

Auch die Zeit war angegeben. Sieben Uhr. Aber nicht der Ort. Stella fragte sich einen Moment lang, ob das hier alles eine Komödie war, die vielleicht die Gestapo inszeniert hatte oder Jonny, um ihr in einer Kabine auf hoher See alles zu entlocken, was sie in den vergangenen Monaten an Informationen nach England gegeben hatte. Die Gestapo hatte ihre Augen überall. Vielleicht hatten sie die Telegramme gelesen, und ihre Chance ergriffen, Stella hier, wo sie von niemandem auf der ganzen weiten Welt Schutz erhoffen konnte, zu foltern, bis sie endlich alles preisgab, selbst ihre Tochter.

Aber dann beruhigte sie sich wieder. Dieses Schiff war gleichzusetzen mit britischem Boden. Anthony hatte das alles in die Wege geleitet. Wahrscheinlich hatte er auch die Kabine bezahlt, und wahrscheinlich kostete das so viel, dass der Kapitän sie als besonderen Gast empfing. Ihrer Kabine angeschlossen war ein ebenfalls sehr luxuriös ausgestattetes Badezimmer. Bis sieben Uhr war noch mehr als eine Stunde Zeit. Stella begab sich nach draußen, hielt ihr Gesicht in den Wind, der hier bereits salzig und kühl schmeckte. Sie umrundete das Schiff und kehrte in ihre Kabine zurück. Sie nahm ein Bad in der elegant geschwungenen Wanne, cremte, puderte und parfümierte sich und zog das Abendkleid an, das sie mitgenommen hatte, falls Anthony und sie die Oper oder einen Ball besuchen würden.

Im Spiegel sah sie, dass sie hinreißend aussah. Sie hatte ihre roten Locken hochgesteckt, ihr Dekolleté gab ihren Brustansatz frei. Sie hatte dieses Kleid gewählt, weil Anthony ihre Brüste liebte und dieser Ausschnitt ihm so viel von deren Reiz präsentierte, wie es in der Öffentlichkeit noch schicklich war. Das Kleid war aus dunkelgrünem Samt, tailliert und öffnete sich erst ab den Knien. Es war von raffinierter Schlichtheit.

Da klopfte es an der Tür, und der junge Mann, den sie nun schon kannte, holte sie ab, um sie in einen Speisesaal zu geleiten, den sie auf einem Schiff nicht für möglich gehalten hatte. Von der Decke hingen Kronleuchter, an den Wänden Tapeten wie wertvoller Samt, am Boden Teppiche, auf dem Tisch funkelndes Kristall.

Der Kapitän kam ihr entgegen, ein älterer Herr mit vollen weißen Haaren, von perfekter Haltung und vollendeten Manieren. Er küsste ihr die Hand und stellte sie seinen drei Offizieren vor. Stella saß ihm gegenüber am Tisch. Die Speisen waren köstlich, die Weine ebenso, die Konversation drehte sich um die Olympiade, die vor zwei Wochen, am 1. August, in Berlin begonnen hatte und am heutigen Tag ausgeklungen war und Deutschland beeindruckende Siege beschert hatte.

Der Kapitän beglückwünschte Stella neidlos zu dem guten Ergebnis für Deutschland. Stella antwortete, sie selbst sei nicht sehr sportlich, was sie einmal gut beherrscht hätte, sei das Reiten gewesen, aber in der Stadt halte man nun einmal keine Pferde. In England allerdings sei ihr aufgefallen, dass viel Sport getrieben würde.

Das habe sie sehr richtig bemerkt, sagte er. Und vielleicht sei das sogar der Grund dafür, dass die Engländer erst an fünfter Stelle der Olympiade abgeschnitten hätten. Engländer trieben mancherlei Sportarten gleichzeitig, da herrsche nicht so ein Ehrgeiz der Perfektion in einer einzigen.

Anschließend kam er auf Anthony Walkers Literatur zu sprechen und auf Stellas Zeit in Afrika. Stella begriff schnell, dass man versuchte, jedes heikle Thema, das Deutschland betraf, zu vermeiden, und auch, dass all die Ehren, die ihr hier zuteil wurden, eigentlich Anthony galten.

Sie gab Anekdoten aus ihrem Leben in Afrika zum Besten, erzählte von Anthonys Eltern und deren Farm und von der Zuneigung der Schwarzen für Anthony. Während sie darüber sprach, breitete sich in ihr eine riesige Sehnsucht nach Anthony und auch nach Afrika aus. Sie würde so gern seine Eltern sehen. Warum sind wir seitdem nie wieder dorthin gefahren, fragte sie sich. Und sie beantwortete sich die Frage sogleich: Die europäische Gemeinschaft in Afrika ist wie ein Dorf. Sofort hätten alle es gewusst und weitergetragen, und in der Gerüchteküche hätte es wie im Hexenkessel gekocht. Dennoch war ihre Sehnsucht riesig. Sie konnte gar nicht wieder aufhören, von Afrika zu erzählen. Was sie verschwieg, worüber sie kein Wort verlor, war, dass sie dort als Frau von Kapitän Jonathan Maukesch gelebt hatte. Sie erzählte nicht von Daressalam, nicht von ihrem Besuch beim Sultan von Sansibar. Sie erzählte ausschließlich von der Farm, von den Marktbesuchen, davon, wie Anthony ihr Englisch beigebracht hatte und wie sie dem großen Fest der Schwarzen beigewohnt hatte. Die Männer hingen an ihren Lippen und reagierten auf jede Nuance ihrer Erzählung.

Am Schluss des Dinners rauchten die Männer Zigarren, Stella trank einen Whisky, etwas, das einhellige Bewunderung der Offiziere fand. Sie hatte den Damenlikör ausgeschlagen und darum gebeten, auch ein Glas des Whiskys eingeschenkt zu bekommen, den die Männer tranken.

Wieder in ihrer Kabine war ihr ein wenig schwindlig. Der Alkohol, die Gespräche, das ganze Ambiente, um Stella drehte es sich, aber dann fiel sie in Schlaf, und am Morgen wachte sie so frisch und ausgeruht auf, als hätte sie keinen Tropfen getrunken.

Das Wiedersehen mit Anthony war wie immer. Es dauerte keine Sekunde, und sie waren eins. Dieses Gefühl völligen Einsseins, vollkommener Stimmigkeit entschädigte Stella für alle Entbehrungen, die sie in ihrem Leben auf sich nehmen musste. So viele Menschen, das wusste sie vollkommen sicher, erlebten diese Innigkeit und Verschmelzung nie.

Dennoch war diesmal etwas anders. Gerade in dieser rückhaltlosen Nähe spürte Stella deutlich, dass Anthony etwas bedrückte, dass er etwas verschwieg, etwas für sich behielt. Sie wusste nicht, was es war, aber es machte sie unruhig und ängstlich. Bereits nach der ersten Nacht stellte sie ihn am nächsten Morgen zur Rede. »Was ist los, Anthony? Irgendetwas stimmt nicht.« Sie verschluckte die Frage: Gibt es eine andere? Sie wusste, dass sie ihn damit verletzen würde, und sie wusste auch, dass Anthony nur sie liebte. Was also war es?

Er druckste herum, tat, als gäbe es nichts, aber das machte Stella zornig. Nichts machte sie wütender, als wenn Menschen ihr die Wahrheit vorenthielten, und ganz besonders Anthony.

Sie ballte die Fäuste, ihre Augen blitzten, und sie wollte ihm gerade ein paar Flüche entgegenschleudern, da sagte er schnell: »Angela ist nach Spanien gefahren.«

Stellas Herz begann zu rasen, ihr Atem ging flach. Sie stöhnte auf. Spanien, das war Krieg. Spanien, das war vielleicht Tod.

Die Zeitungen in Deutschland hatten ein Höllenbild von Spanien gezeichnet. Angeblich wüteten und mordeten die Linken, ohne Rücksicht auf die geringste menschliche Regung.

Deutsche Schiffe hätten angeblich dreitausend Landsleute an Bord genommen, um sie zu retten. Die Zeitungen schrieben von russischen Sowjet-Hilfstruppen, ebenso von kommunistischen aus Frankreich. Die kommunistischen Regierungstruppen in Spanien wateten gleichsam im Blut. Deutschland fieberte mit der »Militärpartei«, die einen Gürtel um Madrid gebildet hatte, um den roten Spuk zu bannen.

Deutschland schickte Torpedoboote nach Spanien, *Kondor* und *Möwe*. Als Stella das kurz vor ihrer Abreise gelesen hatte, hatte sie sich bereits gefragt, wie es dort wohl zugehen mochte. Das wirkte wie ein Großkrieg.

Stella hatte von der Tante erfahren, dass nicht nur französische Kommunisten nach Spanien gegangen waren, um dort an der Seite der von der spanischen Bevölkerung gewählten Volksfront gegen die Militärputschisten zu kämpfen, sondern dass auch viele deutsche Kommunisten, die im Untergrund gelebt hatten, nach Spanien gegangen wären. »Da hausen sie endlich nicht mehr in irgendwelchen Mauselöchern«, hatte die Tante gesagt, »da können sie endlich kämpfen.«

Und jetzt also auch Angela.

»Verdammt nochmal, was will sie da?«, schrie Stella und schüttelte Anthony an den Schultern. Er nahm sie in seine Arme. »Stella, ich glaube, ihr Liebster ist auch dort. Sie haben sich die ganze Zeit nicht gesehen. Jetzt können sie endlich wieder zusammen sein, zusammen kämpfen.«

»Zusammen sterben«, sagte Stella bitter. Sie fragte, ob er etwas von ihr gehört habe, seit sie fort sei, aber sie kannte die Antwort schon, bevor sie sie vernahm. Natürlich nicht. Sonst hätte Anthony es ihr als Erstes mitgeteilt.

Von nun an verfolgte sie die Nachrichten aus Spanien, als hinge Angelas Leben davon ab. Die Auslandsorganisation der NSDAP hatte eine große Todesanzeige für sieben ermordete Deutsche aufgegeben, darunter ein siebenjähriges Mädchen. Angeblich war die kleine Johanna Immhof in Santander einem vorsätzlichen Attentat zum Opfer gefallen. »Sie verhalten sich, als hätte nicht dieser Scheißgeneral die gewählte Regierung gestürzt, sondern als wäre er im Recht«, schnaubte Stella wütend. »Es ist nicht zu fassen, wie sie alles verdrehen. Und immer tun sie, als würden die Roten kleine Kinder zum Frühstück verzehren. Ich könnte kotzen«, fauchte sie. Aber obwohl jeder Artikel über Spanien in ihr den gleichen Würgereiz weckte, verfolgte sie bei ihrem diesmaligen Besuch in London die deutschen Zeitungen, als hinge ihr Leben davon ab.

Die gewählte Volksfront in Spanien wurde so geschildert, als handle es sich um eine Meute von sadistischen Schwerverbrechern, gegen die man einfach militärisch vorgehen musste. Angeblich hatten sie einen Gutsbesitzer mit seinen Kindern gekreuzigt, sie mit Benzin übergossen, lebendig verbrannt, die Kinder erst und dann den Vater. Angeblich hatten sie die Mumien von Nonnen und Mönchen aus den Särgen gerissen, die hockten nun auf den Straßen und grinsten mit offenem Mund und leeren Augenhöhlen im Sonnenlicht. Die Zahl der Todesopfer grenzte bereits an Hunderttausend.

»Europa sieht zu, der Völkerbund schweigt sich aus, warum wird nicht lauthals verkündet, dass die Regierung dort legal gewählt worden ist?«, schrie Stella ihren Liebsten an. Der schüttelte traurig den Kopf. »Es ist ein Jammer, Stella, irgendwie proben sie in Spanien den Krieg. Wer soll das beenden, ohne ihn auszuweiten?«

Stella schrieb kein Wort über Angela an Lysbeth. Aber Lysbeth hatte seltsame Ahnungen. In ihrer Jugend hatte sie in ihren Träumen manchmal die Zukunft vorhergesehen. Aber im Laufe der Zeit hatten sie sich zu Träumen entwickelt, die alle Menschen haben: Träume, die Gefühle, Erfahrungen, Ängste und Ahnungen in Symbole, Bilder, Geschichten verwandelten. Die letzten Träume mit klaren realistischen Bildern, die in dieses ganz andere Licht getaucht waren, dieses Licht, das sagte: »Schau jetzt ganz genau hin«, diese Träume waren zum letzten Mal aufgetreten, als sie die verbrannten Bücher vorhergeträumt hatte. Was sie allerdings erst in voller Schärfe erkennen konnte, als es so weit war.

Seitdem ging es Lysbeth wie vielen Menschen mit einer ausgeprägten Intuition: Sie empfand Unruhe, konnte nicht schlafen, musste an einen Menschen denken, ihre Ahnungen gingen in eine bestimmte Richtung, aber all das war nicht mehr von dieser Klarsicht ihrer früheren Träume.

Seit die Zeitungen über Spanien berichteten, war Lysbeth aufs Äußerste alarmiert. Sie brachte das nicht in Zusammenhang mit Angela. Es beunruhigte sie einfach sehr, dass es nicht möglich war, die Wahrheit über die Kämpfe in Spanien zu erfahren. Sie wusste, dass die Zeitungen Lügen verbreiteten, aber sie wusste nicht, was nun wahr war.

Sie wusste auch, dass nicht nur französische Sozialisten und Kommunisten die Volksfront in Spanien unterstützten, sondern dass auch von den deutschen Kommunisten, die noch am Leben und nicht im Gefängnis waren, viele, wenn nicht die meisten nach Spanien gegangen waren. Und in einer Nacht, als sie nicht schlafen konnte, fragte sie sich, ob Robert, Angelas Liebster, noch lebte und ob wohl auch er nach Spanien gegangen war. Und im nächsten Augenblick wusste sie, dass Angela auch dort war, wenn er noch lebte. Und vielleicht auch, wenn er nicht mehr lebte. Von dieser Nacht an verfolgte sie die Ereignisse in Spanien nicht nur in den deutschen Zeitungen, sie kramte ihr Englisch zusammen und lauschte der BBC im Rundfunk. Sie ging zur Tante und bat darum, dass diese Informationen über den Kampf in Spanien besorge. Die Tante musterte sie und sagte ihr dann auf den Kopf zu: »Du glaubst, dass Angela dort ist.« Lysbeth nickte. Die Tante nickte ebenfalls. »Ich auch«, sagte sie. »Ich tu schon, was ich kann, aber die Brigadisten in Spanien haben anderes zu tun, als Briefe nach Deutschland zu schreiben.«

Ende August wurde die zweijährige Dienstpflicht in Deutschland eingeführt. Stillschweigend und ohne Vorbereitung, aber niemand wunderte sich mehr. Nun musste also jeder deutsche Mann zwei Jahre lang seinen Dienst in der Wehrmacht ableisten.

Aaron feixte, als er das Wehrgesetz zitierte: »Ein Jude kann nicht aktiven Wehrdienst leisten. Jüdische Mischlinge können nicht Vorgesetzte in der Wehrmacht werden. Die Dienstleitung von Juden im Kriege bleibt besonderer Regelung vorbehalten.«

»Ist das nicht wundervoll, mi amor?«, sang er im Tangorhythmus und marschierte mit Lysbeth durch den Raum. »Ich muss mich nicht ihrer Rekrutierung erwehren, sie schmeißen mich freiwillig raus. Was für ein Privileg, Jud zu sein!«

Keine Rechte, nun gut, aber auch keine Pflichten. Leise fügte er hinzu: »Ich bin froh, dass wir kein Kind haben, Lysbeth. Ich sehe immer die kleine Gisela, wie sie täglich blasser wird, und ich sehe auch Luise und Fred Solmitz. Die Verzweiflung in ihren Blicken gilt ihrer Tochter viel mehr als ihnen selbst.«

Lysbeth legte ihren Kopf an Aarons Brust. Er hielt sie umfangen und wiegte sie leicht. Der Schmerz brannte in ihrer Brust und in ihrem Bauch. Es war entsetzlich, dass sie kein Kind bekommen hatte, aber in diesem Augenblick war auch sie dafür dankbar.

Anfang September wurde das an der spanisch-französischen Grenze gelegene, heißumkämpfte Irun durch die Militärpartei eingenommen. Die Flucht der »roten« Frauen und Kinder über die französische Grenze wurde in der Wochenschau gezeigt, der jubelnde Empfang durchs

»rote« Frankreich wurde der Lage der Geiseln gegenübergestellt, die die »roten« republikanischen Truppen in Irun und überall unter den Franco-Anhängern gemacht hatten. Es wurde gezeigt, wie Menschen zusammengepfercht und mit Benzin übergossen und angezündet wurden oder wie Sprengstoff zwischen sie geworfen wurde. Kinder wurden an den Beinen an Balkonen aufgehängt, bis sie starben.

Der Nürnberger Parteitag wurde »Parteitag der Ehre« genannt. Hitler rechnete dort mit den russischen Juden als Revolutionsmachern ab, und mit den deutschen Juden in gleicher Rolle in Spanien.

Dann fiel San Sebastian in die Hände der Militärpartei. Stella zitterte in London. Wo war Angela?

Lysbeth fieberte den Nachrichten entgegen. Mit jedem Sieg, den die Faschisten errangen, zitterte sie um Angelas Leben. Sie war sich inzwischen sicher, dass Angela in Spanien war. Auch die Tante war davon überzeugt. Es gibt nicht viele Frauen, die in Spanien mitkämpfen, sagte die Tante, aber Frauen wie Angela verkleiden sich im Zweifel, nur um bei ihrem Mann zu sein.

»Sie hat Stellas Mut und Leidenschaft«, sagte die Tante, »aber sie hat noch etwas anderes: Sie hat eine große Ehre im Leib.« Es tat Lysbeth weh, dass die Tante Angela nur mit Stella verglich. Aber da fügte diese auch schon nachdenklich hinzu: »Nun, das hat auch Stella. Vielleicht eine andere als du, aber sie hat eine.« Sie faltete ihre Hände im Schoß und sagte in einem schonungslos ehrlichen Ton: »Im Gegensatz zu Stella hat Angela keinerlei Familienbindung, die sie irgendwie hemmt oder verpflichtet.«

Lysbeth ließ den Kopf sinken. Wieder empfand sie Schuld für die Fesseln, die sie selbst Stella anlegte, aber dann dachte sie, dass Angela vielleicht manchmal zu leichtfertig mit ihrem Leben spielte, ohne sich zu überlegen, dass dieses Leben für andere Menschen von entscheidender Bedeutung war.

Es war seltsam, aber je mehr sich die Schlinge um die Juden zusammenzog, umso stärker heilte die Wunde in Lysbeth, mit Aaron kein Kind bekommen zu haben. Sie sah, dass die Tante manchmal mit Gisela Solmitz ein paar Schritte zusammen tat, wie beiläufig und zufällig, aber Lysbeth erkannte, dass die Tante in diesen kurzen Gesprächen versuchte, so etwas wie eine schützende Hand über das Kind zu halten.

Nach einem dieser mit der jungen Nachbarin geteilten Schritte fragte Lysbeth die Tante, was Gisela gesagt habe. Knapp antworte die Tante: »Sie hat gesagt: ›Ich bin mir ganz klar darüber und habe mich damit abgefunden, dass ich nur ein kurzes Leben habe werde, so wie die Zeiten nun mal sind. Vielleicht bin ich in einem Jahr schon gestorben und keines natürlichen Todes.‹« Lysbeth riss erschrocken die Augen auf. »Einfach so?«, fragte sie. »Nun ja, so einfach finde ich das nicht«, entgegnete die Tante, und Lysbeth sah ihr an, dass sie unendlich zornig war auf ein Land, das einen jungen Menschen dazu bringen konnte, so etwas zu sagen.

»Kann man ihr helfen?«, fragte Lysbeth.

»Ja und nein«, entgegnete die Tante schlicht. »Ja, indem man einfach da ist und solche Sätze anhört und akzeptiert und zeigt, dass sie nicht allein ist. Nein, weil sie recht hat: Sie hat keine Chancen. Nicht beruflich. Es wird keinen arischen Mann geben, der sie heiraten wird. Sie kennt keinen Juden. Und sie wird keine Kinder bekommen. Sie ist sechzehn. Das ist keine gute Aussicht.«

»Die einzige Hoffnung, die man ihr geben kann, ist die, dass dieser Schrecken nicht ewig dauern kann«, sagte Lysbeth leise.

»Könntest du das nicht vielleicht mal träumen?«, fragte die Tante und lachte krächzend. Lysbeth schüttelte verneinend den Kopf. Sie brachte es nicht fertig, in das Lachen einzustimmen.

Die Zeitung brachte Schreckensnachrichten aus Spanien, die Lysbeth froh machten. Alkazar sollte von den Roten in die Luft gesprengt worden sein, tausendzweihundert Tote und Verwundete jeden Alters und Geschlechts, so schrieben die deutschen Zeitungen.

Es schien Lysbeth furchtbar absurd, dass Luise Solmitz in einem kurzen Gespräch am Tag dieser Nachricht zu ihr sagte: »Ich meine, Europa macht den Fehler, immer noch in den Roten die rechtmäßige Regierung zu sehen und zu achten. Und ist es nicht schrecklich, dass in Hamburg ein Lokal *Alkazar* heißt und dass in Hamburgs *Alkazar* getanzt, getollt und getrunken wird, auch, wenn der Name nur ein hergesuchter ist, während die jungen Kadetten Alkazar verteidigen und die Frauen und Kinder tot und blutig daliegen?«

Meine Güte, dachte Lysbeth, liebe Frau. Wann wächst du endlich aus deinem Traum auf?

Wenige Tage später wies die Zeitung darauf hin, wie grauenhaft es angesichts der Sprengung von Alkazar und seinen tausendzweihundert Opfern war, dass ein Hamburger Nachtlokal den gleichen Namen trug.

Alkazar empfand selbst, dass der Name fehl am Platze war für eine Vergnügungsstätte und veranstaltete aus diesem Grund ein Preisausschreiben. Der erste Preis war eine Reise nach Toledo zum Alkazar. Lysbeth schlug der Tante und Käthe vor, mitzumachen. »Wenn man dorthin fahren kann mit staatlicher Unterstützung, dann sollten wir die Chance nutzen«, sagte sie.

Aber sie gewannen nicht. Ihre Vorschläge: Viktoria, Café Hamburg, Stella wurden nicht in Betracht gezogen. Man entschied sich für den Namen *Allotria*.

Mitte Oktober war der Marsch auf das rote Madrid im Gang. Lysbeth schrieb Briefe an Stella und bat um Neuigkeiten über Angela, ohne dass sie Angela erwähnte. Es war nicht leicht.

Also schrieb sie von ihren Träumen.

»Meine liebe Stella, ich habe geträumt, dass ein Engel nach Spanien fliegt, um dort seine Liebe zu finden. In meinem Traum hatte ich große Angst um diesen Engel, manche Engel fallen von Sternen. Als ich aufwachte, war ich sehr beunruhigt. Ich fragte mich, warum ich so etwas geträumt hatte. Und ob Engel eigentlich Schutzengel haben. Und ob man es eigentlich erfährt, wenn Engel fallen.

Na, du merkst schon, dass ich wieder in seltsamen Gedankengängen gefangen bin, manchmal denke ich wirklich, ich bin verrückt. Umso mehr ersehne ich deine Antwort.«

Zum Glück war gar nicht geplant, dass Stella im Oktober zurückkehren sollte. Im Oktober flutete Regen auf Hamburg und Umgebung nieder, als würde der Himmel sich einfach umdrehen und auskippen. Tag und Nacht tobte ein unglaublicher Sturm mit peitschendem Regen und Hochwasser. Die Seewarte leuchtete warnend Sturm, das Wasser flutete in die Straßen, die Leute wurden im Boot von ihren Häusern aufs feste Land übergesetzt, Schiffer trugen die Menschen in hohen Seestiefeln. Kein Schiff lief mehr aus an der ganzen Küste, alle Keller, alle Kellerwirtschaften standen unter Wasser.

Erst nach Tagen flaute der Sturm ab. Es war die schwerste Sturmflut seit einundachtzig Jahren, der höchste Wasserstand seit 1855. Im flachen Land gab es vier Todesopfer, Menschen, die beim Bergen des Viehs von der Flut überrascht wurden oder in Gräben gerieten.

Da kam Stellas Brief: »Meine liebe Schwester, deine Träume sind doch immer wieder beeindruckend. Also, ich glaube an Schutzengel. Und ich glaube sogar, dass manche Engel Schutzengel brauchen und vielleicht auch haben. Auf jeden Fall bete ich um Schutzengel für Engel. Und du solltest es wohl auch tun. Alles stimmt.«

Und dann folgte eine oberflächliche Beschreibung des Lebens in London und einiger Wirren um Liebesgeschichten des englischen Prinzen, die anscheinend die Gemüter erhitzten, aber Stella doch eher amüsierten.

Alles stimmt!

Lysbeth ließ den Kopf auf den Handrücken sinken. Alles stimmt. Ja, sie hatte es gewusst. Als die Tante kam, sagte Lysbeth: »Angela ist in Spanien. Stella hat es bestätigt.«

Die Tante schmunzelte. »Du wirst alt«, sagte sie spöttisch. »Du brauchst Bestätigung für deine Ahnungen. Eigentlich wusstest du es doch schon.«

Lysbeth nickte. Ja, vielleicht wurde sie alt. Sie wusste nicht mehr, was sie glauben konnte und was nicht. Ihre Ahnungen waren gar zu schrecklich. Das wollte sie nicht glauben.

Von nun an verfolgte sie mit akribischer Genauigkeit die Nachrichten aus Spanien. Es machte sie wahnsinnig, dass so wenig Wahres zu erfahren war. »Es muss doch möglich sein«, sagte sie, »über illegale Wege rauszukriegen, was dort wirklich passiert.« Lysbeths Nerven wurden dünner. Als ihre Mutter sich im Oktober bitterlich beklagte, dass es keine Schlagsahne mehr gab, brannten Lysbeths Nerven durch. Sie schrie ihre Mutter an, ob diese überhaupt noch nichts begriffen habe.

Käthe zuckte zusammen und wurde blass. In diesem Augenblick begriff Lysbeth, dass sie dabei war, über eine körperliche und seelische Grenze zu gehen, die sie selbst und andere in Gefahr brachte. Sie schloss ihre Mutter in ihre Arme und bat sie um Verzeihung.

»Ich glaube, ich bin am Ende meiner Kräfte«, sagte sie. »Ich glaube, ich brauche so etwas wie Urlaub.«

Aber wo und wie? Aaron war sofort einverstanden, als Käthe ihm sagte, dass Lysbeth selbst erkannt hatte, wie erschöpft sie war.

Die Tante, die bereits mehrfach geschimpft hatte, dass Lysbeth aussehe wie ein Gespenst, schlug vor, sie solle auf den Hof von Helga und Helmut fahren und dort eine Weile ausruhen.

Da kam die Tante bedrückt nach Hause. Diesmal behielt sie ihre Bedrückung nicht bei sich. »Die kleine Gisela hat mir erzählt, dass im Ernstfall die näher wohnenden Kinder zum Luftschutz der Schule eingesetzt werden. Sie soll irgendeinen Dachboden verteidigen.«
Lysbeth begehrte auf: »Wie kommen die in der Schule darauf, den Kindern die Phantasie von so einem Ernstfall aufzubürden? Was für ein Schwachsinn!«
»Und so etwas bürden sich die Deutschen freiwillig auf«, sagte Käthe traurig. »Als wollte sie zugrunde gehen, wie die Lemminge, die sich auf ihren Zügen zu Abertausenden triebmäßig ins Meer stürzen und versaufen.«
Die Tante brach in krächzendes Lachen aus. »Käthe, du bist wundervoll! Das ist genau der richtige Vergleich: Die deutschen Lemminge!«

Im November stellte Käthe kühl fest, dass sie überrascht sei, wie plump die Leute in den Zeitungen verdummt würden. Es gab einen boshaften Artikel über einen jüdischen »Wucherer«, der auch noch Nathan hieß. Angeblich hatte er in seinem Garten auf der Uhlenhorst Hunderttausende an Silber, Platin, Gold, Geld und Devisen vergraben, den Behörden aber viertausend Reichsmark Jahreseinkommen angegeben. In der Untersuchungshaft brachte er sich alsbald um.
»Erstens«, verkündete Käthe laut vor ihrem Mann und ihrem Sohn Dritter, »wenn ich Jude wäre, würde ich mein Geld nicht im Garten vergraben, sondern versuchen, es ins Ausland zu bringen. Zweitens: Ich würde genauso viel Jahreseinkommen angeben, dass sie mich in Ruhe lassen. Und drittens: Woher weiß die Gestapo denn von dem verbuddelten Geld? Und was haben sie mit dem armen Nathan gemacht, dass er sich gleich umbringen musste? Schließlich hat es sich schlimmstenfalls um Betrug gehandelt und nicht um Mord. Und viertens würde mich jetzt doch mal sehr interessieren, was aus dem Vermögen geworden ist. Hat der arme Mann keine Familie gehabt?«
Alexander und Dritter grinsten. »Es gibt noch ein paar mehr Fra-

gen«, sagte Dritter. »Zum Beispiel, wer sich das Haus in der Uhlenhorst unter den Nagel gerissen hat.«

Käthe sah ihn zornig an. Sie hatte inzwischen begriffen, dass ihr Sohn Dritter sich an Juden bereicherte. Er kaufte ihnen unter Wert Uhren, Schmuck und Gemälde ab, und dann verkaufte er sie weiter. Es schien ihr so, als beteilige sich auch ihr Mann Alexander an diesen Transaktionen, aber der stritt das ab.

Francos Truppen rückten in die Vorstädte von Madrid. »Man bewundert sie«, sagte Luise Solmitz auf der Straße zu Lysbeth. »Trotz russischer Panzer und französischer und russischer Flugzeuge kommen sie vorwärts.« Lysbeth überlegte, ob sie die Nachbarin erschlagen sollte.

Stella las in England von den Schiffsunglücken, die durch die Oktoberstürme zustande gekommen waren. Anfang November war das Hapagschiff *Isis* mit neununddreißig Mann Besatzung gesunken. Nur der Schiffsjunge konnte gerettet werden, von dem deutschen Schiff *Westerland*. Führer der *Isis* war der Kapitän Ernst Hauschild, der mit Jonny gut bekannt war. Seine Frau war vor vier Jahren in ihrem Haus in Blankenese ermordet worden, angeblich von Bolschewiken. *Queen Mary*, das Riesenschiff, kam auf die Unfallstelle, ohne noch irgendwelche Hilfe leisten zu können. Sogar dieses gigantische Schiff, so wurde berichtet, hatte auf zwei seiner Fahrten einmal dreißig und das andere Mal fünfzig mehr oder minder schwerverletzte Matrosen und Fahrgäste gehabt, so hatte der Sturm alle durcheinandergeschüttelt. Stella fragte sich, wo Jonny gerade war, und wie es ihr gehen würde, wenn sein Schiff sänke. Sie fühlte wenig, als sie darüber nachdachte. Dann wäre er tot. Dann wäre er weg.

Sie war erstaunt, als sie merkte, wie wenig er ihr fehlen würde. Obwohl sie doch viel Zeit miteinander verbrachten, berührte er sie offenbar nicht nur körperlich so gut wie gar nicht. Ihr ganzes Wesen hatte mit Jonny nichts mehr gemein. Mit einem Mal fiel ihr auf, dass sie bei diesem Gedanken auch keine Angst um Lysbeth und Aaron hatte. Alle Karten würden dann noch mal neu gemischt, dachte sie. Und ich würde ein neues Leben beginnen. Kurz schoss der heiße Wunsch durch sie hindurch, Jonny möge mit seinem Schiff absaufen. Doch dann rief sie sich schnell zur Ordnung. Wenn es so leicht ist, auf ihn zu verzichten, dann kann ich das auch tun, wenn er lebt, dachte sie. Ich muss nur den Mut aufbringen.

Aber dann traten diese Gedanken wieder in den Hintergrund, weil sie die Nachrichten um Spanien verfolgte. In Berlin verschwand der spanische Botschafter der Volksfrontregierung, nachdem er einem Kraftfahrer die Schlüssel zur Botschaft ausgehändigt hatte. Der gab sie dann dem früheren Botschafter, einem Freund Francos. In Hamburg wurde auf dem spanischen Konsulat sofort die Flagge der Militärpartei gehisst. Die Zeitungen in England ebenso wie die englischen Politiker kommentierten diese Vorgänge mit Empörung. Sie sahen nach wie vor in der Volksfront die rechtmäßige Regierung.

»Aber sie tun nichts«, klagte Stella. »Sie tun einfach nichts, Anthony. Sie sind feige. Ebenso wie die Franzosen. Und da kann ich es nun gar nicht verstehen. Die haben doch auch eine Volksfrontregierung. Die müssten doch wissen, dass ihnen so etwas auch passieren könnte.«

»Stella, ein Krieg in ganz Europa wäre fürchterlich«, sagte Anthony ernst. Er umschlang sie fest. »Für uns wäre es noch viel entsetzlicher«, raunte er an ihren Haaren, »wir wären dann Feinde.«

»Wir? Feinde?«, rief Stella und drückte ihn von sich fort. »Du spinnst ja! Wenn dieses verrückte Nazideutschland Krieg führt, bin ich doch nicht dein Feind.«

»O doch, mein Schatz«, sagte er ernst. »Du hast es im letzten Krieg nicht erlebt. Die Engländer haben alle Deutschen kaserniert, auch wenn es Farmer waren, die überhaupt keinen Krieg führen wollten oder sogar für die Engländer waren. Im Krieg wirst du nicht nach deiner Gesinnung gefragt, sondern nach deiner Nationalität. Du kannst mir glauben.«

Bei kaltem, regnerischem Wetter traf sich die Tante mit Alma zu einem Besuch des Doms, der großen Hamburger Kirmes, die regelmäßig viele Wochen vor Weihnachten auf dem Heiligengeistfeld aufgebaut wurde. Der Dom hielt sich, wie er von je gewesen war, ganz unpolitisch, einfach als große Volksvergnügungsstätte. Nur an einer Bude stand »Juden ist der Zutritt verboten«. »So erbarmenswert leer wie in diesem Jahr war der Dom noch nie«, sagte die Tante befremdet. Die Hälfte der Buden war geschlossen, die andere ohne Besucher. Die Preise für Fahrten waren aufs Äußerste herabgesetzt, dennoch saß kaum jemand in den Wagen der Karussells oder der Geisterbahn. »Nichts ist so düster wie eine Stätte der Fröhlichkeit«, bemerkte Alma. Sie mussten sich nicht durch Gedränge schieben, es waren nur wenig Menschen da. Sie schlenderten an den verwaisten Schießbuden, den Losbuden, den Karussells vorbei, aßen gebrannte Mandeln und eine Bratwurst, tranken Bier, und allmählich wurde der Tante kalt, und sie schlug vor, sich in ein Bierzelt zu setzen. Alma zögerte. »Johann hat heute Dienst«, sagte die Tante beruhigend. Auch sie war peinlich darauf bedacht, dass Johann sie auf gar keinen Fall gemeinsam mit Alma sah. Das hätte ihn sofort misstrauisch gemacht. Und Johanns Misstrauen konnten sowohl die Tante als auch Alma nicht gebrauchen.

Im Bierzelt saßen nur wenige Menschen. Alma und die Tante brauchten keine Angst zu haben, dass ihr Gespräch belauscht würde. Der Tante wurde allmählich warm. Sie sprachen über alles Mögliche, unter anderem darüber, dass auf Kapitalflucht seit gestern Todesstrafe stand. »Es geht doch nur um Judenvermögen«, sagte Alma. »Sie wollen doch, dass die Juden verschwinden, aber sie sollen ihren Besitz hierlassen. Und nirgends auf der Welt sind sie erwünscht.« Sie sprachen darüber, dass der Griff der Nazis nach dem Vermögen von Juden und kritischen Künstlern immer hemmungsloser wurde. Thomas Mann und achtunddreißig andere Künstler, Wissenschaftler und Politiker waren mit Frau und Kind ausgebürgert worden, und auch ihr gesamtes Vermögen war einfach dem Staat zugefallen.

Als sie sich verabschiedeten, sagte Alma leise: »Ich soll von Angela grüßen. Robert ist tot. Sie bleibt dort. Sie sollen ihr Kraft schicken.«

Die Tante dachte eine Sekunde, sie würde gleich tot umfallen, so raste ihr Herz und so schwindelte ihr. »Warum sagen Sie das erst jetzt?«, stieß sie hervor.

Alma lächelte wehmütig. »Ich wollte gern einen unbeschwerten Dombesuch mit Ihnen verleben«, sagte sie entschuldigend. Die Tante konnte wieder klar gucken. »Danke«, sagte sie knapp. »Ist es möglich, mehr Informationen über Angela zu bekommen?«

»Sehr unwahrscheinlich«, antwortete Alma. »Es ist nur ein Kurier hier gewesen, der zufällig mit Angela und Robert in einer Gruppe war. Es läuft sehr schlecht in Spanien.«

Die Tante dachte nach. »Schick mir Kraft«, hatte Angela gesagt. Die Tante hörte ihre Stimme.

Sie plante schon in Gedanken ein kleines Kraftritual für Angela, während sie sich von Alma entfernte.

Als sie in die Schlankreye einbog, sah sie schon von ferne die kleine Gisela Solmitz. Gisela sah sehr allein aus. Die Tante ging ihr entgegen.

»Hallo, Gisela«, sagte sie, »was ist los?«

»Ach, Tante Wolkenrath«, antwortete Gisela, »mit Mutti mag ich nicht darüber sprechen, aber ich habe Angst, dass ich bald niemanden mehr ins Haus laden kann, weil ich nicht im BdM bin.«

»Aber du warst doch da«, warf die Tante ein. Sofort biss sie sich auf die Zunge. Sie hätte sich selbst denken können, dass eine Halbjüdin sich nicht lange im BdM halten konnte. Gisela sah sie verletzt an. »Ich bin aber nicht mehr drin«, sagte sie trotzig. »Und alle fragen, warum nicht? Und sie sagen: Dann können wir nicht mehr mit dir verkehren.«

Oje, die Tante überlegte. Tiere waren immer Kameraden, und ganz besonders, wenn Menschen fehlten. »Komm doch mal zu uns«, schlug sie vor. »Du kannst so gut mit Tieren umgehen. Unsere Hunde, wir haben ja inzwischen schon sechs Stück, die freuen sich immer, wenn jemand kommt und sich um sie kümmert oder sogar mit ihnen spazieren geht.«

»Vielen Dank für die Einladung«, sagte Gisela, nun wieder ganz das altkluge, gut erzogene junge Mädchen, das nicht bei einem Gespräch mit einer alten schrulligen Nachbarin gesehen werden möchte. »Ich habe ja auch viele Hausaufgaben. Wenn ich kann, komme ich vorbei.«

»Prima.« Die Tante gab dem Mädchen die Hand. Gisela knickste und entfernte sich in die entgegengesetzte Richtung.

Ein Kraftritual muss her, dachte die Tante. Und die kleine Gisela kann ich auch gleich einschließen.

In Spanien spitzten sich die Dinge gegen Ende des Jahres immer mehr zu. Die Tante bat Lysbeth, sie bei dem Kraftritual zu unterstützen. Sie erzählte ihr von Roberts Tod und Angelas Wunsch.

Also bauten die beiden Frauen einen Kreis auf, in den sie im Süden, im Norden, im Osten und im Westen Gegenstände legten, die die Unterstützung aus diesen Himmelsrichtungen mit einem Bezug zu Angelas jetziger Situation symbolisierten. Dann füllten sie den Kreis auf mit Kräutern, die Kraft gaben. Jetzt, im Dezember, war es zwar nicht möglich, frische Kräuter zu pflücken, aber die Tante ebenso wie Lysbeth hatten viele Kräuter getrocknet oder als Essenz verarbeitet. Lysbeth legte Kügelchen aus ihrer homöopathischen Apotheke dazu, die ihr passend für Angelas Schutz und Unterstützung erschienen. So legten sie in den Süden eine geschnitzte und angemalte Sonne, die Lysbeth einmal von Aaron geschenkt bekommen hatte und die bei ihr an der Wand über den großen Fenstern hing. In den Norden stellten sie eine Kerze, die die Dunkelheit erhellen sollte und die Kälte der Seele wärmen. In den Westen legten sie ein Foto von Angela, als sie ein Baby war. Und in den Osten legten sie einen Rosenstrauß zum Gedenken an Robert. Die Tante und Lysbeth setzten sich Rücken an Rücken in die Mitte des Kreises. Lysbeth gen Süden, die Tante gen Norden, und dann machten sie nichts weiter als die Symbole anzuschauen, an Angela zu denken und die Kraft, die sie vor sich sahen, um Unterstützung und Schutz für Angela zu bitten. Nach einer Weile rückten sie Rücken an Rücken herum, bis jede vor jeder Himmelsrichtung gesessen hatte. Anschließend verließen sie still den Raum, schlossen die Tür und tranken schweigend einen Tee. Erst eine Stunde später räumten sie die Gegenstände wieder an ihre alten Plätze zurück.

Sie sprachen nicht darüber. Aber sie beschlossen, es Silvester zu wiederholen. Silvester war ein gutes Datum für so ein Ritual.

11

Im Januar 1937 bereitete Stella sich auf ihre Rückkehr nach Deutschland vor. Der Abschied von Anthony war ihr noch nie so schwergefallen. Seine Worte, dass ein Krieg sie auseinandertreiben würde, wirkten in ihr nach. Sie hatte ihre Aufmerksamkeit während der vergangenen Jahre genug geschärft, um die Augen nicht davor verschließen zu können, dass in Deutschland viele Kräfte auf einen Krieg hinarbeiteten. Die Werften, die Stahlindustrie, aber auch viele andere industrielle Bereiche profitierten schon lange von der Umstellung auf Kriegsproduktion. Bereits 1933 hatte *Blohm & Voss* seine Produktion auf Flugzeugbau ausgeweitet und hatte die Firma *Hamburger Flugzeugbau* gegründet. Im Januar 1934 hatten die dort tätigen Arbeitnehmer sich schriftlich verpflichten müssen, über alle Geschäftsvorgänge zu schweigen. Jetzt stand *Blohm & Voss* kurz davor, den ersten schweren Kreuzer der deutschen Kriegsmarine vom Stapel laufen zu lassen.

Die Liste war lang: Seit Wiedereinführung der allgemeinen Wehrpflicht im Mai 1935 war Hamburg übersät worden mit Kasernen. Es gab die Luftschutzübungen, die militärischen Übungen der Hitlerjugend, die Wehrpflicht, den Austritt aus der Abrüstungskonferenz. Nein, wer Augen hatte zu sehen, der wusste: Es würde Krieg geben. Und Hitler übte ihn schon jetzt in Spanien. Die deutschen Flugzeuge, die Bomben abwarfen, die Legion Condor und alles andere erprobte die deutsche Kampfstärke auf kleinem Raum in Spanien.

Stella hasste Hitler mit der ganzen Kraft ihrer Liebe zu Anthony und zu Angela. Sie träumte davon, ihn umzubringen, aber sie fürchtete, dass damit nichts gewonnen wäre. Und sie hatte Angst, das zu tun, wovon sie manchmal träumte, nämlich schießen zu lernen, was sie bestimmt schnell beherrschen würde, sich an den Straßenrand zu stellen bei einer der vielen Aufführungen seiner Herrschaft, die Hitler in Deutschland veranstaltete, und einfach einen sauberen Schuss auf seinen Kopf abzugeben.

Die Hitler am Straßenrand zujubelnden Deutschen würden toben. Sie würden Stella lynchen. Sie bräuchte gar keine Angst vor Gefängnis zu haben, sie wäre vorher schon von der Volksseele gesteinigt und getötet. Aber selbst wenn sie dieses Opfer brächte, es würde vielleicht nur noch Schrecklicheres geschehen. Hitler war nur die Galionsfigur, das Schiff Deutschland wurde von anderen gesteuert.

Also bereitete sie sich auf den Abschied von Anthony vor, gewöhnte sich daran, um Angela zu bangen und hoffte, dass die Deutschen vielleicht allmählich aufwachten und den Spuk durchschauten.

Aber der Abschied rückte näher, und Stella wurde immer trübsinniger. Anfangs versuchte Anthony, sie aufzuheitern, dann wurde auch er traurig. Aber als Stella morgens keine Lust mehr hatte, das Bett zu verlassen, und abends nicht mehr zu den Abschiedspartys der Freunde, Sänger und Musiker, mit denen sie aufgetreten war, gehen wollte, wurde er zornig.

»Du musst nicht abreisen, du kannst hier bei mir bleiben, Stella«, sagte er. »Ich schick dich nicht weg. Ganz im Gegenteil: Ich bin überglücklich, wenn du bleibst. Aber die Zeit, die du noch hier bist, mit Trübsinn zu zerstören und dann anschließend mit deinem Ehemann fröhlich auf Partys zu gehen, das empört mich. Hör damit auf.«

Stella schrie ihn an. Dass er herzlos sei. Dass er sich wahrscheinlich schon darauf freue, sie bald los zu sein. Dass seine heimliche Geliebte bestimmt schon darauf warte, ihn endlich wieder ganz für sich zu haben. Dass seine Nerven eben nicht zum Zerreißen gespannt seien wegen Angela. Wegen einem drohenden Krieg. Wegen einer Trennung, die vielleicht für immer sei. Weil ihm nämlich alles nicht sehr wichtig sei.

Während dieser Worte sprang sie aus dem Bett und fuhr in ihre Kleidung. Anthony stand vor der Zimmertür, die Arme vor der Brust verschränkt. Sie wollte an ihm vorbei aus dem Zimmer stürmen, aber er blieb einfach stehen und sah sie an. »Schrei nur weiter«, sagte er ruhig. »Anscheinend hast du so eine Meinung von mir. Das ist ja wirklich interessant.«

Stella tobte. Seine Kühle machte sie noch wahnsinniger. Sie wollte ihn beiseiteschieben, aber er blieb stehen, als wäre er festgewachsen.

Er machte sie rasend. Sie schrie unzusammenhängende Worte, schubste ihn, boxte ihn, trat nach ihm, bis sie vollkommen außer Atem war. Anthony blieb stehen wie ein Stein.

Plötzlich packte er sie, warf sie aufs Bett und küsste sie. Er zog ihren Pullover hoch, ihren Büstenhalter herunter, küsste ihre Brüste, schob ihren Rock hoch und ihren Schlüpfer herunter. Er öffnete seine Hose und drang in sie ein.

Das war nicht der Anthony, den Stella kannte. Der Anthony, den Stella kannte, war sanft und sensibel mit ihr. Er streichelte und küsste sie, bevor er ihre Brüste berührte. Er ließ sich Zeit, sie zu erregen, bevor er ihr mit seiner Erektion nahekam. Er war sehr damit beschäftigt, ihr gutzutun und sie zu verwöhnen. Dieser Anthony aber nahm sie. Er eroberte sie nicht, er verführte sie nicht, er öffnete sie nicht. Er überwältigte sie. Er besiegte sie. Er nahm sie in Besitz.

Und Stella ergab sich. Anthony hatte ihre Schläge, ihre Tritte, ihre Beleidigungen nicht deshalb ausgehalten, weil er schwach war. Auch nicht, weil er ein kalter lebloser Stein war, an dem alles abprallte. Er hatte es ausgehalten, weil er sie liebte. Aber es hatte etwas mit ihm gemacht. Er hatte eine starke Kraft in sich halten müssen, um Stella in ihrem Toben auszuhalten. Es war die Kraft seiner Liebe. Nun mutete er ihr diese Kraft zu, drang in sie ein, als wollte er mit seiner Leidenschaft zu ihrem Allerinnersten durchdringen, als wollte er sie ganz und gar durchdringen, als wollte er sich in ihr einprägen. Wie ein Stempel, wie ein Brandzeichen. Für immer gezeichnet.

Stella hatte mit Jonny erlebt, wie es sich anfühlte, wenn ein Mann gewalttätig, egoistisch, rücksichtslos in sie eindrang. Das war eine Demütigung gewesen, die nicht nur körperlich schmerzte. Das hatte sie geekelt und erkalten lassen.

Dies hier war anders. Es war keine Gewalt, es war Kraft. Es war nicht egoistisch, es war voll leidenschaftlicher Liebe. Es war nicht rücksichtslos, es war die Antwort auf ihre Verzweiflung. Anthony demütigte sie nicht, er gab ihr Halt. Durch seine Kraft, sie zu ertragen, wenn sie tobte, und dadurch, dass er diese Kraft nicht in sich einsperrte und sich vor ihr zurückzog, sondern indem er sie als Leidenschaft in Stella gab, erhitzte er Stella. Anthony tat ihr nicht weh. Stellas Wutanfall war ohnehin so heiß gewesen, dass auch ihr Geschlecht heiß und geschwollen und feucht war. Anthony ließ Stella nicht im Geringsten erkalten. Er zeigte ihr alles, seine Liebe, seine Kraft, seine Leidenschaft, sein Wollen. Sie kämpfte noch eine Weile weiter gegen ihn, aber jetzt war er stärker. Und als er sie endlich überwältigt hatte, seufzte sie auf. Das Schreien, das dann aus ihrer Brust drang, war erlösend und als hätte Anthony sie von all der Enge befreit, die sie vorher so entkräftet hatte.

Danach war Stella wie ausgewechselt.

Sie verfolgte immer noch akribisch die Ereignisse in Spanien. Und sie war zornig darüber, dass Franco immer mehr Terrain eroberte. Zwei Monate lang war Madrid umkämpft. Wo war Angela? Aber Stella spürte dabei nicht mehr nur Angst um ihre Tochter, sie war auch stolz. Angela war eine beeindruckende Frau, mutig und ihrem eigenen Wesen treu. Angela verkaufte sich nicht, für nichts. Nun erfüllte die Beschäftigung mit dem Kampf in Spanien Stella eher mit Energie, als dass es sie entkräftete.

Sie verschob ihre Abreise. Auf Ost- und Nordsee tobten schreckliche Stürme. In Hamburg herrschte Eiseskälte. Die Nacht vom 18. auf den 19. Januar galt als Höllennacht. Das Versuchsschiff der Reichsmarine *Welle*, ein ehemaliger Fischdampfer, sank mit der gesamten Besatzung von fünfundzwanzig Mann bei Fehmarn in einem eisigen Schneesturm. Die Besatzung starb, weil sie ein anderes Schiff retten wollte.

Ein Schiff mit SA-Leuten, das dann durch andere gerettet wurde. Auch der Schlepper *Fairplay* war zu der Rettung eingesetzt und geriet ebenfalls in Gefahr.

Lysbeth telefonierte schon vor dem Sturm mit Stella und sagte: »Komm bloß nicht! In Hamburg ist es furchtbar. Bei diesem Wetter bleibt Jonny bestimmt in Afrika oder Spanien.«

Ende Januar schrieb sie Stella in einem Brief: »Der Sturm war eisig, die Kälte fegte durch leere Straßen. Vorm Aufstehen morgens hatten wir kein elektrisches Licht, abends ging wieder das Licht aus, die Kerzen waren auf einmal unsere besten Freunde. Aber es hörte nicht auf. Am 24. Januar hatten wir wieder diesen entsetzlichen Sturm, bei dem man sich nicht auf die Straße wagte, weil er einem die Haut zerbiss. Wieder fiel das Licht aus. Die Betriebe konnten nicht arbeiten, die Elektrische und die Vorortbahn nicht fahren, kein Rundfunk. Altona, Neumünster, Kiel, Flensburg hielten noch aus. Es war eine eigenartige Freude in den Geschäften, als die Lampen schwach zu glühen begannen, die Motoren leise zu surren anfingen. Ein seltsamer Anfang des großen Ausverkaufs, eisige Kälte, unzuverlässiger oder kein Bahnverkehr, das Licht kam und blieb, aber die Kälte blieb ebenfalls.

Die Harburger Pioniere und dann die Staatsarbeiter von den HEW haben die ganze eisige Sturmnacht durch gearbeitet, teils im Eiswasser stehend.

Hast du schon gehört, Stella: Groß-Hamburg ist da! Altona, Wandsbek, Harburg-Wilhelmsburg und viele Gemeinden sind jetzt hamburgisch.«

Stella beschloss, erst Anfang Februar abzufahren, aber Lysbeth riet ihr weiterhin ab: »Über die Alster fahren Wagen, tot sind die Flüsse, still liegt der Fischfang, wie 1929, die Kälte dauert an.«

Was Lysbeth ihr nicht mitteilte, waren die Nachrichten aus Spanien, die sie schier verrückt machten. An der Küste der Bretagne waren furchtbar verstümmelte Leichen angeschwemmt worden, sieben oder acht. In den deutschen Nachrichten wurde gesagt, es seien vermutlich Geiseln, die von einem spanischen Bolschewistenschiff gemordet oder sterbend ins Wasser geworfen worden waren. Lysbeth hatte ihre eigene Version. Sie versuchte, Nachrichten zu bekommen, die ein einigermaßen wahres Bild über die Vorgänge in Spanien zeichneten. Sie suchte im Rundfunk nach Sendern, die sie verstehen konnte und die andere Nachrichten verbreiteten als die deutschen. So war sie auf den Straßburger Sender gestoßen, der wie selbstverständlich von deutschen Truppen ebenso wie von italienischen in Spanien sprach. Da erfuhr Lysbeth auch, dass die Angehörigen von Soldaten, die in Spanien gefallen waren, keine Todesanzeigen veröffentlichen, keine Trauer anlegen, kein Wort darüber verlieren durften. Dort erfuhr sie auch, dass Malaga von Francos Truppen umzingelt war und er bereits einige Straßenzüge besetzt hatte.

Mitte Februar kehrte Stella nach Hamburg zurück. Kaum war sie dort, kam Dritter zu ihr und sagte: »Schwesterchen, ich brauche Geld. Ich hab eine grandiose Gelegenheit. Es wäre eine Schande, sie nicht wahrzunehmen. Ich gebe dir das Geld in einem Monat zurück, meine Hand drauf! Ich dachte, Jonny wäre schon zurück, deshalb hab ich meine Zusage gemacht. Er hat mir versprochen, dass er mir das Geld für diese Sache leiht.«

»Kann das nicht warten?«, fragte Stella.

Dritter schüttelte den Kopf in einer Gebärde grenzenloser Hilflosigkeit. »Noch länger warten die nicht«, murmelte er.

»Wer sind denn die?«, fragte Stella.

»Meine Handelspartner eben«, sagte er ausweichend.

Stella musterte ihn skeptisch. Dritter hatte immer schon dubiose Geschäfte getrieben. Wollte sie wirklich wissen, worum es ging? Nein, entschied sie. Er war ihr Bruder, und sie liebte ihn. Vielleicht würde ihre Liebe einen Riss bekommen, wenn sie wüsste, womit er gerade Geld verdiente.

»Tja«, sagte sie nachdenklich, »ich weiß auch nicht. Kannst du dir das Geld nicht bei Vater oder Eckhardt ... oder vielleicht bei Cynthia oder Lydia leihen?«

»Nein«, antwortete er schroff. »Die haben alle nicht so viel Geld. Können wir nicht mal nachschauen, ob er in seinem Schreibtisch Schecks hat?«

»Da brauchen wir nicht nachzuschauen«, sagte Stella. »Das weiß ich. Aber die sind nicht unterschrieben.«

»Ich kenne Jonnys Unterschrift«, erklärte Dritter kühl. »Er hat sie mir vor seiner Abreise sogar gezeigt für den Fall, dass richtig Not am Mann sein sollte, wenn er nicht da ist.«

Stella sog die Luft ein. »Das ist Betrug, Dritter«, sagte sie leise. »Das ist gefährlich.«

Aber er erklärte ihr, dass Jonny ihm ja die Zusage gemacht habe. Und dass Jonny schließlich ein Ehrenmann sei. Und dass Dritter das Geld vielleicht sogar schon wieder zurückgezahlt hätte, bevor Jonny wieder da sei.

Immer noch etwas unsicher holte Stella das Scheckheft, das Jonny in seiner Schreibtischschublade aufbewahrte, und überreichte Dritter einen Scheck. Er nahm ihn ruhig an sich. Und Stella vergaß die Angelegenheit schnell.

Jonny telegraphierte, dass seine Reise einen anderen Verlauf als geplant genommen habe und dass er deshalb erst Anfang April zurückkehren werde. Dritter rieb sich die Hände, als er davon erfuhr. »Bis dahin ist das Geld schon wieder auf seinem Konto«, versicherte er Stella.

Die wusste zuerst gar nicht, wovon er sprach. Dann erinnerte sie sich. »Ach, du hast das wirklich gemacht?«, fragte sie. »Na, dann beeil dich! Irgendwie ist es mir unangenehm, wenn auf Jonnys Konto etwas fehlt, ohne dass er es selbst abgehoben hat.«

Dritter war in diesen Tagen sehr guter Laune, und ganz besonders an jenem Abend, an dem in der Familie Wolkenrath einiges durcheinandergeraten sollte.

Normalerweise hätte er den Abend mit Greta verbracht, wo sie Bier und Korn und Eierlikör getrunken und danach miteinander geschlafen hätten. Er wäre am nächsten Morgen von der Bundesstraße aus zur Feldstraße marschiert, zum Büro der Firma *Wolkenrath & Söhne*, und hätte wie immer auf die Frage, wo er denn gewesen wäre, eine vage, nichtssagende Antwort in der Art von »unterwegs« gegeben.

Es war aber etwas Besonderes geschehen, er hatte zwei der Uhren, die er von dem jüdischen Uhrmacher gekauft hatte, damit der aus Deutschland verschwinden konnte, zum fünffachen Preis weiterverkauft, und in seiner Tasche klimperte Geld. Da sein Bruder Eckhardt ihn während der vergangenen Tage in seiner nörgeligen Art immer wieder wegen seiner Schulden gemahnt hatte, aber auch, weil er dessen Unterstützung bei der bevorstehenden größeren Transaktion nötig hatte, beabsichtigte er, Eckhardt heute Nacht noch mit der Rückzahlung eines Teilbetrags zu überraschen und ihm von der einmaligen Chance für die Firma und insbesondere für sie beide zu berichten.

Der Weg von Gretas Wohnung nach Hause war in wenigen Minuten zurückgelegt. Dritter lächelte. Er spürte noch ihre schweren warmen Brüste in seinen Händen und ihren Mund an seinem besten Stück. Die Greta war genau so, wie eine Frau zu sein hatte: weich und willig und ein wenig wild. Und dazu noch ungewöhnlich verschwiegen.

Seine Schritte hallten über das Kopfsteinpflaster. Die alten Lindenbäume reckten zu beiden Seiten der Straße ihre nackten Kronen in den nachtgrauen Himmel. Trotz der kalten Märznacht war es Dritter warm, obwohl er seinen Wintermantel über dem Anzug offen trug.

Mit jedem Meter, den er sich von der Bundesstraße entfernte, tauchte er in eine Umgebung ein, die fast schon ländlich anmutete. Von weitem sah er, dass das Haus, in dem er mit seiner Familie wohnte, von unten bis oben hell erleuchtet war. Er stutzte. Es war fast Mitternacht. Alle anderen Häuser der Straße lagen in tiefes Dunkel gehüllt. Als würde er von einer inneren Stimme gewarnt, erwog er einen Moment lang umzukehren. Niemand wusste, dass er manche Nächte bei Greta verbrachte, und niemand würde es je wissen. Doch dann beschleunigte er kurzentschlossen seinen Schritt und öffnete bald darauf die quietschende Gartenpforte.

Wie immer, wenn er heimkam, umfing er das Haus mit einem stolzen Blick. Die aristokratisch hohen Fenster des Erkers in der Beletage verliehen auch ihm ein aristokratisches Gefühl. Wie eine Haube saß oben auf dem Erker ein kleiner verglaster Balkon, wo Stella und Jonny sich eine Art Tropengarten angelegt hatten. Die liebevoll und verspielt angelegte Fassade des Hauses entzückte ihn immer wieder. Das Haus gab ihm ein Gefühl von Reichtum und Luxus, auch wenn ihm selbst nur ein schmales Bett in dem kleinen Raum nach hinten hinaus gehörte, wo an der gegenüberliegenden Wand Eckhardts Bett stand.

Dritter legte den kurzen Weg durch den Vorgarten zurück, ging rechts an der Hauswand vorbei und erreichte die erste Eingangstür. Erstaunt stellte er fest, dass sie unverschlossen war. Mit wenigen Schritten durchmaß er den schmalen Vorflur, wollte gerade die zweite Haustür öffnen, doch sie ging leise nach innen auf, und wie ein bleicher kleiner Geist stand seine Mutter vor ihm.

»Die Gestapo«, flüsterte sie. »Was du auch getan hast, mein Sohn, gib es zu. Leg sofort ein Geständnis ab. Sie sollen furchtbar ...«
Da stand auch schon ein Uniformierter hinter ihr. Er überragte sie um zwei Kopflängen. »Alexander Wolkenrath?«, schnarrte er. Seine Stimme, eigentümlich hoch und metallisch, stand in seltsamem Gegensatz zu seiner massigen Körperlichkeit.
»Ja, bitte?« Durch Dritters Kopf rasten Bilder von Menschen, Geschäftsabschlüssen, geraunten Tipps, Hinterzimmern, Frauen, gehörnten Ehemännern, Huren. »Leg ein Geständnis ab«, hatte seine Mutter gesagt. Wovon? Er richtete sich auf. Selbst dann musste er noch hochschauen zu dem Gestapo-Brocken, aber er fühlte sich weniger unterlegen.
»Folgen Sie mir!«
»Folge ihm, mein Sohn«, wisperte seine Mutter
»Selbstverständlich.« In der stolzen geraden Haltung, in der Dritter auf einem Pferd zu sitzen pflegte, schritt er die sieben Stufen zur Beletage hinauf, wo im Salon einige Klaviertöne hilflos in den Raum geworfen wurden. Wäre es nicht so bedrohlich gewesen, hätte er lachen müssen, und selbst jetzt, wo er sich wie ein gejagtes Tier fühlte, dessen Sinne auf den oder die Verfolger gerichtet waren, nahm er die Komik der Situation wahr: Am Klavier saß Stella, mit ihren vierzig Jahren immer noch eine berückend schöne Frau, neben ihr stand ein junger schneidiger Offizier, der seine Aufmerksamkeit eher widerwillig von ihr abzog, als Dritter eintrat. Auf dem Sofa, das unter den zwei großen Fenstern im Erker stand, hockten sein Bruder Eckhardt und Cynthia, zwei ohnehin schon blasse und unscheinbare Gestalten, die nun aber wirkten, als wären sie kurz davor, sich in Luft aufzulösen. Auf dem Ohrensessel vor dem rechten schmalen Fenster des Erkers saß gerade aufgerichtet, auch er in der Haltung des Herrenreiters, Dritters Vater. Bedauernd stellte Dritter fest, dass Johann fehlte, sein jüngerer Bruder. Normalerweise verzehrte er sich nicht gerade nach Johann, aber in diesem Augenblick hätte er als Mitglied der SA von Nutzen sein können. Außerdem fehlte leider Kapitän Jonny Maukesch, der seine Rückkehr seit zwei Monaten immer wieder verzögert hatte. Auch das bedauerte Dritter, da Jonny nicht nur auf See eine Autorität war, mit seinen blitzenden Augen, seiner befehlsgewohnten Art strahlte er das auch an Land aus.

Als er in den Raum trat, empfing ihn eisige Stille. Alle Blicke waren auf ihn gerichtet.

»Darf ich fragen, was mir die Ehre Ihres Besuchs ...« Dritter hatte im Ersten Weltkrieg als Ordonnanz bei der Kavallerie gedient. Die adligen Vorgesetzten hatten ihn Manieren gelehrt.

»Red keinen Schmonzes«, klirrte der Gestapo-Mann mit der Eunuchenstimme.

»Heil Hitler!«, schnarrte der Jüngere.

»Heil Hitler!« Schneidig hob Dritter den Arm.

»Los jetzt! Ich will mir nicht die ganze Nacht um die Ohren schlagen«, drängte der Erste. »Ab geht's.«

Dem Jüngeren war der Ton seines Kollegen offenbar peinlich.

»Verzeihen Sie, gnädige Frau!« Er verbeugte sich in Stellas Richtung, darauf mit den Worten: »Herzlichen Dank für die freundliche Bewirtung«, zu Käthe Wolkenrath.

Der ältere Offizier packte Dritters Ellbogen, der ihn mit einer kleinen angewiderten Bewegung abschüttelte. »Freundchen, keine Sperenzchen.« Er ließ Dritters Arm zwar los, legte aber die geöffnete Hand über seine Pistole. »Ein Schritt von meiner Seite, feiner Herr, und ich schieße.« Cynthia stieß einen schrillen Schrei aus, Käthe wurde, was kaum möglich schien, noch bleicher, Stella hingegen wand sich lasziv vom Klavierhocker zwischen ihren Bruder und dem mit der Pistole drohenden SA-Mann.

»Nur nicht die Ruhe verlieren«, gurrte sie. »Als mein Mann, Kapitän Maukesch, und ich das letzte Mal mit General von Lettow-Vorbeck speisten, verschüttete ich vor Lachen über seine köstlichen Witze etwas Champagner auf den Ärmel seiner Uniformjacke, und da sagte er doch wirklich den legendären Satz: »Nur nicht die Ruhe verlieren, Gnäfrau!«

Der jüngere Offizier lächelte beeindruckt, der Ältere aber hatte die Nase voll von der Gesellschaft. »Los jetzt!«, wiederholte er und gab Dritter einen Schubs in Richtung Haustür. Dritter stolperte. Er konnte sich gerade noch fangen, sonst wäre er die Treppe hinuntergefallen. Wieder gab Cynthia einen schrillen Schrei von sich. Dritter blickte zurück. In der Tür zum Salon stand eng zusammengedrängt seine Familie und starrte ihm hinterher.

Dritter wurde zum Polizeipräsidium gefahren. Die Gegend hier war ihm vertraut. Die beiden hohen Granitbauten am Lauf der Alster lagen an der Grenze der Altstadt, wo die schmutzigen, lichtlosen Gassen begannen, die dumpfen modernden Häuser. Auf der anderen Seite lag die Stadt mit dem Alsterpavillon, dem Rathaus, der Börse, den Kirchen, den Banken und Kaufhäusern. Dritter trieb Geschäfte in beiden Teilen der Stadt, er wusste, wie man sich hier wie da zu benehmen hatte. Die beiden Granitbauten waren das Neue und das Alte Stadthaus: das Präsidium der Hamburger Polizei.

Der alte protzige Koloss aus grauem Granit und das neue breite gewaltige Schwestergebäude am jenseitigen Ufer der Alster waren durch eine hohe gedeckte Brücke verbunden, die »Seufzerbrücke« genannt wurde.

Dritter wurde in eine der Kellerzellen des Alten Stadthauses gebracht. Es war stockduster. Während der Fahrt schon hatte er sich immer wieder die Geschäfte des letzten Vierteljahres in Erinnerung gerufen. Er fand, sie gaben keinen stichhaltigen Grund für eine Einbuchtung. Sicher, er hatte Juden übers Ohr gehauen, aber erstens war das nicht verboten und zweitens hatte er ihnen sogar noch relativ anständige Preise für ihre Sachen gezahlt.

Aber was war es dann? Irgendjemand musste ihn denunziert haben. Er kam zu keinem Ergebnis.

Er saß auf einer der Bänke, die an den Mauern der Sammelzelle aufgestellt waren, und wartete. In dem großen Raum war nichts außer diesen Bänken. Als der Morgen dämmerte, traten die Kritzeleien an den schmutzigen Wänden hervor: Schweinereien, Hakenkreuze, Sowjetsterne und politische Losungen. »Wer Hitler wählt, wählt den Krieg« neben »Lass mich deine Fotze lecken« neben »Emma, nur du allein«.

Kaum war es hell geworden, ertönte Lärm auf dem Flur, Getrampel, Kommandos. Dritter horchte. Namen wurden aufgerufen. Manches »Hier«, das darauf antwortete, klang nach einer Frauenstimme. Dritter blieb ruhig auf der Bank sitzen. Er hatte sich geschworen, diese Episode so unbeschadet wie möglich hinter sich zu bringen. Also würde er auch nicht an einer Tür lauschen, die ihm mit plötzlichem Ruck ein Veilchen verpassen könnte.

Da fuhr auch schon ein Schlüssel ins Schloss, und die Tür wurde aufgerissen. Im Gänsemarsch traten sechs Männer ins Zimmer. Drei

Jüngere zwischen zwanzig und dreißig, zwei um die vierzig, also im Alter von Dritter, der Sechste kam ihm sehr alt vor. Sein bartloses Gesicht war zerfurcht von tiefen Falten, die buschigen Augenbrauen ebenso wie die schütteren Haare schimmerten eisgrau. Zwei der Jüngeren liefen aufgeregt in der Zelle herum und debattierten über eine weibliche Person, die unbedingt bestraft werden müsse wegen ihrer lockeren Fresse.

Dritter überlegte, welche Frau ihn vielleicht hierhergebracht haben könnte. Greta schloss er, kaum dass er sie in Betracht gezogen hatte, wieder aus. Er kannte sich mit Frauen aus. Und Greta war nicht so eine. Außerdem: Was hätte sie sagen sollen? Sie hätte sich selbst ebenso gefährdet wie ihn. Und wegen einer Geschichte wie mit Greta kam man nicht ins Gefängnis. Andere?

Das war alles Schnee von gestern. Für Johanna hatte er schon vor Gericht gestanden und seinen Kopf hingehalten und er zahlte ja auch Alimente – wenn er Geld locker hatte. Immer wieder kam ihm die Schlägerei auf dem Kiez in den Sinn. Aber das war einen Monat her. Sollte der Typ doch noch hopsgegangen sein? Aber wer konnte ihn dann verpfiffen haben?

Das Ganze war und blieb ein Rätsel.

Kurz darauf wurden wieder drei Neue in die Zelle geschubst, und bald kam noch einmal Zugang: neun junge Männer. Alle unter meinem Niveau, dachte Dritter, aber ich sollte mich gut mit ihnen stellen, man weiß nie.

Es wurde laut in der Zelle. Einige der jungen Burschen benahmen sich sorglos, als wären sie in einem Wettbüro und nicht im Knast. Sie lachten, neckten einander, stiegen auf den Holzverschlag des Klosetts und sahen zum Fenster hinaus. Einer ballerte mit der Faust gegen die Zellentür.

»Gift dat gliecks Freustück? Wie hefft Kohldamp!«

»Gibt's gleich«, tönte es von außen. Und wirklich kam kurz darauf ein Beamter zur Tür hinein und teilte Blechkummen aus. Ein anderer verteilte Schwarzbrotstücke und schöpfte aus einem dampfenden Eimer Kaffee.

Dritter, der die ganze Nacht über kein Auge zugetan hatte, befahl sich selbst, etwas zu sich zu nehmen, um bei Kräften zu bleiben. Er würgte das Brot hinunter, spülte mit der faulig und bitter schmeckenden Brühe hinterher. Ihm gegenüber saß ein vierschrötiger Arbeiter in weiten grobgerippten Cordhosen. Die Ellbogen hatte er auf die Knie, den Kopf auf die Fäuste gestützt. So starrte er die ganze Zeit vor sich hin. Sein Brot hatte er nicht angerührt, hatte nicht einmal gemerkt, wie einer der jungen Burschen es ihm blitzschnell stibitzte, es mit einem anderen teilte und hinunterschlang.

Der Vormittag dehnte sich. Die Luft in der Zelle wurde stickig. Das halbgeöffnete Fenster ließ nur wenig Sauerstoff hinein. Der Gestank vom Klosett breitete sich aus.

Dritters Aufmerksamkeit wanderte von einem zum andern. Ein junger Mann in elegantem, auf Taille gearbeiteten beige-braun kariertem Maßanzug, in den Schultern breit auswattiert, die Hosen scharf im Kniff gebügelt, fesselte seine Aufmerksamkeit. Er hatte ein längliches Gesicht mit einem weichen femininen Mund. Dennoch sah er aus, als könnte er gefährlich werden. Seine rechte Gesichtshälfte zuckte von Zeit zu Zeit. Das dunkelblonde Haar war in der Mitte der Stirn gescheitelt.

Einige Männer strichen durch den Raum wie Tiger im Käfig, andere unterhielten sich in kleinen Grüppchen. Was wer ausgefressen hätte, wurde von Zeit zu Zeit erörtert. Dritter schwieg. Er würde sich keinem anbiedern, sich keine Blöße geben, aber dafür sorgen, dass er keinem unangenehm auffiel. Der Schönling begann plötzlich zu sprechen. »Warum ich hier bin? Weil eine eifersüchtige alte Scharteke mich angezeigt hat. Dabei soll sie bloß das Maul halten, abgehalfterte Nutte die. Vor drei Jahren, als ich meine Stellung verlor, ist sie für mich anschaffen gegangen. Ich bin zehn Jahre jünger als sie, da musste sie sich schon was einfallen lassen. Aber dann fand ich eine junge schicke Witwe, die gar nicht davon abzuhalten war, mir von ihrem Vermögen was abzugeben, und dann war da noch eine und noch ne andere. Und jetzt hat mich die alte Nutte wegen Heiratsschwindel angezeigt. Dabei hab ich ihr nie was versprochen ...« Einer in Regenmantel und Schlapphut pfiff gelangweilt durch die Zähne. Erst nach einer Weile, während der die Männer im Raum den Heiratsschwindler wortlos anstarrten, lachte der mit dem Schlapphut auf. »Alle Weiber sind Hyänen!«

»Wieso? Hat dich auch ein Weib reingerissen?«, erkundigte sich der Schönling, offenbar froh, dass einer mit ihm sprach.

»Ne, ich steck keiner was. Auf Weiber ist kein Verlass. Aber wenn ich so zweiundvierzig wieder rauskomm, und meine Lotti wartet dann nicht auf mich, dann gibt's Senge!«

»1942?«, fragte einer der jungen Arbeiter ungläubig. »Das ist ja eine Ewigkeit. Was hast du denn ausgefressen?«

»Ladenkasse ausgeräumt. Raubüberfall.«

Der Heiratsschwindler trat unwillkürlich einen Schritt zurück und machte große ungläubige Augen. Dritter sperrte seine Ohren weit auf. Er wollte sich so gut es ging wappnen. Was auch immer er hier erfuhr, konnte womöglich von Nutzen sein.

Die Tür öffnete sich. Alle Augen blickten angespannt zum Korridor, von wo ein Beamter rief: »Behnke!«

Ein Arbeiter in Dritters Alter erhob sich langsam und ging zur Tür. »Sind Sie Karl Behnke?« »Ja.« »Dann kommen Sie mit!«

Hinter ihm schloss sich die Tür.

Der Tabak wurde knapp. Gierige Blicke folgten den kurzen Stummeln, die einige herumreichten. Da zog Dritter eine volle Zigarettenschachtel heraus und verteilte sie in der Zelle. Die Männer sahen ihn erstaunt an, als nähmen sie ihn erst jetzt wahr. »Danke, Kumpel«, raunte es und: »Anständig von ihm ...« oder einfach nur: »Danke.« Schweigend rauchten sie, bis auch von Dritters Vorrat nichts mehr übrig war.

Die Luft war unerträglich vor Abort- und Schweißgeruch und Tabaksqualm. An der Zellentür stand statt eines Spucknapfes ein großer flacher Sandkasten voll dicker Schleimfetzen. Dritter bemühte sich, nicht dorthin zu schauen. Obwohl er auf dem Kiez wie zu Hause war und es sich bei seinen Freunden nicht gerade um Betschwestern handelte, reagierte sein Magen äußerst empfindlich auf alles, was mit Schmutz und Gestank und Rotze und Kotze und Spucke zu tun hatte.

Der Mann im Regenmantel ließ sich nun darüber aus, dass in der Kasse leider nicht viel gewesen sei, und erkundigte sich ironisch bei dem Heiratsschwindler, wie man vorgehen müsse, um den Weibern das Geld aus der Tasche zu ziehen. Dritter grinste innerlich, als der Schönling sagte: »Ach, paar Küsse, paar Pralinen, Blumen, bisschen tanzen gehen, paar Komplimente, und dann hast du die Dame schon. Für schöne Worte geben die dir alles.«

Dritter investierte meist nicht so viel. Er erzählte die Geschichte, wie er von seiner großen Liebe im Stich gelassen worden war, als er im Krieg gekämpft hatte und sie sich einfach von einem anderen hatte schwängern lassen, und schon wollten die Frauen ihn trösten. Er hatte herausgefunden, dass nichts die Begierde einer Frau mehr weckte als ein von einer anderen Frau verletzter Mann. Jede wollte sein Herz wieder heilen und ihn glücklich machen. Dass er von vornherein vor sich selbst warnte, da er über die große Enttäuschung einfach nicht hinwegkomme, stachelte den weiblichen Ehrgeiz nur noch mehr an.

Auf dem Korridor klapperten Kannen. Mittag. Die Gefangenen konzentrierten ihre gequälte nervöse Aufmerksamkeit aufs Essen. Als zähle nur das, wirbelten drängende Fragen durch den Raum.

»Was gibt es wohl?« »Weiß einer, wie das Essen hier ist?« »Kommt es vielleicht vom Untersuchungsgefängnis?« »Die Küche da ist die nackte Katastrophe!« »Nein, die kochen hier selbst!« »Kollegen, das Essen wird vom *Atlantik* geliefert!« »Schlaumeier!« »Ich hab gehört, dass das Essen von 'ner Wohlfahrtsküche kommt.«

Die Essnäpfe wurden hereingebracht. Die Gefangenen stellten sich vor der Tür an, jeder seinen Napf in der Hand. Es gab Nudelsuppe.

Dritter löffelte widerwillig. Er entdeckte sogar kleine Stückchen Fleisch. Es schmeckte besser, als er erwartet hatte. Rundherum auf den Bänken allgemeines, schweigendes, hastiges Schmatzen. Dritter bemühte sich, die Geräusche auszublenden, aber es gelang ihm nicht. Bald hörte man die Löffel auf die Blechnäpfe scharren. Die meisten hatten ihr Essen schon heruntergeschlungen.

Da öffnete sich die Tür. Der Arbeiter namens Behnke taumelte herein. Er krümmte sich, ein Auge war angeschwollen, aus dem Mund blutete er. Alle blickten ihn an. Einige der Männer umringten ihn, stützten ihn.

»Mensch«, sagte ein Älterer heiser, »diese Saubande.«

Von hinten trat ein kleiner Mann in gebeugter Haltung vor. Dritter sah seine dunklen Locken und die Nase und dachte: Jude. Klar, dass hier Juden sind.

»Lass mich mal sehen«, sagte der Mann sanft. »Ich bin Arzt.«

Der Misshandelte löste seinen Gürtel und ließ die Hose herunter. Gesäß und Oberschenkel waren voller blutunterlaufener Striemen. Er zog das Hemd hoch. Armdicke rotblaue Schwellungen zeigten sich auf dem Rücken. Der Arzt tastete den Mann vorsichtig ab. Dessen Stöhnen hallte in leisem Stöhnen aus den Kehlen einiger Gefangener nach.

»Den haben sie aber gründlich vorgenommen ...«, murmelte einer.
»Zimmer 103, oder?«, fragte ein anderer.
Der Gefragte nickte, während er die Zähne zusammenbiss, um nicht laut aufzuschreien. Der Arzt fragte in die Runde: »Wer hat hier kalte Hände?« Einige Männer traten vor. »Legt eure Hände auf die Blutergüsse, nicht auf die offenen Stellen«, befahl er ruhig. »Es ist zum Glück nichts gebrochen.«
Die Männer legten mit erstaunlicher Zartheit ihre Hände auf den Misshandelten, der vor Schmerz unterdrückt aufstöhnte. Ein eigenartiges Bild zeigte sich Dritter, der unter anderen Umständen Schwulenwitze darüber gerissen hätte. Nach einiger Zeit sagte einer der Männer: »Meine Hand ist jetzt heiß.« Die anderen nickten. Der Arzt sagte: »Dann hört auf«, und fügte zu dem Mann namens Karl Behnke hinzu: »Versuch, dich auszuruhen.« Der zog schweigend die Hose wieder hoch. Die Männer, die vorher ihre Hände auf ihn gelegt hatten, zerstreuten sich leicht verlegen in unterschiedliche Richtungen.
Der Arzt führte Karl Behnke zu einer Bank und half ihm, eine geeignete Lage zu finden.
Im Raum breitete sich eine drückende Stille aus. Dritter stellte seinen halbvollen Essnapf beiseite. Ehe er sich versah, schlürfte ein junger Bursche den Napf leer.
Dritter versuchte, seinen Kopf klarzukriegen. Selbstverständlich hörte man von Misshandlungen im Stadthaus. Aber das betraf Juden und Kommunisten. Mit denen hatte er nichts zu tun. War der Behnke ein Kommunist? Wahrscheinlich. Der ältere Arbeiter in der Cordhose fragte ihn jetzt leise, ob sie Namen haben wollten. Karl Behnke nickte. »Aber ich hab dichtgehalten«, sagte er. Dritter vernahm erstaunt den Stolz in der Stimme des Misshandelten. Warum so stolz, dachte er. Die haben offensichtlich mit Tischbeinen auf dich eingedroschen, und die werden es wieder tun. Irgendwann spuckst du die Namen aus, darauf kannst du Gift nehmen.
Da fragte der Heiratsschwindler vorsichtig: »Was hast du denn ausgefressen, Karl?«
»Ich war Vorsitzender vom Arbeiterturnverein. Sie haben uns 1933 sofort aufgelöst. Ich hab Flugblätter verteilt. Nun wollten sie von mir wissen, wer meine Genossen sind.«
»Wer kann nur so blöd sein, jetzt in der Politik mitmischen zu wol-

len«, verkündete der Heiratsschwindler, und der Kassenräuber stimmte zu: »Idealismus zahlt sich nicht aus.«

Um den misshandelten Arbeiter hatte sich eine Traube aufgeregter Männer gebildet. Sie erkundigten sich genau nach dem Aussehen und den Namen seiner Peiniger. Als bereiten sie eine schwarze Liste vor, dachte Dritter. Als hofften sie, irgendwann mal Rache nehmen zu können. Wie dumm sie sind!

In der Gruppe berichteten einige Männer über entsetzliche Gräueltaten von SA-Männern im Kommando zur besonderen Verwendung, dem KzbV, unter Führung von Oberleutnant Franz Kosa in der Großen Bleichen. Als einer gerade erzählte, wie dort ein junges Mädchen vergewaltigt und zum Krüppel geschlagen worden sei, öffnete sich die Tür und der Name Alexander Wolkenrath wurde gerufen.

Er bemerkte aus dem Augenwinkel, wie ihm misstrauische Blicke folgten. Halten die mich etwa für einen Spitzel, dachte er besorgt. Ich hab zu wenig gesagt, das macht mich verdächtig. Die Zigaretten haben mich auch nicht rausgerissen.

Im letzten Augenblick, bevor er den Raum verließ, raunte ihm der Mann, der die Kasse ausgeraubt hatte, zu: »Gesteh bloß sofort alles. Dann tun sie dir nicht weh!«

Durch Dritter schoss eine plötzliche Anwandlung von Traurigkeit, die ihm den Atem raubte. Genau das hatte auch seine Mutter ihm geraten. Wie lange schien das her zu sein.

Ihm wurde geheißen, im Flur zu warten. Ein Mann in Zivil, einige Akten unter dem Arm, marschierte zackig auf ihn zu.

»Alexander Wolkenrath?«

»Zu Diensten.«

»Folgen Sie mir!«

Kurz darauf saß er auf einem Holzstuhl in einem kleinen vergitterten Zimmer vor einem hohen Stehpult. Der Kommissar legte die Akten zurecht und fragte mit schneidiger Stimme: »Sie heißen Alexander Richard Wolkenrath?« »Jawohl!«

»Geboren am 12. August 1896?« »Jawohl!« »In Dresden?« »Jawohl, Herr Kommissar.«

»Von Beruf Kaufmann in der Firma *Wolkenrath & Söhne* in der Feldstraße 8?«

»Jawohl, Herr Kommissar!«

Auch auf die folgenden Fragen nach dem Wohnort und seiner Familie antwortete Dritter mit: »Jawohl, Herr Kommissar!« Von Frage zu Frage wurde ihm mulmiger zumute.

»Nun frage ich Sie, ob Sie bereit sind, mir die folgenden Fragen wahrheitsgemäß zu beantworten.«

»Selbstverständlich, Herr Kommissar.« Dritter erhob sich wie zur Bekräftigung vom Stuhl.

»Setzen Sie sich!«, wurde er schneidend angefahren.

»Haben Sie am 2. März 1937, also vor drei Wochen, einen Scheck auf den Namen Jonathan Maukesch über dreihundert Deutsche Reichsmark gefälscht?«

Dritter fiel ein Stein vom Herzen. Darum also ging es. Das war ja leicht aufzuklären.

»Jawohl, Herr Kommissar!«

Der Mann stutzte und blickte ihn etwas verwirrt an. Schnell fuhr er fort: »Sie gestehen also, sich des Betruges und der Urkundenfälschung schuldig gemacht zu haben?«

»Jawohl, Herr Kommissar! Aber bitte lassen Sie mich erklären ...«

»Sie wissen wohl nicht, wo Sie sind? Hier ist keine Märchenstunde, Herr Wolkenrath. Wenn wir allen Erklärungen zuhören würden, die uns gemacht werden, hätten wir viel zu tun. Bitte unterschreiben Sie hier!«

Dritter setzte seine Unterschrift unter das Protokoll seines Geständnisses.

Der Kommissar klappte seufzend den Aktendeckel zu. »Die eigene Familie bestehlen ...«

»Herr Kommissar«, unterbrach Dritter ihn beschwörend und ließ sich nun auch nicht mehr von der unwirschen Handbewegung abhalten. »Meine Schwester hat mir die Erlaubnis gegeben, mein Schwager ist auf See, da konnte er den Scheck doch nicht selbst unterschreiben. Sie hat gesagt, Jonny, ich meine, Kapitän Maukesch, sei einverstanden ...«

Der Kommissar öffnete die Tür und ging ihm voraus wieder zu dem Flur zurück, woher sie gekommen waren. »Schöne Familie«, murmelte er.

Der Kommissar übergab Dritter einem uniformierten Beamten. Dritter verbeugte sich zum Abschied. Der Kommissar nickte kurz mit dem Kopf.

Wieder wurde Dritter in die Sammelzelle geschlossen. Gestank und Tabakqualm schlugen ihm entgegen, er empfand noch stärkeren Ekel als zuvor.

Aber Dritter hatte keine Zeit für Sensibilitäten, er musste seinen Kopf bemühen, um herauszukriegen, wer ihn denunziert hatte. Die Bank hatte den Scheck ohne den geringsten Einwand akzeptiert. Und selbst wenn sie bei der Bank misstrauisch geworden wären, hätten sie Jonnys Rückkehr abgewartet oder Stella gefragt. Wer in Teufels Namen wusste davon und war so niederträchtig, ihn hier reinzubringen? Ihm wurde heiß, und dann fror er erbärmlich. Es konnte nur einer aus der Familie sein. Nein! Alles in ihm wehrte sich dagegen. Vielleicht hatte irgendjemand aus der Familie irgendwo nachlässig geplappert. Stella zum Beispiel oder Lysbeth war das durchaus zuzutrauen. Und dann hatte irgendjemand ihn verpfiffen.

Sollte er jemals rauskriegen, wer das gewesen war, würde der sich in Acht nehmen müssen.

Am 19. April, einen Tag vor dem Geburtstag des Führers, wurde Alexander Wolkenrath, genannt Dritter, wegen Urkundenfälschung und Betrug zu viereinhalb Jahren Gefängnis verurteilt. Sein Bruder Johann sagte gegen ihn aus. Kein Mensch wusste, wieso Johann überhaupt davon erfahren hatte, dass Dritter den Scheck gefälscht hatte. Stella war zur Verhandlung gegangen und hatte versucht, ihren Bruder zu entlasten. Aber es hatte nichts genützt.

Kurz nachdem sie erfahren hatte, was Dritter vorgeworfen wurde, hatte sie Jonny telegraphiert, und der hatte ein Telegramm zurück geschickt, in dem stand: »Mein Schwager Alexander Wolkenrath hat mit meiner Erlaubnis meine Unterschrift auf dem Scheck auf meinen Namen gefälscht.«

Das Telegramm kam erst an, als Dritter bereits verurteilt und ins Gefängnis nach Fuhlsbüttel gebracht worden war. Urkundenfälschung ist Urkundenfälschung, wurde gesagt, und es blieb bei dem Urteil.

Käthe verstand die Welt nicht mehr. Ausgerechnet Dritter kam ins Gefängnis! Sie hatte oft Angst um die Tante, um Lysbeth, um Stella, auch um Eckhardt gehabt, aber selten um Dritter. Am Tag, nachdem er abgeholt worden war, glaubte sie fest daran, dass er sehr bald wieder zurückkommen würde. Dritter war nicht der Typ, der erwischt wurde. Und wenn, dann fand er Wege, sich rauszuwinden. Dritter würden sie nicht einkerkern, so viel stand für Käthe fest. Aus diesem Grund wich der erste Schreck auch bald einer leichten Hoffnung, dass Dritter auf diese Weise einen Warnschuss erhalten hätte und in Zukunft weniger dubiose Geschäfte machen würde.

Käthe hätte es nie für möglich gehalten, dass eines ihrer Kinder seinen Bruder ins Gefängnis bringen würde. Ja, sie wusste um die Schwächen ihrer Söhne. Auch um die Schwächen ihrer Töchter. Aber das waren Schwächen, das waren Probleme, die jeder mit sich selbst hatte und die zu seltsamen Konsequenzen führten. Dritter war über die Maßen leichtsinnig, die Frauen hatten es ihm immer zu leicht gemacht und wahrscheinlich auch sein Vater. Er hatte deshalb nie gelernt, wirklich Verantwortung zu tragen für sein eigenes Verhalten, sondern versucht, sich durchzulavieren und sein Ziel zu erreichen, was immer das auch sein mochte. Eckhardt war kein richtiger Mann, machte sich eigentlich aus seiner Verlobten nichts und hatte irgendwie sein Rückgrat verloren. Johann stand immer im Schatten seines Bruders Dritter, war zu klein und fühlte sich noch kleiner, als er wirklich war. Ständig war er damit beschäftigt, sich selbst zu erhöhen. Stella war von ihren intensiven Gefühlen geschüttelt, ihrer Leidenschaft für Anthony und ihrer Liebe für ihre Familie, vor allem für ihre Schwester. Lysbeth brachte sich unablässig in Gefahr, mit ihrer unbeugsamen Loyalität zu Aaron, aber auch zu den anderen Menschen, die sie liebte.

Das waren alles Probleme, die wieder zu Problemen führten. Aber gleichzeitig hielt diese Familie zusammen, davon war Käthe überzeugt. Wenn einer den anderen brauchte, war der für ihn da. Die Querelen zwischen den Geschwistern geschahen innerhalb der Familie, nach außen standen sie füreinander ein.

Als Käthe erfuhr, dass es Johann gewesen war, der ihren Sohn Dritter, seinen Bruder, denunziert und ins Gefängnis gebracht hatte, fühlte sie ein paar Tage lang gar nichts. Als wären ihre Nerven irgendwo in ihrem Körper durchgeschnitten worden. Wie Leitungen. Wenn man eine Telefonleitung durchschnitt, konnte nicht mehr telefoniert werden. Käthe konnte nicht mehr fühlen. Aber sie konnte denken.

Und das tat sie.

Ihre Töchter und die Tante machten sich entsetzliche Sorgen um sie.

Käthe schwieg zwei Wochen lang. Sie sprach einfach nicht mehr. Sie sagte keinen Ton. Auch wenn sie angesprochen wurde, wenn sie gefragt wurde, wenn die Tante schimpfte, wenn Stella bettelte, wenn Lysbeth drohte, wenn Alexander mit hilflosen Augen vor ihr stand und Eckhardt versuchte sie zu trösten, indem er sagte, dass auch viereinhalb Jahre vorübergingen, und dass er gehört habe, dass es im Gefängnis noch recht human zuginge im Vergleich zum Konzentrationslager Fuhlsbüttel, Käthe schwieg.

Alle reagierten unterschiedlich darauf. Die Tante erkannte bald, dass Käthe in Ruhe gelassen werden musste. »Sie kann jetzt nicht für irgendjemanden da sein«, erklärte sie Alexander, der am meisten unter Käthes Schweigen litt. »Du musst jetzt einfach ohne sie zurechtkommen.«

Erst da merkte er, wie sehr er sich auf sie stützte. Sie führten zwar kein Leben als Mann und Frau mehr, aber sie war immer da, wenn er nach Hause kam, sie hörte ihm zu, wenn er etwas erzählte und sie reagierte darauf. Seit siebenundvierzig Jahren war er nicht einsam gewesen. Er hatte sie allein gelassen, aber sie war immer da gewesen, selbst als sie Fritz geliebt hatte.

Jetzt aber ließ sie ihn allein. Dritter und Johann waren auch seine Söhne, und Alexander hatte Dritter geliebt, wie er noch keinen Menschen geliebt hatte. Dritter konnte schon als kleiner Junge reiten. Dritter war mutig, lustig, charmant. Dritter war immer auf der Suche nach irgendeinem grandiosen Geschäft. Dritter war wie er, Alexander, selbst.

Alexander hatte seinen Sohn Johann nie besonders geliebt. Er war ihm immer fremd gewesen. Er hatte einfach nichts von dem gekonnt, was Alexander an einem Jungen schätzte. Er hatte an Käthes Schürzenzipfel gehangen, er war eine Memme gewesen, und er hatte seine Geschwister verpetzt. Er sah nicht gut aus, und er hatte eine Bergarbeitertochter geheiratet, die nicht einmal hübsch war.

In der letzten Zeit hatte Alexander seinen Sohn Johann etwas mehr in sein Herz geschlossen. Sie waren Mitglieder der gleichen Partei, Johann trug eine schneidige Uniform, er verhielt sich respektvoll seinem Vater gegenüber.

Und nun dies. Alexander erwog, Johann totzuschlagen. Und wenn Dritter nicht im Gefängnis gewesen wäre, hätte er es vielleicht sogar mit Dritter gemeinsam getan. Allein traute er es sich aber nicht mehr zu. Johann hatte eine Waffe. Johann war bei der SA. Johann hatte schon Dritter ins Gefängnis gebracht.

Und jetzt verließ auch Käthe noch ihren Mann. Er fühlte sich vollkommen verloren auf der Welt.

So ging der April hin, der Mai brachte die Nachrichten, dass Tausende katholischer Priester angeklagt worden wären wegen unsittlichen Lebenswandels. Am 30. April gab es ein Feuerwerk mit wundervollem rosaroten Himmel über der Alster. Im Juli nahmen die spanischen Truppen unter Franco Bilbao ein, und Hitler schickte ein Glückwunschtelegramm. Die Familie Wolkenrath nahm all das wie hinter einem Schleier aus Scham und Verlust wahr. Jonny kehrte von seiner Fahrt zurück und wendete sich an die einflussreichsten Personen, die er kannte. Es war nichts zu machen. Dritter war im Gefängnis und würde auch dort bleiben.

Am 5. Juli schlug Stella die Zeitung auf, die Jonny liegen gelassen hatte. Sie blätterte zerstreut darin herum, bis ihr Blick auf eine Anzeige fiel. Ihre Augen wurden riesig. Sie konnte es nicht glauben. Mit der Zeitung in der Hand raste sie hinunter zur Tante. Zum Glück war die gerade zu Hause und schälte in der Küche Kartoffeln. »Guck dir das an!« Stellas Stimme überschlug sich. Sie warf die Zeitung auf den Tisch. Die Tante war völlig versunken in ihre Tätigkeit. Aus tiefen Gedanken blickte sie zuerst erstaunt auf Stella, dann auf die Zeitung. Gemächlich setzte sie ihre Brille auf und beugte sich über die Seite, die Stella aufgeschlagen hatte. Sie rührte sich nicht. Stella wusste, dass sie schon lange gelesen hatte, was sie lesen sollte. Wieso hob sie nicht den Kopf? Unruhig biss Stella sich auf die Lippen. »Das darf Käthe nie zu sehen bekommen«, sagte die Tante leise. Stella erschrak. Die Lippen der Tante waren blau. Schnell kam Leben in Stella. Sie füllte ein Glas mit Wasser, hielt es der Tante hin und zwang sie zu trinken. Das alles dauerte nur Sekunden. Während dieser Zeit war Käthe in die Küche getreten, hatte sich vor den Tisch gestellt und die Zeitung hoch gehalten, um sie besser lesen zu können.

Stella und die Tante starrten entsetzt auf Käthe. Wie war sie hereingekommen? Sowohl Stella als auch die Tante hatten sie nicht gehört. Sie muss hinter mir hergeschlichen sein, schoss es durch Stellas Kopf. Sie muss einfach mal wieder alles geahnt haben.

Käthe hob den Kopf und schrie. Ein gellender lauter Schrei, der nicht endete. Überall im Haus klappten Türen, Schritte ließen die Treppen erbeben, Lysbeth und Aaron stürzten aus ihrem Zimmer in die Küche. Die Hunde trappelten mit den Menschen in die Küche. Und die standen dann mit hängenden Armen um Käthe herum, die wie eine Sirene in hohen Tönen weiterhin gellende Schreie ausstieß und wild um sich schlug, sobald einer sie zu berühren wagte. Die Tante setzte sich ruhig auf den Küchenstuhl, auf dem sie auch vorher gesessen hatte und sah Käthe an. Alexander begann zu zittern, seine Zähne schlugen aufeinander und gaben ein zartes Geräusch von sich, das Käthes Schreien leise untermalte. Lysbeth griff nach Stellas Hand. Eckhardt ließ sich kreidebleich auf den Stuhl neben der Tante fallen. Aaron fing Alexander auf, als dieser zu schwanken begann, und drückte ihn ebenfalls auf einen Stuhl. Alexander ließ den Kopf auf den Tisch fallen und schluchzte trocken auf. Die Hunde drückten sich scheu auf den Boden. Allein Dora, die Hündin, die vor einem halben Jahr Junge bekommen hatte, begleitete Käthes Schreien mit einem leisen Jaulen, als wolle sie Welpen beruhigen.

Käthe schrie weiter. Aaron sah sie interessiert an. Und nun wurde auch Lysbeths Blick weniger verängstigt, und auch in ihre Augen trat ein forschender diagnostischer Ausdruck. Stella spürte sofort, wie sich etwas im Raum veränderte. Die Tante, Lysbeth und Aaron strahlten keine Angst und kein Entsetzen mehr aus. Ganz im Gegenteil, die Tante wirkte nahezu erleichtert. Ebenso Aaron. Lysbeths Hand fühlte sich in Stellas Hand völlig anders an als noch vor Minuten. Nun füllte Aaron ein Glas mit Wasser, so wie es vorher Stella für die Tante getan hatte. Er hielt es Käthe hin und bemerkte ruhig: »Hier, trink mal, du wirst sonst heiser.«

Als wäre ein Schalter umgelegt worden, beendete Käthe ihren Schrei. Sie griff nach dem Glas und leerte es in wenigen hastigen Zügen. Alexander hob langsam seinen Kopf vom Tisch und sah auf seine Frau, womöglich noch fassungsloser als vorher. Die Tante hob die Zeitung hoch. »Willst du es vorlesen, Käthe?«, fragte sie. »Oder soll ich es tun?«

Käthe griff nach dem Blatt und las mit einer Stimme, die laut und böse durch die Küche hallte: »Zielbewusst schenkte mir meine Frau das 8. und 9. Kind. Johann Wolkenrath.«

Alexander seufzte schwer auf. Eckhardt lachte nervös. Ebenso wie vorher Käthe nicht aufhören konnte zu schreien, konnte nun Eckhardt nicht aufhören zu lachen. Auch diesmal war es Aaron, der das beendete. Er knuffte Eckhardt in die Seite und sagte: »Schluss jetzt.« Eckhardt zuckte zusammen, als wäre er aufgewacht, und hörte auf zu lachen.

Lysbeth hatte Stellas Hand wieder angespannt und ängstlich umklammert. Allein die Tante und Aaron wirkten entspannt, obwohl sie Käthe sehr aufmerksam beobachteten. Die ließ die Zeitung sinken. Sie hob den Blick und sah alle der Reihe nach an. »Hiermit enterbe ich meinen Sohn Johann Wolkenrath!«, sagte sie mit klarer lauter Stimme. »Wenn ich sterbe, wird dieses Haus zu gleichen Teilen meinen Kindern Alexander, Eckhardt, Lysbeth und Stella zufallen. Meinen Sohn Johann verstoße ich aus dieser Familie.«

Das Schweigen, das ihren Worten folgte, war geladen mit so vielen Gefühlen, dass Stella fürchtete, es würde sofort Käthes Herz entzweibrechen lassen, weil es einfach zu viel für sie war. Aber Käthe wirkte merkwürdig befreit und jung.

»Setz dich hin, mein Kind«, sagte die Tante. »Darauf stoßen wir an!«

Geschwind standen sieben Gläser auf dem Tisch, gefüllt mit dem Zauberschnaps der Tante. Die Gläser klirrten gegeneinander, als würden sie einen Pakt besiegeln.

Die Hunde schnauften und legten sich entspannt zu den Füßen nieder.

Am nächsten Tag schrieb Käthe auf, was sie gesagt hatte. »Testament: Mein Haus in der Kippingstraße wird zu gleichen Teilen an meine Kinder Lysbeth Bleibtreu, Stella Maukesch, Alexander Wolkenrath und Eckhardt Wolkenrath vererbt. Mein Sohn Johann Wolkenrath wird von dem Erbe ausgeschlossen. Er erhält nichts.«

Ganz allmählich dachte Stella immer weniger über Dritter nach.

Jonny verschob seine Rückkehr bis zum August. Stella wollte ihre Mutter nicht verlassen, also kam Anthony für eine Woche nach Hamburg, und Stella empfand sieben Tage lang Glück. Wie immer, wenn sie mit Anthony zusammen war, fühlte sie sich rund und heil und vollständig. Alle Unruhe fiel von ihr ab, der Hunger, der sie oft so umtrieb, verschwand und machte einer runden Ruhe und Erfüllung Platz. Anthony stillte ihren Hunger nach Leidenschaft, mit ihm erlebte sie sich selbst tiefer, als sie es je von sich geahnt hatte. Anthony forderte sie in jeder

Hinsicht heraus. Er wollte alles von ihr: ihre ehrlichste Meinung zu den Dingen, die in der Welt geschahen, ihre heißeste Lust, ihre tiefsten Gefühle. Er gab sich nicht mit lauwarmer Abspeisung zufrieden. Und Stella wurde wie immer, wenn sie mit ihm zusammen war, von Tag zu Tag wahrhaftiger, ehrlicher, mehr sie selbst.

Während er in Hamburg war, kamen Nachrichten, die Stella und Anthony hoffnungsvoll stimmten. England würde endlich in Spanien eingreifen. Franco rieb sich an England, sagte, er würde jedes Schiff mit Kriegsgut angreifen. England erwiderte, es würde alles in Grund und Boden schießen, was sich seinen Schiffen feindlich näherte.

Aber Ende August, Anthony war schon seit Wochen wieder in England, wurde verkündet, dass Santander gefallen sei.

Käthe hatte sich seit Juli verändert. Sie war stärker geworden. Die Tante und Lysbeth wussten zwar, dass ihr Herz durch Dritters Einkerkerung einen weiteren Stich erhalten hatte, aber man merkte Käthe keine Schwäche mehr an. Und es war kaum mehr möglich, etwas vor ihr zu verheimlichen. Es kam Stella so vor, als hätte ihre Mutter nun die Vorahnungen, die früher Lysbeth heimgesucht hatten.

So kam Käthe Ende August zu Stella und sagte: »Ich höre kein Wort mehr über Angela, das ist doch seltsam, oder?« Stella lächelte verlegen. »Ich höre auch nichts von ihr«, sagte sie. »Ich glaube, dass sie in Spanien ist«, gab Käthe laut und vernehmlich von sich. »Ich glaube nicht, dass sie tot ist. Das würde ich fühlen. Aber ich glaube, dass sie Hilfe braucht. Was meinst du?« Stella wusste nicht, was sie sagen sollte. »Wenn du alles so gut weißt, kannst du mich ja in Zukunft über die Neuigkeiten auf dem Laufenden halten«, meinte sie trotzig und entfernte sich schnell.

»Kann ich tun«, rief Käthe hinter ihr her. »Wenn es auf Gegenseitigkeit beruht.«

Nachdem Dritter ins Gefängnis gekommen war, hatte Greta sich von der Kippingstraße ferngehalten. Auch Stella hielt es für angeraten, eine Weile Abstand zu halten. Einige Wochen nach Jonnys Rückkehr aber erschien Greta wieder am Donnerstagnachmittag zur gewohnten Zeit, als wäre nichts geschehen. Stella gab ihr Klavierunterricht, aber sie war mit den Gedanken woanders. In Hamburg war für Ende September Verdunkelung angekündigt. Im Alsterhaus gab es zwei Stände mit Lampenschirmen und Beuteln und Verdunkelungspapier.

Überall warf die Verdunkelung ihre Schatten voraus. Es war unheimlich. Selbst die Geschäftigkeit der Menschen bei den Verdunkelungseinkäufen bedrückte Stella. Aber auch alles andere machte ihr Angst: die Maueranschläge, die weiß gekalkten Kantsteine und Baumstämme, die Erwartung von Luftangriffen, von Sirenengeheul, der Luftschutzkeller, in den auf der Straße Befindliche flüchten sollten, die Warnung vom 16. September vor Agenten, Spionen, Aushorchern im Manövergelände. Die Verdunkelung geschah im Zusammenhang mit diesen ganz großen Feldübungen in unbekanntem Gelände, zur Erprobung des jetzt so vielgestaltigen Kriegsgeräts. Es wurde an das Landesverratsgesetz erinnert, das für den Verräter den Tod durch das Beil des Henkers vorsah. Und es hatte kürzlich auch bereits drei Hinrichtungen gegeben. Seit Dritter von einem Tag auf den anderen im Gefängnis verschwunden war, hatte Stella begriffen, wie schnell es gehen konnte. Eine Denunziation, eine Unvorsichtigkeit, ein Mensch, der einem übelwollte. Sie hatte einen Engländer als Liebhaber. Wenn das irgendwie aufflog, lag der Verdacht der Spionage nahe.

Da sagte Greta leise: »Jonny hat mich ausspioniert. Er weiß von Dritter und mir.« Stella fuhr zusammen. »Was hast du gesagt?«, fragte sie barsch. Greta legte den Zeigefinger vor ihren Mund. Sie flüsterte: »Jonny weiß nicht, dass ich es weiß. Es ist über sieben Ecken rausgekommen. Irgendwie kommt immer alles raus. Alle Lügen. Meine und seine.«

Und meine, fragte Stella sich bang. Sie fragte: »Bist du sicher?«
»Ganz sicher«, bestätigte Greta. »Ohne Zweifel. Jonny hat es schon gewusst, bevor er losgefahren ist.«

Also schon letztes Jahr. Und trotzdem hat er Dritter immer wieder Geld geliehen. Und trotzdem hat er ihm gesagt, er dürfe ruhig seine Unterschrift fälschen. Seltsam. Das Blut in Stellas Adern schien eiskalt zu werden. Sie zitterte. Greta sah sie ruhig an. »Ich habe lange nachgedacht«, sagte sie bedächtig. »Ich wollte es dir gar nicht sagen. Das muss keiner wissen. Jonny ist gefährlich. Sein ...« Sie zögerte. »... sein ... Informant hat jetzt auch große Angst vor ihm. Ich verlasse mich darauf, dass du mit niemandem darüber sprichst.« Stella musterte sie kalt. »Das kann ich dir nicht versprechen«, sagte sie scharf. »Ich habe dich nicht gebeten, mir Geheimnisse zu verraten.« Greta ließ den Kopf sinken. »Ich fand, dass du es wissen musst«, sagte sie schlicht. »Ich hab dir viel zu verdanken. Du warst gut zu mir und zu meinem Kind. Ich kann es nicht beweisen, aber ich glaube, dass Jonny seine Finger im Spiel hatte. Er wollte Dritter hinter Gitter bringen.« Stella schnappte nach Luft.

»Gut, Greta«, sagte sie gefasst, »danke für dein Vertrauen. Und jetzt vergessen wir beide, was du gesagt hast. Und ich glaube, es ist besser, wenn du nicht mehr zu mir kommst.«

»Ja«, erwiderte Greta, und über ihre Wangen kullerten ein paar Tränen. »Ich wollte mich sowieso verabschieden. Ich fahre mit Walburga zu Verwandten nach Oldenburg. Jonny will das so. Er hat gesagt, dass Walburga da vielleicht zu einem Spezialisten gehen kann, der sie noch einmal untersucht.«

Stella wurde durch einen ganzen Sturm von Gefühlen geschüttelt. Da war Entsetzen über das, was Greta gesagt hatte. Da war Erleichterung, weil Jonny in der nächsten Zeit also oft nach Oldenburg fahren würde. Und da war Angst um Walburga. Walburga war ein lustiges fünfjähriges Mädchen, die ganz eindeutig geistig behindert war. Sie sah anders aus als andere Kinder. Und sie verhielt sich auch anders. Sie drückte ihre Gefühle aus, ohne sich um irgendwelche Tabus zu scheren. Stella fand das oft erfrischend, und es störte sie auch nicht, wenn das Kind sie umarmte und küsste und ihr lauthals verkündete, wie weich ihre Brust sei, aber dass die Brust ihrer Mutter noch weicher sei. Oder Ähnliches.

Stella traute keinem Spezialisten, der sich mit Geisteskranken beschäftigte. Geisteskranke sollten sterilisiert werden. In Deutschland wurde ein Bild von einem Deutschen der Zukunft propagiert, der blond, blauäugig, stark, mutig, gesund und gebärfreudig war. In dieses Bild durfte kein falsches Gen pfuschen. Sie machten alle möglichen Messungen über den idealen Deutschen. Stella misstraute allem, was sie mit einem Mädchen wie Walburga anstellen konnten.

»Pass auf sie auf«, sagte sie und strich Walburga über den Kopf. Walburga hielt sich an Stella fest, als Greta sich verabschiedete. »Hier sein«, gurgelte sie. »Hier bleiben.«

»Du kommst mich bald wieder besuchen«, sagte Stella und schob sie sanft fort. In ihrer Kehle saßen auch Tränen. Aber Walburga machte keine Anstalten, sich von Stella zu lösen. »Hier bleiben!«, schrie sie.

Da öffnete sich die Zimmertür und Jonny stand im Raum. Stella und Greta fuhren zusammen. »Was ist denn hier los?«, fragte er.

Greta sah ihn ängstlich an. Sie war puterrot geworden. Walburga schrie immer noch.

Stella umschlang nun Walburga und hob sie hoch. »Die beiden wollten sich von mir verabschieden«, sagte sie in vollkommener Gastfreundlichkeit. »Vielleicht soll Walburga dir noch auf dem Klavier zeigen, was sie schon gelernt hat?«

Sie wusste, dass das nichts war. Aber ihr fiel nichts anderes ein. Und außerdem war Walburga nicht bereit, von Stella abzulassen.

»Ein andermal«, sagte Jonny knapp, griff Walburga und riss sie von Stella weg. Stella unterdrückte einen Schmerzenslaut. Das Kind hatte sich in ihre Haut festgekrallt gehabt. Nun hatte sie etwas Haut mitgenommen.

»Erledigt«, sagte Jonny so laut, dass er Walburgas Schreien übertönte. »Jetzt geht ihr nach Hause. Greta, nimm dein Kind! Und du hörst jetzt auf!« Er schlug Walburga einige Male auf den Hintern, als sie weiter schrie und zappelte. Dann trug er sie die Treppe hinunter. Greta hastete hinter ihm her. Stella stand in der Mitte ihres Wohnzimmers und horchte. Walburgas Schreien verwandelte sich in leises Weinen. Die Haustür schlug.

Zum Glück kam Jonny nicht sofort wieder hoch.

Das Geschäft *Gravenhorst* wurde auf drei Tage, also bis zur Verdunklung, geschlossen, weil *Gravenhorst* das Papier mit unverschämtem Preisaufschlag verkauft hatte.

Und dann kam der Tag, wo die Fliegerkämpfe begannen. Der Septemberhimmel war von einem freundlichen Blau. Im Haus der Wolkenraths waren alle anwesend. Sie sperrten Sonnenlicht und Herbstgold aus und dunkelten sich ein. Eckhardt fiel von der Leiter und verstauchte sich einen Fuß, was für alberne Heiterkeit sorgte. Als das Haus abgedunkelt war, gingen alle wieder in die helle Sonne hinaus. Mengen von Flugzeugen waren am blauen Himmel, einige winzig wie Mücken in ihrer gewaltigen Höhe, bald hinter Wolken, bald sich in das selige Abendlicht inbrünstig hineinstürzend.

Stella und Lysbeth gingen noch mit den Hunden spazieren. Jede von ihnen hatte drei Hunde an der Leine. Die Hunde waren nervös, sie merkten, dass irgendetwas anders war. Wie in den letzten Tagen brannten die Laternen nur auf einer Straßenseite, und die Stadt machte um neun Uhr abends einen Eindruck wie sonst um ein Uhr morgens. »Das macht ja ganz irre«, sagte Stella lachend. »Ich werde einfach müde. Du auch?« Lysbeth ging in ihre Gedanken versunken neben Stella her. Straßenbahnen, Kraftwagen fuhren abgeblendet, alles lag tot und schweigend. Ein herrlicher Vollmond im klaren Nachthimmel machte die Verdunklung ziemlich schwierig. Er lächelte und strahlte. Eine verzauberte Großstadt.

Die Straßenbahnen mit schwarz umflorten Laternen, wie früher die Leichenwagen erster Klasse, und die Autolaternen hatten nur kleine Sehschlitze. »Stella, irgendetwas ist komisch mit Mutter«, sagte Lysbeth. »Ich habe den Eindruck, dass sie versucht, etwas über Angela in Spanien rauszukriegen. Ich habe Angst, dass sie das so ungeschickt macht, dass sie Angela, aber vielleicht auch die Tante in Gefahr bringt.«

Stella überlegte. »Weißt du was?«, antwortete sie nach einiger Zeit. »Ich habe den Eindruck, dass wir alle schon lange in Gefahr sind. Und ich glaube nicht, dass Mutter es schlimmer macht.«

Lysbeth musterte sie aufmerksam. Was weißt du, was ich nicht weiß, sagte der Blick. Stella schwieg. Sie hatte lange überlegt, mit Lysbeth darüber zu sprechen, was Greta ihr erzählt hatte. Sie hatte sich dagegen entschieden. Greta hatte sie um Stillschweigen gebeten.

Am 22. September lief der Blockwart von Haus zu Haus und kündigte Fliegeralarm für den nächsten Tag um zwölf Uhr an. Am nächsten Tag schien die Sonne, als stünde nicht der Herbst vor der Tür. Ein wundervoller Altweibersommer lockte die Menschen auf die Straßen. Plötzlich hörte Stella ein feines, spitzes Heulen in der Ferne, und schon setzte Sirene um Sirene ein. Käthe, die Tante und Stella traten schnell noch mal vor die Tür ans Gartengitter, wie es auch viele andere Nachbarn taten. Im nächsten Augenblick stürzten die paar Menschen, die die Kippingstraße aufzuweisen hatte, davon. Im Handumdrehen war alles leergefegt, still wie nach einem Mittagsspuk lag die Straße. Lysbeth und Aaron waren einfach im Bett geblieben. Alexander und Eckhardt waren in die Feldstraße gegangen. »Es ist wie Hausarrest«, sagte die Tante. »Sie dressieren uns wie Hunde.« Nach etwa eineinhalb Stunden hörten sie die Straßenbahn und waren erlöst.

Abends war völlige Verdunkelung, nur an den Kreuzungen leuchtete jeweils eine Laterne. Und da, gewaltige Scheinwerferbündel der Flugabwehr, die sich zu einem Stern überschnitten, in dessen Mitte ein silbergrüner, zierlicher Märchenvogel flatterte, der im Licht gefangen war. Stella konnte ihren Blick nicht davon lösen. Dem Vogel geht es wie mir, dachte sie. Wie komme ich bloß raus?

Es kam ihr so vor, als belauerten sich im Haus die Familienmitglieder gegenseitig. Johann hatte Dritter denunziert. Wer denunzierte wen als Nächstes?

Lydia, die, seit Dritter ins Gefängnis gekommen war, die Familie Wolkenrath nicht mehr besucht hatte, kam unerwartet eines Tages im Oktober. Der Oktober war ein wundervoller Herbstmonat. Stella stand oft bewundernd vor den goldenen und roten Blättern der Bäume und meinte, ihr Herz müsste so laut nach Anthony schreien, dass alle Menschen um sie herum es hörten. Alles schrie nach Glück, sie atmete den Herbstduft ein und musste sich mit aller Kraft zurückhalten, um nicht am nächsten Tag nach England abzureisen. Aber sie bat Anthony um einen Besuch. Jonny war, wie sie es vorausgeahnt hatte, häufig in Oldenburg. Sie wollte, dass Anthony nach Hamburg kam.

Lydia marschierte schnurstracks zu Stella nach oben und sagte: »Madeleine ist ins KZ gekommen.«

Stella schwindelte. Sie hielt sich am Tisch fest.

»Irgendjemand hat sie denunziert«, sagte Lydia hart.

Stella starrte sie einfach nur an. Lydia lachte plötzlich. »Weil sie einen Witz über Hitler gemacht hat. Wegen nichts sonst. Man kann es kaum glauben.«

Stella schüttelte fassungslos ihren Kopf. »Wegen einem Witz?«, fragte sie.

»Ja«, antwortete Lydia. »Wegen einem Witz. Ich wollte es dir nur sagen. Es ist besser, du gehst da in der nächsten Zeit nicht mehr hin.«

»Danke«, murmelte Stella. Sie war sowieso seit langer Zeit nicht mehr zu Madeleine gegangen. Sie hatte zu viel Angst gehabt. Jetzt tat es ihr leid.

Käthe verfolgte die Nachrichten über Spanien. Sie informierte alle im Haus darüber. Es war ihr gleichgültig, ob ihr Mann oder Eckhardt misstrauisch wurden, weil der Kampf in Spanien sie plötzlich so interessierte. Seit Dritter ins Gefängnis gekommen war, hatte Käthe keine

Angst mehr. Wenn sie auch ins Gefängnis kam, wäre sie bei ihrem Sohn. Das wäre ihr nur recht.

»In diesen Tagen ist Madrid bombardiert worden«, sagte sie im Oktober. Und Ende Oktober sagte sie: »Die rechtmäßig gewählte spanische Regierung hat sich von Valencia nach Barcelona zurückgezogen.«

Eckhardt versuchte, seiner Mutter aus dem Weg zu gehen. Er war ihr letzter Sohn. Es war ihm sichtlich unangenehm, mit ihr zusammen zu sein.

Cynthia war wie Eckhardt im Luftschutz aktiv geworden. Man hatte sie angefordert. »Was sein muss, muss sein«, hatte sie stolz gesagt. Und von da an war sie nur noch selten in der Kippingstraße. Und wenn, dann sprach sie mit Eckhardt über den Luftschutz.

Weihnachten, als alle versuchten, ein Fest zu feiern, als wäre alles wie immer, sagte Käthe plötzlich: »Im Gefängnis werden sie, glaube ich, noch ganz gut behandelt. Da sind ja nur Verbrecher. Im KZ ist es, glaube ich, schlimmer. Vielleicht sollten wir froh sein, dass Dritter im Gefängnis ist.«

Die Tante sagte ruhig: »Käthe, ich glaube, du solltest aufpassen, dass du nicht komisch wirst. Dritter wird irgendwann wieder raus kommen, und dann braucht er eine Mutter.«

Käthe sagte kalt: »Bevor er wieder raus kommt, brauchen mich andere.«

12

Stella spürte Jonnys Unruhe. Anscheinend war irgendetwas im Gange, von dem er sich bedroht fühlte. Stella war auch unruhig. Jonny wirkte nicht, als würde er bald auf Fahrt gehen. Die Werften schwammen zwar gerade auf der Erfolgswelle, aber das lag an Rüstungsaufträgen. Die Kolonialpolitik war in den Hintergrund getreten. Ebenso der Handel. Deutschland besaß wenig Devisen und auch nur ein geringes Angebot an Waren, die exportiert wurden. Was Jonny in Hamburg täglich tat, hing mit irgendwelchen Geschäften des Handelshauses *Woermann* zusammen.

Stella wollte nicht länger warten, bis sie endlich wieder nach London fahren konnte. Zugleich wollte sie auch nicht länger warten, bis sie endlich Bescheid wusste über Angela. Der Krieg in Spanien dauerte nun schon zwei Jahre, es schien so, als hätte Franco bereits gewonnen, aber als wollten die roten Brigaden nicht klein beigeben. Inzwischen war es kein Kampf mehr zwischen zwei Armeen, sondern es gab Francos Armee und es gab Partisanen, die aus dem Versteck heraus agierten. Wo war Angela?

Die Wolkenrath-Frauen bemühten all ihre Kontakte, um Informationen über den Krieg in Spanien zu erhalten und irgendjemandem zu begegnen, der dort gekämpft hatte und Angela vielleicht kannte oder irgendjemanden, der irgendjemanden kannte, der vielleicht etwas von ihr gehört hatte. Robert war, so viel hatte Alma herausgekriegt, eine kleine Berühmtheit in Spanien geworden. Er hatte eine wichtige Brücke in die Luft gesprengt und war dabei ums Leben gekommen. Auch wussten alle, dass Robert seine Frau dabeigehabt hatte, Angela, was im Spanischen Engel hieß, und so war Angela auch geliebt worden wie ein Engel. Aber aus der Zeit nach Roberts Tod wusste niemand mehr etwas über Angela zu berichten. War auch sie tot?

Alma bezweifelte das. Sie sagte, dass die deutschen Brigadisten einander alle kannten und voneinander wussten. Sie sagte, dass es sehr ungewöhnlich wäre, wenn ein deutscher Brigadist gefallen sei und niemand eine Information darüber weitergäbe. Was sie nicht sagte, war, dass es viel schlimmer wäre, wenn Angela von den Faschisten gefangengenommen worden war. Dann wäre sie in der Hölle gelandet. Folter, Vergewaltigung, widerlichste Quälereien aus keinem anderen Grund, als sadistische Phantasien auszuleben – und das ganz besonders an Frauen –, das hatte ein gefangener Brigadist zu erwarten.

Alma holte Erkundigungen ein. Die Tante hatte keine Scheu, das Thema zur Sprache zu bringen, wenn sie wieder einmal als Briefträgerin fungierte. Was allerdings auch seltener geworden war. Lydia hatte inzwischen die erstaunlichsten Kontakte angeknüpft zu adligen oder großbürgerlichen Leuten, die sich mit Hitler immer weniger anfreunden konnten. Die hatten zwar untereinander und auch zu niemandem sonst Kontakt, waren nicht im Geringsten organisiert, aber sie nahmen immer wieder Verfolgte auf, bis die Hamburg verlassen konnten. Diese Leute erfuhren von ihren »Untermietern« einiges und Lydia bat sie, nach Angela zu forschen. Ihr eigener Kontakt war zu flüchtig, da bot sich wenig Zeit für längere Gespräche, die zu irgendwelchen Spuren führen konnten.

Dann kam Madeleine Dumont aus dem KZ. Es war vollkommen klar, dass sie nicht mehr die geringste konspirative Arbeit leisten konnte.

Aber sie ließ Stella wissen, dass sie zurück war. Und am nächsten Tag schon besuchte Stella sie. Madeleines Wohnung sah aus wie immer. Sie selbst aber sah aus wie eine andere Frau. Ihre langen roten Haare waren fort, nun waren sie aschfarben und kurz. Sie schminkte sich nicht mehr. Als sie sich sicher war, dass sie Madeleine immer noch vertrauen konnte, gestand Stella, dass sie sich entsetzliche Sorgen wegen Angela machte und fragte, ob Madeleine im KZ irgendetwas mit Spanienkämpfern zu tun gehabt oder etwas gehört hätte. »Nein«, antwortete Madeleine kurz angebunden, und dann sagte sie: »Ich habe einen Zettel unterschrieben, dass ich nichts über die Zeit dort sagen werde. Ich will da nie wieder hin. Ich werde nichts sagen.« Stella nickte. Von nun an würde sich ihr Kontakt eben auf Plaudereien über Unverfängliches beschränken. Es gab niemanden, der keine Angst davor hatte, ins KZ zu kommen. Wenn man schon einmal dagewesen war, war die Angst bestimmt noch viel größer.

Aber wovor hatte Jonny Angst? Sie wusste es nicht, aber sie spürte, dass es so war. Sie roch die Angst sogar in seiner Kleidung, für deren Reinigung sie zuständig war.

Dann stand im Januar 1938 in den Zeitungen, dass der Reichskriegsminister und Oberbefehlshaber der Wehrmacht, Werner von Blomberg, heiratete. Er war neunundfünfzig Jahre alt, seine zukünftige Frau, Fräulein Margarethe Gruhn, war fünfunddreißig Jahre jünger als er, ein einfaches Mädchen aus dem Volke, wie anfangs veröffentlicht wurde. Überall kursierten Gerüchte, dass diese Frau eine Hure gewesen war. Die Berliner Huren selbst redeten darüber, dass eine von ihnen die soziale Leiter hinaufgestiegen sei.

Überall regte man sich darüber auf, dass ausgerechnet ein hoher Nazi eine so anrüchige Verbindung einging. Schließlich predigten sie doch in all ihren Reden »Zucht und Ehre«, besonders die der Frauen. Und besonders die Frauen empörten sich. Hatte man denn so etwas schon gesehen? Aber dann waren der Führer und Göring die Trauzeugen, und die Gerüchte verstummten.

Stella, die schon gedacht hatte, dass Jonnys Unruhe mit dem Fall Blomberg zusammenhing – vielleicht befürchtete er, dass jetzt jeder schmutzige Lebenswandel aufgedeckt würde –, erwartete nun, dass er sich beruhigen würde. Hatten Hitler und Göring eine Beziehung nicht geradezu sanktioniert, die moralisch nicht auf der Höhe der Ideale von der deutschen Frau und dem deutschen Mann war?

Aber Jonny blieb fahrig und unruhig, und seine Hemden rochen weiterhin nach Angst. Stella erinnerte sich an ein Gespräch, das sie Ende des vergangenen Jahres belauscht hatte. Da hatte Jonny mit einem hohen SS-Mann über die Zukunft von Blomberg und Fritsch gesprochen. Werner von Fritsch war der Oberbefehlshaber von Heer, Marine und Luftwaffe. Der SS-Mann hatte gesagt, dass er beiden nicht mehr lang gebe, und Jonny hatte sich über diese Meinung sehr gewundert. Der SS-Mann kannte sich offenbar gut aus. Und er war schon einigermaßen betrunken gewesen. So hatte Jonnys Widerspruch ihn provoziert, mehr zu sagen, als vielleicht für ihn selbst klug gewesen wäre. »Hitler hat unter anderem mit Blomberg, Fritsch, Neurath und Göring Anfang November über seine außenpolitischen Ziele gesprochen und dass sie bald umgesetzt werden sollen. Blomberg, Fritsch und Außenminister Neurath haben seine Pläne scharf kritisiert.« »Woher wissen Sie das?«, hatte Jonny misstrauisch gefragt, und der SS-Offizier hatte überheblich gesagt: »Ich verkehre mit Hitlers Wehrmachts-Adjutant, Oberst Friedrich Hoßbach. Der war bei diesem Treffen auch dabei.« Jonny hatte sehr nachdenklich ausgesehen. Dann hatte er skeptisch gesagt: »Und warum sollen Blomberg und Fritsch jetzt gefährdet sein? Kritik ist doch nichts Kriminelles?« Der SS-Mann, dessen Gesicht von Schmissen durchfurcht war, hatte höhnisch bemerkt: »Hitler liebt keine Kritik. Er hat sich geweigert, das Gespräch fortzuführen, und seitdem hat er sich nach Berchtesgaden zurückgezogen.«

Dies war eins der seltenen Gespräche gewesen, die Stella so genau wie möglich in ihrem Gedächtnis speicherte und anschließend so geheim wie möglich an Anthony weitergab. Danach allerdings hatte sie es vergessen. Jetzt erinnerte sie sich wieder daran.

Dann wurde im Mittelmeer der englische Dampfer *Endymion* durch ein Torpedo versenkt. Im vergangenen Jahr waren einige Schiffe in den Frühjahrsstürmen gesunken. Die Schifffahrt schien gefährlicher denn je. Vielleicht verunsichert ihn das, überlegte Stella. Sie sprach mit niemandem darüber. Sie befürchtete, dass die Reaktion von Lysbeth oder der Tante eine kühle Frage wäre: »Wieso kümmert dich Jonnys Angst?« Sie fragte sich das selbst, und konnte nicht darauf antworten. Ihre einzige Antwort war, dass da doch ein Band zwischen ihnen war. Schließlich lebten sie immer noch zusammen, wenn auch eher wie Geschwister. Handelspartner lagen nicht Nacht für Nacht im gleichen Bett, traten nicht nach außen als Paar auf, teilten nicht das gesamte gesellschaftliche Leben miteinander. Nicht einmal Geschwister taten das. Und freundschaftliche Gefühle empfand Stella für Jonny nicht. Manchmal kam er ihr vor wie ein Feind, manchmal wie ein Mahnmal, das sie daran erinnerte, täglich dankbar für Anthonys Liebe zu sein, aber dann spürte sie seine Angst und konnte sich nicht dagegen verschließen.

Die Versenkung des englischen Dampfers beschäftigte Lysbeth und die Tante. Die deutschen, italienischen und spanischen Faschisten warfen den »Roten« vor, die Tat begangen zu haben. Rotspanien hingegen wendete ein, dass es als Regierungspartei keinen Grund habe, Dampfer, die ihm Vorrat brächten, zu versenken. Es gab einige Tote, mindestens fünf, und darunter war der neutrale schwedische Überwachungsoffizier. »Wenn England im Osten nicht so gefesselt wäre, würde es seine Leute besser schützen«, bemerkte Jonny dazu, und Stella fragte sich, wie er das meinte. Aber sie fragte ihn nicht. Sie spielte mit dem Gedanken, selbst nach Spanien zu gehen und ihre Tochter zu suchen. Sie hielt die Unsicherheit nicht mehr aus.

Die Nachrichten, die Stella aus dem *BBC* entnahm, pendelten zwischen eigenartigen Gerüchten um Blombergs neue Ehefrau und Werner von Fritsch, der angeblich homosexuelle Kontakte pflege und deshalb erpressbar geworden sei, und den versenkten Schiffen im Mittelmeer. Noch am gleichen Tag wurde gesagt, Blombergs Rücktritt stehe bevor und dass ein weiteres Schiff im Mittelmeer versenkt worden sei. Blombergs angeblich bevorstehender Rücktritt wurde mit der Eheschließung mit einer Prostituierten begründet. Das konnte Stella nicht glauben. Da Hitler und Göring die Hochzeit gewissermaßen gesegnet hatten, war doch Missfallen nicht anzunehmen.

Diesmal war ein englischer Dampfer durch Fliegerbomben versenkt worden. Nun gab es keinen Zweifel mehr, wer die Täter waren. Die Roten hatten keine Bomberflieger.

Hatte auch Jonny Angst vor Krieg? Das konnte Stella sich kaum vorstellen. Abends bestätigte der *BBC* die Rücktritte von Blomberg und Fritsch. Angeblich aus Gesundheitsgründen. Hitler selbst würde das Heer übernehmen.

Jonny kam früher nach Hause als sonst, auch Alexander und Eckhardt fanden sich gegen Nachmittag schon in der Kippingstraße ein. Sie scharten sich alle um den Rundfunk und warteten. Der Papagei kreischte: »Ich bin arisch!« Jonny legte ein Handtuch über den Käfig. Die Hunde strichen nervös um ihre Beine. Eckhardt brachte sie in die Küche. Sie tranken Bier und Tee und sprachen über alles Mögliche. Was sie so stark beunruhigte, erwähnten sie nicht. Die Tante und Käthe beobachteten die Männer mit wachsamen Augen, aber auch sie sagten nichts. Lysbeth und Aaron gingen wie immer früh ins Bett. Stella nahm sich ein Buch. Sie wollte den Raum nicht verlassen, irgendetwas geschah, das sie nicht verpassen wollte.

Kurz vor ein Uhr nachts meldete der deutsche Rundfunk, dass der Führer das Reichskriegsministerium auflöse und unmittelbar und persönlich die Befehlsgewalt über die Wehrmacht übernähme. Ihm unterstehe der Chef des Oberkommandos der Wehrmacht, Wilhelm Keitel. Hermann Göring war Generalfeldmarschall geworden. Im Zuge der Umstrukturierung der Wehrmacht wurden auch sechzehn ältere Generäle pensioniert und vierundvierzig versetzt. »Jetzt kann Hitler endlich frei schalten und walten, wenn er einen Krieg will!«, sagte Käthe trocken. Die Wolkenrath-Männer erhoben sich und verließen den Raum. Sie kommentierten den Vorgang mit keinem Wort.

Am nächsten Tag war das Ausland ganz erfüllt von der Krise um Blomberg, die an den Röhm-Putsch vom 30. Juni 1934 erinnerte. Am 5. Februar 1938 machte Hitler in einer Kabinettssitzung auch die Ablösung des Außenministers Konstantin von Neurath durch Joachim von Ribbentrop öffentlich. Der Wirtschaftsminister Hjalmar Schacht wurde durch Walter Funk ersetzt. Stella war beeindruckt von der Genauigkeit der Vorhersage des betrunkenen SS-Mannes. Wenn rauskommt, was er zu Jonny gesagt hat, wird es dem Kerl schlecht ergehen, dachte sie. Sie roch Jonnys Angst und fragte sich, was genau die Ursache war.

Schließlich fragte sie ihn geradeheraus. »Jonny, vor irgendwas hast du Angst. Was ist los?« Er sah sie kurz an, wie ertappt. Dann sagte er schnell und in aggressivem Ton: »Wovor sollte ich Angst haben? Es sind unruhige Zeiten, aber ich sitze fest im Sattel. Mach dir um mich keine Sorgen. Besser fragst du dich mal, wovor du Angst hast!« Damit war das Gespräch für ihn beendet.

Stella zuckte zusammen. Eine Sekunde lang empfand sie scharfen Hass. Dann sackte sie innerlich in sich zusammen. Er hat recht, dachte sie. Wieso zerbreche ich mir seinen Kopf? Ich sollte mich wirklich fragen, wovor ich Angst habe. Und ich habe eine Menge Angst.

Auch in Lysbeths Augen trat die Angst immer nackter hervor. Nichtariern wurde in ihrem Pass die Gültigkeit für Auslandsreisen gestrichen. War Aaron jetzt gefangen? Und sie mit?

Le Temps wurde in Deutschland verboten. Lysbeth fragte sich, wann es auch verboten würde, ausländische Rundfunksender zu hören.

Und wieder sanken Schiffe in den Februarstürmen. *Richard Borchardt* von der Reederei Fairplay aus Hamburg mit der ganzen Besatzung und die *Egeran* mit vierzehn Menschen Besatzung, darunter der Besitzer des Schiffes, Kapitän Luers und seine Frau, wurden von der Nordsee verschlungen.

Jonny besuchte die Trauerveranstaltungen. Er hatte beide Kapitäne gekannt. Zur Trauerfeier von Kapitän Luers, seiner Frau und der Mannschaft fuhr er eigens nach Flensburg. Als er von dort zurückkehrte, war er still und blass. Stella fragte nicht. Sie hatte den Beschluss gefasst, sich nicht mehr um Jonnys Innenleben zu kümmern. Sie hatte selbst genügend Probleme, da hatte er ein wahres Wort gesprochen.

Heute jedoch suchte er das Gespräch mit ihr. Er bat sie, den Abend mit ihm gemeinsam in ihrem Wohnzimmer oben zu verbringen. »Du hast mich neulich gefragt, wovor ich Angst habe«, sagte er, nachdem er sich ein großes Glas Cognac eingeschenkt hatte. »Du hast recht: Ich habe in der letzten Zeit manchmal Angst. Ich gehe auf die Fünfzig zu. Ich weiß nicht, wie lange ich noch zur See fahren kann.« Stella nippte an ihrem Sherry. Sie schwieg. Sie horchte in sich hinein. War sie jetzt froh über Jonnys plötzliche Offenheit? Nein, sie war auf der Hut. Sie kannte ihn gut genug, um zu wissen, dass es ihm anschließend leidtun würde, etwas von sich preisgegeben zu haben, und dass es gefährlich für ihr eigenes Seelenheil war, sich jetzt ihm zu öffnen, denn anschließend konnte er sie nur wieder verletzen. Das durfte sie nicht mehr zulassen. Also schwieg sie.

»Außerdem habe ich eine schwachsinnige Tochter mit einer Torin, die nicht weiß, was sie tut«, fuhr er bitter fort. Stella horchte auf. Gretas Worte klangen wieder in ihrem Ohr nach. Die Frage danach, wieso Greta nicht wisse, was sie tue, lag ihr auf der Zunge, aber sie schluckte sie herunter. Wenn Jonny wirklich irgendwie daran beteiligt gewesen war, Dritter ins Gefängnis zu bringen, dann würde er es ihr auch jetzt nicht eröffnen. »Und drittens habe ich eine Ehefrau, die mich nicht liebt und niemals ihr eigenes Leben für mich hergäbe.«

Hallihallo, dachte Stella, das sind ja Töne. Sie überlegte, was sie jetzt sagen konnte, ohne die gefühlsbeladene Situation in einen Streit eskalieren zu lassen.

Jonny versank in trübsinniges Schweigen. Er hat schon getrunken, überlegte Stella, das ist Weinseligkeit, die ihn gerade befallen hat.

»Wie war denn die Trauerfeier?«, fragte sie vorsichtig.

Er schluckte. »Wenn wir einen Sohn bekommen hätten, Stella, dann wäre alles anders gekommen«, sagte er kläglich. Auch wenn er jetzt weint, werde ich nicht mit ihm ins Bett gehen, befahl sich Stella. Wie sehr hatte sie sich gewünscht, von Jonny tiefe Gefühle gezeigt zu bekommen. Nie hatte sie ihn weinen sehen. Das stärkste Gefühl, das sie von ihm kannte, war Wut. Und Verachtung.

»Du hast eine Tochter«, bemerkte sie sanft. »Und auch, wenn sie anders ist als andere Kinder, so ist sie doch eine sehr liebenswerte kleine Person.« Jonny fuhr auf. »Erstens ist es kein Sohn. Zweitens ist es nicht unser Kind. Drittens ist sie schwachsinnig.« Er glitt auf den Boden und legte seinen Kopf auf Stellas Knie. Er umfasste ihre Beine und sah sie von unten herauf an. »Du bist die großartigste Frau, die ich jemals gehabt habe«, sagte er. »Du bist klug, du hast Schneid, sogar jetzt noch siehst du fabelhaft aus.« Sogar jetzt noch, dachte Stella spöttisch. Am liebsten hätte sie ihn von ihren Knien weggestoßen. Sogar jetzt noch hätte er nicht sagen dürfen. Es erinnerte sie sofort an das Mädchen in Daressalam, an die anderen Mädchen, daran, wie Jonny sie am ausgestreckten Arm hatte verhungern lassen, als sie nach seiner Liebe gedarbt hatte. Es erinnerte sie daran, wie hässlich und alt sie sich mit ihm schon gefühlt hatte, als sie gerade erst Ende zwanzig gewesen war.

In diesem Augenblick klopfte es an die Wohnzimmertür. Jonny

schoss in die Höhe, schwang sich auf seinen Sessel, fuhr mit den Fingern durch seine schütter gewordenen Haare und sagte in sonorem Ton: »Ja, bitte?«

Herein trat Alexander: »Gleich kommt die Hitlerrede zu den Vaterlandsverrätern, die zum Tode verurteilt sind. Wollt ihr mithören?«

Stella wurde etwas übel. In den vergangenen Wochen war der Fall Lieselotte Hermann durch die internationale Presse gegangen. Sie hatte ein kleines Kind. Sie war eine Mutter. Von überall her hatte es Proteste gehagelt dagegen, dass sie zum Tode verurteilt werden sollte.

»Es gibt Steckrüben«, sagte Alexander schmeichelnd. »Und die Tante hat eine Apfeltorte gebacken.«

»Ist Cynthia auch da?«, fragte Stella. »Alle sind da«, antwortete Alexander, ein stolzer Familienvater. Dass sein Sohn Dritter nicht da war und sein Sohn Johann auch nicht, hatte er offenbar schon vergessen.

»Ich bin müde«, sagte Stella.

»Ich komm runter«, sagte Jonny.

Am 6. März fand der große alljährliche Hundeumzug statt. Eckhardt und Cynthia gehörten zu den Organisatoren. Stella nahm auch daran teil. Niemand konnte so leicht mit den Hunden umgehen wie sie. Die beiden Rüden fraßen ihr aus der Hand, und die vier Weibchen verhielten sich, als wäre Stella ihre beste Freundin. Ihr selbst machte es riesigen Spaß, mit vier der Hunde an dem Umzug teilzunehmen. Sie fühlte sich wie auf einer großen Bühne. Alle blickten ihr vom Straßenrand aus zu. Am Schluss, als der Zug sich auflöste, stand plötzlich ein fremder Mann vor ihr. »Verzeihen Sie, wenn ich Sie belästige«, sagte er und lüftete seinen Hut. »Aber Sie sind eine so beeindruckende Erscheinung, dass sowohl Neigung als auch Pflicht mich zu dem Wagnis verleiteten, Sie anzusprechen.« Stella zog amüsiert die Augenbrauen in die Höhe. »Immer nur zu«, sagte sie spöttisch. »Sprechen Sie mir zuerst von der Pflicht.« Jetzt schwenkte er seinen Hut in einer ausladenden Geste und machte eine tiefe Verbeugung. »Gestatten, Staatsopernsänger Ralf Maria Kladermann. Gnädige Frau, mit Verlaub: Sie gehören auf die Bühne. Und Ihre Hunde ebenfalls.«

Stella musterte den Mann aufmerksam. Die große Knollennase, die wulstigen Lippen, die wirren Locken, ja, sie hatte ihn schon auf der

Bühne gesehen. Und sie hatte sogar schon munkeln gehört, dass er vielleicht Jude sei, so wie er aussehe. »Sie sind Bass«, sagte sie nachdenklich. »Stimmt's?« »Ich bin geschmeichelt, gnädige Frau. Sie haben mich gehört und nicht vergessen.« Er bot ihr seinen Arm. »Möchten Sie sich bei mir einhaken? Und Sie können mir zwei der Hunde abgeben, so komme ich gleichzeitig in das Vergnügen Ihrer Nähe und des Gefühls, zwei Hunde mit einer Hand zu lenken.«

Stella lachte laut auf. Hunde lenken, ein seltsamer Ausdruck.

»Ich weiß immer noch nicht, um welche Pflicht es sich handelt«, sagte sie, nachdem sie ihre Hand in seine Armbeuge gelegt hatte, beide jeweils zwei Hunde an der Leine führten und in Richtung Binnenalster gingen, wo der Opernsänger direkt auf den Alsterpavillon zusteuerte. »Das will ich Ihnen erklären«, sagte er ernsthaft. »Es ist nämlich so: Für unsere nächste Inszenierung, *Die lustigen Nibelungen* von Oscar Straus, eine eigentlich recht belanglose burleske Operette, aber dennoch brauchen wir zwei Drachen. Wenn man nun Ihren prächtigen Hunden Flügel umbindet, wären sie phantastische Drachen, die die gesamte Opernaufführung zu einem beeindruckenden Spektakel aufwerten würden.« Stella war sofort Feuer und Flamme. Sie sah die beiden Hündinnen, Aska und Zeta, vor ihrem inneren Auge mit goldenen und silbernen und grünen Drachenflügeln. Die Hündinnen waren ruhiger und geduldiger, die Rüden würde sie dafür nicht einsetzen.

»Einverstanden«, sagte sie. Beide strahlten einander an. Sie gaben sich die Hand und besiegelten so einen Pakt.

Zu Hause wurde Stella von einem Hochgefühl beseligt. Wie lange hatte sie schon nicht mehr so empfunden.

Und dann ging durch die Nachrichten, dass der große spanische Kreuzer *Baleares*, den die Nationalisten ganz am Anfang des Krieges erbeutet hatten, von den Republikanern torpediert und vernichtet worden war. Später meldeten die Engländer, die zu Hilfe eilten und selbst dabei Verletzte und einen Toten hatten, dass sechshundert Menschen ertrunken und vierhundert gerettet seien, darunter Deutsche und Italiener. England hielt nun vor Gibraltar gewaltige Flottenmanöver ab. Auch diese Nachricht machte Stella froh.

Tagelang ging sie beschwingt ihren Aufgaben nach. Dann rief der Opernsänger Kladermann sie an. »Gnädige Frau«, sagte er bedrückt. »Ich bin in der misslichen Lage, eine schlechte Botschaft mitteilen zu müssen. Wir werden die Operette von Straus nicht aufführen. Sie kann zu leicht missverstanden werden, meinte der Intendant. Sie nimmt Wagner auf die Schippe und all die germanischen Mythen, die im Augenblick gerade so ...« Er zögerte, suchte offenbar nach einem unverfänglichen Wort, »... den nationalen Geist prägen«, stieß er hervor. Stella schluckte. Sie empfand so viel Enttäuschung, dass sie selbst davon völlig überrascht war. »Außerdem möchte ich mich von Ihnen verabschieden, Stella«, fügte er jetzt ungewöhnlich vertraut und direkt, ohne jeden Höflichkeitsschnörkel, hinzu. »Ich habe ein Angebot aus Kopenhagen bekommen. Dorthin werde ich in dieser Woche noch reisen.« Stella schluckte wieder. »Dann wünsche ich Ihnen eine sehr gute Reise«, sagte sie betont fröhlich. »Und alles, alles Gute, Herr Kladermann.« »Ihnen auch, gnädige Frau«, erwiderte er, dann klackte es, und die Leitung war unterbrochen.

13

Ich glaube, dass es Gottes Wille war, von hier einen Knaben in das Reich zu schicken, ihn groß werden zu lassen, ihn zum Führer zu erheben, um es ihm zu ermöglichen, seine Heimat in das Reich hineinzuführen. Es gibt eine höhere Bestimmung, und wir alle sind nichts anderes als ihre Werkzeuge ...«

Das kehlige hypnotisierende Schreien Adolf Hitlers strömte aus dem Radio, bedrückend, kreischend, schmeichelnd, knurrend, schnurrend, ansteigend in heißer Wut oder Ekstase. Oft wurde die Stimme unterbrochen vom rasenden Gebrüll der Menge: »Heil! Heil! Heil!«

Dann wurde die Stimme sanfter und flehend. Hitler beschwor, er klagte, er dankte Gott.

Die Tante, Käthe und Stella saßen vor dem Radio im Wohnzimmer. Keine von ihnen gab einen Ton von sich. Alle drei waren bleich. Käthes Lippen hatten sich bläulich verfärbt.

Die Führerrede galt der »endlich vollzogenen Heimführung der Ostmark«, wie der gewaltsame Anschluss Österreichs von Hitler genannt wurde. Der aus Niederösterreich gebürtige Führer war bei seiner triumphalen Rückkehr schier in Ekstase geraten. Er fühlte sich als Abgesandter Gottes, aber er vergaß darüber nicht, seinen besiegten Gegenspieler, den österreichischen Bundeskanzler Kurt Schuschnigg, als »wortbrüchigen elenden Lügner«, als »verrückten, verblendeten Mann« zu beschimpfen.

»Als am 9.3. Herr Schuschnigg sein Abkommen brach, da fühlte ich in dieser Sekunde, dass der Ruf der Vorsehung an mich ergangen war«, hörten sie ihn schreien, »und was sich dann abspielte in drei Tagen, war auch nur denkbar im Vollzug eines Wunsches und Willens der Vorsehung. In drei Tagen hat der Herr sie geschlagen.«

Die Tante bemerkte trocken: »Da ist er nun in seiner Heimat zurück. Damals konnte er's nicht weit bringen, Bauhilfsarbeiter, Postkartenverkäufer, der Schicklgruber, gewohnt hat er in Männerasylen. Erst wir guten Deutschen konnten ihm zu seiner Bestimmung verhelfen: unser Führer.« Stella legte ihren Zeigefinger vor den Mund – sie wollte ihn hören.

»Und mir wurde am Tage des Verrats die Gnade des Allmächtigen zuteil, der mich befähigte, mein Heimatland mit dem Reich zu vereinigen.« Käthe stand auf und drehte am Knopf des Empfängers. Hitler verstummte mit einem kleinen letzten Gurgeln. »Ich kann den Schicklgruber nicht mehr hören.« Seit sie über Anthony von Hans Habes Forschungen zu Hitlers Vergangenheit gehört hatten, nannten sie Hitler nur noch bei seinem richtigen Namen, allerdings vorausgesetzt, dass niemand sie hören konnte: Adolf Schicklgruber. Stella lachte nervös. »Heim ins Reich«, sagte sie spöttisch. »Das kann ja schön werden.«

Kurt Schuschnigg hatte am 13. März 1938 eine Volksabstimmung in ganz Österreich durchführen wollen, bei der wahrscheinlich eine große Mehrheit der Wähler für die Unabhängigkeit der Alpenrepublik gestimmt hätte. Die in- und ausländischen Beobachter zweifelten daran zumindest nicht – wie Stella beim *BBC*, Lysbeth im *Straßburger Rundfunk* gehört hatten.

Aber Hitler war Schuschnigg zuvorgekommen, hatte die Wehrmacht einmarschieren und ganz Österreich besetzen lassen, und im Gefolge der Wehrmacht waren Gestapo, SD, SS-Totenkopfverbände und zahlreiche »Sondereinheiten« für Terror, Propaganda und »Gleichschaltung« in die österreichischen Städte und Provinzen eingefallen.

Da klingelte es im Treppenhaus. Vor einer Woche war ein Telefon in der Kippingstraße installiert worden. Stella sprang auf und stürmte in den Vorraum. Anthony war am Apparat. Durch Stella strömten aufgeregte Wellen der Freude. Endlich konnte sie seine Stimme hören, so oft sie wollte. Anthony aber war nicht nach Liebesgesäusel zumute. »Stella, es geht meiner Mutter sehr schlecht, ich fahre mit dem nächsten Dampfer nach Afrika«, sagte er, und Stella erschrak. Alles was in Deutschland und Österreich geschah, rückte sofort in weite Ferne. »Ich möchte gerne mit«, flüsterte sie. Er lachte, aber es klang nicht fröhlich. »Wunderbar«, sagte er hart. »Ich buche sofort für dich. Wie es scheint, liegt Mutter im Sterben. Sie wäre überglücklich, dich noch einmal zu sehen.«

Stella schüttelte verwirrt den Kopf. Was für eine harte, böse Stimme. War das ihr Anthony?

»Du weißt, dass das nicht geht«, entgegnete sie leise. »Aber ich würde so gern mitkommen.«

»So gern, so gern«, äffte er sie nach.

Stella lag eine scharfe Bemerkung auf der Zunge. Es entsprach nicht gerade ihrem Temperament, sie runterzuschlucken, aber es gelang ihr. Tränen schossen ihr in die Augen, und sie stammelte: »Anthony, es tut mir so leid, ich werde alles versuchen, vielleicht …«

»Nein«, entgegnete er hart. »Du wirst gar nichts versuchen. Ich habe mit Shirer telefoniert. In Wien ist der Teufel los. Euer Hitler lässt da die Juden mit der Zahnbürste die öffentlichen Toiletten schrubben …«

Jetzt verlor Stella doch die Fassung. »Euer Hitler?«, schrie sie. »Was ist denn in dich gefahren?« Sie schlug mit der Faust gegen die Wand. »Das ist nicht mein Hitler, und ich bin auch nicht in Österreich eingefallen, und ich quäle keine Juden, ganz im Gegenteil, ich kann nicht mit dir nach Afrika fahren, weil ich meine Schwester und ihren jüdischen Mann beschützen muss. Verdammt nochmal!«

»Was ist denn hier los?«, fragte eine männliche Stimme. Jonny war gerade ins Haus getreten. Er war früher nach Hause gekommen als sonst, wenn er im *Handelshaus Woermann* die Tage verbrachte.

»Nichts ist los!«, schrie Stella und warf den Hörer in die Gabel. Weinend rannte sie die Treppen hoch und warf sich aufs Bett. Heather im Sterben! Die liebenswerte rundliche Heather, die Stella von Anfang an mütterlich aufgenommen hatte, als sie in Not gewesen war. Jetzt war Heather in Not und brauchte vielleicht Stella. Und Stella hatte sich selbst in ein Gefängnis gesteckt. Aber die Tür war nicht verschlossen! Sie warf sich auf den Rücken und starrte gegen die Decke. Nein, sie wollte nicht länger im Gefängnis verharren. Lysbeth brauchte sie zwar. Wegen Aaron. Aber die konnten auswandern. Stella wurde wütend. Noch nie hatte sie Wut auf Aaron empfunden, aber jetzt wurde sie überwältigt von diesem heißen Gefühl. Es gab so viele Juden, die keine Möglichkeit hatten, ins Ausland zu gehen. Aaron hingegen hatte von Anfang an die Chance gehabt, nach England zu fliehen. Anthony hätte ihm sogar geholfen, dort als Arzt arbeiten zu können. Aber er war stolz und uneinsichtig gewesen. Er hatte die Gefahr nicht erkennen wollen.

Die Tür wurde leise geöffnet. Jonny setzte sich neben Stella aufs Bett. Er schwieg. Stella verschränkte die Arme hinter dem Kopf. Sie empfand nichts als Widerwillen. Sie wusste zwar, dass sie Jonny unrecht tat, aber sie war auch auf ihn stinkwütend. Wieso hatte er sie in diese bedrückende Lage gebracht? Wieso wollte er unbedingt mit ihr verheiratet bleiben? Wieso bot er Aaron nur Schutz auf der Basis einer verlogenen Ehe?

Sie starrte gegen die Decke, er blickte zu Boden.

Endlich brach er das Schweigen. »Du hast mit Anthony Walker gesprochen, stimmt's?«

Stella fühlte nichts als Wut und Härte in ihrer Brust. Sie sah ihn geradeheraus an. Er aber wich ihrem Blick aus. »Stimmt«, sagte sie hart. »Stimmt.« Nach einer kleinen Pause fügte sie hinzu: »Und falls du wissen möchtest, worum es geht: Seine Mutter liegt im Sterben, und ich möchte mit ihm nach Afrika fahren, um sie noch einmal zu sehen.«

Mit einem Mal brach das Eis in ihrer Brust entzwei, und sie schluchzte kurz auf. »Ich möchte sie wirklich sehr gern noch einmal sehen«, weinte sie. Jonny griff nach ihrer Hand, die sie ihm überließ. »Was steht dem denn im Wege?«, fragte er ungewohnt sanft. Es dauerte eine Weile, bis die Frage wirklich bei Stella ankam. Sie richtete sich mit einem Schwung auf und starrte ihn an. »Das fragst du?«

»Ja, das frage ich«, sagte er, als sei es das Normalste von der Welt.

Wieder flammte die Wut in Stella auf. »Dann antworte ich dir: Du stehst dem im Wege«, schnaubte sie. »Ich dachte, du wüsstest das.«

Nun endlich hob Jonny den Blick. Er hat getrunken, dachte Stella und wurde sofort aufmerksam. Wenn Jonny getrunken hatte, konnte er sehr nett und sanft werden, aber das konnte sofort umschlagen in unberechenbare Wut.

»Stella«, sagte er, und es klang so offen und traurig, dass Stella einen Moment lang an sich selbst zweifelte, »ich weiß, dass du mit Anthony Walker eine Affäre hast.« In Stella schrie es: Ich habe keine Affäre mit Anthony, ich liebe ihn, und er liebt mich. Was du und ich einmal hatten, war eine Affäre, eine vorübergehende Angezogenheit, die auf falschen Voraussetzungen basierte. Sie schwieg und sah ihn erwartungsvoll an.

Auch er schwieg jetzt, als verlöre er sich in Gedanken.

»Ja, und?«, fragte sie nach einiger Zeit ungeduldig.

»Ich dachte, du wüsstest das nicht«, sagte er.

Sie dachte nach. Wusste sie es? Oder nicht? Sie hatte überhaupt noch nie darüber nachgedacht, ob ihre ganze Heimlichtuerei vielleicht völlig überflüssig war. Eigentlich hätte sie wissen können, dass Jonny im Bilde war. Er hatte seine Leute. Die kriegten alles für ihn raus, was er wissen wollte. In diesem Augenblick kamen ihr Gretas Worte in den Sinn: »Ich glaube, es war Jonny. Er hat alles gewusst über Dritter und mich.« Ihr wurde eiskalt. Und sie merkte, dass sie das ganze Theater nicht mehr wollte. Sie hatte genug davon.

»Ich habe die Nase gestrichen voll«, sagte sie ruhig und nachdenklich. »Tatsächlich habe ich eine Affäre mit Anthony Walker, seit mehr als zehn Jahren. Ich hätte mich schon lange scheiden lassen, wenn es nicht Lysbeth und Aaron gäbe, ach, und diese ganze vermaledeite verworrene Familie.«

Jonny lachte amüsiert, und augenblicklich hasste Stella ihn wieder. Über ihre Familie durfte sie selbst schimpfen und lachen, aber niemand anders und schon gar nicht Jonny.

»Wir haben einen Handel abgeschlossen«, sagte Jonny langsam. »Wenn ich nicht da bin, fährst du nach England und lebst mit ihm. Wenn ich hier bin, lebst du mit mir.«

»Du bist zu lange hier und zu selten weg«, entfuhr Stella. Sie erschrak ein wenig, aber dann schüttelte sie den Kopf wie ein nasser Hund. Es stimmte. Was aber ebenfalls stimmte, war, dass es immer zu kurz oder zu lang sein würde. Der Handel war einfach faul.

»Ich will nach Afrika«, sagte sie schlicht. In diesem Augenblick hatte sie sich entschieden. Sie würde nach Afrika zu Heather fahren, und wenn Lysbeth und Aaron dann mit der vollen Wucht der Judenverfolgung zu tun hätten, müssten sie sich selbst retten oder Jonny bitten oder was auch immer. Es ist mein Leben, dachte Stella. Wer weiß, wie lange es noch geht.

»Dann musst du fahren«, sagte Jonny. »Ich glaube, dass ich das problemlos hier in Hamburg erklären kann, meiner Mutter und den anderen.«

Stellas Kopf fuhr zu ihm herum. Hatte er das wirklich gesagt? Ja, sie hatte es gehört. Eine Sekunde lang wollte sie ihm um den Hals fallen wie ein Kind, dem ein großer Wunsch gewährt worden war. Sie sprang aus dem Bett: »Ich ruf Anthony an.« Und weg war sie.

Eine Woche später bereits langte Anthony in Hamburg an, von wo sie gemeinsam mit dem englischen Dampfer *Queen Elizabeth* Richtung Afrika weiterfuhren. In dieser Woche verwandelte Stella sich in den Wirbelwind, der sie vor zwanzig Jahren gewesen war. Sie wusch ihre Sommerkleider, sie bügelte, sie drängte die Schneiderin, die seit Jahren für sie arbeitete, ihr innerhalb von fünf Tagen ein Sommerkostüm, eine weiße Leinenhose und ein Sommerkleid zu nähen. Die Schneiderin schlug die Hände über dem Kopf zusammen und protestierte. Das sei unmöglich. Sie habe auch noch andere Aufträge. Was Stella sich denke. Da beschloss Stella kurzerhand, Aaron nach der Adresse einer jüdischen Schneiderin oder eines jüdischen Schneiders zu fragen. Und so gelangte sie in eine kleine dunkle Wohnung in der Bornstraße, wo eine Familie mit drei Kindern, einer bildschönen dunkelhaarigen Frau mit traurigen Glutaugen und einem ausgemergelten Mann sich gemeinsam daranmachte, für Stella eine entzückende sommerliche Garderobe herzustellen. Elisabeth, so hieß die Frau, war zu allem bereit. Sie arbeitete nachts, änderte, sobald Stella etwas auszusetzen hatte, nähte die feinsten Nähte und kaum sichtbare Säume in stundenlanger Arbeit. Das Einzige, was sie strikt verweigerte, war, in die Kippingstraße zu kommen. Das war ihr zu gefährlich.

Also hielt Stella sich täglich in der Bornstraße auf. Auf dem Weg dahin huschten dunkle Gestalten an ihr vorbei, Männer mit einem Käppi auf dem Kopf, Frauen, deren Alter kaum mehr zu schätzen war, weil sie alt und gebrochen aussahen. Allen war ein ängstlicher vorsichtiger Blick zu eigen, der über Stella glitt, wenn sie zu Elisabeths Familie ging.

Es machte ihr große Freude zu erleben, wie sich Tag für Tag aus den Stoffen, die sie im *Alsterhaus* gekauft hatte, bezaubernde Kleidungsstücke herausschälten, die an Stellas Körper lagen, als hätte ein Zauber sie dorthin gefügt: ein wunderschönes Kostüm in Lindgrün, eine weiße Leinenhose mit einem weiten Schlag und enger Taille, wie es gerade modern war, und ein Sommerkleid mit gesmokter Taille, einem Ausschnitt in der Form eines umgekippten Herzens und einem weiten Tellerrock aus einem cremefarbenen Crêpestoff, auf den große rote Rosen gedruckt waren.

Stella sagte zwar lachend, dass sie all diese wundervollen Sachen wahrscheinlich gar nicht tragen würde, weil sie doch nur ihre Reithose anziehen würde, aber sie freute sich wie ein Backfisch auf Anthonys leuchtende Augen, wenn sie sich darin vor ihm drehte. Überhaupt fühlte sie sich aufgeregt, verliebt, voller Vorfreude. Dass sie einer sterbenden Heather entgegenfahren würde, kam ihr nur selten und kurz zwischendurch in den Sinn. Und niemand erinnerte sie daran.

Es war, als teile die ganze Familie Stellas Glück. Die Tante, Käthe und Lysbeth suchten eifrig für die Menschen in Afrika nach Sachen, die irgendwie nützlich sein konnten. Die Tante und Lysbeth stellten eine richtige kleine Apotheke zusammen. Käthe backte Kekse und sammelte ausrangierte Kleidung bei den Nachbarinnen. Als Lydia allerdings zu Besuch kam und davon erfuhr, sagte sie in mitleidloser Schärfe: »Wir haben hier in Hamburg viele Juden, die abgelegte Kleidung brauchen, vielleicht solltet ihr mal daran denken.« Aaron, der gerade im Zimmer war, schrak zusammen und murmelte eine Entschuldigung. Er habe etwas vergessen. Draußen war er.

Manchmal dämmerte es Stella in der ganzen Begeisterung und dem Wirrwarr um sie herum, dass alle glücklich waren, weil sie wegfuhr. So konnten sie ein wenig der Schuld an sie zurückzahlen, die sie fühlten, weil Stella mit Jonny zusammengeblieben war, obwohl sie ihn nicht mehr liebte.

Selbst Jonny nahm Anteil an Stellas Vorbereitungen. Er gab ihr einen Stapel an Post mit, den sie in Daressalam bei einem gewissen Dr. Braunhofer abgeben sollte. Außerdem bat er sie, ein Paket zu einer bestimmten Familie zu bringen. Er beschrieb genau, wie sie dorthin kam. Eine Adresse allerdings konnte er nicht nennen.

Er war den Weg in die Offensive gegangen. Er hatte überall erzählt, dass Stella ihrer alten Freundin Heather Walker einen letzten Besuch abstatten wollte. Dagegen konnte niemand etwas einwenden.

Als Stella am letzten Tag vor ihrer Abreise ihre neue Garderobe vorführte, brachen alle in Begeisterung aus, auch Jonny. Im Bett lagen sie nebeneinander, beide konnten nicht schlafen. Stella hörte, dass Jonny wach war. Da griff er nach ihrer Hand und sagte: »Stella, du bist einfach eine wundervolle Frau, ich bin stolz, dass du mit mir verheiratet bist.« Stella sagte nichts. Sie dachte an Anthony. Wie stolz wäre sie, wenn sie mit ihm verheiratet wäre. Aber sie zog ihre Hand nicht weg. So schlief Jonny ein. Stella lag noch lange wach.

Auch Anthony war aufgeregt wie ein junger Mann. Dabei sah er keineswegs jung aus, als er Stella in seine Arme schloss. Er hatte in der Zwischenzeit einige graue Haare bekommen, und scharfe Falten zogen sich von der Nase bis zum Kinn.

Er war ein erfolgreicher Autor, der auch auf diesem Schiff vom Kapitän gemeinsam mit Stella zum Dinner geladen wurde. Ebenso wie während Stellas kurzer Reise nach London wurde hier über Politik gesprochen, allerdings weniger zurückhaltend als damals, wo auf die Deutsche Rücksicht genommen worden war und wo auch gerade die Olympischen Spiele stattgefunden hatten.

Der Kapitän, Thomas Adamson, empörte sich darüber, wie sich die Wiener Nationalsozialisten in den ersten paar Wochen nach dem deutschen Einmarsch aufgeführt hatten. »Es war eine Orgie des Sadismus«, sagte er, und Anthony nickte zu seinen Worten. Stella erschrak, als sie hörte, was der Kapitän und Anthony berichteten: Tag für Tag waren zahlreiche Juden und Jüdinnen gezwungen worden, von den Häuserwänden Schuschniggs Wahlparolen abzuschrubben und die Rinnsteine zu reinigen. Während sie unter Aufsicht höhnisch grinsender SA-Leute auf den Knien arbeiteten, versammelten sich Menschenmengen, die sie verspotteten. Hunderte von jüdischen Männern und Frauen wurden auf der Straße ergriffen und mussten öffentliche Toiletten und die Klosetts der SA- und SS-Quartiere säubern. Zehntausende kamen ins Gefängnis. Ihre Besitztümer wurden beschlagnahmt oder gestohlen.

»So schlimm ist es bei uns nicht«, sagte Stella. »Bei uns verlieren die Juden ihre bürgerlichen Rechte, aber sie werden nicht öffentlich gedemütigt. Ich glaube, das würden die Menschen auch nicht mitmachen.«

Anthony sah sie nachdenklich an. »Ich kenne Deutschland nicht gut genug«, sagte er, »aber ich traue den Nazis inzwischen alles zu. Eines ist klar: Sie wollen die Juden loswerden. Aber sie wollen ihr Vermögen behalten. Manchmal glaube ich, dass es gar nicht um Rasse und so etwas geht, sondern nur darum, einen gigantischen Raub staatlich zu legitimieren.«

Der Kapitän nickte. Für den 10. April hatte die Naziführung eine nachträgliche Volksabstimmung über den Anschluss Österreichs angekündigt. »Keiner zweifelt doch am Ausgang«, sagte er. »Das Trommelfeuer der Nazi-Propaganda, der Terror der sogenannten Sondereinheiten, die massive Einschüchterung der Bevölkerung hat die Voraussetzungen für einen triumphalen Sieg Hitlers geschaffen.«

Anthony sagte: »Nicht zu vergessen, die Glücksritter: Wo kann man so leicht Vermögen machen? Man muss nur Beziehungen haben und schon hat man eine Villa …« Stella fröstelte. Sie dachte an Dritter. Und auch an ihren Vater. Sie wusste, dass beide sich an der jüdischen Not bereicherten. Dritter zumindest war vorerst aus dem Verkehr gezogen.

Am 10. April waren sie immer noch auf See. Täglich hörten sie *BBC*. Es tat Stella unendlich gut, sich unter Menschen aufzuhalten, vor denen sie sich nicht verstecken musste. So wie sie mit Anthony immer schon ihre tiefsten Gefühle, ihre intimsten Geheimnisse austauschen konnte in dem Wissen, dass Anthony sie nie verraten würde, konnte sie jetzt mit ihm über ihre Angst vor Krieg, ihre Erschütterung über die Lage der Juden in Deutschland, ihr Entsetzen über das Verhalten der Kirche äußern. Als der Wiener Kardinal-Erzbischof Theodor Innitzer eine Erklärung abgab, mit der er den Nationalsozialismus ausdrücklich begrüßte und den österreichischen Katholiken empfahl, mit Ja zu stimmen, lachte Stella böse. »Der Papst, Hitler und der liebe Gott, das ist doch eine Allianz, die der heiligen Dreifaltigkeit in nichts nachsteht.«

»Meinen Sie wirklich, dass es da mit rechten Dingen zugegangen ist?«, fragte der Kapitän seine Gäste. »99,08 Prozent in Großdeutschland, 99,75 Prozent in Österreich haben angeblich mit Ja gestimmt.« Anthony wiegte nachdenklich seinen Kopf.

»Sie stehen neben den Kabinen und gucken, wohin du dein Kreuz machst«, erklärte Stella. »Sie hätten ein Nein niemals akzeptiert, vorher hätten sie Wahlzettel gefälscht.« Anthony und der Kapitän sahen sie aufmerksam an. »Aber um die Wahrheit zu sagen«, fuhr Stella fort,

»es sind vielleicht nicht fast hundert Prozent, aber die meisten sind einverstanden. Und diejenigen, die es nicht sind, haben größtenteils nicht mitgewählt. Die sind im KZ oder geflohen oder ermordet.«

Anthony und Kapitän Adamson nickten. »Wie soll das bloß weitergehen?«, fragte der Kapitän.

Ende April langten sie in Daressalam an. Es war wundervoll sonnig und warm, und Stella zog ihr neues Sommerkleid an. Anthony, der in Hamburg noch bleich und krank ausgesehen hatte, war während der sechswöchigen Fahrt braun geworden. Er hatte auch zugenommen und war jetzt wieder ein junger Mann. Auch Stella hatte Farbe bekommen und fühlte sich seit langem wieder einmal richtig wohl. Das tägliche Zusammensein mit Anthony, die Freiheit, die sie auf dem Schiff empfunden hatte, sagen zu dürfen, was sie meinte, dachte, fühlte, all das hatte eine zunehmende Entspannung bewirkt. Nun, da sie in ihrem Hotel standen, er in weißer Hose und weißem Hemd, sie in ihrem Sommerkleid mit den roten Rosen und einem weißen Hut mit breiter geschwungener Krempe, wirkten sie wie ein junges Paar auf Hochzeitsreise. Genauso fühlten sie sich auch.

Am gleichen Tag noch begaben sie sich daran, ihre Aufträge zu erledigen. Stella brachte die Briefe zu der von Jonny angegebenen Adresse. Jonny hatte ihr aufgemalt, wohin sie das Paket bringen sollte. Es war mitten im Souk. Anthony begleitete sie, und Stella war froh darüber. Die Gassen waren dunkel und eng, die Männer am Straßenrand beobachteten sie mit gierigen Augen. »Ich bin völlig falsch angezogen für diese Gegend«, raunte sie verärgert. »Ich auch«, stimmte er zu. Anthony war kein Mann, der körperliche Stärke ausstrahlte, wenn er auch reiten und schießen konnte wie kaum ein anderer. Das wussten die Männer am Straßenrand aber nicht.

»Wenn wir nicht gleich da sind, will ich umkehren«, sagte Stella. Da wendete Anthony sich einem der Männer zu und fragte ihn etwas auf Kisuaheli. Der Mann schüttelte den Kopf. Offenbar verstand er kein Kisuaheli. Aber im Nu waren Stella und Anthony umringt von Männern und Kindern, die kauderwelschten und durcheinandersprachen und gestikulierten, weil sie alle helfen wollten. Sie gestikulierten allerdings in unterschiedliche Richtungen. Auf dem Paket stand ein einziger Name. Heinrich. Als Anthony diesen Namen sagte, wurde er sofort aus den vielen verschiedenen Mündern unterschiedlich intoniert. Bis ein kleiner Junge sagte: »Ein Reck!« Da kam eine Bewegung in die Gruppe, die in eine einzige Richtung drängte. Sie wiederholten »ein Reck, ein Reck«, und gaben dem Jungen einen kleinen Schubs. Er sollte die beiden schönen Fremden führen. »Cheil Chitler!«, rief ein Mann aus der Gruppe zum Abschied, und einige andere schlossen sich an und rissen die Arme in die Höhe. Sie lachten freundlich dabei, und Stellas kurze zornige Anwandlung verflog ebenso schnell, wie sie gekommen war.

Der Junge führte sie durch ein Gewirr von Gassen. Die Häuser waren aus Holz mit verfallenen Dächern. Stella fühlte sich sehr beklommen. Da standen sie vor einer Hütte. »Ein Reck«, sagte der Junge stolz und blieb breitbeinig mit vorgeschobenem Bauch stehen.

Er rief laut, und nach kurzer Zeit kam eine Frau aus der Hütte. Stella erschrak. Dies war zwar eine alte Frau, aber sie hatte trotzdem etwas im Gesicht, das dem Mädchen ähnelte, das Stella vor mehr als zehn Jahren auf dem Markt in Daressalam gesehen hatte. Hinter der Frau stand ein Junge, der sie um eine Kopflänge überragte. Er hatte immer noch Jonnys blaue Augen, die Stella damals schon erschreckt hatten. Misstrauisch guckte die Frau auf Stella und Anthony. Damals war sie ein Kind gewesen, jetzt war sie eine alte Frau. Ihr Rücken war gebeugt, an ihrer Brust lag ein Säugling. Die Brust hing leer herab. Stella reichte ihr das Paket, sie wies auf den Jungen: »Für ihn.« Die Frau verstand. Anthony sagte ein paar Worte auf Kisuaheli zu ihr. Sie sah ihn ernst an und blickte dann gen Boden, ohne ein Wort zu sagen.

Stella und Anthony bedeuteten dem Jungen, der sie hergeführt hatte, sie zum Hotel zurückzubringen. Er tat dies mit wichtiger Miene.

Als sie wieder in ihrem Zimmer waren und die staubigen, verschwitzten Kleidungsstücke auszogen, fragte Stella: »Was hast du zu ihr gesagt? Du hast sie irgendwie verärgert, oder?«

Anthony schmunzelte. »Nein, ich hab sie nicht verärgert. Ich hab ihr gesagt, dass sie sehr schöne Kinder hat, und dass die Kinder von Mal zu Mal schöner werden.«

Stella boxte ihn. »Du alter Schlawiner.« Er griff sie an den Armen und zog sie an sich. »Ich habe Angst«, sagte er leise. »Ich habe solche Angst.« Stella war ganz still. Sie umschlang ihn und hielt ihn fest. »Ich liebe dich, Anthony«, flüsterte sie. »Ich liebe dich so sehr.«

Während Stella in Afrika war, begann Lysbeth auf diese Weise zu träumen, von der sie dachte, sie gehöre einer vergangenen Zeit an. Sie träumte von Angela, die blutüberströmt in einem dunklen Zimmer lag und Lysbeth um Hilfe rief.

Das Versenken des Dampfers *Baleares* hatte nicht viel genützt. Die Francisten waren auf dem Vormarsch, die Republikaner verloren immer mehr an Terrain.

Wo Lysbeth, die Tante oder Lydia auch Erkundigungen einholten, von Angela hörten sie nichts. Und nun diese Träume! Jede Nacht schreckte Lysbeth auf, weil sie Angelas Hilferufe hörte. Wenn dieser Traum nicht nur eine Ausgeburt meiner geschundenen Nerven ist, sagte sie sich, dann darf ich nicht warten, bis Angela zu mir kommt. Dann muss ich aktiv werden.

Nun erst eröffnete sie der Tante, was sie geträumt hatte. Die Tante teilte ihre Auffassung. »Wenn Angela in Not ist, musst du zu ihr gehen, dann kann sie nicht hierherkommen«, sagte sie. »Was wir jetzt rauskriegen müssen, ist, wohin Verletzte aus Spanien gebracht werden. Und dann müssen wir alle Kräfte mobilisieren, um sie zu holen.«

Mit einem Mal wusste Lysbeth, was sie tun musste. »Ich hätte es schon vor Wochen, vor Monaten machen müssen«, sagte sie zu Aaron, ärgerlich über sich selbst. »Worauf habe ich eigentlich die ganze Zeit gewartet?«

Sie verabschiedete sich von Aaron, der Deutschland nicht mehr verlassen konnte, sie umarmte ihre Mutter und die Tante. Sie schüttelte ihrem Vater und Eckhardt die Hand. Die beiden dachten, dass Lysbeth auf den Bauernhof in der Nähe von Dresden führe, wo sie Urlaub machte. Von Cynthia verabschiedete sie sich nicht. Cynthias und Lysbeths Verhältnis war sehr frostig geworden. Auch musste Cynthia nicht wissen, dass Lysbeth und Lydia gemeinsam unterwegs waren. Lydia hatte ihrer Tochter erzählt, dass sie ihre Freundin Antonia in Paris besuchen wollte, und das fand Cynthia schon schlimm genug. Lysbeth war sehr glücklich darüber, dass Lydia sie begleitete. Lysbeth sprach kein Französisch, sie fürchtete, sich in Frankreich nicht zu Angela durchzufinden, falls diese irgendwo verletzt läge.

Lydia und Lysbeth fuhren tatsächlich als Erstes nach Paris zu Antonia. Antonia wohnte in einer kleinen Einzimmerwohnung auf halber

Höhe des Montmartre. Die Toilette lag im Treppenhaus einige Stufen tiefer. Aber ihr winziger Balkon gab den Blick frei auf Paris, das sich am Abend unter ihr ausbreitete wie eine sternenbestickte große Decke. Antonia strahlte eine solche Zufriedenheit aus, dass Lysbeth sehr bedauerte, Aarons Weigerung zu fliehen, akzeptiert zu haben. »Paris ist die schönste Stadt der Welt«, schwärmte Antonia. »Ich weine Berlin keine Träne nach.« Sie spazierten durch Straßen, wo große und auch kleine Geschäfte lagen, und Lysbeth atmete befreit auf. Nirgends stand ein Schild: »Juden unerwünscht«. Niemand huschte ängstlich an ihr vorbei. Es gab Schilder, auf denen eindeutig jüdische Namen standen: Ärzte, Rechtsanwälte, Schneider, Uhrmacher. Am Abend besuchten sie mit Antonia ein kleines Restaurant, wo sie Schnecken aßen und Froschschenkel. Lysbeth ekelte sich zwar ein wenig, aber sie probierte alles und stellte fest, dass es gar nicht so furchtbar schmeckte, wie sie befürchtet hatte. Als sie Antonia schilderten, weshalb sie in Frankreich waren, kam diese sofort in Bewegung. Sie machte es zu ihrer ganz persönlichen Sache, Angela zu finden. »Mein Schwiegersohn ist mit Männern befreundet, die in Spanien als Brigadisten kämpfen«, sagte sie stolz. »Er wird uns helfen.«

Lysbeth hätte nie für möglich gehalten, was nun passierte: Als hätte Antonia in unterschiedliche Richtungen Schneebälle geworfen, die sich allesamt zu Lawinen auswuchsen, konnten sie sich vor Informationen über Angela bald nicht mehr retten. Aber wie widersprüchlich waren diese! Mal war Angela mit ihrem Mann Robert, den sie angeblich in Spanien geheiratet hatte, gemeinsam gestorben. Mal hatte sie nach seinem Tod die waghalsigsten Aufträge ausgeführt, bis es ihr verboten worden war, weil es ihrem Commandante so vorkam, als ginge es ihr nicht um den Kampf für die Rettung der gewählten republikanischen Regierung, sondern als wolle sie einfach nur so viele Nationalisten wie möglich töten. Mal war sie den Feinden in die Hände gefallen, mal war sie von denen gefoltert worden und dennoch geflohen. Mal war sie von denen getötet worden, mal während eines Kampfes gestorben. Alle Varianten schienen Lysbeth möglich. Aber sie träumte weiterhin von Angela. Zwar nicht mehr jede Nacht, nun träumte sie auch von Aaron, sehnsüchtige sexuelle Träume, aus denen sie morgens verwirrt erwachte, weil sie auf dem Boden in Antonias Zimmer lag und neben ihr Lydia röchelte. Manchen Morgen aber wachte sie mit Angelas Hilferufen im Ohr auf. Und dann konnte sie nicht glauben, dass Angela tot war.

»Wir müssen systematisch die Krankenhäuser abklappern, in denen Spanienkämpfer liegen«, schlug Lydia vor. Und so verließen sie Paris Richtung spanische Grenze. Von Stadt zu Stadt wurden sie weitergereicht. In Paris waren ihnen Adressen von Familienangehörigen junger Männer genannt worden, die in Spanien den internationalen Brigaden angehörten. Die suchten sie auf. Überall wurden sie freundlich empfangen. Es kam Lysbeth fast unwirklich vor, dass es in Deutschland nicht möglich war, offen darüber zu sprechen, dass in Spanien Deutsche gegeneinander Krieg führten.

Doch sobald sie Paris verlassen hatten, rissen auch die Erinnerungen an Angela vollkommen ab. So freundlich sie aufgenommen wurden, so schrecklich oder lustig oder aufregend die Geschichten auch waren, die sie über die Kämpfe der internationalen Brigaden in Spanien und den Terror der Faschisten hörten, über Angela hatte niemand mehr etwas zu berichten. Manchmal wurde genickt, wenn Lysbeth und Lydia von dem jungen deutschen Liebespaar sprachen, das gemeinsam gekämpft hatte, Angela und Robert waren wohl durchaus eine Legende geworden, aber mehr wusste keiner.

So langten die beiden Frauen in Collioure an, einem winzigen Fischerdorf kurz vor der spanischen Grenze. Die Menschen hier hatten wettergegerbte Gesichter, im Hafen lagen Unmengen kleiner Boote, deren blaue Farbe von der Sonne ausgeblichen war. Im Ort war man stolz darauf, dass viele Künstler hierherkamen, um zu malen. Weniger stolz waren die Leute auf die Republikaner, die aus Spanien hierherflohen. Oft waren sie schwer verletzt, und oft starben sie, kaum dass sie sich bis über die Grenze geschleppt hatten oder unter Lebensgefahr in einem kleinen Boot an der Küste entlang von den winzigen spanischen Fischerdörfern vor den Pyrenäen nach Collioure transportiert worden waren. Die Menschen sprachen ein Französisch, das spanisch klang, die weichen Nasallaute waren kaum mehr vorhanden, die Sprache knatterte wie ein Maschinengewehr.

Als lichteten sich hier alle Nebel, hinter denen Angela verschwunden war, wurden Lysbeth und Lydia, kaum dass sie von einer jungen Deutschen gesprochen hatten, die in Spanien gekämpft hatte, zu einer alten Französin gebracht. Die Frau war dick mit einem runden runzligen Gesicht, in dem zwei große braune Augen lebendig funkelten. Sie redete unablässig auf Lydia ein, während sie die beiden durch die Gassen eine Anhöhe hinauf führte. Lysbeth fragte leise: »Was sagt sie?« Lydia antwortete: »Keine Ahnung. Ich verstehe sie nicht. Nur Fetzen. Anscheinend ist Angela bei ihr. Auf jeden Fall eine junge Frau aus Spanien.« Angela bei ihr? Lysbeth zog sich vollkommen in sich zurück. Gleichzeitig nahm sie alles um sich herum wahr. Die gleißende Sonne, die in ihre Augen stach. Die unebenen harten Wege, auf denen manchmal Steine lagen und manchmal Erdlöcher zeigten, dass es hier auch Regen gab, der die Erde auswusch. Der Mann mit dem Eselskarren, der ihnen entgegenkam und Stock und Mütze hob, um die alte Frau und die beiden Fremden zu begrüßen. Der Duft, der vom Meer wehte, und der, der von den Bergen kam und nach Rosmarin und Thymian roch. Ein schöner Ort, dachte Lysbeth, friedlich. Man kann sich kaum vorstellen, dass direkt hinter den Bergen Krieg herrscht.

Die alte Frau ging flink vor ihnen her. Aus dem Weg wurde ein Pfad, rechts und links wuchs Gestrüpp, das scharf nach Ölen duftete und Lysbeths Kräuterfrauenherz erfreute.

Und dann standen sie unversehens vor einer kleinen aus Natursteinen gebauten Kate. Vor dem Eingang lag eine Art Veranda; das aus getrockneten Palmwedeln gebildete Dach wurde von knorrigen Ästen getragen. Die Alte stieß die Tür auf, Lydia und Lysbeth mussten den Kopf einziehen, um hineingehen zu können. Nach der Helligkeit draußen kam ihnen der Raum stockduster vor. Zuerst sah Lysbeth nichts. Abgestandener fauliger Geruch schlug ihnen entgegen. Lysbeth schnüffelte. Das war Eitergeruch. Langsam gewöhnten sich ihre Augen, und sie stellte fest, dass es gar nicht so dunkel war. Neben der Tür lag ein Fenster, durch das der Raum erhellt wurde. In der Mitte stand ein Tisch, drumherum sechs Stühle, links daneben an der Wand ein Ofen, auf dem offenbar gekocht wurde und daneben ein länglicher, schwerer, saubergescheuerter Holztisch. Von der Decke baumelten Töpfe, Pfannen und andere Kochutensilien, außerdem ein Korb, in dem Gemüse lag. An der Wand hing ein Knoblauchzopf und mehrere Büschel getrockneter Kräuter.

Lysbeth fühlte sich sehr an das Häuschen der Tante erinnert, in dem sie damals vor sechsundzwanzig Jahren ihre Lehre als Heilerin begonnen hatte. Aber der Geruch störte. Es war ein Geruch von Krankheit,

Verwesung, ja, Tod. Die Alte ging nach hinten in den Raum, wo es noch schummriger war. Dort befand sich offenbar ein Alkoven, wo hinter einem Vorhang mehrere Betten lagen. Sie winkte Lysbeth und Lydia zu sich. Lysbeth war wieder nichts als Wachsamkeit. Wie ein Tier, das auf eine Lichtung geht und weiß, dass es dort in höchster Gefahr ist, war sie mit jeder Faser ihres Körpers verbunden und hatte gleichzeitig alle Instinkte nach außen gerichtet.

Da lag ein blutiges Bündel Mensch in einem Bett, und Lysbeth wusste es sofort: Das ist Angela. Behutsam näherte sie sich, als könnte ein Lufthauch Angela irgendwie wehtun.

Die Alte schlug die Decke zurück. War das ein schwangerer Bauch?

Lysbeth wurde schwindelig. Sie taumelte. Alle Vorsicht hatte sie nicht vor diesem Schlag schützen können. Angela war schwanger. Und sie roch, als würde sie sterben. Schnell hatte Lysbeth sich wieder gefangen. Langsam tastete ihr Blick die verletzte Frau ab. Was war geschehen?

»Ich brauche abgekochtes Wasser«, sagte sie ruhig zu Lydia. »Und dann frage sie bitte nach allem, was sie weiß.«

»Aber ich verstehe sie so schlecht«, antwortete Lydia bedrückt.

Lysbeth wurde nervös. Sie hatte das Gefühl, gleichzeitig sehr schnell und sehr ruhig sein zu müssen. Die alte Frau strich Angela die fieberfeuchten Haare aus der Stirn. Angela stöhnte schwer auf. Ihre Augen waren blutverkrustet, ebenso ihre Hände und Füße.

Lysbeth zog die Frau zum Ofen und wies auf den Kessel. Die alte Frau verstand sofort. Sie wieselte im Raum herum und bald loderte ein Feuer, worauf der Kessel stand, der mit frischem Wasser vom Brunnen gefüllt war.

Lysbeth berührte die Frau am Arm, wies auf Angela und fragte: »Wie viele Tage?« Lydia sagte schnell: »Combien de jours?« Die Alte sah sie zweifelnd an, dann lächelte sie und wieder sprudelte ein Schwall von Worten aus ihrem Mund. Lysbeth griff sie diesmal fester am Arm. »Jours?«, fragte sie und hielt die Finger hoch. Jetzt erst verstand die Alte, dass die beiden Ausländerinnen zwar französische Worte von sich gaben, aber anscheinend schlechte Ohren hatten oder nicht verstanden, auf jeden Fall hielt sie eine Hand hoch und zeigte: Fünf. Seit fünf Tagen war Angela also schon hier. Und sie war noch nicht gestorben. Also hatte die Frau sich um sie gekümmert, und anscheinend nicht schlecht.

Lysbeth wies auf Angela und zuckte mit den Schultern. »Was ist kaputt?«, fragte sie. »Was ist krank?« »Malade?«, fragte Lydia. Die alte Frau zog die Augenbrauen zusammen, als wollte sie zornig werden. Das war doch wohl klar, dass das Mädchen krank war, demonstrierte ihr Gesicht. Lysbeth lächelte. Sie wies auf ihren eigenen Körper. Brust, Bauch, Ohren, Augen. Die Alte lächelte nun auch. Sie wies auf die Augen. Auf den Bauch. Auf die Hände, auf die Füße.

»Warum ist sie nicht im Krankenhaus?«, fragte Lysbeth streng. »Hôpital?«, fragte Lydia. Die Alte schnaubte verächtlich. Wieder gab sie einen Wortschwall von sich. Lydia sagte zu Lysbeth: »Wenn ich sie recht verstehe, sagt sie, dass Angela dort schon lange gestorben wäre.« Sie lauschte angestrengt und fügte dann hinzu: »Wenn ich sie richtig verstehe, sagt sie, dass Angela hier wahrscheinlich auch stirbt, aber besser als im Krankenhaus.«

»Sie wird nicht sterben«, verkündete Lysbeth. In ihre Brust war eine große Kraft geströmt. Sie würde dafür sorgen, dass Angela nicht starb.

»Bitte such irgendwo eine Möglichkeit, wo du telefonieren kannst«, sagte sie zu Lydia. »Vielleicht gibt es hier ein Postamt oder sonst im nächsten größeren Ort. Ganz egal wo, du musst telefonieren.« Lydia nickte. »Ruf bei uns an. Die Tante und Aaron sollen zu Helga und Helmut fahren. Helmut soll nach Frankreich kommen. An die Grenze zu Belgien. Dort treffen wir uns.« Lydia nickte. Lysbeth dachte nach. »Er muss mit einem Lieferwagen kommen. Aber der Lieferwagen muss schnell fahren. Wir haben es eilig.« Lydia sah sie zweifelnd an. »Du glaubst, Angela ist transportfähig?«

»Sie ist hierhergekommen«, antwortete Lysbeth hart. »Sie wird auch nach Hause kommen.«

»Gut.« Lydia verließ die Kate. Sie zeigte auf sich selbst und sagte zu der Alten: »Telefon.« Die Alte nickte zufrieden. Sie wies Richtung Hafen. »Téléphone.«

Nun machte Lysbeth sich daran, ihre Hände mit dem abgekochten Wasser zu schrubben und anschließend mit dem Desinfektionsmittel einzureiben, das sie in ihrer kleinen Medikamententasche mitgebracht hatte. Dann begann sie, Angelas ganzen Körper sehr behutsam abzutasten.

Die Hände und Füße berührte sie nicht. Sie horchte Herz und Lunge ab, und dann wagte sie, den Bauch abzuhören. Die Alte stand regungslos neben ihr. Lysbeth hörte den Herzschlag des Kindes. Sie konnte nichts mehr sehen. Sie hob ihren Kopf. Tränen liefen ihr die Wange hinunter. Die alte Frau sah sie aufmerksam an. Lysbeth umschlang die Frau, und so standen die beiden eine Weile weinend Arm in Arm.

Lysbeth verabreichte Angela eine Spritze, und dann machte sie sich gemeinsam mit der Französin daran, Tücher in einen Sud zu tunken, den die Tante Lysbeth mitgegeben hatte, und diese Tücher um die verletzten, blutigen und vereiterten Körperteile zu legen.

Die größte Sorge machten Lysbeth die Augen. Sie wusste nicht, wie Angela so verletzt worden war. Hatte sie vielleicht an einer Sprengung teilgenommen? War sie gefoltert worden? Aber warum war dann ihr Bauch unverletzt?

Auch wenn Lysbeth gern mit ihr gesprochen hätte, so war sie doch froh, dass Angela im Koma lag. So nahm ihr Bewusstsein nichts von der Kraft weg, die sie zur Genesung brauchte. Lysbeth glaubte, dass Angela am Leben bleiben könnte, wenn es sich nur um die Verletzungen handelte, die sie sehen konnte. Wenn allerdings innere Organe betroffen waren, könnte es sein, dass Angela einfach still vor sich hin verblutete, während Lysbeth um ihr Leben rang.

Sie setzte sich neben Angela und beobachtete ihren Atem. Sie spannte all ihre Sinne an. Was roch sie noch außer Eiter, Dreck, Verwesung? Das Kind lebte offenbar. Starke innere Verletzungen würden auch das Leben des Kindes gefährden.

Ich kann nichts tun, als abwarten, dachte Lysbeth. Die alte Spanierin benetzte Angelas trockene aufgeplatzte Lippen von Zeit zu Zeit mit einem Lappen, den sie in einen Kräutertee getaucht hatte. Es roch nach Kamille, nach Rosmarin, nach Thymian. Das hat sie schon die ganze Zeit getan, dachte Lysbeth, dankbar, weil die Alte sich offenbar sehr bemüht hatte, Angela am Leben zu erhalten.

Nun reichte die Französin ihr eine Schale mit dampfendem Tee. Lysbeth atmete tief ein. Der Tee roch ebenso wie die Flüssigkeit, mit der Angelas Lippen benetzt wurden, aber es lag noch ein scharfer Geruch nach Schnaps in der Luft. Lysbeth wollte gerade abwehren, da dachte sie an die Tante. Sie ergriff die Teetasse und trank in kleinen Schlucken. Sofort rieselte Wärme und eine neue Kraft durch ihre Adern. Sie würde die Nacht über bei Angela wachen, selbst wenn Lydia oder die Französsin sie ablösen wollten. Diese Nacht würde sie nicht schlafen können. Und der Tee würde ihr guttun. Sie nickte der Frau zu, die sich am Holztisch zu schaffen machte. Lysbeth vernahm das Geräusch von zerkleinerten Möhren, sie roch Knoblauch und Zwiebeln und Lauch, sie fühlte sich wie aus Zeit und Raum getragen zu der Tante, zu Menschen, die ihr Halt und Sicherheit gaben. Sie dämmerte leicht weg und behielt doch ihre Aufmerksamkeit die ganze Zeit auf Angelas Atem gerichtet.

Lydia kam nicht zurück. Es wurde Abend. Die Dunkelheit setzte erst spät ein, aber dann kam sie schnell. Eben war es noch hell draußen gewesen, im nächsten Moment lag vor dem Fenster ein schwarzer Fleck. Die Französin setzte Lysbeth eine Schale mit Suppe vor, dazu warmes Brot. Lysbeth, die glaubte, dass ihr Magen zugeschnürt war und sie keinen Bissen zu sich nehmen konnte, aß nach dem ersten hineingezwängten Löffel mit großem Appetit, ja, fast mit Gier den Rest der Schüssel leer und dann noch eine zweite. Erst da merkte sie, wie wenig sie während der vergangenen zwei Wochen zu sich genommen hatte, seit sie Paris verlassen hatten.

Die alte Frau hatte zwei Petroleumlampen entzündet. Eine hatte sie an die Decke gehängt und eine ans Fenster neben die Tür gestellt. Lysbeth verstand: Es war nicht einfach, den Weg hinauf im Dunkeln zu finden. Lydia sollte den Eingang von weitem sehen.

Aber Lydia kam nicht. Die alte Frau führte Lysbeth nach draußen, zeigte ihr die Toilette und den Brunnen, wo sie sich Wasser zum Waschen hochpumpen konnte. Draußen war es immer noch sommerlich warm. Lysbeth blickte gen Himmel, überwältigt von der Menge der Sterne. Und trotz ihrer Angst um Angela empfand sie Glück und Demut in diesem Augenblick, da sie ihr Gesicht und ihre Hände mit dem kalten klaren Wasser gewaschen hatte und hier auf dem Hügel stand und die laue Luft einatmete. Das Funkeln einiger Fischerboote ließ erkennen, dass da unten das Meer war, und über ihr der weite Himmel voller Sterne. Sie schloss die Augen und atmete tief ein. Alles würde gut werden.

Die alte Frau nahm sie an die Hand und führte sie ins Haus zurück. Mit Gebärdensprache fragte sie, ob Lysbeth in das Bett gehen wollte, das als langes Brett an der Wand auf Steinen lag, und von dem Angela nicht einmal eine Hälfte belegte. Lysbeth schüttelte verneinend den

Kopf. So legte die Frau sich auf das Bett. Sie zog ihr schwarzes Kleid aus, darunter trug sie ein weißes Leinenunterkleid, das ihre Arme frei ließ. Lysbeth wunderte sich, wie fest das Fleisch der alten Frau war. Sie hatte dicke runde Oberarme, schneeweiß, wie die einer jungen Frau. Sie arbeitet viel, dachte Lysbeth. Und dann dachte sie: Vielleicht ist sie noch gar nicht alt.

Die ganze Nacht lang saß Lysbeth in dem Schaukelstuhl aus Korb, den die Französin ihr von der Terrasse vor dem Haus hereingeholt hatte. Lydia blieb fort. Aber das beunruhigte Lysbeth nicht. Sie tupfte Angelas Stirn ab. Sie benetzte ihre Lippen mit der Feuchtigkeit und versuchte auch, ihr ein wenig Tee einzuflößen. Angela schluckte brav, ein, zwei Mal, aber dann stöhnte sie wieder, und Lysbeth fürchtete, dass selbst das Trinken ihr Schmerzen bereitete. Trotzdem gab sie ihr halbstündlich einen Löffel Tee in der Hoffnung, dass wenigstens etwas Flüssigkeit Angelas Körper erreichte.

Am nächsten Morgen wachte Lysbeth vom Geklapper des Geschirrs auf. Sie erschrak. »Ich bin eingeschlafen«, sagte sie laut. Die Französin lachte. Auf dem Tisch standen dampfende Tassen, die nach starkem Kaffee rochen. Lysbeth erhob sich. Ihre Glieder schmerzten. Ihre Kehle war trocken. Ihre Augen brannten. Angela lag da, wie sie die ganze Zeit dagelegen hatte. Lysbeth legte schnell eine Hand auf ihre Brust. Erleichtert stellte sie fest, dass Angela atmete. Sie nahm ihr Hörrohr und horchte nach den Herztönen des Kindes. Sie waren immer noch da. Es schien Lysbeth, als wären sie schwächer geworden, schwieriger vernehmbar. Aber sie wusste nicht, ob ihre Ohren vielleicht einfach ängstlicher waren.

Da öffnete sich die Tür. Gleißende Helligkeit fiel in den Raum. Lydia war gekommen. Ruhig stellte die Französin, die Lysbeth heute Morgen sehr viel jünger vorkam als gestern, eine dritte Tasse auf den Tisch und füllte sie aus einer Blechkanne mit Kaffee. Lydia entschuldigte sich und berichtete. Es war schwierig gewesen, telefonischen Kontakt herzustellen, aber schließlich war es ihr gelungen. Alles würde genauso geschehen, wie Lysbeth angeordnet hatte. Aaron und die Tante würden sich heute noch auf den Weg nach Dresden machen. Sie hatten Helmut bereits bei einem Nachbarn telefonisch erreicht. Er war heute Morgen mit einem Lieferwagen in Richtung französisch-deutsche Grenze gefahren. Er hatte in der Nacht gemeinsam mit seinem Knecht eine Pritsche in den Wagen gebaut. Er hatte keine Fragen gestellt, er war sofort bereit gewesen, zu helfen und das erhebliche Risiko dieser Fahrt einzugehen. Er wollte auf Lysbeth und Lydia am Rathausplatz von Nancy warten.

Nun mussten also Lysbeth und Lydia eine Möglichkeit finden, wie sie Angela dorthin schaffen konnten. »Ich habe mich schon umgehört«, sagte Lydia. »Wir brauchen einen Wagen, in dem Angela liegen kann. In Collioure gibt es so einen Wagen nicht und auch keinen Fahrer, der bereit und in der Lage ist, uns bis zur Grenze zu fahren, das sind immerhin drei Tage Fahrt, mindestens.« Lysbeth hörte aufmerksam zu, auch die Französin lauschte, als würde sie jedes Wort verstehen. Sie blickte Lysbeth an und machte eine Bewegung, als umschlösse sie ein Lenkrad. Wie ein Kind imitierte sie die Motorgeräusche eines Autos. Lysbeth nickte zustimmend. Durch sie fuhr ein Hoffnungsstrahl. Wenn die Französin sie verstand, wusste sie vielleicht sogar weiter. Und so war es. Sie stand auf, zog Lydia an der Hand hinter sich her aus dem Haus und bedeutete Lysbeth, hierzubleiben und auf alles aufzupassen, vor allem auf die Kranke.

Lysbeth wechselte die Tücher, die um Angelas Hände und Füße lagen. Sie tauchte sie in den Sud, der bereitstand, und wrang sie gut aus. Es schien ihr, als atme Angela nicht mehr ganz so flach und gequält, aber das konnte auch täuschen. Sie flößte ihr Flüssigkeit ein und injizierte die nächste Spritze. Sie horchte nach den Herztönen des Kindes. Die schienen ihr noch flüchtiger geworden zu sein. Auch Angelas Puls war flüchtig, und die Herztöne waren schwach. Sie horchte die Lunge ab, und das war das Einzige, was sie erleichterte. Die Atmung klang nicht, als wäre die Lunge verletzt.

Lysbeth wagte, Angela einen Moment allein zu lassen. Sie ging nach draußen, wo die heiße Sonne sie blendete. Plötzlich fuhr eine Erkenntnis durch sie hindurch. Sie stöhnte auf. Angelas Augen waren so verletzt, dass sie wahrscheinlich erblindet war. Sie stöhnte noch einmal auf. Sie musste sich der Wahrheit stellen. Angela war sehr wahrscheinlich gefoltert worden. Vielleicht waren die Sadisten gestört worden, oder sie hatten gedacht, Angela würde sterben, oder sie hatten nur Hände und Füße und Augen so verletzen wollen, dass sie in Zukunft ohne sie würde leben müssen. Lysbeth wurde übel. Sie riss sich zusammen. Jetzt kam es auf sie an und darauf, dass Angela so schnell wie möglich nach allen Regeln medizinischer Kunst behandelt würde.

Nachdem sie am Brunnen Morgentoilette gemacht hatte, ging sie wieder ins Haus zurück. Die kühle Dunkelheit umfing sie wohltuend. Sie goss sich noch eine Tasse von dem schwarzen Kaffee ein und setzte sich wieder auf den Schaukelstuhl. Die Zeit versank um sie herum.

Und dann vernahm sie Motorengeräusch.

Eine Woche später lag Angela in ihrem alten Bett im Bauernhaus von Helga und Helmut. Lysbeth und Lydia sahen aus wie Gespenster. Sie waren Tag und Nacht gefahren. Der Bruder der Französin, die Chantal hieß, wie sie am Schluss erfahren hatten, hatte seinen Wagen, in dem er normalerweise Fische transportierte, mit Stroh ausgelegt, so dass Angela so weich wie möglich liegen konnte. Neben ihr saßen, hockten, lagen Lysbeth und Lydia. Vorn neben Jacques saß Chantal, die ihren Bruder von Zeit zu Zeit am Steuer ablöste, wenn ihm die Augen zufielen. Sie machte zwar nicht den Eindruck, als hätte sie jemals eine Prüfung für einen Führerschein abgelegt, aber sie konnte mit dem Auto so umgehen, dass es ihr gehorchte.

Chantal hatte zwei große Körbe mit Lebensmitteln, Wasser und Wein gefüllt und die ganze Gesellschaft verpflegt. Jacques und sie tranken selbstverständlich zu den Mahlzeiten Rotwein, obwohl sie kaum einmal eine längere Pause als drei, vier Stunden in der Nacht machten. In Nancy auf dem großen Platz vor dem Rathaus stand Helmut. Sie fragten nicht, wie lange er dort schon gewartet hatte, und auch er hielt sich nicht lang mit Fragen auf, sondern führte Lysbeth und die anderen zu seinem Lieferwagen, den er in der Nähe des Platzes abgestellt hatte. Die beiden Männer und Chantal trugen Angela mit einer Behutsamkeit, die Lysbeth die Tränen in die Augen trieb.

Ebenso wie Jacques holte Helmut das Letzte aus dem Auto und aus sich selbst heraus. Als sie die Grenze passieren mussten, legten sie Angela unter die Pritsche, die Helmut gebaut hatte. Sie gossen Öl und Wasser über Lydias Haar und behandelten ihr das Gesicht mit hellem Puder, was allerdings nicht mehr sehr notwendig war, weil Lydia in diesen Tagen ohnehin bis an die Grenze ihrer Kraft gelangt war und elend und alt aussah. Sie legte sich auf die Pritsche, ließ die Decke hinunterhängen, so dass der Blick darunter versperrt war, und Lysbeth hockte sich neben sie. Helmut hatte ein Gewehr mitgenommen. Wenn der Grenzpolizist Schwierigkeiten gemacht hätte, hätte er den Wagen gewendet, und sie wären nach Frankreich zurückgefahren, wo sie Angela ins Krankenhaus gebracht hätten. Alles Weitere hätte sich dann finden müssen.

Aber der Grenzpolizist kontrollierte ihre Ausweise, und als Lysbeth erklärte, dass ihre Tante Tuberkulose habe, die während einer Urlaubsreise nach Paris unerwartet ausgebrochen sei, und dass sie jetzt sofort nach Hause zu ihrem Arzt gebracht werden müsse, bekam der Grenzer ängstliche Augen. Als Lydia in diesem Moment auch noch zu husten begann, um Angelas Stöhnen zu übertönen, schloss der Polizist die Autotür und wünschte gute Besserung und gute Fahrt.

Helmut fuhr die Strecke von der Grenze bis zum nächsten uneinsehbaren Waldstück, als würde er rohe Eier transportieren. Dennoch wurde Angela geschüttelt. Sie schrie auf und stöhnte. Alle drei waren schweißnass, als Angela endlich wieder auf der Pritsche auf den weichen Decken lag.

Sie erreichten den Hof tief in der Nacht. Alles schlief. Als sie aber die Haustür geöffnet hatten, kam im Nu Leben ins Haus. Helga erschien im Morgenmantel. Aaron stürmte kurz darauf vollständig bekleidet ins Zimmer, und auch die Tante begrüßte Lysbeth und Lydia wach und fröhlich, als wäre es heller Tag. Und sogar Erwin, der junge Bauer und seine Frau Katja trafen kurz darauf mit einer Bahre ein, die aus Baumstämmen und Sacktuch zusammengezimmert worden war.

Nun wurden Lysbeth und Lydia ohne Pardon ins Bett geschickt, und Aaron und die Tante übernahmen die weitere medizinische Betreuung der Kranken.

Das Haus in der Kippingstraße war merkwürdig verändert. Stellas Lachen fehlte und Lysbeths Ruhe. An Dritters Fehlen hatten sich alle bereits gewöhnt, auch daran, dass Johann nicht mehr zu Besuch kam. Seltsamerweise fehlte Aaron besonders seinem Schwiegervater Alexander. Aaron hatte ihm stets Sicherheit gegeben. Es war beruhigend, einen Arzt im Haus zu haben, falls ihm oder Käthe etwas passierte. Käthes Herz war nicht in Ordnung, das wusste er besser als alle anderen, weil er nachts neben ihr lag, wenn sie angestrengt die Luft einzog und die Hand auf ihr Herz legte. Er durfte sie dann nicht ansprechen, das wusste er bereits, denn sie wies ihn immer schroff zurück. Die verbliebenen drei Männer und Cynthia versuchten, die Tage so normal wie möglich hinter sich zu bringen. Käthe hingegen saß nur noch am Fenster und wartete.

Jonny war mit der vierten Reichstagung der NS-Gemeinschaft *Kraft durch Freude* beschäftigt. Höhepunkt und Abschluss der Veranstaltung war ein Umzug durch die Innenstadt. Die Gemeinschaft *Kraft durch Freude*, kurz *KdF*, war eine Unterabteilung der *Deutschen Arbeitsfront*, die als Einheitsorganisation nach Zerschlagung der Gewerkschaften im Mai 1933 gegründet worden war. Die *KdF* stellte ein wichtiges Propagandainstrument der Nazis dar. Sie sorgte durch Ferienreisen ins In- und Ausland dafür, dass der von der NSDAP propagierte »Sozialismus der Tat« realistisch erschien.

Besonders begehrt waren Auslandsreisen ans Mittelmeer oder an die Küsten Norwegens. Allerdings konnten nur betuchte »Volksgenossen« diese Fahrten aus eigener Tasche bezahlen, die anderen waren auf Unterstützung durch den Betrieb angewiesen. So war die *KdF* auch ein Instrument, um die »rechte Gesinnung« zu belohnen und Querdenker auszuschließen.

Eine siebentägige Nordlandreise ohne Landgang kostete 1938 rund sechzig Reichsmark. Die Gemeinschaft hatte seit 1934 für die Durchführung solcher Fahrten Schiffe zunächst gechartert, dann gekauft und zuletzt eigens in Auftrag gegeben.

Am 24. März war die von der Hamburg-Süd bereederte *Wilhelm Gustloff* zu einer zweitägigen Probefahrt in die Nordsee ausgelaufen. Das bei *Blohm & Voss* gebaute Motorschiff konnte 1465 Passagiere in der Touristenklasse befördern. Fünf Tage später war bei den *Howaldtswerken* in Hamburg das Elektro-Motorschiff *Robert Ley* vom Stapel gelaufen. Die Taufrede hatte Reichskanzler Adolf Hitler gehalten. Für ihn waren die *KdF*-Dampfer ein Teil des Kampfes gegen Elemente wie die verbotenen Arbeiterparteien, die »früher als asozial und klassenspalterisch angesehen werden konnten«. Dreißig weitere *KdF*-Schiffe waren geplant. Jonny kannte sie alle, die Kapitäne, die Reeder und auch die propagandistischen Absichten. Er kannte aber auch das, was im Schatten lag: die Vorbereitung auf den Krieg. Und dass manches im Augenblick vielleicht sehr hektisch vorbereitet wurde.

Am 8. Juli begann die *Patria* der Hamburg-Amerika Linie beim Eindocken nach der Probefahrt auf der Deutschen Werft infolge Wassereinbruchs zu kentern. Zum Glück verhinderte die Bodenberührung bei dreißig Grad Schlagseite ein Sinken. Selbstverständlich würde das Schiff bald wieder flottgemacht werden. Ende August sollte es auf große Fahrt gehen. Es war das erste Schiff mit elektrischem Dieselmotorantrieb. Wenn das Schule machte, würde die Schifffahrt eine ganz andere werden. Jonny, der immer dem Krieg entgegengefiebert hatte, empfand nun manchmal Angst.

Im Juli kehrten Stella und Anthony aus Afrika zurück. Sie beabsichtigten allerdings nicht, sofort wieder auseinanderzugehen. Heather war tot. Anthonys Vater wollte nicht nach England zurück. Er hatte gesagt, dass er neben Heather vor ihrem Haus beerdigt werden wolle. Anthony war zwar glücklich, dass Stella ihn in diesem Abschiedsschmerz nicht allein gelassen hatte, aber er sagte auch sehr deutlich, dass er es nicht aushalten würde, jetzt gleich ohne sie nach London zurückzukehren.

Da fragte sein Verleger ihn, ob er vielleicht nach Evian fahren könne, um dort einen Augenzeugenbericht über die Konferenz zur Flüchtlingsfrage anzufertigen. Anthony zögerte zuerst. Er war voller Trauer, voller Abschied, in dieser Lage seine Konzentration auf die Situation der jüdischen Flüchtlinge zu richten, kam ihm nahezu unmöglich vor. Andererseits, so sagte er sich mit einem verschmitzten Lächeln in seinen traurigen Augen, böte dieser Auftrag vielleicht die Möglichkeit, mit Stella gemeinsam zwei weitere Wochen am Genfer See zu verbringen, eine Zeit, die nicht nur durch die Judenfrage getrübt, sondern auch durch den Kurort versüßt wäre.

Stella stimmte zu. Weniger wegen des Genfer Sees, sondern mehr, weil sie auf eine Interimszeit hoffte. Heathers Sterben, die letzten Tage, die letzten Stunden mit ihr hatten Stella zutiefst erschüttert, es kam ihr vor, als wäre ihr Allerunterstes nach oben gewendet worden. Direkt danach wieder in die Ehe mit Jonny zurückzukehren, schien ihr absurd. Heather hatte als Letztes zu ihr gesagt: »Eine große Liebe ist das größte Geschenk, das das Leben einem machen kann, mein Kind, dieses Geschenk darf man für nichts anderes verkaufen.« Verkaufen, hatte Stella entsetzt gedacht. Habe ich Anthony verkauft? Habe ich ihn verschachert gegen die Sicherheit meiner Familie? Habe ich einen Handel mit meiner Liebe getrieben: ein bisschen weniger Anthony, dafür das ganze Haus? Heather hatte sie voller Wärme und Mitgefühl angelächelt und Stella bedeutet, ihre Hände auf die ihren zu legen, die zu schwach für winzigste Bewegungen waren. Stella hatte sich dicht zu Heather hinabbeugen müssen, weil Anthonys Mutter nur noch flüstern konnte: »Ich danke dir, mein Kind, du hast meinem Sohn das Herz geweitet und den Mann in ihm groß gemacht, durch dich ist er glücklich geworden.« Danach war sie eingeschlafen. Sie war nur einmal noch aufgewacht, da saßen Anthony und Stella rechts neben ihrem Bett und ihr Mann links. Sie hatte alle der Reihe nach lange angeschaut. Bei ihrem Mann war sie mit ihrem Blick hängengeblieben. Sie hatte geflüstert: »Danke.« Über seine Wangen waren Tränen gelaufen. Beide hatten einander angeschaut, wie Verliebte es tun. Innig, ineinander versunken, als ob sie einander nie loslassen wollten. So war sie gestorben. Es war ganz sanft gegangen. Sie hatte nicht einmal einen letzten Seufzer von sich gegeben. Sie hatte einfach aufgehört zu atmen.

Stella wäre gern noch eine Weile mit Anthony in Afrika geblieben, aber er war nach dem Tod seiner Mutter wie fortgetrieben gewesen. Sein Vater hatte klipp und klar gesagt: »Ich bleibe hier. Vielleicht komme ich mal auf Besuch nach London, aber rechne nicht mit mir.« Er hatte nach der Beerdigung, die ein großes Fest gewesen war, mehr oder weniger den Kontakt zu Anthony und Stella abgebrochen. Er teilte zwar noch die Mahlzeiten mit ihnen, aber er wirkte weit, weit fort. Und auch Anthony wollte fort.

»Ja, ich komme mit«, sagte sie also.

In Evian würde auch Anthonys Bekannter William Shirer sein, der als amerikanischer Rundfunk-Berichterstatter in Berlin arbeitete.

Anthony und Stella kamen in dem Ort in den französischen Alpen einen Tag nach Beginn der Konferenz an. Der Himmel war wolkenlos, und die Szenerie verschlug Stella den Atem. Evian-les-Bains war der Badeort der internationalen Superreichen. Anthony und sie waren im *Royal* angemeldet, einem sechsstöckigen weißen Hotel im Zuckerbäckerstil mit exklusivem Kasino, das die Königin von England 1909 oben am Hang hatte bauen lassen.

Die Hotelgäste in ihren dunklen Anzügen sahen sehr würdevoll aus; Abgesandte aus zweiunddreißig Nationen hatten sich hier versammelt, um über das Schicksal der Juden Europas zu entscheiden. Aber die Stimmung wirkte alles andere als ernsthaft und arbeitsam. Ganz im Gegenteil kam es Stella so vor, als herrsche eine allgemeine heitere Urlaubsausgelassenheit.

Und bald stellten Stella und Anthony fest, dass die Abgesandten statt zu arbeiten alles mögliche andere taten.

Die Delegierten unternahmen Vergnügungsfahrten auf dem See. Sie spielten abends im Kasino. Sie nahmen Mineralbäder im *Etablissement Termal*, und sie ließen sich massieren. Einige machten einen Ausflug nach Chamonix zum Sommerski mit. Einige ritten. Einige spielten Golf. Das Hotel besaß einen wunderschönen Golfplatz mit Blick auf den See.

Einige gingen auch zu den Sitzungen.

Anthony und Stella trafen William Shirer, der gemeinsam mit seinem Kollegen James Sheehan in bombiger Stimmung war. »Jimmy hat gestern beim Baccara die Bank gesprengt«, verkündete William fröhlich. »Während er eher mühsam beim Roulette einige tausend Francs gewonnen hat«, fügte Jimmy neckend hinzu. Anthony zog verärgert die Augenbrauen zusammen. »Es geht hier doch um das Schicksal von Tausenden von Menschen«, sagte er zornig.

Jimmy Sheehan sah ihn nachdenklich an. »Nun, mein Freund, wenn Sie wollen, können Sie zu den Sitzungen gehen. Ich habe zwei besucht. Ich habe genug.« »Wieso?«, fragte Stella, die zwar die heitere Ferienstimmung im Ort genoss, den Anlass allerdings weniger heiter einschätzte.

»Nun, beide erreichten einen hohen Grad an dummer scheinheiliger herzloser Schwülstigkeit. Ein Abgesandter nach dem andern las eine vorbereitete Rede, dass sein Land tiefes Mitgefühl mit dem Leiden der Juden habe, aber nichts tun könne, ihnen ihr Los zu erleichtern. Der Delegierte aus dem dünn besiedelten Australien erklärte: ›Da wir kein Rassenproblem haben, sind wir nicht begierig, eins zu importieren.‹ Der Schweizer Delegierte, Dr. Heinrich Rothmund, sprach von der Tradition seines Landes, Flüchtlinge aufzunehmen, vergaß aber zu erwähnen, dass er gerade eine Einreisesperre für österreichische Juden mit den Nazis ausgehandelt hat.«

Die Konferenz dauerte zwölf Tage. Die Beiträge von fast vierzig jüdischen Organisationen aus aller Welt wurden allerdings in einen einzigen Nachmittag gequetscht. Der *World Jewish Congress*, der sieben Millionen Juden vertrat, bekam fünf Minuten zugesprochen.

Die ganze Unternehmung war die Idee des höflichen, immer hochelegant gekleideten Unterstaatssekretärs Sumner Welles gewesen, Präsident Franklin D. Roosevelts mächtigem zweiten Mann im US-Außenministerium. Es war die werbewirksame Antwort auf den Druck der amerikanischen Liberalen und der Juden, die nach fünf Jahren Hitlerscher Unterdrückung und nach den scheußlichen Ausschreitungen der letzten Monate in Österreich tief verstört waren und eine Liberalisierung der Einwanderungsgesetze verlangten.

Die ganze Konferenz lief auf das eine böse Wort hinaus: »Quoten«. Die Einwanderungsquoten entschieden willkürlich, wie viele überleben und wie viel sterben würden. Jedes Jahr sollten höchstens 27 730 Menschen aus Deutschland und Österreich eine Einreiseerlaubnis für die Vereinigten Staaten erhalten. Stella sagte: »Sie haben der Freiheitsstatue die Augen verbunden mit dem Spruch ›Juden unerwünscht‹. Der steht nämlich bei uns an allen Restaurants.«

Shirer war zwar auch nicht einverstanden mit der amerikanischen Politik, die nicht einmal alle Plätze in den Booten freigab, die nach der bisherigen Quote für Flüchtlinge reserviert waren. »In Amerika ist die Wirtschaftskrise nicht vorbei«, sagte er. »Die Arbeitslosigkeit ist hoch. Bei einer *Fortune*-Umfrage haben mehr als zwei Drittel der Aussage zugestimmt: ›Bei den gegenwärtigen Bedingungen sollten wir versuchen, sie nicht hereinzulassen.‹«

Und dann geschah etwas, das Stella sehr erschreckte. Anthony und sie wollten gerade ein Café aufsuchen, wo sie draußen in der Sonne sitzen konnten, da wurde ihr Blick wie magnetisch von einem Mann angezogen, der ihnen entgegenkam. Er war sonnengebräunt, seine dunklen Knopfaugen funkelten, seine straffe Gestalt steckte in einem perfekt geschneiderten Anzug, der aussah, als wäre er gerade gebügelt worden, seine Haare waren von einer auffällig roten Farbe. Was Stella aber in seinen Bann zog, war seine unglaubliche Ausstrahlung. Es kam ihr vor, als würde sie das Wort »Ausstrahlung« erstmals begreifen. Dieser Mann bewirkte, dass sämtliche Menschen um ihn herum aus der Wahrnehmung des Betrachters verschwanden. Als wären sie gar nicht da. Und dieser Mann erfüllte den Raum um sich herum mit seiner Präsenz. Wie überrascht war Stella, als Anthonys Schritt schneller wurde, er auf den Mann zuging und ihn umarmte. Sie klopften sich gegenseitig auf die Schultern und freuten sich offenbar sehr über die Begegnung. Anthony schien Stella vollkommen vergessen zu haben, bis der Mann ihn aufforderte, ihn seiner Begleiterin vorzustellen. Er nannte sie »lovely« und »sweet«, sprach Englisch mit einem Akzent, den Stella nicht richtig einordnen konnte. Er war weicher als Polnisch, anders als Österreichisch. Anthonys leichtes Zögern, als er Stella und den Mann, Hans, einander vorstellte, konnte sie sich ebenfalls nicht erklären. Gemeinsam setzten sie sich an einen Tisch im Café, und die beiden Männer waren im Nu in ein Gespräch vertieft, dem Stella nicht gut folgen konnte, weil sie sehr schnell sprachen, gemeinsame Bekannte erwähnten, die Stella nicht kannte, und das Englisch von Hans ihr fremd war. Und dann dämpfte er die Stimme und sprach so leise, dass Stella nichts mehr verstand. Allmählich stieg Zorn in ihr auf. Sie versuchte, sich mit der Beobachtung der vorbeiflanierenden Menschen abzulenken, aber dann hatte sie genug. »Ich gehe schwimmen«, sagte sie kurz entschlossen. »Du findest mich am See.« Erschrocken blickte Anthony auf. Aber Stella ließ ihm keine Zeit mehr. Sie drehte sich auf dem Absatz um und entfernte sich mit eiligen Schritten. Den Mann namens Hans würdigte sie keines Blickes mehr.

Den Nachmittag verbrachte sie in Begleitung eines jungen nordamerikanischen Politikers, der sie bereits mehrfach in der Hotelbar gegrüßt hatte und sofort die Gelegenheit ergriff, als er sie allein durch die Hotelhalle stürmen sah. Stella hatte ihr Badezeug aus dem Zimmer geholt, und gemeinsam waren Bob und sie an den See gefahren. Er machte ihr unverhohlen den Hof, und Stella amüsierte sich prächtig. Es war eine ihrer Begabungen, sich vollkommen auf das Zusammensein mit einem Mann einzuschwingen, an nichts anderes mehr zu denken, nur noch die Aufmerksamkeit des Mannes zu genießen, auch wenn sie ansonsten nicht das geringste Interesse an ihm hatte.

Sie hatte ihren Zorn auf Anthony bereits völlig vergessen, als er plötzlich vor ihr stand. Selbstverständlich setzte er sich neben Stella und legte den Arm um ihre Taille. Der amerikanische Bob rückte wie ertappt ein Stück fort, und als Anthony Stella einen langen Kuss gab, erhob er sich, verabschiedete sich mit einem betont lässigen Fingertipp an seine Stirn und entschwand.

»Was war denn in dich gefahren?«, fragte Stella, als sie von den sich in Leidenschaft steigernden Küssen zu Atem kam. Anthony bat sie um Verzeihung. Er habe sich unhöflich und nachlässig benommen, er wisse es wohl. Und dann erzählte er ihr, was geschehen war.

Es habe sich bei dem Mann um Hans Habe gehandelt. Hans Habe

war Jude, in Ungarn geboren, und ein sehr geheimnisvoller Mensch. Habe war Journalist, schrieb Romane, die Anthony sehr interessant fand. »Und er ist ein Frauenheld«, betonte Anthony. »Wenn der eine will, kriegt er sie auch. Ehrlich gesagt, ich war sehr darauf bedacht, dich von ihm fernzuhalten. Seine Frau ist schwerreich, und er wirft ihr Geld mit beiden Händen in die Welt hinaus.« Ein Frauenheld? Stella dachte nach. Ja, dieser Mann besaß diese Ausstrahlung, die einen magnetisch in seinen Bann zog. Wenn der irgendwo in einem Raum war, sah man nur noch ihn. Auch wenn er äußerlich überhaupt nicht besonders attraktiv war.

Anthony dämpfte die Stimme. »Aber Stella, was mich so aus der Fassung gebracht hat, war das, was er erzählt hat.« Hans Habe hatte Professor Dr. Heinrich von Neumann zufällig in seinem Hotel getroffen. Von Neumann war Laryngologe mit internationalem Ruhm, er hatte auch den Prinzen von Wales und den König von Spanien operiert. Der Professor hatte einst den Namen Herschel getragen, er war fünfundsechzig Jahre alt, ganz Würde in Schwarz und nahm einen hohen Rang in der Wiener Gesellschaft ein. Die Gestapo hatte ihn kurzfristig aus dem Gefängnis entlassen und nach Evian geschickt, damit er bei den Verhandlungen für die Nazis abkassieren sollte. Professor Neumann und die anderen kurzzeitig aus dem KZ oder Gefängnis entlassenen Juden sollten mit den ausländischen Politikern um ein Kopfgeld feilschen, das für die Freilassung jedes Juden aus der Gefangenschaft gezahlt werden sollte. Von Neumann hatte Anweisung bekommen, je vierhundert Dollar Lösegeld zu fordern. Falls es notwendig werden sollte, dürfe er seinen Preis bis auf zweihundert Dollar senken, weiter nicht. Aber Neumann war nur auf Abwehr gestoßen. Die demokratischen Länder hatten keinen Dollar übrig, um Juden freizukaufen. Der Professor hatte nur ein einziges privates Gespräch mit Myron C. Taylor, dem amerikanischen Delegierten, der gleichzeitig Verhandlungsleiter war, erreicht, der ihm keine Hoffnung auf ein Geschäft machte. Das Problem der ausländischen Staaten war nicht im Geringsten, noch mehr Juden freizukaufen, ihr Problem war, dass es bereits viel zu viele gab, die aus Deutschland fort in ihre Länder drängten. Stella war erschüttert. Wie wenig Menschlichkeit auf dieser Konferenz den Gang der Ereignisse bestimmte. Stattdessen vertraten alle ihre egoistischen nationalen Interessen. Von nun an betrachtete Stella die Gruppen jüdischer Männer, die durch das *Hotel Royal* wie Gespenster schlichen, mit sehr viel Mitgefühl. Viele von ihnen, wenn nicht alle, waren nur kurzfristig für die Konferenz aus dem Gefängnis freigelassen worden. Und hier wurden sie gar nicht angehört.

Von Myron C. Taylor wurde eine große herausfordernde Rede erwartet, die alles hätte verändern können. Seine Erscheinung war beeindruckend: groß, stattlich, breitschultrig, mit blitzender randloser Brille, das weiße Haar straff zurückgekämmt. Er war ein angesehener Vertreter der katholischen Laien. Außerdem war er ein anerkannter Großindustrieller, ehemals Vorstandsvorsitzender der *United States Steel Corporation*.

Als er sprach, war der Saal überfüllt. Schließlich war die Konferenz auf Initiative der USA zustande gekommen. Schließlich war sie die Antwort auf die Forderung nach Liberalisierung der Einwanderungsgesetze gewesen. Wenn er jetzt eine Wendung in der Flüchtlingspolitik bekanntgeben würde, würden die anderen Staaten irgendwie Stellung beziehen müssen. Aber nichts da. Mit staatsmännischer Autorität teilte Taylor mit, die Vereinigten Staaten hätten beschlossen, jetzt alle Plätze der geltenden Quotierung zu nutzen – nicht weniger, aber auch nicht mehr. Die Erleichterung im Sitzungssaal war fast hörbar. Die Konferenz war offenbar ein geschickter Schachzug der amerikanischen Regierung gewesen, die Kritik an den Einwanderungsbestimmungen zu beschwichtigen und die geltende Regelung gleichzeitig zu zementieren. Anthony warf Stella einen Blick zu, auch William und Jimmy. Die vier erhoben sich und verließen den Sitzungssaal.

Sie setzten sich in die Bar im Hotel *Royal* und tranken Whisky. »Die Evian-Konferenz ist gescheitert«, sagte William. »Sie war von vornherein zum Scheitern verurteilt«, ergänzte Jimmy. »Alle in der Welt haben Angst vor jüdischer Intelligenz und jüdischem Fleiß als wirtschaftlicher Konkurrenz. Antisemitismus ist ja fast ein internationaler Reflex.« In diesem Augenblick ging ein junger Beamter des State Department an ihnen vorbei. Er hatte die letzten Worte gehört. »Niemand will noch mehr Juden«, sagte er lakonisch. »Dann sind sie jetzt Freiwild«, gab Stella in ihrer lauten gesangserprobten Stimme von sich. Alle um sie herum hoben alarmiert die Köpfe und zuckten leicht zusammen. Anthony lächelte. Da wandten sich alle wieder ihren Drinks zu, und Stellas Worte waren verflogen.

Jenseits von Evian herrschte Schweigen über den Ausgang der Konferenz. Es wurde ein neues internationales Komitee ernannt, aber kein Land steigerte seine Quoten, kein Land lockerte die Einwanderungsbeschränkungen, kein Land protestierte auch nur offiziell bei den Nationalsozialisten.

Nur die Deutschen reagierten. Eine Berliner Zeitung druckte die Schlagzeile: »Juden zu verkaufen – wer will sie? Niemand.«

Im August kehrte Stella nach Hamburg zurück. Da erst erfuhr sie von Angelas Schicksal. Die Tante war bei ihr auf dem Hof geblieben. Angela war außer Lebensgefahr. Sie hatte Rippenbrüche erlitten, ihre Finger waren gebrochen gewesen, ebenso ihre Fußknochen. Es waren vielfältige komplizierte Brüche gewesen. Aber sie hatte keine inneren Verletzungen gehabt, und wie durch ein Wunder war ihr Kind am Leben geblieben, obwohl die Männer, die sie gequält hatten, sie mit Fußtritten und Fäusten malträtiert hatten. Am schlimmsten war es aber um Angelas Augen bestellt. Weder Aaron noch die Tante wussten, ob sie jemals wieder richtig würde sehen können. Ihre Augen waren bei einem Sprengstoffanschlag, an dem sie beteiligt gewesen war, verletzt worden. Die ganze Geschichte war schiefgegangen, und so war sie in die Hände der Francisten geraten. Zum Glück hatten diese nicht sehr viel Zeit und Energie für Angela übrig, weil sie unablässig von den Republikanern bedrängt und beschossen wurden. Ansonsten wäre es ihr sicherlich noch schlimmer ergangen. Zwei Tage später flohen die Francisten vor den Republikanern und ließen Angela einfach zurück. Die Brigadisten konnten Angela nicht verarzten. Sie ließen sie auf einem Fischerboot nach Frankreich bringen.

Angelas Hände und die Füße waren wieder gerichtet worden, die Entzündungen verheilt. Die Tante rang noch um Angelas Augenlicht. Und sie rang um ihre Seele, die sich weit entfernt hatte. Angela sprach nicht. Den Hergang des ganzen Desasters hatten sie herausbekommen, als Angela gerade aus dem Koma erwacht war und in den ersten zwei Tagen nicht wusste, wo sie war, aber wie ein Sturzbach redete.

Als sie sich in der Realität wieder einigermaßen zurechtfand, auch alle an der Stimme, an der Berührung erkannte, aber feststellte, dass sie nichts sehen konnte, verstummte sie.

Stella beschloss, so schnell wie sie konnte Richtung Sächsische Schweiz zu fahren. Jonny allerdings legte Einspruch ein. Er hatte viele gesellschaftliche Ereignisse ohne Stella mitgemacht, jetzt wollte er seine Frau wieder an seiner Seite haben. Er fand, dass er ungewöhnlich viel Verständnis und Geduld aufgebracht hatte. Außerdem bedrückte ihn, was mit einigen Juden passierte, die er recht gut kannte. Die Geschichte des Bankiers Warburg zum Beispiel ging ihm nahe. Er kannte ihn bereits seit langer Zeit.

Eric Warburg war zehn Jahre jünger als Jonny. Er war in Hamburg geboren worden, hatte hier Abitur gemacht und danach in Berlin, London und New York das Bankgeschäft gelernt. Im Ersten Weltkrieg diente er als Kriegsfreiwilliger. Nach dem Krieg lernte Jonny ihn kennen. Warburg war gegen die Roten wie er. Als Einzelprokurist stieg Eric 1929 zum Teilhaber im Familienbankhaus *M. M. Warburg und Co.* auf. Sein Vater, Max Warburg, war seit 1893 Teilhaber des väterlichen Bankhauses, Berater von Kaiser Wilhelm II., und als Anhänger der Nationalliberalen von 1903 bis 1919 Mitglied der Bürgerschaft sowie bis 1933 im Generalrat der Reichsbank gewesen. Die Warburgs hatten sich in den letzten Jahren allmählich aus allen gesellschaftlichen Kreisen zurückgezogen, in denen sie vorher verkehrt hatten. Das heißt, sie waren zu vielen Ereignissen nicht mehr eingeladen worden. So auch zu Banketts oder Festen bei Edith von Warnecke. Jonny aber hatte mit dem Bankhaus der Warburgs zu tun, immer noch, und Eric vertraute sich ihm sogar an. »Wir können nicht mehr bleiben«, sagte er. »Es dauert nicht mehr lange, und sie werden uns alles wegnehmen.«

Stella gab Jonny nach und feierte so im September gemeinsam mit zehntausend Menschen die Enthüllung des Hummel-Brunnens an der Ecke Breiter Gang/Rademachergang. Das Kunstwerk gab sich als volkstümliche Darstellung des Wasserträgers Johann Wilhelm Bentz, genannt Hummel, und war doch eminent politisch: Die Brunnenfeier markierte den vorläufigen Abschluss der am 25. April 1933 vom Senat aus »kriminellen und hygienischen Gründen« beschlossenen Flächensanierung der noch verbliebenen Reste des Gängeviertels in der Neustadt. Rund zwölftausend Menschen lebten hier in den engen, lichtlosen Häuserzeilen rund um den Großneumarkt.

Diese Hochburg der KPD war den Nationalsozialisten schon lange ein Dorn im Auge gewesen. Die Häuser wurden abgerissen, die Bewohner umgesiedelt und neue Mehrgeschossbauten errichtet. Die Sanierung wurde als »Kulturtat ersten Ranges« gefeiert. Wo sich vor 1933 in dunklen Hinterhöfen »lichtscheues Gesindel« verborgen hatte, zeigte sich jetzt eine »lichte Welt«, in »der sich gesundes Leben und reine Gesinnung entwickeln« können, jubelte das *Hamburger Tageblatt*.

Zwei Tage später aber fuhr Stella mit der Bahn nach Dresden, und von dort wurde sie von Helmut mit dem Lieferwagen abgeholt, mit dem er auch Angela transportiert hatte. Sie erkannte Angela kaum wieder. Aus ihrer jungen hübschen Tochter war eine Frau geworden, die ein aufgedunsenes Gesicht hatte und tote Augen. Allein ihr Bauch, der inzwischen zu einer kleinen Kugel angewachsen war, schien zu leben. »Leg nicht deine Hand auf ihren Bauch«, hatte die Tante sie gewarnt, »das hasst sie.« Also hatte Stella ihre Hand auf Angelas Hand gelegt, die leblos auf der Bettdecke ruhte. »Ich bin's, Stella«, hatte sie gemurmelt. Und Tränen waren ihr die Wangen hinabgelaufen. Zum Glück sieht sie das nicht, dachte sie. Doch da sagte Angela: »Ich muss fürchterlich aussehen, aber du musst nicht weinen.« Und dann verzog sie ihr Gesicht zu einer schiefen freudlosen Grimasse und sagte: »Du wirst Großmutter, hättest du das gedacht?« Jetzt weinte Stella, ohne sich irgendwie zurückzuhalten. »Nein«, schluchzte sie, »ich habe alles Mögliche gedacht und befürchtet, nur nicht das. Aber ich freue mich riesig.« Die Tante und Helga hoben jubelnd die Arme. Angela hatte gesprochen. Nun würde auch alles andere langsam besser werden.

Die Tante äußerte zu Stella die Vermutung, dass das Kind von Robert wäre. Der Bauch war bereits im Juni im fünften Monat oder sogar im sechsten gewesen. Sie hatte den Eindruck, dass die Geburt jederzeit losgehen könnte. Sie befürchtete nur, dass Angela noch nicht stark genug wäre.

Stella entwickelte eine stoische Ruhe. Sie schlief gut. Sie nahm die fetten nahrhaften Mahlzeiten mit der Familie ein. Sie verstand sich sehr gut mit Katja und Erwin. Es dauerte nicht lange, und Katja vertraute ihr an, dass Erwin in die NSDAP gegangen sei, damit im Dorf von vornherein keine Unklarheit darüber herrschte, wes Geistes Kind sie wären. Katja war als polnische Erntehelferin nach Deutschland gekommen. So hatte sie Erwin kennengelernt. Sie war zwar keine Jüdin, aber die Nazis waren ihr nicht geheuer. Sie wollte gar nicht wissen, woher Angela kam. Da sie sich sehr zurückhielt und nicht mit anderen Bauern verkehrte, lief sie gar nicht erst Gefahr, sich wegen Angela verplappern zu können. Aber auch sonst ließ sie keinen Zweifel daran, dass sie nie und nimmer auf die Idee käme, irgendjemandem etwas über die verletzte junge Frau zu erzählen. Ihr eigener Sohn war zwei Jahre alt. Er hatte dicke schwarzbraune Haare und sehr dunkle Augen. Auch er spielte mehr mit dem Hofhund und den Katzen als mit anderen Kindern. Erwin hielt sich von der Fremden fern, nachdem er sie ins Haus getragen hatte. Er tat einfach so, als wäre außer der Tante niemand da.

Stella setzte sich stundenlang neben Angela und hielt ihre zerschundene Hand und schwieg. Oder sie erzählte ihr etwas. Was ihr gerade einfiel. Sie erzählte ihr von dem, was sie gerade erlebt hatte, von Heathers Tod und wie glücklich es sie gemacht hatte, wieder in Afrika zu sein. Sie erzählte ihr von den Wirren ihres eigenen Lebens und wie schwer sie es fand, den richtigen Weg zu finden.

Es wurde herbstlich, die Blätter leuchteten rot und gelb, manche fielen bereits von den Bäumen. Stella lieh sich eine dicke Strickjacke von Helga, in der sie ebenso unförmig aussah wie Angela, und verharrte weiter auf ihrem Platz.

Jonny schrieb ihr Briefe, in denen er Aufklärung verlangte und drohte, er werde selbst herausfinden, was sie da auf dem Lande so lange treibe, falls Stella es ihm nicht freiwillig erzähle. Die Tante äußerte, dass es im Interesse von Angelas Sicherheit sinnvoll wäre, Jonny nicht zum Äußersten zu treiben, aber Stella blieb einfach dort. Seit Heathers Tod hatte sich etwas in ihr verändert. Vieles war ihr nicht mehr wichtig. Und die Konferenz von Evian hatte noch etwas hinzugefügt. So vieles, das sie einst betört hatte, war ihr dort banal vorgekommen, ja, geradezu lächerlich in seiner Aufgeblasenheit. Kasino und Golf und schicke Kleider und buckelnde Diener, wofür das alles, wenn dafür Millionen von Menschen mit ihrem Leben zahlen mussten? All diese Diplomatie, dieses Geschacher, diese Doppelbödigkeit und Verlogenheit hatte sich ihr in ihrer ganzen hohlen Fratze gezeigt. Niemand dort hatte sein Visier so weit geöffnet, dass er die traurigen verlassenen Juden, die durch die Konferenz huschten, überhaupt wahrnahm. Sie hatten mit ihrer Seele für ihre materielle Sicherheit gezahlt.

Stella war nicht länger dazu bereit, für die materielle Sicherheit ihrer Familie mit ihrer eigenen Seele zu bezahlen. Hier war ihre Tochter.

Sie hatte die schon einmal weggeben, damals allerdings war sie selbst ein Kind gewesen und hatte es nicht besser gewusst, heute war sie erwachsen, und sie würde hier auf diesem Holzstuhl neben diesem Bett sitzen bleiben, bis ihre Tochter es verließ, das hatte sie sich geschworen. Sie hatte Anthony die ganze Geschichte in einem Telefongespräch mehr oder weniger verklausuliert mitgeteilt. Anthony hatte gesagt, er wolle auch kommen, aber es schien ihm zu gefährlich für Stella und vor allem für Jennifer, wie sie Angela im Gespräch nannten.

Erst als die Tante zornig sagte: »Ist ja alles gut und schön, was du da für dich herausgefunden hast, aber vielleicht kannst du auch mal an andere denken! Helga und Helmut bekommen ziemlich große Schwierigkeiten, wenn dein holder Gatte hier auftaucht und feststellt, dass sie eine rote Brigadistin aus Spanien bei sich verstecken. Denn das ist dir doch hoffentlich klar: Angela ist nicht nur ein bisschen illegal hier, sie ist sehr, sehr illegal.«

»Wieso?«, fragte Stella kühl zurück. »Angela ist doch nicht Angela. Angela ist Jennifer Hudson, und dass sie zufällig nach einem Unfall hier gestrandet ist und ein Kind bekommt, dürfte doch niemanden stören.«

Die Tante sah sie verblüfft an. »Du meinst ernsthaft, dass Angela immer noch als Jennifer Hudson durchgeht?« Sie holte tief Luft, als wollte sie nicht glauben, wie dumm Stella sei. »Angela hat keine Papiere, meine Liebe! Hast du verstanden: Keine!« Stella wurde heiß. Darüber hatte sie noch keine Sekunde nachgedacht. Warum eigentlich nicht? Sie schämte sich. »Du meinst, ich sollte nach Hamburg fahren, um euch hier nicht in Schwierigkeiten zu bringen?«

»Ich vermute, dass du uns schon in Schwierigkeiten gebracht hast«, sagte die Tante trocken. »Aber ich hatte das Gefühl, dass du Angela richtig guttust. So etwas muss man natürlich gegeneinander abwägen. Aber bald kommt das Kind. Angela braucht Papiere, bevor Jonny hier auftaucht. Du musst nach Hamburg zurück. Und du musst Kontakt zu Alma aufnehmen. Eigentlich wollte Lydia sich darum kümmern, aber von Lydia habe ich noch nichts wieder gehört.«

Also bereitete Stella schweren Herzens ihre Abreise für den nächsten Tag vor. Angela wurde unruhig, als sie mitbekam, dass sich etwas veränderte. Seit sie nichts mehr sehen konnte, roch sie gewissermaßen, was um sie herum geschah. Sie wälzte sich im Bett und forderte, dass

Stella neben ihr sitzen blieb und sich nicht entfernte. Auch am Abend sagte sie, Stella solle bei ihr im Zimmer schlafen. Stella und die Tante tauschten einen Blick. Stella hatte für den kommenden Tag alles vorbereitet. Helmut würde sie am Morgen zum Bahnhof fahren, in Hamburg wussten sie, dass sie am Abend ankommen würde. Jonny hatte freudig angekündigt, er wolle sie vom Bahnhof abholen, und er hätte eine schöne Überraschung für sie.

Die Tante horchte die Herztöne des Kindes ab. Sie untersuchte den Muttermund. Normalerweise hasste Angela das. An diesem Abend aber ließ sie es widerstandslos geschehen. Im Zimmer stand noch ein Feldbett, auf dem abwechselnd jemand übernachtet hatte, als sie noch um Angelas Leben gerungen hatten. Jetzt wurde dort wieder alles vorbereitet. In dieser Nacht sollte Stella dort schlafen.

Die Tante machte sich ruhig an die Arbeit. Sie bereitete alles vor, falls die Geburt in der Nacht losgehen würde. Alles deutete darauf hin. Und tatsächlich: Kaum hatte Stella sich auf das schmale harte Bett gelegt, stöhnte Angela auf. Sie erhob sich aus dem Bett und setzte die nackten zerschundenen Füße auf den Boden. Stella sprang sofort hinzu und stützte ihre Tochter, wie es immer geschah, wenn diese sich waschen oder auf den Topf wollte, der ihr als Toilette diente. Da gab es ein klatschendes Geräusch wie von einem nassen Lappen. Entsetzt blickte Stella auf den Boden. Da war eine Pfütze, Wasser rieselte an Angelas Beinen entlang.

»Was war das?«, fragte Angela ängstlich. »Hab ich in die Hose gemacht?« Es war ein so kindlicher verzagter Ton, der Stella das Herz zerriss. »Ich glaube nicht«, antwortete sie betont sicher, als wäre sie vollkommen Herrin der Lage. »Ich glaube, du hattest einen Blasensprung.« Da krümmte Angela sich und stöhnte erbärmlich. Stella vergaß ihre ganze Bemühung um Selbstsicherheit und schrie aus voller Kehle nach der Tante. Angela krampfte sich an Stellas Arm zusammen. Stella konnte nichts weiter tun, als schreien und Angela festhalten. Da war die Tante schon im Zimmer. Sie trug eine Tasse lauwarmen Tees in einer Hand, in der anderen ein kleines Fläschchen mit Öl. »Dann wollen wir mal«, sagte sie und legte ihre Hand auf Angelas Bauch. »Keine Sorge«, sagte sie. »Keine Sorge. Dieses Kind ist so tapfer, das wird es dir nicht schwermachen.«

Fünf Stunden später war Roberta geboren, ein winziges Bündel Mensch, das an Angelas Brust schmatzte, als hätte es schon lange darauf gewartet, dort endlich anzukommen. »Hat sie alles?«, fragte Angela, und aus ihren blinden Augen strömten Tränen. »Ja«, sagte die Tante ruhig. »Sie hat alles. Ich werde dir gleich alles zeigen. Hände, Füße, Ärmchen, Beinchen, sie hat sogar schon Haare.« »Hat sie gesunde Augen?«, fragte Angela mit kleiner Stimme.

Stella lachte laut. »Dummerchen«, sagte sie. »Deine Augen wurden verletzt, und wahrscheinlich kann ein richtiger Spezialist sie sogar wieder heil machen. Irgendwie wurde deine Netzhaut beschädigt, deshalb kannst du nicht mehr sehen. Aber so etwas wirkt sich nicht ansteckend auf ein Baby im Mutterleib aus.«

»Du bist Großmutter«, sagte Angela zärtlich. »Das ist deine Enkelin. Liebst du sie?«

»Was für ein Dummerchen du bist«, sagte Stella, und nun weinte auch sie, was sie die ganze Zeit nicht getan hatte, weil sie mit äußerster Konzentration ihrer Tochter geholfen hatte, indem sie den Anweisungen der Tante gefolgt war. »Ich bin ganz überwältigt von dem kleinen Wunder.« Sie streichelte die Wange ihrer Tochter und fügte hinzu: »Vor allem aber liebe ich dich, meine Süße.«

Am nächsten Morgen fuhr sie ab. Sie hatte keine Sekunde geschlafen, aber sie war hellwach. Es fiel ihr sehr schwer, sich von ihrer Tochter und der kleinen Roberta zu trennen, aber sie hatte begriffen, dass etwas zu tun war, um beide in Sicherheit zu bringen.

Während der ganzen langen Bahnfahrt plante sie ihre Aktivitäten in den nächsten Tagen. Sie wollte Kontakt zu Alma aufnehmen, als Erstes aber Lydia aufsuchen und sich erkundigen, wie weit sie damit gekommen war, Papiere für Angela zu besorgen. Sie musste mit Anthony telefonieren, und zwar auf eine Weise, dass er sie verstand, ohne dass sie zu viel preisgab.

Angela musste nach England geschafft werden, in Deutschland zu bleiben, war für sie und das Kind viel zu gefährlich. Und Anthony musste in England versuchen, einen Spezialisten zu finden, der vielleicht ihre Augen operieren konnte. Anthony musste einen englischen Dampfer ausfindig machen, dessen Kapitän Angela und das Kind mitnahm. Oder er musste selbst nach Hamburg kommen und sie abholen.

Es war der 26. Oktober 1938, als sie abends im Hamburger Hauptbahnhof anlangte.

Jonny war glücklich, sie zu sehen. Einige Tage vorher hatten Eric Warburg und sein Vater Deutschland verlassen und waren nach Stockholm emigriert, seine Bank war arisiert und gehörte jetzt den Kaufleuten Rudolf Brinckmann und Paul Wirtz. Jonny saß zwar »fest im Sattel«, wie er gern betonte, trotzdem empfand er oft ein mulmiges Gefühl. Er hatte Greta zwar seit längerem mit der Kleinen aufs Land verfrachtet, wo Schwachköpfige nicht so auffielen, und wo die Dorfschule nicht gerade Genies hervorbrachte, aber er fühlte sich seit längerem schon nicht richtig wohl in seiner Haut.

Vor kurzem war er zufällig Johann begegnet, und der hatte höhnisch gesagt: »Na, sitzt du jetzt fest im Sattel? Zwei Brüder ausgeschaltet, der dritte ein Schlappschwanz, hast du jetzt, was du wolltest?« Jonny hatte zwar von oben herab gefragt, ob Johann betrunken sei oder was ihm sonst den Verstand geraubt hätte, aber danach hatte er sich noch scheußlicher gefühlt als ohnehin häufig in der letzten Zeit. Er hatte für Stella eine wundervolle Kette mit echten Diamanten erstanden, seine Mutter hatte ihm den Tipp gegeben. Als er sie ihr aber um den Hals legte und sie fragte: »Hast du die von Juden?«, schluckte er. Seine empörte Reaktion: »Was denkst du dir?«, hatte Stella jedoch die Zeit zum Besinnen gegeben, die sie brauchte, um die Kette anzunehmen, von wem auch immer sie war. Angela würde Geld brauchen. Und Stella vielleicht auch. Sie bedankte sich bei Jonny und trug die Kette den ganzen Abend lang.

In den folgenden Tagen war sie sehr aktiv. Sie stellte fest, dass Lydia schon alles vorbereitet hatte. Allerdings stiegen die Preise für gefälschte Papiere ständig, sagte sie, und sie habe noch nicht alles Geld zusammenbekommen. Mit einem erleichterten Lachen nahm Stella die Kette von ihrer Brust und legte sie Lydia in die Hand. »Vielleicht reicht das ja«, sagte sie. Lydia riss erschrocken die Augen auf. »Stella, das ist zu wertvoll, das darfst du nicht weggeben«, sagte sie. Stella lachte unfroh. »Irgendwie geht vieles seltsame Wege im Augenblick«, sagte sie. »Vielleicht kriegst du ja noch was raus.« »Und wenn Jonny merkt, dass du die Kette nicht mehr hast?«, fragte Lydia ängstlich. »Egal«, antwortete Stella. »Egal. Und wenn schon. Außerdem merkt er sowieso nur sehr wenig. Seine Unaufmerksamkeit ist legendär.«

Eine Woche später hatte sie den Ausweis für Marylin Walker in der Hand. Lysbeth und die Tante hatten gesagt, dass es Angela nützen würde, den gleichen Nachnamen wie Anthony zu tragen. Es versetzte Stella einen Stich, als sie den Namen las. Aber diesmal war es keine Eifersucht, sondern eine zärtliche Wehmut. Als hätte sich auf eine mysteriöse Weise doch noch ihre Sehnsucht nach einem Kind von Anthony erfüllt.

Insgeheim schmiedete sie den Plan, Deutschland gemeinsam mit Angela und der Kleinen zu verlassen. Sie war nicht länger bereit, Rücksicht auf ihre Familie, auf Lysbeth und Aaron zu nehmen. Wenn das Haus ohne Jonnys Miete nicht gehalten werden konnte, müssten sie eben den oberen Stock vermieten. Wenn Lysbeth und Aaron in Hamburg zu gefährdet waren, müssten sie eben auch nach England fliehen. Wenn Käthe und die Tante dann unglücklich waren, müssten sie eben nachkommen. Stella wollte ihr eigenes Leben leben, und Stella wollte bei ihrer Tochter und der kleinen Roberta sein. Vor allem aber wollte sie nicht länger ohne Anthony leben.

Die Rüstung war in vollem Gange. Göring hatte die Losung »Kanonen statt Butter« ausgegeben, und tatsächlich wurden bei *Rheinmetall* und in anderen Großbetrieben fast nur noch Geschütze, Maschinengewehre und anderes Kriegsgerät angefertigt, während Butter rationiert und nur noch auf Marken erhältlich war. Entlang der Grenze von Südbaden bis in die Gegend von Aachen hatte der Bau des »Westwalls« begonnen, einer gigantischen Festungsanlage, zu deren eiliger Fertigstellung Hunderttausende von Arbeitern dienstverpflichtet worden waren.

Im September hatte die Kriegsangst enorm zugenommen, denn Hitler schien entschlossen, die Tschechoslowakei anzugreifen. Der britische Premierminister Neville Chamberlain war zweimal nach Deutschland gekommen und hatte zu vermitteln versucht. Niemand war sich im Klaren darüber gewesen, ob die Franzosen und Briten bei einem deutschen Angriff auf die Tschechoslowakei ihrerseits Deutschland im Westen angreifen würden oder nicht. Die Tschechen hatten bereits mobilgemacht, doch mussten sie erkennen, dass Paris und London nicht bereit waren, ihren Beistandsverpflichtungen gegenüber Prag nachzukommen. Zwar begann auch in Frankreich die Mobilmachung von zunächst fünfundsechzig Divisionen, und die britische Flotte wurde in

Alarmbereitschaft versetzt, aber die Regierungen beider Mächte wollten Hitler lieber das Sudetenland überlassen, als ernstlich einen neuen Weltkrieg zu riskieren. In den letzten Septembertagen hatte sich die Kriegsangst in ganz Europa, vor allem in Deutschland und in den westlichen Hauptstädten, so weit gesteigert, dass die Menschen eine ungeheure Erleichterung empfanden, als es dann in der Nacht vom 29. zum 30. September doch noch zu einem Abkommen zwischen den Regierungen des Reichs, Englands, Frankreichs und Italiens kam und der Krieg damit vermieden wurde. Gewiss, mit dem Münchner Abkommen hatten Paris und London Hitler wieder nachgegeben und ihn damit neu gestärkt, sie hatten die Tschechoslowakei im Stich gelassen, und am 1. Oktober waren die deutschen Truppen in die Sudetengebiete eingerückt. Aber, so jedenfalls dachten die meisten, der Krieg war glücklicherweise noch einmal vermieden worden, und manche glaubten sogar, was Hitler sogleich verkündet hatte, nämlich, dass er nun keinerlei territoriale Forderungen in Europa mehr habe.

Anthony, der sonst eher skeptisch war, vermutete seitdem, dass der Krieg noch zwei Jahre auf sich warten lassen werde. Erst wenn England voll aufgerüstet hätte, würde es einen Krieg gegen Deutschland führen, so meinte er. Stella wollte ihm gern glauben. Und diese zwei Jahre wollte sie mit ihm gemeinsam verbringen. Zwei glückliche Friedensjahre, so wünschte sie es sich.

14

Am 7. November schoss in Paris ein jüdischer Flüchtling, Herschel Grynszpan, einen Angehörigen der deutschen Botschaft, Ernst vom Rath, nieder, um Rache zu nehmen für das, was man den Juden in Deutschland angetan hatte. Die Eltern des Täters waren kurz zuvor mit vielen tausend anderen in Deutschland ansässigen polnischen Juden in Güterwagen nach Polen abgeschoben worden.

Stella fragte sich, wieso dieser arbeitslose, angeblich obdachlose Pole in die deutsche Botschaft hineingelangen konnte. Aber dann war sie wieder damit beschäftigt, ihre Ausreise aus Deutschland vorzubereiten.

Sie war entschlossen, gemeinsam mit Angela und Roberta Deutschland zu verlassen und nach London zu Anthony zu ziehen.

Sie wollte Jonny nicht mehr im Allergeringsten misstrauisch machen. So bat sie Lysbeth, mit den Papieren auf den Hof zu fahren. Bevor die Kleine ein paar Monate alt wäre und die Tante einer Überfahrt zustimmte, musste Angela sowieso noch dort bleiben. Aber auch dort war es besser, mit englischen Papieren ausgerüstet zu sein.

Als die Nachricht vom Tode vom Raths am 9. November nachmittags um vier Uhr bekanntwurde, war die Stadt genauso ruhig wie die Tage vorher.

Lysbeth und Aaron hatten lange gearbeitet und danach noch in der Bornstraße mit der Familie, die Stellas Garderobe geschneidert hatte, auf einen Tee zusammengesessen und ein bisschen geplaudert.

Sie machten sich erst spät auf den Heimweg, aber es war sofort spürbar, dass etwas anders war. Die Nacht war mild und sternenklar, dennoch lag etwas Unheimliches in der Luft. Sie fassten sich an die Hand und gingen wie auf heißen Kohlen zum Grindel. Da sahen sie, wie drei junge Männer in SA-Uniform auf einen Mann eindroschen, der unter den Schlägen zusammenbrach, und den sie dann auf die Straßenbahnschienen zerrten. Aaron wollte hinlaufen, aber Lysbeth hielt ihn fest. Sie drückten sich in einen Hauseingang, bis die drei fortgerannt waren. Lysbeth schlug das Herz bis zum Hals. Wenn jetzt eine Straßenbahn käme, wäre der Mann tot. Da war Aaron schon bei ihm. Gemeinsam zogen sie den Mann vorsichtig von den Schienen herunter. Er war bewusstlos. »Er muss ins Krankenhaus«, sagte Aaron. Er sah so wild und wütend aus, wie Lysbeth ihn noch nie erlebt hatte. »Das schaffen wir nicht«, widersprach sie. »Wir müssen ihn hier verarzten.« Zum Glück hatten sie im Arztkoffer alles für die Erste Hilfe dabei. Während Aaron den Mann untersuchte, kam der langsam wieder zu sich. In panischer Angst starrte er Aaron an. »Nicht schlagen«, röchelte er. »Nicht schlagen.« Aus seinem Mundwinkel rann Blut. »Keine Angst«, sagte Aaron beruhigend. »Ich bin Arzt. Wir helfen Ihnen, und dann bringen wir Sie ins Krankenhaus.« Der Mann erhob so vehement Einspruch, wie es ihm in Anbetracht seiner Schmerzen möglich war. »Nicht ins Krankenhaus«, flüsterte er. »Ich will nach Hause.« Aaron und Lysbeth wechselten einen Blick. Das kann ich nicht verantworten, sagte Aarons Blick.

Er ist Jude, sagte Lysbeths Blick. Er hat Angst vorm Krankenhaus. Können wir das nicht alleine?

Sie untersuchten den Mann notdürftig, gaben ihm etwas gegen die Schmerzen und hoben ihn dann auf die Beine. »Wir bringen Sie zu uns nach Hause«, sagte Lysbeth so resolut, dass der Mann nicht zu widersprechen wagte. »Da bleiben Sie heute Nacht. Morgen sehen wir weiter.« Auf dem Weg vom Grindel zur Kippingstraße begegnete ihnen eine Frau mit zwei kleinen Kindern, die nur mit einem Mantel über dem Nachthemd bekleidet war. Sie und auch die Kinder waren völlig verängstigt. »Warum schlagen sie uns?«, schrie die Frau. »Wir haben doch nichts getan!« Lysbeth ahnte, dass das, was diesem Mann zugestoßen war, kein Einzelfall war. Da hörte sie, wie von der Synagoge in der Bornstraße Geräusche drangen, als würden Scheiben zerschlagen. Menschen schrien, einige begeistert, einige entsetzt. »Wollen Sie mit zu uns kommen?«, fragte Lysbeth die Frau. »Heute Nacht scheint der Teufel los zu sein.« »Nein«, entgegnete die Frau weinend. »Ich muss nach Hause, da ist mein Mann.« Lysbeth war versucht, mit der Frau zu diskutieren, damit diese wenigstens die Kinder in der Kippingstraße in Sicherheit gäben, aber dann spürte sie, wie der Mann, dessen Arme um Aarons und ihre Schultern lagen, schwerer wurde. Wenn er wieder ohnmächtig wurde, konnten sie ihn nicht tragen. Sie mussten so schnell wie möglich weiter.

In der Kippingstraße schleiften sie den Mann die Treppen hinunter in ihr Bett. »Wenn bloß die Tante hier wäre«, sagte Lysbeth. Aber die Tante war immer noch bei Angela. »Du bleibst bei ihm«, sagte Aaron. »Ich gehe raus und guck, was los ist.«

Lysbeth baute sich zornig vor ihm auf. »Mein lieber Aaron. Wenn du jetzt da raus gehst, wo die Nazis wüten, kannst du gleich draußenbleiben. Du wachst über unseren Freund hier. Und ich hole Stella, und wir gehen raus und gucken, ob wir irgendwo helfen können.« Aaron öffnete den Mund. Seine Augen, seine Haare, sein Mund, alles sah wild und wütend aus. Aber Lysbeth schnappte ebenso wütend: »Keine Widerrede! Kein Himmelfahrtskommando! Du bleibst hier!« Ohne abzuwarten verließ sie den Raum und stapfte nach oben zu Stella. Da saßen Stella und Jonny in ihrem Wohnzimmer. Beide waren blass.

Stella hatte gerade von Jonny erfahren, was heute Nacht in Hamburg geschehen würde. Nun teilte er es auch Lysbeth mit. Reinhard Heydrich, Chef des Sicherheitsdienstes, der Gestapo und der gesamten

Polizei, hatte bis ins Kleinste geplant, eine schon seit langem beabsichtigte »Aktion« in der Nacht des 9. November zu starten, im Anschluss an die alljährlichen Feiern zum Gedenken an die Toten des gescheiterten Hitlerputsches im Jahre 1923 in München. Am 8. und 9. November waren im Reichssicherheitshauptamt die letzten Vorbereitungen getroffen worden. Über Fernschreiber waren an alle Gestapo- und SD-Leitstellen die Befehle hinausgegangen.

»Sie haben nur solche Maßnahmen angeordnet«, sagte Jonny »die keine Gefährdung deutschen Lebens und Eigentums mit sich bringen – z.B. sollen Synagogen nur in Brand gesetzt werden, wenn keine Brandgefahr für die Umgebung vorhanden ist; Geschäfte und Wohnungen von Juden sollen zerstört, aber nicht geplündert werden.« »Mein Gott«, fuhr Stella auf, »und man kann überhaupt nichts dagegen tun?« »Nein«, antwortete Jonny entschieden. »Alles wird seinen Lauf nehmen. Man rechnet mit Demonstrationen gegen Juden, die sollen von der Polizei nicht verhindert werden. Sie sollen so viele besonders wohlhabende Juden festnehmen, wie in den vorhandenen Hafträumen untergebracht werden können. Und dann sollen die so schnell wie möglich in Konzentrationslager kommen.« Stella war stumm vor Entsetzen.

Jonny berichtete weiter. An jedem Ort im Großdeutschen Reich waren sogenannte Einsatzstäbe gebildet worden. Die Gestapo hatte Listen aller jüdischen Privatwohnungen, Geschäfte, Heime, Schulen und sonstigen Einrichtungen geliefert. Die SA, SS-Stürme sowie die örtliche HJ erhielten Anweisung, aus jeder Einheit einige Leute auszusuchen, die sich für die geplante Aktion eigneten; sie sollten sich nicht in Uniform, sondern in »Räuberzivil« nach den offiziellen Feiern zum 9. November an vorher festgelegten Stellen einfinden. Das Nationalsozialistische Kraftfahr-Korps hatte Fahrzeuge, Fahrer und Kraftradmelder zu stellen, später auch Lastwagen für den Abtransport der Gefangenen. Die Feuerwehr musste Äxte, Spitzhacken und anderes zur Zerstörung geeignetes Werkzeug liefern, außerdem einige »zuverlässige« Beamte abstellen, die sowohl die Brandstifter anleiten als auch ein Übergreifen der Brände auf benachbarte Gebäude verhindern sollten. Ein immer größerer Kreis von Nazi-Funktionären und Beamten war im Laufe des 9. November in die geplante Aktion eingeweiht worden. So waren die Informationen auch zu Jonny gedrungen.

Als Jonny und Stella schwiegen, erzählte Lysbeth, was sie erlebt hatte. Dass sie allerdings einen Juden unten in ihrem Bett untergebracht hatte, verschwieg sie. »Johann ist heute Nacht an vorderster Front dabei«, sagte Stella traurig. »Unser Bruder. Und anschließend werden die sagen, dass es eine spontane Volksaktion war.«

Jonny erhob Einspruch. »Jetzt macht mal nicht so ein Drama daraus. Ich hab es dir bloß erzählt, weil wir hier einen Juden im Haus haben. Und weil Major Solmitz von gegenüber nichts dafür kann. Aber man muss die großen geschichtlichen Zusammenhänge und die staatspolitischen Notwendigkeiten sehen. Mit der Ostmark und dem Sudetengau haben wir fast eine halbe Million Juden dazubekommen, und das sind doch nur Parasiten. Eine einmalige Härte ist besser als ein hundertjähriger Volkstumskampf. Außerdem sind diese Juden dickfellig. Einige haben immer noch nichts begriffen, die brauchen eine letzte Warnung.« Stella sah ihn an, als wollte sie ihm gleich die Kehle durchschneiden. Lysbeth war völlig kalt geworden. »Stella, ich wollte dich bitten, mit mir rauszugehen. Vielleicht können wir helfen.«

Jonnys Augen blickten glasig. »Das verbiete ich dir, Stella«, schnaubte er. »Und dir auch, Lysbeth. Hilf du dir selbst und deinem Mann.«

»Das tu ich dann auch noch«, entgegnete Lysbeth kühl. »Kommst du mit, Stella, oder bleibst du hier?«

Aber Stella war schon aufgestanden und hatte nach ihrer Strickjacke gegriffen. Nun nahm sie noch einen Schluck aus der Rumflasche, die auf dem Tisch stand, weil Jonny Tee mit Rum getrunken hatte. »Auf geht's«, sagte sie. »Tschüss, Jonny.«

Stella und Lysbeth zogen unten ihre dicken Wintermäntel über. In Winterstiefeln machten sie sich auf. Draußen erwartete sie eine schöne, milde Mondnacht voll silbernem Nebel. Trotzdem fröstelten sie.

Sie gingen in die gleiche Richtung zurück, aus der Lysbeth und Aaron mit dem verprügelten Mann gekommen waren. Am Grindel lebte die Mehrheit der Hamburger Juden. Beklommen setzten Stella und Lysbeth einen Schritt vor den anderen in Richtung der in den Himmel lodernden Flammen, der Schreie und der Geräusche von Axtschlägen auf Glas und Holz. Die Talmud-Tora-Schule am Grindelhof bot ein Bild der Zerstörung. Die Synagoge am Bornplatz brannte. Die Feuerwehr stand daneben, aber sie griff nicht ein. Die Synagoge in der Rutschbahn 11a brannte ebenfalls. Stella und Lysbeth versuchten gar nicht erst, dort irgendwie einzugreifen.

Gegen zwei Uhr nachts donnerten die Stiefel einer Kolonne durch die Grindelallee. Sie trug ein Schild, auf dem der Name des jüdischen Geschäfts *Unger* und die Adresse am Jungfernstieg stand. Das war offenbar das Ziel ihres »Einsatzes«.

Die Bürgersteige waren voller Glasscherben. Stella und Lysbeth schlenderten durch die Straßen, als wollten sie sich wie viele andere Passanten an dem Schauspiel ergötzen. Aber sie hatten ihre Nerven angespannt, um zu helfen, wo es notwendig war. Die Wohnungen in der Bornstraße waren alle dunkel, als wäre niemand daheim. In der Oberstraße, wo der erst 1931 geweihte jüdische Tempel von wütenden Horden junger Männer dem Erdboden gleichgemacht wurde, trat ein paar Häuser weiter eine Frau aus der Tür. Sie war blass und schien Angst zu haben. »Um Himmels willen … das können die doch nicht machen«, flüsterte sie. Stella fasste sie am Ellbogen und fragte: »Was ist los? Können wir helfen?« Die Frau sah sie mit flackerndem Blick an. »Unten ist nur das kleine Mädchen zu Hause«, sagte sie entsetzt. Stella ließ sie sofort los und marschierte ins Treppenhaus.

Die Eingangstür zu der einen der beiden Parterrewohnungen war aufgebrochen. Das Glas des großen Spiegels in der Diele lag in tausend Scherben auf dem Boden, die Kommode davor war in Stücke zerhackt.

Von drinnen hörte man, wie ein Schrank voller Geschirr und Gläser krachend und scheppernd umstürzte und aufschlug. Es folgten weitere Axtschläge. Bis ins Treppenhaus flogen Holzsplitter, Bettfedern und Stofffetzen. Über diesen Lärm hinweg plärrte ein Grammophon mit voller Lautstärke den langsamen Walzer: »Ich tanze mit dir in den Himmel hinein, in den siebenten Himmel der Liebe.«

Lysbeth vernahm einen Schrei, gleich darauf noch einen, wie von einem Kind in panischer Angst. Die Musik spielte weiter. Sie zögerte noch und warf einen Blick nach oben in der Hoffnung, jemanden im Treppenhaus zu sehen, der vielleicht helfen konnte. Aber Stella war schon in die Wohnung gestürmt.

Lysbeth sah umgestürzte und offenbar mit einem Vorschlaghammer zertrümmerte Schränke, zu Kleinholz zerhackte Stühle, Tische und andere Möbel, aufgeschlitzte Sessel und Kissen, zerfetzte Vorhänge und Haufen von zerschlagenem Glas und Porzellan. Aus einem Zimmer kam noch immer laute Grammophonmusik.

Ein junger Bursche in braunen Schaftstiefeln, Breecheshosen und

Rollkragenpullover war dabei, einen großen Silberleuchter in einen Sack zu stecken. Ein Zweiter, ebenfalls in »Räuberzivil«, zerschnitt mit einem Brotmesser ein großes Ölgemälde, das schief an der Wand hing.

Stella ging ruhig auf den Mann mit dem Silberleuchter zu. Sie nahm ihm schnell den Sack aus der Hand, prüfte das Gewicht fachkundig und sagte in sein rot anlaufendes Gesicht hinein: »Heydrich hat angeordnet, dass keine Plünderungen stattfinden sollen, hat Ihr Truppführer Ihnen das nicht eingeschärft? Oh, oh, das wird Folgen haben!« Der junge Mann war nicht älter als siebzehn oder achtzehn Jahre. Stella hatte sich hoheitsvoll aufgerichtet und blickte auf die beiden Männer herab wie eine Königin. Sie wies Lysbeth an: »Scharführerin, nehmen Sie alles zu Protokoll. Gauleiter Kaufmann will unbedingt, dass diese Zwischenfälle detailliert gemeldet werden.« Lysbeth öffnete umständlich ihre Handtasche, in der sich Verbandzeug und andere medizinische Utensilien befanden. Stella ging schnurstracks in das Zimmer, aus dem die Musik drang.

Das Bürschchen im Rollkragenpullover stellte den Silberleuchter rasch beiseite und sah Lysbeth abwartend an. Der andere ließ von dem Bild ab und rief: »Truppführer, hier ist jemand.«

Die Musik brach ab. Stella hatte die Tür offenstehen gelassen. Sie stand vor einem Kerl von Mitte zwanzig, groß und breitschultrig, der hastig seine Hosenträger hochzog und den Knopf seiner Hose schloss, als er Stella erblickte. »Was wollen Sie denn?«, fragte er und trat einen Schritt näher. Hinter ihm sah Lysbeth für den Bruchteil einer Sekunde ein verängstigtes Gesicht auftauchen, das sich dann duckte und aus ihrem Blickfeld verschwand.

»Sind Sie hier verantwortlich?«, fragte Stella in ihrem hoheitsvollsten Ton. Ohne die Antwort abzuwarten fuhr sie fort: »Wie mir scheint, haben Sie Ihre Leute nicht voll unter Kontrolle. Ich bin unterwegs für Gauleiter Kaufmann. Stichproben, ob auch alles der Order entsprechend vonstatten geht. Dieser Mann hier meldet sich morgen früh im Stadthaus, er hat einen Leuchter gestohlen. Am besten gehen Sie gleich mit ihm dorthin. Morgen werden die Verhöre stattfinden mit den Männern, die sich heute unbotmäßig bereichert haben. Und wer hat eigentlich diese Musik in Gang gesetzt?«

Der Mann starrte Stella an. In seinem Gesicht stand der Widerstreit geschrieben, der sich in seinem Kopf abspielte. Sollte er dieser

Schlampe eine reinhauen, oder war sie wirklich von Gauleiter Kaufmann geschickt?

»Wir sind hier fertig«, sagte er knapp und griff nach der Hacke, die neben der Tür stand. »Was soll das Gefasel mit dem Leuchter?«

»Fragen Sie Ihren Mann selbst und vergessen Sie nicht, sich morgen um acht Uhr im Stadthaus zu melden!« Stella drehte sich um und ging zurück in das Schlafzimmer. Lysbeth hatte in ihrer Tasche zum Glück einen Stift gefunden. Den zückte sie jetzt. Die beiden jungen Kerle sahen erschrocken auf den Stift, dann ergriffen sie die Flucht. Weg waren sie. Der Ältere stolzierte einfach hinter ihnen her aus der Wohnung.

Lysbeth folgte Stella. Sie legte sich auf den Boden vors Bett. Zwei ängstlich aufgerissene Augen blickten ihr entgegen. Unter dem Bett lag ein Mädchen. »Komm raus«, sagte Lysbeth sanft. »Sie sind weg.« Zitternd kroch die Kleine unter dem Bett hervor. Sie war etwa zehn Jahre alt. Lysbeths Blick glitt prüfend über sie hinweg. Sie blutete nirgends. »Hat er dir etwas getan?«, fragte Stella.

Das Mädchen schüttelte verneinend den Kopf. An ihren Armen waren blaue Flecken. Sie trug nur ein Nachthemd. »Wirklich nicht?«, fragte Lysbeth, wieder in diesem unendlich sanften Ton. Das Mädchen schüttelte abermals verneinend den Kopf.

»Wo sind deine Eltern?«, fragte Stella. »In der Oper«, flüsterte die Kleine. Lysbeth und Stella sahen einander an. Stella nickte. »Ich komme gleich wieder«, sagte sie. Sie ging eine Etage höher und klingelte an der Wohnungstür. Eine Stimme fragte von innen: »Was wollen Sie?« »Dass Sie die Tür öffnen«, sagte Stella trocken. Von innen wurde eine Kette vorgeschoben, dann wurde die Tür einen Spaltbreit geöffnet. Stella sah misstrauische Augen hinter einer schweren Hornbrille. Das Gesicht einer alten Frau. »Es geht um die Leute unten«, sagte Stella. »Sie sind in der Oper. Wenn sie nach Hause kommen, muss sich jemand um sie kümmern. Wir nehmen das Mädchen mit.« Wortlos wurde die Tür zugedrückt. Von innen wurde ein weiterer Riegel vorgelegt.

»So geht es nicht«, murmelte Stella. Sie ging zurück in die zerstörte Wohnung. Unter ihren Schuhen knirschten die Glas- und Porzellansplitter. In der Diele, unter dem zerschlagenen Spiegel, stand zwischen der Teilen der zerhackten Kommode der Silberleuchter. »Wir müssen auf die Eltern warten«, sagte sie zu Lysbeth. Die nickte. Sie setzten sich also zu dritt auf das Bett, das heil geblieben war. Das Mädchen lehnte sich an Lysbeths Schulter. Ihre Augen sahen rot und übermüdet aus. Die drei schwiegen. Von draußen drang Brandgeruch ins Zimmer. Aufgeregte Stimmen vernahmen sie, das Geräusch vorbeibrausender Lastwagen. Da kamen Schritte ins Treppenhaus. Eine ängstliche Frauenstimme, die in Weinen ausbrach, als sie sich der Wohnung näherte. Eine Männerstimme, die sagte: »Beruhige dich, Anna, beruhige dich.« Die Frauenstimme schrie: »Wo ist das Kind? Rita! Rita!« Das Mädchen sprang hoch und rannte zu ihren Eltern. Bei jedem Schritt knirschte es. Stella und Lysbeth erhoben sich auch. Rita hieß das Mädchen also.

Stella ging auf das Paar zu, das fassungslos in seiner Wohnung stand. »Kommen Sie mit uns«, sagte sie. »Wir sollten nicht zu lange hierbleiben.« Die Frau schrie auf, als sie Stella und Lysbeth erblickte. Schützend schlang sie die Arme um ihre Tochter. »Wer sind Sie?«, fragte der Mann streng. Lysbeth lächelte. »Wir haben Ihre Wohnung nicht so zugerichtet«, erklärte sie freundlich. »Wir sind zufällig vorbeigekommen, und haben Ihre Tochter aus den Klauen dieser Bestien befreit«, fügte Stella hinzu. »Und jetzt sollten Sie mit zu uns kommen«, sagte Lysbeth sanft. »Wer weiß, was noch alles passieren kann.«

Die Frau blickte im Raum umher. »Wir können das doch nicht einfach so lassen«, sagte sie. »Das geht doch nicht. Da kann ja jeder Plünderer kommen.« »Ja«, stimmte Stella zu. »Das ist möglich. Aber wenn Sie hierbleiben, wird nicht nur geplündert, sondern vielleicht auch noch geschlagen.« »Oder Ihr Mann wird abtransportiert«, fügte Lysbeth hinzu. »Geschlagen?«, fragte die Frau entsetzt. »Abtransportiert?« Der Mann griff sie am Ellbogen. »Lass uns ein paar Sachen für die Nacht und für Rita einpacken«, bat er. »Und dann lass uns gehen.«

»Sie haben den Chagall zerschnitten«, bemerkte die Frau bitter. Zu Lysbeth und Stella sagte sie: »Wir wollten nächste oder übernächste Woche Deutschland verlassen. Entartete Kunst darf man mitnehmen, deshalb haben wir den Chagall gekauft.« »Vielleicht können wir ihn kleben«, sagte der Mann liebevoll. »Mach dir keine Sorgen, Liebes. Und nun lass uns gehen.« Die Frau holte noch ihren Schmuck und packte einen kleinen Koffer mit ein paar Kleidungsstücken. Dann warf sie einen letzten traurigen Blick in die Wohnung. »Ich bin soweit.«

Unterwegs mussten sie einige Umwege machen, denn von weitem sahen sie überall Menschenmengen, die erkennen ließen, dass ein ähnliches Zerstörungswerk im Gange war.

In der Osterstraße flog plötzlich eine ganze Röntgeneinrichtung aus einem Fenster im ersten Stock vor ihre Füße. Eine Höhensonne zerbarst mit lautem Knall auf dem Bürgersteig, allerlei Instrumente prasselten hinterher. Lysbeth musste an sich halten, nichts aufzusammeln. Sie hasteten weiter. Lysbeth kannte den Arzt, dessen Praxis gerade zerstört wurde. Es war Dr. Rosenfeld, ein Hals-Nasen-Ohrenarzt.

In der Kippingstraße führten sie die drei sofort nach unten in Lysbeths und Aarons Zimmer. Aaron saß neben dem verletzten Mann, der im Schlaf leise stöhnte. »Ich habe ihm ein Schlafmittel gegeben«, sagte er zu Lysbeth. »Und wen hast du da mitgebracht?«

Am nächsten Morgen hörte Käthe beim Einkaufen, dass fast alle jüdischen Geschäfte zerstört und geschlossen worden seien. Käthe kam zurück und sagte zu ihrem Mann: »Ich will in die Stadt, ich will sehen, was da dran ist.« Alexander versuchte, sie zu beruhigen, aber in diesem Augenblick kam Stella ins Wohnzimmer. Sie sah blass und übernächtigt aus. Käthe erzählte ihr, was sie gehört hatte. »Ich fürchte, es ist noch viel schlimmer«, sagte Stella. »Passt auf euch auf, wenn ihr in die Stadt geht.«

Käthe hakte sich bei ihrem Mann ein, so brachen sie Richtung Innenstadt auf. »Wenn das ein Ammenmärchen war«, sagte Käthe, »dann können wir ja mal wieder ins *Alsterhaus* gehen und gucken, ob wir einen schönen Stoff finden, den wir Lysbeth schenken können. Ich finde, sie trägt in der letzten Zeit immer nur die gleichen Sachen.« Alexander stimmte zu. Allerdings war ihm anzusehen, dass er nur halbherzig mitging. In der letzten Zeit hatte er bei längerem Laufen Schmerzen in seinem linken Bein. Das machte ihm einigermaßen zu schaffen, vor allem, weil er es niemandem zeigen mochte. Er war schließlich Reiter und hielt sich stets gerade, und nun hatte er Beinschmerzen wie ein alter Mann. Das war ihm peinlich.

Auf dem Weg in die Stadt schon fiel ihnen auf, dass die Leute unheimlich geschäftig waren. Überall gab es Gruppen, Zusammenballungen, Sperrungen. Als sie schließlich in der Stadt anlangten, waren all die großen jüdischen Geschäfte geschlossen, *Robinsohn, Hirschfeld, Campbell* und *Unger* und alle anderen. Sämtliche Scheiben waren zertrümmert. Auf den Straßen standen schweigende, erstaunte und zustimmende Leute. Eine hässliche Atmosphäre. »Wenn die unsere Leute totschießen, dann muss man so handeln«, entschied eine ältere Frau.

Immer wieder kam eine neue Information hinzu, während Käthe und Alexander den Weg der Zerstörung abschritten. In der vergangenen Nacht war die Talmud-Tora-Schule am Grindelhof und die Mädchenschule in der Karolinenstraße, die große Synagoge am Bornplatz, die Synagogen in der Rutschbahn 11 a, das Haus der Israelitischen Gemeinde in der Rothenbaumchaussee sowie der 1931 geweihte jüdische Tempel in der Oberstraße Ziel der Gewalt gewesen. Bei Robinsohn hatten sie Dutzende großer Schaufenster eingeschlagen und die Auslagen geplündert. Die Polizei hatte überall tatenlos zugesehen. Auch Läden in der Kaiser-Wilhelm-Straße und am Steindamm waren demoliert worden. In der Osterstraße war ein schwer kriegsbeschädigter Ladenbesitzer getötet worden.

Während Käthe, fest an den Arm ihres Mannes gekrallt, nicht nach Hause gehen, sondern wirklich sehen wollte, wo überall in der Stadt, die sie liebgewonnen hatte, der Hass gewütet hatte, führte die Polizei eine Massenverhaftung von Juden zwischen achtzehn und sechzig Jahren durch, wobei sie ganz besonderes Interesse an den finanzkräftigen Juden bekundete.

Entkräftet von dem langen Weg, vor allem aber von der seelischen Erschütterung, war Käthe nach drei Stunden Marsch über Scherben nicht in der Lage, zu Fuß zurück nach Hause zu gehen. Alexander, dessen Bein entsetzlich wehtat, und der von Käthes Gewicht an seinem Arm tiefer und tiefer nach rechts hinuntergezogen wurde, entschied, dass sie jetzt in eine Konditorei gehen und dort etwas zu sich nehmen sollten. Käthe sagte zwar, dass sie keinen Bissen herunterbrächte, aber sie war froh, sich hinsetzen zu können. Im Café holte Alexander das *Hamburger Tageblatt* vom Haken. Er schlug es auf und las laut vor: »Aus der empörten Menge heraus wurde gegen einzelne jüdische Geschäfte und Gebäude vorgegangen. ... Es wurden, um den beleidigten Gefühlen des Volkes gegen das Weltjudentum einen deutlichen Ausdruck zu geben, spontan Schaufenster zertrümmert und die jüdischen Namen abgerissen.« »Spontan?«, höhnte Käthe. »Wer's glaubt, wird selig!«

Kurz vor sechs waren sie wieder zu Hause. Da hörten sie im Rundfunk: Demonstrationen und Aktionen gegen Juden seien sofort einzustellen. Die Antwort auf den Mord an Herrn von Rath werde der Führer auf dem Verordnungswege geben.

Die bei Lysbeth und Aaron versteckte Familie verhielt sich leise. Der Mann hatte sich als Eduard Levy vorgestellt, ein ehemaliger Rechtsanwalt. Seine Frau Anna und seine Tochter Rita vertrieben sich die Zeit mit Mensch-ärgere-dich-nicht-Spielen. Anna musste sich aufs Äußerste zusammenreißen, um ihre Tränen zu unterdrücken. Sie tat es um ihrer Tochter willen, die sie unablässig abzulenken versuchte. Die Kleine hatte überall am Körper blaue Flecken. Sie hatte sich anscheinend wacker gegen den Mann gewehrt, der sie zwar aufs Bett geworfen und festgehalten hatte, dem sie aber immer wieder entwischt war, bis sie schließlich unter das Bett schlüpfen konnte. Alle hatten Rita sehr gelobt, weil sie sich so tapfer verhalten hatte. Alle behielten ihr Entsetzen für sich, weil sie wussten, was dem Mädchen geschehen wäre, wenn Stella und Lysbeth nicht gekommen wären. Und wenn Stella nicht so eine couragierte gute Schauspielerin wäre.

Der Rechtsanwalt ging Aaron und Lysbeth zur Hand, um den Verletzten zu verarzten. Er musste bandagiert und verbunden werden. Jede Bewegung tat ihm weh. Aber er war inzwischen bei Bewusstsein und konnte die Schmerzen genau lokalisieren. So war Aaron ziemlich sicher, dass er keine inneren Verletzungen hatte.

Nachdem sie im Radio gehört hatten, dass die Gewalttaten gegen die Juden eingestellt werden sollten, machten Stella und Lysbeth sich abermals auf den Weg. Als Erstes gingen sie zur Bornstraße, wo der verletzte Mann wohnte. Er war bis 1933 Lehrer gewesen. Seine Frau ebenfalls. »Sie wird vor Angst um mich schon ganz verrückt sein«, hatte er gesagt, und nun wollten Lysbeth und Stella sie beruhigen. An der Synagoge waren fast alle Scheiben zertrümmert, auch das Innere war wohl zerstört. Die Leute sahen durch die Türöffnungen hinein. Im Vorgarten stand Polizei. Unablässig zogen die Menschen vorüber und glotzten.

Der Verletzte hatte den unjüdischen Namen Meyer. Er wohnte im zweiten Stock. Stella und Lysbeth rechneten damit, dass seine Frau ihnen zuerst nicht öffnen würde, aber stattdessen riss sie die Wohnungstür auf, sobald die Schwestern geklingelt hatten, als hätte sie hinter der Tür schon auf sie gewartet. »Er ist nicht hier«, sagte sie scharf. »Sie können ruhig noch einmal alles durchsuchen.« Überrascht starrte sie

Stella und Lysbeth an. »Wer sind Sie?« Stella ging einfach an ihr vorbei in die Wohnung. Lysbeth hinterher. Die Frau riss den Mund auf zu einem Schrei. Stella legte den Finger auf ihren Mund und sagte: »Psst. Ihr Mann schickt uns.« Lysbeth schickte schnell hinterher: »Bitte entschuldigen Sie unsere Unhöflichkeit. Es soll uns möglichst niemand sehen.«

Zögernd wies die Frau auf zwei Sessel. Sie selbst setzte sich auf das in der Mitte stehende Sofa. »Ist er am Leben?«, fragte sie. Ihre Augen waren rot, ihre Stimme rau. Sie hatte viel geweint in der letzten Nacht, das war ihr anzumerken. »Ja«, antwortete Lysbeth. »Aber er ist verletzt.« So undramatisch wie möglich berichtete sie, was geschehen war. Die Frau hing an ihren Lippen. »Sie waren hier«, sagte sie. »Sie wollten ihn holen. Ich habe gesagt, ich wüsste nicht, wo er sei. Sie haben alles durchsucht. Sie haben gesagt, sie kommen wieder.« Sie sah Lysbeth und Stella flehend an. »Er muss weg«, flüsterte sie. Die Schwestern erhoben sich. »Ja, wahrscheinlich«, stimmte Stella zu. »Erst mal ist er jetzt bei uns. Besser, Sie wissen nicht wo. Man weiß nie, was geschieht. Wir werden Sie auf dem Laufenden halten. Wenn die wiederkommen, sagen Sie einfach, Sie hätten gehört, dass er verprügelt und auf die Straßenbahnschienen gelegt und dort überfahren worden sei. Zwei SA-Männer seien zu Ihnen gekommen und hätten Ihnen seine Brieftasche gebracht. Und dann seien sie wieder verschwunden.« Sie gab der Frau die Brieftasche ihres Mannes. »Nehmen Sie einfach das Geld raus und sagen, das Geld sei fort«, empfahl Lysbeth. »Vielleicht sagen Sie aber auch gar nichts«, sagte Stella. »Vielleicht ist es besser, nichts zu sagen, was die ärgern könnte.«

Die Frau lugte ins Treppenhaus, dann huschten Stella und Lysbeth schnell hinunter. Danach führte ihr Weg sie zur Oberstraße, zur Wohnung der Levys. Schon von weitem hörten sie es hämmern. An der Eingangstür der zerstörten Wohnung stand eine dicke Frau mit verschränkten Armen. »Was wollen Sie hier?«, schnaubte sie Stella und Lysbeth an, als die vor die Wohnung traten. Stella überlegte, was sie sagen sollte. Da richtete Lysbeth sich hoch auf und sah auf die kleine dicke Frau herab. »Frau Levy schickt uns. Ihre Tochter Rita ist gestern fast vergewaltigt worden. Sie braucht für Rita einige Kleidungsstücke. Erst einmal kann das Kind nicht wieder hierher zurück.« Der Blick der dicken Frau wurde weich. Sie reichte Lysbeth die Hand. »Clara Losch,

Ich bin die Hauseigentümerin, ich wohne im ersten Stock.« Sie wies mit dem Kinn zu der Wohnung. »Die Schweinerei kann ja nicht so bleiben.« Stella blickte in die Wohnung. Zwei Schreiner waren damit beschäftigt, die Reste der alten Tür zu beseitigen und eine neue einzusetzen. »Der Meister soll sich anschließend drinnen mal umsehen, was da noch zu machen ist«, verfügte die resolute Frau Losch.

»Sieht schlimm aus da drinnen«, sagte der Ältere der Schreiner. »Es ist eine Schande – man schämt sich, ein Deutscher zu sein.«

»Wir gehen jetzt mal rein und holen ein paar Sachen für die Kleine«, sagte Frau Losch. Aber anstatt nur Kleider zu holen, begannen die drei Frauen mit dem Aufräumen. Die beiden Schreiner richteten den Küchenschrank wieder auf. Frau Losch holte Eimer, Kehrschaufeln, Besen, und erst nach einer guten Stunde, nachdem alle Scherben und Splitter beseitigt waren, verabschiedeten sich Stella und Lysbeth.

»Richten Sie Frau Levy aus, dass ich jeden Plünderer, der sich noch einmal in ihre Wohnung wagt, eigenhändig erschießen werde.« In diesem Augenblick ging eine große Frau mit einer beeindruckenden NS-Frauenschaftsbrosche vor ihrem ausladenden Busen an ihnen vorbei. Frau Losch sah sie von unten herauf an und bemerkte dann zu Stella und Lysbeth in einem provozierend lauten Ton: »Leider kann man heute nicht mehr die Polizei rufen, wenn eingebrochen wird. Heute beschützt die Polizei die Banditen.« Die Frau mit der Brosche sagte eilig: »Das hätte man nicht machen dürfen. Ich bin überzeugt davon, dass auch der Führer so etwas missbilligt.«

Stella lachte perlend. Die Frau sah sie misstrauisch an. Stellas Lachen hatte nicht höhnisch geklungen. Wie war es gemeint gewesen?

»Wir müssen gehen«, sagte Lysbeth schnell. Sie fasste Stella an der Hand und zog sie aus dem Treppenhaus. »Tschüs«, rief sie über die Schulter hinweg. »Heil Hitler«, sagte die große Frau. »Tschüs, Mädels«, sagte Frau Losch laut.

Auf der Straße raunte Lysbeth, so dass nur Stella sie hören konnte: »Sie müssen alle ins Ausland. Hier sind sie ihres Lebens nicht mehr sicher. In einem Mietshaus plappert immer einer. Und du musst vorsichtiger sein, wir dürfen nicht auffallen.« Stella nickte einsichtig. »Die Zimtzicke war aber gar zu widerwärtig«, entschuldigte sie sich. Lysbeth lachte zustimmend. »Aber Frau Losch ist goldrichtig. Wie gut, dass es solche Leute auch noch gibt.«

»Ich geh jetzt zu Lydia«, sagte Stella. »Meyer und die Levys müssen weg. Mal gucken, was sich da machen lässt.«

Als Lysbeth in ihr Zimmer trat, fand sie eine vertraute, fast gemütliche Stimmung vor. Der Verletzte schlief, die anderen saßen vor dem Radio, das Aaron vor kurzem gekauft hatte, damit sie nicht mehr immer oben im Wohnzimmer mit den anderen hören mussten.
Frau Levy sprach Französisch, also hörten sie den Pariser Sender, der bekanntgab, dass der Führer in Nürnberg weile und verfügt habe, dass alle Juden sich bis achtzehn Uhr auf der Polizei einschreiben lassen und Haus- und Garagenschlüssel abliefern müssten. Fünfhundert Juden seien dort bereits verhaftet. In Berlin seien die Synagogen verbrannt. Polizei und Feuerwehr hätten nicht eingegriffen. Sogar Hitlerjungen hätten auf Befehl Synagogen geplündert und jüdische Friedhöfe geschändet.
»Wir müssen weg«, sagte Frau Levy verzweifelt. »Wir dürfen keinen Tag mehr warten.« Ihr Mann nickte bedrückt. Lysbeth erzählte zwar von Frau Loschs Verhalten, aber das konnte die Stimmung nicht heben.

Am 11. November trieb es Käthe wieder in die Stadt. Diesmal weigerte Alexander sich, mitzukommen. Ahnungslos ging Käthe hinunter und öffnete die Tür, weil sie Lysbeth fragen wollte, ob die sie begleiten würde. Sie rechnete nicht mit Aarons Anwesenheit. Sie vermutete, dass er im Grindel alle Hände voll zu tun hatte, um seine jüdischen Patienten zu betreuen. Stattdessen aber traf sie ihn in einer ganzen Gesellschaft von Menschen an. Einer lag sogar in Lysbeths und Aarons Bett. Alle wandten ihr erschrockene Gesichter zu. Schnell schlug Käthe die Tür wieder zu. Schweratmend stand sie draußen in dem kleinen Vorraum, von dem die Türen abgingen. Da trat Lysbeth heraus. Sie fasste Käthe um die Schulter. »Komm, Mutti, wir trinken jetzt einen Tee, und ich erkläre dir alles.«
»Kein Tee«, widersprach Käthe. »Ich wollte dich bitten, mich in die Stadt zu begleiten. Ich möchte sehen, wie es da heute aussieht. Lass uns auf dem Weg reden.«
Schnell zog Lysbeth etwas über, und dann ging sie neben ihrer Mutter her und erklärte ihr, was in der Nacht vom 9. auf den 10. November geschehen war, und in welcher Zwickmühle sie jetzt steckte. Wenn

sie die Juden wegschickte, wären die Männer gefährdet, abgeholt zu werden und ins KZ zu kommen. Wenn sie aber hierblieben, könnten sie auffliegen. Weil sie ja auch damit rechnen mussten, dass die Polizei kam, um Aaron abzuholen. »Ich weiß nicht, was wir tun sollen«, sagte sie bedrückt. »Meine einzige Hoffnung ist Lydia. Stella war gestern bei ihr. Lydia hat auch schon einen ganzen Schwarm von geflüchteten Juden bei sich aufgenommen. Ihre große Sorge ist Cynthia.«

In der Stadt waren vor den jüdischen Geschäften statt der Fenster Holzverschläge. Die Menge wogte stumm auf und ab. Kein Jude war dazwischen. Lysbeth und Käthe lasen eine Verordnung Himmlers: Alle Schuss-, Stoß-, Hiebwaffen von Juden müssen binnen vier Tagen bei der Polizei abgeliefert werden. Bei Nichtablieferung der Waffen wurde KZ und Schutzhaft von zwanzig Jahren angedroht.

Lysbeth drängte es, wieder zurückzugehen. Die Gefahr, dass die Polizei bei ihnen auftauchte, nun unter dem Vorwand, Aaron wegen Waffen zu durchsuchen, war einfach zu groß. Kaum, dass sie zu Hause waren, kam Stella nach unten und sagte: »Liebe Leute, heute Abend kommt eine Freundin mit einem Lieferwagen der Baumschule. Sie liefern uns ein paar Bäume, die wir vor Wintereinbruch im Garten einpflanzen wollen. Das wird einiges Geschiebe und Getrage und Gelaufe geben. Währenddessen werdet ihr euch dazwischenschieben und im Wagen verschwinden. Da sitzen schon ein paar andere. Ihr hockt euch dazu. Einfach auf den Boden. Die Freundin bringt euch an einen Ort, wo ihr sicherer seid als hier. Verstanden?«

»Was ist mit mir?«, fragte Herr Meyer. »Ich kann nicht laufen.« Es klang sehr sachlich und ins Schicksal ergeben. Hätte Stella gesagt, dass er leider erschossen werden müsste, um die anderen zu retten, hätte er sich wahrscheinlich auch gefügt. »Wir werden zwei Bäume zurücktragen, und Sie halten sich an beiden fest. Es wird ein großes Durcheinander von Bäumen geben, Sie werden sich wundern«, schmunzelte Stella. »Wir kriegen das schon hin«, sagte sie entschieden. »Wenn es Schwierigkeiten gibt, rennt ihr einfach ins Auto. Wir schlagen die Tür zu, und es geht los.«

Am Abend um sechs Uhr war es bereits stockdunkel. Aber die Straße war nicht menschenleer, Männer kamen von der Arbeit nach Hause,

Frauen gingen mit Einkaufsnetzen vorbei. Lysbeth, Stella und Käthe standen vor dem Gartentor und unterhielten sich mit den vorbeikommenden Nachbarn. Sie erzählten, dass sie ein paar Bäume erwarteten und Sträucher, weil sie diese noch vor dem Winter in die Erde setzen wollten. Luise und Fred Solmitz kamen vorbei. »Wohin gehen Sie denn um diese Zeit und so schön gemacht?«, sagte Käthe in fast schon zu dick aufgetragener nachbarschaftlicher Freundlichkeit. Luise warf ihr auch einen misstrauischen Blick zu. »Wir wollen zu unserem Blockwart wegen der Waffenablieferungen. Fred hat ein schönes Jagdgewehr und die Waffen, die er im Felde getragen hat. Vielleicht bekommt er ja eine Ausnahmegenehmigung.«

Stella lag eine scharfe Bemerkung auf der Zunge. Dass Fred vielleicht besser seine Waffen weit von sich werfen und selbst das Weite suchen sollte, statt an seinem Soldatenkram festzuhalten, aber sie warf Luise und Fred ein strahlendes Lächeln zu und sagte: »Dann drücke ich Ihnen die Daumen. Viel Glück und einen herzlichen Gruß an unseren Blockwart.«

Niemand sagte »Heil Hitler«, weder die Solmitz noch die Wolkenraths, als Luise und Fred sich entfernten. In diesem Augenblick bog der Lieferwagen in die Kippingstraße und rumpelte über das Kopfsteinpflaster. Er war weiß und hinten ohne Fenster. Mit schwarzer Schrift stand an der Seite: *Baumschule Grün.* Stella blickte kurz zurück zum Haus. Da warteten hinter der Eingangstür Aaron und Alexander, der von Käthe dazu verdonnert worden war, zu helfen, ohne Fragen zu stellen. Hinter ihnen standen bleich und zitternd, aber fest entschlossen die vier Juden.

Der Fahrer war ein junger Mann, daneben saß Lydia. Beide trugen Overalls. Sie sprangen aus dem Auto und öffneten die Seitentür. Hinter den dicken Nadelbäumen waren ängstliche große Augen zu sehen. Nichts sonst, keine Körper, hinter den Augen war alles dunkel. Stella, Lysbeth, der junge Mann und Lydia packten zu und trugen rechts und links die Bäume wie ein Spalier. Käthe spazierte außen auf und ab und begutachtete die Bäume. Durch den schmalen Zwischenraum huschten die drei Levys. Alexander trat heraus und schimpfte, dass das nicht die Bäume waren, die sie bestellt hatten. Es entwickelte sich ein Disput zwischen Lydia und Alexander, die sich siezten und so taten, als kennten sie einander nicht. Lydia behauptete, er habe genau das bestellt, er hingegen schimpfte über die Schlamperei der Gärtnerei, Käthe versuchte, den Streit zuschlichten. Währenddessen trugen Aaron und der junge Mann den verletzten Meyer mehr oder weniger zwischen zwei Bäumen zum Auto. Kaum war er drin, sagte Lydia: »Gut, dann eben alles zurück. Ich muss das mit dem Chef besprechen. Dann nichts für ungut.« Der junge Mann zog die Tür zu, ging ruhig zum Fahrerplatz. Lydia stieg wieder ein, und das Auto startete.

»Wer war das?«, fragte Alexander seine Frau, als sie wieder im Haus waren. »Keine Ahnung«, antwortete Käthe. »Wen meinst du denn? Das war die *Baumschule Grün*.« Alexander sah sie an, als wäre sie verrückt geworden. »Du weißt genau, was ich meine«, sagte er. »Nein«, bekräftigte Käthe. »Keine Ahnung. Die haben ja wirklich überhaupt nicht das geliefert, was wir bestellt haben.« Alexander schüttelte fassungslos den Kopf. Käthe ging zu ihm und gab ihm einen Kuss auf die Wange, etwas, das sie seit Ewigkeiten nicht mehr getan hatte. »Danke«, flüsterte sie. »Und jetzt vergessen wir beide ganz schnell alles, was nicht nach Bäumen ausgesehen hat.«

Sie ging zum Schrank und holte zwei Gläser und eine Cognacflasche heraus. Sie schenkte die beiden Gläser sehr voll. »Prost«, sagte sie. »Auf unsere Zukunft.«

Kaum waren alle weg, da kam Jonny nach Hause. Als Erstes ging er, wie er es meistens tat, ins Wohnzimmer. Es war zwar das Wohnzimmer von Käthe und Alexander, aber eigentlich betrachteten alle es als das Zentrum des Hauses. Und so war es wohl auch. Käthe bildete immer noch den Mittelpunkt der Familie, auch wenn manches vor ihr verborgen wurde.

»Was sind das für Nadeln auf dem Gartenweg?«, erkundigte sich Jonny. Als Erstes schenkte Käthe auch ihm ein Glas Cognac ein. »Ach«, sagte sie leichthin, »Alex und ich hatten den Spleen, vor Einbruch des Winters noch ein paar Koniferen im Garten zu pflanzen. Aber sie haben uns Tannen gebracht, und die werden ja für unseren kleinen Garten einfach zu groß.« Sie reichte Jonny das Glas. »Irgendwie habe ich das Gefühl, dass wir heute etwas feiern sollten«, sagte sie nachdenklich. »Aber ich komme einfach nicht drauf, welcher Gedenktag heute ist.«

In diesem Augenblick klingelte es. Stella, die gerade die Treppen von unten hochgekommen war, wo sie geholfen hatte, die Spuren der Besucher zu beseitigen, öffnete die Haustür. Da standen zwei Herren in Zivil.

Stella öffnete die Tür zum Wohnzimmer und sagte: »Die Herren kommen von der Geheimen Staatspolizei.« »Ja, bitte?«, sagte Käthe ruhig. Einer der Beamten sagte: »Wohnt hier ein Aaron Bleibtreu?«

Stella trat sofort drei Schritte zurück, und im Nu war sie wieder unten. Kurz darauf kam sie mit Aaron und Lysbeth ins Wohnzimmer zurück. »Guten Tag«, sagte Aaron zu den beiden Beamten. »Sie wollten mich sprechen?« Bis auf Eckhardt befanden sich alle im Zimmer, die das Haus bewohnten. Käthe vermisste die Tante sehr. Die hätte jetzt vielleicht eine zündende Idee gehabt, um die Situation zu entschärfen. Der eine Beamte sagte zu Aaron: »Kann ich Sie allein sprechen?« Alexander wollte gerade das Zimmer verlassen, da sagte Käthe: »In dieser Familie gibt es keine Heimlichkeiten, wenn Sie erlauben, würde ich Ihrem Gespräch gerne beiwohnen.« Sie ging wieder zum Schrank und holte erneut zwei Cognacgläser und die Flasche heraus. »Kann ich Ihnen etwas anbieten?« Der eine Beamte blickte etwas hilflos zu ihr. Der andere sagte schneidig: »Wir sind im Dienst. Und jetzt muss ich Sie bitten, den Raum zu verlassen.« Da trat Jonny vor und sagte: »Heil Hitler! Wenn ich mich vorstellen darf: Kapitän Jonathan Maukesch, momentan tätig im *Handelshaus Woermann* und so in enger Verbindung zu Bürgermeister Krogmann und Gauleiter Kaufmann.« Er trat näher zu Aaron und legte seinen Arm um dessen Schultern. »Wenn Sie mit meinem Schwager, Herrn Dr. Bleibtreu, ein vertrauliches Gespräch führen wollen, tun Sie das lieber in unserem Wohnzimmer. Dann muss meine Schwiegermutter nicht ihren gemütlichen Sessel verlassen und sich in der kalten Küche verkriechen.« Er schob Aaron aus der Tür und rief: »Wenn Sie mir bitte folgen, meine Herren!«

Oben im Wohnzimmer setzten sich die beiden Gestapomänner in einen Sessel und aufs Sofa. Aaron wurde von Jonny auf den anderen Sessel gebeten. Jonny verließ das Zimmer. Er hörte noch, wie einer der Männer sagte: »Haben Sie Waffen?«

»Waffen? Nein. Im Krieg war ich noch ein Kind, danach habe ich studiert und mich dann als Arzt selbständig gemacht. Ein Arzt braucht keine Waffen.« »Zeigen Sie Ihren Ausweis!« Seit langem schon trug Aaron seinen Ausweis ständig bei sich. Er reichte ihn dem einen Beamten, der auch die Fragen stellte. »Sie sind mit einer Arierin verheiratet?« »Ja, seit dem 28. März 1933.« »Ihre Frau will sich nicht scheiden lassen?« Für einen Moment verlor Aaron seine Fassung, und in seine Augen trat das wilde Feuer, das bisher nur Lysbeth kannte. Dann hatte er sich wieder unter Kontrolle. »Das müssen Sie wohl besser meine Frau fragen«, sagte er lächelnd. »Das werden wir tun«, sagte der eine Beamte. Er erhob sich. »Dies ist wohl die Wohnung vom Kapitän, wenn ich es recht verstanden habe«, schnarrte er. »Wo hausen Sie?« Wieder ließ ein kurzes Zucken in Aarons Augen erkennen, dass er nicht so gelassen war, wie er wirkte. »Ich hause unten«, sagte er in einem Ton, als wolle er ausdrücken: Ich bin eine Kellerassel und lebe da, wo ich hingehöre. »Auf dem Weg dahin können Sie auch gleich meine Frau nach einer eventuellen Scheidung befragen.«

»Zuerst Ihre Wohnung.«

Aber als sie die Tür zu Lysbeths und Aarons Zimmer öffneten, stand Lysbeth schon vor ihnen. »Wenn Sie sich umschauen wollen, bitte schön«, sagte sie mit einer ausladenden Bewegung. Die Männer machten nicht viel Federlesens. Sie hoben die Matratze in die Höhe, schüttelten die Betten aus, wühlten die Schränke durch, alles in versierter Schnelligkeit. Lysbeth und Aaron standen an der Tür und schauten zu.

»Wo ist Ihre Küche?«, fragte der eine Beamte, nachdem sie mit dem Zimmer fertig waren. »Wir haben keine Küche«, antwortete Lysbeth. »Wir haben eine gemeinsame Küche mit der ganzen Familie. Aber ich glaube, dass nicht einmal Kapitän Maukesch dort seine Waffen aufbewahrt, geschweige denn mein Bruder, der im Krieg zu achtzig Prozent kriegsbeschädigt wurde.«

»Lysbeth, die Herren wollten dich noch fragen, ob du dich vielleicht von mir scheiden lassen möchtest«, sagte Aaron freundlich. »Wir können unsere Fragen selbst stellen«, fauchte der eine Beamte. »Ich will Ihnen gern antworten«, sagte Lysbeth. »In meiner Familie ist es üblich, dass wir den Heiratsschwur sehr ernst nehmen: in Freud und Leid. Und wir nehmen noch etwas anderes ernst: Wenn wir in der Familie einander brauchen, sind wir füreinander da.«

Jonny hatte gesagt, dass Aaron nur vor einem Abtransport bewahrt werden konnte, wenn der Gestapo klar wäre, dass sie es nicht nur mit einem Juden, sondern mit einer großen arischen Familie zu tun hätte. Und in dieser Familie waren viele in der NSDAP.

»Darf ich Sie vielleicht nach dem Grund Ihres Besuches fragen?«, sagte Aaron nun.

»Daraus, dass wir so wieder fortgehen, sehen Sie, dass alles in Ordnung ist.« Die beiden rissen die Arme hoch. »Sieg Heil!« Und fort waren sie.

»Wir machen jetzt einen Hundespaziergang«, beschloss Stella. »Jeder zwei Hunde. Die armen Viecher sind seit drei Tagen arg zu kurz gekommen.« In trüber Stimmung marschierten Stella, Lysbeth und Aaron schweigend durch die Straßen. Unterwegs schrie es ihnen aus den Zeitungen entgegen: Juden ist der Besuch von Theatern, Konzerten, Kinos verboten.

Abends kam dann der Schlag. Der Rundfunk meldete: Eine Milliarde Reichsmark müssen die Juden für den Mord in Paris zahlen, dabei sollen sie vollkommen aus dem Wirtschaftsleben ausgeschaltet werden.

Eckhardt jubelte: »Das ist ein genialer Einfall von Hermann Göring, den entstandenen Schaden von den Juden selbst bezahlen zu lassen. Eine Milliarde Mark!« »Eher lassen sie die reichen Juden, die im Anschluss an die Aktion vom 9. November in die KZs eingeliefert worden sind, nicht wieder frei«, bekräftigte Cynthia, die Hand in Hand mit Eckhardt auf dem Sofa saß. »Eine Milliarde«, stimmte Alexander zu. »Die können wir jetzt gut gebrauchen. Davon bauen wir den Westwall.«

»Ist euch eigentlich schon aufgefallen, dass ›planmäßig‹ und ›schlagartig‹ sehr beliebte Ausdrücke geworden sind?«, warf Stella in den Raum. Aaron sagte leise zu Lysbeth: »Ich muss wissen, wie es meinen Eltern geht.«

Der 13. November war ein goldener, warmer Sonntag, ein Tag, der allen Ängsten Hohn sprach. Aaron aber verbarg seine Panik nicht. Er hatte seit dem 9. November nichts von seinen Eltern gehört. Am Sonntag entschied er: »Ich fahre dorthin. Ich muss wissen, was los ist.« »Ich komme mit«, bestimmte Lysbeth.

Am gleichen Abend waren sie in Oberhausen. Aarons Mutter öffnete ihnen die Wohnungstür. Sie sah um Jahrzehnte gealtert aus, das Kleid schlackerte um ihren Körper. Aaron wollte sie umarmen, aber sie war wie versteinert. Der Vater war abgeholt worden, auf einem Lastwagen fortgeschafft. Wohin, wusste sie nicht. Lysbeth und Aaron blieben bei ihr. Lysbeth kochte und redete ihrer Schwiegermutter gut zu. Aber diese aß kaum und blieb in ihrer Vereisung. Aaron war tagelang unterwegs, um herauszukriegen, wohin sein Vater gebracht worden war. Buchenwald, so erfuhr er irgendwann. Ins Konzentrationslager Buchenwald.

Nach drei Wochen schlugen sie der Mutter vor, mit nach Hamburg zu fahren, aber diese wollte nicht. »Ich warte hier auf ihn«, sagte sie. »Wenn er zurückkommt, will ich da sein.«

Bedrückt machten sich Lysbeth und Aaron auf den Heimweg.

In Hamburg erfuhren sie, dass die Familie Levy und Herr und Frau Meyer sicher nach Kopenhagen geflohen waren. Und dann erzählte Stella ihnen die Geschichte, wie es Luise und Fred Solmitz auf dem Polizeirevier ergangen war, als sie Freds Waffen abgegeben hatten.

Der Wachtmeister hatte es Alexander erzählt. »Das hat wehgetan«, hatte er gesagt. Er war auch Frontsoldat gewesen. Er lobte das schöne Jagdgewehr und meinte, es stecke doch ein großer Wert in den Waffen. »Wir waren ja ganz erstaunt, ein ganzes Arsenal zu bekommen von Major Solmitz«, schmunzelte er. »Einen Degen, eine Pistole, die ihn in den Kämpfen in Ost und West begleitet hatte, der belgische Pallasch, ein Beutestück, ein kleiner Trommelrevolver, Säbel, Grabenmesser, Mauserpistole, Munition. Sie hatten sogar noch ein paar Patronen nachgeliefert. Sie waren richtig eifrig«, hatte der Polizist gesagt und gelacht.

Aber Aaron lachte nicht. Er, der immer so gern gelacht hatte, war nur noch bitterernst. Als Lysbeth ihn daran erinnerte, dass er gesagt hatte, sie müssten nun auch fliehen, reagierte er empört. »Mein Vater ist im KZ, da werde ich doch nicht abhauen! Was denkst du von mir?«

Lysbeth lag nachts lange wach. Sie kam sich entsetzlich ohnmächtig vor. In Deutschland zog sich die Schlinge um den Hals aller Juden zu. Aaron würde auf die Dauer keine Ausnahme sein.

Auch Aaron lag wach. Manchmal nahmen sie einander bei der Hand und grübelten Seite an Seite. In den Zeitungen stand, dass über die endgültige Lösung der Judenfrage beraten würde. Was wird das geben, fragte Lysbeth sich. Aber es musste nicht einmal so etwas Entsetzliches wie eine »endgültige Lösung« geben, dachte sie, was immer das sein mochte, die vielen Kleinigkeiten des täglichen Lebens waren schlimm genug. An den meisten Gaststätten stand jetzt »Juden unerwünscht«, wie ein Schlag ins Gesicht der elementarsten Menschlichkeit. Es war nicht mehr möglich, ganz einfach mit Aaron am Abend irgendwohin zu gehen. Kein Kino, kein Theater, keine Kneipe, kein Restaurant.

Lydia kam zu Besuch und sagte: »Wir müssen handeln. Wenigstens die Kinder müssen raus. Viele Juden sind vor Angst vollkommen gelähmt. Sie haben Angst vor allem, vor Menschen, Zeitungen, dem Rundfunk, der Einsamkeit, der Nacht, dem Erwachen, dem Tag, der Post – vor allem, allem, allem. Es wird darüber verhandelt, dass wenigstens Kinder legal aus Deutschland rauskommen. Wir müssen helfen!«

15

Nach dem 9. November 1938 wurden sowohl Stella als auch Lysbeth und selbst Lydia ziemlich nervös. Lysbeth starb fast vor Angst um Aaron. Lydia brannte es unter den Nägeln, irgendeine Möglichkeit zu finden, wie sie den Juden mehr helfen könnte, als sie es bisher getan hatte. Und Stella geriet in Entscheidungsdruck. Vorher war sie damit beschäftigt gewesen, heimlich ihre Flucht nach England vorzubereiten. Dabei hatte sie in Ruhe alles durchdenken wollen. Jetzt aber musste sie alle bisherigen Pläne über Bord werfen. Jetzt ging es zuallererst darum, dass Angela und die kleine Roberta in Sicherheit gebracht wurden.

Eine Woche später fuhr sie Richtung Dresden. Jonny war ziemlich kleinlaut seit der Nacht, in der seine Parteifreunde deutlich gemacht hatten, dass sie vor nichts zurückschreckten. Stella hatte ihm einfach nur gesagt, dass sie ein paar Tage wegfahren wolle, sie halte es nicht mehr aus, unter einem Dach mit überzeugten Nazis und Juden zugleich zu wohnen.

Auch auf dem Bauernhof waren seit dem 9. November alle alarmiert. Katja hatte unter Tränen und schamesrot gestanden, dass sie nicht nur Polin, sondern auch Jüdin war. Wenn Angela nicht da gewesen wäre, hätte Helga sie vielleicht fortgejagt mit den Worten: »Jeder ist sich selbst der Nächste.« So aber verbot nicht nur Angela selbst, sondern ihre reine Anwesenheit ein solches Verhalten. Außerdem hatten die kleinen Kinder – Katjas Kind und Angelas Baby – Helgas Härte und den Panzer um ihr Herz gelockert.

Ausschlaggebend dafür, dass Helga nicht ein einziges Wort gegen Katja sagte, auch nicht, dass sie sich belogen fühlte, war aber Helmut. Der hatte sich in den vergangenen Jahren sehr verändert. Er hatte sein Gefühl von Schuld, dass Angela damals fortgelaufen war, nicht abgewehrt, sondern sich damit auseinandergesetzt, dass er zu feige gewesen war, eine klare Position zu beziehen. Als er Mitglied der NSDAP geworden war, hatte er bereits gedacht, dass er auf diese Weise vielleicht irgendwann einmal Angela schützen könnte. Für Katja und ihr Kind fühlte er sich ebenfalls verantwortlich. Er hätte sie nie in eine Welt hinausgejagt, in der Juden abtransportiert oder totgeschlagen wurden, auf jeden Fall aber ihre Existenzberechtigung abgesprochen bekamen.

Angelas Aufenthalt auf dem Hof war durch Katjas Geständnis allerdings noch unsicherer geworden. Zum Glück hatte Angela inzwischen gelernt, sich mit einem Blindenstock einigermaßen zurechtzufinden, und der Tante war es sogar gelungen, die Augen so weit zu heilen, dass Angela verschwommene Umrisse erkennen konnte.

Stella forderte, dass die Tante, Angela und das Baby so schnell wie möglich mit ihr nach Hamburg zurückfahren sollten, damit Angela Deutschland mit dem Dampfer Ende November Richtung Southampton verlassen könnte. Sie musste keine Überzeugungsarbeit leisten, alle bereiteten in Windeseile Angelas Abreise vor. Im Grunde musste kaum noch etwas vorbereitet werden, weil die Papiere für Angela schon eine Weile fieberhaft erwartet worden waren. Unter Tränen packte Helga einen Koffer für ihre Adoptivtochter und das kleine Mädchen, das sie als ihre Enkelin angenommen hatte.

Stella war überrascht, wie gut Angela sich mit Hilfe des Stocks zurechtfand. Als sie drei Tage später von Helmut zum Bahnhof nach Dresden gefahren wurden, trug die Tante das Baby, Stella trug das Gepäck, und Angela ging ohne jede Hilfe neben ihnen her.

Helmut hatte beim Abschied einen so roten Kopf, dass die Tante ihm schnell ein paar Tropfen fürs Herz gab. Er umarmte Angela, als wollte er sie nie wieder loslassen. Doch dann fing Roberta an zu weinen, der Zug lief ein, und alles ging sehr schnell. Aus Angelas blinden Augen tropften Tränen, als der Zug sich in Bewegung setzte. Sie weiß, dass sie die beiden vielleicht nie wiedersehen wird, dachte Stella.

Im Abteil saß außer ihnen noch ein älteres Paar, das versuchte, sie in ein Gespräch zu ziehen. Nur die Tante ging darauf ein. Angela lehnte sich ans Fenster, ihr schlafendes Kind im Arm. Stella blickte starr hinaus. Sie dachte über Abschiede nach. Alles, worauf es jetzt ankam, war Angelas Transport nach England. Während sie aus dem Fenster auf die Felder und Wälder blickte, beschloss sie, Angela ohne weitere große Vorbereitung einfach zu begleiten. Dann würde sie eben nicht wieder zurückkommen. Eigentlich war es ganz einfach.

In Hamburg wurden Angela und Roberta bei Freunden von Lydia in der Rothenbaumchaussee untergebracht. Es war zu gefährlich, sie mit in die Kippingstraße zu nehmen. Angela war Mrs. Walker und Roberta hieß ebenso. Die Tante blieb vorerst bei den beiden.

In dem herrschaftlichen Haus in der Rothenbaumchaussee erfuhren sie die sensationelle Neuigkeit, dass England sich dazu durchgerungen hatte, einer unbegrenzten Anzahl von jüdischen Kindern die Einreise zu erlauben – nur den Kindern, nicht den Eltern. »Wie furchtbar«, stöhnte Vera, ihre Gastgeberin, auf. »Sie müssen ihre Kinder hergeben.« Jeder wusste, dass die Eltern nur noch eine geringe Chance hatten, Deutschland zu verlassen. »Aber so sind wenigstens die Kinder in Sicherheit«, sagte ihr Mann.

Am 15. November hatten einige Juden – unter ihnen Chaim Weizmann, der nach Evian die Worte geprägt hatte: »Die Welt scheint nur zwei Arten von Ländern zu haben: die, in denen die Juden nicht leben können, und die, in die sie nicht einreisen dürfen« – beim englischen Premierminister Neville Chamberlain vorgesprochen, der über die Vorgänge in Deutschland entrüstet war. Er forderte, jungen Juden aus Deutschland wenigstens vorübergehend eine Einreise nach Palästina zu gewähren. Tags darauf wurde dieser Vorschlag vom englischen Kabinett abgelehnt. Stattdessen entschieden die Politiker, dass England selbst bereit sein würde, eine unbegrenzte Anzahl jüdischer Flüchtlinge aufzunehmen, vorausgesetzt, sie waren unter siebzehn Jahren. Eltern würden also ihre Kinder allein in die Fremde ziehen lassen müssen. England litt immer noch unter den Folgen der Weltwirtschaftskrise, und man nahm an, ein Heer erwachsener Flüchtlinge unter den zahlreichen Arbeitslosen würde die Fremdenfeindlichkeit schüren. Hingegen war es politisch leichter durchsetzbar, verfolgte Kinder und Jugendliche aufzunehmen, die auf dem angespannten Arbeitsmarkt noch keine Konkurrenz darstellten.

Eine zweite Voraussetzung war die Hinterlegung einer Garantiesumme von fünfzig Pfund für jedes einreisende Kind – entweder durch die Familie des Flüchtlings oder aber durch eine der beteiligten Organisationen. Es musste schnell gehandelt werden – die Rettungsaktion war ein Wettlauf gegen die Zeit. An der Organisation der Kindertransporte beteiligten sich verschiedene jüdische wie nichtjüdische Gruppierungen, unter ihnen auch die *Society of Friends*, die englischen Quäker.

Am 26. November sollte Angela Deutschland verlassen.

Lysbeth war inzwischen aus Oberhausen zurückgekehrt, sie erzählte, was sie dort erlebt hatte. Während ihrer Worte achtete niemand auf Käthe. Die sackte unmerklich in ihrem Sessel in sich zusammen, bis Lysbeth aufschrie und zu ihr sprang. Kurz darauf war ein großer Wirbel im Gange. Aaron maß ihren Blutdruck, gab ihr eine Spritze, Lysbeth assistierte ihm, hielt Käthes Kopf, sprach mit ihr, beruhigte sie. Ein Herzinfarkt? Musste sie ins Krankenhaus? Aaron plädierte für Krankenhaus, Lysbeth verabreichte Käthe auf deren gehauchten Wunsch den Herzwein der Tante. Alle anderen starrten, blass geworden, auf Aaron und Lysbeth und Käthe. Alexander sprang auf und sagte: »Ja, dann bringen wir sie ins Krankenhaus, oder rufen wir einen Krankenwagen?« Käthe trank den Wein in kleinen Schlucken. Und dann überraschte sie alle mit den gelassenen Worten: »Ich gehe jetzt ins Bett. Wenn jemand von euch gern ins Krankenhaus möchte, steh ich dem nicht im Weg. Gute Nacht.« Sie erhob sich aus ihrem Sessel, ohne auch nur ein wenig zu schwanken, und ging ins Badezimmer. Im Zimmer war Stille eingetreten. Alle horchten zum Badezimmer, angespannte Muskeln, um beim geringsten ungewohnten Geräusch sofort hinzuhechten, aber nach kurzer Zeit kam Käthe wieder raus und ging in ihr Schlafzimmer.

Nun richteten alle ihren Blick auf Alexander. Er trank sein Bierglas leer, stellte es schwer auf den Tisch und stand auf. »Da bin ich jetzt wohl gefragt.« Bevor er das Zimmer verließ, um Käthe zu folgen, sagte Aaron schnell: »Wenn dir irgendwas komisch vorkommt, du kannst mich die ganze Nacht rufen.« »Was soll mir denn komisch vorkommen?«, fragte Alexander interessiert. Als hätten sie auf ein Signal gewartet, redeten jetzt alle durcheinander. »Wenn sie aufhört zu atmen.« »Wenn sie röchelt.« »Wenn sie schnell atmet.« »Wenn sie stöhnt.« »Wenn sie Schmerzen hat.« »Wenn sie aus dem Bett fällt.« »Wenn sie sich nicht mehr rührt.« Alexander hob abwehrend die Hände. »Also«, sagte Lysbeth, und nun lächelte sie plötzlich ganz gelöst, »ich glaube, dass Mutter sich erschreckt hat. Und dass sie jetzt schläft und uns beweisen wird, dass alles mit ihr in Ordnung ist.« Sie wendete sich ihrem Vater zu. »Du darfst gerne schlafen. Wenn du aufwachst und ein komisches Gefühl hast, das musst du gar nicht erklären, ganz egal, nur wenn du so ein Gefühl hast, dann kommst du zu uns runter und weckst uns. Ganz einfach.« Alexander nickte. Man sah ihm an, dass er das überhaupt nicht einfach fand. Er wünschte allen gute Nacht und folgte Käthe ins Schlafzimmer.

In den nächsten Tagen war Käthe anders als sonst. Sie sprach strenger mit ihren Kindern. Und sie forderte von Stella, sie ins Gefängnis zu einem Besuch ihres Bruders zu begleiten. Stella war nur ganz am Anfang zu den Besuchstagen ins Gefängnis mitgegangen. Da hatte sie aber den Eindruck gehabt, dass es Dritter eigentlich peinlich war, von ihr in dieser unwürdigen Situation gesehen zu werden. Er hatte sich aufgespielt und erzählt, dass es ihm passabel ginge und dass er einen guten Draht zu den Wärtern habe. Er hatte sie um Geld gebeten, und Stella hatte keine Lust mehr gehabt, ihn noch weiter zu besuchen. Sie hatte es Käthe überlassen, ebenso wie sie es früher Käthe überlassen hatte, Johann und seine Familie zu besuchen. Nun aber sagte Käthe streng: »Stella, am Donnerstag ist Besuchstag im Gefängnis. Ich möchte, dass du mitkommst.« Stella schluckte und nickte.

In ebenso strengem Ton sagte Käthe zu Lysbeth: »Ich möchte, dass du einmal im Monat nach Oberhausen fährst. Die arme Frau braucht Zuspruch.« Und zu ihren beiden Töchtern sagte sie wie nebenbei, aber doch in bedeutsamem Ton: »Wenn ihr die Tante seht, sagt ihr, dass ich sie brauche. Sie soll wieder hierherkommen.« Lysbeth und Stella nickten und fühlten sich wie ertappt, und irgendwie waren sie das auch. Sie hatten Käthe nichts von Angela erzählt, weil sie sie schonen wollten. Aber jetzt dachte jede für sich, dass sie vielleicht nur sich selbst schonen wollte, und dass Käthe viel schlimmer belastet war, weil sie alles ahnte, aber ihr nicht die Wahrheit gesagt wurde.

Stella ging mit ins Gefängnis, und sie war überrascht über Dritter. Er hatte sich so sehr verändert, dass sie ihn kaum wiedererkannte. Seine Haare waren fast völlig ausgefallen, er hatte nur noch einen kleinen Kranz um den Schädel. Was aber stärker auffiel, war eine veränderte Art von Autorität. Dritter wirkte nicht wie ein Häftling, er wirkte wie ein Aufseher. Und so sprach er auch mit Käthe. Er gab ihr Anweisungen, was sie alles bis zum nächsten Besuch zu tun hatte. Er teilte ihr Adressen mit, zu denen sie zu gehen und bestimmte Nachrichten zu überbringen hatte. Er sagte ihr, dass sie beim nächsten Mal eine bestimmte Summe Geldes mitbringen sollte.

Stella empfand nicht die geringste Vertrautheit. Sie saß neben Käthe, schaute ihn an, hörte ihm zu und fühlte sich vollkommen fremd. Das war einmal mein geliebter Bruder, dachte sie traurig. Da wendete er sich zu ihr und sagte in seinem alten charmanten Ton: »Na, Schwesterchen, immer noch mit dem Kapitän verheiratet? Du könntest ihn mal bitten, mir ein bisschen Geld zu leihen. Ich habe gehört, dass Juden bald kein Recht auf Grundbesitz mehr haben. Ich kenne da ein kleines nettes Häuschen von netten kleinen Juden.« Stella nickte beklommen. Und sie sprach Jonny auch wirklich darauf an, dass Dritter sich von ihm Geld leihen wollte, ohne ihm allerdings zu sagen, wofür. Erstaunlicherweise ging Jonny sofort darauf ein.

Noch am Abend vor Angela Abreise war Stella entschlossen, am nächsten Morgen ihr kleines, heimlich gepacktes Köfferchen zu nehmen, die Gangway hinaufzusteigen und an der Reling zu stehen, wenn Hamburg allmählich in der Ferne verschwand. Am nächsten Morgen aber ließ sie den Koffer zu Hause. Sie wollte Angela zwar immer noch begleiten, aber sie brachte es nicht übers Herz, vor aller Augen ohne Erklärung mit einem Koffer zu verschwinden. Wenn sie ehrlich war, wusste sie, es ging ihr um Käthe. Sie fand sich zwar feige, aber sie akzeptierte es einfach, dann eben feige zu sein.

Am Hafen stand Angela neben ihren Gastgebern, die sie ganz offensichtlich in der kurzen Zeit liebgewonnen hatten. Vera herzte die kleine Roberta, sie umarmte Angela, und sie war entschlossen, Angela die Gangway hinaufzuführen. Das erlaubten Stella und Lysbeth nicht. Beide fassten Angela rechts und links an die Hand, Stella trug die kleine Roberta, Lysbeth den Koffer. So brachten sie die junge Mutter und das Baby zu ihrer Kajüte. Angela sagte, sie wolle zurück zur Reling, um zu winken. Stella sah Lysbeth an, die leise den Kopf schüttelte. Kein Widerspruch, sagte das Kopfschütteln. Angela ist erwachsen, und sie kann das alles allein regeln.

Macht auch nichts, dachte Stella, ich bleibe ja hier. Genau wie Lysbeth verabschiedete sie sich von Angela, genau wie ihre Schwester verließ sie das Schiff. Und genau wie diese stand sie tränenüberströmt am Kai, bis ihre Tochter in der Ferne verschwand.

»Ich fahre bald hin, um sie zu besuchen«, sagte sie auf dem Heimweg zu Lysbeth. Die nickte. »Wann ist Jonny denn wieder weg?«

»Das ist mir egal«, gab Stella patzig zur Antwort. Lysbeth sah sie erstaunt an. »Ja, wenn es dir egal ist, hättest du doch jetzt schon mit den beiden fahren können. Das hätte mich sehr beruhigt.« Stella nickte. »Ja, hätte ich eigentlich machen können.« Lysbeth runzelte die Stirn und sah Stella fragend an. Aber Stella tat so, als würde sie es nicht bemerken.

Wenige Tage später, am 1. Dezember 1938 – nur zwei Wochen nach dem Beschluss des englischen Kabinetts –, verließ der erste Transport Berlin und brachte über zweihundert Kinder in Sicherheit. Lydia, die nach dem 9. November fieberhaft nach einer Tätigkeit gesucht hatte, wie sie Juden noch stärker helfen konnte als bisher, hatte sich sofort dem Komitee in Hamburg angeschlossen, das die Ausreise der jüdischen Kinder vorbereitete.

Um eine Ausreisegenehmigung für alle weiteren Transporte zu bekommen, hatten die deutschen Behörden informiert werden müssen. Gertrud Wejsmuller-Meijer, eine in Flüchtlingsfragen sehr engagierte holländische Bankiersfrau, war Anfang Dezember nach Wien gefahren und hatte dort mit Adolf Eichmann, dem Leiter des Judenreferats der Gestapo, verhandelt. So sollte verhindert werden, dass die Genehmigung jedes einzelnen Transports einen langwierigen bürokratischen Akt nach sich zog. Die Hartnäckigkeit der Dame zeigte Erfolg: Kurz darauf wurden alle weiteren Kindertransporte genehmigt. Lydia war mit Feuereifer dabei.

Die Möglichkeit, Kinder ohne Begleitung der Eltern nach England zu schicken, verbreitete sich in Deutschland vor allem durch Mund-zu-Mund-Propaganda. Viele Eltern rangen sich dazu durch, ihre Söhne und Töchter in die Ungewissheit eines fremden Landes zu schicken und ließen sie bei den jüdischen Kultusgemeinden registrieren.

Währenddessen wurden in England fieberhaft Vorbereitungen getroffen: Freiwillige Helfer gründeten das *Movement for the Care of Children from Germany*, das spätere *Refugee Children's Movement* und kooperierten mit dem *Jewish Refugee's Committee*. Ursprünglich war geplant gewesen, jedes Kind in einer Pflegefamilie unterzubringen. Doch die Anzahl der Flüchtlinge überstieg bei weitem die Anzahl derer, die bereit und in der Lage waren, ein fremdes Kind zu ernähren.

In England herrschte eine schlimme Arbeitslosigkeit. Immer wieder gab es Demonstrationen. Die Arbeitslosen zogen mit einem Sarg zu Chamberlain, sie blockierten mit ihren Körpern den Verkehr. Es gab eine große Not in der Bevölkerung. In dieser wirtschaftlich angespannten Situation wurde händeringend nach Gastfamilien gesucht. Die BBC sendete eine halbstündige Reportage über die ersten Flüchtlingskinder, die England erreicht hatten und rief zur Hilfe auf. Auch die Zeitungen schilderten die Notsituation der Kinder und Jugendlichen. Die Berichte blieben nicht ohne Wirkung: Hunderte von Engländern wandten sich voller Hilfsbereitschaft an die Flüchtlingsorganisationen. Allerdings war der Prozentsatz jüdischer Familien, die ihre Hilfe anboten, so gering, dass etliche streng religiöse Kinder in christlichen Familien untergebracht wurden – eine schnelle Rettung der Kinder hatte absolute Priorität.

Lydia stand in intensivem Kontakt zu Anthony, der sich nicht nur bereiterklärt hatte, zwei Kinder aufzunehmen, sondern auch bei seinen vielen Freunden und Bekannten darum warb, dass sie Kinder aufnehmen sollten. Stella stellte sich vor, wie sein Haus aussehen würde, wenn sie ihn besuchen käme: Da waren Angela und das Baby, die Anthonys Namen trugen, und zwei andere Kinder. Wo würde für Stella noch Platz sein?

Um das Projekt finanziell zu unterstützen, rief der ehemalige Premierminister Lord Baldwin die Bevölkerung in der *Times* zu Spenden auf. Auch hier war die Resonanz überwältigend. Innerhalb kurzer Zeit wurden rund zweihunderttausend englische Pfund gesammelt. Die Handelskette *Marks & Spencer* stellte zudem für die Flüchtlingskinder Kleider und Nahrungsmittel bereit, und das Auktionshaus *Christie's* veranstaltete eine Wohltätigkeitsauktion.

Die deutschen Behörden gaben den Eltern meist sehr kurzfristig Bescheid, wenn ihr Kind einen Platz auf einem Transport bekommen hatte – nicht selten lagen gerade einmal vierundzwanzig Stunden zwischen der Benachrichtigung und dem letzten Lebewohl. Jedes Kind durfte nur so viel Gepäck mitnehmen, wie es selber tragen konnte, erlaubt waren ein Koffer und ein Stück Handgepäck. Zusätzlich durften zehn Reichsmark ausgeführt werden. Natürlich hatten Kleidung und Schuhe absoluten Vorrang – Platz für Spielzeug und Bücher blieb kaum. Die meisten Eltern legten ihren Kindern noch Familienfotos mit in den Koffer.

Lydia berichtete von dramatischen Szenen, die sich auf den Bahnhöfen abspielten. Es gab Eltern, die nicht in der Lage waren, ihre Kinder in letzter Konsequenz loszulassen. Mütter brachen auf dem Bahnsteig zusammen. Später wurde es dann den Eltern von den Behörden untersagt, ihre Kinder zum Zug zu bringen – jedes Aufsehen sollte vermieden werden. Aus diesem Grund fuhren viele der Transporte erst am späten Abend oder um Mitternacht ab.

Manche Kinder fühlten sich aus der Familie ausgestoßen, wenn sie in den Zug gesetzt wurden und verweigerten ihren Eltern einen letzten Gruß. Andere empfanden die bevorstehende Reise als ein großes Abenteuer und verabschiedeten sich nicht allzu traurig. Sie verstanden nicht, warum ihre Eltern so bedrückt waren.

Die Kindertransporte fuhren von Wien, München, Frankfurt, Berlin und später auch von Prag ab, an verschiedenen kleineren Bahnhöfen stiegen weitere Kinder ein. Die häufigste Route ging über die Niederlande bis nach Hoek van Holland – von dort aus brachte ein Schiff die Kinder nach Harwich. Von Hamburg aus fuhren die Kinder mit einem Überseedampfer nach Southampton. Mit diesem Dampfer fuhren auch die beiden Kinder, die Anthony in London erwarten würde. Es war ein Geschwisterpaar, Philip und Helene Rothermund. Philip war sieben Jahre alt, und Helene war zehn.

Lydia begleitete diesen Transport von hundert Kindern. Sie musste umgehend wieder nach Deutschland zurückkehren, um den Fortbestand der Kindertransporte nicht zu gefährden. So ging es den Begleitern auch bei den Bahn-Transporten. Lydia berichtete anschließend, dass ihr nichts anderes übrigblieb, als die Kinder in Southampton sich selbst zu überlassen. Ältere Jungen und Mädchen wurden angewiesen, ein Auge auf die kleinsten Kinder des Transports zu haben.

Ein anderes Mal begleitete sie einen Zug bis nach Harwich, dem Ankunftshafen in England. Und sie fuhr sogar mit vielen der Kinder dann weiter nach London: Am Bahnhof Liverpool Street saßen die Kinder auf langen Holzbänken und warteten darauf, ihren Pflegeeltern vorgestellt zu werden. Einige Kinder waren in der glücklichen Lage, bereits zu wissen, zu wem sie kommen sollten. Viele allerdings blieben bis zuletzt im

Ungewissen. Die Begrüßung ging oft genug ohne Worte vonstatten, da nur selten ein Mitglied der Gastfamilie Deutsch sprach.

»Die Flüchtlingsorganisationen müssen in größer Eile handeln«, erklärte Lydia bei einem Besuch in der Kippingstraße. »Wir wissen nicht, wie lange es noch so weitergehen wird. Meist bleibt kaum Zeit für eine sorgfältige Überprüfung der Familien. Ich fürchte, dass manche die Notlage der Flüchtlinge nutzen, um an billiges Dienstpersonal zu kommen.« Lysbeth schüttelte fassungslos den Kopf. »Es ist einfach nur der Zufall, der über Glück und Unglück jedes einzelnen Kindes entscheidet.« »Die beiden, die zu Anthony kommen, haben Glück«, meinte Stella, irgendwie stolz darauf, als hätte sie die Kinder selbst gerettet. »Gibt es Kinder, für die sich niemand findet?«, fragte Lysbeth. »Ja«, bestätigte Lydia bedrückt. »Die müssen eine mehr oder weniger lange Zeit in einem Heim der Flüchtlingsorganisationen verbringen, bis sich eine Lösung ergibt.« Schnell hatte sie sich wieder gefangen. »Trotz aller Schwierigkeiten«, betonte sie, »wir müssen froh über jedes Kind sein, das aus Deutschland rauskommt. Was ihnen hier blüht, und den vielen anderen jüdischen Kindern ja immer noch blüht, wage ich mir nicht auszumalen.«

Lysbeth fragte sich, wo das alles noch hinführen sollte. Die Judenhetze hatte viele Gesichter. Der Winterdom begann wieder, und wie in jedem Jahr bummelte sie mit ihrer Schwester und ihrer Mutter über die große Hamburger Kirmes. Zum Glück war Aaron nicht mitgekommen. Dieses Mal prangte nämlich nicht nur an einzelnen Buden oder Karussells das Schild: »Juden unerwünscht«. In diesem Jahr hingen an allen Zugängen zum Dom große Schilder: »Juden Zutritt verboten.« Aaron hätte nicht einen Schritt auf das Heiligengeistfeld setzen können.

Am 3. Dezember bekamen die Juden Hausarrest. Sie durften nicht auf die Straßen wegen des »Tages der nationalen Solidarität«. Lysbeth und Aaron machten es sich zwar zu Hause gemütlich mit Kaffee und Kuchen, und zur Feier des Tages spielten sie ausgiebig mit der Tante und Stella gemeinsam »Mensch ärgere dich nicht«, aber Lysbeth spürte den ganzen Tag über, wie demütigend Aaron es fand, Hausarrest verschrieben zu bekommen. Bei allen vorigen Schikanen hatte er einen Ausweg gefunden, er selbst bleiben zu können. Hausarrest aber, sich einsperren zu lassen, das war nicht mehr Aaron. Sie merkte, wie er mürbe wurde.

Dann lasen sie in der Zeitung, dass Berlin Bannstraßen für Juden eingerichtet hatte und ebenso Straßen, in die zu ziehen ihnen dringend geraten wurde.

Am 6. Dezember, dem Nikolaustag, wurde bekanntgegeben, dass Juden kein Recht auf Grundeigentum mehr hätten. Stella wurde übel vor Entsetzen. Davon hatte Dritter letztes Mal im Gefängnis gesprochen. Wieso hatte er davon gewusst? Käthe entfuhr ein Schreckenslaut: »Was machen jetzt die Solmitz? Das ist ja entsetzlich!« Cynthia, die gerade anwesend war, bemerkte in ihrer spitzen Art, die sie neuerdings immer an den Tag legte, wenn es um Juden ging: »Wahrscheinlich hat Fred ihr doch schon das Haus überschrieben. Die sind doch raffiniert.« Sie ließ offen, wen sie mit »die« meinte, ob nur die Solmitz oder alle Juden und also auch die Solmitz.

Käthe beschloss, Luise bei der nächsten Begegnung danach zu fragen, und auch, ihre Hilfe anzubieten.

Sie traf Luise und Fred erst eine Woche später, beide sehr gediegen und offiziell gekleidet. Hatte Käthe vor ein paar Jahren noch versucht, Luise möglichst schnell aus dem Weg zu gehen, so hatte sich das jetzt ins Gegenteil verkehrt. Käthe war sehr darauf bedacht, sich Zeit für einen Plausch mit der Nachbarin zu nehmen, sie wollte ihr unbedingt zeigen, dass Luise nach wie vor zur Nachbarschaft dazugehörte und respektiert wurde. Jetzt versuchte Luise aber stets, möglichst schnell weiterzukommen. »Sie sehen ja so schnieke aus«, sagte Käthe gemütlich zu den beiden. »Gehen Sie auf einen Geburtstag?« Die beiden sahen sie misstrauisch an, und Käthe dachte: Himmel, sie glauben, ich will sie verulken. Wahrscheinlich werden sie gar nicht mehr häufig zu Geburtstagen eingeladen. »Nein, Frau Wolkenrath«, antwortete Fred Solmitz in seiner respektablen Art. »Wir gehen zum Sprinkenhof, weil ich meinen Führerschein abgeben muss.« »Der ist von 1911«, betonte Luise, als hätte es eine besondere Bedeutung. »Führerschein?«, fragte Käthe ungläubig. »Warum das denn?« Fred erklärte geduldig: »Da Herschel Grynszpan Herrn von Rath erschossen hat, gelten die Juden jetzt als unzuverlässig und dürfen keine Kraftwagen mehr führen.« Käthe blieb der Mund offen stehen. »Was hat denn das eine mit dem anderen zu tun?«, fragte sie verwirrt. »Das wissen wir auch nicht«, antwortete Fred fast fröhlich. »Aber nun müssen wir gehen. Leben Sie wohl, Frau Wolkenrath.«

Käthe blickte perplex hinter den beiden her, die Richtung Bundesstraße verschwanden. Da hörte sie, wie Fred sagte: »Du bist kein Kämpfer, Luischen.« »Ich bin auch kein Kämpfer«, erklang Luises hohe Stimme, vielleicht etwas zu laut für die geringe Entfernung. »Gar nicht, gar nicht, ich bin eine Frau, die heiter altern möchte, wie andere Frauen ihres Standes.« Käthes Magen krampfte sich zusammen, und sie schämte sich für alle Unfreundlichkeiten, die sie jemals über Luise gedacht oder gesagt hatte.

Am Ende des Jahres planten Lysbeth und Aaron, nach Oberhausen zu fahren. Aber Aarons Mutter teilte ihnen mit, dass sie keinen Wert auf ihren Besuch lege. Sie sei bei Nachbarn eingeladen, und ein Besuch von Aaron und Lysbeth wäre ihr einfach zu viel. Aaron bat sie inständig, nach Hamburg zu kommen, um mit ihnen Weihnachten und Silvester zu feiern, aber sie beteuerte, dass sie an diesem christlichen Fest ebenso wenig Interesse habe wie daran, den Jahresausklang zu feiern. Aaron raufte sich die Haare bei dem Telefongespräch, das ohnehin nur mühsam nach mehrmaligen Anrufen bei Nachbarn und mehrmaliger Mitteilung, die Mutter öffne nicht die Tür, zustande gekommen war. Er hatte das Gefühl, dass seine Mutter auch auf ihn zornig war, und er fühlte sich schuldig, ohne genau zu wissen warum.

»Sie ist so verbittert«, sagte er danach zu Lysbeth. »Ich habe fast den Eindruck, als wolle sie, dass ich nun auch verschwinde, wo Vater weg ist.« Lysbeth streichelte seinen Nacken, der in den letzten Monaten schmaler und noch zarter als ohnehin immer schon geworden war. »Manche Menschen klappen ihre Seele ganz nach innen, wenn sie verletzt worden sind«, sagte sie leise. »Die sind dann fremd auf der Welt. Die leben nur noch innen mit ihrem Schmerz.« »Aber ich bin ihr Sohn«, protestierte Aaron. Lysbeth streichelte seinen Nacken weiter. Sie spürte, wie sich die Muskeln unter ihren sanften Berührungen leicht entspannten. »Ja«, sagte sie unendlich zärtlich. »Und das bleibst du auch. Irgendwann wird sie aus diesem Raum tief in ihr, in den sie sich verkrochen hat, zurückkommen. Dann wirst du da sein und sie halten.« »Meinst du?«, fragte Aaron. Er sah sehr jung und hilflos aus. Lysbeth lächelte. »Ganz bestimmt. Du wirst da sein, und sie wird dich rufen, wenn sie dich braucht. Das meine ich ganz sicher.«

Die letzten Tage im Jahr waren außerordentlich kalt. So kalt, dass die Alster zufror. Lysbeth und Aaron spazierten Hand in Hand über die Binnenalster. Vor ihnen lagen der Alsterpavillon und die prächtigen Häuser der Innenstadt, dahinter die Kirchtürme. »Hamburg ist so eine schöne Stadt«, sagte Aaron traurig. »Wie schade, dass sie mich hier nicht haben wollen.« »Ich will dich haben.« Lysbeth umarmte Aaron und küsste ihn innig auf den Mund. Sie schmeckte Salz auf seinen Lippen. Alles in ihr krampfte sich zusammen. Aaron weinte! Er hat aufgegeben, dachte sie verzweifelt. Er leistet keinen Widerstand mehr. Er akzeptiert sein Schicksal. Sie wünschte sich die Zeit zurück, als Aaron die Kränkungen, die Demütigungen und auch die Gefahr leugnete. Damals war sie oft so zornig auf ihn gewesen. Jetzt aber passierte das Schlimmste, was überhaupt passieren konnte: Aaron gab sich auf.

Schweigend setzten sie ihren Weg Hand in Hand fort.

An diesem Weihnachten gab es einen großen Tannenbaum im Wohnzimmer der Wolkenraths. Alle waren da, sogar Lydia hatte sich eingefunden. Und auf Stellas ausdrücklichen Wunsch war auch Greta gekommen, die seit ein paar Wochen wieder zurück in Hamburg war. Walburga war sechs Jahre alt, jetzt ging es um die Einschulung. Die Kleine wurde von den Nachbarskindern geschnitten. Keiner spielte mit ihr, als hätte sie eine ansteckende Krankheit. Aber Walburga verstand die Abweisung nicht und lief hinter den Kindern her, wenn sie mit ihnen spielen wollte. Sie bedrängte die anderen Kinder. Erst wenn ihr wehgetan wurde, verstand sie, dass sie nicht erwünscht war. Also wurde ihr oft wehgetan.

Stella hatte Mitte Dezember mit Greta einen Klönschnack auf der Straße gehalten, und danach stand für sie fest, dass sie die beiden Weihnachten nicht allein lassen wollte. Sie teilte Jonny mit, dass sie es für seine Pflicht halte, sich Weihnachten um die beiden zu kümmern, und sie teilte ihrer Familie mit, dass Weihnachten die Nachbarin mit ihrer geisteskranken Tochter zu Besuch kommen werde, die bei Stella Klavierunterricht gehabt hatte. Käthe und die Tante waren sofort Feuer und Flamme, ein Kind im Haus, selbst wenn es ein bisschen verrückt war, würde allen guttun.

So verlebten sie Weihnachten in einer sehr gemischten Gesellschaft: Cynthia mit einer dicken Frauenschaftsbrosche vor der Brust, Lydia, die erschöpft und dünn aussah von all ihrer Arbeit für die Flüchtlingskinder, Lysbeth, die voller Hass auf die Nazis war, Aaron, der sanft und unauffällig in seinem Sessel saß, und die Mitglieder der NSDAP Alexander, Eckhardt und Jonny. Greta hatte sich mit einer weißen Bluse und einem blauen Rock so respektabel gekleidet, wie es ihr möglich war. Walburga trug ein blauweiß kariertes Kleidchen mit einem weißen Kragen. Sie war so aufgeregt über das schöne Fest, dass sie sich im Nu von oben bis unten bekleckert hatte. Als Jonny sie ausschimpfte, machte sie vor Schreck in die Hose. Greta schämte sich furchtbar für ihre Tochter und verschwand mit ihr im Badezimmer. Da sagte die Tante streng zu Jonny: »Das ist ein Kind, und Weihnachten ist etwas Besonderes. Du hast bestimmt auch mal gekleckert und auch mal in die Hose gemacht. Hier wird heute Abend nicht mehr gemeckert. Hast du mich verstanden?« Jonny nickte, und es kam Stella so vor, als erinnerte er sich gerade an Situationen, in denen mit ihm geschimpft worden war, weil er sich schlecht benommen hatte. Greta und Walburga kamen zurück, und Käthe und die Tante deckten festlich fürs Abendessen. Sie hatten rote Wangen vor Freude. Tagelang hatten sie gebacken und den Braten vorbereitet, und nun sollte alles ganz besonders schön sein.

Käthe berichtete, was Dritter vor dem Weihnachtsfest im Gefängnis erzählt hatte. Dass ein ehemaliger Mithäftling reich geworden sei. Er habe eine Bouillonwürfelfabrik aufgemacht. Sie hätten das vor seiner Entlassung bereits genauestens geplant, und alles sei genauso gelaufen, wie sie es erwartet hatten. Schließlich waren Fett und Fleisch knapp und für die meisten unerschwinglich teuer. Aus Mangel müsse man Profit schlagen. Der ehemalige Häftling kannte einen Arzt, der den Würfeln Vitaminreichtum und einen hohen Nährwert bescheinigte. Die Würfel wurden hauptsächlich aus Salz, etwas Hefe und minderwertigem Rindertalg hergestellt. Sie fanden reißenden Absatz in Krankenhäusern, Militärküchen, Restaurants und auch in privaten Haushalten. Der Arzt war natürlich am Gewinn beteiligt, und er, Dritter, würde bei seiner Entlassung auch in den Betrieb gehen. Es seien schon fünf neue Lieferwagen angeschafft worden. Käthe sagte, dass Dritter richtig euphorisch geklungen habe, und dass er von der Kameradschaft in seiner Zelle geschwärmt habe. Stella hatte ihre Mutter bei diesem Besuch wieder begleitet, und sie erinnerte sich mit einem sehr mulmigen Gefühl daran, wie hastig und unauffällig zugleich er ihr das Päckchen mit dem Geld abgenommen hatte, das Jonny ihm geliehen hatte.

Die Tante hatte zwei Tage zuvor ein kleines Weihnachtspaket bei Alma abgegeben. Alma sah aus wie ein Gespenst. Sie arbeitete zehn Stunden täglich, und sie verdiente weniger Geld denn je. Jeden Freitag bekam sie achtzehn Mark netto ausgezahlt. Und ihr ging es nicht schlechter als ihren Kollegen. Luxus lag in weiter Ferne. Achtzehn Mark kostete das billigste Paar Schuhe. Butter, das Pfund zu 1,60 Mark, konnte sie sich nicht mal zu Weihnachten leisten, und Margarine zu siebzig Pfennig das Pfund auch nur einmal die Woche. Statt Fleisch gab es sogenannte Hermann-Göring-Koteletts. Offiziell hießen sie Bratlinge, und sie waren angeblich aus feinstem Fischmehl, aber sie schmeckten nach nichts. Nicht nur Alma aß Eipulver aus Tüten, angeblich enthielten die den Nährwert von drei Eiern. Ersatznahrungsmittel halfen Devisen sparen. Es wurden kaum noch Lebensmittel importiert, nur noch kriegswichtige Rohstoffe. »Kanonen statt Butter« hieß die Losung, und was Textilien betraf, war es fast noch schlimmer. Bevor die Aufrüstung begann, konnte sich ein Arbeiter einen Anzug für achtunddreißig Mark von der Stange kaufen. Jetzt bezahlte er mindestens fünfzig Mark für einen Anzug, aber der Stoff knautschte, als wäre es Papier, und der Anzug hing am Körper wie ein Sack. Schon nach kurzer Zeit konnte man ihn wegwerfen. Nur wer hundertfünfzig Mark bezahlte, bekam dafür etwas, das hielt.

Alma rechnete täglich mit Krieg. Sie hatte so viele Genossen verloren, dass sie sich entsetzlich ohnmächtig fühlte, noch irgendetwas gegen das Naziregime ausrichten zu können. Trotzdem blieb sie weiterhin ein Briefkasten für illegale Kontakte ins Ausland.

»Der Hitler macht das wirklich sehr gut, jetzt sind das Saarland, Österreich und das Sudetenland wieder deutsch, und alles ohne Krieg, nicht schlecht«, bemerkte Alexander am Weihnachtsabend stolz, und Eckhardt und Cynthia nickten zustimmend. »Er ist einfach ein Übermensch«, schwärmte Cynthia. Lydia und Lysbeth tauschten einen Blick. Die Tante sah sie streng an. Also begann Lysbeth, mit Walburga zu spielen, Stella setzte sich ans Klavier, und alle sangen deutsche Weihnachtslieder.

Am 30. Dezember ging Aaron zur Polizeiwache wegen der Kennkarte, die jeder Jude ab dem 1. Januar 1939 bei sich tragen musste. Dann ging er zum Stadthaus wegen des Kennkartenbildes. Und mit dem Bild wieder zur Wache zurück. Der 31. Dezember war der letzte Tag, wo Aaron noch irgendetwas Amtliches mit seinem Namen unterzeichnen durfte. Von nun an musste er wie jeder Jude hinter seinen Namen Israel setzen. Auf der Wache traf er Fred Solmitz, der in Begleitung seiner Frau die unselige Kennkarte in Empfang nahm. Alle drei taten so, als würden sie einander nicht sehen.

In seiner Neujahrsbotschaft dankte der Führer dem deutschen Volk. 1938 wäre das reichste Erntejahr der deutschen Geschichte gewesen. Er bekannte sich zum Frieden und sprach im nächsten Satz von der Verstärkung der Wehrmacht.

Stella und Jonny waren zu Gast bei Edith von Warnecke. Dort wurde die Neujahrsbotschaft stehend angehört. Anschließend sangen die Gäste das Horst-Wessel-Lied. Die Gespräche drehten sich um den spanischen Krieg, der mit voller Macht um Weihnachten wiedereingesetzt hatte. Ein Sieg Francos stand bevor, was rundum begrüßt wurde. In einem der locker zusammenstehenden Grüppchen wurde über die Hinrichtung des jungen Stocklasse am 23. Dezember gesprochen. Seine Eltern hatten um 1930 die Gastwirtschaft Hansastraße-Grindelberg besessen. Die Eltern hatten Pastor Stöckl gebeten, statt des Gefängnisgeistlichen am Grabe zu sprechen, er hatte den Jungen nämlich konfirmiert. Er hatte sich aber geweigert. Man weiß nicht, wer zuhört, hatte er gesagt. »Dieser Stocklasse ist ein Nichtsnutz gewesen, ein Herumtreiber«, schimpfte eine Dame im champagnerfarbenen Abendkleid. »Um den ist es nicht schade.« Zu Stellas Verwunderung gab ausgerechnet Klaus von Warnecke, Ediths Mann, zu bedenken, dass Stocklasse doch nur ein kleiner Dieb gewesen sei. Er habe dreiunddreißig Reichsmark gestohlen. »Aber wie hat er das getan?«, empörte sich ein dicker Geschäftsmann im Frack. »Er hat im einsamen Gelände einen Kraftfahrer zur Herausgabe des Geldes gezwungen, mit vorgehaltenem Revolver.« »Und da ist das Gesetz neuerdings zu Recht von unerbittlicher Härte und Schärfe«, stimmte die champagnerfarben gekleidete Dame zu. »Der Verkehr nimmt zu, die Kraftfahrer müssen unter allen Umständen geschützt werden.«

Stella entfernte sich langsam von dieser Gruppe und bewegte sich zur nächsten, wo wieder über die Kriegsgefahr und über Hitlers Eroberungen diskutiert wurde. Sie hörte zu, trank Champagner, bewegte sich von Gruppe zu Gruppe und dachte an ihren geliebten Anthony und an ihre Tochter und ihre Enkelin. Warum hatte sie nicht gewagt, Deutschland zu verlassen? Es ist wegen Käthe, wusste sie plötzlich glasklar. Wenn sie stirbt, und ich bin nicht hier, das würde ich mir nie verzeihen. Sie schalt sich wegen dieser dummen Gedanken. Käthe hätte auch sterben können, als ich in London war. Ja, aber dann hätte ich sofort zurückkommen können, wenn sie mich gebraucht hätte. Wenn ich wirklich mit Jonny und diesem Leben hier breche, besteht die Gefahr, dass ich nie wieder zurückkommen darf. Das kann ich nicht.

Sie trank ganz schnell ein Glas nach dem andern. Dennoch stand am Ende dieses Neujahrs für sie die klare Erkenntnis: Solange Käthe lebt, kann ich Deutschland nicht verlassen.

Einen Monat später traf Stella vor dem Eingang zu ihrem Friseur Gisela Solmitz, die zu Stellas Überraschung wie eine junge Frau aussah. Sie ist bestimmt fast zwanzig, dachte Stella, und kam sich plötzlich sehr alt vor. Gisela starrte auf das Schild, das in der Eingangstür hing. Dort stand: »Juden werden hier nicht bedient.« Stella fasste sie unter und schob sie fort. »Hast du Lust, mit mir einen Kaffee trinken zu gehen?«, fragte sie betont munter. »O Gott, darf ich überhaupt noch du sagen?« Gisela nickte und ließ sich zum Hallerplatz ziehen, wo es ein hübsches Café gab.

Sie unterhielten sich über alles Mögliche. Über Trauriges wie das Erdbeben in Chile, das zehntausend Tote gefordert hatte. Über Lustiges wie die Albernheiten von Alban, dem Hund der Solmitz, und über die der Windhunde. Gisela war eine zarte junge Frau geworden, blass und sehr sensibel sah sie aus. Aber sie scherzte und lachte, als hätte sie ein fröhliches Leben.

Irgendwann richtete sie ihre Augen auf Stella und fragte geradeheraus: »Wie schafft es eigentlich Dr. Bleibtreu, die viertausend Mark Judenbuße zu zahlen?«

Stella blickte auf den Tisch. Sie wusste es nicht. Und sie musste sich eingestehen, dass sie noch nicht darüber nachgedacht hatte. Jonny hatte Dritter im Gefängnis Geld geliehen, weil dieser anscheinend eine günstige Gelegenheit sah, ein Judenhaus zu kaufen. Aaron konnte unmöglich so viel Geld besitzen. Sie sah Gisela verlegen an. »Ich weiß es nicht, ehrlich gesagt.«

»Meine Eltern haben das Finanzamt um Stundung gebeten«, sagte Gisela frei heraus. »Zweitausend Mark sind ihnen gestundet worden. Aber mein Vater war auch Major. Dr. Bleibtreu war doch gar nicht im Krieg, oder?«

Stella schüttelte verneinend den Kopf. »Nein, da war er zu jung.«

Anscheinend hatte Gisela während des Gesprächs Vertrauen geschöpft, oder sie hatte ein großes Bedürfnis zu reden, auf jeden Fall erzählte sie, dass ihre Eltern große Angst gehabt hätten, ihr Haus zu verlieren, aber dass ihr Vater es noch im letzten Augenblick, noch nach dem 9. November, ihrer Mutter geschenkt habe. Und es sehe so aus, als ob das Haus gerettet sei.

»Dabei hat mich schon jemand gefragt, ich will jetzt keinen Namen nennen«, bemerkte Gisela betont scherzhaft, »ob wir Alban behalten, und da ist Mutti und mir aufgefallen, dass die Nachbarschaft schon mit unserem Fortzug rechnet.« Sie blickte Stella forschend an. »Ich nicht«, sagte Stella trocken. »Aber ich kann jeden verstehen, der geht.«

»Vater hat gesagt, dass er Deutscher ist, für Deutschland Krieg geführt hat und auch in Deutschland sterben wird« bemerkte Gisela. Stella hörte, wie stolz sie auf ihren Vater war. »Ja, dein Vater ist ein mutiger Mann«, sagte sie lächelnd.

Mitte Februar kam Hitler nach Hamburg. Er wohnte im *Atlantik*. Am 14. Februar war der Stapellauf des größten und kampfstärksten Schlachtschiffes der Welt, der *Bismarck*. Jonny und Stella nahmen an der Feier teil. Es war eine große Ehre für Jonny, und er ließ es sich nicht nehmen, Stellas Garderobe zu begutachten. Auch Stella war aufgeregt. Nun würde sie Hitler persönlich Auge in Auge gegenüberstehen.

Um ein Uhr mittags begann der Stapellauf des Schlachtschiffes. Der Führer hielt die Taufrede. Dorothea von Löwenfeld, geb. Gräfin Bismarck, die Enkelin des Reichskanzlers Otto von Bismarck, taufte das Schiff. Einen Tag zuvor war noch entsetzliches Wetter gewesen, an diesem Tag aber schien die Sonne. Hitler erwähnte sie in seiner Rede als weiteren Beweis dafür, wie günstig ihm das Schicksal gesonnen sei.

Stella versuchte während der ganzen Veranstaltung herauszufinden, was Hitlers charismatische »Übermenschlichkeit« ausmachte. Sie war sogar bereit, irgendeine erotische Ausstrahlung an ihm zu entdecken, aber der Mann enttäuschte sie komplett. Es kam ihr vor, als hätte er einen Tick, so dass er sein Gesicht manchmal komisch verzog. Vor allem aber fand sie ihn hässlich und irgendwie grotesk. Ein Mann, der sich in den Hamburger obersten Kreisen linkisch benahm und eine merkwürdig starre Haltung an den Tag legte, als trüge er unter der Uniform ein Korsett. Was finden die Leute bloß an ihm, fragte sie sich. Es kam ihr auch so vor, als vermeide er einen wirklichen Augenkontakt zu den Leuten, mit denen er sprach, als blicke er immer über alle hinweg.

Als sie mit Jonny wieder zu Hause war, stellte sie ihm die Frage: »Was finden die Leute bloß an ihm? Er wirkt überhaupt nicht wie ein arischer Held.« Jonny war betrunken. Er lachte sie an. »In seinem Herzen ist er ein arischer Held.« Ernst fügte er hinzu: »Er ist, was alle sein wollen, aber sich nicht trauen: Er ist ein brutaler Sieger.«

Am 23. Februar räumte der Maler Levy sein Haus in der Kippingstraße Nummer 25. Käthe stand hinter der Gardine und schaute hinaus. »Ein Handwerksmeister, dessen Vorfahren gewiss schon seit Jahrhunderten in Deutschland wohnen«, sagte sie zur Tante, die auf dem Sessel saß und Käthe beobachtete. »Ja, eigenartig«, sagte sie nachdenklich. »Gegenüber die Perser leben hier ohne jedes Problem. Die machen im Augenblick, glaube ich, gute Geschäfte.« Einen Tag später stand Käthe wieder hinter der Gardine. Nun blickte sie zu den Solmitz hinüber. Es war die Verfügung erlassen worden, dass Juden binnen vierzehn Tagen alles Gold, Silber sowie Edelsteine abliefern mussten. Luise besaß schönes Tafelsilber, dessen war Käthe gewiss. Die Juden sollten die Sachen aufs Leihamt tragen. Welche Demütigung, welche Unerbittlichkeit stand hinter solchen Anweisungen. Aber Luise war Arierin, und neuerdings gehörte das Haus ihr. Vielleicht durfte sie da auch das Silber behalten?

Anfang März, es war bitterkalt, rief plötzlich Aarons Mutter an und sagte, Aaron solle sofort nach Oberhausen kommen. Der Vater sei zurück. Der Vater zurück? Erstmals seit Lysbeth Aaron kannte, sah sie ihn so wie jetzt. Seine Hände zitterten, als er fahrig irgendwelche Kleidungsstücke in einen Koffer warf. Seine Augen flackerten voller Angst. »Ich komme mit«, entschied Lysbeth. »Und ich packe. Du gehst jetzt in die Küche zur Tante und lässt dir einen Tee zur Beruhigung geben.« Sie schob ihn aus dem Zimmer und rief nach der Tante.

Sie wussten nicht, was sie erwarten würde. Der Vater war ins Konzentrationslager Buchenwald gekommen. Nun war er zurück. Aber wie ging es ihm? Sie hatten einen Koffer voller Arztsachen gepackt, allerdings nicht den Koffer, der als Arztkoffer erkennbar war. Mit einem Arztkoffer traute Aaron sich nicht mehr in die Öffentlichkeit.

In Oberhausen öffnete die Mutter ihnen die Tür. Sie sah aus, als wäre sie wieder auf die Erde zurückgekehrt, viel schmaler zwar, aber in ihren Augen war wieder Leben. Beklommenen Herzens folgte Lysbeth Aaron in die Küche. Da war es warm. Auf der Bank saß der Vater. Er hatte keine Haare mehr, und seine Wangen waren eingefallen. Seine Hände zitterten, und wenn er ging, benutzte er einen Stock und humpelte. Aber in seinen Augen loderte ein erbittertes Feuer.

Als Lysbeth ihn zur Begrüßung umarmte, erschrak sie, so zart und knochig war ihr Schwiegervater geworden. Aaron und Lysbeth packten ihre Geschenke aus. Auch Kaffee war dabei und von der Tante und Käthe selbst gebackener Kuchen. Die Mutter brühte den Kaffee auf, sie stellte den Kuchen auf den Tisch, und bald war es heimelig und geborgen in der Küche, als wären Aaron und Lysbeth zu einem nachweihnachtlichen Besuch gekommen. Aber dann begann der Vater zu erzählen.

»Sie haben uns mit einem Lastwagen nach Bielefeld gefahren. In einem Warteraum bei der Polizei haben wir ewig lange sitzen müssen, dann wurde mein Name und einige andere Namen aufgerufen. Jeder von uns musste ein Papier unterschreiben, ohne Zeit zu haben, den Text zu lesen. Gegen Mittag wurden wir dann zum Bahnhof gebracht.

Sie ließen uns am Bahnhof in Fünferreihen antreten. Dann marschierten wir ab, eine Treppe hinunter und durch eine Unterführung zu einem anderen Bahnsteig. Den ganzen Weg entlang standen junge SS-Männer, die mit Lederpeitschen auf uns einschlugen. Da gab es schon die ersten Verletzten. Schließlich fuhren sie uns doch nicht mit einem Zug, sondern mit einem Lastwagen nach Buchenwald. Buchenwald liegt in der Nähe von Weimar. Insgesamt waren wir ungefähr zwölftausend Männer. Wir wurden in großen Baracken untergebracht, die zum Teil noch im Bau waren.

Wir waren zu etwa sechstausend Mann in einer Baracke zusammengepfercht, die noch ohne Boden war. Der Boden bestand aus nassem Lehm. Wir hatten nackte Bretter zum Schlafen, keine Unterlage, keine Decke, kein Licht. Die sanitären Verhältnisse waren grauenhaft.

Immerhin haben wir Brot, Marmelade und Malzkaffee bekommen, aber in der Nacht, als gerade etwas Ruhe war, blitzten plötzlich Taschenlampen auf und ein Dutzend wurde wahllos rausgegriffen. Wir hörten sie draußen fürchterlich schreien, und sie sind nie wiedergekommen. Das hat sich in den folgenden Nächten wiederholt, und wir waren alle so verängstigt, dass wir uns in die äußersten Winkel verkrochen. Einige haben Tobsuchtsanfälle bekommen und mussten festgebunden werden. Es war die reine Hölle.

Drei Tage und drei Nächte durften wir die Baracke nicht verlassen.

Am dritten Morgen ließ man uns vor der Baracke antreten, und ein Unterführer ging die Reihen ab. Jeder, der Verletzungen hatte, musste vortreten und sagen, wie es dazu gekommen war. Die Ersten antworteten, sie wären geschlagen worden und von der SS in Bielefeld misshandelt. Daraufhin wurden sie zusammengeschlagen und gepeitscht, bis sie sagten, dass sie sich die Verletzungen zu Hause selbst zugefügt hätten.

Vom vierten Tag an ging es etwas besser. Wir bekamen fertige Baracken zugewiesen, wo wir etwas mehr Platz hatten, und von dem Tag an war uns auch gestattet, uns von dem Geld, das wir bei uns hatten, das uns nicht abgenommen worden war, Essbestecke, Lebensmittel und warme Kleidung zu kaufen. Die Ärzte unter uns konnten Medikamente für die Kranken im SS-Revier erwerben.

Arbeiten mussten wir im Gegensatz zu den anderen Häftlingen nicht. Nur morgens und abends zum Appell antreten. Sonst waren wir den ganzen Tag uns selbst überlassen. Aber die Zählappelle dauerten manchmal Stunden, und besonders die Alten litten unter dem langen Stehen in der Kälte. Es gab Todesfälle.

Nach einem Monat, kurz vor Weihnachten, wurde ich mit einigen anderen frühmorgens zum Appell rausgerufen, zusammen mit etwa dreihundert anderen. Wir sollten entlassen werden. Wir wurden von Häftlingsfriseuren rasiert und bekamen die Haare abgeschnitten. Dann wurden wir von einem SS-Arzt untersucht. Wer Wunden oder Prellungen hatte, musste angeben, dass sie aus der Zeit vor der Festnahme stammten. Dann kam ein hoher SS-Offizier, der einen Vortrag hielt und sagte, er hoffe, dass wir uns gebessert hätten. Das könnten wir jetzt beweisen, indem wir reichlich für das Winterhilfswerk spendeten. Wir wurden an den Sammelbüchsen vorbeigeführt. Jeder musste etwas spenden. Dann mussten wir die Bestecke, die wir gekauft hatten, abliefern und für jedes Blechbesteck drei Reichsmark Benutzungsgebühr bezahlen. Dann begann der Fahrkartenverkauf. Wer kein Geld hatte, musste rechts heraustreten. Die Übrigen wurden aufgefordert, so viel Geld zusammenzulegen, dass auch die Übrigen Fahrkarten bekämen. Es wurde erklärt, dass keiner vom Platz käme, wenn nicht eine Fahrkarte für ihn gekauft würde. Danach wurde noch einmal eine Ansprache gehalten. Es wurde befohlen, niemals auch nur ein Wort darüber zu sagen, was wir im Lager erlebt hatten. Wer immer dabei erwischt würde, käme zurück und könnte sicher sein, nie wieder lebend rauszukommen.

Bis alle Formalitäten erledigt waren und die Entlassenen sich am Lagertor aufgestellt hatten, war es acht Uhr abends geworden. Wir hatten seit morgens nichts mehr zu essen bekommen und waren sehr erschöpft.

Ein etwa achtzigjähriger Mann bat den Wachhabenden am Tor um eine Fahrgelegenheit, weil er die Kilometer bis zum Bahnhof in Weimar nicht laufen könne. Der lachte und sagte, er könne ein Taxi rufen, aber für das Telefongespräch müsste er Geld bezahlen. Der Alte gab ihm drei Mark und sagte, er solle auch gleich für die anderen ein Taxi rufen, weil viele nicht mehr laufen könnten. Aber auch alle anderen mussten drei Mark zahlen. Er kassierte fast sechshundert Mark.«

Der Vater war heiser geworden, seine Stimme war manchmal gebrochen während des Sprechens, aber er hatte in einem Stück durcherzählt. Nun legte die Mutter ihre Hand auf die seine. »Vadder«, sagte sie zärtlich. »Du hast es schon so viele Male erzählt. Nun muss doch auch mal gut sein.« Er schluckte den heißen Kaffee und sagte leise: »Da sind immer noch zehntausend. Ich weiß nicht, warum sie mich entlassen haben. Ich muss es wenigstens erzählen. Das bin ich den andern schuldig.«

»Wieso bist du jetzt erst gekommen, wenn sie dich schon Weihnachten entlassen haben?«, fragte Aaron. Nun berichtete der Vater von seiner Odyssee. Er hatte sich in Weimar einen Fuß gebrochen, als ein SA-Mann ihn beiseitegestoßen hatte und er hingefallen war. Als er sich auf eine Bank setzte und den schmerzenden Fuß untersuchte, war ihm seine Aktentasche gestohlen worden, die er die ganze Zeit über gehütet hatte wie einen Schatz, weil darin seine gesamten Papiere und etwas Wäsche gewesen waren. Auch die Fahrkarte war fort. Er hatte kein Geld, sich eine neue zu kaufen. Und der Fuß schmerzte entsetzlich. Außerdem hatte er sich nicht ausweisen können. Da kam ein Mithäftling auf ihn zu und sagte: »Komm erst mal mit zu uns.« Der kaufte ihm eine Fahrkarte zum nächsten Dorf, wo seine Familie wohnte. Diese Familie war ein Segen gewesen. Sie hatten Himmel und Hölle in Bewegung gesetzt, um seine Papiere wiederzukriegen. »Wer will schon Judenpapiere«, hatten sie gesagt. Und wirklich waren die Papiere bei der Polizei wieder aufgetaucht. Das hatte er aber schon nicht mehr mitbekommen, weil er starkes Fieber bekommen hatte und tagelang ohne Bewusstsein gewesen war.

»Zwei Monate lang haben sie mich gepflegt«, sagte er, und in seine Augen traten Tränen. »Dann haben sie mich auf die Bahn gesetzt. Und jetzt bin ich wieder hier.«

»Aber warum du mich nicht angerufen hast, verstehe ich nicht«, sagte die Mutter. Allerdings war sie viel zu froh, ihn lebend wieder zu haben, als dass sie ernsthaft zornig sein konnte. Er seufzte schuldbewusst. »Ich hab's dir schon gesagt, Mutter, ich weiß es auch nicht, ich bin einfach nicht auf die Idee gekommen.«

Jetzt ließ Aaron sich den Fuß zeigen. Er schmerzte immer noch, und er war schief angewachsen, aber er war nicht entzündet. Von nun an würde der Vater mit einem etwas schiefen Fuß laufen müssen. Lysbeth holte ihre Kräuter und Kügelchen und gab dem Vater etwas, das den Heilungsprozess beschleunigen sollte.

Sie blieben zwei Wochen lang in Oberhausen. Immer wieder kam der Vater auf die ersten drei Horrornächte zurück. In der Nacht hörte man ihn stöhnen, manchmal schrie er gellend auf. Aber sie führten auch lange schöne Gespräche über die Vergangenheit, über die Tauben, über Aarons Schwester und über die Zeit, als seine Eltern sich kennengelernt hatten. Als sie zurückfuhren, sagte Aaron zu Lysbeth: »Noch nie habe ich mich meinen Eltern so nah gefühlt wie in diesen zwei Wochen.«

Kaum waren sie wieder in Hamburg, bekam Aaron einen Anruf von der Devisenstelle. Ob er auswandern wolle. »Ich weiß nicht wohin«, sagte er. »Wenn Sie mir und meiner Frau ein Visum nach Amerika oder sonst wohin besorgen, gehen wir sofort.«

Am 15. März 1939 gab die Radiostation Straßburg nach Mitternacht bekannt, dass deutsche Truppen über Mährisch-Ostrau in die Tschechei einmarschierten und dass der tschechische Staatspräsident Emil Hácha und sein Außenminister František Chvalkovský nach Berlin gereist seien, um mit Hitler zu verhandeln.

Frankreich schwieg sich aus, nahm es hin wie England. Beide Länder fühlten sich für einen Krieg nicht vorbereitet, militärisch und wirtschaftlich nicht stark genug.

»Die Tschechei ist wieder das alte biedere Böhmen und Mähren, Teil des deutschen Reiches«, jubelte Eckhardt.

»Gott sei Dank kein Krieg«, seufzte die Tante. Sie war im letzten Jahr alt geworden, natürlich wirkte sie immer noch nicht so alt wie eine hundertjährige Greisin, aber man sah ihr die Müdigkeit an, die Trauer über die Welt. Außerdem litt sie sehr unter dem schlechten Wetter. Sie wagte nicht mehr, rauszugehen, wenn es schneite und draußen glatt war. Und der ganze Winter war bitter kalt gewesen.

Auch am 15. März, wo eigentlich der Frühling erwartet wurde, setzte nachts Schneefall ein, umschleierte die Laternen in der stillen Straße wie Nebel.

Der März blieb ein Monat, der das Herz der Tante und das Herz von Käthe sehr belastete. Sie hatten bereits einen Krieg miterlebt. Sie kannten das Zittern um die Männer, den Hunger, den Kummer der Mütter.

In den Zeitungen wurde triumphiert: Das Hakenkreuz über dem Hradschin! Der Führer auf der Prager Burg! Die Slowakei unterm Schutz des Reiches! Böhmen und Mähren Reichsprotektorat!

Stella und Lysbeth wurden aufgefordert, zum Luftschutzvortrag zu gehen. Frauen sollten mehr als bisher herangezogen werden. Ganz entgegen ihrer Erwartung genossen sie den Abend. Immer wieder gab es Anlass zu ausgelassener Heiterkeit. Eine Hausluftschutzübung wurde vorgeführt. Im Saal gab es Gekrache, einem in rotes Papier gehüllten Kind wurde eine Branddecke übergeworfen. Alle Erwachsenen sollten durch Gebrumm die feindlichen Flieger markieren. Das Rednerpult flog mit zerschmetterten elektrischen Birnen unfreiwillig in den Saal, kurzum es herrschte uneingeschränkte Vergnügtheit. Nach Hause gingen sie durch mörderisches Wetter. Ein Schneesturm peitschte kalten nassen Schnee in ihre Gesichter. Erst als sie drinnen waren, sagte Lysbeth fröhlich: »So einen lustigen Abend habe ich lange nicht mehr gehabt.« Stella gab zu bedenken, dass es um Krieg gehe. »Ich habe Angst«, sagte sie. »Chamberlain hat gesagt, dass er von der Münchner Nichtangriffserklärung zwischen Deutschland und England zurücktritt. Wenn Krieg kommt, sehe ich Anthony und Angela und Roberta vielleicht nie wieder.«

»Dann fahr am besten so schnell wie möglich nach London«, schlug Lysbeth vor. »Nämlich nächste Woche. Oder morgen. Solange wir noch keinen Krieg haben.«

Stella wurde heiß. Ja, das würde sie tun. Mit dem nächsten Dampfer würde sie nach London fahren. Und wie durch ein Wunder teilte Jonny ihr am Abend mit, dass er nach Afrika fahren werde, sobald das Wetter besser sei. Aber das Wetter blieb scheußlich kalt, Schnee und Regen wechselten sich ab. Ebenso wechselte sich die Angst vor Krieg mit dem Gefühl der Entspannung ab, dass es wieder einmal gutgegangen war.

Am 22. März verkündete der Rundfunk am Morgen: »Memel ist unser!«

Die Zeitungen jubelten: Noch zetere das Ausland über die erneute deutsche Annexion eines Teils der Welt, wolle sich mit erhöhten Einfuhrzöllen rächen, und Hitler habe sich, statt ihnen eine Pause zu gönnen, um wieder zu sich und zu Atem zu kommen, das Memelgebiet nun einfach noch dazugenommen.

Käthe, die durch den dicken Schnee zum Einkaufen gestapft war, kam voller Empörung zurück. Sie hatte Luise Solmitz getroffen, die gestrahlt hatte wie ein Honigkuchenpferd. »Was ist Hitler für ein Übermensch! Nun ist auch Memel unser!«, hatte sie jubiliert. »Vor einer Woche war er auf dem Hradschin in Prag. Nun ist der Führer in Memel. Wir hörten die Memeler Glocken im Rundfunk. Haben Sie die Ansprache des Führers gehört? Er hat sie vom Balkon des Theaters, vor dem Ännchen von Tharau steht, gehalten. Wir haben sie leider verpasst.«

»Wie kann diese Frau sich über Hitlers Siege so freuen?«, schnaubte Käthe. Sie hatte sich nicht die Zeit genommen, zuerst ihren Mantel auszuziehen, sie musste ihren Ärger sofort loswerden. So stand sie auf Strümpfen im Wohnzimmer. Auf ihrem Hut lag Schnee, auch auf den Schultern ihres Wintermantels. »Sie hat noch gesagt: ›Der Führer hat Versailles in einen deutschen Sieg umgewandelt.‹ Kannst du dir so etwas vorstellen?« Die Tante saß am Fenster in dem tiefen Sessel und blickte hinaus auf die dicken Flocken, die auf die weiß verschneite Landschaft fielen. »Ja, liebe Käthe«, schmunzelte sie. »Ich kann mir das vorstellen. Menschen sind eigenartige Wesen. Sie fühlen sich nicht so ausgeliefert, wenn sie sich mit dem Sieger irgendwie verbunden fühlen. Sogar wenn der Sieger auch sie selbst besiegt.« Käthe schnaubte wieder. »Na, du wirst es ja wissen. Ich zieh jetzt meinen Mantel aus.« Wütend stapfte sie aus dem Zimmer. Die Tante lächelte. »Meine kleine Käthe«, murmelte sie. »Dir wird niemand das Rückgrat brechen.«

Aber sie wusste nicht, dass Käthe seit einiger Zeit ein jüdisches Paar in der Johnsallee besuchte, um ihnen Lebensmittel zu bringen und sie ein bisschen zu unterhalten. Käthe mochte die beiden Wiechmanns gern. Er war früher Rechtsanwalt gewesen. Sie waren Ende fünfzig, zehn Jahre jünger als Käthe. Aber Käthe besuchte sie nicht einfach so. Dritter hatte sie geschickt. Er kannte das Paar von früher, nicht gut, aber er hatte ihnen manchmal etwas abgekauft. Ihr Sohn war mit seiner Frau und den zwei Kindern bereits 1935 nach Amerika emigriert. Damals hatten die beiden Alten alles Geld zusammengekratzt, das sie aufbringen konnten. Dritter hatte ihnen mehr gegeben als der Pfandleiher. Sie hatten ohnehin gewusst, dass sie ihre Wertgegenstände nie wieder zurückkaufen konnten.

Jetzt also hatte Dritter seine Mutter dorthin geschickt. Jüdisches Grundeigentum war einem Treuhänder übergeben worden, der ziemlich frei darüber verfügen konnte. Dritter hatte im Gefängnis einen Mann kennengelernt, einen kleinen dünnen drahtigen Mann, der ebenso wie Dritter wegen Urkundenfälschung einsaß. Er hatte als Prokurist in einer Schuhfabrik gearbeitet. Als es der Fabrik besserging, hatte er sich selbst von Zeit zu Zeit etwas von den Einnahmen abgezweigt und die Prokura genutzt, um sich zu bereichern. Er kannte viele einflussreiche Leute, und so war er nur zu zwei Jahren verurteilt worden. Seit einem Jahr war er Dritters Zellennachbar. Vom Gefängnis aus betrieb er einige Geschäfte weiter und zog an Fäden, die ihm, wenn er in einem Jahr rauskam, ein warmes Nest garantierten.

Hans Ränke kannte auch den Treuhänder für die Grundstücke in der Johnsallee. Der wiederum versuchte, die Schenkungen oder Käufe der Judenhäuser so abzuwickeln, dass es zum einen ein gutes Zubrot für ihn gab, und zum anderen alle möglichst einigermaßen zufrieden waren. Rechtsstreitigkeiten waren nicht in seinem Interesse. Also empfahl Hans Ränke seinem Zellennachbarn Dritter, dass er sich mit Juden, die er kannte oder aber über seine Mutter oder sonstige Familienangehörige kennenlernen könnte, gutstellen sollte, damit die ihm ihren Grundbesitz vor dem Treuhänder schenken sollten. Er müsste dann regulär nur um die sechzig Reichsmark zahlen. Zusätzlich müsste er natürlich dem Treuhänder einen kleinen Obolus geben und die Juden müssten natürlich auch irgendwie zufriedengestellt werden. »Du könntest ihnen versichern, dass sie kostenlos in dem Haus wohnen bleiben können«, sagte Hans. »Die Sache mit den Juden ist sowieso bald erledigt. Kannst mir glauben.«

Dritter hatte also seine Mutter zu den Wiechmanns geschickt mit einem herzlichen Gruß von ihm. Käthe witterte ein übles Spiel, aber sie wusste nicht, was genau es war. Außerdem tat es ihr gut, wenigstens einem einzigen jüdischen Paar irgendwie behilflich sein zu können. Dritter hatte ihr aber ausdrücklich eingeschärft, niemandem aus der Familie etwas davon zu erzählen, vor allem nicht seinem Vater und seinem Bruder. Und auch nicht Jonny.

Hitlers Siege gingen weiter. Er schloss einen deutsch-rumänischen Wirtschaftspakt ab. In den Zeitungen stand: »Der Reichtum Rumäniens wird erschlossen für uns.« Ende März fiel nach Madrid auch Valencia. Der spanische Krieg war beendet. Franco hatte mit Deutschlands und Italiens Kriegsmaschinen gesiegt.

Aber Stella zitterte, dass Krieg ausbrechen könnte, bevor ihr Dampfer am 31. März nach England losginge. Um Polen sah es furchtbar bedrohlich und gefährlich aus. England stand zu Polen. Auch Frankreich sprach von einem Handelsvertrag mit Rumänien, dazu einem Kulturvertrag.

Aber es grummelte nur. Jonny würde am 5. März von Hamburg nach Afrika fahren. Dieses Mal würde Greta ihn begleiten. Und Stella bestieg den Dampfer nach Southampton am letzten Tag des März. Mit ihr fuhren wieder hundert jüdische Kinder. Die Abschiede am Kai waren so entsetzlich, dass Stella von der Reling fortging. Sie konnte den Schmerz der Mütter nicht ertragen. Erst als das Schiff ablegte, ging sie wieder nach draußen. An der Überseebrücke lag im Licht der Scheinwerfer die mächtige *Cap Arkona*, ein überwältigender Anblick. Die Kinder blickten gebannt dorthin wie zu einem Weihnachtsbaum. Ihre Eltern hatten sie in diesem Augenblick vergessen.

16

Der Empfang, den Anthony Stella am Hafen in Dover bereitete, war innig und voller Liebe wie immer. Und doch war etwas anders. Stella spürte es sofort. Sie dachte, es läge an ihr. Vielleicht sah sie verändert aus? Vielleicht sogar alt? Vielleicht war Anthony darüber erschrocken? Er liebte sie, das spürte sie. Die Verbundenheit war sofort da, vielleicht noch stärker als sonst. Aber vielleicht hatte sie sich während der vergangenen Monate sehr verändert. Manchmal altert man schnell, dachte sie.

Auch Anthony war gealtert, aber auf eine wunderschöne Weise. Seine dicken Haare waren dunkelgrau, die Falten um seinen Mund und auf seiner Stirn hatten sich noch tiefer eingegraben. Er sah aus wie das, was er auch war, ein Mann, der sich nicht schonte, der versuchte, die Welt tiefer zu ergründen, der sein ganzes Wesen in die Liebe warf und der bereit war, Verantwortung zu tragen, auch wenn es ihm etwas abverlangte. Durch Stella strömten heiße Wellen der Liebe, als sie ihn anschaute, und nun spürte sie auch, wie lange sie Gefühle von Lust und Begehren in ihrem Körper unterdrückt hatte, wie sie sich als sinnliche Frau dumpf gemacht hatte. Sie traute sich aber nicht, so frei, wie sie sonst mit Anthony gewesen war, zu sagen: »Lass uns sofort zu dir fahren, ich will dich, sofort.« Vielleicht liebte er sie zwar noch, aber vielleicht begehrte er sie nicht mehr? Sie wusste, dass dann eine Welt für sie zusammenbrechen würde, eine Liebe ohne körperliche Anziehung konnte sie sich nicht vorstellen. Sie lechzte danach, von Anthony gestreichelt, geküsst, geliebt zu werden. Sie brauchte das mit jeder Pore, viel mehr, als sie es sich in den vergangenen Monaten eingestanden hatte, da sie das Bett mit Jonny geteilt hatte.

Anthony hingegen schien es hinauszuzögern, zu sich nach Hause zu fahren. Er lud Stella zuerst in ein elegantes exklusives Restaurant ein, wo er ihr ein Buch überreichte und sagte: »Wir haben etwas zu feiern.« Sein Roman war herausgekommen. Auf dem Cover stand der Titel: *Luna*. Im Hintergrund sah man den Hafen von Daressalam und im Vordergrund eine Frau in weißer Kleidung, die einen Leoparden im Arm trug. In Stellas Augen schossen Tränen, sie konnte nichts dagegen tun. In ihrer Brust tobte ein Brand. Luna, so hatte ihre Stute geheißen. Luna, so nannte Anthony jetzt sie, Stella, in seinem Roman. Sie blätterte in dem Buch, jede Zeile, die sie las, erschreckte sie. Es handelte von ihr, von ihrer Ehe, ihrer Liebschaft mit einem Schwarzen, und von einem jungen Engländer, der sie die ganze Zeit beobachtet, ja, ihr hinterherspioniert, der vom ersten Augenblick an in sie verliebt ist. Sie konnte nicht verhindern, dass ihr Tränen über die Wange liefen. »Stella«, sagte Anthony unglücklich, »ich wollte dich nicht traurig machen. Das ganze Buch ist eine Liebeserklärung an dich. Da steht nicht ein böses Wort über dich drin.«

Stella lachte und drückte seine Hand. »Herzlichen Glückwunsch, Anthony«, sagte sie. »Es muss ein wundervolles Gefühl sein, so ein Buch in der Hand zu halten, an dem du so lange geschrieben hast.«

Anthony reagierte verlegen. »Ehrlich gesagt, das Gefühl ist gar nicht so wundervoll. Ich habe große Angst, dass es dir nicht gefällt.«

»Blödsinn«, entgegnete Stella schnell. »Es ist eine große Ehre für mich, es weckt nur so viele Erinnerungen. Und ich bin immer noch traurig über Lunas Tod.« Sie schniefte. Anthony wischte zärtlich die Tränen von ihrer Wange. »Du bist so schön«, sagte er leise. »Wie machst du das nur? Du wirst immer schöner, jedes Mal, wenn du hier ankommst, staune ich. Als hätte meine Erinnerung deine Schönheit verblassen lassen.«

Stella riss misstrauisch die Augen auf. »Du findest mich schön? Ich dachte, dass du erschrocken bist, weil ich so alt und erschöpft aussehe.« Anthony lachte. Und nun konnten sie endlich offen über ihre Gefühle sprechen. »Ich wäre am liebsten sofort mit dir nach nach Hause gefahren«, gestand Stella. »Und hätte mich am liebsten sofort mit dir ins Bett gestürzt.« Sie spürte erstaunt, dass ihre Wangen heiß wurden. Werde ich etwa rot, fragte sie sich verärgert. Sie merkte, dass es irgendwie riskant war, sich Anthony so zu offenbaren. Das alte Vertrauen war doch noch nicht wieder da. Sie fürchtete, dass sie der Mut verlassen würde und setzte schnell lachend hinterher: »Du musst mindestens drei Tage und drei Nächte mit mir im Bett verbringen, ich bin entsetzlich ausgehungert.« Er fuhr sich verlegen durch die Haare. Dann griff er nach ihrer Hand, strich zart über ihren Mund und sagte entschuldigend: »Ich wollte noch nicht nach Hause fahren, weil ich dich für mich allein haben wollte.« Wieder fuhr er zart mit dem Finger über ihren Mund. »Ich hätte es dir erklären müssen«, sagte er und schüttelte seinen Kopf, als begreife er seine eigene Dummheit nicht. »Mein Haus ist nämlich so brechend voll, dass ich schon überlege, ein anderes zu kaufen.« Stella riss fragend die Augen auf. »Ja, da ist Angela mit dem Baby. Und du kannst mir glauben, das Kind ist verdammt anstrengend. Es schreit ohrenbetäubend, sobald Angela sich nur ein wenig entfernt.« Stella hörte ihm aufmerksam zu. »Dann sind da noch die beiden deutschen Kinder«, fuhr Anthony in zunehmend bedrücktem Ton fort. »Sie sprechen kein Wort Englisch und haben entsetzliches Heimweh. Das Mädchen, die Helene, ist zudem sehr verletzt, weil die Eltern sie fortgegeben haben. Der Junge nimmt die Trennung irgendwie gelassener hin, er hält sich an seiner Schwester fest.« »Kann man ihr nicht erklären, dass die Eltern sie aus Liebe fortgegeben haben?«, fragte Stella. »Angela spricht viel mit dem Mädchen, aber die lässt nichts gelten«, antwortete Anthony bedrückt. »›Deine Eltern lieben dich so sehr, dass sie dich weggegeben haben, um dich zu retten‹, sagt Angela immer wieder, aber Helene betont, sie will gar nicht gerettet werden, sie will nur zurück zu den Eltern.« »Und dann ist auch mein Vater noch gekommen«, fügte Anthony hinzu und sah Stella mit einem so ängstlichen Hundeblick an, dass sie auflachte. »Aber das ist doch ein großes Glück. Endlich ist er schlau geworden und hat begriffen, dass es ihm bei seinem Sohn bessergeht als allein in Afrika.«

»Keinesfalls«, widersprach Anthony. »Mein Vater ist von morgens bis abends schlecht gelaunt. Es geht ihm hier überhaupt nicht gut. Er hasst den Winter. Er leidet unter der Kälte, er findet London eng und bedrückend, er mag meine Freunde nicht, die findet er snobistisch, und er sehnt sich nach Afrika zurück. Außerdem sagt er täglich, dass er Heathers Grab vermisst, und dass er es pflegen muss, die Schwarzen würden es bestimmt vergessen.«

»Warum ist er denn gekommen?«

»Weil sein Arzt es ihm geraten hat. Vater hatte sich sehr krank gefühlt. Er konnte nicht mehr schlafen, wurde immer erschöpfter, mochte morgens nicht mehr aufstehen und hatte das Gefühl, dass er bald sterben würde. Sein Arzt hat ihm geraten, zu mir zu fahren, und er hat sich entschlossen, bei mir zu sterben. Aber er ist gar nicht krank, mein Arzt hat ihn auf den Kopf gestellt. Mein Arzt hat gesagt, dass seine Seele krank ist, dass er wegen Mum trauert und auf sie zornig ist, weil sie ihn allein gelassen hat. Aber neuerdings ist er nicht mehr zornig auf Mum, sondern auf mich, auf England, auf Roberta, weil sie immer schreit, und auf die beiden deutschen Kinder, weil sie ebenso trübsinnig sind wie er.«

Stella blickte Anthony an, und ihr Gesicht hellte sich langsam auf. Sie brach in schallendes Lachen aus. »Und du fühlst dich in deinem eigenen Haus nicht mehr wohl? Und zögerst es hinaus, mit mir in dein Bett zu gehen?«

Anthony nickte bedrückt. Und dann brach es aus ihm heraus. Die beiden Kinder würden sich verhalten, als wären sie ins Gefängnis gekommen oder sogar in die Hölle. Angelas Baby würde schreien, sobald sie ihn nur erblicke. Und sein Vater gehe mit ihm um wie mit einem intellektuellen Snob, der keine Ahnung vom wirklichen Leben habe. »Und es ist so laut, und irgendwo ist immer jemand. Ich kann nicht mehr schreiben. Ich kann mich nicht mehr konzentrieren. Ich fühle mich wie ein schlechter Mensch.« Kläglich fügte er hinzu: »Stella, ich habe es wirklich nur gut gemeint. Ich tue niemandem etwas Böses. Aber sie verhalten sich alle so.« Stella war eigentlich schon wieder nach Lachen zumute, so rührend fand sie Anthony und so absurd fand sie das alles, aber sie sah, dass er ernsthaft litt. Also verkniff sie sich das Lachen und sagte energisch: »Diese Bande! Na warte, wenn ich erst mal da bin, die will ich Manieren lehren.« Anthony sah sie an, als erwarte er von ihr ein Wunder. »Und warum mietest du dir nicht irgendwo ein Zimmer zum Schreiben?«, fragte sie. Er druckste herum. Das komme ihm vor wie Flucht. Außerdem habe er auf seinem Schreibtisch und in seinem Arbeitszimmer alles so angeordnet, dass es seiner Inspiration diene. Er habe Angst, dass ein fremdes Zimmer ihn blockieren könnte.

»Na gut«, sagte Stella. »Wollen mal sehen. Auf jeden Fall bist du ein guter Mensch.« Und sie erzählte ihm von Deutschland. Von der Nacht des Judenpogroms, von Aarons Vater, von der Verzweiflung der Juden, die täglich größer wurde. »Sie berauben die Juden jeder Lebensgrundlage. Wenn es so weitergeht, werden sie verhungern oder totgeschlagen. Es ist gut, dass die Kinder hier sind. Sie haben in Deutschland keine Chance mehr.«

Aber dann sprachen sie nicht mehr über Politik. Sie fassten sich an den Händen und blickten sich in die Augen. Sie erzählten einander von ihrer Sehnsucht und dass sie es nicht fassen konnten, es so lange ohne einander ausgehalten zu haben.

Danach gingen sie Hand in Hand schweigend zum Auto. Stella brannte vor Verlangen nach Anthonys Berührung, nach seiner Nähe, danach, mit ihm zu verschmelzen. Im Auto startete Anthony, ohne Stella anzusehen. Er fuhr Richtung London, und dann bog er in einen dunklen Waldweg ab. Dort stellte er den Motor ab und sagte mit rauer Stimme: »Ich will dich haben, jetzt sofort. Ich will nicht mehr warten.«

»Einverstanden«, lächelte Stella glücklich. »Aber lass uns auf den Rücksitz gehen.«

Spät in der Nacht erst langten sie in Anthonys Haus an. Alle schliefen schon, und das war Stella und Anthony nur recht. Sie schliefen die ganze Nacht nicht. Immer wenn sie dachten, jetzt sei es gut, jetzt seien sie satt, jetzt seien sie erschöpft und müssten schlafen, drängte sich wieder einer an den anderen, und alles ging von vorne los.

Am Morgen fielen sie in Schlaf. Aus dem wurden sie aber eine Stunde später bereits durch Kindergeschrei geweckt. Anthony stöhnte und zog sich die Decke übers Gesicht. Stella stand auf, warf sich einen Bademantel über und rauschte nach draußen.

Im Flur stieß sie auf ihre Tochter Angela und das Baby, das zwar aufhörte zu schreien, als es Stella erblickte, aber sofort wieder jämmerlich das Gesicht verzog, als sie ihm einen Kuss geben wollte. Angela sah müde und unglücklich aus. »Komm mal mit in die Küche und lass uns einen Kaffee trinken«, schlug Stella vor. Sie fasste Angela am Ellbogen an, aber diese machte sich schnell los und ging völlig frei und ohne Stock neben ihr her. Stella beobachtete sie aufmerksam. Konnte Angela wieder ihre Umgebung erkennen, oder was war geschehen? Angela ging immer noch tastend, stockend, als müsse sie sich über ihre Füße zurechtfinden, aber sie trug das Kind auf dem Arm, als hätte sie keine Angst, irgendwo anzustoßen oder zu stürzen.

Stella brühte den Kaffee auf und setzte sich zu Angela an den Tisch. Roberta verlangte die Brust, und Angela gab sie ihr, aber man sah ihr an, dass sie es eigentlich widerwillig tat. »Manchmal beißt sie mich, sie hat Zähnchen bekommen«, erklärte sie, als hätte sie Stellas skeptischen Blick gesehen. Stella nickte. Sie legte ihre Hand auf Angelas, die eiskalt war. »Ich bewundere dich«, sagte sie ruhig. »Hier ist bestimmt niemand, der dir mit dem Kind hilft. Und sie sieht proper und sauber und gut ernährt aus. Du sorgst ganz offensichtlich sehr gut für sie.« Da brach es aus Angela heraus. »Mama, ich glaube, ich bin eine ganz schlechte Mutter, ich hätte Roberta nicht bekommen dürfen, ich glaube, ich habe sie gar nicht lieb, sie lässt mich nicht schlafen, sie will immer trinken, sie schreit immer, sie will immer nur bei mir sein, und ich bin so traurig wegen Robert, und sie erinnert mich auch immer an ihn, am liebsten würde ich sie weggeben.«

Stella war ganz still. Sie hielt Angelas Hand fest, und sie hielt diesen Augenblick fest. Angela sagte nur sehr selten »Mama« zu ihr. Ja, sie war Angelas Mama, und sie würde jetzt für ihr Kind da sein. Die kleine Roberta ließ Angelas Brustwarze los, wendete ihren Kopf zu Stella und lächelte sie strahlend an, als wollte sie sagen: »Mach ich das nicht prima? Sie versteht mich zwar nicht immer gleich, aber wenn ich beharrlich bleibe, versteht sie mich gut.« Stellas Herz schmolz angesichts dieses Lächelns. Sie gab das Lächeln unmittelbar zurück. Sie streckte ihre Arme aus und sagte: »Komm, ich nehme sie dir mal ab, dann kannst du in Ruhe deinen Kaffee trinken. Willst du auch Orangensaft?« Doch sobald sie Roberta auf dem Arm hatte, wendete diese das Gesicht zu ihrer Mutter und begann wieder zu schreien. Stella hatte noch nie ein Kind in diesem Alter auf dem Arm gehabt. Sie empfand den heftigen Impuls, die Kleine sofort wieder zurückzugeben. Aber dann hielt sie sie fest und werkelte in der Küche herum, um Angela Orangensaft einzuschenken und Toastbrot zu machen. Die Kleine schrie unablässig. Sie wälzte sich in Stellas Arm, um fort von ihr zu kommen, hin zu ihrer Mutter. Angela trank hastig den Saft und etwas Kaffee. Dann sagte sie resigniert: »Gib sie mir wieder, Stella. Ich kann das Schreien nicht mehr hören.« Stella war einerseits erleichtert, dass sie das widerspenstige Kind los war, andererseits erkannte sie aber deutlich, dass ihre Tochter Hilfe brauchte und dass es so nicht weitergehen konnte. »Gibst du ihr manchmal etwas anderes zu essen?«, fragte sie. Angela nickte traurig und sagte hart: »Am Anfang hat sie den Möhrenbrei noch gegessen, aber jetzt will sie wieder nur Brust.« Als wolle Roberta die Wahrheit dieser Aussage bestätigen, drehte sie sich wieder Angelas Brust zu und öffnete das Mündchen auf eine fordernde Weise. Stella wurde wütend auf diesen Nimmersatt, der ihre Tochter aussaugte. Sie unterdrückte die Wut und fragte sachlich: »Was ist mit deinen Augen? Es kommt mir vor, als wäre es viel besser.« Angela schien erleichtert, einmal nicht über das Kind zu sprechen, sondern über sich selbst.

Sie sprudelte fröhlich und wie ein Wasserfall. Dass Lysbeth ihr kurz vor der Abreise noch homöopathische Kügelchen gegeben habe, und dass sie seitdem intensiv träume. Und in manchen dieser Träume erscheine ihr ein alter Spanier, den sie in den Bergen kennengelernt habe. Er konnte selbst nur noch schlecht sehen und ging am Stock, aber er konnte Wunder bewirken, wie von ihm erzählt wurde, indem er seine Hände auflegte und etwas im Körper und in der Seele zurechtrückte, wie die Leute sagten, oder indem er etwas aus dem Körper herausholte, was dort nicht hingehörte. Dieser Heiler legte in den Träumen seine Hände auf ihre Augen, und am nächsten Morgen konnte sie jedes Mal besser sehen. Das verschwand manchmal im Laufe des Tages wieder, aber sie konnte sich dann immer noch daran erinnern, und sie hatte wieder Hoffnung geschöpft. In einem der letzten Träume hatte er ihr gesagt, dass er auch noch eine kleine Operation vornehmen müsse, um etwas aus ihren Augen herauszuholen, was ihr das Sehen erschwere. Dass er aber darauf warten wolle, bis sie wieder ungestört schlafen konnte. Und danach war er nicht wiedergekommen. »Ich werde nie wieder ungestört schlafen können«, sagte Angela bitter. »Dieses Kind wird noch Jahre schreien. Es wird immer schlimmer. Ich schlafe höchstens noch zwei Stunden am Stück. Dann will sie trinken oder auf mir liegen, auf jeden Fall lässt sie es nicht zu, dass ich mich nur ein wenig entferne, und in meinen Träumen entferne ich mich von ihr.«

»Gut«, entschied Stella. »Also werden wir jetzt dafür sorgen, dass du schlafen kannst.« »Wie denn?«, gab Angela müde zurück. »Ich will nicht, dass Gewalt gegen sie angewendet wird. Das kenne ich von Helga. Ich weiß nicht mehr genau, was sie gemacht hat, aber ich weiß, dass ich bei ihr nicht schreien durfte, dann ist etwas Schlimmes geschehen.« Stellas Brust krampfte sich zusammen. Sie hatte ihre kleine Tochter weggegeben. Sie hatte sie nicht gestillt, wenn sie schrie, sie hatte sie nicht beruhigt, nicht gehalten, sie hatte auch nicht die Müdigkeit aushalten müssen und die Wut, wenn ihre Tochter sie nicht in Ruhe gelassen hätte. Sie hatte ihre Tochter nicht vor Helgas Härte und Verbitterung geschützt. »Nein, meine Süße«, sagte sie sanft, »ich werde keine Gewalt anwenden. Aber ich lasse auch nicht zu, dass dieses kleine Ungeheuer von dir nichts mehr übrig lässt.«

»Sie ist kein Ungeheuer«, protestierte Angela vehement und entzog Stella ihre Hand. Stella lachte laut auf. »Ach, du liebst deine Tochter vielleicht gar nicht mehr und möchtest sie am liebsten weggeben?«

Angela nahm ihre Tochter hoch, hielt sie Wange an Wange. Die Kleine drehte ihren Kopf zu Angela und biss sie leicht in die Wange. »Wie lieb sie dich hat«, murmelte Stella. »Sie hat anscheinend Angst, du könntest ihr abhanden kommen.« »Ja«, stimmte Angela zu, und ihre Stimme zeigte, dass in ihren Augen Tränen lagen. »Sie hat ja auch nur mich.« »Jetzt hat sie auch noch mich«, sagte Stella energisch. »Das wird sie schon noch begreifen.« Sie ließ sich von Angela zeigen, wo und wie die Kleine gewickelt wurde, wo ihre Kleidung lag, und als Roberta sauber und warm angezogen war, befahl sie ihr, jetzt ins Bett zu gehen und noch ein wenig zu schlafen oder wenigstens auszuruhen, jetzt werde sie mit der Kleinen einen Spaziergang machen. Angela war sehr skeptisch, ob das auch funktionieren würde, denn Roberta schrie wie am Spieß, als Stella sie auf den Arm nahm und mit ihr die Treppen hinab zum Ausgang ging, wo der Kinderwagen stand. »Bleib nur oben«, befahl sie ihrer Tochter. »Die Kleine wird sich schon an mich gewöhnen.« Sie legte das schreiende Kind in den Wagen, deckte es zu und entfernte sich so schnell sie konnte vom Haus. Roberta schrie noch eine halbe Stunde lang. Diese halbe Stunde kam Stella vor wie fünf Stunden. Die Passanten, an denen sie vorüberging, sahen sie an, als hätte sie ein Kind gestohlen. Aber Stella biss die Zähne zusammen und ging einfach weiter, bis sie zum nächstgelegenen Park kam. Dort drehte sie einige Runden um ein viereckiges Rasenstück. Und endlich gab Roberta nur noch einige Schluchzer von sich, und dann schlief sie ein. Stella steuerte das nächste Café an, bestellte sich ein ordentliches Breakfast und langte kräftig zu. Roberta schlief ruhig in dem Lärm der Gastwirtschaft weiter. Stella trank noch einen starken Tee und überdachte die Lage. Sie war es gewohnt, Pferde zu zähmen und Hunde zu trainieren. Auch ihren Leoparden hatte sie so an sich gewöhnt, dass er nicht mehr von ihrer Seite wich. Sie würde es ja wohl schaffen, ein kleines wildes Baby zu zähmen.

Sie besann sich darauf, wie sie es mit Pferden getan hatte. Wie mit den Hunden. Wie mit Luna. Sie war beharrlich geblieben. Sie hatte gezeigt, dass sie die Zügel in der Hand hatte. Sie hatte die Richtung vorgegeben. Sie hatte die Tiere geliebt, auch wenn sie widerspenstig waren. Nun gut, dachte sie grimmig, und blickte auf ihr wildes Enkelkind, das wie ein Engel im Kinderwagen lag und schlief, dann wollen wir mal gleich heute anfangen.

Aber auf sie warteten noch mehr widerspenstige Wesen. Als sie nach zwei Stunden zum Haus zurückkehrte, fand sie vier Menschen mit verschlossenem Gesichtsausdruck um den Frühstückstisch herum vor. Sie trug die inzwischen aufgewachte und wieder schreiende Roberta auf dem Arm, als sie alle der Reihe nach begrüßte. Anthony mit einem zärtlichen Kuss. Seine Miene hellte sich sofort auf. Sie umarmte auch seinen Vater Jim und küsste ihn auf die Wange. »Wie schön, dich zu sehen«, sagte sie herzlich. Er legte seinen Arm um ihre Taille und zog sie an sich. »Meine Tochter.« In seine Augen traten Tränen. »Du wirst immer schöner.« »Sag ich's nicht«, stimmte Anthony begeistert zu, und die beiden Männer tauschten einen einverständlichen Blick.

Stella stellte sich den beiden Kindern noch einmal vor. »Ihr erinnert euch bestimmt nicht mehr an mich«, sagte sie. »Wir haben uns am Hafen in Hamburg gesehen. Aber da hattet ihr Besseres zu tun, als euch um mich zu kümmern.« Sie drückte Jim das Baby in den Arm. »Nimm sie mal eben, ich muss kurz nach oben gehen, Helenes und Philips Eltern haben mir etwas für sie mitgegeben.«

Jim schloss völlig perplex seine Arme um das schreiende Kind, das nach einem kurzen Schreckensmoment, wo es den fremden Mann anschaute, nun noch lauter brüllte. »Was soll ich tun?«, fragte er hilflos. »Halt sie einfach fest«, sagte Stella im Fortgehen. »Ich bin gleich zurück.«

Sie hatte die Eltern der Kinder aufgesucht, bevor sie abgefahren war, und die hatten ihr einen Koffer in die Hand gedrückt: Spielsachen, Fotoalben, Kuscheltiere, lauter unnütze Dinge, die bei der Abfahrt nicht mitgegeben werden konnten, weil es da um Wichtigeres gegangen war. Helene saß stockstarr auf ihrem Platz und tat so, als würde sie das alles nicht interessieren, während Philip sich über den Kofferinhalt hermachte. Stella nahm Anthonys Vater das schreiende Baby ab, das sich seltsamerweise eine kurze Weile beruhigte, als es auf Stellas Arm war. Dann schrie es weiter. Stella hielt die Kleine einfach fest, kümmerte sich aber nicht um sie, sondern um Helene und Philip. Sie ließ sich von Philip die Spielsachen zeigen und schlug vor, dass sie am Nachmittag etwas spielen sollten. Sie blätterte die Fotoalben durch und fragte nach diesem oder jenem. Philip gab bereitwillig Auskunft. Manches aber wusste er nicht, weil er da zu klein gewesen war. Also fragte Stella das Mädchen. Helene schwieg. Stella wiederholte ihre Frage und wiederholte sie beharrlich noch einmal. Als Helene immer noch schwieg, stupste Stella sie an und sagte: »Schläfst du, kleines Fräulein? Ich habe dich etwas gefragt. Und ich bin nicht deine Mutter, ich bin eine Fremde, zu Fremden muss man höflich sein.«

Helene sah Stella kühl an. In höflichem Ton sagte sie: »Entschuldigen Sie bitte, ich konnte auf Ihre Fragen nicht antworten. Ich weiß nicht, was da gezeigt wird, das sind nicht meine Mutter und mein Vater.« Zum Glück war Philip so mit dem Auspacken des Koffers beschäftigt, dass er nicht gehört hatte, was seine Schwester sagte. »Ach so«, antwortete Stella. »Das wusste ich nicht.« Sie dachte nach. Dann sagte sie: »Da ist ja ein furchtbarer Irrtum passiert. Wo ist denn bloß Philips Schwester hingekommen? Du heißt nur wie sie. Das verzeihen uns Helenes und Philips Eltern nie. Schließlich haben sie uns ihre geliebten Kinder anvertraut, um sie zu retten.« Helene sah sie kalt und nachdenklich an. Dann sagte sie ruhig: »Doch, das verzeihen Ihnen Helenes Eltern. Denen ist Helene nämlich egal. Die wollten sie nur nicht mehr haben.«

Stella hielt dem Blick des Kindes stand. Sie wusste nicht genau, wo dieses Gespräch hinführen würde, aber sie fühlte sich ganz genau so, wie sie sich fühlte, wenn sie ein Pferd dazu brachte, etwas zu tun, wovor es Angst hatte. Ebenso kühl wie das Kind sagte sie: »Das kannst du nicht wissen, weil es ja nicht deine Eltern sind. Helenes Eltern lieben ihre Tochter so sehr, dass sie sich von ihr getrennt haben, damit Helene aus einem Land rauskommt, wo es gefährlich für das Mädchen ist.« Helenes Augen waren harte klare Murmeln, kein Gefühl lag darin. Aber sie blickte Stella an, und sie hörte ihr zu. »Helene ist ein jüdisches Mädchen, weißt du«, sagte Stella. »Wahrscheinlich hat sie nicht so blaue Augen und blonde Haare wie du. Und in Deutschland dürfen jüdische Kinder nicht studieren, sie können keinen Beruf lernen, manche Juden werden in Lager gesteckt, viele Juden haben nichts mehr zu essen und keinen Beruf mehr. Helenes Vater zum Beispiel hat keinen Beruf mehr.« »Das ist wie bei *Hänsel und Gretel*«, sagte Helene ernst. »Die haben auch nichts mehr zu essen, und dann schicken sie ihre Kinder in den dunklen Wald und sorgen dafür, dass die nicht wieder herausfinden, nur damit sie selbst noch was zu essen haben.« Inzwischen war Philip aufmerksam geworden auf das Gespräch zwischen seiner Schwester und der fremden Frau. »Aber da war eine böse Hexe«, warf er voller ernsthafter Anteilnahme an Helenes Ausführungen ein. Er musterte

443

Stella interessiert. »Bist du eine böse Hexe?« »Nein«, widersprach seine Schwester entschieden. »Sie ist vielleicht eine gute Fee, die etwas von Mutti und Vati bringt, weil die ein schlechtes Gewissen haben. Aber die andere, die mit den Augen, das ist eine Hexe. Deshalb schreit das Kind ja auch immer.« Sie wies auf Roberta, die sich inzwischen auf Stellas Arm beruhigt hatte, vielleicht war sie auch nur erschöpft vom vielen Schreien, so schniefte und schluchzte sie noch ein wenig und sah interessiert auf die Spielsachen, die aus dem Koffer quollen.

»Quatsch«, klang es da von der Küchentür. »Wenn ich eine Hexe bin, bist du ein Seeungeheuer.« Erschrocken blickte Helene zu Angela. Sie wurde rot. Roberta fing wieder an zu schreien und streckte ihre Ärmchen zu ihrer Mutter. Angela nahm sie lächelnd auf ihren Arm und bedankte sich bei Stella. »Es hat mir so gutgetan, einmal drei Stunden auszuruhen, ohne ständig dieses Würmchen an mir kleben zu haben.« Sie herzte Roberta und küsste sie. Die Kleine quiekte vor Freude. »Und jetzt freue ich mich sogar wieder auf dich, kleine Maus.« Sie setzte sich neben Anthony auf einen Stuhl und wendete sich Helene und Philip zu. »So so, das denkt ihr also von mir. Dann verstehe ich auch, warum ihr immer das Weite gesucht habt, wenn ich kam. Ich bin also die böse Hexe aus dem Märchen von *Hänsel und Gretel*.« Philip rückte näher an seine Schwester heran. Die reichte ihm eine Hand. Helene sagt fest: »Ja, das bist du. Du hast komische Augen. Immer wenn du mich anguckst, willst du mich verzaubern. Und Philip auch. Aber ich beschütze ihn.«

Stella fühlte den Schmerz, den Angela fühlte. Er machte sie ohnmächtig. Sie trat hinter Angela und legte ihr die Hände auf die Schultern. Aber Angela sagte ruhig: »Ich erzähle euch jetzt einmal eine Geschichte von einer Frau, die auszog, um das Böse in der Welt zu bekämpfen.« Und dann erzählte sie von ihrem Kampf in Spanien. Von ihrer Liebe zu Robert. Von Kindern, deren Eltern vor ihren Augen erschossen und gefoltert worden waren, davon, dass die Menschen in Deutschland, dieselben, die auch die Juden verhungern lassen wollten, den Bösen in Spanien zu Hilfe gekommen waren, und die Guten deshalb keine Chance hatten. Und dass die junge Frau mit einer Brückensprengung verhindern wollte, dass die Bösen in ein Dorf kommen würden, in dem viele Frauen und Kinder ohne Schutz lebten, weil ihre Männer alle in den Kampf in die Berge gezogen waren. Und dass diese junge Frau es nicht geschafft hatte, schnell genug von der Explosion wegzulaufen, so dass Feuer in ihre Augen gekommen war. Und dann waren die Bösen trotzdem gekommen und hatten die Frau geschlagen und in die Augen getreten, so dass alles noch viel stärker wehtat. »Und außerdem hatte die Frau ein Baby im Bauch«, sagte Angela. »Und das Baby ist Roberta.«

Philip und Helene hatten mit aufgerissenen Augen zugehört. »Du bist also keine Hexe?«, fragte Philip erleichtert. »Nein«, antwortete Angela. »Ich bin eine gute Fee.« Helene sah misstrauisch aus. »Feen haben Flügel«, behauptete Philip. »Nein, das sind Elfen«, stellte Helene richtig.

Anthony, dessen Deutschkenntnisse ausreichen, um das meiste zu verstehen, hatte es seinem Vater übersetzt. Jetzt schlug Jim mit der flachen Hand auf den Tisch, dass das Geschirr klirrte. »Es ist nicht zu fassen, wie dumm Kinder sein können. Da hat diese junge Frau ihr Leben in Spanien riskiert und ihren Mann verloren und diese dummen Judenkinder aus Deutschland denken, sie ist eine Hexe. Und dann sind diese dummen kleinen Dinger noch nicht mal dankbar, dass sie bei Anthony unterkommen, sondern sie verbreiten auch noch miese Stimmung um sich herum«, schimpfte er.

Stella lachte ihr ausgelassenes lautes Lachen. Sie sah Anthonys Vater schelmisch an. »Hier in diesem Haus gibt es ja manch einen, der eine schlechte Stimmung verbreitet und kein Anzeichen von Dankbarkeit von sich gibt, weil Anthony versucht, es ihm so angenehm wie möglich zu machen.« »Meinst du etwa mich?« Jim kratzte sich verlegen an seiner Glatze. Stella legte kokett ihr Köpfchen schräg und blickte ihn an. »Wieso kommst du denn auf so eine dumme Idee? Du bist doch der Sonnenschein in Person.« Anthony konnte sich ein Grinsen nicht verkneifen.

Da erhob Jim sich und stiefelte aus dem Zimmer. Auch Angela stand auf. »Ich gehe spazieren«, sagte sie. »Will jemand mitkommen?« Sie blickte von einem zum andern. Philip nickte zaghaft. »Darf ich mit dem Roller fahren?« Anthony hatte beiden Kindern einen Roller zur Begrüßung geschenkt. Bisher waren sie noch nicht damit draußen gewesen. »Na klar«, antwortete Angela. »Vielleicht kannst du ja auch mal den Kinderwagen schieben, dann rollere ich.« Helene stand energisch auf. »Ich komme auch mit.«

So hatte sich die Küche geleert, und Stella und Anthony waren allein. Sie setzte sich auf seinen Schoß und küsste ihn. »Du siehst müde aus.« Er hob sie hoch und zog sie hinter sich her. »Dann lass uns doch ins Bett gehen.«

Von nun an kehrte eine andere Stimmung in das Haus ein. Jim entschuldigte sich am gleichen Abend noch bei Anthony. Er erklärte, dass er zwar gern bei seinem Sohn, aber nicht gern in England sei, dort fühle er sich fremd. Er verkündete, dass er noch einen Monat bleiben und dann nach Afrika zurückkehren wolle. Er schlug vor, dass Anthony und er sich regelmäßig besuchen sollten. Und er umarmte Stella und sagte: »Du musst bald wieder mit Anthony zu mir auf die Farm kommen. Du zauberst einfach alle verwirrten Dinge wieder an ihren richtigen Platz.« Anthony stimmte zu. »Stella ist eine Zauberin.«
Anthony war so sichtbar glücklich über Stellas Anwesenheit, dass er allein durch seine Heiterkeit eine helle Stimmung um sich herum verbreitete. Aber auch alles andere veränderte sich. Die beiden Kinder besuchten die Schule und sprachen immer besser Englisch. Sie lernten andere Kinder kennen und wunderten sich, dass niemand »Judenzecke« oder »Jude, du stinkst« zu ihnen sagte. Angela und Stella halfen ihnen bei den Hausaufgaben. Die wichtigste Veränderung ging mit Angela vor sich. Nachdem Stella ihr drei Tage lang das Baby für mehrere Stunden abgenommen hatte, verlor sie ihre entsetzliche Müdigkeit. Und seltsamerweise schrie auch Roberta weniger. Nach wenigen Tagen blieb sie ganz selbstverständlich auf Stellas Arm, und bald machte es ihr sogar Spaß, wenn Helene mit ihr spielte.
Und Angelas Augen schienen von Tag zu Tag besser zu werden. Anthony hatte einen Chirurgen konsultiert, der eine Operation empfahl. Angela aber hatte den Eindruck, dass sie nachts in ihren Träumen geheilt wurde, und die rasche Verbesserung ihrer Sehkraft schien das zu bestätigen, wenn auch keiner wusste, was da geschah.
Am Abend saßen alle um den Kamin herum. Sie spielten Gesellschaftsspiele oder sie sangen, und Stella begleitete sie auf dem Klavier, oder sie erzählten einander, was sie tagsüber erlebt hatten.
Am 13. April hatte Stella Geburtstag. Sie wurde einundvierzig Jahre alt. Es war nicht der erste Geburtstag, den sie mit Anthony verbrachte. Sie liebte es, wie er sie an diesem Tag feierte. Auch dieses Jahr zeigte er ihr wieder, wie glücklich er war, dass es sie auf der Welt gab. Bereits um

Mitternacht begann er mit seiner Stella-Ehrung. Er verband ihr die Augen und führte sie ins Schlafzimmer. Als er ihr die Augenbinde abnahm, blinzelte sie, weil ihre Augen vom Schein einundvierzig großer Kerzen geblendet wurden, die ums Bett herum verteilt waren. Auf dem Bett war ein großes Herz aus Rosenblüten angeordnet, in dessen Mitte ein gerahmtes Foto von Stella lag, das sie mit einem gelösten glücklichen Lächeln auf der Farm seiner Eltern zeigte. Anthony ließ den Korken einer Champagnerflasche knallen, füllte zwei funkelnde Kristallgläser und stieß mit Stella an. »Dieses Glas trinke ich in Dankbarkeit für deine Mutter. Sie hat dich geboren, sie ist diejenige, die mein größtes Glück in die Welt gesetzt hat.« Er küsste Stella, als wollte er die ganze Nacht damit fortfahren. Abwechselnd tranken sie Champagner und küssten einander. Dabei entkleidete Anthony Stella ganz langsam. Seine Küsse wanderten von ihrem Mund ihren Körper hinab. Er schwor, er wolle jede einzelne Pore ihrer Haut mit Küssen bedecken. Dabei legte er sie auf das Rosenherz. Das Bild lehnte er an die Wand neben das Bett mit den Worten: »Dies ist das Geschenk, das ich mir selbst zu deinem Geburtstag gemacht habe. Alles andere ist für dich. Auch die beiden Sektgläser.« Und dann verband er Stella wieder die Augen und machte sie wild vor Lust mit seinen Händen, seinen Lippen, seiner Zunge. Als er in sie eindrang, löste er das Tuch und sagte: »Sieh mich an.« Mit offenen Augen, die Blicke ineinander versenkt, liebten sie einander.

Am nächsten Tag ging es so weiter. Nun wurde Stella nicht nur von Anthony beschenkt und gefeiert, alle hatten sich etwas ausgedacht, die Kinder hatten Bilder für sie gemalt, Helene hatte ihr in der Schule ein Herz aus Stoff genäht. Das rührte Stella sehr. Das Herz war aus einem hässlichen rosa-weißen Karostoff, und es besaß nicht gerade eine saubere Herzform, aber es war eine starke Botschaft: Helene hatte Stella ihr Herz geschenkt. Angela hatte ihr ein Fotoalbum mit Bildern von Roberta und sich zusammengestellt, Jim schenkte ihr einen Regenschirm, so wunderschön, wie sie noch nie einen gesehen hatte. Der Knauf war aus Elfenbein, der Stock mit Metall verziert, der Schirm war aus einem weinroten Stoff, dem man gar nicht zutraute, Regen abzuhalten. Die Ränder waren mit Rüschen gesäumt. Stella fiel Jim um den Hals und bedankte sich überschwänglich. »Ich glaube zwar nicht, dass ich damit in London durch den Regen spazieren kann, aber wenn ich nach Afrika komme, wird er ein wundervoller Schutz vor der Sonne sein.« Jim forderte brummig, dass sie unbedingt in London damit dem Regen trotzen müsse. »Du wirst der einzige Sonnenstrahl in dieser tristen Stadt sein«, sagte er.

Anthony überraschte Stella den ganzen Tag über immer wieder mit Geschenken, die er an vielen unterschiedlichen Orten im Haus versteckt hatte, die sie jeweils zu bestimmten Tageszeiten aufsuchte. Im Badezimmer fand sie ein Päckchen mit Saphir-Ohrringen, die ihr das Aussehen einer Prinzessin aus Tausendundeiner Nacht verliehen. In dem für sie reservierten Kleiderschrank fand sie einen Morgenmantel aus grüner Seide mit orientalischen Ornamenten. Und neben ihrer Teetasse am Nachmittag lag ein Päckchen, in dem sich ein rohseidener Schal verbarg, der perfekt zu den grün schillernden Saphiren und zu dem Morgenmantel passte. Zu jedem Geschenk hatte Anthony einen kleinen Brief geschrieben, in dem er ihr erzählte, was er sich bei diesem Geschenk gedacht hatte. Und so pries er ihre Haare, ihre Brüste, ihre Haut, ihre Gestalt. Am Abend neben dem Kamin fand Stella ein Buch, das die Größe von Schreibmaschinenpapier hatte und zwischen zwei Pappdeckel gebunden war. Es trug den Titel: *Meine Kindheit in Afrika*. Stella schlug die erste Seite auf und Tränen schossen ihr in die Augen. Es war Anthonys erstes Buch, auf Deutsch. »Ich habe es selbst übersetzt«, erklärte Anthony. »Nur für dich. Angela hat es korrigiert.« Stella stürzte sich in seine Arme und bedeckte sein Gesicht mit Küssen. Tränen liefen ihr über die Wangen. Dies war ein einmaliges Werk, ein Unikat. Wie viel Mühe hatte er sich gegeben!

Der Geburtstag klang aus mit einer Nacht, in der Stella sagte: »Heute verbinde ich dir die Augen. Heute bist du passiv. Heute lässt du mich tun.« Sie wusste, wie schwer es Anthony fallen würde, sich von ihr verwöhnen zu lassen. Er war immer auf sie bedacht, er war ein aktiver und begehrlicher Liebhaber. Sich einfach nur lieben zu lassen, war nicht Anthonys Spezialität. Aber Stella ließ keine Widerrede zu. Stella hatte genug Erfahrung mit Männern gesammelt, um zu wissen, wie besonders es für sie war, sich passiv lieben zu lassen. Sie hatte auch einen kennengelernt, der sich so verhielt, als täte er der Frau einen Gefallen, wenn sie ihn sexuell verwöhnte, aber das war die Ausnahme gewesen. Anthony war ein gebender, phantasievoll liebender Mann. Dies hier würde etwas ganz Besonderes sein. Und das war es.

Danach hatte er Tränen in den Augen. »Danke«, sagte er leise und fügte verlegen hinzu: »Aber du hast doch Geburtstag.« Stella gluckste vor Vergnügen. Lange lagen sie noch Arm in Arm beieinander und erzählten sich Dinge, die sie noch nie einem Menschen erzählt hatten.

Auch dieser Geburtstag hatte seinen Teil dazu beigetragen, dass die gemischte Familie immer stärker zusammenwuchs. Jim fühlte sich sogar so wohl, dass er seine Abreise, die er eigentlich für Anfang Mai geplant hatte, noch verschob.

Aber immer wieder störten politische Nachrichten ihre Familienidylle.

Manchmal sagte Anthony: »Ich rieche den Krieg.« Stella widersprach: »Als Hitler im Januar von Polen die Abtretung des Korridors und die Wiedervereinigung Danzigs mit dem Reich gefordert hat, haben auch alle gedacht, dass es losgehen wird. Zwei Monate später hat sich dann die Slowakei von der Prager Regierung losgesagt, im März hat sich die Rest-Tschechei dem Schutz des Reiches unterworfen. Eine Woche später nur, nachdem die Wehrmacht dort einmarschiert war, haben die Nazis das Protektorat Böhmen und Mähren errichtet und mit Rumänien ein Abkommen geschlossen, das Deutschland alle dortigen Rohstoffvorkommen auslieferte.« Sie hatte den Zeigefinger erhoben, als wolle sie Anthonys Aufmerksamkeit in ihrer Fingerspitze fangen. »Und all das ist geschehen, ohne dass England eingegriffen hat. Und ohne dass ein Krieg begonnen hat. Warum sollte er ausgerechnet jetzt anfangen, wo wir so glücklich sind?«, schloss sie ihre Ausführungen. Anthony lächelte und küsste ihre Fingerspitze. Er sagte nicht, dass ein Kriegsausbruch ganz sicher keine Rücksicht darauf nehmen würde, wie glücklich sie gerade wären, aber Stella sah ihm an, dass er es dachte. Stattdessen sagte er zärtlich: »Umso kostbarer ist jede Sekunde, die wir miteinander glücklich sind.«

In Hamburg wurde Ostern in schönster Sonne in der ersten Aprilwoche gefeiert. Das Haus der Wolkenraths war ungewohnt leer. Dritter war nicht da, Stella und Jonny ebenfalls nicht. Lysbeth und Aaron waren nach Oberhausen gefahren. Aarons Vater ging es gesundheitlich schlecht. Er hustete anders als sonst. Und Aarons Eltern wussten nicht, zu welchem Arzt sie noch gehen durften, also musste Aaron kommen. Lydia war wieder mit einem Kindertransport unterwegs. Cynthia und Eckhardt frühstückten am Ostersonntag allein mit Käthe, Alexander und der Tante, aber trotz des schönen Wetters kam keine heitere Osterstimmung auf. Da sagte die Tante: »Kennt ihr schon den neuen Witz? Hitler wird heiraten. Eine ganz arme Polin, das macht aber nichts. Sie braucht nichts mit in die Ehe zu bringen als – den Korridor.« Alle kicherten. Nur Cynthia sagte spitz: »Für manche Witze kommt man ins KZ.« Käthe wollte auffahren, doch die Tante kam ihr zuvor. »Da hast du recht, meine Schöne. Aber nicht für diesen.« Sie lächelte schelmisch. »Sonst würde ich ihn ja nicht erzählen.« Man sah Käthe an, dass sie es nicht bei dieser Antwort bewenden lassen, sondern Cynthia schärfer entgegentreten wollte, aber Alexander lenkte das Gespräch geschickt auf ein anderes Thema, und so beruhigte Käthe sich wieder.

Alexander fühlte sich seit jenem Abend, als Käthe auf dem Sessel zusammengesackt war, verantwortlich für die Gesundheit und die seelische Ausgeglichenheit seiner Frau. Er begleitete sie neuerdings sogar ins Gefängnis. Dritter schien das aber gar nicht besonders zu gefallen.

Dritter wollte sich von den Wiechmanns das prächtige Haus aus der Jahrhundertwende in der Johnsallee überschreiben lassen. Sein Zellennachbar hatte mit dem Treuhänder bereits alles für eine Überschreibung vorbereitet, und Käthe sollte mit ihren fürsorglichen Besuchen die Wiechmanns darauf vorbereiten, das Haus einem Wolkenrath zu schenken. Dritter wollte auf jeden Fall verhindern, dass irgendjemand anders von der ganzen Sache Wind bekam. Aber er wollte Käthe Instruktionen geben, wie sie über ihn, Dritter, sprechen sollte, wenn sie die Wiechmanns besuchte. Also wurde Dritter von einer unerklärlichen schlechten Laune befallen, wenn er seinen Vater sah.

Käthe verstand ihren Sohn nicht. Sie fragte ihn, was los sei, und er antwortete ausweichend. Alexander verlor nach zwei Besuchen die Lust, diesen schlecht gelaunten, erschreckend gealterten Sohn noch einmal zu besuchen. Als Käthe wieder allein kam, war Dritter wie ausgewechselt. Zuerst glaubte Käthe ihm, als er sagte, dass er sich mit ihr nun mal vertraut fühle, im Gefängnis komme einen jeder Wechsel hart an, aber als er sie ohne Umschweife nach den Wiechmanns ausfragte, ahnte sie, woher der Wind wehte. Sie wusste nicht, was Dritter mit den Wiechmanns vorhatte, aber dass es ein dubioses Geschäft war, bezweifelte sie nicht. Trotzdem besuchte sie die beiden weiterhin, sie tat es sogar gern, denn beide waren freundliche gebildete Menschen.

Alexander wachte oft nachts auf und horchte auf Käthes Atem, der manchmal stockend ging, dann aber wieder in leichten regelmäßigen Wellen ihren Brustkorb bewegte. Seit jenem Abend hatte er entsetzliche Angst, dass sie sterben könnte. Sie war der einzige Mensch, an dem sein Herz hing. Alle anderen, die ihm einmal wichtig gewesen waren, hatten sich von ihm entfernt, vor allem aber hatte er sich von ihnen entfernt. Dritter hatte ihm einmal viel näher gestanden als Käthe. Aber schon bevor er ins Gefängnis gekommen war, hatte Alexander sich diesem Sohn gegenüber unwohl gefühlt. Dritter zeigte ihm wie in einem Spiegel, dass Männer, die es nicht geübt hatten, Verantwortung für andere Menschen zu tragen, irgendwie seltsam alterten. Es war, als würden sie falschspielen, als würden sie leichter werden, wo andere an Gewicht zulegten, und zwar an Persönlichkeit, als würden sie nicht reifen, sondern faulen. Ja, Dritter war ihm zunehmend wie ein faulender Mann vorgekommen, wohingegen es ihn beeindruckte, wie Aaron im Laufe der Zeit immer schwerere Verantwortung immer müheloser zu tragen schien.

Auch Stella hatte ihm einmal sehr nahe gestanden, aber sie hatte sich von ihm entfernt, das merkte er oft schmerzlich. Auch wenn sie ihn umarmte und ihm einen Kuss zur Begrüßung gab, so hielt sie sich doch vor ihm verschlossen. Eigentlich wusste er nicht viel von ihr. Viel mehr hingegen wusste er von Lysbeth. Aber die war vollauf damit beschäftigt, Aarons Frau und Kollegin zu sein. Eckhardt und Cynthia waren ihm fremd. Eckhardt hatte keinen männlichen Schneid, und Cynthia war keine Frau. Nein, die Einzige, die sein Herz wärmte, wenn sie freundlich mit ihm war, die ihn berührte und die ihm Halt gab, das war Käthe. Sie schliefen schon lange nicht mehr miteinander, nur noch nebeneinander, aber manchmal kam es Alexander so vor, als hätte er Käthe noch nie so geliebt wie jetzt.

Und jetzt hatte sie so ein schwaches Herz, dass die Tante ihr eigens eine Arznei zubereitet hatte, von der Käthe täglich dreimal zehn Tropfen nehmen musste. Aaron prüfte regelmäßig ihren Blutdruck, der manchmal niedrig, manchmal hoch war. Und Lysbeth gab ihr homöopathische Kügelchen. Alexander aber wachte über sie. Er hielt nachts ihre Hand, und tagsüber blieb er in ihrer Nähe. Er war fest davon überzeugt, dass es seine Aufgabe war, einen Herzanfall rechtzeitig zu erkennen, so dass sie Käthe ins Krankenhaus bringen oder ihr vom Herzwein der Tante geben konnten.

Alexander arbeitete nicht mehr. So war Eckhardt jetzt der Einzige, der noch die Firma *Wolkenrath & Söhne* aufrechthielt. Anfangs hatte er protestiert, als sein Vater der Feldstraße fernblieb, aber dann hatte er sich damit abgefunden, dass Alexander zu Hause bei seiner Frau bleiben wollte. Und neuerdings kam Cynthia regelmäßig ins Büro und übernahm sämtliche Tätigkeiten, die die Ordnung betrafen. Da auch Eckhardt sich für die Ordnung zuständig fühlte, war das Büro bald ein Hort der Übersichtlichkeit, die Buchhaltung war perfekt, die Ablage ebenso. Allerdings wurden kaum noch Geschäfte getätigt. Das merkten Eckhardt und Cynthia aber nicht, weil sie sich gegenseitig darin übertrumpften, eine perfekte Büroorganisation aufzubauen.

Am 13. April, Stellas Geburtstag, um halb neun abends klang plötzlich klagend und heulend eine Sirene durch die Nacht. Käthe, Alexander und die Tante saßen im Wohnzimmer und spielten zur Feier der fernen Stella Canasta. Alle drei erstarrten vor Schreck. Käthes Herz raste wie verrückt. Jetzt ist Krieg, dachte sie. Die Tante horchte gebannt, ob andere Sirenen einfallen würden, aber es blieb bei dem einen langgezogenen unheimlichen Klageton. Alexander griff nach Käthes Hand und drückte sie. Als eine Zeit vergangen war, in der nichts weiter passierte, stellte die Tante das Radio an. »Wenn Krieg ist«, sagte sie nüchtern, »dann melden sie das im Rundfunk.« Aber im Rundfunk lief das gleiche Programm wie immer. Keine besonderen Kriegsnachrichten. »Wie hilflos wir in der Hand des Schicksals sind«, sagte Alexander leise, als die Tante die Karten wieder mischte. Käthe und die Tante sahen ihn aufmerksam an. »Wenn jetzt kein Krieg beginnt, kann es heute Nacht kommen oder morgen … eine unheimliche, unausdenkbar furchtbare Gewalt über uns allen.« Er sah sehr unglücklich aus. »Und in England und Frankreich regen die Leute sich genauso über eine Sirene auf wie wir«, sagte Käthe. »Aber wenn Krieg kommt, fügen sich alle den schlimmsten Schaden zu, den sie nur können.«

Zwei Tage später richtete Präsident Roosevelt eine Friedensbotschaft an alle Staaten: man möchte doch, wenn nicht gar auf fünfundzwanzig so doch auf zehn Jahre einen Nichtangriffspakt schließen. »Ach ja, das wäre schön«, sagte Käthe, und Alexander nickte. Ein Krieg jetzt wäre furchtbar. Er hatte große Angst davor. Schon im Ersten Weltkrieg war er nicht dabei gewesen, und er hatte sich auch nicht danach gedrängt, jetzt aber kam ihm die Gefahr für alle und alles entsetzlich vor. Es gab viel heimtückischere Kriegswaffen, sie hatten in Spanien gezeigt, welch furchtbare Zerstörungen die Bomben anrichten konnten. Im letzten Krieg war in Hamburg nicht gekämpft worden, jetzt aber würde das gewiss der Fall sein. Und vor dem Gas hatten alle Angst. Alexander überlegte, seine Parteimitgliedschaft in der NSDAP rückgängig zu machen, aber als er das Käthe erzählte, sagte sie: »Bist du verrückt geworden? Eher trete ich noch in die Partei ein. Wir müssen ein festes Bollwerk um Aaron und Lysbeth herum errichten.«

Aaron und Lysbeth blieben in Oberhausen. Sie kämpften um das Leben von Aarons Vater. Seine Gesundheit war labil, seit er aus dem KZ zurück war. Nun hatte er sich in den kalten Monaten Februar und März eine Lungenentzündung zugezogen. Sie hatten nicht genug Kohlen zum Heizen gehabt, und auch das Essen war knapp geworden. Es gab einige Nachbarn, die ihnen etwas vorbeibrachten, aber auch in den anderen Familien ging es nicht gerade luxuriös zu. Auch in Oberhausen herrschte große Angst vor Krieg. Er schien unabwendbar.

Am 19. April 1939 verließ die ganze Familie Bleibtreu nicht die Wohnung. Ebenso nicht am 20., Hitlers fünfzigstem Geburtstag, der als ein Achtzig-Millionen-Feiertag begangen wurde. Es gab zwar kein offizielles Verbot für Juden, auf die Straße zu gehen, aber Aaron entschied trotzdem, dass sie an diesem Tag besser drinnenbleiben sollten.

Aarons Vater lag viele Tage mit hohem Fieber da. Er dämmerte dahin, manchmal halluzinierte er, wieder im KZ zu sein. Dann schrie er und hielt die Hände vors Gesicht.

Ende April hatte sich sein Gesundheitszustand einigermaßen stabilisiert. Das Fieber sank, und Aaron und Lysbeth atmeten auf. Im Radio hörten sie die große Führerrede, mit der Hitler auf Roosevelts Vorschlag reagierte. Während Aaron und Lysbeth in Oberhausen vor dem Rundfunkempfänger saßen, scharten sich in Hamburg Käthe, Alexander und die Tante gemeinsam mit Eckhardt und Cynthia um das Gerät.

Hitlers Stimme füllte den Raum. »Roosevelts eigenartiges Dokument«, so nannte er es. »Das Reich bestand Jahrhunderte, bevor Amerika entdeckt wurde.« Seine Stimme war auffallend dunkel, ruhig, gleichsam älter. »Dass es mir im Laufe der zwanzig Jahre gelungen ist, aus dem Chaos ein neues deutsches Reich zu schaffen, das gehört schon heute der Geschichte an.« Hitler machte noch einmal den Vorschlag an Polen, Danzig unabhängig zu machen. Eine Straße und eine Eisenbahn sollten durch den Korridor führen. Dann wuchs seine Rede zu gewaltiger Würde, er sprach die herzliche Bitte aus, wenn Roosevelt helfen wolle, dann solle er Deutschland zu seinen Kolonien verhelfen.

Eckhardt sagte trocken. »Er hat Roosevelt wirklich k.o. geschlagen.« Cynthia fügte hinzu: »Ein Glück, dass wir dank dem Führer so eine starke Luftwaffe haben, sonst wären die Polen schon in Berlin eingefallen.«

Aaron und Lysbeth kauften den Eltern ein Grammophon. Der Vater brauchte Abwechslung und Freude, hatte Aaron beschlossen. Das Radio aber machte ihn nervös, da kamen immer wieder Nachrichten, die ihn ängstigten und verstörten. Sie kauften vier Schallplatten. *Blutrote Rosen*, hieß das erste Stück, das zweite *Schöner Gigolo, armer Gigolo*, das dritte, modernste *Du hast Glück bei den Frau'n, Bel Ami*, und dann noch *Donnerwetter, Donnerwetter, wir sind Kerle*. Das letzte Lied gefiel dem Vater nicht. Er regte sich entsetzlich darüber auf, bis Aaron die Platte vor seinen Augen zerbrach und zustimmte, es sei wirklich ein sehr dummer Schlager.

Aaron und Lysbeth machten sich große Sorgen um den Vater. Seine Lunge klang gurgelnd, als wäre dort Wasser eingelagert. »Er müsste ins Krankenhaus«, sagte Aaron unglücklich. Aber Krankenhäuser nahmen Juden nur noch auf, wenn unmittelbare Lebensgefahr bestand, und dann mussten sie von anderen Patienten getrennt werden. Ob Aarons Vater in Lebensgefahr schwebte, war eine Ermessensentscheidung. Aaron wollte es darauf ankommen lassen. Aber sein Vater wehrte sich mit Händen und Füßen dagegen. »Du weißt immer noch nicht, wie sie uns hassen«, sagte er mit seiner schwachen brüchigen Stimme. Er wendete sich an Lysbeth und forderte: »Du musst mir versprechen, dass du mich auf gar keinen Fall ins Krankenhaus lässt. Da muss nur ein einziger Judenhasserarzt sein. Der foltert mich und schlägt mich und quält mich oder er macht irgendwelche Experimente mit mir und schneidet mir bei lebendigem Leib das Herz raus.« Aaron lachte. »Vater, jetzt ist gut. Jeder Arzt hat einen Eid abgelegt.« Aarons Vater warf ihm einen so traurigen Blick zu, dass Lysbeth schnell sagte: »Vater, ich verspreche es dir. Du kommst nicht ins Krankenhaus. Auch nicht bei Lebensgefahr. Dann stirbst du hier in unseren Armen.« Aarons Vater lächelte erleichtert und schloss die Augen. Einen Moment später zeigte sein ruhiger Atem, dass er eingeschlafen war.

Am 5. Mai hörten Lysbeth und Aaron im Radio, dass ein Gesetz erlassen worden war, dass Juden und kinderlose Ehepaare, von denen der Mann Jude war, in ein rein jüdisches Haus eingewiesen werden sollten. »Dies ist der erste Schritt zum Ghetto«, sagte Aaron niedergeschlagen. »Lysbeth, willst du dich nicht doch lieber scheiden lassen?« Lysbeth drohte ihm mit der offenen Hand. »Wenn du so was noch einmal sagst, schlag ich dich.« Sie beschlossen, den Eltern nichts davon zu erzählen. »Manches wird nicht so heiß gegessen, wie es gekocht wird«, sagte Lysbeth beruhigend. »Und bei uns zu Hause soll erst mal einer kommen, der uns da rausholt.«

»Es wird Zeit, dass der Führer durchgreift, das Martyrium der Deutschen in Polen kann nicht länger hingenommen werden«, bemerkte Cynthia Mitte Mai.

Die Propaganda der Nazis gegen Polen war zur unverhüllten Hetze geworden. Die Verhandlungen zwischen London, Paris und Moskau hatten sich festgefahren. In den Zeitungen war zu lesen: »Warschau droht mit Beschießung Danzigs – Unglaubliche Ausgeburt polnischen Größenwahns«.

Drei deutsche Passagierflugzeuge waren angeblich von Polen beschossen worden. Deutsche Familien flüchteten angeblich vor polnischen Untermenschen. Im Korridor ständen angeblich viele deutsche Bauernhäuser in Flammen.

»Der Krieg rückt näher«, sagte Käthe Anfang August. »Ich glaube, es ist besser, wenn Stella bald nach Hause kommt.« Alexander stimmte zu. Die Tante machte sich am nächsten Tag auf den Weg zur Post, wo sie sich mit Anthonys Telefonanschluss verbinden ließ. Zum Glück hatte sie sofort Stella am Apparat. Stellas Stimme klang atemlos, als sie die Tante fragte, ob was Schlimmes geschehen sei. »Nein«, antwortete die Tante. »Es ist nichts Schlimmes geschehen. Aber es könnte etwas Schlimmes geschehen, und vorher ist es besser, wenn du nach

Hause kommst.« Am anderen Ende der Leitung war es still. Die Tante wartete. Dann sagte Stella: »Wie geht es Mutter?« Auf diese Frage hatte die Tante sich vorbereitet. »Ich kann mir vorstellen, dass es ihr in einem Monat, nach der Ernte, schlechter gehen wird«, sagte sie. Die Tante vermutete, dass bereits alles für den Kriegsbeginn vorbereitet war, und dass nur noch die Ernte abgewartet werden sollte, bevor gegen Polen losgeschlagen wurde. Und in dem Augenblick, da Deutschland gegen Polen in Krieg zog, würde England eingreifen. Dann käme Stella wahrscheinlich nicht mehr nach Hamburg zurück. Und einen Krieg in England als Deutsche zu erleben, wäre wahrscheinlich kein Zuckerschlecken. Darum allerdings ging es der Tante nicht so sehr. Sie hatte Angst um Käthe. Sie hatte nun schon so lange Angst um Käthes Herz, dass sie sich fast schon daran gewöhnt hatte, aber in der letzten Zeit hatte sich etwas verändert, unmerklich zuerst, aber dann deutlicher: Käthe fragte fast täglich, wann Stella endlich zurückkäme. Und sie beschäftigte sich mit Aarons und Lysbeths Rückkehr aus Oberhausen. Die beiden waren nun schon so lange dort. Es kam der Tante vor, als wolle Käthe ihre Kinder um sich scharen. Dritter würde in ungefähr eineinhalb Jahren aus dem Gefängnis entlassen werden. Die Tante hatte inzwischen herausbekommen, dass Käthe mit den Wiechmanns die Überschreibung von deren Haus in der Johnsallee auf Dritter vorbereitete.

Es hatte die Verfügung gegeben, dass Hausbesitzer Wohnraum für kinderreiche Familien zur Verfügung stellen sollten. Die Wiechmanns bewohnten das dreistöckige herrschaftliche Haus allein, seit ihr Sohn Deutschland verlassen hatte. Nun wurde in die zwei oberen Stockwerke jeweils eine Familie einquartiert, die eine hatte fünf Kinder, die andere vier. Die beiden Wiechmanns selbst zogen ins Souterrain, wo es wie in der Kippingstraße die große Küche und ein großes Zimmer neben dem kleinen Gartenzimmer gab. Es wirkte, als hofften die Wiechmanns, sich so gewissermaßen in der Erde vergraben zu können.

Der Treuhänder hielt das Haus für Dritter frei. Er bereitete alle Unterlagen vor, die Wiechmanns setzten schon ihre Unterschrift unter die Schenkungsurkunde, die Dokumente wurden allerdings noch zurückgehalten mit dem Vermerk, der Beschenkte weile augenblicklich außerhalb Hamburgs, und komme voraussichtlich im Februar 1941 zurück. Dann werde er seinerseits die Verträge unterschreiben. Der Treuhänder hatte schon die Hälfte seines Geldes bekommen, und die Wiechmanns bereits die ganze Summe. Nun hing alles davon ab, wie vertrauenswürdig der Treuhänder war.

All das regte Käthe auf, und sie hatte sich der Tante anvertrauen müssen. Die behielt ihre Meinung zu dieser Transaktion für sich. Sie hörte Käthe einfach nur zu und half ihr dabei, den Wiechmanns mit Lebensmitteln und stärkenden Tees und Zuspruch unter die Arme zu greifen.

Das Telefonat zwischen der Tante und Stella endete ebenso vage, wie es abgelaufen war. »Ich schaue mal, was sich machen lässt«, sagte Stella. »Das wäre schön«, sagte die Tante. »Grüß Mutter«, sagte Stella. »Und erzähl ihr nicht, dass ich vielleicht bald komme.« »Grüß Jennifer«, sagte die Tante, der entfallen war, wie Angela jetzt hieß. »Ja, klar«, sagte Stella. »Also dann!« »Also dann!«

Direkt nach dem Telefonat zog Stella sich Schuhe an und machte einen langen Spaziergang. Es war wundervolles Wetter. Der Sommer war schön gewesen, und Stella hatte es sehr genossen, das Wachsen der kleinen Roberta mitzuerleben. So hatte sie fasziniert zugesehen, wie Roberta anfing zu robben und dann krabbelte, sich an den Händen, an Hosen, an Stühlen hochzog, um zu stehen, und nun schon laufen konnte. Die Phase, wo Roberta schrie, wenn Angela das Zimmer verließ, war fast vergessen. Jetzt war die Kleine an jedem interessiert, der mit ihr spielte. Helene und Philip sprachen schon recht gut Englisch und schrieben ihren Eltern eifrig Briefe, in denen sie ihnen ausführlich erzählten, was sie alles erlebten. Jim hatte einen Dampfer am 23. August gebucht, das war in zwei Wochen. Stella überlegte, was die Tante ihr gesagt hatte. Und was sie ihr nicht gesagt, aber mitgeteilt hatte. Nach der Ernte würde der Krieg losgehen? Und der Mutter ging es schlecht? Wie schlecht?

Nach der Ernte? Wann war das?

Am Ende des Spaziergangs beschloss Stella, den nächsten Dampfer zu nehmen, der nach dem 23. August nach Hamburg ging.

Jims Abreise wurde von der ganzen Familie liebevoll zelebriert. Im letzten Augenblick erfuhren sie, dass der Dampfer erst einen Tag später ablegen würde. Das war ihnen nur recht, weil der Abschied allen schwerfiel. Sie feierten am Abend zuvor mit einem opulenten Menü und Musik, und sie tanzten miteinander, auch die kleine Roberta, die ausnahmsweise nicht zur gewohnten Zeit ins Bett musste. Um Mitternacht drehten sie noch einmal den Rundfunk an und da hörten sie, wie der unerwartete Abschluss eines deutsch-sowjetischen Nichtangriffs- und Freundschaftspakts bekanntgegeben wurde. Anthony und Jim wurden blass. Stella verstand nicht, was das bedeutete. Dass ausgerechnet Hitler und die Bolschewisten sich zusammenschlossen, kam ihr unverständlich vor. Jim sagte leise: »Nun hat Hitler freie Hand gegenüber Polen.«

Bevor Jim die Gangway hinaufstieg, umarmte er fest alle nacheinander. Dann nahm er Anthony und Stella beiseite und sagte: »Ich habe die ganze Nacht nachgedacht. Wenn der Krieg ausbricht, muss Anthony Angela heiraten und das Kind adoptieren.« Anthony schüttelte den Kopf. »Wie kommst du denn darauf?« Jim erzählte ihm, wie es den Deutschen während des letzten Krieges in Kenia ergangen war. »Wenn es einen Krieg gibt, ist jeder Deutsche ein Feind. Feinde werden interniert, isoliert.« »Aber Angela hat einen englischen Pass«, warf Stella ein. »Umso schlimmer«, antwortete Jim trocken. »Es gibt genügend Engländer, die wissen, dass sie Deutsche ist. Eine Deutsche mit gefälschtem englischem Pass gilt noch viel eher als Spionin. Nein, Anthony muss sie heiraten, damit sie sicher ist. Ich glaube nicht, dass Angela und Roberta interniert werden sollten.« Anthony versicherte seinem Vater, dass er drüber nachdenken werde. Als das Schiff ablegte, winkte die ganze kleine zusammengewürfelte Familie mit allen weißen Tüchern, die sie hatten finden können. Erst als sie Jim nicht mehr erkennen konnten, hörten sie damit auf. Die kleine Roberta blickte erstaunt von einem zum andern. Alle weinten.

Am kommenden Morgen hörten sie, dass England mit Polen einen Beistandspakt geschlossen hatte. »Du musst schnell zurück«, sagte Anthony zu Stella.

In Hamburg schlug die Nachricht über den russisch-deutschen Pakt wie eine Bombe ein. Weder die Nazis noch ihre heimlichen Gegner, wie zum Beispiel Alma und ihre Genossen, konnten sich erklären, wie dieser Pakt zustande gekommen war und was dahintersteckte – ausgenommen die Tatsache, dass Hitler nun freie Hand gegenüber Polen hatte.

Als der Rundfunk meldete, dass England mit Polen einen Beistandspakt geschlossen hatte, sagte Cynthia irritiert: »Das hat uns gerade noch gefehlt, jetzt sind unsere englischen Freunde ins Lager des Feindes übergegangen, und wir sind mit den russischen Bolschewisten verbündet.«

Am nächsten Vormittag, es war Samstag, der 26. August, saßen Käthe, Alexander und die Tante vor dem Radio und hörten die Nachrichten aller erreichbaren Stationen ab. Es hieß, die Briten, auch Mussolini und sogar der Papst bemühten sich, noch eine friedliche Lösung des Konflikts mit Polen herbeizuführen.

Aber schon gegen Abend wurde deutlich, dass sich alle nur heraushalten wollten, auch England. Da wussten sowohl Käthe, die Tante und Alexander als auch Anthony, Aaron und Lysbeth, dass Hitler nun losschlagen würde. Stella war an diesem Tag gerade unterwegs nach Hamburg. Am Abend kam sie am Hafen an. Sie hatte sich nicht angemeldet, absichtlich nicht. Sie hatte mit Anthony besprochen, dass er Angela heiraten und die kleine Roberta adoptieren sollte. Ihr war nicht nach einer Ankunft mit Freude und Gesprächen zumute.

Sie nahm ein Taxi vom Hafen zur Kippingstraße. Noch lieber wäre sie mit der U-Bahn gefahren, die hier am Hafen eine Hochbahn war, so dass die Hafengegend und St. Pauli von oben betrachtet werden konnten. Aber ihr Gepäck war zu schwer, noch schwerer, als bei ihrer Abfahrt, weil es voller Geschenke für die ganze Familie war. Neugierig sah Stella aus dem Autofenster. Es schien ihr eine Ewigkeit her zu sein, dass sie Hamburg verlassen hatte. In dieser Zeit hatte sich so viel bewegt, so viel verändert, zusammengefügt, neu gefunden, welche Veränderung konnte sie außen sehen? Stella hatte mehr und mehr zu einem inneren Frieden gefunden. Sie hatte festgestellt, dass es viel mehr Saiten in ihr gab, als bisher geklungen hatten. Und dass keine dieser Saiten zu einer anderen im Widerspruch stand, ganz im Gegenteil. Sie hatte ihre Mütterlichkeit entdeckt, eine große Wärme und Herzlichkeit, die sie sowohl ihrer Tochter als auch den beiden jüdischen Kindern entgegenbringen konnte. Sie hatte ihr Entzücken und ihre gesunde Distanz zu ihrer kleinen Enkelin empfunden, eine Liebe, die nie die Liebe zu ihrer Tochter beiseitedrängte. Ihre Solidarität mit ihrer Tochter war vollkommen unverrückbar geworden. Und so war sie auch einverstanden damit gewesen, dass Anthony Angela heiraten würde, sobald ein Krieg ausbrach.

Außen bemerkte sie keine Veränderung. Vielleicht wirkten die Menschen noch grauer, noch verhaltener, noch steifer, als sie es ohnehin schon immer gewesen waren, aber das konnte auch an Stellas Wahrnehmung liegen. Als sie allerdings an der Haustür in der Kippingstraße klingelte und ihr Vater sie mit einem Jubelschrei begrüßte und so fest in ihre Arme schloss, dass es Stella wehtat, als ihre Mutter zu weinen begann, und sogar in die Augen der Tante Tränen traten, als sie sagte: »Endlich bist du da! Es ist auch Zeit«, als sie bemerkte, wie alt und verletzlich diese drei Menschen aussahen und wie einsam sie ohne Lysbeth und Aaron wirkten und wie glücklich sie über Stellas Rückkehr waren, da sprang ihr die Veränderung in die Augen und versetzte ihrer Brust einen scharfen Stich. Diese Menschen hatten Angst vor Krieg, vor der Zukunft, vor einer Kraft, die aus dem Dunkel hervorschießen und sie alle vernichten könnte.

Sie setzten sich wie in alten Zeiten um den großen Tisch im Wohnzimmer und tranken Tee und Wein. Stella erzählte, was sie erlebt hatte und packte ihre Geschenke aus. Alle freuten sich, waren gerührt über die Fotos von Roberta und die kleinen gebastelten Aufmerksamkeiten der Kinder, aber keiner versuchte, die Angst, die Bedrückung, die existentielle Gefährdung wegzulachen, zu überspielen, so zu tun, als wäre doch alles in Ordnung. Es lag eine große Wahrhaftigkeit in dieser Begegnung nach der langen Zeit.

Da vernahm Stella, wie die Haustür geöffnet und wieder zugeschlagen wurde. Kam jetzt Eckhardt, fragte sie sich und wappnete sich innerlich gegen eine Begegnung mit Cynthia. Sie wusste, dass die Stimmung im Raum sich sofort verändern würde, sobald Cynthia auftauchte. Aber es kam jemand anders. Die Tante sagte: »Ach, du Schreck, du weißt ja gar nicht, dass Jonny vor drei Tagen zurückgekommen ist. Ebenso überraschend wie du.« Stella starrte sie an. Da lachte die Tante so ausgelassen, wie Stella sie den ganzen Abend nicht hatte lachen gehört. Außer Atem vor Lachen keuchte sie: »Was für Zeiten! Keiner hat mehr Angst vor Jonny!« Stella starrte sie immer noch regungslos an. Und dann begann auch sie zu lachen. Ja! Es hatte eine riesige Veränderung gegeben. Keiner hatte mehr Angst vor Jonny. Sie hatten ihn den ganzen Abend lang einfach vergessen. Da trat er ins Zimmer. Ein gebräunter eleganter Mann in mittlerem Alter, strahlend blaue Augen, eine stramme Haltung, in Kapitänsuniform. Stella erhob sich und schritt ihm entgegen. »Jonny, welche Überraschung, dich zu sehen.« Er zögerte einen kurzen Moment, dann schloss er sie in die Arme, küsste sie auf die Wange und sagte nonchalant: »Die Überraschung ist ganz auf meiner Seite.« Er setzte sich an den Tisch, die Tante bediente ihn mit einem Glas Rotwein, und die Unterhaltung ging weiter, als wäre nichts geschehen. Nun hatte sie allerdings die Wahrhaftigkeit verloren.

Als allgemeine Müdigkeit um sich griff, ging Jonny zwar mit Stella hoch in ihre Wohnung, dort aber sagte er, sobald sie allein waren: »Es ist dir bestimmt recht, wenn ich bei Greta übernachte.« Stella schluckte. Sie hatte Angst vor einer Nacht im gleichen Bett mit Jonny gehabt, nun löste sich alles wie von allein. Sie nickte wortlos. Er nahm sie noch einmal kurz in den Arm und sagte ernst: »Der Krieg ist unausweichlich, Stella. Ich weiß nicht, wo ich eingesetzt werde, aber ich werde nicht mehr lange hiersein. Lass uns die verbleibende Zeit so friedlich wie möglich miteinander verbringen.« Stella schluckte wieder und nickte. Sie konnte keinen Ton herausbringen. Aber sie drückte Jonny einen Kuss auf die Wange. Als er die Treppen wieder hinuntergegangen war, liefen ihr Tränen über die Wangen.

Von nun an verabschiedete er sich jede Nacht von ihr, bevor sie ins Bett ging. Er lebte weiterhin in der Kippingstraße, als wäre das sein Zuhause. Nur die Nächte verbrachte er bei Greta. Zum Frühstück war er wieder zurück.

Die folgenden Tage lebten alle unter dem Damoklesschwert eines bevorstehenden Krieges. Es wurde bekanntgegeben, dass jedes Haus einen Luftschutzkeller einrichten müsse. Im Haus der Wolkenraths führte dieser neue Erlass zu ängstlichen Fragen. Wo sollten sie in ihrem kleinen Keller, der neben der Küche lag, einen Luftschutzkeller einrichten? Und woher sollten sie das Geld dafür nehmen? In der Nachbarschaft wurden alle jungen Männer einberufen. In den Geschäften wurde nur noch darüber gesprochen. Die Männer waren weg, die Söhne weg.

Am 27. August wurden Bezugsscheine für Grundnahrungsmittel ausgegeben. Reichsstatthalter Karl Kaufmann ließ Merkblätter über das Verhalten bei Luftalarm verteilen: Man sollte behelfsmäßige Luftschutzräume bauen und Kisten mit festgestampfter Erde als Splitterschutz vor die Kellerfenster stellen. Kaufhäuser boten Verdunkelungspapier, Hacken, Feuerpatschen, Spritzen und Notapotheken für den Luftschutz an.

Am 28. August schlug Stella bei strahlendem Sommerwetter vor: »Lasst uns nach Geesthacht fahren und schwimmen gehen. Wenn Krieg kommt, wird das lange Zeit nicht mehr möglich sein.« Käthe und die ›Tante‹ waren sofort bereit. Alexander kam widerstrebend mit. Auf ihre ausdrückliche Bitte fuhr Jonny sie im Auto an die Oberelbe. Sich allerdings mit in den Sand zu setzen, dazu war er nicht bereit. Er fuhr nach Lauenburg weiter, wo er einen Bekannten von früher aufsuchen wollte. Vor dem Baden lag Stella im heißen Sand, die drei Alten saßen auf einer Decke neben ihr. Sie sah hinauf in den blauen klaren Sonnenhimmel. Da merkte sie, wie um sie herum eine allgemeine Unruhe entstand. Sie setzte sich auf und folgte dem Zeigefinger der Tante nach oben mit dem Blick. Sie pfiff durch die Zähne. Das hatte sie noch nie gesehen! Oben in der blauen Luft flogen fünfzig bis siebzig Reiher in klar geordneter Formation auf dem Zug nach Süden. »Glückliche Vögel«, seufzte ein älterer Mann, der in der Nähe stand. »Sie merken, dass dicke Luft ist«, sagte die Tante laut. »Und machen sich davon.«

Auf dem Rückweg gab es viel Verkehr in ihrer Richtung. Autos aller Arten mit Eingezogenen, noch in Zivil, eilten auf Hamburg zu. Überall standen eingezogene Wagen, die weiß gestrichen worden waren, darauf gewischt die Kennzeichnung WH Wehrmacht Heer. Wohlgefällig zeigte Alexander auf kräftige Pferde, die mit der Ernte hochbeladene Wagen zogen, auf denen lachende sonnenverbrannte Landleute saßen. »Wie schön der Tag war«, sagte Käthe, als sie in Hamburg anlangten. »Wenn nur nicht diese Kriegsdrohung über uns liegen würde.«

Am nächsten Tag kam ein schwerer Schlag für Stella: Ferngespräche übers Fernamt waren nicht mehr möglich. Die Vorboten des Krieges waren allgegenwärtig. Das Vereinskrankenhaus wurde geräumt, es wartete auf Kriegs- oder Gasverletzte. Einkäufe waren nur noch auf Bezugsscheine möglich. Einige Nachbarn verteilten Sandsäcke um ihr Haus herum, andere nagelten Kisten zusammen, um Sand hineinzufüllen. Die Tante schimpfte über ungenügendes Seifenpulver zum Wäschewaschen. Zucker fehlte, Bohnerwachs, Schuhwichse, es fehlten Kerzen, alles Dinge, die sie vor zwei Tagen noch leicht und reichlich hätten haben können.

Bei alledem war herrlichstes Wetter, Sonne, blauer Himmel und nachts ein silberner Vollmond.

Und die nächsten Nachrichten: England hatte die Küstenfeuer gelöscht, die Londoner Kinder aufs Land geschickt. Die deutsche Hochseeflotte lief nicht mehr aus. Die *Bremen* sollte New York ohne Ladung und Fahrgäste verlassen, musste sich aber einer Untersuchung durch die Amerikaner unterwerfen.

»Und da gibt es Leute, die immer noch an den Frieden glauben«, schnaubte Käthe. »All der Aufwand, und dann soll jeder friedlich wieder nach Hause gehen?« Alexander stimmte ihr zu: »Die wirtschaftliche Umwälzung durch die Einberufungen und durch die Bezugsscheine ist unabsehbar in ihren Folgen.« »Kinder, wir erleben eine Mobilmachung ohne Kriegserklärung. 1914 war es anders herum«, schimpfte die Tante.

Am Abend des 31. August lastete eine nervenzermürbende Spannung auf den Menschen, auch auf Käthe, Alexander und der Tante, obwohl ihnen jede Hoffnung lächerlich vorkam. Dennoch war noch nicht alles entschieden. Tagsüber war die Liste der Dinge bekanntgegeben worden, die man an Kleidungsstücken, Wäsche usw. beziehen durfte. Auf den Grünplätzen hatten Arbeiter Gräben ausgehoben. Überall sah man ernste, sorgenvolle Gesichter im hellen Sonnenschein. Die Geschäfte waren überfüllt, alle kauften ein, was sie kriegen konnten. »Ich glaube, wir würden alle verrückt, wenn Friede bliebe«, kicherte die Tante. Die deutschen Konsulate in Lemberg und Teschen wurden geschlossen.

Am 1. September klingelte es um halb acht Uhr morgens an der Haustür. »Nun ist es soweit«, sagte Käthe. Alexander erhob sich und öffnete. Da stand bleich und ernst der Blockwart Theessen an der Tür. »Es ist so weit, der Luftschutz ist aufgerufen. Alle Wassergefäße füllen, vor die Fenster Sand.« Und schon ging er weiter zum nächsten Haus.

»Mein Gott«, sagte Alexander und legte sich wieder zurück ins Bett. Er hatte nicht vor, seine Familie verrückt zu machen. Noch standen die Engländer nicht in der Kippingstraße.

Um zehn Minuten vor zehn Uhr saßen alle im Wohnzimmer vor dem Rundfunkgerät, auch Jonny. Um zehn Uhr wollte Hitler dem Reichstag eine Erklärung abgeben. Da erschien Eckhardt im Zimmer. Er sah erhitzt aus. »Am Hafen wird alles luftdicht gemacht«, teilte er abgehackt mit. »Durch ganz junge Soldaten. Sie sagen, es ist eine Übung. Und es gibt keine Brandbinden mehr zu kaufen. Wir sollen alle Gefäße mit Wasser füllen. Und Sandsäcke vor die Fenster legen.«

Um zehn Uhr begann die Übertragung aus der Kroll-Oper, in der der Reichstag stattfand. Stellas Herz hämmerte. Nun sprach Hitler. Man merkte seiner Stimme die Erregung an. Stella dachte, sie müsste sterben vor Angst.

»Ich habe mich daher nun entschlossen, mit Polen in der gleichen Sprache zu reden, die Polen seit Monaten uns gegenüber anwendet. … Meine Friedensliebe und meine endlose Langmut soll man nicht mit Schwäche oder gar Feigheit verwechseln. … Seit heute früh, 5.45 Uhr, wird jetzt zurückgeschossen und von jetzt ab wird Bombe mit Bombe vergolten!« Es war eine Aneinanderreihung von Lügen, und alle, die es hörten, wussten es, selbst die Nazis. Käthe, die Tante, Alexander, Stella, selbst Eckhardt und Jonny waren kreidebleich. Keiner sagte ein Wort. Da erhob sich die Tante. »Wer will einen Schnaps?« Alle nickten. »Wir haben es gewusst«, sagte die Tante nüchtern, als sie sechs Gläser mit ihrem Zauberschnaps füllte. »Er hat uns nichts Neues gesagt.«
In der Stadt gab es keine größeren Menschenansammlungen. Nirgends erklang Jubel oder Begeisterung, wie es beim letzten Kriegsausbruch gewesen war. Hier und da standen kleine Gruppen an den Zeitungsständen. Die Menschen sprachen leise miteinander, wirkten bedrückt, eher ängstlich.
Vom ersten Kriegstag an war strikte Verdunkelung befohlen. Die Straßenlampen und Lichtreklamen erloschen. Fahrzeuge mussten ihre Scheinwerfer abdecken. Verschärfte Strafandrohungen sollten jeden Widerstand unterbinden. Mit dem 1. September galt ein Abhörverbot von »Feindsendern«, eine neue Verhaftungswelle brachte angebliche Oppositionelle in die KZs. Juden durften abends nicht mehr ausgehen.

Lysbeth und Aaron drängten seine Eltern, mit nach Hamburg zu kommen. In dem Haus in der Kippingstraße, umgeben von Ariern, ja, auch von Nazis, wären sie besser geschützt als in Oberhausen. Außerdem könnten die beiden sich um die Gesundheit der alten Leute kümmern. Noch länger und in dieser bedrohlichen Lage in der kleinen Wohnung in Oberhausen mit ihnen zu bleiben, war für alle unerträglich. Aber Aarons Eltern weigerten sich und baten die beiden, nach Hamburg zu fahren und sie bald einmal wieder zu besuchen. Sie sagten, dass es ihnen zu viel würde, in der kleinen Wohnung weiterhin zu viert zu leben, und sie drängten geradezu auf die Abreise ihres Sohnes und ihrer Schwiegertochter. Schweren Herzens fuhren die beiden also am 3. September von Oberhausen nach Hamburg zurück. An diesem Tag traten Frankreich und Großbritannien offiziell in den Krieg gegen Deutschland ein.

Eckhardt drängte: »Es müssen Sandsäcke genäht und gefüllt werden.« »Wofür?«, fragte die Tante und konnte sich ihren Spott nicht verkneifen. »Sollen wir die Engländer mit Sandsäcken bewerfen, wenn sie kommen?« Eckhardt bedachte sie nur mit einem verächtlichen Blick. »Im Falle eines Gasangriffs«, erklärte er. »Damit das Gas nicht ins Haus dringt.« Auf den skeptischen Blick der Tante und Käthe hin sagte er knapp: »Vorschrift! Es ist Vorschrift! Es wird kontrolliert!«

Also begaben sich die Frauen daran, Sandsäcke zu nähen und zu füllen. Es war eine beschwerliche Tätigkeit. Es gab keine Jute für Sandsäcke mehr zu kaufen. Sie mussten also Tischdecken und Bettwäsche nehmen, diese zerschneiden und in mühevoller Handarbeit zu Säcken nähen. Aber es war Vorschrift, und sie konnten es sich nicht leisten, irgendeine negative Aufmerksamkeit zu erregen. Zu guter Letzt füllten sie die Säcke mit Sand und warteten auf weitere Anweisungen.

Da kam Eckhardt mit dem nächsten Befehl: Jedes Haus brauche einen Luftschutzkeller, der müsse eingerichtet und gesichert werden. Diesmal spottete die Tante nicht. »Wir haben keinen Keller!«, sagte sie trocken. »Was sollen wir tun?« »Der Blockwart hat allen Nachbarn ohne Keller empfohlen, die Besenkammer zu nehmen«, erklärte Eckhardt. »Gut«, stimmte Käthe zu. »Nehmen wir die Besenkammer.« Die Besenkammer war ein kleiner Raum neben der Küche im Souterrain. Es gab dort kein Fenster, und es roch modrig und nach schmutzigen Wischlappen. Stella schimpfte wie ein Rohrspatz. »Das ist ja wohl die lächerlichste Aktion, die ich jemals erlebt habe. Das ist der wertloseste Schutzraum, den man sich denken kann!« Aber Käthe und die Tante entfernten wortlos alle Putzgeräte und richteten den kleinen Raum so ein, dass wenigstens vier Personen sitzen konnten. Dann hängten sie Decken vor die Tür und verteilten die Sandsäcke vor den Fenstern, um diese abzudecken. »Ich werde nicht in den Bunker unseres Nachbarn gehen«, erklärte Käthe ihrer Tochter, und da begriff Stella erst, was ihre Mutter bewog, derart brav und ohne jeden Widerstand Eckardts Anordnungen Folge zu leisten. Ihre Nachbarn zur Linken, stramme Nazis, hatten während der vergangenen Monate einen Bunker in den hinteren Teil ihres Gartens bauen lassen, ein graues, hässliches Ungetüm, das die Hälfte des Gartens verschandelte und über das Käthe sich viele Male verärgert und sehr abfällig geäußert hatte. Es widersprach ihrem Stolz vollkommen, dort im Angriffsfall um Einlass zu bitten.

Am Abend des 3. September stand die ganze Nachbarschaft erregt beieinander. Alle debattierten, teilten einander mit, wie sie ihr Haus gesichert hatten. Luise Solmitz berichtete, dass Gisela aus siebzig Jahre alten Kissen, edelstes Leinen, Sandsäcke genäht hätte. Der Himmel war sternenklar. Es war unvorstellbar, dass von dort eine Bedrohung ausgehen sollte. Da stießen Lysbeth und Aaron, ihre Koffer in der Hand, zur Gruppe der Nachbarn, die vor der Villa der Wolkenraths standen. Stella schloss ihre Schwester in die Arme. Käthe hatte Tränen in den Augen. »Endlich«, seufzte sie. Nach Mitternacht erst fielen alle todmüde in die Betten. Käthe wälzte sich schlaflos hin und her. Am nächsten Morgen sagte sie zur Tante: »Ich merke, dass mein Herz einen gewissen Empfindungsgrad nicht überschreiten kann. Gestern Nacht dachte ich, dass ich jetzt wahnsinnig werde, aber dann war alles leer in mir.« Die Tante nickte. »In dir ist nichts leer, meine liebe Käthe«, sagte sie voller Wärme. »aber ist gibt auch Zeiten, in denen das Herz sich ausruhen will. Und wenn du nachts von innen leer wirst, kann neue Kraft in dich strömen. So ist es gut.« Käthe sah sie zweifelnd an. »Aber schlafen konnte ich auch nicht«, bemerkte sie kläglich. »Das macht nichts«, beruhigte die Tante sie, »Hauptsache, es wird innen leer, und die Turbulenzen glätten sich. Mach dir keine Sorgen, meine Kleine, alles wird gut.« Sie lächelte Käthe so voller Liebe an, dass diese schluckte. Wenn die Tante mal tot ist, dachte sie, dann wird die Welt der Hälfte ihres Lichts beraubt. Dann wird es dunkel.

Am Nachmittag gingen Stella und Lysbeth mit den Hunden spazieren. Sie hatten einander viel zu erzählen, so lange hatten sie sich nicht gesehen. Da erklangen die ersten Sirenen. Andere fielen ein. Die Leute stutzten, und dann rannten sie in unterschiedliche Richtungen. »Laufen Sie doch!«, schrie ein Mann, dessen Uniform zeigte, dass er vom Reichsluftschutzbund war. Wie auf ein Kommando begannen Stella und Lysbeth zu lachen. Wohin denn? Die Hunde wurden unruhig, und die Schwestern schlugen eilig den Weg nach Hause ein. Der Alarm wiederholte sich noch einmal. Aber es passierte nichts. In der Kippingstraße wartete die Tante schon mit dem Abendessen auf sie. »Wo ist Mutti?«, fragte Stella. »Sie wird schon kommen«, antwortete die Tante. Aber sie sah besorgt aus. Erst eine halbe Stunde später erschien Käthe, völlig aufgelöst. »Man hat mich in einen Luftschutzkeller geschoben«, erzählte sie empört. »Ihr glaubt gar nicht, wie schrecklich es da ist. Dunkel, und es riecht nach Angst, und so ein Luftschutzwart hat sich aufgeführt wie ein Gefängniswärter. Da will ich nie wieder hin.«

Am nächsten Vormittag, die Frauen wollten gerade mit dem Waschen der Wäsche beginnen, heulte wieder Alarm auf. Schnell stellte Stella das Gas unter dem Waschkessel ab. »Jetzt machen wir es uns in unserem Luftschutzraum gemütlich«, sagte die Tante in aller Ruhe. Käthe war sehr bleich. Die Tante sah Stella aufmerksam an und sagte: »Erzähl doch ein bisschen von Angela und Roberta.« Stella begriff. Mit melodiöser Stimme erzählte sie all die Geschichten, die sie schon einige Male erzählt hatte. Wie Roberta Zähnchen bekommen hatte und sich an Stella gewöhnt hatte, wie sie gewachsen war, und wie gut es Angela ging. Nach einer Stunde krochen die Frauen wieder aus der Besenkammer heraus und gingen nach oben. Dort erfuhren sie, dass das Ganze ein Irrtum gewesen war. Kein Feind war in Sicht.

Drei Tage später wurde Käthe aus dem tiefsten ersten Schlaf gerissen. Sie hörte Eckhardt im Flur rufen: »Sie kommen!« Sie wachte nur langsam auf. Was war los? Da hörte sie die Sirenen auch. Sie heulten und heulten. Wieder fühlte Käthe in sich nur Leere. Sie schaute auf die Uhr. Es war kurz vor zwei. In der Besenkammer saßen schon Eckhardt und Stella und Jonny. Bald war die ganze Familie dort beisammen. Eckhardt hatte eine große Kiste, darin waren, wie er erklärte, alle wichtigen Unterlagen von der Familie und der Firma. Käthe war glücklich, sich im Gegensatz zu den Leuten in den Mietshäusern frei im Haus bewegen zu können. Niemand konnte sie hier wie ein Gefängnisaufseher einsperren. Schließlich überlegten sie, ob vielleicht schon entwarnt war. Sie hatten es nicht gehört. Aber von draußen klangen schwatzende Nachbarstimmen. Da verließen sie den Raum und das Haus und traten hinaus in eine köstliche Sommernacht voll herrlicher Sterne. Kurz nach drei Uhr gab es Entwarnung. Aus der Ferne blitzte es rot von Geschützen. Die Nachbarn trennten sich allmählich, unschlüssig, ob sie einander gute Nacht oder guten Morgen wünschen sollten. Mit einem eigenartigen Glücksgefühl legte Käthe sich wieder ins Bett.

Im November wurden auch die Hunde gemustert. Eckhardt ging mit ihnen zur Musterung in den Stadtpark, Stella weigerte sich. »Ich will nicht, dass unsere Hunde Soldaten werden«, schimpfte sie. Alexander erinnerte sich daran, wie er im letzten Krieg seine Pferde gemeinsam mit seinem Vater beschädigt hatte, damit sie nicht eingezogen wurden. Das schlug er Eckhardt aber nicht vor. »Ist doch nur für Melde- und Sanitätsdienst«, versuchte Eckhardt seine Schwester zu beruhigen. Aber sie wollte sich nicht beruhigen lassen und schimpfte lauthals weiter, dass die armen Tiere nichts dafür könnten, wenn die Deutschen unbedingt die Welt erobern müssten. Traurig kam Eckhardt zurück. Drei ihrer Hunde waren gemustert worden. Sie besaßen alle Qualifikationen, die ein Hund haben musste, um eingezogen zu werden. Sie waren unter fünf Jahre alt, und sie hatten sich genauso verhalten, wie es erwünscht war, hatten bei dem Knall von Schüssen und Feuerwerkskörpern keine Angst gezeigt und vorbildlich gehorcht. Da konnte Alexander sich doch nicht verkneifen zu sagen: »Warum hast du nicht gesagt, dass sie schwerhörig sind?« Eckhardt reagierte empört. »Betrug? Widerstand gegen die Staatsgewalt? Nicht mit mir, Vater!«

Im November war es bereits so weit, dass die Leute fast mehr Angst vor dem schauerlichen Heulen der Sirenen hatten als vor einem wirklichen Angriff. Immer wieder setzten sich die Hamburger in Bewegung, sei es nachts oder tags, und dann wurde Entwarnung gegeben.

Dann wurde erklärt, dass die Sandsäcke unwirksam seien und wieder fortgeschafft werden könnten. Millionen Sandsäcke waren umsonst genäht und gefüllt worden, das Leinen, die Jute, die Arbeit des Sandschleppens, alles war umsonst gewesen.

Wenig später kam Eckhardt und erklärte mit wichtiger Miene, dass die Besenkammer nicht mehr als Luftschutzraum dienen könne. Die Kasematten unter den Vordergärten in den Häusern in der Kippingstraße, die von vielen als Kohlenkeller benutzt wurden, sollten nun als Luftschutzraum dienen. »Man rechnet damit, dass bei einem Angriff das Haus in sich zusammenfällt, während der Keller außen vor liegt«, erklärte Eckhardt. »Wenn nicht eine Granate ihn sich aussucht«, gab Käthe spitz von sich. »Der beste, der einzige Luftschutz ist, Glück zu haben«, meinte Aaron und alle nickten.

Abgesehen von den Sirenen ging das Leben zunächst äußerlich unverändert weiter: Kinos, Theater und Varietés öffneten, nur der »Tanz für die reifere Jugend« im *Café Corso* am Schulterblatt fiel bis zum 30. September aus.

Lydia war verzweifelt. Am 1. September hatte die Rettungsaktion der jüdischen Kinder ein abruptes Ende gefunden. Deutschland war ab sofort Feindesland und selbst die Kinder, die bereits einen Platz auf dem nächsten Transport zugeteilt bekommen hatten, mussten in Deutschland bleiben. Durch die Kindertransporte waren in der Zeit vom Dezember 1938 bis August 1939 rund zehntausend Kinder aus Deutschland, Österreich und der Tschechoslowakei gerettet worden.

Lydia hatte zu den Verantwortlichen in England in den ersten Wochen des Krieges noch Kontakt. So erfuhr sie, dass viele Kinder aus den großen Städten auf das Land evakuiert worden waren. Sie hatten dadurch von einer Umgebung Abschied nehmen müssen, in der sie sich gerade eingelebt hatten. Andere Kinder wurden zu *enemy alien*, also feindlichen Ausländern, die auf der Isle of Man zwischen England und Irland interniert wurden.

Im September gelang es Anthony noch zweimal, mit Stella in telefonischen Kontakt zu treten. Briefe zu schicken war nicht mehr möglich. Er erzählte ihr, dass die Engländer eine Unterwanderung durch deutsche Spione im eigenen Land fürchteten – eine Angst, die bei nicht wenigen Briten skurrile Blüten trieb. Er musste Stella gar nicht erst sagen, dass seine Hochzeit mit Angela schon in die Wege geleitet war. Stella fieberte ihr entgegen, sie fürchtete, dass Angela irgendwie interniert werden könnte. Es gab ihr zwar einen kleinen Stich, als Anthony am Telefon meldete: »Heute haben wir geheiratet«, aber dann sagte sie mit fester Stimme: »Danke, mein Liebster.«

Es gab zwar keine Kriegsbegeisterung, aber es gab auch keinen Widerstand. Die Leute nahmen den Kriegsausbruch wie ein unvermeidbares Schicksal hin, die meisten glaubten an einen Sieg. Die Angst vor dem Luftkrieg wurde durch Görings Versprechungen gemildert, dass Deutschland dagegen gerüstet sei.

Die Aufrüstung der Westmächte lief erst an, Hitler musste darauf setzen, möglichst schnell auf ganzer Linie zu siegen. Der Rüstungsstand in Deutschland war beträchtlich: Fünf Millionen Soldaten waren eingezogen, die deutsche Luftwaffe war an Zahl der modernen Flugzeuge den Gegnern eindeutig überlegen, den Panzer- und motorisierten Divisionen standen keine gleichwertigen Verbände gegenüber. Die Vorräte an Rohstoffen und Ausrüstungsgegenständen aller Art waren jedoch gering, das war allerdings kein Grund zur Besorgnis, teilte Göring mit.

Die polnische Armee wurde in einem Blitzkrieg von wenigen Wochen besiegt. Die Angriffe der Luftwaffe legten das Verkehrsnetz des Landes lahm, Panzerverbände und motorisierte Truppen kesselten ihre Gegner ein, schließlich wurde auch die Hauptstadt Warschau eingeschlossen. Die Luftwaffe bombardierte sie, um sie zur Kapitulation zu zwingen. Zum ersten Mal in diesem Krieg erlebte die Zivilbevölkerung einer Millionenstadt die Schrecken des Bombenkrieges.

Am 17. September, also wenig mehr als zwei Wochen nach Ausbruch des Krieges, war die Masse der polnischen Armee bereits geschlagen. In Deutschland war der Jubel groß. Da rückten sowjetische Truppen in Ostpolen ein. Nun wurde der Teilungsplan Hitlers und Stalins verwirklicht. Nach einem ergänzenden, geheimen Abkommen zum Nichtangriffspakt mit der Sowjetunion erhielt das Reich im »Tausch« gegen Litauen, das dem sowjetischen Einflussbereich zugesprochen wurde, als Ostgrenze eine Linie am Bug eingeräumt. Nun gab es eine deutsch-sowjetische Demarkationslinie in Polen entlang der Flüsse Pissa, Narew, Bug und San.

Damit hatte der Staat Polen zu bestehen aufgehört. Hitler gliederte dem Reich nicht nur Danzig und die 1919 abgetretenen Provinzen wieder ein, sondern schob die Reichsgrenzen weit vor in rein polnisches Land bis in die Nähe Warschaus und Krakaus. Das Restgebiet wurde als »Generalgouvernement« von den Deutschen verwaltet. Die Behandlung der Besiegten entsprach der nationalsozialistischen Ideologie, wonach die Deutschen die Herrenmenschen waren und die anderen eine minderwertige Sorte Mensch.

Nicht nur Johann, der, klein und irgendwie immer zu kurz gekommen, sein Leben lang danach gelechzt hatte, endlich ein »Herr« zu sein, auch die meisten anderen Deutschen fühlten sich außerordentlich wohl damit, einer Spezies anzugehören, die einfach so, ohne dass man irgendetwas Besonderes tun musste, ein »Herr« war, der andere leiden lassen durfte, wenn es dem eigenen Interesse nützte.

Aus den dem Reich angegliederten polnischen Gebieten wurden Hunderttausende vertrieben, um Platz für »Volksdeutsche« zu schaffen. Über eine Million Kriegsgefangene und Zivilisten wurden zum »Arbeitseinsatz« nach Deutschland gebracht. Die Angehörigen der führenden Schichten des Landes wurden zu einem großen Teil in Konzentrationslager gesperrt oder ermordet. Die Polen sollten fortan als ungelernte Arbeiter für das deutsche »Herrenvolk« Frondienste leisten. Schon während des Feldzuges begannen die Morde an jüdischen Einwohnern.

Lydia erhielt Post von einigen jungen Soldaten, mit denen sie in den letzten Jahren zu tun gehabt hatte. Aus einem der Briefe las sie Lysbeth und der Tante vor: »Nie werde ich irgendjemandem erzählen, was ich erlebt und gesehen habe. Auch wenn ich selbst nicht Hand angelegt habe, ich schäme mich entsetzlich, Deutscher zu sein. Bitte verbrenne den Brief, sobald du ihn gelesen hast.« Er hatte seinen Spitznamen daruntergeschrieben, unter dem ihn nur wenige in Hamburg kannten. So war er selbst bei Öffnung der Feldpost nicht auffindbar. Die drei Frauen überlegten, dass diese Männer wahrscheinlich Briefe an Lydia schrieben, weil sie keine Freundin hatten und weil sie ihrer Mutter solche erschreckenden Briefe nicht schreiben wollten. Sie beschlossen, diesen jungen Männern Pakete zu schicken, in denen auch etwas Stärkendes für deren geschundene Seelen enthalten sein sollte.

Die Wolkenrath-Frauen waren zornig, weil Großbritannien und Frankreich dem deutschen Überfall auf Polen tatenlos zusahen, obwohl nur schwache deutsche Verbände den Westwall sicherten. Aber die Westmächte glaubten, für einen Angriff nicht stark genug zu sein. Stella, die einem Ende des Krieges entgegenfieberte, betete zu Gott, dass alle Westmächte sich zusammenschließen und Hitler endlich zum Teufel schicken sollten. Es hatte nur wenige Situationen in ihrem Leben gegeben, wo sie so verzweifelt und ohnmächtig gewesen war, dass sie Gott anrief, an dessen Existenz sie ansonsten keine großen Hoffnungen knüpfte. Aber jetzt war es soweit. Stella betete.

Und ihre Gebete schienen zumindest nicht ganz erfolglos zu sein. Die Briten verlegten nach Kriegsbeginn die Blockade über die deutschen Küsten. Und es gelang weder den deutschen U-Booten noch den Überwasser- und Luftstreitkräften, die Versorgung der Westmächte entscheidend zu beeinträchtigen oder die britische Blockade unwirksam zu machen, auch wenn sie einige Einzelerfolge vorweisen konnten, die sie natürlich für die Öffentlichkeit groß aufbauschten. Stella hörte trotz der Androhung von drakonischen Strafen bis hin zur Todesstrafe weiterhin *BBC* und war deshalb besser im Bilde.

Hitlers Absicht, noch 1939 Frankreich anzugreifen, scheiterte an den Wetterverhältnissen, der Winter war so kalt, wie er angeblich noch nie gewesen war. So herrschte eine unwirkliche Ruhe an der deutsch-französischen Front. Und keiner wusste, wie lange sie anhalten würde.

Im Winter wirkte in Hamburg alles so normal, als gäbe es keinen Krieg. Im Haus der Wolkenraths aber war kaum noch etwas normal. Stella wusste nicht, wann sie Anthony jemals wiedersehen würde. Selbst Briefkontakt war illegal. Die Tante hatte Alma gebeten, für Anthony und Stella als illegaler Briefkasten zu fungieren, und Alma hatte sich dazu auch bereiterklärt, aber im Grunde war das eine private Spielerei, die Alma kaum verantworten konnte. Ihre Tätigkeit war gefährlicher denn je. Wenn sie aufflog, würde sie wahrscheinlich standrechtlich gehenkt werden. Alma stand unter ständiger Beobachtung der Gestapo, die in ungewissen Abständen bei ihr einfiel und das Unterste nach oben kehrte. Aber sie war in jeder Sekunde darauf vorbereitet, nie konnte ihr etwas nachgewiesen werden.

Gegen Weihnachten, es war bitterkalt, legte die Tante sich ins Bett und verkündete, dass sie nun sterben würde. Sie war 1830 geboren, also fast einhundertzehn Jahre alt, und sie fand, es sei an der Zeit. »Ich habe keine Lust, diesen Krieg mitzuerleben. Ich habe mich redlich bemüht, ihn zu verhindern. Ich bin gescheitert. Hitler hat gegen mich gewonnen. Bei einem ehrlichen Duell stirbt der Verlierer.«

Die ersten Tage lag sie starr da, die Augen geschlossen, verweigerte das Essen und erwartete den Tod. Käthe, die sich an den Tod ihres Vaters gut erinnern konnte, der seine Tochter noch einmal zu sich gerufen hatte, um ihr einiges mit auf den Weg zu geben, fragte die Tante, ob sie von allen gleichzeitig Abschied nehmen wolle oder ob die Familienmitglieder einzeln zu ihr kommen sollten. Seit die Tante ihren Tod angekündigt hatte, war in Käthe eine verblüffende Kraft geschossen. Sie wehrte sich nicht gegen den Tod der Tante, sie gestand ihr das Recht zu, eine Welt zu verlassen, die unfreundlich und bedrohlich geworden war. Sie kannte die Tante gut genug, um zu wissen, wie schrecklich eine aufgezwungene Untätigkeit für sie war, wie entsetzlich sie sich fühlte, wenn sie keine Möglichkeit des Handelns mehr hatte, ja, vollständig ohnmächtig war. In gewisser Weise gönnte sie der Tante den Tod. Deshalb kam sie auch überhaupt nicht auf die Idee, irgendwie für ein Weiterleben der Tante tätig zu werden.

Anders Aaron und Lysbeth: Sie fochten mit der Tante anstrengende Wortgefechte aus, damit diese sich von Aaron untersuchen und behandeln lassen sollte. Die Tante weigerte sich. »Ich bin alt und lange genug in meinem Körper, um ihn zu kennen. Ihr müsst mir nicht erzählen, was in mir abläuft. Das ist anmaßend.«

Lysbeth wurde wütend, Aaron nahm einfach sein Stethoskop und versuchte, es der Tante auf die Brust zu setzen. Die zeigte erstaunliche Kraft, sich dagegen zu wehren. Irgendwann gaben die beiden auf und beschränkten sich ebenso wie alle anderen in der Familie darauf, der Tante von Zeit zu Zeit einen Besuch am Krankenbett abzustatten.

Wenn allerdings irgendeiner aus der Familie versuchte, so ein Gespräch zu führen, wie Käthe es von ihrem Vater beschrieben hatte, stieß die Tante ihr krächzendes Lachen aus und sagte: »Wenn ich euch in meinem Leben bis jetzt nicht alles gesagt habe, was ich zu sagen hatte, dann sollte ich einpacken.« Bei anderer Gelegenheit sagte sie: »Wenn ich noch etwas Wichtiges zu sagen oder zu tun hätte, würde ich nicht sterben. So einfach ist das.«

Allmählich bürgerte es sich ein, dass jedes Familienmitglied eine oder zwei Stunden am Tag bei der Tante verbrachte. Sie hielten ihre Hand und erzählten, was sie bedrückte. Die Tante lag mit geschlossenen Augen da und schwieg. Manchmal wusste man nicht, ob sie eingeschlafen war, aber alle gewöhnten sich daran, dann kleine Pausen zu machen, bis die Tante einen Räusperton von sich gab, der andeutete: Ich bin soweit, sprich weiter.

Jedem tat es auf seine Weise erstaunlich gut, seine Sorgen bei der sterbenden Tante abzuladen. Angesichts ihres bevorstehenden Todes relativierten sich die Nöte des Einzelnen. Und die Stille, die im Krankenzimmer herrschte, empfanden alle als wohltuend. Selbst Käthe kam zur Ruhe. Sie hatte zwar mehr Pflichten, seit die Tante den Haushalt nicht mehr mit ihr gemeinsam schmiss, aber ihre Töchter nahmen ihr seitdem viel mehr ab als früher. Besonders Stella versuchte, sich mit der Betreuung der drei verbliebenen Hunde, mit Einkäufen und irgendwelchen Handreichungen für Käthe von ihren bedrängenden Gedanken an Anthony und Angela abzulenken.

Die Tante war diejenige, mit der Stella über ihre Sorgen sprechen konnte. Auch über die Sorgen, die sie nicht in Worte zu fassen wagte, weil die Worte zu schreckliche Vorstellungen weckten. Aber die Tante antwortete sogar auf Fragen, die Stella nicht gestellt hatte. Zum Beispiel sagte sie: »Menschen lieben einander nicht, weil sie heiraten. Das solltest du selbst am besten wissen. Deine Mutter liebte Fritz. Mit dem war sie nicht verheiratet. Du bist mit Jonny verheiratet. Aber du liebst ihn nicht. Heiraten und lieben sind also zwei sehr unterschiedliche Dinge. Manchmal trifft es zusammen, aber das ist eher die Ausnahme. Und manchmal geht die Liebe mit der Ehe verloren. Dass die Liebe zur Ehe hinzukommt, ist wirklich selten.« Diese Worte beruhigten Stella. Am liebsten hätte sie sie täglich wieder gehört. Weil sie nämlich täglich aufs Neue von den Ängsten bedrängt wurde, dass eine junge Frau und ein nicht mehr ganz so junger Mann, die als Ehepaar unter einem Dach lebten, nur einen kleinen Schritt zu bewältigen hatten, um auch wirklich Mann und Frau zu werden.

Lysbeth erzählte der Tante ebenfalls von ihren Sorgen. Sie fürchtete, dass Aaron sich über Verbote für Juden hinwegsetzen und eingesperrt werden würde. Die Tante beruhigte auch Lysbeth. »Aaron hat eine Würde«, sagte sie. »Und darauf pocht er. Deshalb will er sich nicht stigmatisieren lassen. Aber Aaron hat auch eine Frau, die er liebt. Und Aaron hat einen recht gesunden Verstand. Er wird also die Wut auf die Stigmatisierung gegen die Liebe abwägen, und sich da widersetzen, wo es noch möglich ist, und sich da anpassen, wo es dich gefährdet, meine Schöne.«

Selbst Alexander sprach mit der Tante über Dinge, die er niemals zuvor mit einem Menschen besprochen hatte. Über die Schuld, die er Käthe gegenüber auf sich geladen hatte. Dass er sie so lange schlecht behandelt hatte; er hatte nicht einmal mehr wahrgenommen, was für eine süße Frau sie gewesen war. Und in einem besonders offenen Gespräch gestand er, dass er damals manchmal zu einer Käuflichen gegangen war. »Und als dann der Fritz auftauchte, hat bei dir nicht eine einzige Alarmglocke geläutet«, meinte die Tante schmunzelnd. »Aber als ich es später erfahren habe, hätte ich ihn umbringen können«, bekannte er. »Aber da war er schon tot.«

»Da warst du eifersüchtig?«, fragte die Tante. Sie öffnete die Augen und setzte sich im Bett auf. »Stopf mir mal das Kissen in den Rücken«, forderte sie ihn auf. Als sie aufrecht saß, sagte sie: »Das musst du mir genauer erklären. Du hast die ganze Zeit nicht mitbekommen, dass Käthe eine andere Liebe hatte, aber als er dann tot war und Käthe es dir erzählt hat, da wolltest du ihn vor Eifersucht umbringen?« Sie kicherte vor sich hin. Auch Alexander kicherte. »Ja, und stell dir vor, ich bin bis heute entsetzlich eifersüchtig. Immer stell ich mir vor, wie meine Frau mit diesem Kerl knutscht und küsst und so ...« Die Tante bekam rote Wangen vor Vergnügen. »Du bist ein komischer Mann, Alexander«, sagte sie kopfschüttelnd. »Du selbst benimmst dich deiner Frau gegenüber wie ein Stockfisch, aber wenn es um Eifersucht geht, kommst du plötzlich in Wallung. Mein Lieber, da stimmt was nicht.« Alexander nickte betroffen. Darüber hatte er noch nie nachgedacht. »Du willst sie nicht, aber es soll auch kein anderer sie haben«, hakte die Tante nach. »Ist es so?« Alexander nickte immer noch vor sich hin. »Ja und nein«, antwortete er schließlich. »Es soll kein anderer sie haben. Aber ich will sie eigentlich auch ...« »Eigentlich, eigentlich ...«, äffte die Tante ihn nach. »Eigentlich gilt nicht im Leben, mein Lieber. Entweder du tust etwas oder du lässt es. Eigentlich ist Drückebergerei. Eigentlich ist Selbstbetrug. Eigentlich gibt dir nur die Möglichkeit, ein Kapitel offenzulassen. Eigentlich ist ein Wort für Feiglinge. Eigentlich ist ein Wort für Menschen ohne Verantwortung. Stell dir vor, auf deinem Grabstein wird stehen: ›Eigentlich war er ganz anders‹.«

In Alexanders Gesicht hatte sich während der Worte der Tante eine ganze Gewitterfolge abgespielt: Sturm und Donner und Blitz und Düsterkeit und Drohung. Nun hellte es sich auf. In seine Augen traten zu seinem eigenen Erstaunen und zu dem der Tante Tränen. Es war sehr lange her, dass er geweint hatte. Nun lief eine dicke Träne über seine Wange. »Du hast recht«, gestand er schließlich, und es hörte sich gepresst an, als spräche er wider Willen. »Mein ganzes Leben stand unter diesem Motto. Eigentlich habe ich mich gefühlt wie ein reicher Mann, einer, der ins Herrenhaus gehört, aber tatsächlich waren wir arm wie die Kirchenmäuse und lebten in einer dunklen kalten Kutscherwohnung. Eigentlich habe ich mich sogar meinem Schwiegervater überlegen gefühlt, aber tatsächlich hat er mich und meine Familie ernährt.« Traurig fügte er hinzu: »Eigentlich habe ich mich für einen starken Hengst gehalten, aber tatsächlich war ich ein jämmerlicher Schlappschwanz, der es nicht mal fertigbrachte, seine eigene Frau ...« Er stockte, fuhr dann beherzt fort: »... wie würde Stella sagen? ... im Bett zufriedenzustellen.« Die Tante gluckste amüsiert. Wieder schwieg Alexander, während sein Kopf vor sich hin nickte. Er hob den Kopf, sah der Tante direkt in die Augen und sagte entschieden: »Um die Wahrheit zu sagen, hatte ich nicht einmal eine Ahnung davon, dass man eine Frau im Bett zufriedenstellen sollte. Ich dachte, ein Mann ernährt seine Frau und Kinder, und er zeugt die Kinder ...« Unsicher brach er ab. Die Tante gluckste wieder. »Du willst mir nicht erzählen, dass das Zeugen der Kinder ganz ohne Spaß geschehen ist.« »Spaß?«, fuhr Alexander erschrocken auf. »Spaß?« »Na ja«, schmunzelte die Tante. »Ich bin nicht diejenige, die viel von Eheleben zu berichten weiß, aber ich dachte immer, dass Männer sogar dafür bezahlen, du weißt schon wofür, weil es ihnen irgendwie Vergnügen bereitet.« Zur Genugtuung der Tante errötete Alexander leicht. Er druckste eine Weile herum, dann gestand er: »Bei einer Käuflichen ist das anders. Die heizt dir kräftig ein. Und da geht es auch zur Sache. Käthe wollte immer streicheln und küssen und so. Und dann war sie stumm wie ein Fisch.« Die Tante machte große Augen. Stumm wie ein Fisch? Käthe? Sie hatte die leidenschaftliche Liebe von Käthe und Fritz sehr aufmerksam verfolgt. Stumm wie ein Fisch? So konnte sie sich Käthe gar nicht vorstellen. Da sagte Alexander auch schon: »Und ich stelle mir immer vor, dass Käthe bei diesem ...« Er machte eine Pause und stieß dann hervor: »... Kerl! Bei diesem Scheißkerl so heiß war wie die Käuflichen bei mir.« Die Tante kicherte nun ausgelassen. »Du hast das nicht im Ernst geglaubt?«, prustete sie. »Du bist doch nicht so blöd, dass du wirklich geglaubt hast, dass du so ein Hengst bist für die Huren, dass sie mit dir, nur mit dir, so heiß sind.« Alexander presste die Lippen aufeinander. Aus seinen Augen schleuderte er wütende Blitze auf die Tante. Sie lachte laut und krächzend. »Mein Junge. Das machen die immer. Das gehört zum Geschäft. Du sollst doch wiederkommen. Am besten sollst du ein Stammkunde werden. Das ist wie mit anderen Geschäften auch. Eine Hure, die dem Freier ihren Widerwillen zeigt, ist ihn bald los. Männer sind ja keine gefühllosen Wesen. Sie wollen sogar noch glauben, dass eine Frau sie bewundert, wenn sie schlecht zu ihr sind.« Leise fügte sie hinzu: »Natürlich gibt es auch diejenigen, denen es wirklich Spaß macht, eine Frau zu quälen, aber so einer bist du nicht, das weiß ich.« Alexander war während der Worte der Tante blass geworden. Jetzt fragte er ängstlich: »Du glaubst wirklich nicht, dass ich so einer bin, oder?« »Nein«, lächelte die Tante. »So einer bist du nicht, Alexander, auch wenn du Käthe während der ersten zehn Jahre eurer Ehe tatsächlich sehr gequält hast. Du hast sie überhaupt nicht wahrgenommen, du hast sie nicht berührt, du hast sie als deine Frau vollkommen verhungern lassen.« Alexander sah sie groß an. »Und der andere hat das alles anders gemacht?«, erkundigte er sich mit belegter Stimme. »Ja«, stimmte die Tante ernst zu. »Der andere hat alles anders gemacht. Und es ist gut für Käthe, dass sie das erlebt hat. Sonst wäre sie für immer eine verhärmte Frau geblieben.« Alexander blickte zu Boden. »Ich sollte es ihr gönnen, das meinst du doch, oder?« Wieder kicherte die Tante. »Das ist vielleicht zu viel verlangt, aber du könntest die Zeit nutzen, die ihr noch habt, um von deinem ›eigentlich‹ wegzukommen.« »Wie denn das?«, fragte er. Die Tante antwortete resolut: »Erstens solltest du deine Töchter mal angucken. Sogar du wirst den Unterschied bei deiner Tochter Lysbeth mitgekriegt haben. Wie war sie mit diesem Maximilian eine zickige ungenährte Frau, und wie hat sie sich entwickelt, seit sie diesen Juden hat, der sie liebt. Und nicht nur eigentlich, sondern der es leibhaftig tut. Und deine Tochter Stella zeigt es auch: Wenn sie aus England kommt, hat sie glänzende Augen und einen wiegenden Gang. Wenn sie eine Weile mit Jonny zusammen war, ist ihr Blick stumpf, und sie ist oft so müde und ausgelaugt, dass sie wirkt wie eine alte Frau.« Alexander nickte wieder. »Und was soll ich tun?«, wiederholte er die Frage. »Liebe«, sagte die Tante schlicht. »Tu es einfach. Nimm den Panzer von deinem Herz weg. Öffne das Visier. Lass den Schmerz zu, den du dann fühlst. Lass dein Herz überfließen vor Liebe, und richte das, was da überfließt, zu den Menschen, die du liebst, vor allem zu Käthe.« »Alles, was du sagst, ist mir fremd«, gestand Alexander. »Ich versteh dich gar nicht. Ich weiß nicht, wie ich das tun soll.« Die Tante tätschelte seine Hand. »Erst mal sollst du fühlen«, sagte sie mild. »Das Tun folgt dann. Und lass dir nicht zu viel Zeit, pflege deine Hilflosigkeit nicht und dein Ichweißnichtwie. Du bist alt geworden. Älter als ich, mein Guter. Hinter so einem Panzer trocknen die Säfte ein. Und auch Käthe ist alt geworden. Wenn Fritz am Leben geblieben wäre, wäre sie heute noch jung.« Sie blickte Alexander streng in die Augen. »Denk dir was aus, Junge. Mach sie glücklich in der Zeit, die noch bleibt. Du wirst merken, wie glücklich dich das macht. Kannst mir glauben.« Sie rutschte von ihrem Kissen hinunter aufs Bett. »Und jetzt bin ich müde. Du darfst gehen.«

Alexander nahm das Kissen hinter ihrem Rücken fort und half ihr, sich angenehm hinzulegen. Er strich ihre Decke glatt und sagte leise: »Danke, Tante. Ich glaube, es wäre gut gewesen, wenn früher schon mal jemand so mit mir gesprochen hätte.« »Wahrscheinlich«, murmelte die Tante schläfrig. »Aber wahrscheinlich hättest du es nicht hören wollen. Und mit jemandem zu sprechen, der nicht hören will, ist vergeudete Kraft und Liebesmüh, das tun nur dumme verliebte Frauen.«

Aaron und Lysbeth fuhren Weihnachten nach Oberhausen. Aarons Eltern waren sehr verändert. Es schien, als hätten sie keine Sorgen mehr. Sie hatten gemeinsam Weihnachtskekse gebacken, vier Dosen voll, und sie hatten viele Geschenke für ihren Sohn und für ihre Schwiegertochter. An Heiligabend wurden Aaron und Lysbeth reich beschert. So reich, dass sie sich ein wenig beschämt fühlten. Bei manchen Geschenken erhob Aaron Einspruch: »Aber Vater, das ist doch dein gutes Taschenmesser.« Oder: »Aber Mutter, das ist der Silberlöffel, den du schon von deiner Großmutter geschenkt bekommen hast.« Bis Lysbeth ihm einen warnenden Blick zuwarf, den er zuerst nicht verstand, aber als sie ihm dann in einem unbeobachteten Moment zuraunte: »Nimm die Geschenke jetzt einfach an, du Dummkopf«, zeigte er fortan nichts weiter als seine Begeisterung. Lysbeth bekam den gesamten Schmuck ihrer Schwiegermutter, ebenso alles Silber, das es in diesem bescheidenen Haushalt gab und dazu feinstes weißes und besticktes Leinen, so steif gestärkt und so glatt gebügelt, dass Lysbeth meinte, darauf könnte man sogar essen, wenn kein Tisch drunter stände. Aaron bekam alle Angelsachen und mehrere Messer und sogar einen Säbel geschenkt. Der Säbel war das Einzige, das Lysbeth zurückwies. Aber erst als die beiden allein waren. »Aaron, den Säbel müssen wir hierlassen. Alles andere kommt in einen Koffer, auf den wir meinen Namen schreiben. Ich darf Silber, Messer und so haben. Du nicht.« Da erst begriff Aaron, was hier eigentlich geschah. Ihn hatte die Aufforderung an Juden, sämtliche Waffen und alles Silber abzugeben, nicht betroffen, weil er beides nicht besaß – und seine chirurgischen Instrumente hatte er darunter nicht verstanden.

Aaron war sehr gerührt über die Geschenke. Dabei war auch Schmuck, den seine Mutter bereits von ihrer Großmutter geerbt hatte, vor allem aber eine Kette und ein Ring, der seiner Schwester gehört hatte, und den seine Mutter als letzte Erinnerung an sie mehr in Ehren gehalten hatte als ihren eigenen Ehering.

Sie verlebten zwei Wochen miteinander, die durch nichts getrübt waren. Die wenigen Störungen, die durch irgendwelche Schikane gegen Juden in ihr harmonisches Miteinander drangen, blendeten sie möglichst konsequent aus. So kam ein Nachbar zu Besuch und berichtete, dass das Verbot für Juden, Tauben zu halten, unmittelbar bevorstand. Aarons Vater kommentierte gleichmütig, dass dieses Verbot sehr taubenfreundlich sei, da so keine jüdische Taube mehr einen traurigen Tod erleiden müsse. Und als der Blockwart ebenfalls unangemeldet auf Besuch kam und die Nachricht verbreitete, alle Juden müssten in der nächsten Zeit den Block verlassen und in Judenhäuser ziehen, entgegnete Aarons Mutter nur, dass das auch wirklich sehr sinnvoll sei, dann wäre alles Jüdische unter sich und alles Arische auch. Dann könnte es wirklich gar kein Durcheinander mehr geben. Aaron wollte auffahren, aber sein Vater legte seine alte Hand auf Aarons, der sich sofort zurückhielt. Die Hand seines Vaters zitterte sehr. Aber auch er sagte keinen Ton. Lysbeth war es, die in kultiviertem Hochdeutsch bemerkte: »Ich als Arierin empfinde Juden in der Nachbarschaft als große Hilfe. Ich kann sie immer fragen, wenn ich Probleme mit der deutschen Rechtschreibung habe. Sie kennen sich einfach mit der deutschen Sprache sehr gut aus.« Der Blockwart, dessen Deutsch alles andere als Bildung verriet, bedachte Lysbeth mit einem schiefen Blick und verschwand ohne große Umstände.

Der Abschied von den beiden alten Menschen am 1. Januar 1940 war anders als sonst. Sogar der Vater umarmte Aaron und küsste ihn auf beide Wangen, ebenso wie er es bei Lysbeth tat. Die Mutter, die während der ganzen Zeit gut gelaunt und manches Mal richtig fröhlich gewesen war, weinte bitterlich. Auch dem Vater liefen Tränen über die Wangen.

Im Zug saßen Aaron und Lysbeth lange Zeit schweigend Hand in Hand. Bis Aaron irgendwann in die Stille mit brüchiger Stimme die Worte fallen ließ: »Ich glaube, dass sie uns mit irgendwas belogen haben. Vielleicht ist er doch viel kranker, als er eingestanden hat.« Lysbeth drückte seine Hand und schwieg. Sie überlegte, ob sie ihm sagen durfte, was sie dachte. Und sie überlegte auch, ob sie denken durfte, was sie dachte. Dachte sie es nur? Oder wusste sie es?

Sie hatte Aaron noch nie angelogen und auch noch nie etwas verschwiegen, wenn man einmal außer Acht ließ, dass sie damals, als sie die Abtreibungen alleine machen wollte, versucht hatte, ihn zu überlisten. Was allerdings gründlich schiefgegangen war. Es fiel ihr furchtbar schwer, etwas vor ihm geheim zu halten. Sie schob ihre Überlegungen im Kopf hin und her. Dann kamen Reisende in ihr Abteil und gewährten Lysbeth einen Aufschub. Erst als sie abends Hand in Hand im Bett nebeneinanderlagen, sagte sie: »Ich glaube, wir werden sie nicht wiedersehen. Beide.« Aaron lag regungslos neben ihr. Irgendwann merkte Lysbeth an einem leisen Beben des Bettes, dass er weinte. Sie setzte sich auf, nahm seinen Kopf in ihren Schoß und streichelte ihn. So schliefen beide ein. Am Morgen lag Aarons Kopf immer noch auf Lysbeths Schoß, die aufs Bett hinabgerutscht war und seinen Bauch umschlungen hielt.

Als sie ihre Koffer auspackten, entdeckten sie einen Brief, der in einem Pullover von Lysbeth versteckt war. Der Brief war in fast gemalter Schönschrift von der Mutter geschrieben. »Lieber Aaron, wenn Du dies liest, werden wir nicht mehr auf dieser Erde weilen. Wir haben uns Rattengift besorgt, und das werden wir nach Eurer Abfahrt zu uns nehmen.« Aaron stöhnte auf. Rattengift. »Sie werden entsetzliche Qualen leiden, bevor sie sterben«, sagte er entsetzt. Lysbeth blickte auf die Uhr. Sie musste nicht sagen: »Es ist vorbei.« Beide wussten es.

Gemeinsam lasen sie weiter. »Außerdem schneiden wir uns die Pulsadern auf. Falls das Rattengift nicht wirkt. Wir wollen sterben. Und wir wollen gemeinsam sterben. Bitte verzeih uns. Wir sind zu schwach, um die Angst weiter auszuhalten. Jeden Tag passiert das Nächste, was uns das Leben zur Last macht. Aber das ist nicht das Schlimmste. Das Schlimmste ist unsere Angst, dass sie Vater wieder holen könnten. Er würde es nicht aushalten, noch einmal ins KZ zu kommen, und ich würde es nicht aushalten, noch viel weniger als letztes Mal, ohne ihn zu bleiben. Also gehen wir jetzt, freiwillig, gemeinsam. Wir sind sehr glücklich über diesen Entschluss. Du warst uns immer ein guter Sohn, dafür möchten wir Dir zum Schluss danken. Wir wissen nicht, wie sie heute Juden beerdigen. Am liebsten würden wir verbrannt werden und dass Du unsere Asche in dem Schrebergarten verstreust, den sie uns auch weggenommen haben. Da hat Vater seine Tauben gehabt, da waren wir lange Jahre so zufrieden, wie Menschen nur sein können. Bis unsere Tochter, Deine Schwester, starb. Das war ein schlimmer Schlag. Wir wissen beide nicht, was uns erwartet. Aber vielleicht werden wir dem Licht begegnen, das Deine Schwester geworden ist. Und wenn Du einmal stirbst, wirst Du unserem Licht begegnen. Mögest Du diese entsetzlichen Zeiten heil an Leib und Seele überstehen. Gott segne Dich und Deine Frau, die wir sehr liebgewonnen haben. Halte uns in Deinem Herzen in Ehren.«

Lysbeth konnte keinen Ton von sich geben. Ihre Kehle war eng. Sie konnte auch nicht weinen. Ängstlich sah sie zu Aaron. Er dachte angestrengt nach, das erkannte sie daran, dass er sich mit den Fingern durch seine Haare fuhr, bis sie in alle Richtungen verwuschelt waren. »Wir müssen hinfahren«, sagte er irgendwann sachlich. »Und zwar sofort. Wir müssen sie aus der Wohnung holen, und wir müssen dafür sorgen, dass sie anständig beerdigt werden.« Lysbeth nickte benommen. Aaron hatte recht. Schaudernd stellte sie sich vor, wie die beiden in ihrem Blut lagen, die Glieder im Schmerz verkrampft durch das Rattengift, das Speiseröhre und Magen bereits verätzt hatte, bevor es auf die anderen Körperorgane übergriff. Ja, sie mussten sie finden. Sie mussten sie finden und säubern und an Autopsien und Polizei und allem sonstigen, das ihr Ansehen besudeln könnte, vorbei dafür sorgen, dass sie eine würdige Beerdigung erhielten. »Weißt du, wie man jemanden verbrennen lassen kann?«, fragte Aaron. »Ich habe keine Ahnung von all diesem Kram. Aber ihr letzter Wille ist mir Befehl.« Lysbeth dachte angestrengt nach. Juden, die Selbstmord begangen hatten, für eine private

Verstreuung von Asche offiziell ins Krematorium geben? Wie sollte man das bewerkstelligen?

Sie schlug vor, die Tante zu fragen. Wenn jemand in einem solchen Fall einen Rat hatte, war es die Tante. Seit Weihnachten saß sie tagsüber nur noch in ihrem Bett, und im Grunde war sie dort gar nicht mehr, um zu sterben, sondern um Ratsuchende zu empfangen. Sie hatte keine Lust mehr, ihr Zimmer, geschweige denn das Haus zu verlassen. Selbst die Treffen mit Alma waren ihr zu viel geworden. Sie hatte Stella hingeschickt und ausrichten lassen, dass sie am Sterben sei und nicht wiederkomme. Das war aber vor acht Wochen gewesen. Seitdem war sie nicht gestorben. Aber sie hatte manches Gute bewirkt. Stella hatte aufgehört, sich zu sorgen, dass Anthony und Angela vielleicht ein Liebespaar werden könnten. Alexander hatte begonnen, um eine späte Liebe seiner Käthe zu werben. Er hatte sich angewöhnt, ihr kleine Geschenke zu machen. Er hatte sich zu einem fürsorglichen Mann entwickelt, der abends nachsah, ob Käthe auch gut zugedeckt war, und ihr Tee einschenkte und ihre Lieblingsschokolade mitbrachte, wenn er sie bekommen konnte. Er machte neuerdings Komplimente, die er nur machen konnte, weil er Käthe genau anschaute. Und er schaute sie häufig an, mit einem Blick, der sagte: Was war ich bloß für ein Trottel, dass ich diesen Schatz an meiner Seite nicht früher entdeckt habe?! Er streichelte ihre Hände beim Einschlafen und auch manchmal tagsüber, wenn er neben ihr saß, ja, er griff nach ihren Händen und hielt sie, auch ganz ohne Not. Und allmählich wurde er kühner. Er streichelte ihre Wangen, ihre Haare und dann küsste er sie sogar vor dem Einschlafen. Zuerst mit einem kleinen Küsschen, dann verweilten seine Lippen länger auf den ihren und um die Zeit, als Aarons Eltern sich umgebracht hatten, tat er sogar manchmal beides: Er küsste und streichelte sie gleichzeitig. Er war dabei sehr aufmerksam. Sobald Käthe zurückzuckte, zog er seine Hände sanft weg, nicht abrupt, aber er ließ Käthe frei.

Die Tante hatte Aaron und Lysbeth Ratschläge gegeben, wie sie nach wie vor für die jüdischen Familien medizinisch tätig sein konnten, ohne sich dabei in Gefahr zu bringen. Und sie hatte ihnen energisch ins Gewissen geredet, dass dieses Hitlerregime auch eine Lehre für die beiden parat hatte, nämlich dass ohne die Pflege ihrer Körper und ihrer Liebe gar nichts funktionieren könnte. »Eure Liebe ist die Grundlage für alles«, hatte sie gesagt. »Ohne eure Liebe könnt ihr niemandem helfen, weil ihr nämlich selbst baden geht. Also pflegt sie und pflegt eure Kraft.« Sie hatte geschmunzelt und hinzugefügt: »Und am besten ist es, beides gleichzeitig zu pflegen. Also lasst es auf keinen Fall zu, dass ihr euch nicht mehr berührt und küsst und liebkost und vor allem: fickt.« Das Wort war durch den Raum geschossen, von der Wand zurückgeprallt, auf Lysbeth getroffen wie eine Kugel und von dort zu Aaron gerollt, der es auffing und laut zu lachen anfing. »Gute Idee«, hatte er gelacht und Lysbeth von ihrem Stuhl hochgezogen. »Tantchen, ich hoffe, dass deine Ohren schlecht sind. Ficken geht nämlich selten lautlos vonstatten.«

Lysbeth war puterrot geworden. Aber die Tante hatte ihr Krähenlachen gelacht. »Meine Ohren sind verdammt schlecht, mein Junge«, hatte sie gesagt. »Aber ich kann dir ein Geheimnis verraten, falls du es nicht schon kennst: Es gibt auch noch andere Ort als das Bett.« Sie hielt inne und dachte nach. Dann sagte sie trocken: »Nun ja, wahrscheinlich ist ein Paternoster oder der Rathausplatz oder eine Bank an der Alster nicht gerade der beste Platz für einen Juden, seine Liebste aufs Kreuz zu legen.«

»Tantchen, jetzt reicht es aber«, schimpfte Lysbeth, der es allerdings sehr gefiel, wie stürmisch Aaron sie aus dem Zimmer zog.

Lysbeth und Aaron begaben sich also zu der Tante, die seit ihrem Sterben nebenan im Gartenzimmer schlief und nicht mehr auf der Küchenbank. Im Eifer ihrer Sorgen klopften sie nicht an die Zimmertür. Wie überrascht waren sie, als sie die Tante vor ihrem Bett erblickten, die in Unterhemd und Unterhose Kniebeugen machte. Die Tante blickte dabei zum Garten hinaus. Ruhig und ohne außer Atem zu geraten, zählte sie bei jedem Knickser: »Einundsechzig, zweiundsechzig, dreiundsechzig ...« Sie hatte die Arme vor sich ausgestreckt, den Kopf hochgereckt, der Rücken war gerade. Sie hatte Lysbeth und Aaron nicht gehört, zählte ruhig weiter. Die beiden schauten sich an und zogen sich lautlos rückwärts aus dem Zimmer zurück. Leise schlossen sie die Tür hinter sich und gingen in ihr Zimmer zurück. Dort setzten sie sich aufs Bett. Beide blickten vor sich hin auf den Boden. Dann schmiss Lysbeth sich auf Aaron und befahl: »Fick mich. Ich will mit hundert keine Kniebeugen machen. Ich will, dass du deinen neunzigjährigen Schwanz in meinen hundertjährigen feuchten heißen Jungbrunnen tauchst.«

483

Aaron murmelte, während er zuerst Lysbeth und dann sich selbst entblößte: »Gut, ich besorg es dir, du hungriges Ding. Du bist ebenso verrückt wie alle Frauen deiner Familie. Ich werde ordentlich trainieren, damit ich mit neunzig noch hören kann, wenn du mich rufst, noch sehen kann, wie deine Augen funkeln, deine Säfte noch schmecken, deinen Mund noch öffnen, deine Haut noch fühlen kann.« Und während er das sagte, zeigte er anschaulich, dass er jetzt noch all seine Sinne parat hatte. Lysbeth seufzte: »Ja, mach mich satt, besorg es mir, richtig.«

Als sie zur Tante gingen, hatte Lysbeth glänzende Augen und eine gut durchblutete Haut. Aaron ging aufgerichtet und mit federnden Schritten. Er war stolz auf sich selbst. Und er war auch stolz auf seine Eltern. Sie hatten eine würdige Entscheidung gefällt. Und er war ganz sicher, dass er leben wollte. Und dass er diese neue Lysbeth, die sich ihm seit kurzem mit Worten und Taten ganz anders zeigte als früher, so sattmachen wollte, dass sie vor Glück und Zufriedenheit platzte. So wie jetzt.

Das Zimmer der Tante war gut gelüftet. Es roch nach frischer Seife und einem Kräutergemisch, das die Tante in ein Öl fügte, mit dem sie ihre Haut einrieb. Das tat sie schon seit langem, hatte es aber in den ersten Wochen ihres Sterbens unterlassen. Als sie wieder danach roch, hatte das die gesamte Familie sehr beruhigt.

Das Bett war geschüttelt und die Kopfkissen gut hinter dem Rücken der Tante verstaut. Die Haare der Tante waren gekämmt und geflochten und um ihren Kopf gewunden. Ihre Wangen sahen fast so rosig aus wie die von Lysbeth. Ihre Augen funkelten. »Gut, dass ihr vorhin wieder verschwunden seid«, sagte sie fröhlich. »Sonst hätte ich euch nämlich rausgeschmissen In meinem Alter möchte man bei der Morgengymnastik nicht beobachtet werden. Und wie ich rieche, habt ihr auch ein wenig Morgengymnastik betrieben, also sind wir jetzt alle gut gelaunt.« Lysbeth schnüffelte. Ja, es stimmte: Sie rochen nach Sexualität. Nein, dachte sie, wir riechen nicht nur nach Sexualität, ich zumindest rieche nach ganz viel Lust und ganz viel Befriedigung. Sie konnte sich ein Grinsen nicht verkneifen. Denn auch Aaron roch nach beidem: ganz viel Lust und ganz viel Befriedigung. Als könnte sie Lysbeths Gedanken lesen, sagte die Tante gemütlich: »So soll es sein, meine Kleine. Und wenn ich dir ein Geheimnis verraten darf: Es gibt gar nichts in meinem Leben, das ich bedaure, nicht einmal, dass ich kein Kind bekommen habe. Aber eines bedaure ich: Nämlich, dass ich keinen Mann hatte. Das Toben in Bett und Wald und auf der Wiese, das hat in meinem Leben gefehlt.« Sie kicherte. »Na ja, ihr habt es ja gesehen. So muss ich eben Kniebeugen machen.«

Lysbeth setzte sich aufs Bett, Aaron zog einen Stuhl daneben. Sie erzählten abwechselnd, was geschehen war. Die Tante hörte aufmerksam zu. Und dann berieten sie, wie sie den Wunsch von Aarons Eltern erfüllen konnten.

Eine Woche später verstreuten Aaron und Lysbeth die Asche von Aarons Eltern in deren ehemaligem Schrebergarten. Es war bitterkalt, und das Schrebergartengelände war verwaist. Aaron und Lysbeth kletterten über den niedrigen Gartenzaun, und schon waren sie drinnen. Aaron erinnerte sich noch, was seine Eltern gepflanzt und besonders geliebt hatten. Die jetzigen Besitzer hatten vieles verändert. Früher hatte der Garten wie ein Bauernhof en miniature ausgesehen. Hühner liefen herum und Taubenställe wurden gepflegt, vielfältiges Gemüse spross in schmalen Beeten, und Erbsen rankten an Stöcken empor, die wie zu einem Dach zusammengebunden waren. Dicke Bauernrosen prangten üppig um die Pfingstzeit, und den Zaun hochkletternde Wicken lockten in bunten Farben die Bienen mit süßem Duft. Jetzt war der Garten zur Hälfte ein Kartoffelacker, zur anderen Hälfte ein Rasen, der selbst im Winter noch aussah, als wäre er mit einer Wasserwaage angelegt und geschnitten. Aaron umkreiste die Obstbäume, die Birne, den Apfel, die Kirsche, die Pflaume. Seine Augen glänzten vor Tränen und vor schwärmerischer Erinnerung. Er erzählte Lysbeth die Geschichten aller Bäume. Er war sechs Jahre alt gewesen, als der Birnbaum gepflanzt worden war und zehn, als der Vater den Boskop in die Erde gesetzt hatte. Vor dem Kirschbaum stand Aaron und faltete andächtig die Hände. »Diesen Baum haben meine Eltern gepflanzt, als meine Schwester gestorben ist«, sagte er leise. »Er hat dicke gelbe süße Kirschen. Jede Einzelne hat meine Mutter mit besonderer Sorgfalt gepflückt und gegessen.« Lysbeth trug das Einweckglas mit der Asche der Eltern. Es gab keine Urne, die ganze Verbrennung war auf eine absurde Weise vonstatten gegangen.

Aaron hatte eine Kapitänsuniform von Jonny getragen, die diesem nicht mehr passte, Aaron aber immer noch zu weit war. Sie hatten die Hose mit einem Gürtel um seine schmale Taille gezurrt. Das Jackett war aus so festem steifem Stoff, dass Aaron darin breitschultrig und sehr imposant aussah. Stella hatte auch eine Mütze von Jonny herausgesucht, die er früher getragen hatte. Außerdem hatte Stella Lysbeth eins ihrer Kostüme geliehen, die sie zu hochoffiziellen Anlässen trug, dazu einen Hut mit Schleier, der das Gesicht halb verdeckte. So waren sie zum Krematorium gegangen und hatten dort vorgegeben, sie wollten einen Neffen, Herrmann, treffen. Sie seien zufällig und nur kurz in Dortmund. Herrmann würde in der letzten Schicht arbeiten, so hätte seine alte Mutter ihnen mitgeteilt.

Es war ein älterer Mann, der mit ihnen sprach, und der sagte, nein, die letzte Schicht mache nicht Hermann, das wäre der Karl Glaser. Außerdem wisse er von keinem Hermann, der hier arbeite, ob sie vielleicht den Helmut meinten?

Aaron hatte Lysbeth charmant angelächelt und gesagt: »Meine Liebe, in unserer langen Zeit in Afrika scheinen unsere Gehirne etwas eingetrocknet zu sein.« Und Lysbeth hatte ihre behandschuhte Hand dem Arbeiter hingestreckt und geflötet: »Wissen Sie, mein Mann ist ganz verrückt nach alten Familientraditionen, und nun erinnert er sich schon nicht mehr richtig an den Namen.« Aaron hatte seine Hand zackig an die Mütze geworfen und »Sieg Heil« geschmettert. Der Arbeiter hatte verdutzt und ehrfürchtig die hohen Herrschaften hinausgeleitet.

Aaron und Lysbeth hatten genug erfahren. Sie hatten bereits einen Bestatter beauftragt, die beiden Leichen aus der Wohnung zu schaffen. Beim Leichenbestatter hatte Aaron sich als Schiffsarzt ausgegeben, der zufällig dazugestoßen war, als seine Cousine in die Wohnung der beiden alten Menschen kam, die sich anscheinend selbst umgebracht hatten. Die beiden Toten waren die Eltern von einem guten Freund der Dame, die sich nun in großen Schwierigkeiten befand. Was sollte sie nur tun? Aarons Uniform und Lysbeths Eleganz schienen den Kopf des Leichenbestatters leicht zu benebeln. Was noch durch das Geld verstärkt wurde, das Lysbeth aus ihrem Handschuh zog.

Die Tante hatte den ganzen Plan mit ihnen geschmiedet und dann hatte sie einen Strumpf herausgeholt und dem einige Scheine entnommen. »Für solche Gelegenheiten habe ich ein wenig vorgesorgt«, hatte sie spitzbübisch gesagt. Aaron hatte das Geld nicht annehmen wollen, aber die Tante hatte nichts gelten lassen. »Ihr wollt doch, dass ich noch nicht sterbe«, hatte sie gesagt. »Das Geld hier ist für meine Beerdigung. Wenn ihr davon jetzt was nehmt, muss ich erst mal dafür sorgen, dass der Strumpf wieder voll wird.« Das hatte gewirkt.

Also wurden Aarons Eltern in einer schwarzen Limousine vom Leichenbestatter abgeholt und zum Krematorium gefahren, wo Aaron und Lysbeth vorweggingen, um mit Karl Glaser zu verhandeln, dass die beiden Alten vorgezogen wurden, weil sie beide nur kurze Zeit hier waren und deshalb nicht warten konnten. Karl Glaser wollte den Totenschein sehen. Als dieser Formalie Genüge getan war, behandelte er die beiden Alten vorzugsweise. Das Geld steckte er ein, ohne mit der Wimper zu zucken. »Wieso für zwei Alte so ein Umstand gemacht wird«, brummte er, als Aaron sagte, er wolle dabei sein, wenn die beiden verbrannt wurden. Ihm sei wichtig, dass die Asche auch wirklich die der Alten sei. Der Bestatter war in seiner schwarzen Limousine schon wieder fort, als Lysbeth und Aaron mit einem Einweckglas voller Asche das Krematorium verließen.

Sie verstreuten die Asche unter den Bäumen, verscharrten sie mit einer Harke, was bei dem gefrorenen Boden nicht einfach war. Die Bauernrosen zeigten sich nur noch als einige vertrocknete Halme vom letzten Jahr. Aber Aaron wusste, dass mit dem Frühling rote Triebe herauskommen würden, die sich zu den wundervollen dicken roten Blumen entwickeln würden, die seine Eltern so geliebt hatten. Auch dorthin streuten sie Asche. Und der Rest flog in alle vier Winde. Dann waren sie fertig. Sie stiegen wieder über den Zaun, umarmten und küssten einander lange. »Das hätten die beiden gewollt«, sagte Aaron feierlich. »Und jetzt gehen wir in irgendein Hotel und lieben uns die ganze Nacht lang. Das ist eine würdige Beerdigung.« Lysbeth erhob vorsichtig Einspruch: »Aaron, du darfst kein Hotel besuchen, das weißt du doch.« Lachend sagte er: »In dieser Uniform? Wir sagen einfach, dass ich meinen Ausweis an Bord vergessen habe.« Zu Lysbeths großem Erstaunen kamen sie auch damit durch. Der Hotelportier dienerte ehrfürchtig angesichts der Uniform, und als Aaron schnarrte, er habe den Ausweis gerade nicht parat, aber seine Unterschrift müsse ja wohl reichen, legte der Mann seine Hand an die Mütze und sagte: »Jawoll, Kapitän!«

Am nächsten Tag gingen sie zur Wohnung der Eltern zurück. Lysbeth informierte den Hauseigentümer über den Tod der beiden und dass die Einäscherung bereits vorbei sei. Sie trug immer noch die elegante Robe ihrer Schwester und sprach in dem hochnäsigen Ton, den sie in Situationen neuerdings anschlug, in denen sie sich obrigkeitshörigen Leuten gegenüber durchsetzen wollte. Sie beschwerte sich, weil sich bisher niemand darum gekümmert hatte, dass in der Wohnung zwei Menschen an einer womöglich ansteckenden Krankheit gestorben seien, und schlug dem Hausbesitzer vor, die Wohnung möglichst schnell zu entrümpeln und zu säubern, damit gar nicht erst Gerüchte aufkämen, die eine Wiedervermietung der Wohnung womöglich erschweren könnten.

Aarons Eltern hatten die Miete noch bis Ende des Jahres bezahlt, die Quittung hatten sie Aaron in den Brief gelegt, damit der Vermieter gar nicht erst auf die Idee kommen konnte, von ihm noch etwas zu verlangen. Als der Vermieter meinte, der Sohn der beiden müsse aber die Entrümpelung bezahlen, sagte Lysbeth kühl: »Ich glaube, der hat Deutschland verlassen. Wir sind geschieden. Dies ist mein letzter Liebesdienst. Meinetwegen können Sie den ganzen Krempel behalten oder verkaufen, dann haben Sie das Geld für die Entrümpelung zurück.« Der Vermieter sah sie beeindruckt an. Sie war offenbar eine kalte und hartherzige Person, von der nichts zu holen war. Er knurrte, dass diese Scheißjuden einem immer nur Schereeien machten, aber dass sie zum Glück jetzt endlich weg seien und dem Staat nicht mehr auf der Tasche lägen. Lysbeth lächelte hoheitsvoll hinter ihrem Schleier und reichte ihm die Hand zum Kuss. Es bereitete ihr diebische Freude, ihn damit völlig zu überfordern. Er schlug die Hacken zusammen und schmetterte »Heil Hitler!« »Ja«, antwortete Lysbeth. »Das finde ich auch: Heil Hitler!« Es klang aus ihrem Mund etwas anders, als er es gewohnt war. Eher so, als fände die Dame, dass Hitler krank sei und geheilt werden müsste. Einen Moment blickte der Mann sie misstrauisch an. Doch Lysbeth lächelte und wünschte ihm alles Gute für die Zukunft. Sie drehte sich um und stöckelte majestätisch aus dem Raum. Sie grinste vor sich hin. Wenn du wüsstest, dass ich nur ein bemühter Abklatsch meiner Schwester bin, dachte sie.

Als sie nach Hamburg zurückkehrten, erwartete sie eine muntere und gesunde Tante. Sie verkündete zwar, dass sie nach wie vor den Nachmittag im Bett zu verbringen gedenke. Und ab vier Uhr dürfe man sie dann auch gern aufsuchen, dann sei ihr Mittagsschlaf beendet. Sie bevorzuge diese Gespräche unter vier Augen, die ganze Familie im Wohnzimmer zusammen, das würde sie einfach nicht mehr ausreichend amüsieren. Sie hörte sich an, was Aaron und Lysbeth erlebt hatten und klopfte Aaron bestätigend auf die Schulter. »Gut gemacht, mein Junge.«

Einer der Gründe, warum die Tante sich in ihrem Zimmer aufhielt und warum man nicht ohne weiteres zu ihr dringen konnte, sondern am Morgen schon ankündigen musste, wann man sie am Nachmittag zu besuchen gedenke, war, dass sie in ihrem Zimmer einen Rundfunksender hatte und gemeinsam mit Stella den *BBC* abhörte. Im Februar hatte das Hanseatische Sondergericht in Hamburg einen Gastwirt zu fünf Jahren Zuchthaus verurteilt wegen des Empfangs von Feindsendern und der Verbreitung ihrer Nachrichten, und die Tante und Stella nahmen sich fortan noch mehr in Acht, dass Eckhardt und Cynthia oder gar Jonny auf keinen Fall ins Zimmer der Tante kamen, während sie den Londoner Sender abhörten.

Aber das waren sowieso nicht die Gäste, die besonders häufig bei der Tante anklopften. Eckhardt und Cynthia nahmen nach wie vor an allen Veranstaltungen des Windhundvereins teil. Eckhardt war Kassenwart, und Cynthia half ihm. Außerdem war sie Mitglied der Frauenschaft, und er hatte sich als Trainer einer Fußballmannschaft im Eimsbüttler Turnverein angedient. Stella hatte ihn schief angesehen und gesagt: »Du, Fußballtrainer? Du hast doch gar keine Ahnung von Fußball, und wenn du einen Ball an den Kopf bekommst, bist du zwei Wochen aus dem Gefecht.« Aber Eckhardt hatte geantwortet: »Man hält sich am besten jung, wenn man mit jungen Leuten zusammen ist. Und ein Trainer bekommt keinen Ball an den Kopf.«

Aber erst mal wurde sowieso kein Fußball gespielt. Der Winter war so entsetzlich kalt, dass Wege zu Fuß nur in dickster Kleidung und auch nur im allernötigsten Fall zurückgelegt wurden. Die Entscheidung der Tante, die Nachmittage im Bett zu verbringen, war kein Einzelfall. Viele Menschen zogen sich in ihre Betten zurück, mit einer Kornflasche, in die heißes Wasser gefüllt wurde. Die Kohlen waren knapp und die Einkommen auch. Angeblich war dieser Winter der bisher kälteste in Hamburg registrierte. Das Thermometer fiel sogar auf minus neunundzwanzig Grad.

Am 2. März 1940 kurz vor Mitternacht klingelte es Sturm in der Kippingstraße. Alle hatten schon geschlafen. Käthe war die Erste, die aufwachte. Sie horchte. Ihr Herz raste. Was war geschehen? Alexander schlief ruhig weiter. Im Nebenraum lag Eckhardt. Auch er würde sich nicht stören lassen, vermutete Käthe. Also stand sie selbst auf, schlüpfte in ihren Morgenmantel und die Hausschuhe und huschte zur Haustür. Durch das Glasfenster sah sie die Gestalt eines Mannes. »Wer ist da?«, fragte sie mit strenger Stimme. Eine Männerstimme antwortete in äußerster Bedrängung: »Um Himmels willen, bitte öffnen Sie.« Käthe presste ihre Hand gegen ihr Herz. Es schmerzte. Und es schlug bis zum Hals. Was sollte sie tun? »Wer sind Sie?«, fragte sie wieder. Die Stimme antwortete: »Ein Freund Ihres Sohnes.« Irgendetwas an der Stimme befahl ihr zu öffnen. Sie hatte drei Söhne, und ihr fiel kaum ein Grund ein, deren Freunde nachts einzulassen. Aber irgendetwas lag in der Stimme, das sie bewog, den Schlüssel im Schloss zu drehen und die Verriegelung zurückzuschieben. Sie unterdrückte einen Schrei, als sie den Mann erblickte. Sein blutüberströmtes Gesicht war kaum erkennbar. »Kommen Sie«, sagte Käthe. Im Vorraum zwischen den beiden Eingangstüren brach der Mann zusammen. Käthe schloss die Haustür und verriegelte sie wieder. Dann stieg sie die Treppen hinab zu Aaron und Lysbeth und weckte die beiden. Sie waren im Nu oben und schleiften den Mann in ihr Zimmer hinab. Er hatte eine klaffende Wunde an der Stirn. Sie verarzteten ihn, nähten die Wunde, desinfizierten sie und ließen ihn in ihrem Bett schlafen. Wenn sein Schädel nicht tiefer verletzt war und er keine inneren Blutungen hatte, würde er am nächsten Tag wieder zur Besinnung kommen. Wenn nicht, würden sie morgen darüber sprechen, was zu tun wäre. Dann wäre er vielleicht schon tot, und sie hätten einige Scherereien am Hals. Aber das war ihnen mittlerweile vertraut.

Dicht aneinandergeschmiegt legten sie sich auf den Teppich und deckten sich mit einer Bettdecke zu. Die zweite Decke lag auf dem Fremden. Sie zitterten vor Kälte, aber sie wärmten sich gegenseitig. Bis die Tante in der Tür stand und schimpfte. Dass sie gefälligst sofort in ihr Bett gehen sollten, sie würde sich auf die Bank in der Küche legen, das wäre ja wohl die bessere Alternative. Die Küche sei schließlich noch der wärmste Raum. Und für eine Nacht wäre das ihren müden Knochen durchaus zuzumuten. »Ich hasse es, wenn ihr so tut, als müsste ich bald sterben«, schimpfte sie laut. Aaron und Lysbeth gingen vor Kälte zitternd in das Bett der Tante und tauten dort allmählich wieder auf.

Am nächsten Morgen früh um sechs Uhr hörten sie die Stimme der Tante im Nebenraum. Sie sprach mit dem Fremden. Ein ruhiges freundliches Gespräch. »Er lebt«, flüsterte Lysbeth. Aaron lag mit einer enormen Erektion dicht an sie gedrückt. »Ich auch«, flüsterte er.

Der Mann, Friedrich Seiler, war ein Freund von Dritter aus der Swingjugend. Am Vorabend hatte ein Tanzabend der Hamburger Swingjugend im *Curio-Haus* stattgefunden. Ein Großaufgebot von Gestapo und HJ hatte die Gesellschaft aufgelöst. Jede Form des Jazz war den Nazis als »Negermusik« suspekt. Sie hatten die Veranstaltung auf ihre Weise aufgelöst: mit Gewalt und Verhaftungen. Friedrich Seiler war entkommen. Sein ganzer Körper war übersät von blauen Flecken. Die Platzwunde an der Stirn hatte offenbar schlimmer geblutet, als sie wirklich war. Er gestand, dass er zu den Wolkenraths gegangen sei, weil er von Aaron gewusst hatte. Dritter hatte erzählt, dass er einen jüdischen Schwager habe, der Arzt sei. Er wusste auch, dass Dritter im Gefängnis war. Die Swing-Szene hielt zusammen und war ganz gut übereinander informiert.

Die Tante quetschte ihn aus über die Swing-Jugend, doch am Schluss ihres Gesprächs war mehr oder weniger klar, dass diese Bewegung mit dem heutigen Abend ein Ende gefunden hatte. Es waren keine organisierten jungen Leute, sie hatten einfach nur Spaß an der Musik und am Tanzen. Und sie verabscheuten ein Regime, das Jazz verbot. Die Einzelnen würden Jazzbegeisterte bleiben, und manche hätten gewiss auch weiterhin Kontakt zueinander, zum Tanzen allerdings im *Curio-Haus* würden sie sich nicht mehr treffen können. Von nun an mussten sie Wege finden, sich nicht völlig aufzugeben und gleichzeitig zu leben wie alle.

Am 6. März stand Jonny früh um fünf neben Stellas Bett. Sie schreckte mit Herzrasen hoch, als er sie an der Schulter aus dem Schlaf rüttelte. Bevor sie ihn beschimpfen konnte, sagte er leise: »Ich wollte mich nur verabschieden, Stella. Ich bin nach Norwegen eingesetzt.« Stella richtete sich auf, plötzlich hellwach. »Die See ist mörderisch«, sagte sie. »Du hast es selbst vor kurzem erzählt. Sogar gestandenen Seeleuten fiel nichts anderes als Beten ein, hast du gesagt.« Jonny nickte. »So ist es. Befehl ist Befehl. Wir werden es schaffen. Norwegen ist nicht so weit entfernt.« »Die Nordsee ist mörderisch bei diesem Wetter«, beharrte Stella. »Wir haben Krieg«, entgegnete Jonny knapp. »Noch eins, Stella: Ich lasse Greta und Walburga nach Namibia bringen. Da sind sie sicherer als hier, vor allem die Kleine. Wenn dich jemand fragt, sagst du, du hättest gehört, dass Greta eine Tante auf dem Lande hat und dorthin gefahren sei. Im Augenblick kann keiner so etwas nachprüfen.« Stella nickte. Unter anderen Umständen hätte sie gesagt, dass er zu ihr nicht in diesem Befehlston sprechen und wenigstens bitte sagen könnte, aber das schien ihr jetzt völlig nebensächlich. Sie stieg aus dem Bett in ihre Hausschuhe. Sie zitterte sofort. Es war bitterkalt. »Ich mach dir noch einen Kaffee«, sagte sie. Jonny schüttelte verneinend den Kopf. Er hob seinen Koffer hoch, den er anscheinend gepackt hatte, als Stella noch schlief, und umarmte sie. »Pass gut auf dich auf«, sagte er. »Du auch auf dich.« Stella begleitete ihn die Treppen hinunter und trat mit ihm gemeinsam vor die Tür. Es war stockduster und so kalt, dass Stellas Zähne aufeinanderschlugen, obwohl sie ihren Wintermantel übergezogen hatte. »Geh schnell wieder ins Bett«, riet Jonny. »Ja«, sagte Stella. Er ging den Gartenweg entlang davon. Sie blickte hinter ihm her. An der Pforte drehte er sich noch einmal um und hob die Hand. Auch Stella hob die Hand. Ihr Gesicht war so starr vor Kälte, dass sie nicht einmal weinen konnte. Erst als sie wieder im Bett lag, löste sich der Krampf, und sie weinte verzweifelt, bis es draußen hell wurde.

In der Nacht vom 13. zum 14. März zerstörte eine abgeworfene Sprengbombe einen Teil des Krankenhauses St. Georg. Dies war ein Zeichen des Krieges. Die Hamburger pilgerten dorthin, um es sich anzuschauen. Ansonsten wirkte es, als hätte der Krieg eine eigenartige Flaute erreicht. Die Franzosen schienen wenig Lust auf Krieg zu haben. Und die Deutschen griffen nicht richtig an, weil das Wetter so schlecht war.

Aber am 9. April besetzten sie Dänemark und landeten Truppen in mehreren norwegischen Häfen. Obwohl die Norweger sich nach besten Kräften verteidigten und eine Woche später auch alliierte Truppen an ihre Seite traten, war der deutsche Sieg in kurzer Zeit sichergestellt. Die deutsche Marine verlor allerdings mit drei Kreuzern und zehn Zerstörern einen Teil ihrer wertvollsten Einheiten.

Auch Großbritannien hatte das neutrale Norwegen besetzen wollen. Es ging dabei vor allem um die Sicherung beziehungsweise die Störung der deutschen Erzzufuhren aus Schweden, die großenteils über Narvik verladen wurden. Die langgestreckte norwegische Küste war aber auch für die deutsche Kriegsführung sehr bedeutsam. Stella erhielt von Jonny von Zeit zu Zeit Feldpostbriefe, in denen er ihr mitteilte, dass es ihm gutgehe. Ebensolche Nachrichten schrieb sie ihm zurück.

Anlässlich des Führergeburtstags fanden in ganz Hamburg Sammelaktionen statt. Es kamen hundert Güterwagen voll Schrott zusammen, der Rüstungszwecken dienen sollte.

Im Mai wurden fünfhundertzweiundfünfzig Zigeuner in Hamburg verhaftet und von sechs Sammelstellen aus in Richtung Osten abtransportiert. Diese Aktion wurde in der Bevölkerung überwiegend begrüßt. Zigeuner, so sagte der Volksmund, würden stehlen, sogar Kinder.

Am 10. Mai 1940, mit Anbruch des Frühlings, hatte die Ruhe an der Westgrenze ein Ende. Die deutschen Truppen traten zum Angriff an. Die Neutralität der kleinen Nachbarstaaten achteten sie nicht im Geringsten. Der Angriffsplan sah für die erste Phase den Einmarsch in Holland, Belgien und Luxemburg vor sowie den Vorstoß schneller Verbände durch die Ardennen bis zur Kanalküste.

Nach zehn Tagen erreichten Panzertruppen die Kanalküste. Die schwache niederländische Armee hatte am vierten Tag kapitulieren müssen. Vorher war die Innenstadt von Rotterdam durch einen schweren Luftangriff fast völlig zerstört worden. Die umklammerten alliierten Truppen in Belgien und Nordfrankreich zogen sich an die Kanalküste zurück. Während der belgische König kapitulierte, setzten die Briten allen verfügbaren Schiffsraum ein, um ihre Truppen aus Dünkirchen zu evakuieren. Als am 4. Juni Dünkirchen von den Deutschen eingenommen wurde, waren mehr als dreihunderttausend Mann, darunter die britische Armee, über den Kanal nach England gebracht worden. Sie hatten allerdings ihre Ausrüstung verloren. Die Deutschen nahmen in dieser Phase des Feldzuges über eine Million Soldaten gefangen. Schon am nächsten Tag begann der Angriff auf das französische Kerngebiet. Unzählige Zivilisten flohen vor den deutschen Armeen und hemmten die Bewegungen des bereits stark geschwächten französischen Heeres. Die Deutschen stießen nach wenigen Tagen nur noch stellenweise auf härteren Widerstand. Am 14. Juni wurde Paris besetzt, am 15. Verdun erobert, am 18. standen deutsche Truppen in Cherbourg und an der westlichen Schweizer Grenze.

Inzwischen war Marschall Pétain, der 1916 Verdun verteidigt hatte, zum französischen Ministerpräsidenten ernannt worden. Er bat um Waffenstillstand. In Compiègne, wo die Verhandlungen 1918 geführt worden waren, wurde am 22. Juni der Waffenstillstand unterzeichnet. Nur der Südosten Frankreichs blieb unbesetzt, der Norden und der Westen mit Paris wurden deutsches Besatzungsgebiet, Elsass-Lothringen wurde dem Reich einverleibt. Zwei Millionen Kriegsgefangene kamen zum Arbeitseinsatz nach Deutschland.

Es machte in Deutschland tiefen Eindruck, dass das französische Heer innerhalb von sechs Wochen geschlagen worden war. Als die Soldaten nach Hamburg zurückkehrten, die den »Westfeldzug« gegen Frankreich, Belgien, Luxemburg und die Niederlande erfolgreich beendet hatten, stand die Stadt Kopf. Die Begeisterung, die die Soldaten bei Kriegsausbruch nicht begleitet hatte, empfing sie jetzt. Nun schmückten die jubelnden Frauen am Straßenrand die jungen Männer in Uniform mit Blumengirlanden und küssten sie mitten auf den Mund. Nun wurden sie als Helden gefeiert, jeder ein kleiner Stellvertreter Hitlers. Es ähnelte der Massenbegeisterung beim Ausbruch des letzten Krieges. Auch damals hatten alle gedacht, dass der Feind bis Weihnachten geschlagen sein würde. Das war ein Irrtum gewesen. Dieses Mal aber war er bereits geschlagen, der Frieden schien greifbar nahe.

Sogar Stella atmete auf. Die Tante dämpfte allerdings ihre Hoffnung. »Hitler hört nicht eher auf, bis er alles hat oder nichts mehr. Du kannst es mir glauben. Und alle, die mit ihm gemeinsam kämpfen, sind vom gleichen Schlag. Wer seine Befriedigung durch Macht erhält, kann nicht aufhören, wenn sich ihm etwas unterwirft. So ein Machthungriger ist dann nur kurze Zeit zufrieden. Er braucht immer mehr. Es ist eine Sucht, Stella. Nur schlimm, dass es diese Leute sind, die die Massen mitreißen. Sie lügen und betrügen, wenn es ihren Interessen nützt, sie empfinden nicht den geringsten Skrupel, ihre Vorstellungen davon, wie die Welt zu sein hat, wer oben und wer unten ist, mit aller Macht durchzusetzen. Und mit allen Mitteln, die es gibt. Es läuft genauso wie bei Leuten, die süchtig nach der Befriedigung sind, die ihnen das Essen bietet. Sie stopfen alles in sich hinein, was sie kriegen können. Aber die

Befriedigung ist nur von kurzer Dauer. Dann muss das Nächste kommen. Meine liebe Stella, ich kenne mich mit Menschen aus, in diesem Fall muss man ›leider‹ hinzufügen, aber eines weiß ich ganz genau: Hitler ist nicht satt, weil er im Westen gesiegt hat. Und weil ihm Polen gehört. Und Österreich. Und alles, was einmal den Juden gehört hat. Er wird weiterfressen. Bis er platzt. Bis er stirbt. Oder bis ihm einer so auf die Finger haut, dass es ihm sehr, sehr wehtut. Aber die meisten Machtsüchtigen besinnen sich auch dann nicht. Sie kämpfen nur umso verbissener.«

Stella hoffte trotzdem.

Im August erhielt sie über Alma eine Nachricht von Anthony. »Ich habe mich zur Armee gemeldet. Warte nicht mehr auf eine Nachricht von mir. Die Angst vor Spionen ist groß hier. Offizier in der Armee zu sein und gleichzeitig Kontakt nach Deutschland zu haben, ist unmöglich. Ich liebe Dich. Pass auf Dich auf. Dein für immer. Anthony.

P.S.: Keine Angst. Angela und die drei Kinder sind gut versorgt. Ich habe sie aufs Land geschickt, da sind sie sicherer. Bei ihnen sind Menschen, die sich um sie kümmern. Angela hat sich verliebt, ein farbiger Musiker, Bobby B. Cole, Du kennst ihn. Das sollst Du wissen, hat sie mir aufgetragen. Sie wird versuchen, Dir von Zeit zu Zeit Nachrichten zukommen zu lassen. Aber warte nicht drauf.

Ich küsse und umarme und liebe Dich in jeder Sekunde meines Lebens – selbst wenn ich gerade die Deutschen in die Flucht schlage.

Stella lachte und weinte. Sie las den Brief immer aufs Neue. Er war schon nach wenigen Tagen eingerissen und so ramponiert, dass sie ihn wie ein Kleinod zwischen zwei Pappdeckel fügte und versuchte, das Papier nicht mehr zu berühren. Es verlangte eine unglaubliche Anstrengung von ihr, den Gefühlen standzuhalten, die sie schüttelten. Unendliche Erleichterung zum einen. Angela war verliebt, und zwar in einen jungen Schwarzen, in den Stella sich auch hätte verlieben können, wenn da nicht Anthony gewesen und wenn Stella jünger gewesen wäre. Bobby war ein wirklich schöner Mann, nicht besonders groß, schlank, aber kompakt, mit einem Gang, als tanze er nach einem inneren Rhythmus durchs Leben. Er hatte ein umwerfend offenes Lachen und eine Stimme, die direkt aus seinem Bauch zu dringen schien und

Gänsehaut verursachte. Er war Musiker durch und durch. Alles an ihm machte Musik. Er spielte Klavier, er trommelte, er sang. Seine Spezialität aber war die Gitarre, der er erstaunliche Töne entlockte. Stella hatte oft mit ihm musiziert und jedes Mal eine ungeheure Genugtuung empfunden über die Energie und die Impulse, die sie von ihm geschenkt bekommen hatte. Danach vibrierte sie, war voller Kraft und Frische und nicht ausgelaugt, wie von manchen Musikern, die auf ihre Impulse warteten, die sich an sie anhängten und eher widerwillig anderes ausprobierten, als sie schon gewohnt waren.

Stella freute sich unbändig, dass ihre Tochter diesen Mann gefunden hatte. Er war ein starker kraftvoller Mann, der es nicht nötig haben würde, gegen Angela zu kämpfen. Er würde für sie da sein, auch für ihr Töchterchen. Bobby war keiner, der sich drückte, sich schonte, der guckte, was er kriegen konnte und nur darauf bedacht war, sich selbst irgendwie aufzubauen und zu schützen. Das war gut. Als Stella das ihrer Schwester erzählte, sagte diese: »Anscheinend haben wir Wolkenrath-Frauen durch Mutter etwas gelernt.« »Was denn?«, fragte Stella interessiert. »Dass es nicht darauf ankommt, ob ein Mann elegant oder reich oder so was ist, sondern dass er lieben kann und für seine Frau da ist, auch wenn es von ihm etwas verlangt.«

»Und wie hat Angela das von Mutter lernen können?«, fragte Stella neugierig. »Weiß nicht«, antwortete Lysbeth lakonisch. »Wahrscheinlich telepathisch oder durch dich und Anthony oder wie auch immer. Vielleicht ist sie einfach eine kluge Frau.«

Aber Stella war nicht nur erleichtert. Sie hatte entsetzliche Angst um Anthony. Was tat er in der Armee? Offizier würde er werden, hatte er geschrieben. Aber wie konnte er Offizier werden, wo er gar nicht in der englischen Armee groß geworden war? Doch das war nicht ihr eigentliches Problem. Sie fand die Vorstellung unerträglich, von ihm auf unabsehbare Zeit nichts zu hören. Aber ist das nicht die Situation aller Frauen, deren Männer im Krieg sind, fragte eine innere Stimme, die sie beruhigen wollte. Nein, antwortete Stella zornig, das ist es nicht. Für deutsche Soldaten gibt es Feldpost, es gibt Kameraden, die auf Heimaturlaub kommen und erzählen, es gibt überhaupt Heimaturlaub. Anthony ist für mich nun verschollen. Das ist furchtbar, nicht auszuhalten, ich werde dran sterben. Eine andere Stimme sagte: Du musst dich in Telepathie üben. Du musst zu Anthony einfach Kontakt über deine

Liebe, über die Stärke deiner Gefühle aufnehmen. Eine andere Möglichkeit gibt es nicht mehr.

Ihre inneren Stimmen stritten sich tagelang. Am liebsten hätte Stella alles um sich herum kurz und klein geschlagen. Am liebsten wäre sie nach Berlin gefahren und hätte Hitler mitsamt seiner Mannschaft in die Luft gesprengt. Am liebsten hätte sie etwas getan, wo sie mit ihrem eigenen Leben bezahlt hätte, um endlich diesen Irrsinn von Krieg zu beenden. Aber sie wusste, dass das dumme Gedanken waren, die weder Anthony noch ihrer Tochter noch irgendjemandem sonst nützten.

Also ging sie zu ihrer Schwester und sagte: »Du hattest doch mal Ahnung von so hellseherischen Sachen. Meinst du, ich könnte so etwas von dir lernen?« Lysbeth sah sie zuerst an, als wäre Stella schwer krank. Dann schüttete sie sich aus vor Lachen. »Na gut«, sagte sie. »Aber lass uns das mit der Tante gemeinsam machen. Jede von uns mit den Kräften, die wir haben. Dann kriegen wir schon raus, wie es Anthony geht.«

Großbritannien war nun Hitlers einziger Gegner. Hitler hoffte vergebens, dass es zum Friedensschluss bereit sei. Bei Beginn des Angriffs auf Frankreich war Winston Churchill britischer Premierminister geworden. Er hatte ein Koalitionskabinett gebildet und sein Volk zum Durchhalten aufgefordert, auch wenn er ihm nichts als »Blut, Mühsal, Tränen und Schweiß« in Aussicht stellen konnte.

Zwar waren die Bundesgenossen geschlagen, aber man hatte doch den Kern eines künftigen größeren britischen Heeres retten können, auch war die Überlegenheit des Inselreiches zur See ungebrochen. Zudem entwickelte sich ein immer besseres Verhältnis zu den USA, die nicht nur Kriegsmaterial zu liefern begannen, sondern auch der britischen Marine ältere Zerstörer übergaben, die zur Sicherung der Geleitzüge eingesetzt wurden. Der Kampfgeist des britischen Volkes wuchs täglich.

Zögernd befahl Hitler, eine Landung in England vorzubereiten. Bei der Schwäche der deutschen Marine hing ein Erfolg des Unternehmens weitgehend von der Erringung der Luftherrschaft über dem Kanal und Südengland ab. Die Luftwaffe steigerte deshalb im August 1940 ihre Angriffe auf die britische Insel, es begann die »Luftschlacht um England«. Die Luftherrschaft wurde aber nicht errungen. Stella und die Tante zitterten täglich vor dem Rundfunkempfänger. Sie wussten nicht, wie es Anthony und Angela und der kleinen Roberta ging, sie hatten Angst um die drei, und sie jubelten über jede Schlappe, die Deutschland zugefügt wurde. Sie übten zwar, telepathischen Kontakt zu Anthony aufzunehmen, aber Anthony blieb auf der anderen Seite stumm. Also war die BBC die einzige Verbindung mit England. Stella gab sich auch bald geschlagen und hörte auf mit den Versuchen, Anthony telepathisch zu erreichen. Und dann sagte die Tante: »Weißt du was, Stella, im Grunde können wir uns freuen, dass Anthony und Angela stumm bleiben. Wenn etwas Schlimmes mit ihnen passiert, dann würden wir es spüren, darauf kannst du dich verlassen.« Von nun an horchte Stella täglich in sich hinein, ob sie etwas Schlimmes spürte, das mit Anthony oder Angela passierte. Aber auch das schien ihr nicht zuverlässig. Die ganze Situation war schrecklich, täglich geschah Schlimmes. Sie musste sich einfach auf Lysbeth und die Tante verlassen, die hatten für so etwas bessere Antennen.

Die britischen Jäger waren zahlenmäßig unterlegen, fügten aber den deutschen Geschwadern schwere Verluste zu. In zwei Monaten verloren diese mehr als die Hälfte der einsatzbereiten Flugzeuge. Zwar verursachten die deutschen Angriffe schwere Schäden in englischen Städten, zum Beispiel in London oder Coventry, doch konnten sie weder die Haltung der Bevölkerung beeinflussen, noch die Wirtschaft des Landes lähmen. Hitler verschob das Landungsunternehmen mehrfach und gab es schließlich auf. Er hatte eine entscheidende Niederlage einstecken müssen. Dem deutschen Volk war dies zwar nicht bewusst, aber Stella und die Tante bekamen es hautnah und täglich mit.

In Gesprächen mit Jonnys Mutter, die neuerdings großen Wert darauf legte, während Jonnys Abwesenheit zu ihr Kontakt zu halten, und deren Freunden begriff Stella, dass Hitler den für ihn überraschenden Durchhaltewillen der Briten dahingehend deutete, dass er glaubte, sie erhofften einen Angriff Stalins auf das deutsche Reich. Währenddessen gab er selbst den Befehl, einen Angriff auf die Sowjetunion für das nächste Jahr vorzubereiten.

Im *Völkischen Beobachter* wurde triumphierend berichtet, dass das Rüstungszentrum Coventry zerschlagen war.

Am 18. Mai hatte der erste Luftangriff auf Hamburg stattgefunden. Er hatte vierunddreißig Tote und zweiundsiebzig Verletzte gefordert.

Eigentlich hatte diese Offensive der Werft *Blohm & Voss* gegolten, doch die meisten Bomben fielen auf das Harburger Industriegebiet. Von nun an kamen die Briten fast jeden Abend. Siebzig Angriffe forderten 1940 hundertfünfundzwanzig Tote und fünfhundertsiebenundsechzig Verletzte. Stella und die Tante und Lysbeth und Aaron und Käthe begrüßten einerseits jede Bombe, andererseits zitterten sie vor ihr. Angst machte sich breit, auch bei ihnen.

Noch meldete der Wehrmachtbericht detailliert den Ort der Abwürfe und die Zahl der Opfer. Reichsstatthalter Karl Kaufmann hatte die ersten Bombentoten feierlich auf dem Friedhof Ohlsdorf beisetzen lassen. Aber abgesehen von den Luftangriffen vollzog sich das Leben in trügerischer Normalität. Nach der Einstellung der Landungsvorbereitungen gegen England versuchte Hitler, eine Anti-England-Koalition herzustellen. Im Oktober 1940 traf er sich mit General Franco, der spanische Diktator entzog sich jedoch geschickt seinem Werben. Auch eine Zusammenkunft mit Marschall Pétain, der als französischer Staatschef in Vichy, im unbesetzten Gebiet, residierte, verlief ergebnislos. Hitler wollte verhindern, dass die afrikanischen Kolonien unter den Einfluss der »Freien Franzosen« gerieten, die unter General de Gaulle von England aus den Kampf gegen Hitler fortsetzten. Die Franzosen waren misstrauisch wegen der noch unbekannten deutschen und italienischen Gebietsansprüche und der wachsenden wirtschaftlichen Ausbeutung Frankreichs zugunsten der deutschen Kriegsführung. Sie erkannten, dass die von den Deutschen verkündete »Neue Ordnung« in Europa nichts anderes bedeuten konnte als die Herrschaft Deutschlands und Italiens über Europa.

Auf St. Pauli war nichts von Bedrückung zu spüren. Am 15. Oktober führte das *Theater an der Reeperbahn* erstmals die Operette *Ein Liebestraum* von Paul Lincke auf. Alexander kaufte heimlich Karten und sagte zu Käthe, dass er für den Abend eine Überraschung habe. Sie solle sich schön machen. Zuerst führte er sie zum Essen aus, und dann sagte er ihr, er wolle ihre Augen verbinden. Käthe war etwas skeptisch. Sie hatte hochhackige Pumps angezogen, die sie normalerweise nicht trug. Also unterließ Alexander die Augenaktion und führte Käthe bis auf hundert Meter zum Theater. Dort sagte er ihr, sie solle ihre Augen schließen, er würde sie nun führen. Anfangs verkrampfte sich Käthe, aber dann entspannte sie sich. Sie spürte, wie fürsorglich und achtsam Alexander sie führte. Es war sehr eigenartig für sie zu merken, dass sie ihm vertrauen konnte. In den letzten Monaten hatte er sich sehr verändert. Käthe hatte oft gedacht, dass sie plötzlich einen ganz anderen Mann hatte. Er war seit längerem schon fürsorglicher und aufmerksamer mit ihr, ganz besonders, seit sie damals zusammengebrochen war. Aber seit einem halben Jahr etwa, so schien es ihr zumindest, warb er um sie als Frau. Oft brachte er ihr kleine Geschenke mit, führte sie zum Essen aus oder ins Kino. Er setzte sich im Wohnzimmer neben sie und streichelte ihre Hand. Dann war er sogar kühner geworden und hatte seine Hand auf ihr Knie gelegt und wenn sie miteinander spazieren gingen, ergriff er ihre Hand oder umfasste sogar ihre Schultern. Am Anfang hatte Käthe den Drang verspürt, ihn abzuschütteln, aber dann hatte sie seine Nähe zugelassen und allmählich sogar angenehm gefunden. Auch im Bett war er ihr behutsam näher und näher gekommen, und seit ein paar Wochen streichelte er sie regelmäßig vor dem Einschlafen und beim Aufwachen. Hatte er zuerst nur ihre Arme und ihren Rücken gestreichelt, so war er auch da wagemutiger geworden und hatte sich sogar mit seinen Händen unter ihr Nachthemd vorgewagt. Käthe hatte zwar gemerkt, dass sein Nachthemd sich vorn wölbte, aber sie hatte Alexander einfach nur tun lassen. Ganz allmählich hatte sie aber seine Liebkosungen als sehr angenehm empfunden und in der letzten Zeit küssten sie einander sogar anders, als sie es während der vergangenen achtundvierzig Jahre getan hatten. Käthe spürte, dass sie eine Frau war, als erinnerte sie sich an etwas längst Vergangenes. Als sie im Foyer des Theaters standen, öffnete Käthe auf Alexanders Geheiß ihre Augen. Um sie herum war festliche Stimmung. Sie hatte sich sehr gewünscht, zur Premiere dieser Operette zu gehen. Aber von Stella hatte sie schon gehört, dass Karten nicht zu bekommen waren. Wie hatte Alexander das geschafft? Er lächelte geheimnisvoll. »Darüber schweigt der Gentleman.« Käthe prustete los wie ein Backfisch. Worüber lache ich denn so, fragte sie sich. So lustig war das doch gar nicht. Vielleicht erinnerte sie sich an den Gentleman, den sie damals im Café in Dresden kennengelernt hatte. Auch der war so aufmerksam und spendabel gewesen, und Käthe hatte sich auf Anhieb in ihn verliebt. Verstohlen warf sie einen Blick auf sein Profil. Es war immer noch kühn. Und es fiel immer noch ein wenig auseinander: Mund und Kinn waren energisch, die Augen sensibel bis hin zu unentschlossen und verwaschen. Er drückte ihren Arm und lächelte ihr zu. Nein, dachte sie, es fällt nicht mehr auseinander. Ich habe lange nicht mehr richtig hingeguckt. Auch sein Mund ist jetzt sensibel, und die Augen wirken gar nicht mehr so unentschlossen. Ganz im Gegenteil, da liegt auch Stärke drin, als wüsste dieser Mann, was er will. Über Käthes Rücken lief ein Schauer. Und er will dich, sagte eine Stimme in ihr. Er will wirklich, dass du glücklich bist, und er möchte dich glücklich machen.

Mit einem Mal fühlte Käthe sich sehr jung. Sie warf Alexander einen frechen Blick zu, unter dem er errötete. Sie freute sich diebisch an seinem Erröten. Hand in Hand betraten sie den Zuschauersaal. Und so blieben sie die ganze Zeit während der Vorstellung: Hand in Hand und aufgeregt und schüchtern und auch erregt, als hätten sie sich heute erst kennengelernt.

Ihre Liebesnacht war eine wirkliche Liebesnacht. Alexander benutzte sie nicht, er liebte sie, er genoss sie, er zeigte seine Freude an ihr, ihrer Haut, ihrem Geruch, er schmeckte sie und beging sogar die Schamlosigkeit, sie zwischen den Beinen zu küssen und ihr zu erzählen, wie sie schmeckte. Das hatte Käthe noch nie erlebt. Es war so aufregend, dass sie dachte, sie würde vor Lust sterben und direkt in den Himmel kommen.

Was ihr gar nicht in den Sinn kam, war, sich zu schämen. Das hatte Fritz ihr schon vor langer Zeit abgewöhnt. Sie schämte sich auch nicht, weil ihr Körper ebenso alt war wie sie, nämlich siebzig Jahre. Ihr Bauch war schon lange weich, sie hatte schließlich fünf Kinder ausgetragen. Ihre Brüste hingen auch schon lange, sie hatte alle fünf gestillt. All das spielte in diesem Augenblick gar keine Rolle. Alexander liebte sie, so wie sie war, und sie war gerade eine ganz junge Frau mit einem feuchten saftigen Geschlecht und einem durchbluteten Mund und einem Gesicht, das von seinem Stoppelbart leicht massiert und durchblutet war. Käthe hatte nie in ihrem Leben erfahren, wie genüsslich Liebemachen sein konnte. Mit Fritz waren die Wogen der Leidenschaft über ihr zusammengeschlagen und sie hatte ihm Herz und Geschlecht aufgerissen und war unter der Lust und Leidenschaft schier von innen heraus in alle Himmelsrichtungen geschleudert worden.

Jetzt aber war da unendliche Zeit und Sanftheit und stetig wachsende Lust und Abebben und wieder Aufflammen von Begierde, und auch ein Mann, der offenbar wusste, wie man eine Frau beglücken konnte. Käthe erfuhr erstmalig in ihrem Leben, dass es möglich war, auf der Welle der Lust weiter und weiter zu reiten. Sinnlich war Käthe immer schon gewesen, ihr Körper war auch mit Fritz auf diesem Höhepunkt der Lust explodiert, nun aber trieb die Welle der Lust sie fort von einem Orgasmus zum nächsten und jeder war anders, und Käthe wurde anders von einem zum nächsten.

Am nächsten Morgen schliefen sie lange. Und bevor sie aufstanden, nahm Alexander sie wieder. Diesmal nahm er sie, und Käthe, die im ersten Augenblick dachte, dass sie das vielleicht nicht wollte, ließ sich von ihm nehmen und wurde ein zweites Mal seine Frau.

Beim Frühstück hatte Käthe dunkle Schatten unter den Augen und rosa Wangen. Ihre Lippen waren voll und dunkelrot, was allgemeine Aufmerksamkeit erregte, weil sie während langer Jahre nur mit leicht bläulichen Lippen durch die Tage gegangen war.

Nach dem Frühstück schlug Alexander ihr einen Spaziergang an der Alster vor. Es war schönes kühles Herbstwetter, und die Bäume boten einen Rausch an leuchtenden Farben. Hand in Hand, Arm in Arm spazierten sie zur Alster, an der Alster entlang, kehrten in den Alsterpavillon ein und tranken heiße Schokolade. Der Alsterpavillon bot ein herbstlich sonniges Bild wie aus Friedenszeiten. Das Einzige, was an den Krieg erinnerte, waren die vielen Soldatenuniformen. Alexander hielt Käthes Hände auf dem Tisch und sie sahen sich in die Augen und lächelten einander an. Sie sprachen nicht miteinander. Jedes Wort schien überflüssig.

Zurück zur Kippingstraße nahmen sie die Straßenbahn vom Dammtor. Jetzt wirkte Käthe zart und zerbrechlich. Alexander macht sich Sorgen, ob es nicht zu viel für sie gewesen sei, aber Käthe lächelte nur. Nein, nichts war zu viel. Alles war wundervoll, auch der Spaziergang.

Als sie zu Hause anlangten, war es bereits später Nachmittag. »Lass uns uns einen Moment aufs Bett legen«, schlug Käthe vor. »Dann können wir essen. Heute könnte jemand anders kochen. Ich habe keine Lust dazu.«

Sie ging schon vor ihm ins Schlafzimmer. Er fragte die Tante und Lysbeth, ob sie heute kochen könnten. Beide hatten sowieso schon Pläne fürs Abendessen geschmiedet. »Ihr wart lange weg«, sagte Lysbeth und guckte besorgt. Aber die Tante kicherte. »Manchmal muss man lange weg sein, um wieder genießen zu können, dass man zurückkommt.« Sie tätschelte Alexanders Wange. »Gut gemacht, mein Junge.« Lysbeth warf ihr einen verblüfften Blick zu. Was war hier geschehen? Alexander sah die Tante mit einem ebenso verblüfften Blick an. Wie kommst du darauf, fragte sein Blick. Die Tante lächelte.

Schnell ging Alexander hoch. Käthe hatte sich ausgezogen und nackt unter die Decke gelegt. Alexander zog sich ebenfalls aus. Er schlüpfte zu Käthe. Sie war sehr kühl. Er schmiegte seinen warmen Körper an sie und streichelte sie. Sie regte sich leicht. Er streichelte ihre Brüste, ihre Haare, ihr Gesicht. Er streichelte ihren Rücken, ihren Bauch, ihren Hintern, ihre Beine. Er ließ sich viel Zeit. Sein Körper war sehr warm. Aber Käthes Körper wurde nicht wärmer. Es dauerte lange, bis er es merkte. »Käthe?«, sagte er besorgt. »Frierst du?« Sie antwortete nicht. Anscheinend schlief sie. Er umfing sie mit beiden Armen, eng an sie gepresst. Sie war so kalt. So schlief er ein. Als er aufwachte, war Käthe immer noch eiskalt. Nein, sie war noch kälter als zuvor. Durch Alexander fuhr ein Blitz aus Eis. Vorsichtig zog er seinen Arm unter ihr hervor und beugte sich über sie. Er legte seinen Kopf auf ihr Herz. Er drehte sie auf den Rücken und legte seine Hand auf ihr Herz. Er rüttelte sie: »Käthe, wach auf!« Er drückte seinen Mund auf den ihren. Er legte seinen ganzen warmen Körper auf sie und umschlang sie.

Es nützte nichts. Käthe blieb kalt. Käthe war tot.

Alexander sank aufs Bett zurück, eng an Käthe geschmiegt. Er weinte, wie er in seinem ganzen Leben noch nicht geweint hatte. Die Zeit versank in seinen Tränen, er weinte, schluchzte, sein Gesicht, das Bett, die tote Käthe, alles war klitschnass. Und dann, als er leer von Tränen war, sprach er. Er erzählte ihr alles, was er ihr nie gesagt hatte. Sein ganzes Leben beichtete er ihr. Und sich selbst. Seinen Egoismus, seine Hartherzigkeit, das Gefühl, es verdient zu haben, etwas Besseres zu sein, und dass der Zweck die Mittel heilige. All diese Dinge, die er getan und vermieden hatte, die Gier nach diesem Gefühl von Erhöhung, seine wahnsinnige Sehnsucht, ein Herr mit Macht und Einfluss zu sein, jemand wirklich Großes. Dabei war er immer kleiner geworden, mickrig. Der Mensch, für den er hätte groß und besonders sein können, seine Frau, war neben ihm als Frau verkümmert, geschrumpft, bis ein anderer gekommen war und sie wirklich in ihrer Schönheit und Größe gesehen und geliebt hatte. Der war für Käthe jemand ganz Besonderes geworden, einzigartig, ihr Sonnenkönig. Und Alexander hatte mit seinem engen geizigen Herzen an ihrer Seite gelebt und immer nur darauf geschaut, wie er seine Bedürfnisse am besten befriedigen konnte. Und diese Bedürfnisse waren auf ihn selbst gerichtet gewesen. Eben dies: der Herr zu sein. Dabei konnte niemand wirklich Herr sein, der nicht auch Diener war. Das erkannte Alexander jetzt, da es zu spät war. Wer nicht bereit war, sich selbst ganz der Liebe zu verschreiben, der empfand sie auch nur schal. Und wer schal liebte, wurde ein schaler Mensch. Irgendwie fade, selbst wenn er sich zum größten Herrn aufschwang. Alexander war zum ersten Mal in seinem Leben richtig ehrlich, zu seiner Frau, vor allem aber zu sich selbst. Er blickte dieser Fratze eines Mannes, der zu Höherem berufen war, ins Gesicht und hielt es aus, dahinter sein wahres Ich zu sehen: Ein Junge, der steckengeblieben war in der verleugneten Scham über den Vater und der nicht bereit war, sich damit abzufinden, nicht mehr der designierte Herr des Fuhrunternehmens Wolkenrath zu sein. Er war nicht drüber hinausgewachsen. Er war ein zu kurz gekommener Erbe geblieben, dem »eigentlich« ein anderes Leben zustand. Er lag neben seiner toten Frau und schämte sich. Was hatte er ihr zugemutet? Wie jämmerlich hatte er sich verhalten. Was für ein mit sich selbst geizender Mann war er Käthe gewesen. Seine Eifersucht auf Fritz löste sich auf, und er empfand tiefe Dankbarkeit, dass dieser andere Mann Käthe wenigstens das gegeben hatte, was eine Frau brauchte: Liebe, Fürsorge, Schutz, Zärtlichkeit, ja, und auch Begehren. Wie traurig wäre es für Käthe gewesen, wenn sie das in ihrem ganzen Leben nicht erfahren hätte.

Alexander verbrachte den Nachmittag und die folgende Nacht neben seiner toten Frau. Er streichelte ihre Wange, er küsste ihre kalte Hand, er weinte und sprach und weinte und sprach. Der Schmerz über das, was er Käthe angetan hatte, ihr vorenthalten und damit auch sich selbst vorenthalten hatte, der Schmerz über die Schuld, die er als Käthes Mann auf sich geladen hatte, über seine Verantwortungslosigkeit und völlige Unreife, raste wie ein Steppenbrand durch seine Brust, und er hatte das Gefühl, es würde ihn umbringen. Aber das war jetzt egal. Jetzt zu sterben kam ihm sogar wie eine Erlösung vor. Käthe war tot, warum sollte er nicht auch sterben.

Am nächsten Morgen stand er auf, wusch sich sehr sorgfältig, rasierte die grauen Bartstoppeln in seinem Gesicht und zog sich ein sauberes weißes Hemd und eine schwarze Hose an, die eine scharfe Bügelfalte hatte. So ging er von Zimmer zu Zimmer im Haus und weckte alle der Reihe nach auf mit den Worten: »Käthe ist tot. Wenn ihr von ihr Abschied nehmen wollt, müsst ihr ins Schlafzimmer gehen.«

18

Stella hatte seit dem Besuch von Ferdinand Seiler heimlichen und intensiven Kontakt zur Swing-Jugend aufgenommen. Wenn Jonny nicht zu Hause war, musizierte sie mit zwei jungen Männern in der Kippingstraße. Sie gab weiter, was sie in den Nachrichten gehört hatte, denn nicht viele der Jugendlichen hatten eine Möglichkeit, *BBC* zu hören. Die Swingjugendlichen hatten auf eine raffinierte Weise untereinander Kontakt. Es gab keine Versammlungen und keine Hierarchie mit Vorsitzendem und Schriftführer, aber es gab so etwas wie »Stille Post«. Einer sagte es dem andern weiter, und als Ergebnis kam etwas dabei raus, was Zeichen setzte. So geschah es, dass am 9. November in vielen Hamburger Schulen Swing-Jugendliche zum Zeichen der Trauer um den verstorbenen britischen Premierminister Arthur Neville Chamberlain mit Trauerflor erschienen. Auf Nachfrage erklärten sie übereinstimmend: »Meine Tante ist gestorben.«

Durch Ferdinand Seiler, der ebenso wie Dritter auch schon viel zu alt für die Swing-Jugend war und dort nicht mehr richtig hingehörte, aber auch nicht wusste, wohin er denn gehörte, bekam Stella Kontakt zu einem Mann, der über Frankreich und Portugal Post nach England und aus England brachte. Er schien es aus keinem anderen Grund zu tun, als um damit Geld zu verdienen. Er nannte sich König Edgar, ein Abenteurer, der in allen möglichen Transaktionen unterwegs war, die er für hohe Nazis erledigte, und der sich gleichzeitig einen Spaß daraus machte, als illegaler Kurier zu dienen. Zudem betrieb er Geschäfte mit falschen Papieren und Transits von Lissabon nach Amerika, all das jedoch ohne jedes politische Gewissen, so stellte er sich zumindest dar.

Stella wurde nicht schlau aus ihm, aber sie fand ihn auf eine seltsame Weise attraktiv. Er war immer gut gekleidet, sein Gang war wie der einer Raubkatze, er hatte dichte wellige blonde Haare und blaue Augen, die erstaunlich weich und warm leuchteten. Sein Lächeln war gewinnend. Stella dachte: Er ist ein Schuft, aber er will geliebt werden. Mit diesem Lächeln kassierte er auch sein Geld oder händigte die Post aus. Stella hielt es sogar für möglich, dass er ein Spitzel war und dass er eines Abends mit der Gestapo und einem Brief von Anthony auftauchen würde, aber das riskierte sie. Die Zeit, in der sie überhaupt keinen Kontakt zu Anthony gehabt hatte, war ihr wie die Hölle vorgekommen. Sie war bereit, mit allem zu zahlen für diese Briefe, die sie von Angela und über Angela auch von Anthony erhielt.

Sie hatte sich überlegt, was sie tun würde, wenn sie ins Gefängnis oder schlimmer noch ins KZ käme. Sie würde sich umbringen. Das Beispiel von Aarons Eltern hatte sie beeindruckt. Die hatten, Stellas Meinung nach, völlig richtig gehandelt, indem sie einen würdigen Tod gewählt hatten. Wenn Stella gekonnt hätte, hätte sie alles getan, um Hitlers Kriegsmaschinerie Sand ins Getriebe zu streuen. Aber sie hatte keine Ahnung, wie sie das anstellen sollte. Also beschränkte sie ihr Tun darauf, mit den beiden jungen Gymnasiasten auf Klavier, Gitarre und Bass Jazz zu spielen und dabei zu singen. Sie kannte aus ihrer Londoner Zeit viele Songs, und es machte ihr Spaß, diese weiterzugeben.

Angelas Briefe beschrieben das Leben der jüdischen Kinder aus Deutschland auf eine Weise, die Stella gar nicht an Lydia weiterberichten mochte. Es gab eine richtige Hysterie aus Angst vor deutscher Spionage, so schrieb sie, und sogar die unschuldigen jüdischen Kinder wurden verdächtigt, deutsche Spione zu sein. Die Älteren waren auf die Isle of Man gebracht worden, in ein Internierungslager für Deutsche. Die meisten Kinder hatte man aus London heraus aufs Land gebracht, was schrecklich für sie war, weil sie nun schon wieder aus der Umgebung herausgerissen worden waren, in die sie sich bestenfalls gerade eingelebt hatten. Angela allerdings und die drei Kinder waren auf einen Sommersitz nach Südengland gefahren. Den hatte Anthony kurzentschlossen gekauft, weil er den Eindruck hatte, dass eine so große Familie auch einen Ort brauchte, wo sie den Sommer außerhalb der Stadt verbringen konnte.

Angela schickte Anthonys Briefe, so wie er sie an seine »kleine Familie« geschrieben hatte, an Stella weiter. Dort stand nichts von seiner Tätigkeit, anscheinend war er irgendwie im Nachrichtendienst gelandet, aber seit Angela ihm verklausuliert mitgeteilt hatte, dass Briefkontakt mit Stella stattfand, schrieb er ebenso verklausuliert an Stella. Ihm war nicht klar, ob seine Tätigkeit überhaupt sinnvoll war, aber er hoffte, dass sie in der Armee irgendwann etwas Ordentliches mit ihm anfangen konnten. Bei seinem Einsatz würde natürlich berücksichtigt, dass er nicht mehr der Allerjüngste sei, aber schließlich war er auch noch nicht alt, so schrieb er. Schwieriger sei wohl, dass er bisher nicht besonders kriegerisch gewesen sei, aber gegen Hitler müsse einfach jeder mitmachen und er sei zu allem bereit.

Nach dem ersten Brief dieser Art wünschte Stella nichts mehr als einen baldigen Sieg Hitlers. Vor diesem Brief hatte sie gewünscht, dass Hitler endlich irgendwo gestoppt werden sollte, jetzt aber wünschte sie nichts sehnlicher, als dass er siegen, überall siegen sollte, ganz egal, Hauptsache, der Krieg war vorbei. In Frankreich war es doch so schnell zu Ende gegangen. Konnte es nicht jetzt vielleicht ganz und gar zu Ende gehen?

Bei der Ansprache zum Ende des Jahres 1940 sprach Reichspropagandaminister Joseph Goebbels auf einer Weihnachtsfeier der Werft *Blohm & Voss*. Er richtete heftige Angriffe gegen die britischen »Plutokraten« und erklärte, Hitler habe diesen Krieg nicht gewollt. Mit einem Mal wollte Stella sogar das glauben. Aber die Tante rückte ihr den Kopf wieder gerade, als sie merkte, was mit Stella passierte. »Ich muss es dir anscheinend noch einmal sagen: Hitler ist gierig, mein Kind, und jeder Sieg macht ihn gieriger. Du vergisst das. Vor 1933 habe ich schon gesagt, dass dieser Mann größenwahnsinnig ist. Er glaubt, dass er der Herr über die Welt werden kann. Und diejenigen, die von seinen Kriegen profitieren, bestärken ihn darin. Was meinst du denn, wem all die Arbeiter nützen, die jetzt ohne Lohn in unseren Fabriken und Werften und so arbeiten? Und unser Lebensraum im Osten? Und der Reichtum überall da, wo wir eingefallen sind? Hitler ist ein einzelner Mann und außerdem ist er gar nicht so interessiert an dem Reichtum, er braucht die Macht. Die Bäuche schlagen sich andere voll. Guck dich nur um, wenn du auf Ediths Festen bist. Da sitzen die Leute, die durch Hitler ins Schlaraffenland kommen wollen.«

Stella wusste, dass die Tante recht hatte. Aber sie konnte nichts dagegen tun, sie wollte nichts anderes mehr als ein schleuniges Ende des Krieges. Sie wollte ihre kleine Enkelin wiedersehen. Sie wollte Angela in den Arm schließen. Und sie wollte, verdammt nochmal, endlich wieder eine glückliche und satte und erfüllte Frau in Anthonys Bett und Arm und Tag und überhaupt sein. Aber vor allem anderen: Sie wollte nicht, dass Anthony in diesem vermaledeiten Krieg irgendetwas passierte.

Lysbeth dagegen wünschte von ganzem Herzen, dass dieses Nazideutschland einen auf den Deckel kriegen sollte. Ebenso wie Stella fand auch Lysbeth es nicht mehr so schlimm zu sterben. Nun, da ihre Mutter tot war, gab es niemanden mehr, auf den sie Rücksicht nehmen musste. Auch Lysbeth hatte die Tat ihrer Schwiegereltern richtig und würdig gefunden. Auch Lysbeth hatte vorgesorgt. Sollte die Gestapo Aaron abholen, würde sie es nicht zulassen, dass sie ihn ins KZ abtransportierten. Sie würde ihm und sich selbst eine kleine Kapsel unter die Zunge stecken, die sie beide innerhalb von wenigen Minuten töten würde. Sollte so etwas geschehen, ohne dass sie dabei war, sie konnte schließlich nicht immer an Aarons Seite sein, so hatte sie mit ihm verabredet, dass er, sobald er misshandelt oder geschlagen würde, die Kapsel nähme. Lysbeth sagte, sie würde das merken. Er müsse sich darüber keine Sorgen machen, sagte sie. Sie sei vollkommen sicher, dass sie wüsste, wenn Aaron stürbe. Und dann würde auch sie die Kapsel nehmen.

»Aber wenn sie mich einfach nur verhören und zwei Nächte dabehalten und dann wieder freilassen und ich die schlechte Behandlung aber aushalte und dann wieder nach Hause komme«, hatte Aaron furchtsam gefragt, »und dann bist du tot, das wäre viel schrecklicher als KZ und alles andere zusammen.«

Lysbeth hatte lange nachgedacht, bis sie geantwortet hatte: »Dann müssen wir uns entweder auf meine Intuition verlassen oder du sorgst irgendwie dafür, dass ich eine Nachricht erhalte.« »Am besten tun wir beides«, hatte Aaron gesagt, »Und weißt du, am liebsten wäre mir, du würdest vielleicht davon ausgehen, dass ich nicht aus Zucker bin. Einiges halte ich schon aus, um dann später wieder bei dir sein zu können.« Lysbeth hatte geschwiegen. Aber sie hatte gedacht: Ich will nicht, dass du etwas aushalten musst. Ich will das einfach nicht.

Die Lage der deutschen Juden verschlimmerte sich seit Kriegsbeginn stetig weiter. Seit 1940 wurden sie in die Ostgebiete deportiert. Die Deportationen blieben der deutschen Bevölkerung nicht verborgen. Einige wenige Deutsche wagten ihr Leben und versteckten jüdische Freunde. Sie ahnten das Schicksal, das – unter dem Deckmäntelchen einer »Umsiedelungsaktion« – diese im Osten erwartete. Auch Lysbeth ging davon aus, dass Aaron nicht lebend aus einem KZ zurückkommen würde. Sie hatte furchtbare Angst davor, dass er bis zum Ende kämpfen würde, einen aussichtslosen Kampf, bei dem ihm entsetzlich wehgetan würde. Lieber wollte sie, dass er vorher mit ihr gemeinsam stürbe.

Am 17. Februar 1941 wurde Dritter aus dem Gefängnis entlassen. Seine Familie erwartete ihn vollzählig vor dem Tor. Alle waren schwarz gekleidet, sie sahen aus wie eine Gruppe vor dem Gefängnis lauernder Raben.

Dritter trug die gleichen Sachen, mit denen er ins Gefängnis eingeliefert worden war. Jetzt allerdings schlotterte die Hose um seine Taille, und das Jackett spannte in den Schultern und Armen. Der Reihe nach umarmte er seine Schwestern, seinen Vater, Eckhardt, Cynthia und Aaron. Als er die Tante in seine Arme schloss, kamen ihm kurz die Tränen. Sie verschwand wie ein winziges Vögelchen in seinen Armen. Er umklammerte sie, als wollte er sich an ihr festhalten. Die Tante war ganz still. Dann raunte sie in sein Ohr: »Deine Mutter hatte einen wundervollen Tod. So einen wünsche ich dir auch einmal, mein Junge.« Er hielt sie noch fester. Dann schluchzte er kurz auf, hob sie hoch und stellte sie sachte wieder auf ihre Füße. »Ich danke euch allen«, sagte er mit belegter Stimme. »Und jetzt wollen wir nach Hause gehen und zur Feier des Tages einen Schmorbraten essen«, verkündete die Tante fröhlich.

Die Tante war diejenige, die unter Käthes Tod scheinbar am wenigsten gelitten hatte. Alexander hatte ihr alles erzählt, und was er ihr nicht erzählt hatte, hatte sie so gewusst. Sie war dankbar und froh für Käthe und ihn, dass es auf diese Weise für Käthe zu Ende gegangen war. Alle hatten gewusst, dass Käthes Herz schon seit langem nicht in Ordnung war. Die Tante hatte sich vor einiger Zeit damit abgefunden, dass Käthe wahrscheinlich vor ihr sterben würde. Mit ihrer eigenen Entscheidung, sterben zu wollen, hatte sie dem zuvorkommen wollen, aber seit Käthes Tod war ihr noch klarer, dass diese Familie einen Mittelpunkt brauchte, der ihr Halt gab. Die Männer waren dazu nicht in der Lage. Und Stella und Lysbeth waren so mit ihren eigenen Problemen beschäftigt, dass sie nicht für die Familie da sein konnten.

Die Situation Englands, so stellten Stella und die Tante am Rundfunkempfänger fest, veränderte sich ganz allmählich auf eine Weise, die Hitler nicht gerade förderlich war. Nach dem Kriegsbeginn in Europa hatte der amerikanische Präsident Roosevelt versucht, sowohl dem Wunsch des amerikanischen Volkes nach Neutralität als auch den Hilfsgesuchen der Gegner Deutschlands gerecht zu werden. Das Waffenausfuhrverbot wurde zugunsten Großbritanniens geändert, doch musste dieses die Lieferungen sofort bezahlen und selbst verschiffen. Die amerikanische Unterstützung hatte erheblich dazu beigetragen, dass die Briten die Krise des Jahres 1940 überstehen konnten. Im März 1941 wurde die Hilfe nun wesentlich erweitert. Durch ein Land- und Pachtgesetz wurde der Präsident, der inzwischen zum dritten Mal gewählt worden war, ermächtigt, Versorgungs- und Kriegsgüter an Staaten zu »verleihen«, deren Verteidigung im Interesse der USA lag.

Damit stand die gewaltige Wirtschaft der USA nun Großbritannien zur Verfügung. Riesige Rüstungsaufträge wurden vergeben. Die USA besetzten Grönland und Island und schützten im westlichen Atlantik mit ihrer Flotte die Materialtransporte vor U-Boot-Angriffen. Stellas Wünsche wandelten sich. Nun hoffte sie nicht mehr auf einen deutschen Sieg, nun hoffte sie darauf, dass Amerika an Englands Seite gegen Deutschland kämpfen würde. Dann wäre die deutsche Niederlage möglich.

Dritter war verändert aus dem Gefängnis zurückgekommen. Man sah es auf den ersten Blick: Er hatte so gut wie keine Haare mehr. Er hatte einen kompakteren Körper. War er früher eher schlank und sehnig gewesen, so sah er nun aus wie ein Boxer. Und das war er im Gefängnis wohl auch geworden. Wie er gerne erzählte, hatte er einem Wärter als Sparringpartner gedient und sich dabei zuerst zwar einiges eingefangen, aber im Laufe der Zeit auch einiges boxerische Können erworben. Er hatte das zwar nicht eingesetzt, um dem Wärter auf die Nase zu hauen oder sonstwohin, denn das wäre sehr ungeschickt gewesen, wie er grinsend erklärte, aber er hatte neben dem realen Kampf den möglichen vor sich gesehen. Und seine Abwehr war stärker geworden, so stark, dass der Wärter sich ziemlich anstrengen musste, um ihn zu besiegen. Mit einem anderen Wärter hatte Dritter Schach gespielt, und es da genauso gehalten: Er hatte den Wärter gewinnen lassen, aber er hatte seine eigenen Gewinnchancen immer deutlicher erkannt.

Dritter hatte jede Jungenhaftigkeit verloren. Er war nun ein Mann von fünfundvierzig Jahren, der aussah wie fünfzig und gleichzeitig den Körper eines Dreißigjährigen hatte. Weniger denn je war es angeraten, sich mit ihm anzulegen; er war jemand geworden, der schnell und erbarmungslos zuschlug.

Noch etwas anderes hatte sich verändert: Dritter war vorsichtig geworden. Er hatte viel Zeit zum Nachdenken gehabt. Jeder, der im Gefängnis saß und sich unschuldig und irgendwie betrogen oder verraten fühlte, verbrachte endlose Stunden damit herauszufinden, was eigentlich geschehen war. Dritter wusste, dass sein Bruder Johann ihn nicht allein ins Gefängnis gebracht haben konnte, dafür war Johann zu einfältig. Im Laufe der Zeit war Dritter auf die Idee gekommen, dass es Jonny gewesen sein musste, der auf raffinierte Weise die Denunziation durch Johann eingefädelt hatte.

Greta hatte ihn ein einziges Mal im Gefängnis besucht und hatte Dritter gewarnt: »Er weiß alles über uns«, hatte sie gesagt. »Wir dürfen uns nie wieder sehen. Das nächste Mal lässt er dich umbringen.« Sie hatte hinzugefügt: »Oder mich.« In den langen Stunden des Nachdenkens und im Gespräch mit seinem Zellennachbarn Hans Ränke, der nur zehn Jahre älter war als er, aber weitaus erfahrener mit Betrügereien aller Art, war Dritter zu dem Ergebnis gekommen, dass Jonny Johann benutzt hatte. Wahrscheinlich hatte er ihm eingeflüstert, Dritter wäre hinter Sophie her. Johann behandelte Sophie zwar schlecht, aber sie war sein wundester Punkt, direkt danach kamen sein Unterlegenheitsgefühl und sein Neid auf seinen Bruder Dritter. Jonny hatte wahrscheinlich beides benutzt. Und er hatte Johann wissen lassen, dass Dritter den Scheck gefälscht hatte. Ganz allmählich, im Gespräch mit Hans Ränke und in stundenlangem eigenen Grübeln, war diese Erklärung für seine Gefängnisstrafe Dritter als unumstößliche Wahrheit erschienen: Es war Jonny gewesen, der Johann benutzt hatte, um Dritter auszuschalten.

Vor seinem Gefängnisaufenthalt hätte Dritter Himmel und Hölle in Bewegung gesetzt, um die Wahrheit herauszufinden und Rache zu üben. Auch seinen Bruder Johann hätte er nicht ungeschoren davonkommen lassen. Jetzt aber interessierte ihn das alles nicht. Wenn Jonny wirklich dahintersteckte, hatte dieser gewiss ein schlechtes Gewissen und würde Dritter noch eher Geld leihen und bei Transaktionen unterstützen als vorher. Das war Dritter wichtiger als Rache. Und Johann sollte bleiben, wo er war: aus der Familie verstoßen, enterbt, aus Dritters Augen. Dritter würde seinem Bruder niemals verzeihen, dass dieser die Mutter umgebracht hatte, denn die Herzkrankheit seiner Mutter führte Dritter auf seinen Gefängnisaufenthalt zurück. Aber er würde auch niemandem die Gelegenheit geben, ihn wieder einlochen zu lassen. Er hatte im Gefängnis vieles gelernt, was ihm von nun an nützlich sein sollte. Eine Lehre war, dass man in einer normalen bürgerlichen Existenz geschützter war. Dazu gehörten eine Frau und Kinder. Frauen konnten einem das Genick brechen, das hatte Dritter begriffen. Und sie waren nicht so wichtig, dass man das Risiko eingehen sollte. Wichtig war es, ein Haus zu besitzen und ein reicher Mann zu werden. Das war Dritters Bestreben. Frauen konnten einen Mann gefährden und sie konnten schützen. Von nun an wollte Dritter den Schutz wählen.

Wenige Tage nach seiner Entlassung war er der stolze Besitzer einer Jugendstilvilla in der Johnsallee, einer der schönsten Straßen Hamburgs, dicht bei der Alster gelegen. Er ging davon aus, dass der Abtransport der beiden alten Besitzer in den Osten kurz bevorstand. Fast alle Juden wurden in den Osten gebracht. Dritter war erstaunt, dass Fred Solmitz nach wie vor ungeschoren auf der Straße herumlief. Bei Aaron wunderte es ihn etwas weniger. Aaron wohnte in einem Haus voller Arier, wovon einer auch noch Jonny Maukesch war.

Dritter war entschlossen, eine Frau zu finden und zu heiraten. Aber das sagte er niemandem. Ohne ein Wort darüber zu verlieren, stand er morgens mit seinem Bruder auf und ging mit ihm gemeinsam ins Büro, wo er sich im Nu wieder eingearbeitet hatte.

Eckhardt und Cynthia allerdings hatten andere Pläne. Sie hatten sich auf die alten Bestände der Papierfabrik Gaerber besonnen, die Lydia aus irgendeinem romantischen Gefühl heraus niemals verkauft hatte und die heute im Keller von Lydias Wohnung lagerten. Sie planten, ein kleines Geschäft zu eröffnen. Dort wollten sie Schreibwaren und Süßigkeiten an Schulkinder verkaufen und so die verwirrende und oft hoffnungslose kaufmännische Tätigkeit in der Firma *Wolkenrath & Söhne* endlich beenden. Dritter hingegen hatte großes Interesse daran, die kaufmännische Tätigkeit wieder aufzunehmen. Allerdings hatte er von seinem früheren Mitgefangenen auch das Angebot bekommen, für dessen Firma tätig zu werden, die angeblich gesundheitsfördernde Nahrungsersatzmittel herstellte. Er sollte diese an Großküchen vertreiben und ausliefern.

Er war sich nicht ganz klar darüber, wohin es ihn genau drängte. Dafür musste er zuerst einmal herausfinden, wie es mit jüdischem Vermögen bestellt war. Als er ins Gefängnis kam, lagen da unendliche Möglichkeiten, sich zu bereichern. Bald hatte er entdeckt, dass jetzt auf diese Weise kein Geld mehr zu machen war. Das jüdische Vermögen war verteilt. Die Juden, die Geld hatten, waren fort. Diejenigen, die noch da waren, hungerten und darbten. Für Lebensmittel hatten sie schon seit langem alles hergegeben. Da war nicht mehr viel zu holen.

Dritter ging also zu der Firma, die dem ehemaligen Zellengenossen gehörte. Sie stellte alle möglichen »Lebensmittel« her, die angeblich sehr nahrhaft waren, aber vor allem aus Stärke, Fischmehl, Salz und Hefe bestanden. Dritter zog seinen besten Anzug an, setzte sein gewinnendstes Lächeln auf, berief sich auf die Kameradschaft und erhielt eine Arbeit. Es war keine Festanstellung, aber er erhielt für jeden Auftrag eine gute Provision. Und Dritter vertraute völlig auf seine Fähigkeit, Menschen zu überzeugen, dass sie etwas kaufen sollten, was ihre Gesundheit stärkte.

Wenn das schiefging, blieb ihm ja immer noch die Firma *Wolkenrath & Söhne*, in der er auch jetzt noch versuchte, Geschäfte zu tätigen. Aber er war lange fort gewesen, die alten Kontakte waren ihm zu gefährlich geworden. Er wollte ein neues Leben beginnen. Sein Haus in der Johnsallee warf eine gute Miete ab, davon konnte er schon mal leben.

Er machte sich auf den Weg in Krankenhäuser, aber da gab es keinen Bedarf an Nahrungsersatzmitteln mehr. Also wurde er in Kantinen von großen Firmen und Fabriken vorstellig, wo inzwischen viele Fremdarbeiter tätig waren. Er hoffte, dort die Suppenwürfel und die anderen Produkte an den Mann bringen zu können, denn sie waren billig, und Fremdarbeiter brauchten keine gehaltvollen Mahlzeiten. Überrascht stellte er fest, dass es wie in den Krankenhäusern auch in den Kantinen bereits diese Art von Essen gab. Lebensmittelersatzstoffe herzustellen, war offenbar ein lukrativer Wirtschaftszweig geworden, und die einzelnen Anbieter hatten den Markt bereits unter sich aufgeteilt.

In allen Großküchen, die Dritter aufsuchte, sah er sich nach jungen Frauen um. Er ging sogar mit der einen oder anderen aus, aber keine kam wirklich in Frage. Am Sonntagnachmittag ging er zum Tanztee ins Hotel *Atlantik*. Er hatte eine relativ feste Vorstellung von der Frau, die er heiraten wollte: Sie sollte selbst für sich sorgen können, also eine Arbeit haben oder reich sein, sie sollte jung sein und gebärfähig, sie sollte vorzeigbar sein – anders als Johanns Sophie –, das heißt hübsch und mit etwas Bildung. Sie sollte nicht zu sehr Frau sein, eher Mädchen, denn für eine richtige Frau war er zu alt. Die würde ihn nachher zu sehr fordern, ihn zu sehr anstrengen, und am Ende gar verlassen, weil er ihren Ansprüchen nicht gerecht wurde. Ein Mädchen, das gut erzogen war und am besten ein wenig prüde. Dritter hatte im Gefängnis gelernt, sich mittels seiner Phantasie und einiger Bilder, die der Wärter, mit dem er boxte, ihm ausgeliehen hatte, die sexuelle Befriedigung zu verschaffen, die er brauchte. In seinen Phantasien war er weit über das hinausgegangen, was er bis dahin erlebt hatte. Das alles war sehr unproblematisch gewesen. Er hatte nach einiger Zeit nicht mehr viel vermisst. Am Anfang noch Gretas Haut und ihren Geruch, aber auch das war irgendwann in die Ferne gerückt, und er hatte sich irgendwie mit den Frauen auf den Fotos gut arrangiert. Die Vorstellung, eine Frau zu haben, die eigene Ideen hatte, wie die ganze Sache im Bett vor sich gehen sollte, die ihn gar vergleichen würde mit Männern, die nicht vier Jahre im Gefängnis gesessen hatten und sich also viel sicherer fühlten, war ihm überhaupt nicht geheuer. Auch Hans Ränke hatte ihm den Tipp gegeben, sich eine kluge, hübsche und vorzeigbare Frau zu suchen, die im Bett eher unbedarft wäre.

Dritter machte sich keine großen Sorgen, dass er einer jungen Frau nicht gefallen könnte. Und dass sie gar an seiner Gefängniszeit Anstoß nehmen könnte. Er würde es ihr einfach nicht erzählen. Und das Haus in der Johnsallee machte wirklich viel her. Außerdem hatte er diese beeindruckende Familie: den Kapitän, die schöne Stella, die so wundervoll Klavier spielte und sang, seinen Vater, der auch nach dem Tod der Mutter immer noch wie aus dem Ei gepellt aussah und vorzügliche Manieren hatte. Lysbeths jüdischer Gatte war immerhin Arzt, viele junge Frauen hatten viel Respekt vor Ärzten, gleichgültig ob jüdisch oder nicht.

Beim Tanztee im *Atlantik*, acht Wochen, nachdem er aus dem Gefängnis entlassen worden war, also Mitte April, traf er sie dann. Das Erste, was ihn an ihr einnahm, war ihr Name: Marthe. »Nicht Martha«, sagte sie lächelnd, »Marthe, darauf lege ich Wert.« Marthe war winzig, eine sehr kleine Frau, vielleicht gerade mal ein Meter sechzig groß. Aber sie hatte sogar Busen, wie er in der strengen weißen Bluse erkennen konnte. Sie trug einen schwarzen Rock zu der weißen Bluse und sah sehr formell aus. Dazu allerdings schimmernde Seidenstrümpfe und hochhackige schwarze Pumps. Ihre dunklen Haare waren zu einer Tolle auf dem Kopf gekämmt und festgesteckt. Er fand diese Frisur, die neuerdings in Mode war, etwas albern, aber sie unterstrich die Mischung aus zierlich weiblich und Etikette, die Marthe ausstrahlte. Marthe tanzte sehr gut. Sie hatte ein Gefühl für Rhythmus, sie schmiegte sich nicht zu sehr an, war eine durchaus auf ihren eigenen Füßen stehende Tänzerin, die aber keine Anstalten machte, selbst die Führung zu übernehmen. Was sie allerdings nicht zuließ, war, dass er ihr zu nahe kam. Manche Tanzpartnerinnen ließen es schon mal geschehen, dass er sie im Becken sehr nahe heranzog, vor allem bei bestimmten Tänzen. Marthe machte deutlich, dass ihr an Abstand etwas lag. Alexander fühlte sich zu dieser kleinen Frau sehr hingezogen. Sie wirkte schwach, aber sie wusste, was sie wollte.

Als der Tanztee zu Ende war, verabschiedete sie sich von ihm und verneinte, als er fragte, ob er sie nach Hause bringen dürfe. Nein, sie sei mit einer Freundin da und würde mit der heimgehen. Er fragte sie sehr höflich, ob er sie am kommenden Sonntag zum Nachmittagskaffee im Hotel *Vier Jahreszeiten* einladen dürfe. Dort könne man ganz besonders nett bei Kamin und Kaffee und Kuchen plauschen. »Klönen meinen Sie wohl«, lächelte sie verschmitzt. Und fügte hinzu: »Ja, ich komme gern. Das Hotel *Vier Jahreszeiten* finde ich auch sehr gediegen.«

Am nächsten Sonntag trafen sie sich um halb vier nachmittags vor dem Hotel an der Binnenalster. Marthe trug wieder eine weiße Bluse, diesmal allerdings eine mit einer feinen Stickerei am Kragen und an den Manschetten, dazu einen blauen Faltenrock. Dritter hatte sich ebenfalls dem exklusiven Ort entsprechend gekleidet: ein dunkelblauer Anzug, der noch aus seiner Zeit vor dem Gefängnis stammte und in der Taille etwas zu weit war, an den Schultern und den Oberarmen allerdings leicht spannte. Er hatte einen blauen Hut mit einer Krempe aufgesetzt, der jeden Mann in einen Verführer verwandelte. Marthe legte einen Arm in den seinen, und so spazierten sie in das Café, das am Sonntagnachmittag eine besondere Behaglichkeit ausstrahlte: Im Kamin knisterte das Feuer, die frackgekleideten Kellner waren von ausgesuchter Freundlichkeit. In gemütlichen tiefen Ledersesseln saßen distinguiert gekleidete Menschen, tranken Kaffee und aßen Kuchen. Dritter wurde ausgesucht höflich an den von ihm bestellten Tisch geleitet. Der Kellner behandelte ihn so bevorzugt, als sei er Stammgast. Dafür hatte Dritter mit einem kleinen Trinkgeld vorgesorgt.

Marthe drehte sich kokett in den Hüften. Sie rümpfte ihr Näschen leicht, als der Kellner sie fragte, welchen Kuchen sie gern hätte. Eine Sekunde lang dachte Dritter: Oje, ist die hochnäsig, aber dann beruhigte er sich schnell. Sie war sehr jung, und wahrscheinlich schüchterte diese Umgebung sie ein wenig ein.

Aber sie wirkte alles andere als eingeschüchtert. Sie bestellte sich ein Stück Schwarzwälder Kirschtorte, und Dritter überlegte, ob sie vielleicht etwas aß, das sie möglichst lange sättigte.

Aber sie stopfte die Torte eher unaufmerksam in sich hinein, während sie erzählte. Dritter hörte zu, beobachtete sie und war entzückt. Sie hatte ein kleines Gesicht, blaugraue Augen und eine in diesem kleinen Gesicht eher lange Nase. Ihr Mund sah aus, als nasche sie gern, und ihr Kinn wirkte nachgiebig. Ihre Brüste waren so hoch in ihrem Büstenhalter zusammengepresst, dass er in ihrer Bluse einen Spalt entdecken konnte. Sie hatte hübsche schlanke Beine und schmale Fesseln, die sie mit ihren zur Seite übergeschlagenen Beinen stolz präsentierte.

In zwei Stunden, in denen Marthe unablässig sprach, erfuhr Dritter, welches Leben sie bisher geführt hatte. Ihr Vater war im Krieg gefallen, sie war das einzige Kind und Kleinod ihrer Mutter. Sie war gezeugt worden in der Nacht, bevor ihr Vater in den Krieg zog. Ihr Vater hatte sie während zweier Heimaturlaube gesehen, und dann war ihre Mutter Kriegerwitwe geworden. Sie war in Cuxhaven geboren, und dort hatten ihre Mutter und sie gelebt, bis Marthe vor vier Jahren beschlossen hatte, nach Hamburg zu ziehen, weil sie dort eine bessere Arbeit finden konnte.

Sie erzählte anrührend von ihrer Mutter, wie diese sich aufgeopfert hatte, um ihrer Tochter eine gute Schulausbildung zu ermöglichen. Ihre Mutter hatte eine winzige Kriegerwitwenrente bekommen, sie war putzen gegangen, zehn Treppenhäuser hatte sie versorgt, damit aus ihrer Tochter etwas Besseres werden sollte. Marthe hatte Abitur gemacht und war danach als Au-pair-Mädchen nach England gegangen.

Dort hatte sie viele Abenteuer erlebt. Die Familie, in der sie untergekommen war, hatte sie bald wieder verlassen. »Ich war es nicht gewohnt, drei Kinder und einen Haushalt zu versorgen«, sagte sie mit gerümpftem Näschen. »Ich war ein verwöhntes Töchterchen, Kinderpopos wischen und den Boden säubern und kochen und den Hausherrn bedienen, wenn er ein Buch las, das war nicht meine Welt.« Dritter lächelte. Sie sagte das so, als stände es ihr zu, verwöhnt zu werden und eine Haushaltshilfe zu haben. Und stand es ihr nicht auch zu? Ja, er wollte keine Sophie, die ein Kind nach dem andern gebar und sich den Körper ruinierte und die Haut von Seifenlauge auffressen ließ. Er wollte eine Frau, die etwas auf sich hielt und etwas Besseres war. Nur dann konnte auch er nach außen eindeutig als etwas Besseres auftreten. Und nicht als ein ehemaliger Zuchthäusler.

In London war sie in einem Mädchenheim untergekommen und hatte sich von der Mutter Geld schicken lassen, bis sie die nächste Familie fand, bei der sie ein nicht so hartes Leben führen müsste. Es war auch gar nicht schwer gewesen, eine neue Familie zu finden. 1933, als sie sich dort aufhielt, gab es in weiten Kreisen eine große Begeisterung für Deutschland und Hitler. Die Leute wollten gern, dass ihre Kinder Deutsch lernten. Und sie glaubten, dass deutsche Frauen ordentlich und fleißig waren. »Tüchtig«, sagte Marthe mit gekräuseltem Näschen. »Sie dachten, dass deutsche Frauen tüchtig wären.« Du aber nicht, dachte Dritter amüsiert. Es gefiel ihm, eine Frau vor sich zu haben, die gar nicht tüchtig sein wollte. Die ihre Fragilität pflegte. Wahrscheinlich zelebrierte sie den Nachmittagstee um fünf Uhr, wie die Engländer es taten.

Sie war also sechsundzwanzig oder siebenundzwanzig Jahre alt. Ungefähr achtzehn Jahre jünger als er. Sie könnte also seine Tochter sein. Als sie geboren wurde, wollte er heiraten. Diese schöne Rothaarige, die dann von einem anderen geschwängert worden war. Ja, wenn alles gutgegangen wäre, hätte er sie geschwängert. Dann wäre sein Kind jetzt so alt wie Marthe. So ist es recht, dachte er. Die Kleine kann ich erziehen, die kann ich belügen, die hat noch nicht viel Erfahrung. Und sie ist in dem Alter, wo eine deutsche Frau eigentlich schon verheiratet sein

517

sollte. Wo eine deutsche Frau eigentlich schon Kinder haben sollte. Sie wird unruhig sein. Mit dreißig schwinden die Chancen, einen abzukriegen. Und mit dem Kinderkriegen ist es dann auch nicht mehr so leicht. Ja, sie war eindeutig die Richtige für ihn.

In London hatte sie einige Stationen in unterschiedlichen Familien durchlaufen. In einer war der Hausherr ihr an die Bluse gegangen. In der anderen hatte man ihr sogar zugemutet, die Toiletten zu putzen. So hatte sie sich eine Arbeit als Au-pair nicht vorgestellt. Sie hatte erwartet, eine Art Haustochter zu sein, die ein wenig auf die Kinder aufpasste und beim Deutschlernen half und ansonsten mit der Dame des Hauses Tee trank und mit dem Herrn über Politik diskutierte. Aber sie hatte sich trotz allem in London sehr wohlgefühlt. Sie liebte die viktorianische Architektur, Kultur, das Understatement, englische Trenchcoats und die Lässigkeit, mit der die Engländer sich kleideten und sich benahmen. Sie war verärgert, dass es jetzt mit England Krieg gab. Ihrer Meinung nach trug daran Mussolini die Schuld, der England mit seiner Kolonialpolitik immer schon verärgert hatte. Und auch die Japaner hatten ihrer Meinung nach die Eskalation verschuldet, weil sie auf ihre verschlagene Art versuchten, am deutschen Siegeszug zu profitieren. Sie hatte entschiedene Ansichten und trug sie entschieden vor.

Dritter schwieg, entzückt über die eigenwillige Art, wie Marthe die Welt erklärte. Nachdem sie aus England zurückgekehrt war, hatte sie zwei Jahre lang eine Höhere Handelsschule besucht, und danach war sie mit ihrer Mutter nach Hamburg gezogen. In Hamburg gab es einige Im- und Exportfirmen, die eine Sekretärin mit Englischkenntnissen gut gebrauchen konnten. Und in Hamburg verdiente man mehr Geld als in Cuxhaven. Seit vier Jahren lebten ihre Mutter und sie nun in der Gärtnerstraße in einer Drei-Zimmer-Wohnung, wo sie sehr glücklich waren. Marthe arbeitete seitdem in einem Kontor, das sich mit dem Import von Teppichen beschäftigte. Ihr Chef war ein Perser, der in Deutschland gute Kontakte zu den höchsten Nazigrößen hatte und deshalb immer wieder Vergünstigungen und Sondergenehmigungen erhielt.

Erst als sie sich voneinander verabschiedeten, stellte Marthe fest, dass sie sehr wenig von Dritter erfahren hatte. Sie bedauerte das sehr. Also ergriff er die Gelegenheit und schlug ihr einen Spaziergang an der Alster entlang vor. Er merkte, wie sie zögerte, dann aber doch ablehnte. Sie habe ihrer Mutter gesagt, dass sie um sieben Uhr zu Hause sein werde.

Ihre Mutter würde sich Sorgen machen, wenn sie nicht käme. Also gingen sie bis zum Dammtor-Bahnhof zu Fuß und nahmen von dort die Straßenbahn, die bis zur Gärtnerstraße fuhr. Auf dem Weg vom Hotel *Vier Jahreszeiten* bis zum Dammtor begriff Dritter, warum Marthe keinen Spaziergang machen wollte. Sie konnte auf ihren hochhackigen Schuhen nur kleine Tippelschritte machen, und außerdem merkte man ihr an, dass sie alles andere als sportlich war. Der Weg zum Dammtor strengte sie ganz offensichtlich sehr an, und auf halber Strecke, als sie bereits die Außenalster erreicht hatten und nur noch höchstens zehn Minuten gehen mussten, schlug sie vor, auf einer Parkbank eine kurze Rast einzulegen, weil ihr die Beine wehtaten.

Dritter war begeistert. Sie setzten sich auf eine Bank und blickten auf die Alster, wo gerade der Alsterdampfer vorbeifuhr, der Bus auf dem Wasser. Marthe nutzte die Gelegenheit, um Dritter schnell nach allem auszufragen, was ihr wichtig war. Familie, Wohnort, Beruf, ledig, verheiratet, Kinder? Dritter antwortete so ehrlich wie möglich, so verschwiegen wie nötig. Als Beruf nannte er seine Tätigkeit in der Firma *Wolkenrath & Söhne*. Er erzählte von seiner Familie, besonders von Jonny Maukesch und Stella. Er berichtete, dass seine Mutter im letzten Jahr verstorben war und dass das für ihn ein großer Schmerz sei. Er erzählte von seinem Vater und gab sich ausführlich mit dessen Geschichte des ums Erbe betrogenen Sohnes ab. Er verschwieg Aaron und die Art des Hauskaufs durch die Goldtaler aus dem Hochzeitskleid von Käthes Mutter. Er verschwieg selbstverständlich, dass er ein Kind hatte, für das er nach wie vor Alimente zahlte, weil dieses Kind auf die Idee gekommen war, studieren zu wollen. Er verschwieg Stellas amouröse Verbindungen nach England, erzählte aber, dass Anthony Walker, der berühmte englische Schriftsteller, ein Freund des Hauses war.

Und selbstverständlich verschwieg er die Homosexualität seines Bruders, die ihm schon lange bewusst war, und er verschwieg seinen Bruder Johann und dessen unzählige Kinder. Er verschwieg, dass er sich eine Weile mit Jonny Maukesch die Geliebte geteilt hatte, und vor allen Dingen verschwieg er, dass er während der vergangenen vier Jahre im Gefängnis gesessen hatte. Er erzählte auch nichts von dem Haus in der Johnsallee. Das sparte er sich für später auf. Er wusste nicht, wie sie zur Aneignung von jüdischem Vermögen stand. Es gab Leute, die das für unehrenhaft hielten.

Die Dinge entwickelten sich rasant zwischen Dritter und Marthe. Im Mai kam Jonny für zwei Wochen auf Heimaturlaub. Er sah wohlmöglich noch besser aus als nach seinen bisherigen Reisen. Gebräunt wie immer, hatte er eine noch straffere, noch imposantere Körperhaltung und einen noch selbstbewussteren Blick. Jonny und Dritter hatten sich vierundeinhalbes Jahr lang nicht gesehen. Sie umarmten sich, schlugen sich auf die Schultern und drückten ihre herzliche Freude darüber aus, einander zu treffen. Wenige Tage später brachte Dritter seine neue Freundin in die Kippingstraße, und er schärfte seiner Familie vorher ein, was gesagt werden und was ungesagt bleiben sollte. Er bat Lysbeth darum, an diesem ersten Sonntagnachmittag mit Aaron der Familienrunde fernzubleiben. Es war ihm sehr unangenehm, das gestand er freimütig ein, aber er wollte die Sache auf keinen Fall vermasseln. Lysbeth konnte ihn sogar verstehen, sie musste ihn gar nicht fragen, sie wusste auch so, dass er seinen Gefängnisaufenthalt verheimlicht hatte und verheimlichen würde, so lange, wie es möglich war. Irgendwann aber würde er damit herausrücken müssen, und was würde dann geschehen, wenn das so ein Dämchen war, dem er den jüdischen Schwager verheimlichen musste?

Marthes erster Sonntagnachmittag in der Kippingstraße war ein voller Erfolg. Die Tante hatte sich ganz darauf geworfen, Kuchen zu backen, die besser schmeckten als jede Konditorware. Stella hatte sich so elegant gekleidet, wie sie es am Nachmittag sonst nur tat, wenn sie zu ihrer Schwiegermutter oder irgendwelchen anderen sehr offiziellen Einladungen ging. Sie trug ostentativ den Ring des Sultans von Sansibar, um die Geschichte zu erzählen, die immer wieder Eindruck machte. Sie setzte ihr strahlendstes Lächeln auf, als sie die junge Frau begrüßte, die ihr sehr unbedarft vorkam. Aber sie hatte verstanden, dass Dritter unbedingt eine bürgerliche Existenz ohne jeden Makel aufbauen wollte und dass er das vielleicht auch vor sich selbst brauchte, um sich ebenso wertvoll wie andere zu fühlen. Alexander war von ausgesuchter Galanterie zu der jungen Frau, die er ganz reizend fand mit ihren neugierigen Augen und ihrem Näschen, das frisch vorneweg war. Sie hätte ihm als Frau zwar nicht gefallen, dafür war sie etwas zu sehr Mäuschen, aber es gefiel ihm, wie sie seinen Sohn anhimmelte. Das war eine gute Voraussetzung dafür, dass sie ihn vielleicht auch dann noch heiraten würde, wenn sie herausbekam, dass er im Gefängnis gesessen hatte. Dritter hatte seine Familie vorher eingeweiht. Er hatte gesagt, dass er Fräulein Marthe Dedikes heiraten wolle und dass er in dieser Phase des Annäherns bis zur Verlobung und darüber hinaus nicht die Absicht habe, sie irgendetwas wissen zu lassen, das ihr Jawort gefährden könnte.

Alexander hatte seinen Sohn Dritter immer schon besonders gemocht. Und er war gewillt, alles zu tun, das die Verwirklichung seiner Pläne vorantreiben könnte. Vor vier Jahren hätte er seinen Sohn Johann am liebsten zusammengeschlagen, weil er diesen Frevel des Bruderverrats begangen hatte. Aber Käthe hatte ihn damals davon abgehalten, und das war wohl auch gut so gewesen, sonst wäre er vielleicht auch selbst noch im Gefängnis gelandet.

Auch Jonny nahm an dem Familientreffen am Sonntagnachmittag teil. Er trug seine Kapitänsuniform, und sobald Marthe ihn erblickte, strahlten ihre Augen vor Begeisterung. Sie zeigte gar keine Scheu angesichts der Pracht des Hauses und der Bewohner, sie verhielt sich wie jemand, die in solchen Häusern groß geworden war, dabei wusste Dritter, dass dies nicht im Geringsten der Fall war. Aber sie besaß einfach die tiefe Überzeugung, dass auf sie etwas Besseres im Leben wartete, wofür sonst hatte ihre Mutter sich so krummgelegt? Es gab nicht viele Frauen, die Abitur hatten, und schon gar nicht solche, deren Mutter Kriegerwitwe und Putzfrau war.

Man sah Marthe während des ganzen Nachmittags an, dass sie sich wie am Ziel ihrer Träume angelangt fühlte, gleichzeitig sah man ihr aber auch an, dass sie der Meinung war, das auch verdient zu haben. Stella führte Marthe irgendwann hoch in ihre Wohnung und zeigte ihr Fotos von Afrika, erzählte ihr vom Sultan von Sansibar, zeigte die Bilder, wo sie auf einem Elefanten saß und wo Jonny den von ihm erlegten Löwen stolz präsentierte. Sie zeigte ihre afrikanischen Möbel, und sie erzählte ihr von dem Affen, der im verglasten Balkon gehaust und alles vollgeschissen hatte. Die beiden Frauen lachten herzlich und irgendwie schwesterlich, obwohl für schwesterliche Gefühle der Altersabstand zwischen ihnen zu groß war.

Stella erzählte ihr wie nebenbei, dass Dritter noch eine Schwester habe, Lysbeth, die mit einem Arzt verheiratet sei und selbst auch hochentwickelte medizinische Fähigkeiten besitze, die aber leider an diesem Nachmittag etwas anderes vorhatte und deshalb nicht da sei.

Marthe machte große Augen. Von dieser anderen Schwester hatte Dritter ihr noch gar nicht erzählt. Er hatte ihr auch nicht erzählt, dass er in seiner Familie Dritter genannt wurde, er hatte sich ihr mit Alex vorgestellt, »eigentlich Alexander, aber Alex ist schmissiger«. Stella erzählte ihr, warum Alex Dritter genannt wurde, und Marthe beschloss augenblicklich: »Von nun an nenne ich ihn auch Dritter. Das hat so etwas ›Eingeweihtes‹.« Stella sah sie lächelnd von der Seite an und dachte: Ja, Kleines, du möchtest gern eingeweiht sein, aber das wird noch etwas dauern. Wahrscheinlich dauert es so lange, bis du endgültig in der Falle sitzt. Und vielleicht gehörst du zu der Sorte Frau, die sich in einer Falle ganz gut einrichten können, wenn es da nur weich ist.

Eckhardt und Cynthia kamen erst, als Marthe schon kurz vor dem Aufbruch stand. Das war Dritter recht. Er hatte seinem Bruder erst am Morgen erzählt, dass am Nachmittag eine Freundin von ihm zum Kaffee kommen würde. Beiläufig, als wäre es nicht besonders wichtig. Und Eckhardt hatte auch gleich gesagt, dass sie den ganzen Tag im Windhundverein wären. Training der Hunde, Vorstandstreff und dann ein gemeinsames Kuchenessen. Vor sechs Uhr würde er nicht zu Hause sein.

Cynthia machte große Augen, als sie die Familie so feierlich beisammen sah. »Was für eine Überraschung«, sagte sie spitz, und man sah ihr die Gekränktheit an. Marthe schien nichts zu bemerken. Sie war beeindruckt von den drei großen, ausnehmend schönen und gut erzogenen Windhunden, die Eckhardt und Cynthia mitbrachten. Man sah Marthe an, dass sie sich mit Hunden fremd fühlte, aber man merkte gleichzeitig, dass sie die Noblesse der Windhunde zu schätzen wusste.

Alexander spendierte noch einen Cognac für alle, und als Jonny sah, dass Marthe sich allein bei dem Anblick des scharfen Getränkes schüttelte, holte er schnell von oben einen süßen schweren Likörwein aus Andalusien, von dem er bei seinem letzten Landgang in Spanien einige Flaschen gekauft hatte. Da glitzerten Marthes blaugraue Äuglein und sie süffelte das Gläschen mit Genuss leer.

Anschließend brachte Dritter sie nach Hause in die Gärtnerstraße. Jonny hatte ihm generös angeboten, Marthe und ihm als Chauffeur zu dienen, weil Dritter nicht gewohnt war, ein Auto zu steuern. So saßen Dritter und Marthe also auf der Rückbank in Jonnys neuem Mercedes, den er erst im letzten Jahr noch vor dem Krieg gekauft hatte. In der Gärtnerstraße entstieg Marthe dem Auto wie eine Königin. Dritter brachte sie bis vor die Haustür. Dort gab Marthe ihm die Hand, und dann legte sie kurz ihre Hand hinter seinen Nacken, ging auf die Zehenspitzen und küsste ihn auf den Mund. Sofort danach drehte sie sich um und verschwand im Treppenhaus. Dritter blieb noch stehen und schaute hinter ihr her, wie sie die Treppen hocheilte. Er schmeckte ihre Lippen. Ein bisschen Likör, ein bisschen Lippenstift, ein bisschen Kuchen, ein bisschen Frau.

Er lächelte. Diese Schlacht entwickelte sich recht erfolgversprechend.

Dritter verfolgte seine Strategie zielstrebig. Er wich nur in winzigen Details von seinem Plan ab. So hatte er erst für Juni vorgesehen, Marthes Mutter kennenzulernen, aber Marthe lud ihn bereits Ende Mai am Sonntag zum Kaffeetrinken ein. Dritters Plan war gewesen, vor dem Kennenlernen der Mutter mit Marthe an seinem Haus in der Johnsallee vorbeizuspazieren und sie ganz beiläufig zu fragen, wie ihr die Villa gefalle. Dann wollte er sagen: Das ist meins. So wie im Märchen vom gestiefelten Kater. Marthe sollte das Gefühl bekommen, dass Dritter noch viel reicher war, als sie sich vorstellen konnte. In der einen Woche vor dem Besuch bei der Mutter war dazu keine Gelegenheit mehr. Also verschob er die Überraschung.

Marthes Mutter empfing ihn im seidenen blauen Kleid mit einer goldenen Brosche vor der Brust. Sie hatte schüttere graue Haare, und sie sah sehr viel älter aus, als sie war. Das erleichterte Dritter ungemein, denn sie konnte nur wenig älter sein als er. Marthe hatte einmal erzählt, dass ihre Mutter noch sehr jung gewesen war, als sie schwanger geworden war. Und dass ihr Vater und ihre Mutter während eines Heimatbesuchs schnell geheiratet hatten, um das Ungeborene zu legalisieren. Auch ihr Vater war wohl sehr jung gewesen. Und Dritter war fast froh, dass der Vater nicht mehr lebte, weil er nicht wusste, wie der darauf reagiert hätte, dass die Tochter einen Bräutigam wählte, der nur wenig jünger war als er selbst.

Er vermutete, dass Marthes Mutter Ende vierzig war, bestimmt noch keine Fünfzig. Sie war also eine Frau, die vielleicht sogar für ihn eine passende Partnerin gewesen wäre. Er fürchtete, dass Marthes Mutter ihrer Tochter sagen würde, dass er ein alter Knilch wäre, für Marthe viel zu alt. Er fürchtete auch, dass Marthes Mutter sich vielleicht als Frau beleidigt fühlen würde, wenn er sich für eine Frau im Alter ihrer Tochter interessierte. Was er allerdings am meisten fürchtete, war, dass ihm eine richtige Frau die Tür öffnen würde. Dass eine Frau ihm gegenüber am Tisch sitzen würde, die Treppenhäuser geputzt hatte und das Leben bestanden und vielleicht als fröhliche Witwe einige Liebhaber genossen hatte, und dass er auf diese Frau als Mann reagieren würde und Marthe deshalb gekränkt sein würde.

Er erinnerte sich sehr gern an seine Liebschaft mit Lydia. Lydia war eine ganz besondere Frau für ihn gewesen, freier und verspielter als die meisten der jungen Häschen, mit denen er ins Bett gegangen war. Lydia hatte gewusst, was sie wollte, und ihre Leidenschaft hatte ihn ihr verfallen lassen. Wenn sie die Sache nicht beendet hätte, wäre er heute noch ihr Galan. Ja, er hätte sie sogar geheiratet, wenn sie gewollt hätte. Aber sie hatte nicht gewollt.

Lydia war ähnlich alt wie Käthe, seine Mutter, also zwanzig Jahre älter als Marthes Mutter. Während sie in dem mit Möbeln und Nippes vollgestopften Wohnzimmer ›Muckefuck‹ tranken, den Kaffeeersatz, den es seit November letzten Jahres in den meisten Haushalten gab, rechnete Dritter im Kopf. Er konnte es nicht fassen. Marthes Mutter wirkte wie eine ganz andere Generation als Lydia. Er wusste von Lydia, dass sie alle möglichen Sachen tat, die ziemlich gefährlich waren. Seit er aus dem Gefängnis war, hatte er sie noch nicht gesehen. Aber er zweifelte keine Sekunde daran, dass sie nach wie vor elfengleich war, eine Elfe mit Leidenschaft. Auch mit leidenschaftlichem Engagement, die Welt irgendwie menschenfreundlicher zu machen, als sie es war.

Marthes Mutter war klein und kompakt und irgendwie schwer, obwohl sie nicht dick war. Sie hatte einen müden Blick und keinerlei Esprit. Aber sie hatte strenge graue Augen, die Dritter musterten, während er Kaffee trank und Kuchen aß und Konversation machte über das Wetter, die Entwicklung des Krieges, seine Familie. Dann kam sie auf Jonny und Stella zu sprechen. Darauf hatte sie anscheinend schon die ganze Zeit gewartet. Sie wollte viel wissen. Dritter konnte gar nicht alle Fragen beantworten, die sie ihm stellte. Ihm wurde deutlich, wie viel Lebenshunger in dieser Frau steckte und wie wenig sie gelebt hatte. Er schaute sie genauer an. Die lange Nase, die auch Marthes Nase war. Die dicht beieinanderliegenden grauen Augen. Der schmale Mund. Die dünnen Haare. Der Körper, der überhaupt nicht alt aussah, er konnte sich vorstellen, dass sie feste pralle Haut hatte, anders als Lydia, die immer weiche nachgiebige Haut besessen hatte, weich wie Seide, aber auch faltig in manchen Bereichen, in anderen wieder zart wie bei einem jungen Mädchen. Marthes Mutter war von Haut umspannt wie ein Schwein oder ein anderes Tier ohne Fell: fest, hart, ohne jede Falte.

Marthes Mutter war voller Kraft. Aber sie hatte kaum etwas von der Welt gesehen, und als Frau hatte sie wenig erlebt. Sie hatte ganz jung vielleicht geliebt, es vielleicht aber auch nur mal ausprobiert. Und dann hatte sie ein Kind bekommen, dem sie alles geschenkt hatte, was in ihr steckte. Für dieses Kind hatte sie geschuftet, gelebt und vor allem geträumt. Dritter merkte, dass er Teil der Träume dieser fremden Frau geworden war. Es war ihm einen Moment lang unangenehm, doch dann fühlte er sich geschmeichelt. Es gab wenige Menschen, für die er so wichtig war wie für Marthes Mutter. Wenn er jetzt aufregende Geschichten aus seinem Leben und aus dem Leben seiner Schwester erzählte, würde er Marthes Mutter für immer an sich binden.

Also tat er es. Er erzählte von Elefanten und dem Sultan von Sansibar, von Safaris und dem zahmen Leoparden, den seine Schwester besessen hatte, und von dem Affen, und dann erinnerte er sich an die Geschichten, die Jonny aus China erzählt hatte und gab auch die zum Besten. Er erzählte von seinem Vater und dessen Schicksal des um sein Erbe betrogenen Sohnes, und er erzählte dann auch von seiner Schwester Lysbeth, die Vorahnungen hatte. Da allerdings zog Marthes Mutter die Stirn in wolkige Falten. Davon wollte sie nichts hören. Also sagte er schnell, dass seine Mutter seiner Schwester das Träumen verboten und es alsbald aufgehört hatte.

Als er nicht mehr weiterwusste, entstand ein etwas peinliches Schweigen. In dieses Schweigen hinein holte Marthes Mutter ein Fotoalbum. Dritter bewunderte Marthe in ihren jeweiligen Lebensjahren. Marthes Mutter hatte jedes Jahr zum Geburtstag ihrer Tochter einen Fotografen bemüht, der ein Foto von ihrer Tochter machte. Am Anfang trug Marthes Mutter das Kind auf dem Arm, später saß Marthe allein auf einem Stuhl oder einem Schwan oder einem Schaukelpferd. Dann mit Schultüte, dann zur Konfirmation, dann zum Abitur. Und so weiter. Es waren sechsundzwanzig Fotos.

Dritter schaute sehr genau hin. Er kannte den Satz, dass ein Mann sich die Mutter seiner Braut anschauen sollte, bevor er sie heiratete. Das tat er jetzt. Auf den ersten Fotos war die Mutter seiner zukünftigen Frau ein Kind. Ein viereckiges Mädchen mit einem erstaunten Gesichtsausdruck, als wollte sie sagen: Wer hat mir denn diese Puppe geschenkt?

Schnell war ihm klar, dass er keine Rückschlüsse von Marthes Mutter auf Marthe ziehen konnte. Marthe würde nie wie ihre Mutter werden. Marthe war das Püppchen, mit dem die Mutter gespielt hatte. Marthe würde ihr Leben lang ein Püppchen bleiben. Marthes Mutter war immer jemand gewesen, der auf Puppen aufpasste, für sie sorgte, ja, auch mit ihnen spielte.

Als Dritter sich verabschiedete, war er entschlossener denn je, diese Frau zu heiraten. Sie war vollkommen unverbraucht. Wer sich verbraucht hatte, war ihre Mutter. Aber diese Mutter würde nicht sofort sterben. Wenn sie Kinder bekämen, würde die Mutter sich um sie kümmern. Er vermutete, dass Marthe für den Fall, dass sie heirateten, davon ausging, dass sie die beiden großen Zimmer in der Kippingstraße bekämen. Dann würde sein Vater in das Zimmer umziehen, das jetzt Dritter und Eckhardt bewohnten. Und Eckhardt? Eckhardt müsste dann eben zu Cynthia ziehen. Dritter vermutete, dass Lydia sowieso froh wäre, wenn sie endlich von Cynthia wegziehen könnte. Das alles war Teil seiner Strategie. Er wollte Eckhardt vorschlagen, ebenfalls zu heiraten. Das war nur sinnvoll. Er wusste noch nicht genau, wie deutlich er Eckhardt sagen sollte, dass eine Ehe für einen Schwulen die beste Camouflage war. Auf jeden Fall würde er ihm nahelegen, endlich zu heiraten. Doppelhochzeit? Vielleicht. Das käme auch billiger, und Dritter merkte deutlich, dass Marthes Mutter kein Geld für eine pompöse Hochzeit hatte. Zum Glück musste die Familie der Braut die Hochzeit ausrichten. Sein Vater nämlich hatte nichts mehr übrig, seit Käthe gestorben war und ihr letztes Erspartes für die Beerdigung draufgegangen war. Seit Käthes Tod war Alexander arm.

Lydia und Cynthia hatten sich so weit entfernt, wie Mütter und Töchter sich nur entfernen konnten. Es gab keine Verbindung mehr. Lydia war damit beschäftigt, für Juden Verstecke zu suchen und die versteckten Juden mit Lebensmittelkarten zu versorgen. Sie hasste alles, was mit dem Naziregime zu tun hatte, und sie fragte sich manchmal, wieso diese eigenartige hässliche fanatische Frau ihre Tochter war. Sie empfand keine Liebe mehr für Cynthia, nur Fremdheit und manchmal sogar Verachtung. Ihr Gefühl wurde nie zu Hass, das beruhigte sie, denn damit hätte sie nicht umzugehen gewusst. Aber Cynthia war ein Teil ihres Lebens, der lang vergangen war und mit Lydia heute im Grunde nichts mehr zu tun hatte. Cynthia war die Tochter eines Mannes, mit dem Lydia einmal verheiratet gewesen war und den sie erwählt hatte, als sie noch eine sehr dumme junge Frau gewesen war. Doch selbst als dumme junge Frau hatte sie sich schon eingesperrt gefühlt in die Welt der Hamburger Pfeffersäcke und hatte versucht, ihren Mann ein wenig frische Luft schnuppern zu lassen. Ihre Tochter war immer ganz anders gewesen als sie selbst. Allerdings war ihre Tochter heute auch anders als als Kind. Heute war sie eine starre überhebliche Frau, die sich für einen Herrenmenschen hielt, damals war sie ein unsicheres ängstliches kleines Mädchen gewesen.

Lydia fragte sich manchmal, was sie an diesem Kind verbrochen hatte, dass so eine Frau daraus hatte werden können. Aber dann schob sie diese Gedanken als müßig fort. Es gab anderes, Wichtigeres zu bedenken. Cynthia saß wie eine Made im deutschen Speck. Andere hingegen hungerten. Lydia wünschte sehnlich, dass Cynthia endlich ausziehen möge. Dann würde sie in ihrer Wohnung jemanden aufnehmen können, der es nötig hatte. Überhaupt würde sie dann vieles tun können, was jetzt nicht möglich war, weil diese Frauenschaftsfanatikerin in der gemeinsamen Wohnung herumschnüffelte.

Es gab geheime Treffen zwischen Stella, Lysbeth, Lydia und der Tante. Seit Käthe tot war, hatte sich manches verändert. Keine der Frauen hatte mehr ein schlechtes Gewissen, weil sie vielleicht Käthe gefährdeten oder auch, weil sie sie ausschlossen. Die Tante hatte wieder Kontakt zu Alma aufgenommen. Alma und ihre Genossen waren noch vorsichtiger als vor dem Krieg. »Jetzt etwas Offensichtliches gegen die Nazis zu unternehmen«, sagte Alma, »das wäre, als würde ein Gefangener einem Wärter an die Gurgel gehen. Er würde erschossen, nichts weiter. Aber wir wollen überleben.«

Trotzdem gab es Verbindungen, Post, Leute, Männer vor allem, aber es gab auch Frauen, die Sabotage in der Kriegsindustrie organisierten, die versuchten, die polnischen Arbeitskräfte heimlich zu ernähren, die den Kontakt ins Ausland aufrechterhielten. Alma war und blieb ein illegaler Briefkasten.

Es gab in Hamburg immer weniger Juden. Sie wurden in den Osten transportiert. »Erzählt mir nichts«, sagte Lydia. »Dort werden sie umgebracht, über kurz oder lang. Die wollen die Juden ausrotten, die meinen das ernst.«

Lysbeths Hauptinteresse galt Aaron. Sie hatte wenig Energie übrig, um andere Juden zu retten, und für Sabotage hatte sie keine Gelegenheit, aber sie wollte dabei sein, wenn die drei anderen Frauen Pläne schmiedeten, wie gerettet, unterstützt, sabotiert werden konnte. Stella hatte wieder Kontakt zu Madeleine Dumont aufgenommen. Madeleine war zwar nicht mehr im Geringsten daran interessiert, irgendetwas gegen die Nazis zu tun, aber wenn man sie nach Kontakten fragte, kannte sie erstaunlich viele einflussreiche Leute. Sie gab Namen und Adressen zwar weiter, aber sie betonte dabei stets, dass dies ausschließlich private Bekannte von ihr seien oder aber Schauspieler oder Regisseure oder Zeichner oder Bühnenbildner oder Beleuchter oder Maskenbildner, die sie irgendwie kennengelernt hatte und sehr schätzte, aber weiter auch nichts. Und sie gab auch nie eine direkte Auskunft. Wenn Stella eine Frage stellte, antwortete sie vielleicht drei Sätze später in einem ganz anderen Zusammenhang mit einem Namen oder einer Adresse. Stella fragte auch nicht direkt. Es war ein Spiel, das beide spielten, und wenn jemand ihnen zugehört hätte, wäre ihm wenig aufgefallen. Es ging in etwa so: »Ein Freund von mir hat letzte Nacht einen Hustenanfall gehabt«, sagte Stella. »Er braucht wirklich dringend einen Hustensaft. Ich kenne mich mit Husten gar nicht richtig aus. Aber er hat mich nun mal gefragt, und jetzt mach ich mir Gedanken darüber.« Darauf antwortete Madeleine: »Oh, Sie glauben nicht, wie ich vor einiger Zeit gehustet habe. Mir hat eine Nachbarin ein Hustenmittel gesagt: Zwiebeln in Honig dünsten und dann mit Wasser verdünnen.« Worauf Stella sagte: »Ah, gute Idee. Ich werde es meinem Freund sagen. Und ich merke es mir auch, wenn ich mal huste, klingt zwar nicht besonders köstlich, aber in der Not frisst der Teufel Fliegen.« Und dann redeten sie eine Weile weiter. Über das Wetter. Über die Windhunde. Über den Film, an dem Madeleine gerade mitwirkte. Und dann sagte Madeleine: »Kennen Sie eigentlich ...« Und dann nannte sie einen Namen, zum Beispiel Ernst

Huber. »Mit dem habe ich gestern zufällig gesprochen. Das ist wirklich ein sehr netter Mann.« Und Stella fragte sehr genau, welchen Ernst Huber sie meinte, bis sie Adresse und Beruf wusste und auch wusste, dass dieser Ernst Huber ein wirklich sehr hilfsbereiter Mann war.

Die vier Frauen machten sich nichts mehr vor. Sie wussten, dass Juden ein furchtbares Schicksal drohte, wenn sie aus Hamburg abtransportiert wurden. Und sie wussten, dass jemand, der Juden half, ein ebenso schreckliches Schicksal erleiden würde. Aber sie halfen. Lydia hatte die Kontakte zu den Leuten in der Hallerstraße, die jetzt nicht mehr Hallerstraße hieß, weil Haller kein Arier gewesen war, sondern Ostmarkstraße, und der Rothenbaumchaussee. Das waren Menschen, die oft mit reichen Juden befreundet gewesen waren, deren Geschäftspartner Juden gewesen waren, die sich schämten, mit ihren Geschäften am Naziregime zu verdienen, und die Juden helfen wollten zu überleben. Sie kannte auch die anderen, die in der letzten Zeit selbst finanziell nicht mehr sehr gut dastanden oder Kinder oder Enkelkinder hatten, die vor nationalsozialistischer Begeisterung schier platzten und die aber wussten, dass das Ganze nicht in Ordnung war und es sich vor sich selbst irgendwie schuldig waren, etwas geradezurücken, um sich noch im Spiegel betrachten zu können.

Lysbeth kannte etliche arme Juden. Die Reichen waren größtenteils ausgewandert. Die Armen waren geblieben. Lysbeth versuchte, die zu retten. Viele wurden abtransportiert, bevor sie es überhaupt ahnen konnte, aber bei manchen ahnte sie es, und Lydia und sie wurden aktiv.

Stella informierte. Sie wusste mehr als die meisten anderen. Sie hörte regelmäßig *BBC*. Sie las Angelas Briefe. Jonny war wieder im Krieg, wieder in der Nordsee. Stella ging weiterhin zu den Festen ihrer Schwiegermutter. Immer wieder kam es vor, dass dort ein Gast zu viel getrunken hatte und auspackte. Stella hatte einen ungefähren Überblick über das, was für die Deutschen gut lief, was ihnen gegen den Strich ging und was sie noch vorhatten. Sie hatten einiges vor, das den drei Frauen die Haare im Nacken sträubte: Sie wollten Behinderte in Lager bringen. Das wusste Jonny, und er hatte vorgesorgt. Er hatte Greta nach Namibia geschickt. So war Walburga gerettet. Sie war seine Tochter, selbst wenn er sich ihretwegen schämte, und er wollte nicht, dass seiner Tochter ein Leid geschah.

Stella wusste auch, dass der Krieg mit England nicht so lief, wie Hitler es sich gewünscht hatte. Und dass Mussolinis Ansprüche an die Kriegsgewinne Hitler auch nicht gerade gefielen. Vor allem aber wusste Stella, dass Hitler nach Russland einmarschieren wollte. Er wollte den Osten für Deutschland. Wenn Deutschland den Osten besäße, besäße es Raum und Bodenschätze und Macht. Dann würde es auch bald den Rest der Welt besitzen.

»Aber es gibt doch den Pakt«, hatte Lysbeth gesagt. »Ja«, hatte Stella geantwortet. »Aber dieser Pakt hatte keinen anderen Sinn, als Polen zu bekommen. Warum Stalin das gemacht hat, weiß ich nicht. Ich weiß aber, warum Hitler es gemacht hat. Die Sache ist jetzt erledigt. Jetzt ist Russland dran.«

Die Tante hatte verkündet, sie hätte beschlossen, noch am Leben zu bleiben, bis Hitler besiegt sei. Vorher zu sterben, fände sie feige. Ihr letztes bisschen Kraft wollte sie dafür einsetzen, dass dieser Schweinekerl endlich dorthin kam, wohin er gehörte: in die Hölle.

Alle vier schmiedeten einen neuen Plan für den Fall, dass Aaron abgeholt werden sollte. Lysbeth und er sollten sich nicht umbringen. Sie würden Aaron verstecken, und Lysbeth sollte einfach die Scheidung einreichen. Auch wenn Lysbeth das vollkommen scheußlich fand, so wäre es genau der richtige Weg. Sie müsste sagen, dass er sich einfach aus dem Staub gemacht hätte, am Morgen noch bei ihr gelegen, am Abend nicht mehr da, aber ein Brief, dass er seine Flucht lange schon vorbereitet habe und er ein illegales Visum nach Amerika erhalten habe. So einen Verräter wollte sie nicht mehr als Mann haben. Und Aaron würde in einem Keller im Mittelweg versteckt werden, den nicht einmal die Besitzer mehr kannten, sondern nur noch Lydia, die von den Vorbesitzern den Kellerschlüssel bekommen hatte. Die Vorbesitzer, Juden, waren nach Schweden ausgewandert.

Cynthia war eifrig damit beschäftigt, einen kleinen Laden zu finden, wo sie und Eckhardt Schreibwaren und Süßigkeiten für Schulkinder verkaufen konnten. Es gab einige Schulen um die Kippingstraße herum. Die Emilie-Wüstenfeld-Schule lag am nächsten. Sie war Cynthia auch am liebsten, weil dort Abitur gemacht wurde und weil Cynthia die Vorstellung hatte, dass mit den Schülern und Lehrern von dort nette Gespräche möglich waren. Heute waren ja zum Glück die Abiturienten nicht mehr so wahnsinnig gebildet, dass man sich irgendwie minderwertig ihnen gegenüber fühlte. Heute waren sie Mitglied in der Hitlerjugend, trieben Sport und bereiteten sich darauf vor, Soldaten zu werden. Cynthia fühlte sich ihnen verbunden. Und junge Leute um sich herum zu haben, war immer gut. Außerdem würden sie leicht zu bedienende Kunden sein.

Eckhardt hielt sich zwar zurück, aber Cynthia merkte, dass ihm der Gedanke sehr behagte, endlich das Geschäft in der Feldstraße aufzulösen. Dass Dritter es allein nicht weiterführen konnte, war allen klar, auch Dritter selbst. Er konnte ja nicht einmal die Miete zahlen. Und Eckhardt fühlte sich seit langem schon überfordert. Sein Vater kam nur noch, um mit seinen Söhnen einen Cognac zu trinken und ein wenig zu klönen. Und Dritter verbrachte viel Zeit damit, Kantinen zu finden, die sich mit den angeblich so nahrhaften Ersatzstoffen beliefern lassen wollten.

Also kündigte Eckhardt die Räume schon, bevor Cynthia einen geeigneten kleinen Laden gefunden hatte. Und plötzlich ging alles sehr schnell. In der Bundesstraße wurde ein kleiner Laden im Souterrain frei. Das Haus lag direkt um die Ecke der Wolkenrath-Villa, und das Geschäft war ideal für Cynthias und Eckhardts Pläne. Die monatliche Miete war lächerlich gering. Für Schulkinder besaß es eine Art Höhlenattraktion, es war zwar etwas dunkel und vielleicht im Winter auch feucht, aber Eckhardt wollte einen kleinen Gasofen hineinstellen, und außerdem konnten sie sich dick anziehen. Da der Laden so klein war, würden sie sich bei der Arbeit abwechseln können.

Eckhardt empfand eine große Erregung bei dem Gedanken, bald Tag für Tag mit diesen Jungs zu tun zu haben, die von April bis Oktober in kurzen Hosen herumliefen. Er wollte sie nicht anfassen, das konnte er sich gar nicht mehr vorstellen, aber er wollte ihnen in die Augen schauen und hinter ihnen herblicken, wenn sie den Laden verließen. Er wollte ihre Stimmen hören und ihre Beine sehen. Er wollte sie riechen, und er wollte sich vorstellen, wie er den einen oder anderen von ihnen zum Stöhnen brachte. Gleichzeitig hatte er große Angst davor, dass irgendjemand seine Gedanken lesen könnte. Dass er seine Züge nicht ausreichend kontrollieren könnte, und irgendjemand ihn entlarvte. Aber wer sollte das sein? Die größte Angst hatte Eckhardt immer vor seiner Mutter gehabt, die ihn manchmal mit diesem forschenden, etwas enttäuschten Blick betrachtet hatte, wenn er gemeinsam mit Cynthia auf dem Sofa gesessen hatte und von Cynthias Annäherungsversuchen peinlich berührt gewesen war. Aber seine Mutter war tot, und aus irgendeinem Grund, den er sich selbst nicht gut erklären konnte, schämte er sich seitdem weniger wegen seiner Sehnsucht nach Askan, den er in jedem jungen Mann sah, zu dem er sich hingezogen fühlte. Er wollte gar nicht wirklich etwas von diesen Jungs, in seiner Phantasie war er selbst wieder der Junge, der von Askan gewollt, begehrt, verführt worden war. Mit Askan im Zelt in zwei geöffneten Schlafsäcken, das war das, wonach er sich sehnte. Und in jedem der großen Schuljungs traf er Askan wieder.

Seit Käthes Tod war das für ihn nicht mehr so beschämend, und wenn sie in anderen Zeiten gelebt hätten, wäre er vielleicht sogar in einschlägige Etablissements gegangen, von denen es in den Zwanzigerjahren vor allem in Berlin mehrere gegeben hatte, aber sie lebten nun mal nicht mehr in diesen Zeiten, und deshalb ging es jetzt nicht mehr um Scham allein, sondern um Leben und Tod.

Als Dritter deshalb zu ihm sagte: »Bruder, ich glaube, du solltest deine Verlobungszeit langsam beenden, sonst könnte mal jemand auf dumme Gedanken kommen, weil es dich so gar nicht zum Heiraten treibt«, da empfand Eckhardt eine große Erleichterung. Wieso war er darauf nicht eher gekommen? Askan war verheiratet, sein »Verwalter« war verheiratet, und sogar Gustaf Gründgens hatte geheiratet. Eckhardt verstand sich selbst nicht. Er liebte Cynthia nicht, ja, aber das musste doch gar nicht sein. Er sollte sie nur heiraten. Er empfand eine solche Erleichterung bei dem Gedanken, dass er noch am gleichen Tag zu Cynthia sagte: »Was hältst du davon, wenn wir unser Verhältnis endlich legalisieren? Ich finde, wir haben uns jetzt lange genug geprüft.« Cynthia fiel vor Schreck das Messer aus der Hand, mit dem sie gerade einen Packen Papier aufschneiden wollte. Sie sah ihn an, als wäre er verrückt geworden. In diesem Augenblick wünschte Eckhardt sich sehr, wenigstens eine Frau heiraten zu können, die manchmal lachte. Aber dann war der Moment vorbei, und er erinnerte sich erschrocken an Cynthias Bemerkung über Dritter, als Eckhardt zu ihr gesagt hatte: »Ich glaube, Dritter will sogar heiraten, das hätte ich bei ihm ja wirklich nie für möglich gehalten.« Da hatte sie ihre ohnehin nicht sehr großen Augen zusammengekniffen und gezischt: »Je oller, je doller.« Er bedauerte seinen

Heiratsvorschlag. Sie gingen beide schließlich auf die Fünfzig zu. Da war es doch lächerlich, an so etwas wie Heiraten überhaupt zu denken. Bei Dritter war das etwas anderes, der war immer schon auf Frauen erpicht gewesen.

Doch da sagte Cynthia: »Wenn das ein Antrag gewesen sein soll, beantworte ich ihn mit Ja. Wann wollen wir also heiraten? Das ist sehr gut, dann können wir die beiden großen Zimmer von deinen Eltern nehmen und dein Vater kann in euer Zimmer ziehen. Dritter wird ja nach der Hochzeit sowieso zu Marthe und ihrer Mutter ziehen.«

Eckhardt wurde heiß. Dann kalt. Er schluckte. Daran hatte er gar nicht gedacht. Wie hatte er nur so unbedarft einen derart dummen Vorschlag machen können? Aber Cynthia war in ihrem Element. Sie plante Eckhardts und ihre gemeinsame Zukunft. Sie schlug eine Doppelhochzeit vor. So würde man Geld sparen, und von ihrer Mutter konnte man nicht erwarten, dass sie jetzt noch eine pompöse Hochzeit für ihre Tochter ausrichtete, und so wie sie es verstanden hatte, war Marthes Mutter auch nicht gerade mit Reichtümern gesegnet. Cynthia richtete schon die beiden Zimmer ein. Im vorderen Zimmer, dem jetzigen Wohnzimmer, wollte sie das Schlafzimmer haben, und im hinteren ihr Wohnzimmer. »Aber wieso das denn?«, fragte Eckhardt verblüfft, denn die bisherige Einteilung war ihm stets sehr passend vorgekommen. Vom Wohnzimmer ging die verglaste Veranda nach vorne hinaus ab, wo seine Mutter ihre Pflanzen stehen gehabt hatte und einen kleinen Sessel und einen Tisch. Im Winter hatte man dort nicht sitzen können und im Sommer war es oft zu heiß gewesen, deshalb hatte sich dort selten jemand aufgehalten, aber es hatte etwas Vornehmes, so eine Veranda zu besitzen, die den Erker des Wohnzimmers in harmonischer Form verlängerte. Das Wohnzimmer war auch viel größer als das hintere Zimmer, das seine Eltern als Schlafzimmer benutzt hatten. Und der große grüne Kachelofen stand da. Und überhaupt, dachte Eckhardt, das ist doch das Wohnzimmer, wo alle sich treffen.

»Ich will nicht, dass deine ganze Familie unsere Wohnung mitbenutzt«, sagte Cynthia entschieden. »Deine Schwester Stella hat oben genug Platz, und deine Schwester Lysbeth hätte sich schließlich eher überlegen können, dass es Konsequenzen hat, einen verarmten Juden zu heiraten.«

Eckhardt bekam leichte Kopfschmerzen. Seine Beine fühlten sich schwer an. Er suchte nach einem Stuhl, auf den er sich setzen konnte. Er fasste an seine Schläfen. Das würde jetzt in den nächsten Stunden stärker werden, das wusste er schon. »Meine Migräne«, sagte er matt zu Cynthia. »Herrje«, antwortete sie. »Das ist aber auch eine Plage. Dann geh doch lieber ins Bett und zieh die Vorhänge zu.« Dankbar griff Eckhardt den Vorschlag auf und entfernte sich schleppenden Schritts.

In seinem Bett konzentrierte er sich nur darauf, alles zu tun, was den Verlauf der Migräne mildern konnte. Er fühlte nichts mehr außer seinem Kopf.

Am 15. Juni hielt Dritter um die Hand von Marthe an. Er hatte sich beim Kauf der Ringe nicht lumpen lassen. Ein Reif aus Gold, der Frauenring hatte einen kleinen Brillanten, der Ring für den Mann war schlicht. Er hatte Marthe zum Sonntagsnachmittagstee ins *Atlantik* eingeladen, quasi zur Feier ihres Kennenlernens vor drei Monaten. Sie tanzten noch harmonischer miteinander als beim ersten Mal, Dritter umfasste ihre Taille, und sie lehnte sich in seinen Arm, als wäre sie sicher, dass er sie nie mehr loslassen würde.

Dritter ging zur Kapelle, die aus drei Mann bestand, Gitarre, Schlagzeug, Klavier, und bat sie, den *Kaiserwalzer* von Strauss zu spielen. Und dann beugte er sich mit der kleinen Schachtel, in der die Ringe lagen, zu Marthe und raunte: »Mach mal auf.« Marthe sah ihn groß an, während sie den Deckel aufklappte. Da lagen zwei Ringe vor ihren Augen. Dritter sah entzückt, wie flach und schnell sie atmete. Ihr Hals wurde rot und dann ihre Wangen. »Wenn du nein sagst«, flüsterte er mit tiefer Stimme, »darfst du sie behalten. Denn ich frage nie wieder eine andere Frau. Ich will nur dich.« Marthe senkte die Lider, die zitterten wie Schmetterlingsflügel, dann hob sie sie und sagte laut und vernehmlich: »Ja, ich will deine Frau sein.« Um sie herum hatten die Leute an den anderen Tischen Dritters Auftritt neugierig verfolgt. Jetzt klatschten sie. Dritter zog Marthe auf die Tanzfläche, und beide tanzten ganz allein zu den Klängen des *Kaiserwalzers*. Marthes Wangen leuchteten rot, ihre Augen strahlten. Sie blickten einander in die Augen, während sie sich drehten. Immer noch einmal, immer noch einmal.

Dritter bestellte eine Flasche Sekt für die Kapelle und eine weitere für Marthe und sich. Jetzt war er ein Bräutigam. »Wann wollen wir heiraten?«, fragte Marthe, als sie schon ein wenig beschwipst war. »So bald wie möglich«, antwortete Dritter. »Ich will nicht mehr warten.« Sie ließ die Lider leicht über die Augen gleiten und hauchte: »Worauf willst du nicht mehr warten?« Ihm wurde heiß. Das hatte er nicht erwartet, dass diese unbedarfte junge Frau ihm so einheizen konnte. Kleines Luder, dachte er wohlgefällig und bedachte sie mit diesem Blick, den er eigentlich nur für andere Frauen parat hatte, direkt in die Augen und dann einmal hinab und wieder hoch. Sein Mund war völlig ernst, nur seine Augen lächelten. Dieser Blick funktionierte immer, das wusste er. Frauen konnten gar nicht anders, als darauf zu reagieren. Sie reagierten nicht alle auf die gleiche Weise. Aber sie reagierten. Marthe reagierte so, dass es ihn völlig umhaute. Sie errötete zwar ganz leicht – viele Frauen wurden puterrot und begannen schnell und hektisch zu sprechen, um die Verlegenheit zu überspielen, oder sie nestelten an ihrer Kleidung herum oder schauten zu Boden –, aber Marthe erwartete seinen Blick schon, als er wieder hochkam, und dann lächelte sie. Es war ein Lächeln mit geschlossenem Mund und etwas herabgezogenen Mundwinkeln. Sie hatte ihr Köpfchen nicht schräg gelegt, sie machte kein Schmollmündchen, sie sah ihn an wie eine Frau, die sagte: »Gut, wir wissen beide, worum es geht. Wir sind uns auch ziemlich einig. Ich warte auf deine Vorlage. Du kannst sicher sein, ich schieße das Tor.«

Dritter raunte mit einer Stimme, die einige Töne tiefer war als sonst: »Ich träume jede Nacht von dir, Marthe, ich kann es kaum noch aushalten, ich muss immer an dich denken, ich bin ganz verrückt nach dir.« Marthe spielte mit ihrem Sektglas in der Hand herum, eine aufreizende Geste. Sie blickte das Glas an, als gäbe es nichts Wichtigeres auf der Welt. Dann hob sie langsam die Lider und tauchte ihren Blick ebenso intensiv in Dritters, wanderte zu seinem Mund, verweilte dort und wanderte wieder hoch. »Ich denke sogar vor dem Träumen an dich.« Auch ihre Stimme war einige Töne tiefer. Dritter wusste nicht, was ihm geschah. Sein Verstand war so umnebelt, dass er nicht mehr analysieren konnte, was die Kleine mit ihm veranstaltete. Sie tat es einfach. Und sie tat es nach allen Regeln der Kunst. Die Kapelle verkündete, dass nun die drei letzten Tänze kämen. Dritter und Marthe erhoben sich gleichzeitig. Er ging vor ihr her zur Tanzfläche. Gar zu gern wäre er hinter ihr gegangen. Er hätte zu gern gesehen, wie sie ihre Hüften wiegte. Sie war so klein und schmal, und er hatte noch gar nicht bemerkt, ob sie überhaupt Hüften hatte, die es sich anzuschauen lohnte.

Aber jetzt hätte er gern auf ihren Hintern geguckt und beobachtet, ob sie ihn beim Gehen rollte. Er war so heiß auf sie, dass er nicht mehr denken konnte. Auf jede ihrer Bewegungen reagierte er wie ein Spiegel. Wenn sie ihm jetzt ein Halsband umgelegt und ihn zu sich herangezogen hätte, wäre von ihm kein Widerstand gekommen. Aber sie legte ihm kein Halsband um. Sie schmiegte sich an ihn und legte sogar ihre Wange an seine Brust, so dass er ihre Haare riechen und fühlen konnte. Sie roch betörend. Wenn ihn nicht ein letzter Rest von Anstand zurückgehalten hätte, hätte er jetzt gesagt: »Ich will dich, jetzt, sofort.« Da hob sie sich auf die Zehenspitzen und flüsterte in sein Ohr: »Ob man hier wohl ein Zimmer mieten kann?« In Dritters Kopf prallten zwei Wellen gegeneinander, ihn schwindelte. Sie blickte hoch, ihm tief in die Augen und gurrte kokett: »Eine Verlobung muss doch gefeiert werden.« Dritter überschlug im Geiste das Geld, das er bei sich trug. Das *Atlantik* war kein Stundenhotel. Man konnte nur ein Zimmer für eine ganze Nacht mieten. Wie teuer das wohl war? Da hauchte Marthe: »Ich hab auch ein wenig Geld mit, vielleicht können wir zusammenlegen?«

Dritter hatte Mühe, sich im Takt zu bewegen. Seine enorme Erektion hinderte ihn an allem: am Denken, am Tanzen und daran, sich jetzt ganz lässig mit Marthe von der Tanzfläche fortzubewegen, am Tisch Kassensturz zu machen, als wäre es das Selbstverständlichste von der Welt, und dann eine kluge Entscheidung zu fällen, wo die kommende Nacht verbracht werden sollte.

Marthe trug so viel Geld in ihrer kleinen Handtasche, dass Dritter staunte.

Es dämmerte ihm, dass auch Marthe ihre Pläne für den Abend gehabt hatte, und die waren prosaischer gewesen als seine romantische Inszenierung eines Heiratsantrags. Marthe hatte mit ihm die Nacht verbringen wollen, und an Verlobung hatte sie dabei erst in zweiter Linie gedacht.

Er erlebte diesen Augenblick wie im Rausch. Sie gingen zur Empfangshalle und erkundigten sich nach einem Zimmer. Der Preis bewirkte, dass Dritter noch schwindliger wurde. Marthe allerdings ließ ihren Verlobungsring im Licht funkeln und gestand auf eine gekonnt charmante Weise, dass sie aus Cuxhaven kämen und auf Hochzeitsreise seien. Und dass sie sich von ganzem Herzen wünsche, eine einzige Nacht in diesem wundervollen Hotel zu verbringen.

So erhielten sie ein Zimmer, das zwar in die günstigste Kategorie gehörte, aber dennoch Alsterblick hatte. Der Mann im Empfang war offenbar von der jungen Frau bezaubert, für die eine Nacht im Hotel *Atlantic* der Wunsch ihres Lebens war. Trotzdem kostete die Übernachtung so viel, wie Marthe in einem Monat verdiente, aber es blieb ihnen noch Geld übrig, eine Flasche Sekt aufs Zimmer zu bestellen. Essen allerdings war nicht mehr drin.

Das brauchten sie auch nicht. Dritter war nur hungrig auf Marthe, und Marthe aß sowieso wenig. Schon im Fahrstuhl küssten sie sich.

Als Dritter am nächsten Morgen aufwachte und die selig schlafende Marthe neben sich erblickte, fragte er sich zum ersten Mal, seit er die junge Frau kennengelernt hatte, ob vielleicht gar nicht er derjenige war, der das Ganze mit Raffinesse eingefädelt hatte, sondern ob vielleicht sie viel raffinierter war als er. Marthe war keine Jungfrau, wie er in seiner Naivität irgendwie geglaubt hatte. Sie war auch keine Frau, die vielleicht einmal und aus Versehen und von einem Schurken flachgelegt worden war, sondern eine Frau, die wusste, wie das Ganze ablief, und die genau die richtigen Geräusche und Bewegungen machte, die einem Mann das Gefühl vermittelten, er sei der Größte.

Sie war zwar nicht komplett hemmungslos gewesen, so wie Dritter es von Lydia kannte, die keinen Hehl aus ihrer Lust gemacht hatte. Aber sie hatte ihm das Gefühl vermittelt, dass er sie völlig überwältigte.

In der Nacht noch hatte sie ihm, zart wie ein junges Vögelchen, dessen Herzschlag man in der Hand spürt, gebeichtet, dass sie einmal bereits verlobt gewesen war. Als junge Frau in England hatte sie einen Inder kennengelernt, der dort studierte. Sie hatten sich ineinander verliebt, und er hatte sie gefragt, ob sie seine Frau werden wollte. Er stammte aus einer sehr reichen und vornehmen indischen Familie, er hatte ihr Fotos von ihrem Anwesen gezeigt, ein wundervoller Palast in einem Park mit Palmen und Blumen und dazu Diener mit Turban. Sie hatte zur Bedingung gemacht, dass auch ihre Mutter mit nach Indien kommen müsste, und er hatte sofort zugestimmt.

Er hatte sie sogar noch einmal in Deutschland besucht, und auch ihre Mutter war vollkommen entzückt von ihm gewesen. Er hatte so gute Manieren, und er hatte ihr Gastgeschenke mitgebracht, englischen Tee und zwei Teetassen aus englischem Porzellan, alles so fein. Dann hatte sie ihn noch einmal in London besucht, und sie hatten geplant, dass er nach seinem Examen allein nach Indien fahren sollte, um seine Eltern zu informieren und dass sie dann einen Monat später, zuerst einmal zu Besuch, um seine Familie kennenzulernen und um die Hochzeit vorzubereiten, nach Jaipur fliegen sollte.

»Seine Familie besaß sogar zwei Elefanten«, erzählte Marthe, und Dritter sah ihren schwärmerischen Augen an, dass sie in ihrer Phantasie bereits ihr ganzes Leben in einem indischen Palast verbracht hatte. Eigentlich hatte er eine indische Prinzessin vor sich, so kam sie ihm vor. Leider war ihr indischer Prinz entschwunden, und sie hatte nie wieder etwas von ihm gehört. »Wie vom Erdboden verschluckt«, sagte sie, und es klang nicht einmal enttäuscht oder zornig oder besonders traurig. Die Träume hatte ihr keiner nehmen können, und eine Enttäuschung durch eine ganz andere Realität hatte auch nie stattgefunden. Der Prinz war einfach im Dunkel des indischen Märchenwaldes verschwunden. Und die Prinzessin hielt sich immer noch im diamanten glitzernden Schloss auf.

»Seitdem konnte kein Mann mein Herz wieder erobern«, hatte Marthe geseufzt. »Keiner hatte diese Eleganz, keiner war so schön und so gut erzogen und so gut gebaut wie Ben.« Ja, sie hatte ihn Ben genannt, alle in London nannten ihn Ben. Sein wirklicher Name war lang und kompliziert auszusprechen, Ben passte viel besser zu London. Dritter fühlte sich sehr geschmeichelt, als Marthe über seine Brust streichelte und sagte: »Erst als du in mein Leben tratest, konnte ich mir wieder vorstellen, mich zu verlieben.«

Ein indischer Prinz und jetzt er, Dritter machte es gar nichts aus, dass Marthe keine Jungfrau war, ganz im Gegenteil, sie erschien ihm sogar veredelt durch diese Verlobung. Marthe meinte, dass die wahrscheinlich in die Brüche gegangen war, weil Bens Familie bereits eine andere Braut für ihn ausgesucht und ihm verboten hatte, sich mit ihr auch nur für eine letzte Erklärung in Verbindung zu setzen, wahrscheinlich, weil sie Angst hatten, er könnte ihrem Liebreiz dann doch endgültig verfallen und sich vielleicht nach Deutschland auf und davon machen. Sie werden ihn an einen Elefanten gekettet haben, bis er mit dieser Inderin verheiratet war, und danach wird sein Verantwortungsgefühl für die junge Frau so groß gewesen sein, dass er entgegen dem Ruf seines Herzens bei ihr geblieben war und eine große Familie gegründet hatte, die das prächtige Haus bevölkerte und in dem riesigen Garten mit den Pfauen und Affen und Elefanten herumtollten.

So war Marthes Erklärung für Bens Verschwinden, und Dritter machte sie sich gern zu eigen. Er verstand auch, dass Marthe ihm diese Geschichte nicht schon vorher erzählt hatte, sondern sie sich für eine Nacht im Hotel *Atlantik* aufgespart hatte. Solche Geständnisse machte man besser nackt und wenn man leibhaftig beweisen konnte: Nun will ich deine Frau sein.

Am nächsten Morgen rief Marthe vom Hotel aus in ihrer Firma an und sagte, sie hätte sich gestern den Magen verdorben und könne heute leider nicht kommen. Dann fuhren sie zu ihrer Mutter, wo sie frühstückten und ihre Verlobung feierten. Im Anschluss daran ging es in die Kippingstraße, wo sie das Gleiche taten.

An diesem Tag beschlossen sie zu heiraten, sobald alle Unterlagen vorhanden waren. Sie gingen von August oder September aus. Als Cynthia das hörte, verkündete sie zum allgemeinen Erstaunen, dass Eckhardt und sie ebenfalls heiraten wollten und dass sie sich schon mal erkundigt hätte, was alles getan werden müsse.

Man brauchte einen Ahnenpass, für den der Ariernachweis bis zu den Großeltern erbracht werden musste. »Wir sollten eine Doppelhochzeit machen«, sagte Cynthia mit großer Bestimmtheit, als wäre es schon entschieden. Marthe verzog ihr Mündchen und rümpfte die Nase. Aber sie widersprach nicht. Da sagte Cynthia auch schon mit unerbittlicher Ehrlichkeit: »Wir beide sind ja wohl sowieso darauf angewiesen, dass die ganze Feier hier stattfindet, oder?« Sie wartete keine Antwort von Marthe ab und fuhr fort: »Ich bin zu alt, meine Mutter lacht sich schief, wenn ich will, dass sie meine Hochzeit finanziert, und soviel ich das verstanden habe, ist deine Mutter ja wohl Kriegerwitwe.« Sie sagte das Wort, als wüsste jeder, dass Kriegerwitwen ärmer als Kirchenmäuse waren. Marthe war über und über errötet, und Dritter empfand eine boshafte Freude, die er sich selbst nicht richtig erklären konnte.

Das schlug aber schnell um, als Eckhardt ihm unter vier Augen verkündete, wie Cynthia ihre Zukunft geplant hatte. »Wir ziehen in die zwei Zimmer der Eltern, Vater geht in unser Zimmer. Du ziehst zu Marthe und ihrer Mutter.« Als Dritter protestierte, sagte Eckhardt so kühl, wie Dritter es von ihm nicht gewohnt war: »Erstens würde ich deine Verlobte mal fragen, ob sie bereit ist, sich von ihrer Mutter zu trennen. Das macht nämlich nicht den Eindruck. Und es ist Vater nicht zuzumuten, dass er Wand an Wand mit einer unbekannten alten Frau schläft.« »Aber Wand an Wand mit dir?«, konterte Dritter zornig. Eckhardt blieb kühl. »Wir werden unser Schlafzimmer nach vorne legen«, erklärte er von oben herab. »Und wir werden Miete zahlen, und zwar ebenso viel wie Jonny und Stella.« Dritter hatte bereits vorab kalkuliert, was auf ihn wohl an Unkosten zukommen würde, wenn er mit Marthe in die Kippingstraße zog. Zu seiner Beschämung musste er sich eingestehen, dass er an die Mutter von Marthe keinen Gedanken verschwendet hatte. In gewisser Weise hatte Eckhardt recht. Wenn sie zu dritt in die zwei Zimmer zögen, wäre es zwar immer noch großzügiger als in der kleinen Wohnung in der Gärtnerstraße, aber dort gab es drei Zimmer, und Marthes Mutter hätte ein Zimmer für sich. Außerdem hätten sie ein Wohnzimmer. Bei dem Gedanken an die Alternativen begann Dritter sich dafür zu erwärmen, zu Marthe zu ziehen. Das war auch eine Wohnung, die sie bislang ganz allein bezahlen konnte. Wenn er also wirklich mal klamm war, was in der Vergangenheit schließlich zu seinem Alltag gehört hatte, würde er keine Diskussionen mit der ganzen Familie führen und sich vor irgendjemandem rechtfertigen müssen. Allerdings sollte Eckhardt jetzt nicht den Eindruck bekommen, dass er schnell gewonnen hatte. Dritter sagte mit seiner energischen Stimme, die Eckhardt immer schon eingeschüchtert hatte: »Darüber ist das letzte Wort noch nicht gesprochen. Mal sehen, was Marthe dazu sagt.«

Als er dann mit Marthe sprach, überraschte ihre Reaktion ihn doch sehr. Sie schlug die Augen nieder, rümpfte ihr Näschen und sah ihn mit skeptischen grauen Augen an. »Das ist doch ganz gut so«, sagte sie. »So haben wir unsere eigenen vier Wände. Mit Mutter in dem hinteren Zimmer gemeinsam zu schlafen, wäre ja sowieso nicht gegangen.« Sie kicherte nicht, wie Dritter es eigentlich von einer jungen Frau erwartet hatte, sondern sie sprach vollkommen überlegt und sachlich. »Wenn wir Kinder bekommen, wird es da sowieso zu eng. Und dann kann ich mir auch vorstellen, dass es für Mutter auf die Dauer schwierig wäre, im Wohnzimmer auf dem Sofa zu schlafen. Nein, Alex, das ist schon eine passende Lösung.« Sie lächelte ihn an und fügte hinzu: »Bald werden wir ja sowieso in die Johnsallee ziehen. Mit Kindern ist es auch in der Gärtnerstraße zu eng.« Dritter wurde siedendheiß. Jetzt hatte sie schon zum zweiten Mal von Kindern gesprochen. War sie etwa schwanger? Er hätte sie gern gefragt, aber er traute sich nicht. Seit er mit Marthe zusammen war, hatte er manchmal den Verdacht, dass er sich mit Frauen doch nicht so gut auskannte, wie er es sich immer eingebildet hatte. Ihre Hoffnung auf die Johnsallee machte ihm weniger Sorgen. Das würde sich im Laufe der Zeit schon zurechtrücken. Er brauchte die Mieteinnahmen aus der Johnsallee zum Leben, ganz besonders, seit sich herausgestellt hatte, dass er mit der Provision, die er in der Lebensmittelersatzstoffbranche verdiente, nicht mal genug Geld zusammenbekam, um seiner eigenen Hochzeit einigermaßen entspannt entgegenzublicken. Er hatte den Eindruck, dass er dort über den Tisch gezogen worden war. Es gab nur noch wenige öffentliche Kantinen, die nicht schon mit diesen Ersatzstoffen hantierten. Er musste wahnsinnig viel unterwegs sein, musste Schmiergelder zahlen, denn es gab nicht nur eine Fabrik dieser Art: Fahrt und Schmiergeld zahlte er aus eigener Tasche. Bisher war in den Monaten kaum etwas übrig geblieben. Ja, je länger Dritter darüber nachdachte, umso einverstandener war er damit, dass er zu Marthe und ihrer Mutter ziehen würde.

Sie legten den Termin für die Hochzeit auf den 1. September 1941 fest. Das war ein Termin, der Cynthia sehr gefiel. Vor einem Jahr hatte der Krieg begonnen, der Deutschland im Handstreich zu einem Sieger gemacht hatte. Marthe war der 1. September ebenso recht wie ein anderes Datum. Sie wünschte aber, in der Kirche zu heiraten. Dazu war Cynthia nicht bereit. Auf dem Standesamt unter dem Konterfei von Hitler mit der Hakenkreuzfahne, das war der Rahmen, in dem sie ihr Ja sagen wollte und nicht in diesem ganzen kitschigen Kirchenpomp, wo es galt, keinem anderen Gott neben dem einen zu huldigen. Ihr Gott war Hitler, und an die Zeit, in der sie ein Hochgefühl dabei empfunden hatte, religiöse Schriften zu lesen, dachte sie nicht gern zurück.

Alle wussten, dass Cynthia nicht leicht umzustimmen war. Wenn sie sich etwas in den Kopf gesetzt hatte, blieb es da auch und veränderte sich im Kontakt mit anderen nur marginal. Also versuchte Dritter, auf Marthe einzuwirken, damit diese sich mit einer standesamtlichen Trauung zufriedengab. Zu seinem großen Erstaunen brauchte er nur wenig Überzeugungsarbeit zu leisten. Kaum hatte er vorgeschlagen, eine kirchliche Trauung noch einmal zu überdenken, sagte sie: »Das ist eine sehr gute Idee. Ich habe auch schon darüber nachgedacht. Und ein weißes Kleid mit Schleier und Blumen und so kann ich auch auf dem Standesamt tragen. Oder was meinst du?« Dritter nickte überrumpelt. So einfach war das? Von nun an stand es fest: Doppelhochzeit am 1. September im Standesamt Eimsbüttel. Danach würde Dritter in die Gärtnerstraße ziehen und Cynthia in die Kippingstraße.

Bald hatten sie die Unterlagen zusammen und bestellten das Aufgebot. Der Standesbeamte nahm sich viel Zeit, all ihre Dokumente zu prüfen, zu sortieren und noch einmal abzufragen, ob Marthe und Dritter sie auch mündlich bestätigen konnten. Schließlich blickte er Marthe tief in die Augen und sagte mit ernster Stimme: »Haben Sie sich auch gut überlegt, ob Sie wirklich einen Mann heiraten wollen, der so lange im Gefängnis gesessen hat?«

Dritter kam es vor, als hätte der Mann ihn in einen Brunnen gestoßen, und als würde er fallen und fallen, immer tiefer ins Dunkle. Irgendwann würde er aufprallen, und dann wäre er tot. Eine Sekunde lang drängte ihn alles in seinem Körper, aufzustehen und den Mann zu erschlagen, aber selbst wenn das irgendeine Chance geboten hätte, diese Worte ungeschehen zu machen, war aus ihm jede Kraft gewichen. Er fühlte sich wie ein Gummimensch, Arme und Beine hatten jede Festigkeit und Kraft verloren.

Da sagte Marthe mit leiser fester Stimme: »Danke für Ihre Sorge. Ja, das habe ich mir selbstverständlich genauestens überlegt.« Der Standesbeamte wendete sich wieder den Papieren zu. »Na, dann ist gut«, murmelte er. »Aber es gibt ja Frauen, gerade in Ihrem Alter, denen ist alles egal, Hauptsache, sie kommen noch unter die Haube. Die nehmen dann jeden.« Marthes Stimme war noch fester, nun klang sie nicht mehr leise, sondern eher hart und kalt, als sie sagte: »Ich danke Ihnen wirklich sehr für Ihre Sorge. Aber ich habe es nicht nötig, jeden zu nehmen. Ich habe Herrn Alexander Wolkenrath mein Jawort gegeben. Und das möchte ich nun vor dem Gesetz legitimieren.« Alexander fühlte sich so entsetzlich schwach und unfähig, wie er sich nicht mal gefühlt hatte, als ihn die Gestapo abgeholt hatte. Damals hatte sein Verstand funktioniert, er hatte die Lage blitzschnell einzuschätzen versucht, hatte reagiert, wie es ihm am schlauesten vorgekommen war. Jetzt allerdings war sein Kopf leer, und sein Körper war wie gelähmt.

Die weitere Unterhaltung rauschte an ihm vorüber, manchmal wurde er etwas gefragt, dann antwortete er, aber als sie den Raum verließen, hatte er schon keine Ahnung mehr, was er überhaupt gesagt hatte.

Er hatte große Angst. Am liebsten wäre er draußen sofort weggelaufen. Bloß nicht gefragt werden, bloß nicht Rechenschaft ablegen müssen, bloß nicht erklären müssen, warum er nicht ehrlich gewesen war. Und bloß keine Tränen.

Aber Marthe überraschte ihn schon wieder. Sie reichte ihm die Hand und sagte: »Jetzt muss ich allein sein. Auf Wiedersehen.« Er schlug reflexhaft ein, da zog sie die Hand auch schon wieder zurück, drehte sich auf dem Absatz um und ging schnellen Schrittes Richtung Straßenbahnhaltestelle davon. Ehe Dritter es sich versah, hatte sie die Straße erreicht, es kam gerade eine Bahn, und Marthe stieg ein. Sie hatte sich nicht einmal umgedreht. Sie war einfach fort.

Dritter vergaß völlig, dass er eben noch keine größere Sehnsucht empfunden hatte, als aus Marthes Augen und der ganzen Situation zu verschwinden. Jetzt wollte er nichts mehr, als Marthe alles zu erklären. Aber sie war fort, und er hatte Angst davor, ihr in der Gärtnerstraße unter den Augen und Ohren ihrer Mutter Rechenschaft ablegen zu müssen. Er wusste auch nicht, was das alles zu bedeuten hatte. Wieso hatte sie da drinnen vor dem Beamten so eindeutig zu ihm gestanden, und wieso war sie jetzt einfach weggelaufen?

Dritter begab sich in die nächste Kneipe und trank so viel Bier, dass er nichts mehr dachte und fühlte. Benommen und müde taumelte er nach Hause und warf sich angezogen aufs Bett.

Am nächsten Tag hörte er nichts von Marthe. Er war entsetzlich besorgt. Was, wenn die ganze Hochzeit jetzt platzte? Er war fest entschlossen, in ein geregeltes bürgerliches Leben einzutreten. Er hatte im Gefängnis gelernt, was man vermeiden musste, um nie wieder eingelocht zu werden: Keine Weibergeschichten, Frauen waren unberechenbar, und Männer verteidigten ihre Frauen wie ihren Besitz, keine Betrügereien, für die es nachweisbare Belege gab, keine Handgreiflichkeiten, für die es Zeugen gab, und vor allem nichts, das einen erpressbar machte. Hans Ränke hatte ihm gepredigt: »Du musst verheiratet sein, am besten ein bis zwei Kinder, fester Wohnsitz, keine Feinde, dann kannst du so viel krumme Dinger drehen, wie du willst, sie müssen nur hieb- und stichfest angelegt sein. Am besten Beamte hinzuziehen.« Na gut, hatte Dritter gedacht, du bist auch ins Kittchen gekommen. Aber Hans Ränke hatte ihm noch im Gefängnis gezeigt, wie man sich ein einigermaßen ordentliches Leben organisieren konnte. Er selbst war wegen guter Führung ein Jahr früher entlassen worden, was ohne ein paar wohlgesinnte Beamte nicht möglich gewesen wäre, und auch Dritter war drei Monate früher rausgekommen. Dritter war entschlossen, seine Existenz auf einen festen Boden zu stellen. Wenn Marthe jetzt absprang, stand er wieder am Anfang. Außerdem mochte er sie, und er mochte auch den ganzen Lebensentwurf, der mit ihr möglich war. Er würde wie ein erbärmlicher Versager dastehen, wenn die Kleine ihn jetzt hängenließ. Um sich nicht allzu hilflos zu fühlen, entwickelte er Schritt für Schritt eine ordentliche Wut auf Marthe. Die ersten Schritte brauchten noch einigen Aufwand. Er musste sich vor Augen führen, dass er sie manchmal ziemlich raffiniert gefunden hatte. Er konstruierte eine ganze Theorie, die fast schon eine Art Verschwörungscharakter trug. Mit einem Mal stand für ihn fest, dass Marthe von Anfang an nicht vorgehabt hatte, ihn zu heiraten. Sie hatte ihn die ganze Zeit an der Nase herumführen wollen. Ihm fielen alle möglichen Sachen ein, die ihm bewiesen, dass Marthe nie tiefere Gefühle für ihn empfunden hatte. Und dass sie sowieso eine kühle Frau war, und dass sie wahrscheinlich irgendwelche berechnenden Absichten gehabt hatte, die sie jetzt vielleicht durchzusetzen glaubte, weil sie plötzlich moralischen Druck auf ihn ausüben konnte. Am Schluss, nachdem er sich so richtig in Wut gedacht hatte, war er entschlossen, diese junge Frau erst einmal schmoren zu lassen. Wenn sie ihn hängenließ, sollte sie doch nicht glauben, dass er ihr hinterherlief. Er würde einfach in der Versenkung verschwinden. Und dann sollte sie mal sehen, wer sie denn noch heiraten würde. Immerhin war sie aus dem besten Heiratsalter schon raus. Andere Frauen in ihrem Alter hatten schon ein bis zwei Kinder. Und jetzt waren die meisten Männer im Krieg, und es würde sein wie nach dem letzten Krieg: Das Verhältnis von Männern zu Frauen würde sich drastisch verändern, und auf jeden Mann kämen dann mindestens zwei Frauen. Dritters Stimmung hellte sich bei diesen Gedanken auf. Er war nicht darauf angewiesen, dass Marthe ihn heiratete. Er konnte wählen, aber sie hätte Probleme. Schließlich musste sie ja auch erst mal einen kennenlernen, der sie heiraten wollte. Und sie hatte es ja auch bei ihrer Mutter schon erlebt, dass diese jungen Männer, die in den Krieg zogen, wegbleiben konnten. Eine Kriegerwitwe zu werden, war ganz sicher nicht Marthes Zukunftsziel. Am Schluss seiner Gedanken fühlte Dritter sich geradezu euphorisch. Sie würde angekrochen kommen, darauf konnte er sich verlassen. Und dann würde er Bedingungen stellen. Zum Beispiel, dass sie ihn nie wieder einfach so auf der Straße stehenlassen sollte. Dann würde es Ärger geben.

Aber Marthe kam nicht. Und sie rief auch nicht an.

Ganz allmählich sank Dritters Stimmung wieder. Er war immer noch wütend auf das Dämchen. Bei sich nannte er sie »dumme Ziege«, aber trotzdem kam ihm nach drei Tagen zum ersten Mal eine zarte Ahnung, dass Marthe vielleicht gekränkt war, weil er sie angelogen hatte. Für Dritter war es so selbstverständlich, zu lügen, dass er sich nicht wirklich vorstellen konnte, dass jemand tief verletzt war, weil man ihn belogen hatte. Er schämte sich auch nicht, weil er gelogen hatte. Das war Teil seines Plans gewesen. Er war verärgert, weil Marthe solche Scherereien machte. Hätte sie nicht einfach meckern und schimpfen und mit dem Fuß aufstampfen können? Hätte sie ihm nicht einfach irgendein Schimpfwort an den Kopf werfen können? Dann hätte er schuldbewusst getan und sie um Verzeihung gebeten und gesagt, dass er sich wegen seiner Gefängniszeit geschämt und Angst gehabt hätte, dass sie ihn nicht heiraten würde und dass er das deshalb verschwiegen hätte. Dann hätte er ihr die anrührende Geschichte von dem Bruderverrat erzählen können und dass er, Dritter, vollkommen unschuldig im Gefängnis gesessen hätte. Dann hätte er sie nach einiger Zeit reumütig bitten können, ihm zu verzeihen und hätte ihr einen zweiten Heiratsantrag machen können. Dann hätte er sie in die Arme schließen und festhalten können, während sie weinte. Aber so war alles anders gelaufen, als er es sich gedacht hatte. Zuerst einmal hatte er nicht erwartet, dass dieser bescheuerte Standesbeamte sich so ins Zeug legen würde, um Marthe davon abzubringen, ihn zu heiraten. Ja, Dritter hatte damit gerechnet, dass Marthe die Wahrheit erst viel später rauskriegen würde. Seine Wut richtete sich nach einer Zeit ganz und gar auf den Standesbeamten, und er stellte sich vor, wie er den zusammenschlagen oder gar töten würde.

Dritter ging seiner Familie aus dem Weg. Er wollte nichts gefragt werden. Er kannte seine Schwestern und die Tante gut genug, um zu wissen, dass die vollkommen auf Marthes Seite waren. Aber je länger er nichts von Marthe hörte, und je angegriffener er sich von ihrem Verhalten fühlte und es auch ganz und gar unmöglich fand, umso schwieriger wurde es für ihn, aus seiner Starre herauszukommen und irgendetwas anderes zu empfinden als gekränkten Stolz und Wut.

Bis Hans Ränke ihn am Abend erwartete, als er spät und leicht angetrunken nach Hause kam wie auch in den vergangenen Tagen. Hans Ränke saß mit Dritters Schwestern und seinem Vater im Wohnzimmer, und sie erzählten sich Witze. Fröhliches Gelächter empfing Dritter schon in der Garderobe. Eigentlich wollte er sich am Wohnzimmer vorbeistehlen, da öffnete sich die Tür und Lysbeth rief: »Dritter, du hast Besuch. Komm mal hoch.«

Also gab es kein Entrinnen.

Hans Ränke kam sofort zur Sache und ließ sich auf keine Ausreden ein. Er überhörte auch geflissentlich Dritters Vorschlag, sich irgendwo anders hinzubegeben, um ein Männergespräch zu führen. »Wie angenehm so ein Abend in trauter Familienrunde ist«, rief er mehrmals aus und verschränkte die Arme hinter seinem Nacken. Nach kürzester Zeit lag alles offen auf dem Tisch. Fünf Augenpaare blickten Dritter ernst an. Es war sein Vater, der zum Erstaunen der anderen das Wort ergriff. »Am besten gehst du jetzt sofort hin«, sagte er. »Es ist noch nicht zu spät. Jede Stunde, die du wartest, verletzt Marthe mehr. Und für dich wird es immer schwerer, die Hürde zu nehmen.«

Zu Hans Ränke gewendet, fügte er hinzu: »Und Sie begleiten ihn auf dem Weg. Dann können Sie mit ihm besprechen, was er sagen soll. Sie wissen so was.« Das klang klar, entschieden und duldete keinen Widerspruch.

Die drei Frauen sahen Dritter auffordernd an. Hans Ränke erhob sich. »Also dann«, sagte er. Und mit einer Verbeugung zu den Frauen: »Habe die Ehre. Wundervoller Abend mit Ihnen, meine Damen. Würde das gern bei Gelegenheit wiederholen.« Stella, Lysbeth und die Tante lächelten hoheitsvoll. Hans Ränke verließ den Raum, Dritter blickte noch einen Moment hilfesuchend in die Runde, aber alle wendeten ihm entschiedene Gesichter zu. Also folgte er Hans Ränke, widerwillig, aber in sein Schicksal ergeben.

Der Besuch bei Marthe verlief überraschend. Ihre Mutter öffnete die Tür, bereits im Nachthemd und mit einer Schlafhaube auf dem Kopf.

Dritter wollte sofort wieder gehen, aber sie forderte ihn auf, hineinzukommen. Marthe sei nicht da, sagte sie. Marthe habe sich mit einem jungen Mann getroffen, der habe sie zum Essen ausgeführt. Dritter wurde heiß vor Schreck. In diesem Augenblick erst begriff er, was er getan hatte. Es war, als würde jemand seinen Kopf aus dem Sand ziehen und ihn schütteln. Was für ein Hornochse ich war, dachte er.

Marthes Mutter forderte ihn auf, sich an den Küchentisch zu setzen, sie bot ihm nichts zu trinken an, aber sie wusch ihm den Kopf. Was er sich dabei gedacht habe, ihrer Tochter so eine Lügerei zuzumuten? Und wieso er nach diesem verunglückten Standesamttermin nicht umgehend mit einem riesigen Strauß Blumen und einem Arm voller Geschenke und tausend Liebesschwüren hier aufgekreuzt sei?

Dritter saß da wie ein Junge, der durch eigene Nachlässigkeit viel Geld verloren hatte und nicht wusste, wie er es wieder gewinnen oder den Verlust wiedergutmachen sollte. Und wie einen Jungen schimpfte Marthes Mutter ihn auch aus. »Jetzt hat sie einen neuen Arbeitskollegen bekommen, und der bemüht sich sehr um sie.« »Und sie?«, fragte Dritter ängstlich. »Sie?«, gab Marthes Mutter zurück. »Sie ist froh über jeden, der sie ihre Enttäuschung vergessen lässt.«

Dritter sank in sich zusammen. Er hatte es anscheinend wirklich vermasselt.

Hans Ränke kam ihm in den Sinn. Vor der Tür hatte der sich von ihm mit den Worten verabschiedet: »Mein Junge, wenn du das vermasselst mit der Kleinen, bist du der dümmste Kerl, der mir je untergekommen ist. So eine findest du so schnell nicht wieder. Wie die beim Standesamt reagiert hat. Die hat Courage. Frauen mit Courage, die warten nicht, bis du in die Puschen kommst. Du gehst da jetzt hoch und bringst das in Ordnung!«

Er wollte es in Ordnung bringen. Aber wie sollte er das anstellen? Er hatte es vermasselt. Marthes Mutter sagte streng: »Jetzt geh ich ins Bett. Mach du dir mal Gedanken, was du angestellt hast. Du hast zwei Leben durcheinandergebracht. Ihres und deines. Das ist wohl eine Spezialität von dir, ohne Grund kommt man ja nicht ins Gefängnis.« Sie stand auf und ging schnurstracks zur Tür. Die öffnete sie weit und sagte: »Gute Nacht.« Sie reichte ihm nicht die Hand. Dritter war entsetzlich bedrückt. Er murmelte: »Gute Nacht.« Da schloss sich die Tür schon wieder hinter ihm. Er hörte, wie sich der Schlüssel im Schloss drehte.

Als hätte ihm jemand vor den Kopf geschlagen, taumelte er die Treppen hinunter. Benommen, aber zugleich klarer als in den Wochen zuvor, stand er auf dem Bürgersteig.

Aus dem Dunkel trat eine Gestalt auf ihn zu. »Na, wie war's?« Hans Ränke. Dritter war unendlich froh, jetzt nicht allein zu sein. Er erzählte dem Freund, was geschehen war. Hans Ränke schnalzte mit der Zunge, schüttelte voller Bedenken den Kopf, presste die Lippen zusammen und sagte vorwurfsvoll: »Was hast du dir dabei bloß gedacht? Wenn ich heute nicht gekommen wäre, hättest du dich in deiner Höhle schon richtig gut eingerichtet. Du bist ja gar kein Mann, du bist ja ein Feigling.« Genauso fühlte Dritter sich auch. Nicht nur wie ein Feigling, auch wie ein jämmerlicher Versager. Im Gefängnis hatte er nicht dieses Gefühl gehabt. Im Gefängnis konnte er sich entschuldigen vor sich selbst. Er war kein wirklicher Betrüger gewesen, das Ganze war ein abgekartetes Spiel gewesen. Und mit seinen ständigen Reinfällen, seinem permanenten Geldproblem, seinem Herumspielen mit günstigen Gelegenheiten und all seinen Lügereien hatte er sich nicht auseinandersetzen müssen. Niemand hatte das von ihm verlangt. Jetzt aber stürzte plötzlich alles über ihn herein. Er war Mitte vierzig, und er hatte in seinem Leben noch nichts richtig geschafft. Hans Ränke redete auf ihn ein, aber er hörte nur den strengen Ton. Doch da drang ein Wort zu ihm durch: Kampf. »Nimm den Kampf auf«, sagte Hans Ränke. »Hol sie dir wieder!« Alles, was eben noch in Dritter getobt hatte wie ein Steppenbrand, kam zu einer kalten Ruhe. Kampf, ja, das kannte er. Er konnte boxen und warten und im richtigen Moment losschlagen und den Gegner an der empfindlichsten Stelle treffen. Ja, er war bereit zu kämpfen. Aber wie?

»Du gehst jetzt nach Hause und schläfst dich aus«, bestimmte Hans Ränke nach kurzer Überlegung. »Ich warte hier und nehme mir den jungen Mann mal zur Brust. Und dann stehst du ab morgen jeden Tag mit einer roten Rose vor ihrem Büro.« »Sie wird sie nicht nehmen«, sagte Dritter, der diesen Plan wenig erfolgversprechend fand. Ja, er fand ihn sogar entsetzlich gefährlich. Wenn Marthe erfuhr, dass Hans Ränke ihren Galan irgendwie eingeschüchtert hatte, würde sie Dritter nie wieder eines Blickes würdigen. »Marthe ist stolz«, sagte er. »Sie haut mir die Rose um die Ohren.« »Na und?«, fuhr Hans Ränke ihn an. »Bist du ein Mann oder bist du keiner? Dann stehst du nächsten Morgen wieder da. So lange, bis sie die Rose annimmt. Und es versteht sich ja wohl von selbst, dass es täglich eine frische ist.« »Selbstredend«, stimmte Dritter zu. Es würde ihm einige Disziplin abverlangen, jeden Morgen um halb acht am Neuen Wall stehen. Vorher eine Rose kaufen. Also jeden Morgen um halb sieben aus dem Haus, damit er Marthe auch auf keinen Fall verpasste. Hans Ränke schien seine Gedanken zu lesen. »Einsatz, mein Lieber«, sagte er und klopfte ihm ermunternd auf den Rücken. »Ohne Einsatz kriegst du das nicht wieder hin. Du hast das ziemlich in die Grütze geritten.« Dritter nickte. Ja, er wollte Einsatz leisten. Und er wollte Marthe. Nie war sie ihm begehrenswerter erschienen. Nie hatte er sie dringlicher heiraten wollen. Nie war sie ihm einzigartiger vorgekommen. »Gut«, sagte er, »ich mach das mit der Rose. Aber vermassle du es nicht mit dem Kerl. Wenn sie davon erfährt, ist die Sache gelaufen.« »Lass mich nur machen«, beruhigte Hans Ränke ihn. »Lass mich nur machen.«

Am nächsten Morgen rauschte Marthe nach kurzem Zögern an Dritter vorüber, als wäre er ein lästiger Bettler. Dritter nahm seine Rose wieder mit. Als er um die Straßenecke ging, stand da schon Hans Ränke. Beide erstatteten einander Bericht. »Der Junge lässt seine Finger von deiner Braut. Hat mich paar Zigarettenmarken gekostet«, schmunzelte Hans Ränke. »Die sind doch immer wieder hilfreich.« Er hielt Dritter einen Zettel hin. Darauf stand: »Lieber Hans, tut mir leid, dass ich heute Abend nicht mit zum Kegeln kann. Ich bin mit meiner Kollegin Marthe Dedikes verabredet. Sie ist wie wild hinter mir her. Ich find sie nicht besonders, aber man nimmt ja mit, was man kriegen kann. Dein Manfred.«

Dritter staunte. Wie hatte Hans Ränke das hingekriegt? Zigarettenmarken allein? Hans Ränke nahm ihm den Schrieb wieder ab. »So weit so gut«, bemerkte er. »Du hast jetzt freie Bahn.«

Und Dritter nutzte sie. Nach ein paar Tagen machte es ihm sogar Spaß, die winzigen Veränderungen in Marthes Verhalten zu beobachten. Nach drei Wochen hatte er sie so weit, dass sie die Rose annahm. Und noch zwei Wochen später war sie bereit zu einem Gespräch. Da konnte er ihr endlich alles erklären. Zu diesem Gespräch kaufte er einen großen Strauß roter Rosen und ein Halsband mit einem kleinen goldenen Herzen. Marthe hatte viele Fragen. Sie war sehr misstrauisch.

Aber am Schluss nahm sie das Halsband an und erlaubte Dritter, sie am Sonntag zu einem Spaziergang abzuholen.

Marthe hatte zu Dritters großer Erleichterung trotz der ganzen schlimmen Zeit das Aufgebot nicht platzen lassen, und so stand acht Wochen nach dem Desaster auf dem Standesamt der Termin für die Doppelhochzeit am 1. September fest. Es wurde eine eigenartige Hochzeit. Sie fand zwar auf dem Standesamt statt, aber die junge Braut hatte sich ausstaffiert wie für eine kirchliche Hochzeit. Sie sah aus wie ein junges Mädchen, zart, klein, ganz in Weiß mit einem weißen Schleier, der um ihr dunkles Haar herum bis zur Schulter drapiert war. Ihr langes weißes Kleid hatte sogar eine kleine Schleppe, die hinter ihr auf dem Boden herschleifte. Neben ihr der Bräutigam wäre von jedem, der es nicht besser wusste, als der Brautvater angesehen worden. Ein sehr respektabler Brautvater. Dritter trug einen hohen Zylinder auf seinem Glatzkopf, einen Frack, dessen Schöße er sorgfältig zur Seite strich, wenn er sich setzte. Er war blass und angespannt. Seine Lippen waren so schmal, dass man sie kaum mehr sah. Dieser Tag heute sollte durch keine Widrigkeiten gestört werden, und er sollte eine Wendung in seinem Leben einleiten. Von nun an wollte er ein bürgerliches Leben führen. Seine junge Braut hatte rosige Wangen, rot geschminkte Lippen und glänzende Augen. Es war ihr vollkommen egal, dass sie sich auffällig abhob von Cynthia, der anderen Braut, die ein hellblaues Kostüm trug, an der die Brosche der Frauenschaft die Brust mehr betonte, als es die Brust selbst tat. Dieser Tag war Marthes Tag. Den hatte sie herbeigesehnt, seit Jahren schon. Ihr Hochzeitstag! Ihr Märchentag! Sie dachte keinen Tag weiter. Die Märchen endeten mit diesem Tag. Nun würde sie glücklich sein bis ans Lebensende.

Es gab einige Zuschauer, die die schöne Braut bewunderten. Sie blickten wohlgefällig auf die älteren Menschen in Marthes Umgebung. Das Paar, das sich die ganze Zeit vor dem Raum des Standesbeamten dicht bei der Braut aufhielt, wahrscheinlich die Eltern des Bräutigams, der ältere Herr an ihrer Seite, wahrscheinlich ihr Vater. Die Augen der Zuschauer suchten nach dem Bräutigam. Und das war das einzig Auffällige an der ganzen Gesellschaft: Es gab eine wunderschöne Braut, und es gab keinen Bräutigam.

Da ging die Tür auf, und der Standesbeamte rief sie herein. Eckhardt trug einen Frack, ebenso wie sein Bruder, auch er hatte einen Zylinder auf dem Kopf. Sie unterschieden sich nur in den Schuhen. Dritter hatte schwarz-weiße Gamaschenschuhe gewählt, Eckhardt einfache schwarze Lederschuhe. Der Standesbeamte hielt seine kleine Rede, und es schien, als hielte er sie allein für Marthe. Cynthia nestelte nervös an der Manschette ihres Blumenstraußes herum, fünf weiße Rosen. Marthe hatte ihren Strauß nachlässig auf ihren Schoß gelegt: Zehn dicke rose Rosen, die Dritter ihr heute morgen geschenkt hatte. Entzückt lächelnd lauschte sie dem Beamten, der davon sprach, was eine Ehe heute in den schweren Zeiten für Mann und Frau bedeutete.

Hinter ihnen waren zwei Bankreihen voll besetzt. Lysbeth saß zwischen ihrer Schwester und Aaron. Beide hatten ihre Hände ergriffen. Aaron streichelte ihre Hand, und Lysbeth wusste, dass er sich ebenso wie sie an ihre eigene Hochzeit vor sieben Jahren erinnerte. Stella krampfte sich geradezu in Lysbeths Hand, und Lysbeth wusste, dass Stella sich an ihrer beider Doppelhochzeit erinnerte, die für sie beide ein solcher Irrtum gewesen war. Lysbeth hatte diesen Irrtum zum Glück sehr bald erkannt, Stella hingegen war in ihm bis heute verfangen.

Neben Stella saß ihr Vater. Er hielt die Hand der Tante, die auf seiner anderen Seite Platz genommen hatte. Neben der Tante saß Lydia, aufrecht, mit leichter Verachtung in den Augen, aber das erkannte nur ein aufmerksamer Betrachter. Die Verachtung galt nicht so sehr ihrer Tochter, die einen Mann heiratete, der sie noch nie geliebt und begehrt hatte, sie galt auch nicht ihrem Lügner von Schwiegersohn, der ihre Tochter als Camouflage missbrauchte, sie galt noch viel weniger Dritter, der einmal ihr Liebhaber gewesen war und nun ein junges Ding heiratete, einfach, weil er sozialen Halt brauchte, und sie galt überhaupt nicht der jungen Braut im weißen Staat. Lydia brachte der Zeremonie Verachtung entgegen. Sie selbst war zweimal verheiratet gewesen, und beide Männer hatten wenig zu ihrem Lebensglück beigetragen, ganz im Gegenteil, im Grunde waren beide rechte Langweiler gewesen, und nicht nur das, sie waren Bremsklötze, gar Stoppschilder für Lydia gewesen, dem zu folgen, was für sie das wirklich Wesentliche im Leben war. Spannung, Aufregung, Anregung, Lebendigkeit hatte Lydia außerhalb ihrer Ehen gefunden. Lydia mochte Männer sehr, und Sexualität machte ihr großen Spaß, sie erinnerte sich gern an die Zeit mit Dritter, und sie hatte auch jetzt wieder einen Liebhaber, einen jungen

Sänger von der Staatsoper, ihr wahres Leben aber teilte sie mit keinem Mann.

Neben Lysbeth saß Jonny Maukesch, der auf Heimaturlaub gekommen war. Er musste diesen Platz einnehmen, weil seine Mutter, Edith von Warnecke, nicht bereit war, neben Lydia, dieser Unperson, zu sitzen. Auf der anderen Seite neben dem Juden Aaron Bleibtreu hatte sie aber auch auf gar keinen Fall der Zeremonie folgen wollen. Also schirmte Jonny seine Mutter vor Lydia ab. Neben Edith saß Klaus von Warnecke, ihr Mann, inzwischen leicht senil. Vor kurzer Zeit hatten sie den siebzigsten Geburtstag des Generals von Lettow-Vorbeck gefeiert, und Edith hatte voller Groll bemerkt, wie schneidig aufrecht und mit klaren blitzenden Augen der General immer noch war, wohingegen ihr Gatte leider einen leichten Buckel bekommen hatte, vornübergebeugt ging, schlecht hörte und sehr schnell vergaß, was eben geschehen war.

In der Reihe hinter ihnen saßen Hans Ränke, Ferdinand Seiler, Luise und Fred Solmitz, die mit ihrer zwanzigjährigen Tochter Gisela gekommen waren. Gisela war blass und sehr dünn und man konnte ihrem angespannten Gesicht ansehen, was sie dachte: Ich werde nicht heiraten können und keine Kinder bekommen, besser, ich wäre tot.

Außerdem waren Leute vom Windhundverein anwesend, vom Luftschutzbund und von der Frauenschaft. Sie alle blickten geflissentlich darüber hinweg, dass zwei Juden im Raum waren. Die beiden Juden saßen aufrecht und mit offenem Blick auf ihren Holzstühlen. Aaron sah Lysbeth von Zeit zu Zeit zärtlich von der Seite an. Dann wendete sie ihm ihren Kopf zu und für die kurzen Momente, da sich ihre Blicke berührten, wurde Lysbeth von einer Woge von Gefühlen überflutet: eine Liebe für diesen Mann, die so stark war, dass Lysbeth meinte, alle im Raum müssten davon geschüttelt werden, und zugleich eine entsetzliche Angst, er könnte ihr genommen werden. Diese beiden Gefühle gleichzeitig zu empfinden, war sehr anstrengend für Lysbeth. Die Liebe dehnte ihr Herz, ihren ganzen Körper aus, sie wurde weich und warm, die Angst hingegen wollte ihr Herz verkrampfen und ließ sie frösteln. So saß sie dort mit einem heißen Herzen voller Liebe und Glück, das zugleich von einem solchen Schmerz durchzogen wurde, dass Lysbeth glaubte, sie würde sterben.

Auch Luise sah ihren Mann von Zeit zu Zeit von der Seite an. Auch in ihren Augen lagen Tränen. Sie hielt seine Hand sehr fest. Fred Solmitz aber wendete sich ihr nicht zu, er blickte starr geradeaus. Luise war vor kurzem fünfzig Jahre alt geworden, sie liebte ihren Mann seit siebenundzwanzig Jahren, eine gute Liebe, ein guter Mann, mit dem sie Hand in Hand durch dick und dünn gegangen war. Es kam ihr vor, als würde der Standesbeamte auch sie noch einmal fragen: Wollen Sie diesem Mann Ihr Jawort geben? Ja, sie wollte. Wieder und wieder wollte sie ja zu diesem Mann sagen, und dieses Ja würde sie der ganzen Welt entgegenschreien.

Über Alexanders Wangen liefen Tränen. Seit Käthe gestorben war, hatte er das Weinen gelernt. Er sah seine Käthe vor sich, als er sie heiratete: eine rundliche entzückende junge Frau, in deren Augen nichts als Vertrauen lag, Vertrauen in ihn, Alexander Wolkenrath, dass er sie lieben und ehren würde, so wie er es dem Pastor versprach, Vertrauen in ein Leben mit ihm, in dem sie glücklich sein würde. Wie entsetzlich hatte er sie enttäuscht. Und wofür? Für eine Jagd nach Erfolg, nach Ansehen, nach Geld. Wie gern würde er noch einmal von vorne beginnen und alles anders machen. Aber Käthe war tot. Zum Glück hatte er die allerletzten Tage noch genutzt. Er schluchzte leise auf. Das waren die schönsten Tage seines Lebens gewesen, als er endlich gespürt hatte, dass er in der Lage war, seiner Frau ein guter Mann zu sein.

Er klammerte sich an die Hand der Tante, die kräftig zurückdrückte. Stella hatte seine Hand und auch die ihrer Schwester losgelassen und verschränkte die Arme vor der Brust. Sie wappnete sich innerlich gegen die Rührung, die nun einmal bei Hochzeiten aufstieg. Dies hier war eine Hochzeit, die einige schlechte Konsequenzen haben würde. Cynthia hatte keinen Zweifel daran gelassen, dass sie das ehemalige Wohnzimmer der Eltern zu ihrem Schlafzimmer machen würde. Sie hatte bereits schwere dunkle Gardinen nähen lassen, die sie vor die hohe helle Fensterfront hängen wollte. Das jetzige Schlafzimmer der Eltern sollte ihr Wohnzimmer werden, und es war vollkommen klar, dass Cynthia dort niemanden ohne Einladung eintreten lassen würde. Ebenso klar war allerdings, dass es auch keinen Grund mehr geben würde, dort hinzugehen. Der Vater würde in das ehemalige Schlafzimmer der Brüder ziehen und Dritter zu seiner Schwiegermutter.

Stella bedauerte die junge Braut. Sie hatte ein schweres Los gezogen. Dritter besaß zwar das Haus in der Johnsallee, aber dort würden sie wahrscheinlich nie hinziehen, weil Dritter die Mieteinnahmen brauchte. Dritter war ein Glücksritter, und das würde er immer bleiben. Vielleicht würde sein Charme und seine zeitweilige Liebenswürdigkeit die junge Marthe ein wenig entschädigen für das, was ihr bevorstand: ein Leben in ständiger materieller Unsicherheit. Dritter wollte Kinder, und Stella wusste nicht, was sie Marthe wünschen sollte. Einerseits war es bestimmt für jede Frau schön, Mutter zu werden, andererseits würde Dritter wahrscheinlich kein Vater sein, der Halt und Orientierung geben konnte.

Stella verbot sich, an Anthonys Hochzeit mit Angela zu denken. Das war nichts als eine Formalie, die Angela und Roberta schützte. Dennoch war auch das eine Hochzeit gewesen. Stella verbot sich auch, an die bevorstehende Nacht zu denken. Sie war es nicht mehr gewohnt, mit Jonny in einem Bett zu schlafen, er war für sie ein fremder Mann geworden. Er würde bei der anschließenden Feier Alkohol trinken und nachts schnarchen. Sie überlegte, wohin sie ausweichen könnte, und mit einem Mal schien es ihr ganz einfach zu sein: Sie würde sich die Matratze aus dem Bett ihrer Mutter holen und diese auf den Boden im Wohnzimmer legen. Cynthia und Eckhardt wollten zwar die Ehebetten der Eltern übernehmen, aber auf die Matratze hatte Cynthia kein Anrecht. Genau, dachte Stella, nachts lege ich sie auf den Teppich und tags kippe ich sie gegen die Wand und hänge ein afrikanisches Tuch davor.

Erleichtert konnte sie nun wieder den Worten des Standesbeamten zuhören. Er sprach von Liebe und Kameradschaft, von Zueinanderstehen auch in diesen schweren Kriegszeiten. Stella lächelte spöttisch. Wie verlogen dieser ganze Hochzeitskram war! Nein, es gab innere Hochzeiten und äußere. Anthony und sie waren ein Paar, das all die hohlen Phrasen der Hochzeiten mit Leben gefüllt hatten. Sie waren füreinander da, sie liebten und ehrten und achteten einander, sie pflegten ihre Liebe und sie waren immer wieder eins. Sie stritten und lachten, sie küssten und streichelten und liebten einander, sie waren nicht nachlässig, sie machten sich Gedanken über den anderen und wollten von ihm alles wissen, sie fragten und hörten zu. Anthony war der Mann, den Stella wollte und von dem sie sich gewollt fühlte. Sie hatten schon Tausende von Malen Hochzeit gefeiert und würden es immer wieder tun. Bis dass der Tod uns scheidet, dachte Stella, und nun war ihr doch feierlich zumute.

Ihr Ehemann hingegen, Kapitän Jonny Maukesch, war in andere Gedanken versunken. Ihn beschäftigten Tagesgeschäfte. Er fühlte wenig. Das hielt er schon seit geraumer Zeit so. Tagesgeschäfte füllten den Geist aus. Was wann getan, gesagt, gegessen, getrunken, erledigt werden musste, erhielt eine große Bedeutung und vermittelte Jonny das Gefühl, wichtige Dinge wichtig zu nehmen. Damit wurde alles, was in ihm unangenehme Gefühle wecken konnte, in den Hintergrund verdrängt, so stark verdrängt, dass es fast schon nicht mehr da war. Greta und Walburga waren in Namibia bei einem älteren deutschen Ehepaar untergebracht. Die beiden Alten waren zwar für Hitler, aber sie hatten Walburga sofort in ihr Herz geschlossen und würden es nicht zulassen, dass ihr ein Haar gekrümmt wurde, so hatte Greta ihm geschrieben. Aber seit sie fort war, vermisste Jonny sie. Er war oft grob zu ihr gewesen, er hatte ihr sehr verübelt, dass sie sich mit Dritter eingelassen hatte, er hatte es nur gerecht gefunden, Dritter auszuschalten und für Bestrafung zu sorgen. Er war sogar ein wenig stolz auf sich, wie geschickt er das eingefädelt hatte, indem er Johann immer wieder kleine Fingerzeige gegeben hatte, dass seine Sophie mit Dritter anbandelte und Johann zu guter Letzt vielleicht ohne Frau und Kinder dastehen würde, von allen verlacht, weil sein eigener Bruder ihm die Frau ausgespannt hatte. Zuerst hatte Johann sich noch zu wehren versucht, indem er Sophie verprügelte, aber als sie hartnäckig leugnete, was Jonny ihm steckte, weniger er selbst, sondern seine Mittelsmänner, war Johann ganz allmählich panisch geworden. Jonny kannte Dritter gut genug, um zu wissen, dass der an seine Schecks gehen würde, wenn er die Möglichkeit dazu hatte. Und er hatte einen Bankangestellten instruiert, was er tun sollte, sobald der Scheck bei der Bank eingegangen war. Er hatte – wiederum über einen weiteren Mittelsmann bei der SA – Johann wissen lassen, dass sein Bruder Scheckbetrug begangen hatte. Das war für Johann die Gelegenheit gewesen, sich seines vermeintlichen Nebenbuhlers zu entledigen. Wahrscheinlich hatte er nicht damit gerechnet, dass Dritter für vier Jahre im Gefängnis verschwinden würde. Wahrscheinlich hatte er sogar erwartet, dass Dritter einen Denkzettel bekommen und etwas gedämpft bald wieder zurückkehren würde. Auch Jonny war von dem Ausmaß der Bestrafung überrascht worden. Aber Schuld hatte er nicht empfunden, eher ein Gefühl von Gerechtigkeit. Dritter hatte bekommen, was er verdiente. Und im Laufe der Zeit hatte Jonny sich auch die offizielle Version zu eigen gemacht: Ein Bruder hatte den anderen denunziert. Danach wollte auch Jonny mit so einem Bruder wie Johann nichts mehr zu tun haben. Er selbst hatte alles getan, um Dritter aus dem Gefängnis zu holen, er hatte sogar aus der Ferne einen Brief geschrieben, dass Dritter mit seiner eigenen Einwilligung den Scheck gefälscht hatte. Übrig geblieben war das Gefühl der Berechtigung, mit Greta ruppig umzugehen. Sie hatte ihn betrogen und belogen. Das war eine Schweinerei. Dass er sie unablässig belog, dass er sie nicht im Geringsten in seine Seele blicken ließ, dass er zu Prostituierten ging oder auch andere Gelegenheiten mitnahm, wenn sie sich ihm boten, war für ihn völlig selbstverständlich. Greta gehörte ihm, das war seine Wahrheit. Seit sie weg war, vermisste er sie aber. Seit sie weg war, gab es keine Frau mehr, die ihm mit Leib und Seele gehörte, das machte sein Leben härter und kälter. Und nun war er auch noch im Kriegseinsatz und würde es weiter bleiben. Norwegen war erledigt. Der Seekrieg mit England stand ihm bevor. Im Krieg brauchte man einen klaren Kopf, keine Gefühle. Jonny dachte daran, was es heute beim Hochzeitsfest zu essen geben würde. Er hatte Lust, sich zu betrinken.

Die Tante schlüpfte in ihre Krähennatur. Sie schwebte ein wenig über allen durch den Raum. Sie sah noch einmal die Geburten der Menschen, die jetzt Erwachsene in mittleren Jahren waren. Erst Lysbeth, dieses stille Mädchen, das mit besonderen Begabungen ausgestattet war, die von einem kleinen Kind kaum zu tragen waren. Dann Eckhardt, dieser Knabe, der die Fähigkeit besaß, schöne Worte in anrührenden Sätzen zu formulieren. Dann Dritter, der so ungestüm war und reiten und kämpfen und mit Tieren umgehen konnte wie kein Zweiter. Dann die schöne Stella, ein Stern seit ihrer Geburt, das Kuckuckskind, von Fritz gezeugt. Sie dachte auch an Johann, den Letzten, Angsthase, Kleinster, Denunziant. Die Tante blickte noch einmal auf all die Menschen, die durch diese Wolkenrath-Kinder in die Familie und in das Leben der Tante gekommen waren. Angela, das ungewollte Baby, die heute von Stella und Lysbeth und auch von ihr selbst so sehr geliebt wurde. Roberta, die Einzige, die das Wolkenrath-Blut weitertrug. Jonny und Maximilian, die Verirrungen im Leben der beiden Schwestern. Aaron und Anthony, die Männer, die Stella und Lysbeth vielleicht auch deshalb so sehr schätzen konnten, weil sie mit Maximilian und Jonny erlebt hatten, wie furchtbar es ist, belogen und betrogen zu werden, ungeliebt und allein in einer Ehe zu sein, die vor allem Fassade war. Lydia, die der Tante nahestand, so wie es nur Käthe getan hatte, und Cynthia, die der Tante so fern war, wie es nur Johann war.

Was für Leben, dachte die Tante aus ihrer Krähenperspektive. Wie viel Sehnsucht nach Glück, wie viel Unvermögen, es zu erreichen. Wie viel Zerstörung viele der Männer hier angerichtet haben, und wie wundervoll es ist, wenn solche Männer wie Aaron und Anthony da sind, die sich nicht nur in unbewusstem Leben verfangen, die nach Bewusstheit streben, die mit ihren Frauen wachsen, die ihr Herz weiter machen und nicht verhärten und verschließen. Was für ein Geschenk für meine Stella und meine Lysbeth, dass sie von solchen Männern geliebt werden. Und die Tante rauschte wieder aus der Höhe auf ihren Platz zurück und wendete ihr Gesicht erst Stella und dann Lysbeth zu. Beide blickten sofort zurück. Ein breites Lächeln überzog drei Gesichter. Sie wussten alle drei, dass Hochzeitsrituale mit Sinn und Liebe gefüllt werden mussten, ebenso wie andere Rituale auch, ebenso wie das ganze Leben. Ohne Sinn und ohne Liebe wurde alles hohl, und das Wesentliche wurde verpasst.

Nachwort

Nun ist das dritte Wolkenrath-Buch beendet. Es war für mich etwas ganz Besonderes, über dieses Haus in der Kippingstraße zu schreiben, in dem ich selbst einige – und wichtige – Jahre meines Lebens verbracht habe.

Ich möchte noch einmal darauf hinweisen, dass die Familie Wolkenrath eine fiktive Familie ist. Zugleich beruht die Geschichte auf vielen authentischen Geschichten und realen Dokumenten.

Es hat zwar einen Kapitän der Woermann-Linie gegeben und auch einen Rubin vom Sultan von Sansibar, aber der Kapitän war anders als der Jonny, den ich daraus gemacht habe. Es hat einen Papagei gegeben, der schrie: »Ich bin arisch!« Und es gab einen Zeitungsausschnitt mit der Ankündigung eines achten und neunten Kindes, genau so, wie ich es beschrieben habe.

Aber viele der Personen, die in diesem Roman vorkommen, entspringen ausschließlich meiner Phantasie, und die Figuren, die ich realen Personen nachempfunden habe, waren gänzlich andere Menschen.

Was in diesem Buch mit der Realität übereinstimmt, ist die Person der Luise Solmitz, zum Teil habe ich sie wörtlich zitiert. Auch Alma Stobbe gab es wirklich. Sie hat das Nazi-Deutschland als illegaler Briefkasten wahrhaftig überlebt, ohne aufzufliegen. Alles, was ich über den Widerstand gegen die Nazis in Hamburg schreibe, ist recherchiert und hat es gegeben. Nur nicht in der Kippingstraße.

Insofern stimmt der Satz: Alle Personen in diesem Roman sind frei erfunden. Ebenso stimmt der Satz: Alles ist wahr!

Danksagung

Danke!

Dieser Roman wäre ebenso wie die beiden vorigen nicht zustande gekommen, wenn nicht eine ganze Menge guter Geister mir hilfreich zur Seite gestanden hätten. Ihnen allen möchte ich danken.

Ich danke Frau Angelika Voß-Louis von der Forschungsstelle für Zeitgeschichte in Hamburg. Sie hat mir die Möglichkeit gegeben, die Tagebücher von Luise Solmitz durchzuackern. Luise Solmitz war eine begeisterte Tagebuchschreiberin. In enger, kleiner, kaum leslicher Sütterlinschrift hat sie seit Beginn des zwanzigsten Jahrhunderts täglich ihre innere und äußere Welt zu Papier gebracht. Diese Tagebücher stehen in der Bibliothek des Staatsarchivs der Freien und Hansestadt Hamburg, und es hätte mich Jahrzehnte gekostet, die enge Schrift mit der Lupe zu entziffern. Zum Glück hat Luise Solmitz das, was sie selbst für die Nachwelt von Bedeutung hielt, mit der Schreibmaschine aus ihren eigenen Tagebüchern abgeschrieben. Diese Abschrift füllt immer noch viele Leitz-Ordner. Frau Voß-Louis hatte die Freundlichkeit, mir diese nicht nur zur Verfügung zu stellen, sondern die Solmitz-Ordner auf einem Regal in ihrem Arbeitszimmer aufzubewahren, sodass sie monatelang für mich greifbar waren und nicht jedes Mal aus dem Archiv geholt werden mussten.

Ich danke meiner Freundin Rita Suermondt, die mir ihr historisches Fachwissen ebenso wie ihre umfangreiche Bibliothek zur Zeit des Faschismus wie zum antifaschistischen Widerstand zur Verfügung gestellt hat. Ich habe die dicken Pakete mit all den Büchern, die sie mir geschickt hat, nicht gezählt. Es waren viele, und sie haben mir die Recherche unglaublich erleichtert. Durch Rita Suermondts Unterstützung bin ich auf Alma Stobbe gestoßen und konnte zu ihrem Leben und Wirken in Hamburg forschen.

Ich danke Frau Dr. Julia Schade vom S. Fischer Verlag, die mich beim Schreiben der Wolkenrath-Bücher betreut hat. Sie war mir eine zuverlässige, ermutigende und humorvolle Begleiterin. Und zugleich besaß sie eine fast schon unheimliche Sicherheit, den Finger auf die wunden Punkte meiner Texte zu legen. Das gab mir eine wichtige Rückendeckung, auch wenn es manchmal zu seitenlangen Streichungen führte.

Ich möchte mich bei all meinen Freunden und Freundinnen und meiner Familie bedanken, die mich während dieser Jahre des Schreibens unterstützt und begleitet haben. Unschätzbar wertvoll war ihr Interesse, ihre Fragen, das Zuhören, Nachfragen und Feedbackgeben, was den Stand – und den Sinn – meiner Arbeit betraf, die anfeuernden SMS-Rufe in der Art von: Du schaffst es!, die Umarmungen und die Wärme, wenn ich an meine Grenzen stieß, die seelische und leibliche Stärkung durch das Kochen von Suppe oder sonstigen Speisen, die liebevollen kleinen Aufmerksamkeiten, Kraft und Wärme spendenden Geschenke oder Briefe, die tiefen und offenen Gespräche über das, was die Welt im Innersten zusammenhält, über Liebe und Politik, jung werden und alt bleiben, ja, genauso, über die Wolkenraths und über mich. Ich danke auch für das Verständnis meiner Freunde und meiner Familie, dass ich besonders während der Arbeit an dem Buch oft nachlässig und manchmal unaufmerksam im Kontakt war, mehr brauchte, als ich geben konnte, und für die Menschen, die mich lieben, nicht so da sein konnte, wie sie es von mir kennen.

Allen aus tiefem Herzen Dankeschön!

Leseprobe

Aus dem vierten Teil der Geschichte
der Familie Wolkenrath

Der Wille zur Liebe
FISCHER Taschenbuch
ISBN 978-3-596-70395-1

1

Der alte Leichenwagen wurde von zwei kriegsuntauglichen, ausgemergelten Gäulen gezogen. Sie stemmten sich schwer ins Geschirr, die Last wog doppelt so viel wie sonst, denn im Wagen lagen gleich zwei Särge. Der Totenprunk der Wagen zog die Aufmerksamkeit einiger Schaulustiger auf sich. So aufwendiges Gewese um den Tod war seit mindestens zwanzig Jahren aus dem Stadtbild verschwunden; neuerdings gehörte es wieder dazu. Alles, was Auto hieß, war für den Krieg eingezogen worden.

Die Gruben für die beiden Särge waren nebeneinander ausgehoben worden. Nach der Trauerzeremonie in der Kapelle 3, die inmitten des parkähnlichen Friedhofs Ohlsdorf lag, warteten die Angehörigen, bis die Särge in die Gruben gehievt worden waren. Regenschirme überdachten die Menschen wie ein breiter schwarzer Pilz mit vielen Auswölbungen. Als es so weit war, löste sich einer nach dem anderen aus dem Menschenpilz, trat vor und warf eine Schaufel voll dunkler Erde zuerst in die eine Grube, bückte sich, um die Schaufel ein zweites Mal zu füllen, und schüttete die Erde über der zweiten Grube auf den nächsten Sarg. Ohne auf den eigenartig satten Klang von feuchter Erde auf hölzernem Hohlkörper zu lauschen, rückte jeder schnell wieder zurück unter den Schutz eines der Regenschirme.

Die Frauen, deren Füße in hochhackigen leichten Pumps steckten und deren Beine nur von dunklen Seidenstrümpfen umhüllt waren, tippelten auf der kalten Erde verstohlen auf und ab. Obwohl sie über ihren schwarzen Kostümen Wintermäntel trugen, zitterten sie vor Kälte. Die Männer hielten ihre Hüte in den Händen, und man sah ihnen an, dass sie ungeduldig darauf warteten, sie endlich wieder aufsetzen zu können. Ihre verbleibenden Haare boten nur wenig Schutz für die nackte Kopfhaut. Es war der 7. Oktober 1941. Vom Himmel prasselte Regen, der von Sturm durch die Straßen gepeitscht wurde.

Stella weigerte sich, Erde auf die Särge zu werfen. Sie trat einfach zurück, als sie an der Reihe war und alle sie anschauten. Sie schüttelte kurz den Kopf, was ihre dunkelroten Locken in ihr Gesicht schleuderte, wo einige Haare an den trotzig angemalten blutroten Lippen hängen blieben. Trotz ihrer dreiundvierzig Jahre sah sie aus wie eine junge Frau. Am liebsten hätte sie auch ein rotes Kleid angezogen. Und rote Schuhe. Am liebsten hätte sie sich in der Kapelle vorn hingestellt und ein Lied gesungen, zu dem die Tante hätte zustimmend mit dem Kopf nicken oder im Takt mit den Zehen wackeln können. Es gab keinen Grund, über den Tod der beiden Menschen zu trauern, die da in wenigen Stunden in ihren Holzsärgen unter der Erde verschwunden sein würden.

Die eine, die Tante, nach der Stellas ältere Schwester Lysbeth getauft war, war wie eine Sonne durch das Leben aller Wolkenrath-Kinder gezogen. Sie hatte sie umrundet, erhellt, erwärmt oder aber auch wie der Mond als kalter Spiegel einiges an Selbsterkenntnis provoziert. Sie hatte ihre Umlaufbahn mehr als einmal geändert, aber sie war sich immer treu geblieben. Ein Leben wie das der Tante gab nicht den geringsten Anlass zur Trauer. Aber es gab viele Gründe zum Feiern, zur Ausgelassenheit, zu Leichtigkeit und zu tiefer Selbstbesinnung.

Stellas trotzige Gedanken konnten jedoch den sengenden Schmerz in ihrer Brust nicht vertreiben. Sie hatte es so lange gewusst, sie hätte so lange Zeit Abschied nehmen können, schließlich hatte auch die Tante nicht das Wasser der Unsterblichkeit getrunken, aber jetzt, da die Erde auf dem Sarg mit diesem hohlen Ton den Gedanken daran weckte, dass die Tante dort, klein, schmächtig und knochig, ganz allein lag und nie wieder zurückkehren würde, meinte Stella, der Schmerz über den Verlust würde auch sie umbringen. Tränen liefen ihre Wangen herunter, sie schluchzte hemmungslos. Die Welt ohne die Tante war nicht nur um einen Menschen reduziert, die Welt ohne die Tante war ohne Erklärung, ohne Weisheit, ohne Witz, ohne Derbheit, ohne einen kleinen Schlag auf den Hinterkopf zur rechten Zeit, ohne die Sicherheit, dass alles gut werden würde. Dass dafür zumindest die Möglichkeit bestand.

Und wenn diese Möglichkeit für Stella nicht mehr denkbar war, wäre sie in einem dritten Sarg besser aufgehoben als hier auf dem Ohlsdorfer Friedhof ganz in Schwarz gekleidet mit knallroten Lippen.

Der Tod ihres Vaters Alexander Wolkenrath ließ Stella seltsam unberührt. Und das lag sicherlich nicht daran, dass er nicht ihr leiblicher Vater war, dass ihr leiblicher Vater, Fritz, der Geliebte ihrer Mutter, vor vielen Jahren, genauer gesagt 1919, in den Revolutionswirren am Ende des letzten Krieges, bereits gestorben war. Alexander hatte Stella nie fühlen lassen, dass sie nicht seine wirkliche Tochter war, ja, dass sie als Tochter seines Nebenbuhlers, des Mannes, mit dem seine Frau ihn gehört hatte, und zugleich als das schönste unter seinen Kindern ihn immer beschämend an sein eigenes Versagen als Mann erinnert hatte. Ganz im Gegenteil hatte er zu ihr eine engere Bindung gehabt, mehr Stolz auf sie gezeigt als auf seine älteste Tochter Lysbeth und auf seine Söhne Eckhardt und Johann. Sein Sohn Dritter und seine Tochter Stella, die waren immer nach seinem Geschmack gewesen, mutig, draufgängerisch, unternehmungslustig und von dieser Eleganz, die Reiter besitzen. Reiter zähmen das große starke Tier zwischen ihren Schenkeln.

Nein, Stella hegte nicht den geringsten Groll gegen ihren Vater. Auch der, dass er ihre Mutter nicht glücklich gemacht hatte, ja, sie an ihrem Glück sogar gehindert hatte, war verflogen. Keinem in der Familie war verborgen geblieben, wie mutig Alexander sich in den letzten Lebensmonaten seiner Frau verhalten hatte, wie viel Heilung ihrer verletzten Frauenseele er Käthe in ihren letzten Wochen noch geschenkt hatte. Und wie heilend das für ihn selbst gewesen war.

Dass er nun, einen Tag nach der Tante, gestorben war, entbehrte für Stella jeder Dramatik. Es schien folgerichtig. Schon nach Käthes Tod vor einem Jahr war er zu Bedeutungslosigkeit geschrumpft. Er verfolgte seine täglichen Rituale, hielt sich sauber, saß in seinem Sessel, las die Zeitung und tat zuweilen kund, was er gelesen hatte. Er zog ohne ein Wort der Klage in das kleine Zimmer, in dem vorher seine Söhne geschlafen hatten, nahm an den gemeinsamen Mahlzeiten teil und hörte zu, was die anderen zu erzählen hatten. Wie stark das allerdings wirklich in ihn eindrang, merkte keiner, weil er kaum einmal nachfragte und keine Gemütsregung von sich gab. Längst hatte sich verflüchtigt, was ihn sein Leben lang angetrieben hatte, nämlich in seiner Firma *Wolkenrath & Söhne* einen großen Gewinn zu erzielen und so zu dem Reichtum zurückzukehren, in dem er aufgewachsen war, der Erbe des Fuhrunternehmens, das sein Großvater gegründet und sein Vater verspielt hatte. Das, was ihn wirklich mit Leben und Reichtum hätte erfüllen können, nämlich die Liebe seiner Frau Käthe, hatte in seinem Weltbild keinen Wert besessen. Dass er davon vor ihrem Tod noch einen Schimmer erhascht hatte, hatte sein Leben wie ein flüchtiger Lichtstrahl mit Erkenntnis und Wahrhaftigkeit erhellt.

Danach gab es nichts und niemanden mehr, der ihn wirklich berühren konnte, und er selbst war völlig unfähig, andere zu berühren. Also lebte er wie ein Einsiedler inmitten seiner Familie, wortlos wie die Hunde, die hingegen auf ihre körperliche Art Nähe suchten. Die Einzige, mit der Alexander Vertrautheit zeigte, war die Tante.

Zu ihr setzte er sich in die große Küche im Souterrain und sah ihr zu, wenn sie das Gemüse zubereitete. Dann sprach er von alten Zeiten, in denen er auf die eine oder andere Weise Triumphe gefeiert hatte. Er sprach von seiner Kindheit als reicher Sohn des Fuhrunternehmens Wolkenrath. Er sprach von seinen Pferden. Und davon, wie er den Besuch Bismarcks in Dresden miterlebt hatte. Er sprach von Geschäften, bei denen er groß rausgekommen war, und davon, dass er als einer der Ersten die Bedeutung der Elektrizität erkannt hatte. Die Tante hörte ihm zu, schrubbte, reinigte, schälte, schnippelte das Gemüse. Sie nickte, gab kurze bestätigende Laute von sich und stellte auch kleine Fragen zu einem geringfügigen Detail.

Stella war während eines solchen väterlichen Monologs einmal in die Küche getreten. Ihr Vater war ungerührt fortgefahren, anscheinend hatte er nicht gemerkt, dass er nicht mehr allein mit der Tante war. Zornig hatte sie die Tante hinterher zur Rede gestellt: »Er suhlt sich in seinem Selbstbetrug. Wie kannst du das unterstützen?« Die Tante hatte milde lächelnd geantwortet: »Die Wahrheit über sich selbst zu ertragen ist nicht allen Menschen gegeben, meine kleine Stella. Und wer damit so lange wartet wie dein Vater, müsste dafür ganz unbekannte Fähigkeiten entwickeln und eine große Seelenstärke, um den Schmerz und die Erschütterung ehrlicher Selbsterkenntnis auszuhalten. Diese Seelenstärke hat in seinem Leben nur einer entwickelt, der gelernt hat, sich im Spiegel zu betrachten. Wer das nicht tut, entwickelt nicht die Reife, die nötig ist, um anderen und sich selbst immer weniger Schaden zuzufügen, andere anzuhören, also wirklich zu hören, wenn sie einem etwas sagen, auch wenn es einem nicht gefällt. Also, das Paket an Lieblosigkeit und Egoismus und falschen Entscheidungen und all dem übrigen Mist ist im Alter deines Vaters ziemlich dick und schwer. Er müsste reifer sein, als er ist, um es zu öffnen und auszupacken und anzuschauen und in die Hände zu nehmen. Und nicht nur in die Hände, auch ins Herz. Du siehst, das Ganze ist wie eine Katze, die sich in den Schwanz beißt. In der Tiefe seiner Seele weiß er allerdings um all das Schreckliche, Kalte, Gefühllose, was er gelebt hat. Es beruhigt und tröstet ihn, wenn er sich jetzt an den Glanz erinnert.«

Mit leichter Trauer in der Stimme fügte sie hinzu: »Nun gut, wenn ich jünger wäre, würde ich ihn vielleicht festhalten und daran hindern, sich so einfach aus der Verantwortung für sein Leben zu stehlen …« Sie blickte Stella fragend an, und Stella verstand die Frage sofort. Sie dachte nach. »Du hast recht«, sagte sie leise. »Er ist mir nicht wichtig genug. Diesen Mann aufzurütteln und zu sagen: ›Du belügst dich selbst‹, verbraucht zu viel von meiner Kraft.« Nach einer Zeit des Überlegens fügte sie hinzu: »Auch Lysbeth sind andere Sachen wichtiger.« Die Tante lachte amüsiert auf. »Siehst du, also müssen wir ihn sterben lassen, wie er gelebt hat, in der Selbstlüge einer falschen Größe.« Stella stimmte in das Lachen ein, anfangs zögernd, dann aber wie von einer Last befreit. Ja, sie trug keine Verantwortung für den Vater. Und außerdem hatte er auch das Recht, sich so umfassend selbst zu belügen, wie es ihn beglückte.

Die Tante war am 3. Oktober gestorben. Am nächsten Tag waren alle, sogar die Hunde, wie unter Schock. Sie schlichen auf Zehenspitzen und flüsternd durchs Haus. Zuerst bemerkte keiner Alexanders längere Abwesenheit. Als sie ihn zum kärglich traurigen Abendessen riefen und er nicht erschien, ging Stella in sein Zimmer und fand ihn auf seinem Sessel, den er vor das Fenster gerückt hatte. Er trug Gamaschenschuhe, ein blütenweißes Hemd, eine Hose mit feinen Nadelstreifen und einer exakten Bügelfalte. Sein verbleibender schmaler Haarkranz war sorgfältig gekämmt, die Hände weiß und die Fingernägel sauber und gefeilt. Ein feiner älterer Herr mit der Grandezza eines Reiters.

Stella hatte vor ihm gestanden, zuerst vor Schreck wie erstarrt, und dann vernahm sie die Worte der Tante in ihrem Ohr: »So werden wir ihn also sterben lassen, wie er gelebt hat.« Lächelnd rief sie Lysbeth und Aaron zu sich. Eckhardt und Cynthia ließ sie, wo sie waren. Das Essen wurde sowieso gemeinsam in der Küche unten eingenommen, seit die beiden in die Räume der Eltern gezogen waren.

Hand in Hand standen Lysbeth, Aaron und Stella vor dem toten Alexander. Er war gestorben, wie er gelebt hatte: ein eleganter Mann, aufrecht, ein Reiter, ein Mensch, der Reichtum und Würde ausstrahlt, mehr Schein als Sein.

»Wahrscheinlich ist es immer so«, sagte Lysbeth anschließend, als die drei in der Küche einen Kräuterschnaps aus den Beständen der Tante tranken: »Menschen sterben, wie sie gelebt haben. Wie sollte es auch anders sein?«

In den letzten Tagen vor ihrem Tod hatte die Tante noch die Vorräte an Kräuterschnaps und Herzwein aufgefüllt, am letzten Tag hatte sie Stella noch einmal umarmt und ein letztes Mal ermahnt, sich durch den Krieg nicht die Liebe zu Anthony zerstören zu lassen. Stella hatte abwehrend reagiert, aber die Tante hatte gesagt: »Du wirst an mich denken, mein Kind. Krieg verändert die Menschen. Auch dich. Auch ihn. Das könnt ihr gar nicht verhindern. Und ihr seid jetzt Feinde.«

Es war nicht das erste Mal, dass sie Stella so angesprochen hatte, aber diesmal war es eindringlicher gewesen. »Krieg verändert alle. Auch euch. Wichtig ist nur, dass ihr euch danach auf das Wesentliche besinnt. Und das ist eure Liebe. Es wird nicht leicht sein, aber es wird möglich sein.« Und kurz vor ihrem Tod hatte sie Lysbeth zu sich ans Bett geholt, die auch neben ihr gesessen hatte, als die Tante starb.

Jetzt, da sie an den Gräbern stand, kamen Stella die Worte der Tante wieder in den Sinn: »Wenn der Krieg zu Ende ist ...«

Ihr schien das Kriegsende zum Greifen nah. Vorausgesetzt, dass Amerika sich nicht einschaltete, denn dann würde Hitler Schwierigkeiten bekommen. Bis jetzt war alles schnell und gut für ihn und die seinen verlaufen. Frankreich besiegt, der Osten in vielen Bereichen einverleibt. Im Mai 1940 hatten sich die Holländer ergeben. Es hatte im vorigen Jahr einige wichtige Kriegsetappen gegeben, die Hoffnung geweckt hatten, dass der Krieg bald zu Ende sein würde. Allerdings hatte es keinerlei Hoffnung gegeben, dass Hitler geschlagen werden könnte. Ein Sieg in diesem Krieg, so schien es, konnte nur der Sieg der Deutschen sein. Auch seit Beginn des Krieges mit Russland lief alles für die Deutschen, als bräuchten sie die Siege nur zu pflücken.

Die fast täglichen Luftangriffe der Engländer seit 1940 hatten gezeigt, dass Deutschland einen wütenden starken Feind hatte. Das war zwar unendlich zermürbend für die Hamburger Bevölkerung, die seitdem keinen durchgehenden Schlaf mehr bekam, allnächtlich durch Alarm aus den Betten geholt wurde und sich dann in den Bunkern und Kellern die Zeit um die Ohren schlug. Aber es hatte die Hoffnung der

Tante verstärkt, dass Hitler mit seinem größenwahnsinnigen Anspruch, die ganze Welt zu erobern, nicht durchkommen würde. Und seit Russland ein weiterer Feind war, hatte die Tante trotz der deutschen Kriegserfolge unerschütterlich die Niederlage der Deutschen vorhergesagt. »Wenn der Krieg zu Ende ist ...«

Stella litt entsetzlich unter dem Krieg zwischen Deutschland und England. Die deutsche Armee hatte jeden englischen Angriff mit einem Gegenangriff beantwortet, Tausende von Menschen waren gestorben, Coventry sollte bereits völlig zerstört sein, und es wirkte nicht so, als könnte Hitler auf seinem Siegeszug aufgehalten werden. Stella hasste ihn für jede Bombe, die er auf England abwarf. Im September 1940 hatte es einen unerwarteten Tagesangriff auf die City von London gegeben, der dort entsetzliche Panik ausgelöst hatte, die Stella empfunden hatte, als wäre sie dabei gewesen. Ein voll besetzter Omnibus war durch eine Bombe in ein Wrack verwandelt worden. Stella hatte es vor sich gesehen: Junge Frauen wie Angela auf dem Weg zur Arbeit, Männer wie Anthony, die zu Hause Frau und Kind hatten, all diese Menschen nur noch blutige Fetzen, wenn sie nicht in Atome zersprengt worden waren. Im Oktober 1940 hatte dann ein Nachtangriff auf London angeblich zehntausendfünfhundert Menschen obdachlos gemacht.

Stella war zwar mit dem Hamburger Kapitän Jonathan Maukesch verheiratet, ihr eigentlicher Mann, ihr Geliebter, ihr Liebster aber war Anthony. Angela, Stellas Tochter, und Roberta, ihre Enkelin, waren bei ihm in London. Vielleicht war die kleine Roberta wie viele andere englische Kinder nach Australien, Kanada oder in die USA in Sicherheit gebracht worden. Und Anthony führte vielleicht irgendwo aktiv gegen Deutschland Krieg. Wenn einem dieser Menschen ein Haar gekrümmt würde, das hatte Stella sich geschworen, würde sie Hitler mit eigenen Händen umbringen, auf welche Weise auch immer.

Stella bangte während der Bombennächte um die Männer in den englischen Flugzeugen, obwohl diese natürlich auch ihr Leben bedrohten. Warum also sollte Stellas und Anthonys Liebe durch den Krieg gefährdet sein? Das Leben jedes Einzelnen von ihnen war gefährdet, aber doch nicht ihre Liebe!

Während sie den Kräuterschnaps auf ihren toten Vater tranken, sagte Lysbeth jenen Satz, der Stella noch lange beschäftigen sollte: »Stirbt nicht im Grunde jeder so, wie er gelebt hat?« Aaron und Stella hatten sie nur nachdenklich angesehen, und dann hatten sie über den Vater gesprochen und seine Selbstlügen und dass Reife und Alter nichts miteinander zu tun hatten. Der Vater hatte im Alter eine gewisse Güte entwickelt, aber die hatte er auch im Laufe seines Lebens immer mal wieder gezeigt. Er war im Alter den gleichen Dingen ausgewichen wie in seinem ganzen Leben: echtem ehrlichen Kontakt, vor allem zu sich selbst.

Aber er hatte etwas getan, das ihm Reife und Würde verliehen und ihm den Respekt seiner Töchter eingetragen hatte: Er hatte am Schluss seiner Ehe gewagt zu lieben. Er hatte sich Käthe rückhaltlos genähert, er hatte um sie geworben, ohne sich gleichzeitig durch Halbherzigkeit und mangelnde Ernsthaftigkeit zu schützen. Er hatte nicht taktiert, hatte nicht Käthe das Lieben überlassen, hatte es sich nicht bequem gemacht. Er war ihr als ihr Mann mit allem, was er zu dem Zeitpunkt zu geben hatte, begegnet. Und so war er über sich selbst hinausgewachsen. Das war der Zeitpunkt in seinem Leben, wo er nicht vorgab, etwas zu sein, wonach die anderen dann vergeblich suchen mussten, sondern wo er gerade gestanden hatte: für seine Ehe, seine Frau, seine Sehnsucht nach Käthe und ihrer Wärme, für seine Schuld, die er im Laufe ihrer Ehe auf sich geladen hatte, und für den Wunsch nach ihrem Verzeihen. Wo er nicht nur die Reiterfassade des geraden Rückens zeigte, sondern wirklich aufrecht gewesen war.

Nach Käthes Tod war er rasch gealtert. Er hatte sich aus dem Leben zurückgezogen, hatte seinen Geist auf alte Illusionen geworfen und sich sein Leben schöner geredet, als es gewesen war. Mehr Ehrlichkeit, mehr Wahrheit hatte er nicht aufzubringen vermocht. Aber er war ein gepflegter aufrechter Mann geblieben bis zum letzten Augenblick. Und auch darin lag Würde.

Nach der Beerdigung gingen alle zu Kaffee und Kuchen in ein Café neben dem Ohlsdorfer Friedhof. Erst als sich die Trauergemeinde von den Gräbern entfernte, bemerkte Stella den abseits stehenden kleinen Mann in SA-Uniform. Neben ihm stand eine hochschwangere Frau. Sie war in Tränen aufgelöst, sein mageres blasses Gesicht hingegen wirkte versteinert gefühllos. Das ist Johann, unser kleiner Bruder, mit seiner Ehefrau Sophie, dachte Stella, erschrocken, weil sie während der vergangenen Tage nicht ein einziges Mal daran gedacht hatte, Johann über den Tod seines Vaters zu informieren. Das ist doch nicht richtig, dachte sie. Er ist immerhin unser Bruder, auch wenn er ein erbärmlicher Nazi ist und unsere Mutter ihn enterbt hat, nachdem er Dritter bei der Gestapo denunziert hat. Stella zupfte Lysbeth am Ärmel und wollte sie auf das Paar aufmerksam machen. Als Lysbeth in die von Stella gewiesene Richtung blickte, waren Johann und seine Frau fort, wie vom Erdboden verschluckt. Verwirrt suchte Stella die Umgebung mit den Augen ab. Nichts. »Was ist los?«, flüsterte Lysbeth. »Johann«, antwortete Stella ebenso leise. Lysbeth fuhr zusammen. Stella sah ihr an, dass sie die gleichen schuldbewussten Überlegungen anstellte wie sie selbst kurz zuvor. »Wir haben ihn nicht eingeladen, das haben wir vollkommen vergessen, wie entsetzlich«, bemerkte Lysbeth. Stella nickte. »Jetzt ist es zu spät. Sie ist schon wieder schwanger …« Lysbeth schüttelte fassungslos den Kopf. Hand in Hand gingen die Schwestern Richtung Friedhofsausgang. Beide waren aufgewühlt. Von der Beerdigung, nun aber auch von der Erkenntnis, dass etwas geschehen war, das sie nie für möglich gehalten hätten: Sie hatten ihren Bruder Johann so lange aus ihren Gedanken und Gefühlen verdrängt, bis sie ihn völlig vergessen hatten. Es war nicht nur so, als wäre er tot. Es war, als hätte er niemals existiert. Und das war ein eindeutiger Beweis dafür, dass auch sie imstande waren, sich selbst zu betrügen. Wahrscheinlich lebte er noch in Altona, vielleicht stand die Geburt seines zehnten oder elften oder zwölften Kindes kurz bevor. Aber Stella und Lysbeth hatten ihn und seine Frau und seine Kinder vergessen.

Viele Nachbarn hatten sich zum Leichenschmaus eingefunden. Auch Luise und Fred Solmitz waren da und ihre Tochter Gisela. Es freute Stella, dass Gisela gekommen war. Die Tante hatte sich in den letzten Jahren viele Gedanken um die junge Frau gemacht, die einen jüdischen Vater und eine arische Mutter hatte. Stella hatte die drei ausdrücklich gebeten, anschließend noch mit zu Kaffee und Kuchen zu kommen. Sie hatte sehr wohl bemerkt, dass einige Nachbarn die Nase rümpften und sich daraufhin schnell von den Gräbern entfernten. Aber sie wollte eindeutig signalisieren, dass die jüdischen Nachbarn ihre Freunde waren.

In diesem Fall stimmte sie darin sogar mit Jonny, ihrem Ehemann, überein. Kapitän Jonathan Maukesch kannte Fred Solmitz, den Aufklärungspiloten, noch aus dem Ersten Weltkrieg. Wenn er auf Heimatbesuch nach Hamburg gekommen war, hatte er regelmäßig die Solmitz zum Wiedersehensfest eingeladen. Dann waren alle stets begeistert von dem von ihm gedeckten Tisch gewesen: Schokolade, Fischdosen, Seife, Bettbezüge, Strümpfe, Schuhe, Kaffee, ja, sogar Stopfwolle, an alles hatte Jonny gedacht. Einmal hatte Luise begeistert ausgerufen: »Was haben Sie für einen guten Mann!« Und wenn Jonny von seinen Kriegserlebnissen berichtete, guckte sie ihn fast verliebt an.

Stella hatte in den letzten Jahren oft nicht viel für Luise übriggehabt, weil diese doch sehr eigenartige Ansichten zu den Nazis geäußert hatte, deren begeisterte Anhängerin sie gewiss geblieben wäre, wenn es nicht die leidige Judenfrage gegeben hätte, die nun einmal ihren Mann und damit auch sie selbst betraf. Luises naive Begeisterungsfähigkeit rührte Stella aber immer wieder.

In der letzten Zeit hatte Stella unter den Nachbarn tuscheln gehört, dass Gisela einen Verlobten habe, einen Wirtschaftsprüfer oder Steuerberater aus Blankenese. Sie blickte forschend auf die junge Frau. Was war an den Gerüchten dran? Denn es war äußerst unwahrscheinlich, dass es sich bei dem Mann aus Blankenese um einen Juden handelte. Einen Arier durfte Gisela als Halbjüdin aber nicht heiraten.

Stella dachte voller Mitgefühl, wie ausgeschlossen Gisela sich wahrscheinlich fühlte. Sie war einundzwanzig Jahre alt, in diesem Alter waren die meisten jungen Frauen verheiratet und hatten schon Kinder. Die Nazis hatten viele Vergünstigungen für Kinderreiche geschaffen, die Geburtenrate war in die Höhe geschnellt. Nur Gisela hatte weder Mann noch Kind.

Irgendwo klimperte ein Klavier, Stimmen vermischten sich zu Luftvibrationen, die wie Wassergeplätscher an Stellas Ohren drangen. Die dicken Vorhänge, die Teppiche, die weichen Sessel dämpften alles ab. Stella nippte an ihrem Kaffee. Ihr Magen war wie zugeschnürt. Er verbot ihr, etwas von dem Kuchen zu essen.

Sie ließ ihren Blick über die Runde der anwesenden Menschen schweifen. Ihr Bruder Eckhardt und seine Frau Cynthia saßen an einem Tisch mit den Solmitz. Unwillkürlich musste Stella schmunzeln. Cynthia schwankte immer wieder hin und her, wie sie sich den Solmitz gegenüber verhalten sollte. Sie verübelte ihnen sehr, dass sie Freds Judentum verschwiegen hatten, bis es über seiner Mitgliedschaft im Luftschutzbund herausgekommen war. Ja, Fred hatte sogar Luftschutzwart werden wollen, ungeachtet dessen, dass das für einen Juden natürlich nicht in Frage kam. Auf der anderen Seite bewunderte Cynthia sehr den Kapitän Jonny Maukesch, und der zeigte demonstrativ seine Freundschaft zu den Solmitz. Wie sollte Cynthia sich da verhalten?

Neben Stella saß ihre Schwester Lysbeth mit ihrem Mann Aaron, der den gelben Judenstern auf seiner Jacke trug. Im Gegensatz zu Lysbeths und Aarons Ehe galt Luises und Freds als privilegierte Mischehe, weil sie ein gemeinsames Kind hatten. Abgesehen davon hatte Fred im Gegensatz zu Aaron noch einige Meriten aufzuweisen, die sogar nationalsozialistische Beamte beeindruckten: Er war im letzten Krieg als Major verwundet worden, und zwar als einer der ersten Piloten Deutschlands, die sogar noch vom Kaiser persönlich besucht worden waren. Außerdem war er bis vor kurzem Eigentümer eines Hauses in der schönen Kippingstraße gewesen, und jeder wusste, dass er es seiner Frau nur überschrieben hatte, um das Haus zu bewahren.

Aber auch um Aaron gab es einen Schutzwall. Er wohnte in einem Haus gemeinsam mit einer großen arischen Familie, von denen einige der NSDAP angehörten. Sein Schwager Jonny Maukesch war ein angesehener Kapitän, der unter den Schifffahrts-Honoratioren Hamburgs ebenso wie unter dem Militär und auch in der NSDAP einen hervorragenden Ruf hatte, war er doch maßgeblich an den Kämpfen gegen die revolutionären Kräfte nach dem letzten Krieg beteiligt gewesen. Den größten Schutz aber, so schien es Stella, erhielten Fred wie Aaron durch die Liebe ihrer Frauen, die sich wie wilde Löwinnen verhielten, wenn jemand auf die Idee kam, ihren Männern ein Leid zuzufügen.

Ihrer Schwester Lysbeth gegenüber saß Lydia, Cynthias Mutter, eine Verwandtschaft, die mit zunehmendem Alter immer weniger zu passen schien.

Mit einem Mal schoss durch Stellas Kopf abermals der Satz: »Sterben wir nicht alle, wie wir gelebt haben«? Sie platzte mit dieser Frage in ein angeregtes Gespräch zwischen Lysbeth und Lydia.

»Du hast gesagt, jeder stirbt, wie er gelebt hat. Aber was ist mit den Kindern von Barmbek, die beim Spielen von der Bombe getötet worden sind?« Zwei erstaunte Augenpaare richteten sich auf sie. Lysbeths blaue Augen, die manchmal etwas verwaschen ins Grau tendierten. Lydias blaue Augen, die immer noch klar und scharf blickten, obwohl sie schon siebzig war. »Wovon sprichst du?«, fragte Lysbeth verwirrt. Stella erinnerte sie an ihr Gespräch in der Küche, und Lydia zeigte sofort Interesse an dieser Frage. Sie lachte laut auf. »Mein zweiter Mann Andreas Hagedorn ist jedenfalls gestorben, wie er gelebt hat: in der Badewanne. In der Geborgenheit des Mutterbauchs, warm, weich, ohne dass die helle laute Welt etwas von ihm verlangen konnte.« Liebevoll fügte sie hinzu: »Und ich stelle mir bei ihm auch vor, dass der Tod so etwas war, wie in den Mutterbauch zurückzukriechen. Keine Anforderung mehr, ein Mann zu sein, der der Welt eine Stärke zeigen musste, die er selbst gar nicht empfand, eine Camouflage, die ihn furchtbar anstrengte. Einfach wieder zurück in die undefinierte watteweiche Glückseligkeit der dunklen Umhüllung von warmem Wasser.«

Stella starrte Lydia an. Was für eine erstaunliche Frau! Wie treffend sie ihren verstorbenen Ehemann einschätzte. Je älter sie wurde, umso interessanter wurde sie. Es schien Stella, als erlaube Lydia sich mehr und mehr, sich selbst auszuloten, zu erproben und auszudrücken.

»Aber unsere Mutter?«, wandte Stella sich an Lysbeth. »Die ist doch ganz anders gestorben, als sie gelebt hat.« Lysbeth wiegte ihren Kopf bedächtig hin und her. »Ja und nein«, sagte sie sanft. »Unsere Mutter war immer eine sehr sinnliche und leidenschaftliche Frau.« Sie lächelte. »Denk nur daran, wie gern sie naschte.« Auch Stella lächelte. Ja, ihre Mutter war eine kleine Naschkatze gewesen. Und sie selbst war das Produkt einer leidenschaftlichen Liebe, die ihre Mutter offenbar sehr mitgerissen hatte. Auch Lydia lächelte. »Eure Mutter war eine ganz besondere Frau«, sagte sie. »Sie war an vielem interessiert, was an anderen Frauen der Generation vorübergegangen ist. Und ihr beiden Mädchen habt davon sehr profitiert.« Stella und Lysbeth warfen sich einen verschmitzten Blick zu. Stella war dreiundvierzig Jahre alt und Lysbeth sechsundvierzig. Mädchen?

Da kam Dritter mit seiner jungen Frau Marthe zu ihnen an den Tisch. Er hieß eigentlich Alexander, aber weil er nach Großvater und Vater als Dritter in der Familie diesen Namen trug, wurde er Dritter genannt. Er zog zwei Stühle heran und murmelte: »Die Meyers sind so langweilig. Das halte ich nicht länger aus. Zum Glück hat sich jetzt

Jonny erbarmt.« Stella blickte zu dem Tisch, an dem die Meyers aus der Kippingstraße gemeinsam mit der Gemüsehändlerin und dem Schlachter saßen. Jonny führte ein angeregtes Gespräch mit ihnen. Stella war froh, dass er da war. Seit der Krieg begonnen hatte, noch eher, seit die Hatz auf die Juden begonnen hatte, bot Jonny der ganzen Familie einen gewissen Halt und Schutz.